KB143600

이
계
집

이 책은 2019~2020년도 정부(교육부)의 재원으로 한국고전번역원의 지원을 받아 수행된 '권역별거점연구소협동번역사업'의 결과물임.

This work was supported by Institute for the Translation of Korean Classics - Grant funded by the Korean Government.

한국고전번역원 한국문집번역총서 / 성균관대학교 대동문화연구원

이계집 13
耳溪集

홍양호 지음   이승현 옮김
洪良浩   임영걸

일러두기

1. 이 책의 번역 대본은 한국고전번역원에서 간행한 한국문집총간 242집 소재《이계집 (耳溪集)》으로 하였다. 번역 대본의 원문 텍스트와 원문 이미지는 한국고전종합 DB(http://db.itkc.or.kr)에서 확인할 수 있다.

2. 내용이 간단한 역주는 간주(間註)로, 긴 역주는 각주(脚註)로 처리하였다.

3. 한자는 필요한 경우 이해를 돕기 위하여 넣었으며, 운문(韻文)은 원문을 병기하였다.

4. 맞춤법과 띄어쓰기는 한글 맞춤법과 표준어 규정을 따랐다.

5. 이 책에서 사용한 부호는 다음과 같다.

    ( )　: 번역문과 음이 같은 한자를 묶는다.

    〔 〕　: 번역문과 뜻은 같으나 음이 다른 한자를 묶는다.

    " "　: 대화 등의 인용문을 묶는다.

    ' '　: " " 안의 재인용 또는 강조 문구를 묶는다.

    「 」　: ' ' 안의 재인용을 묶는다.

    《 》　: 책명 및 각주의 전거(典據)를 묶는다.

    〈 〉　: 책의 편명 및 운문·산문의 제목을 묶는다.

차례

이계집 외집 제6권

역상익전易象翼傳

이계집 외집 제7권

역상익전易象翼傳

대상해 大象解 · 161

이계집 외집 제8권

군서발비群書發悱

이계집 외집

제5권

역상익전
易象翼傳

역상익전易象翼傳

하경[1]
下經

함괘(咸卦) ䷞

함(咸)은 감동[感]이며 모두[皆]이다. 마음 없이 감동시키면 감동하

---

1 하경 : 본 편은《주역》하경의 각 괘에 대해 괘의 개괄을 제시하고 이어서 단사(彖辭), 단전(彖傳), 대상(大象), 각 효(爻)별로 역상(易象)을 위주로 하여 풀이하였다. 원문에서는 단사, 단전, 대상, 각 효의 단위별로 줄바꿈을 하여 구분이 되어 있으나 각 단위 안의 구절들을 짧게 분리하여 섞어서 풀이하고 있어 번역문에서 원문 그대로 표기할 경우 혼잡하여 불편한 부분이 있으므로 원문의 기본 체재와 뜻을 훼손하지 않는 범위 안에서 보기 쉽게 새로 체재를 만들었다. 원문에서는 각 효에서 '초구(初九)', '육이(六二)' 등으로 말을 시작하고 이어서 효사(爻辭)를 의미 단위로 끊어서 풀이하였는데, 번역문에서는 이해와 열람의 편의를 위해 '초구', '육이' 등의 단어를 표제어 형식으로 분리하여 해당 효의 가장 위에 두었고, 효사를 구절별로 풀이한 부분은 줄바꿈을 한 다음 그 구절 앞에 ○ 표시를 하고 구절과 풀이 사이에는 쌍점(:)을 넣어 구분해 보기 쉽게 하였다. 그리고 원문에는 따로 없는 단사, 단전, 대상 등의 표제어를 효의 경우와 마찬가지로 해당 문단의 위에 삽입하여 구분하기 쉽게 하였다. 다만 단사, 단전, 대상의 내용은 각 괘의 가장 앞부분에서 괘의 개괄을 설명할 때 섞여 있는 경우가 있으므로 완전히 분리시킬 수 있는 부분만 분리하여 표제어를 달았다.

지 않는 사물이 없다. 《주역본의(周易本義)》에 "감은 서로 감동함이다."라고 한 것은 '모두 감동함[皆感]'의 뜻이 포함된 것이다.

선천팔괘(先天八卦)의 괘상(卦象)에 "산과 못이 기운을 통한다.[山澤通氣]"라고 하였으니, 사물이 서로 감동함은 산과 못만한 것이 없다. 그러므로 못이 산 위에 있는 것이 함(咸)이 된다.

대전(大傳)에서 가장 먼저 건(乾)과 곤(坤)이 자리를 정함을 말하고 다음으로 산과 못이 기운을 통함을 말하였으니,[2] 이 때문에 건괘와 곤괘가 상경(上經)의 처음이 되고 못과 산이 하경(下經)의 처음이 된 것이다. 위(位)는 대대(對待)가 되고자 하므로 건괘와 곤괘는 두 괘로 나뉘었고, 기(氣)는 유행(流行)하고자 하므로 산과 못이 하나의 괘로 합쳐졌다. 운봉 호씨(雲峰胡氏 호병문(胡炳文))는 "상경에서 건괘로 시작한 것은 기화(氣化)의 시작이고, 하경에서 함괘로 시작한 것은 형화(形化)의 시작이다. 건괘의 〈단전(彖傳)〉에서는 성(性)을 말하고 함괘의 〈단전〉에서는 정(情)을 말하였으며 복괘(復卦)의 〈단전〉에서는 천지의 마음을 말하고 함괘에서는 인심(人心)을 말하였으니, 역(易)을 배우는 자는 마땅히 깨달아야 한다."[3]라고 하였다.

---

2 대전(大傳)에서……말하였으니 : 대전은 《주역》의 괘사(卦辭)와 효사(爻辭)를 설명한 단전(彖傳), 상전(象傳), 문언전(文言傳), 계사전(繫辭傳), 설괘전(說卦傳), 서괘전(序卦傳), 잡괘전(雜卦傳)의 합칭이다. 〈설괘전〉에 "하늘과 땅이 제자리를 정하며, 산과 못이 기운을 통한다.[天地定位, 山澤通氣.]"라고 하였다.
3 상경에서……한다 : 《주역전의대전(周易傳義大全)》의 세주(細註)와 《주역본의통석(周易本義通釋)》 권12에 보인다.

단전(彖傳)

○ 유가 위에 있고 강이 아래에 있음〔柔上剛下〕: 못이 유이고 산이 강이니, 단지 남자가 여자에게 낮추는 것[4]만 가리킨 것이 아니다.

초육(初六)

○ 감동함이 그 엄지발가락〔咸其拇〕: 간(艮)은 손〔手〕이 되고 진(震)은 발〔足〕이 되는데,[5] 간은 진과 반대(反對)[6]이다.

육이(六二)

○ 감동함이 그 장딴지〔咸其腓〕: 호체(互體)의 손(巽)이 넓적다리가 되는데 장딴지는 넓적다리 아래에 있다.

---

4 남자가……것 :《이천역전(伊川易傳)》에 "유(柔)가 위로 올라가 강(剛)을 변하여 태(兌)를 이루고, 강(剛)이 아래로 내려와 유(柔)를 변하여 간(艮)을 이루어서 음양이 서로 사귀니 남녀가 서로 감동하는 뜻이 되며, 또 태녀(兌女)가 위에 있고 간남(艮男)이 아래에 있으니, 또한 유(柔)가 위에 있고 강(剛)이 아래에 있는 것이다.……간(艮)이 아래에서 그침은 독실한 정성으로 서로 낮춤이요, 태(兌)가 위에서 기뻐함은 화열(和說)함으로 서로 응함이요, 남자가 여자에게 낮춤은 화함이 지극한 것이다.〔柔上變剛而成兌, 剛下變柔而成艮, 陰陽相交, 爲男女交感之義, 又兌女在上, 艮男居下, 亦柔上剛下也.……艮止於下, 篤誠相下也; 兌說於上, 和說相應也; 以男下女, 和之至也.〕"라고 하였다.

5 간(艮)은……되는데 : 모두《주역》〈설괘전(說卦傳)〉에 나오는 말이다. 본편에서 괘가 어떠한 상(象)이 된다고 한 것은 대부분 〈설괘전〉과《구가역(九家易)》등 예로부터의 역설(易說)에 근거한 것으로, 이하로 이러한 부분이 나올 때에는 따로 주석을 달지 않는다.

6 반대(反對) : 도전(倒顚)이라고도 하며 서로 상하를 뒤집은 괘를 말한다.

구삼(九三)

○ 감동함이 그 넓적다리〔咸其股〕 : 호체의 손의 가운데이다.

○ 그 따름을 붙잡음〔執其隨〕 : 여러 학자들이 모두 '집(執)'을 잡아 지킨다는〔執守〕 의미로 보았다. 그러나 간(艮)은 손이 되어 물건을 붙잡는 상이 있다. 수괘(隨卦 ䷐)는 택뢰(澤雷)의 괘이니, 함괘의 하체(下體)의 간이 동(動)하면 진(震)이 되어 수괘를 이룬다. 간의 덕은 그침〔止〕이므로 그 따름을 붙잡아서 동하지 않으니,[7] 동하여 나아가면 부끄러울 것이다.

○ 〈상전(象傳)〉 또한 머물러 있지 않음〔亦不處〕 : 넓적다리는 움직이는 부위이다.

○ 뜻이 남을 따름에 있음〔志在隨人〕 : 장딴지와 엄지발가락이 모두 넓적다리를 따라 움직여서 위로 상육(上六)을 기뻐한다.

○ 잡은 것이 아래〔所執下〕 : 아래의 두 효를 잡아 모두 움직이지 않는다.

구사(九四)

○ 자주 왕래함〔憧憧往來〕 : 손(巽)에 진퇴(進退)의 상이 있다.

○ 벗이 네 생각을 따름〔朋從爾思〕 : 구사가 세 양의 가운데에 거하여 붕류(朋類)를 따르는 상이 있고, 생각으로 감동하여 오직 붕류만이 그것을 따르니 밝게 빛나고 드넓을 수 없다. 그러므로 〈상전〉에 '광대하지 못함〔未光大也〕'이라고 하였다.

7 그……않으니 : 수괘(隨卦)가 되려고 변동하는 것을 잡아 멈춘다는 말이다.

구오(九五)

○ 감동함이 그 등살[咸其脢] : '그 등에 그침[艮其背]'[8]과 같다. 감동하기를 마음으로 하지 않으니 바로 이 때문에 뉘우침이 없는 것이다.

○ 〈상전〉 뜻이 낮음[志末] : 《이천역전(伊川易傳)》에서는 "그 심장을 등져 등살을 감동시키라고 경계한 것이다."라고 하였는데 문세상 억지스러운 듯하다. 마땅히 《주역본의(周易本義)》에서 "남을 감동시키지 못함을 이른다."라고 한 것을 따라야 하니, 이 때문에 겨우 뉘우침이 없을 수 있고 크게 선하여 길할 수는 없는 것이다.

상육(上六)

○ 광대뼈와 빰과 혀[輔頰舌] : 태(兌)가 입과 혀가 된다. 상체(上體)의 세 효는 모두 위를 따라 감동하므로 '광대뼈와 빰과 혀'라고 일컬은 것이다. 길흉을 말하지 않은 것은 말로 사람을 감동시키는 것은 훌륭하다고 하기에는 부족하고, 유(柔)로써 강(剛)에 호응하는 것은 흉하고 허물이 생기는 데 이르지 않기 때문이다.

항괘(恒卦) ䷟

항괘는 우레와 바람 두 사물이 서로 함께하여 분리되지 않으니 이 때문에 '항(恒)'이 된 것이다. 상체(上體)와 하체(下體)의 강유(剛柔)가 서로 호응하고 여섯 효의 음양이 모두 서로 호응하니, 함괘(咸卦)의

---

8 그 등에 그침 : 〈간괘(艮卦) 단사(彖辭)〉의 말이다. 여기에서 '등'은 일이 한창 벌어져서 어찌할 수 없게 되기 이전을 뜻한다.

여섯 효도 그러하다. 그러므로 함괘의 〈단전〉에 '두 기운이 서로 감응하여 서로 함께함〔二氣感應以相與〕'이라고 하였다. 함괘에서는 감응을 말하고 항괘에서는 단지 서로 함께함을 말한 것은 각각 괘가 이루어지는 뜻을 따른 것이다.

'항'이라는 글자는 '심(心)'과 '일일(一日)'로 되어 있으니, 마음이 하루 같은 것[9]이 '항'이 된다.

〈단전〉에 '항은 오래 함〔恒 久也〕'이라고 하였으니, 상(常)이라 하지 않고 '구(久)'라 한 것은 오직 항상 된 연후라야 오래 할 수 있기 때문이다. 그러나 해와 달이 오고 감과 사시(四時)가 변화함이 오래 하면서도 항상 됨이 있는 것은 한 번 정해져서 바꿀 수 없다는 말이 아니다. 그러므로 또 '천지의 도는 항구하여 그치지 않음〔天地之道 恒久而不已也〕'이라고 하였으니, 이른바 '천지의 도'는 바로 한 번 음이 되고 한 번 양이 되는 것[10]을 이른다. 한 번 음이 되고 한 번 양이 되어 굽혀졌다 펴지면서 변역(變易)한 연후라야 그치지 않을 수 있다. 진재 서씨(進齋徐氏 서기(徐幾))는 "'항'에는 두 가지 뜻이 있으니, '바뀌지 않음〔不易〕'과 '그치지 않음〔不已〕'이다. '정함이 이로움〔利貞〕'은 '바뀌지 않음'의 '항'이고, '감이 이로움〔利往〕'은 '그치지 않음'의 '항'이다."[11]라고 하였다.

---

9 마음이……것 : 보통 처음 먹었던 그 마음이 그대로 이어진다는 비유로 쓰인다.

10 한 번 음이……것 :《주역》〈계사전 상(繫辭傳上)〉에 "한 번 음이 되고 한 번 양이 되는 것을 도라 하니, 이를 이어가는 것은 선이고 이를 갖추어놓은 것은 성이다.〔一陰一陽之謂道, 繼之者善也, 成之者性也.〕"라고 하였다. 음양이 서로 번갈아가면서 천지의 조화가 이루어진다는 말이다.

11 항에는……항이다 :《주역전의대전(周易傳義大全)》의 세주(細註)에 보인다.

대개 상경(上經)은 조화의 체(體)를 말하였으므로 네 정괘(正卦)를 주로 삼아 건괘(乾卦)와 곤괘(坤卦)를 첫머리에 놓고 감괘(坎卦)와 이괘(離卦)로 마쳤다. 그리고 하경(下經)은 조화의 용(用)을 말하였으므로 네 유괘(維卦)를 주로 삼아 태(兌)와 간(艮)으로 이루어진 괘를 머리에 놓고 진(震)과 손(巽)으로 이루어진 괘를 다음에 놓았다.

초육(初六)

○ 깊은 항[浚恒] : 준(浚)은 깊이 들어간다는 말이니 손(巽)의 상이다. 혹자는 "항괘의 초육은 바로 함괘의 상육(上六)이 뒤집힌 것이니 못[澤]의 상이 있다. 그러므로 '준'이라고 하였다."라고 한다.

구이(九二)

○ 구이에서 '항'을 말하지 않은 것은 강(剛)으로서 중정(中正)함을 얻어 진실로 그 '항'이 있어서이다. 그러므로 〈상전〉에 '중을 항구하게 하기 때문[能久中也]'이라고 하였다.

구삼(九三)

○ 그 덕을 항구히 하지 않음[不恒其德] : 손(巽)의 위에 거하여 진퇴(進退)와 과단성이 없는 상이 있고, 세 양의 가운데에 자리하여 승승(承乘)[12]이 모두 강(剛)이다. 그러므로 〈상전〉에 '용납할 곳이 없음[无所容也]'이라고 하였다.

---

12 승승(承乘) : '승(承)'은 아래의 효가 위에 있는 효의 뜻을 받들어 따르는 것이고, '승(乘)'은 위의 효가 바로 밑의 효를 타는 것이다.

○ 부끄러움이 혹 이름〔或承之羞〕 : 건괘 구삼의 '혹 뛰어오름〔或躍〕' 과 같으니, 의심하는 것이다. 위로 구사(九四)의 '짐승을 잡지 못함〔无禽〕'을 받들므로 '부끄러움'이 된다.

구사(九四)

○ 사냥하나 짐승을 잡지 못함〔田无禽〕 : 진(震)이 큰 길〔大塗〕이 되고 결단하기를 조급하게 함이 된다. 《우씨역(虞氏易)》[13]에 큰 사슴과 사슴이 된다고 하였으니, 사냥의 상이 있다. 그리고 아래로 초육의 음에 호응하여 얻는 바가 없으므로 '짐승을 잡지 못함'이 된다. 호씨(胡氏 호병문(胡炳文))는 "사괘(師卦)의 육오(六五)에 '밭에 짐승이 있다.〔田有禽〕'라고 하였으니, 육오는 유(柔)로서 중정(中正)하여 강(剛)에 응하는데 강은 실(實)하므로 짐승이 있는 것이다. 항괘의 구사는 강으로서 중정하지 못한 자리에 거하여 유에 응하는데 유는 허(虛)하므로 짐승을 잡지 못하는 것이다."[14]라고 하였다.

육오(六五)

○ 그 덕을 항구히 함〔恒其德〕 : 구삼의 '그 덕을 항구히 하지 않음'과 반대이니, 대개 구삼은 지나친 강(剛)이라 중정함을 잃었고 육오는 유(柔)로서 중정한 자리에 거하였기 때문이다.

---

13 우씨역(虞氏易) : 삼국시대 오(吳)나라 사람 우번(虞飜)의 역설(易說)인 《주역우씨역(周易虞氏易)》을 가리킨다.
14 사괘(師卦)의……것이다 : 《주역전의대전》의 세주와 《주역본의통석(周易本義通釋)》 권2에 보인다.

○ 부인은 길함〔婦人吉〕[15] : 유(柔)를 항상 됨으로 삼는 것이 부인의 도리이다. '남자〔夫子〕'의 경우는 의(義)로써 제재(制裁)하니 유를 항상 하지 못한다.

○ 주자(朱子)는 "《주역》을 볼 때 모름지기 상(象)과 점(占)을 이해해야 한다. 이른바 길흉이란 효(爻)가 길하고 흉하게 할 수 있는 것이 아니니, 효에 이러한 상이 있으면 점치는 자가 그 덕을 살펴 길하거나 흉함이 있는 것이다. 이 효의 경우 이미 부인이 되고 다시 남자가 된다는 것이 아니라 단지 그 덕을 항구히 하여 정(貞)한 상이 있으니, 점치는 자의 덕에 따라 길하기도 하고 흉하기도 한 것이다. 그 덕을 항구히 하지 않는 경우 바로 구삼에 이러한 상이 있으니 점치는 자가 그 덕을 항구히 할 수 있으면 부끄러움이 없을 것이다."[16]라고 하였다.

상육(上六)

○ 진동하는 항〔振恒〕 : 진(振)은 진(震)이니, 음으로서 위에 거하여 동(動)하여 그치지 못한다. 이 때문에 흉한 것이다.

둔괘(遯卦) ䷠

둔(遯)은 상(象)으로 말하면 하늘이 멀고 산이 깊으니 은둔할 만한 것이고, 덕으로 말하면 안은 그치고 밖은 강건하니 멀리 떠나는 것이다.

---

15 부인은 길함 : 본집에는 '부인(婦人)'이 '부자(婦子)'로 되어 있으나 《주역》에 의거하여 수정하여 번역하였다.

16 주역을……것이다 : 《주자어류(朱子語類)》 권73에 보인다.

단사(彖辭)

○ 조금 정함이 이로움[小利貞]:《주역본의(周易本義)》에서 소(小)를 소인(小人)이라고 하였는데 그렇지 않을 듯하다. 이미 소인이라면 무슨 정(貞)할 것이 있겠는가. 무릇 둔(遯)의 형통함은 단지 은둔하여 피하는 데 이로울 뿐이니, 운둔하여 피하는 형통함이 어찌 크게 정할 수 있겠는가. 단지 스스로를 지킬 따름이다. 대개 둔괘의 모양새는 간(艮)에서 말미암으니, 간의 체(體)는 구삼(九三)이 주가 된다. 그러므로 그 〈상전(象傳)〉에 '큰일은 할 수 없음[不可大事]'이라고 한 것은 바로 '조금 정함이 이롭다'는 말이다.

단전(彖傳)

○ 은둔하여 형통함[遯而亨]: 은둔한 연후에 형통하다는 것이다. 그러므로 아래에 '때와 함께 행함[與時行]'이라고 하였으니, 때에 따라 행하므로 형통한 것이다.

○ 조금 정함이 이롭다는 것은 점점 자라기 때문[小利貞 浸而長]: 음이 바야흐로 점점 자라나므로 조금 정할 수는 있고 크게 정할 수는 없다.

초육(初六)

○ 둔의 꼬리[遯尾]: 꼬리는 아래에 있는 물건이다. 둔의 때를 당하여 아래 자리에 거하여 갈 수가 없으니 《주역본의》가 옳다.[17]

---

17 주역본의가 옳다:《이천역전(伊川易傳)》에서는 "꼬리는 뒤에 있는 물건이다. 은둔하면서 뒤에 있으면 미치지 못하는 자이니 이 때문에 위태로운 것이다.[尾, 在後之物

육이(六二)

○ 황소[黃牛] : 곤(坤)의 상이다. 위의 효가 강(强)으로 변하므로
'혁(革)'이라고 일컬었다.

○ 잡음[執] : 간(艮)의 상이다.

○ 견고함을 벗길 수 없음[莫之勝說] : 마땅히 《주역본의》를 따라야
하니,[18] 〈단전〉에서 말한 견고한 뜻[固志]을 벗길[脫] 수 없는 것이다.

구삼(九三)

○ 매어 있는 은둔[係遯] : 간(艮)에 매는 상이 있다.

○ 신첩을 기름[畜臣妾] : 간이 내시[闇寺]가 된다.

구사(九四)

○ 좋은 은둔[好遯] : 간(艮)의 그침[止]을 벗어나 건(乾)의 강건함
에 처하여 은둔하기에 좋은 경우이다. 군자는 호연(浩然)하게 돌아가
고 소인은 망설이면서 결단하지 못하니, 재질은 강(剛)하고 자리는
유(柔)하므로 이러한 경계를 둔 것이다. 《이천역전(伊川易傳)》과 《주
역본의》에서 모두 좋아하면서도 은둔하는 것으로 풀이한 것은 문세상
그렇지 않을 듯하다.

也. 遯而在後, 不及者也, 是以危也.]"라고 하였고, 《주역본의》에서는 "은둔하면서 뒤에
있는 것은 꼬리의 상이니, 위험한 길이다. 점치는 자는 가는 바를 두어서는 안 되고
다만 숨어 처하고 고요히 기다려 재앙을 면할 뿐이다.[遯而在後, 尾之象, 危之道也.
占者不可以有所往, 但晦處靜俟, 可免災耳.]"라고 하였다.

18 견고함을……하니 : 《이천역전》에서는 '說'을 '言'의 의미로 보아 "견고함을 이루
말할 수 없다."로 풀이하였다.

구오(九五)

○ 아름다운 은둔〔嘉遯〕: 강(剛)이 중정하여 중정한 육이에 호응하니 은둔 중에서 아름다운 것이다. '좋은 은둔', '여유 있는 은둔〔肥遯〕'과 뜻이 같다.

상구(上九)

○ 여유 있는 은둔〔肥遯〕: 지위가 없는 곳에 거하여 가고 그침〔行止〕에 여유로우므로 이롭지 않음이 없으니, 이른바 싸움에서 이겨 살이 찐다는 것〔戰勝而肥〕[19]이다.

대저 둔괘의 형태는 아래 세 효의 체는 간(艮)이니 그침〔止〕으로써 은둔함이고, 위의 세 효의 체는 건(乾)이니 감〔行〕으로써 은둔함이다.

대장괘(大壯卦) ䷡

대장괘는 둔괘(遯卦)의 반대(反對)[20]이다. 둔괘는 음이 자라기 때문에 '조금 정함이 이롭고〔小利貞〕', 대장괘는 양이 왕성하기 때문에 곧바로 "정함이 이롭다.〔利貞〕"라고 말하였다.

---

19 싸움에서……것: '비(肥)'의 용법을 설명한 것이다. 증자(曾子)가 자하(子夏)를 만나서 "왜 살이 쪘는가?〔何肥也〕"라고 묻자 자하가 "싸움에서 이겼기 때문에 살이 쪘다.〔戰勝故肥也〕 내가 선왕(先王)의 의(義)를 봐도, 부귀의 즐거움을 봐도 둘 다 영광스럽게 여겨져 이 두 가지가 마음속에서 서로 싸워 승부가 나지 않아 몸이 여위었다가, 이제 선왕의 의가 이겨서 살이 쪘다."라고 대답하였다. 《韓非子 喩老》

20 반대(反對): 15쪽 주6 참조.

복괘(復卦)에 '천지의 마음을 봄[見天地之心]'이라고 한 것은 정(靜) 가운데 동(動)하는 것이고, 대장괘에서 '천지의 정을 볼 수 있음[天地之情可見]'이라고 한 것은 '정대(正大)'함으로 동하는 것이다.

호씨(胡氏 호병문(胡炳文))는 "맹자가 양기(養氣)를 논한 것이 여기에서 나왔다. '큰 것이 장성함이니 강(剛)으로써 동함[大者壯 剛而動]'이라는 것은 바로 '그 기가 지극히 크고 지극히 강하다.'라는 것이고, '큰 것이 바름[大者正]'이라는 것은 바로 '정직함으로써 길러 해침이 없다.'라는 것이다."[21]라고 하였다.

초구(初九)

○ 발에 장성함[壯于趾] : 아래에 있는 상이니, 위로 진(震)의 발에 호응한다. '발을 꾸밈[賁其趾]', '발에 차꼬를 채워 발꿈치를 상함[屨校減趾]'[22]과 같다.

구이(九二)

○ 정하여 길함[貞吉] : 《이천역전(伊川易傳)》에 "강(剛)과 유(柔)

---

21 맹자가……것이다 : 《주역전의대전(周易傳義大全)》의 세주(細註)와 《주역본의통석(周易本義通釋)》 권13에 보인다. 맹자가 양기를 논한 것은 《맹자》〈공손추 상(公孫丑上)〉에 공손추가 호연지기(浩然之氣)에 대해 묻자 맹자가 "그 기는 지극히 크고 지극히 강하니, 정직함으로써 잘 기르고 해침이 없으면 천지 사이에 꽉 차게 된다.[其爲氣也, 至大至剛, 以直養而無害, 則塞于天地之間.]"라고 한 것을 가리킨다.

22 발을……상함 : 앞 구절은 〈비괘(賁卦) 초구(初九)〉이고, 뒤의 구절은 〈서합괘(噬嗑卦) 초구〉이다. '屨校減趾'는 본집에는 '何校滅趾'로 되어 있으나 《주역》에 의거하여 수정하여 번역하였다.

가 중도(中道)를 얻어 지나치게 장성하지 않은 것이다."라고 한 것이
옳으니,[23] 초구의 '가면 흉함〔征凶〕'과 구삼(九三)의 '정하면 위태로움
〔貞厲〕'에 비해 좋다.

구삼(九三)

○ 숫양〔羝羊〕: 구삼에서 육오(六五)까지가 호체의 태(兌)이고 또
전체 괘의 획을 겹치면 태의 상이 있다. 그러므로 구삼 이상으로는
모두 양의 상을 취하였다.[24] 양의 성질은 나아가기를 좋아하므로 뿔을
쓰고, 구사(九四)의 강(剛)에 바짝 다가갔으므로 '울타리를 들이받음
〔觸藩〕'이 된다.

구사(九四)

○ 정하면 길하여 뉘우침이 없어짐〔貞 吉 悔亡〕: 구이의 '정하여 길
함'에 비해 오히려 경계를 둔 것은 중(中)하지 못하기 때문이다.
○ 울타리가 터짐〔藩決〕: 육오와 상육(上六)이 모두 음인데 사이를
뗄 수 있는 것이 없다.

---

23 이천역전(伊川易傳)에……옳으니: 《주역본의(周易本義)》에서는 "양이 음위(陰
位)에 거하여 이미 그 바름을 얻지 못하였으나 처한 바가 중(中)을 얻었으니, 오히려
이를 말미암아 그 바름을 잃지 않을 수 있다. 그러므로 점치는 자에게 중을 말미암아
바름을 구한 뒤에야 길함을 얻을 수 있다고 경계한 것이다.〔以陽居陰, 已不得其正矣,
然所處得中, 則猶可因以不失其正. 故戒占者使因中以求正然後, 可以得吉也.〕"라고 하
여 '정해야지 길하다.'의 의미로 보았다.
24 구삼에서……취하였다: 《주역》〈설괘전(說卦傳)〉에 태(兌)는 양이 된다고 하였
다.

○ 큰 수레의 바큇살[大輿之輹] : 곤(坤)이 첫 번째로 구하여 진(震)을 얻었으므로[25] 진에는 애초에 곤의 상이 있는데, 진은 또 큰 길[大塗]이 되고 동(動)하는 성질로 네 양이 함께 나아가므로 '큰 수레가 건장함[壯于大輿]'이 된다.

육오(六五)

○ 양을 화평(和平)함에 잃게 함[喪羊于易] : 《이천역전》이 옳다.[26] 유(柔)로서 존위(尊位)에 거하여 아래로 여러 양(陽)을 제어하니, 유가 강(剛)을 이기고 약함이 강함을 이길 수 있는 것이다.

○ 〈상전(象傳)〉 자리가 마땅하지 않기 때문[位不當] : 유가 존위에 자리한 것이다.

---

25 곤(坤)이……얻었으므로 : 《주역》〈설괘전〉에 "건(乾)은 하늘이므로 아비라 일컫고, 곤은 땅이므로 어미라 일컫고, 진(震)은 첫 번째로 구하여 남자를 얻었으므로 장남(長男)이라 이른다.〔乾天也, 故稱乎父 ; 坤地也, 故稱乎母 ; 震一索而得男, 故謂之長男.〕"라고 하였다.

26 이천역전이 옳다 : 《이천역전》에서는 "양(羊)은 떼 지어 다니고 들이받기를 좋아하니, 여러 양(陽)이 함께 나옴을 상징한 것이다. 네 양(陽)이 막 자라나 함께 나오니, 육오가 유(柔)로서 위에 거하여 만일 힘으로 제재하려 하면 이기기 어려워 뉘우침이 있을 것이요, 오직 화평함으로 대하면 여러 양(陽)이 그 강함을 쓸 곳이 없으니, 이는 그 장성함을 화평함에 잃는 것이다. 이와 같이 하면 뉘우침이 없을 수 있다.〔羊群行而喜觸, 以象諸陽竝進. 四陽方長而竝進, 五以柔居上, 若以力制, 則難勝而有悔, 唯和易以待之, 則群陽无所用其剛, 是喪其壯于和易也, 如此則可以无悔.〕"라고 하였다. 반면 《주역본의》에서는 "이(易)는 용이(容易)의 이(易)자이니, 갑작스러워 그 없어짐을 깨닫지 못함을 말한 것이다.〔易, 容易之易, 言忽然不覺其亡也.〕"라고 풀이하여 '양을 쉽게 잃는다.'의 의미로 보았다.

상육(上六)

○ 숫양이 울타리를 들이받음〔羝羊觸藩〕 : 아래로 구삼에 호응하여
그 상이 같다.

○ 물러가지 못함〔不能退〕 : 진(震)의 동함이 극에 달한 것이다.

○ 나아가지 못함〔不能遂〕 : 동함이 극에 달하면 뒤집히는데 유(柔)
로서 끝자리에 거하므로 이러한 상이 있다.

○ 어려우면 길함〔艱則吉〕 : 어려움을 알아 물러가니, 대개 우레가
하늘 위에 있는데 동함이 극에 달하여 다시 올라갈 수 없으므로 나아가
지 못하는 것이다.

진괘(晉卦) ䷢

진(晉)은 밝음이 땅 위로 나옴이니 밝음이 나아가는 것이다. 음이 넷
인 괘에 두 양이 위에 있고 양이 음 위에 있어 밝음의 주인이 된다.
이 때문에 밝음이 되어 나아가는 것이다.

단사(彖辭)

○ 나라를 편안히 하는 제후〔康侯〕 : 곤(坤)이 후(侯)의 상(象)이 된
다.

○ 말을 하사함〔用錫馬〕 : 이(離)가 오방(午方)에 자리하여 말의 상
이다.

○ 많음〔蕃庶〕 : 곤이 무리의 상이 된다.

○ 낮〔晝日〕 : 이(離)가 해가 된다.

○ 세 번 접견〔三接〕 : 이(離)의 자리가 3이다.[27]

초육(初六)

○ 나아가다가 꺾임〔晉如摧如〕 : 호체(互體)의 간(艮)이 그침〔止〕
이니 나아가다가 억눌린 것이다.

○ 믿어주지 않음〔罔孚〕 : 구사(九四)가 비록 초육에 호응하나 간에
의해 그치게 된다.

○ 여유로우면 허물이 없음〔裕 无咎〕 : 음의 유순함이다.

육이(六二)

○ 근심스러움〔愁如〕 : 위로 육오와 호응하는데 육오는 호체의 감
(坎)의 체(體)이고 감은 근심을 더함이 된다.

○ 조모〔王母〕 : 곤이 어미가 되고 위로 존귀한 음인 육오에 호응하
여 조모의 상이 된다.

육삼(六三)

○ 무리가 믿음〔眾允〕 : 무리는 곤의 상이고 믿음은 곤의 유순함이
다. 육삼은 제후의 자리가 되어 아래로 두 음에게 믿음을 받고 위로
이(離)의 밝음을 따르니, 바로 〈단전〉에서 일컬은 '나라를 편안히 하는
제후'이다.

구사(九四)

○ 석서(鼫鼠) : 간(艮)이 쥐가 되고 또 작은 돌이 되므로 '석(鼫)'이

---

27 이(離)의 자리가 3이다 : 〈복희선천팔괘도(伏羲先天八卦圖)〉에서 이(離)의 수는
3이다.

라고 일컬은 것이니, 호체의 감(坎)으로 밝음을 받든다. 쥐는 탐하면서 의심하므로 〈상전(象傳)〉에 "자리가 마땅하지 않기 때문이다.〔位不當也〕"라고 하였다. 호씨(胡氏 호병문(胡炳文))는 "진(晉)은 낮〔晝〕이다. 쥐는 낮에 숨으니, 낮에 나아갈 수 있는 것이 아니다."라고 하였다.

육오(六五)

○ 잃음과 얻음을 근심하지 않음〔失得勿恤〕: 아래의 세 음이 따르는 것이 이른바 얻음인데 구사의 양 하나가 막고 있어 잃을까 두려우나, 큰 밝음으로 존위(尊位)에 거하니 이 때문에 근심하지 않아서 끝내 이롭지 않음이 없다. 《이천역전(伊川易傳)》의 해설은 너무 깊이 들어갔고 《주역본의(周易本義)》가 옳다.[28]

상구(上九)

○ 뿔에 나아감〔晉其角〕: 그 체(體)로 보면 강(剛)이 위에 있고, 그

---

28 이천역전(伊川易傳)의……옳다 : 《이천역전》에서는 "육오는 대명(大明)의 군주이니, 밝게 비추지 못할까 근심할 것이 없고, 너무 밝게 대처하여 샅샅이 살펴서 일을 맡겨놓고 신임하는 도를 잃을까 근심해야 한다. 그러므로 잃고 얻음을 근심하지 말라고 경계한 것이다. 사사로운 뜻으로 편벽되게 맡겨놓고서 살피지 않는다면 가려짐이 있겠지만, 천하의 공정함을 다한다면 어찌 다시 사사로이 살피겠는가.〔六五, 大明之主, 不患其不能明照, 患其用明之過, 至於察察, 失委任之道. 故戒以失得勿恤也. 夫私意偏任, 不察則有蔽, 盡天下之公, 豈當復用私察也?〕"라고 하여 잃고 얻음을 근심하지 말라고 경계한 말로 풀이하였고, 《주역본의》에서는 "일체 공을 계산하고 이익을 도모하는 마음을 버리면 감에 길하여 이롭지 않음이 없을 것이다.〔一切去其計功謀利之心, 則往吉而无不利也.〕"라고 하여 이러한 덕을 가진 사람이 응할 수 있는 점사(占辭)의 의미로 보았다.

상으로 보면 불이 뾰족하게 위로 솟구친다.

○ 읍을 정벌함[伐邑] : 곤이 국읍(國邑)이 되고, 이(離)가 방패와 창이 된다.

대저 앞으로 나아가는 사물은 유(柔)가 귀하고 강(剛)은 귀하지 않다. 진괘 내괘(內卦)의 세 효는 모두 곤의 유순함이므로 초육과 육이는 길하고 육삼은 뉘우침이 없다. 구사와 상구는 양강(陽剛)으로서 자리가 마땅하지 않으므로 위태롭고 부끄럽다. 오직 육오는 유로서 중정하고 존위에 거하여 밝음의 주체가 되므로 길하고 이롭지 않음이 없다.

명이괘(明夷卦) ䷣

단사(彖辭)

"명이는 어려울 때 정함이 이로움[明夷 利艱貞] :《이천역전》에서는 어려운 때에 있어서 그 바름을 잃지 않는 것이라 하였고,《주역본의》에서는 어렵게 여겨 바름을 지키는 것이 이롭다고 하였다. 내가 살펴보건대 경문(經文)에 "큰 환난을 무릅씀[以蒙大難]"이라고 하고 또 "안에 있어 어려우나 그 뜻을 바르게 함[內難而能正其志]"이라고 하였으니, 마땅히 《이천역전》을 따라 어려운 때로 봐야 한다.

단전(彖傳)

○ 안은 문명하고 밖은 유순함[內文明而外柔順] : 문왕(文王)이 곤(坤)과 이(離) 두 체(體)의 상(象)을 얻은 것이다.

○ 안에 있어 어려우나 그 뜻을 바르게 함〔內難而能正其志〕: 기자 (箕子)가 육오(六五) 한 효의 뜻을 얻은 것이다.

초구(初九)

○ 날 때〔于飛〕: 이(離)가 새의 상이 된다.

○ 날개를 늘어뜨림〔垂翼〕: 손상되어 아래에 있는 것이다.

○ 떠나감〔于行〕: 불이 위로 타오르는 것이다.

○ 3일(三日): 이가 해가 되고 자리가 3에 거하는 것[29]이다.

○ 먹지 못함〔不食〕: 가운데가 비어 있는 것이다.

○ 나무라는 말을 함〔有言〕: 호체(互體)의 감(坎)의 험함이다.

육이(六二)

○ 왼쪽 다리〔左股〕: 날개의 아래로 음이 왼쪽이 된다.

○ 구원하는 말〔拯馬〕: 이(離)가 오방(午方)으로 감(坎)에 빠지는 것이다.

구삼(九三)

○ 남쪽으로 사냥함〔南狩〕: 이(離)가 남쪽이 되고 방패와 창이 되고 갑주(甲胄)가 된다.

○ 우두머리〔大首〕: 초구가 날개가 되므로 위가 머리가 된다.

29 자리가……것: 29쪽 주27 참조.

육사(六四)

○ 왼쪽 배〔左腹〕: 곤(坤)이 배가 되고 이(離)가 큰 배〔大腹〕가 되니, 이에서 곤으로 들어가는 것이다.

○ 명이의 마음〔明夷之心〕: 감(坎)이 마음이 된다.

○ 문정에 나옴〔于出門庭〕: 곤이 문이 된다.

○ 이 효에 대해 《이천역전》에서는 "음흉하고 간사한 소인이 군주에게 순종하여 그 사귐을 견고히 하는 것이다."라고 하였고, 《주역본의》에서는 "어두운 곳에 거하였으나 아직 얕아서 오히려 멀리 떠남에 뜻을 얻을 수 있다."라고 하였다. 내 생각에 아래의 세 효는 모두 밝음의 체(體)여서 손상을 면할 수 있으나, 육사의 경우에는 곤체(坤體)로 들어와 음으로서 유(柔)에 거하니 어찌 멀리 떠날 수 있겠는가. 대개 육사와 상육(上六)이 비록 정응(正應)[30]이 아니지만 똑같이 어두움의 체이자 음유(陰柔)이므로 복심(腹心)에 깊이 들어간다. 그리고 아래로 구삼의 양명(陽明)을 타므로 문을 나서는 상이 있는 것이다. 다만 거취를 정하지 못하였으므로 길흉을 말하지 않았다.

○ 〈상전(象傳)〉 마음의 억측을 얻은 것〔獲心意也〕: 의(意)는 음이 억(臆)이니, 가생(賈生 가의(賈誼))의 〈복조부(鵩鳥賦)〉에 "억측으로 대답해보겠습니다.〔請對以意〕"라고 하였다. 자서(字書)에 억(抑)

---

30 정응(正應): 정응에서 정(正)은 양의 자리에 양효가 놓이고 음의 자리에 음효가 놓이는 것을 말한다. 즉 1, 3, 5효에 양효가 놓이고 2, 4, 6효에 음효가 놓이는 것이다. 응(應)은 하괘의 첫 효와 상괘의 첫 효, 하괘의 둘째 효와 상괘의 둘째 효, 하괘의 셋째 효와 상괘의 셋째 효가 서로 짝을 지어 호응하는 것으로, 이때 음과 양으로 응하면 정응(正應) 또는 합응(合應)이라 하고, 양과 양 또는 음과 음으로 대치되는 경우에는 적응(敵應) 또는 무응(无應)이라고 한다.

과 같다고 하였다.[31]

육오(六五)

○ 기자의 명이[箕子之明夷] : 바로 〈단전〉의 '이려울 때 징함이 이로움'이다.

○ 〈상전〉 밝음이 그칠 수 없는 것[明不可息] : 해가 비록 땅으로 들어가나 밝음이 어두워진 적이 없다.

상육(上六)

○ 음이 극에 달하여 그 밝음을 잃은 것이다.

○ 하늘에 오름[登于天] : 윗자리에 거함이다.

○ 땅으로 들어감[入于地] : 곤의 체를 이룸이다.

구씨(丘氏 구부국(丘富國))는 "명이괘를 상(商)나라와 주(周)나라의 일을 가지고 개괄적으로 논해보면, 상육 한 효는 지극히 어두우니 주왕(紂王)의 어리석고 사나움이 되고, 육오는 어두움에 가까우니 기자가 옥에 갇히고 노예가 됨이고, 육사는 상육과 체(體)를 같이하면서 어두움을 피해 밝음으로 나아가니 미자(微子)가 은둔하여 떠남이 되

---

31 자서(字書)에……하였다 : 문맥상 의(意)의 뜻이 억(抑)이라는 말은 아닌 듯하다. 남송(南宋) 때 대동(戴侗)의 《육서고(六書故)》 권13에서 의(意)를 풀이하면서 가의(賈誼)의 〈복부(鵩賦)〉를 예로 들고 "의(意)는 억(億)이니, 대개 의에는 억(抑)의 음이 있다. 두 글자는 옛날에 통용하였다.〔意億. 盖意有抑音, 二字古通用也.〕"라고 하였고, 대부분의 자서(字書)에서 의(意)의 뜻을 억(億, 臆)으로 풀이하였지 억(抑)으로 풀이한 곳은 없다. 이에 근거하면 이계가 음이 억과 같다는 뜻으로 말한 것인 듯하다.

고, 구삼은 상육과 호응하여 밝음으로 어두움을 이기니 무왕(武王)이 주왕을 정벌함이 되고, 육이는 대신(大臣)의 자리에 있으면서 어두움 속에서 밝음을 감추니 문왕(文王)이 유리(羑里)에 갇힘이 되고, 초구는 어두움에서 다소 떨어져 손상됨을 보면 즉시 피하니 백이(伯夷)와 태공(太公)이 바닷가에서 사는 것이리라."[32]라고 하였다.

가인괘(家人卦) ䷤

가인괘는 아래가 이(離)이고 위가 손(巽)으로 안이 밝고 밖이 공순하니 집안을 다스리는 도이다. 문중자(文中子 왕통(王通))는 "안을 밝게 하고 바깥을 정제함이다.〔明內齊外〕"[33]라고 하였고, 〈설괘전(說卦傳)〉에는 "손에 정제한다.〔齊乎巽〕"라고 하였으니, 집안을 정제하는 상(象)이다. 또 손은 장녀(長女)로서 위에 있으니 어머니의 도이고, 이는 중녀(中女)로서 아래에 있으니 부인(婦人)의 도이다. 그러므로 〈단사(彖辭)〉에 '여자의 바름이 이로움〔利女貞〕'이라고 하였다. 바람이 불에서부터 나옴이니 또한 풍화(風化)를 집에서부터 하는 상이 있다.

초구(初九)

○ 집을 법도로 막음〔閑有家〕: 양강(陽剛)이므로 방한(防閑)하고, 초효에 있으므로 처음을 삼가는 것이다.

---

32 명이괘를······것이리라 : 《주역전의대전(周易傳義大全)》의 세주(細註)에 보인다.

33 안을······정제함이다 : 왕통(王通)의 《중설(中說)》 권6에 보인다.

육이(六二)

○ 규중(閨中)에 있으면서 음식을 장만함〔在中饋〕: 호체(互體)의 감(坎)에 술과 밥의 상이 있다. 또 가인괘는 정괘(鼎卦 ䷱)와 반대(反對)[34]인데 육이는 정괘의 중허(中虛)[35]에 해당한다. 그러므로 삶고 익히는 상이 있다.

구삼(九三)

○ 가인에게 엄하게 함〔家人嗃嗃〕: 강(剛)으로서 강에 거하니 매우 엄한 상이다.

○ 부인과 자식이 희희낙락함〔婦子嘻嘻〕: 위로 받들고 아래로 타는 것이 모두 음이니 마구 즐김을 경계한 것이다.

○ 구삼에서만 '가인'을 말한 것은 하체(下體)의 위에 거하여 어머니와 부인의 사이에 처하여 지아비의 도가 있어서이다.

육사(六四)

○ 집안이 부유함〔富家〕: 음으로서 유(柔)에 거하고 상체(上體)의 아래에 자리하여 어머니의 도가 있는데, 위로 구오(九五)에 순종하고 육이가 구삼을 따르니 집안의 도리가 큰 것이다. 《예기(禮記)》에 "부자가 돈독하고 형제가 우애 있고 부부가 화목하면 집안이 살찐다.〔父子篤 兄弟睦 夫婦和 家之肥也〕"[36]라고 하니, '비(肥)'는 부유함을 이른

---

34 반대(反對) : 15쪽 주6 참조.

35 중허(中虛) : 이(離)의 가운데가 음효로 비어 있는 부분을 가리킨다.

36 부자가……살찐다 :《예기(禮記)》〈예운(禮運)〉의 말이다.

다. 손(巽)은 시가(市價)의 세 배에 가까운 이득이니 또한 부유한 상이다.

구오(九五)

○ 왕이 집안사람들을 감동시킴〔王假有家〕: 임금의 자리에 거하여 중정(中正)함으로 집안에 모범을 보이는 것이다. 격(假)은 육이의 중정에 믿음을 받는 것이다.

○ 근심하지 않음〔勿恤〕: 문왕(文王)의 근심 없음[37]일 것이다.

상구(上九)

○ 믿음이 있고 위엄이 있음〔有孚威如〕: 손(巽)이 극에 달하였으므로 믿음이 있고, 강(剛)이 위에 있으므로 위엄이 있다.

○ 마침내 길함〔終吉〕: 집안의 도리가 이루어진 것이다.

○〈상전(象傳)〉자신을 돌이켜 살핌〔反身〕: 집안을 정제하고 나라를 다스림이 일체 수신(修身)에 근본한다.

대저 가인괘는 집안을 다스리는 도리를 다하였다. 집안의 도리가 바르게 되는 것은 부인의 공순함에 달려 있다. 그러므로〈단사〉에 '여자의 바름이 이로움'이라고 하였다. 괘에 음이 둘 있는데, 하체에 있

---

37 문왕(文王)의 근심 없음 : 《중용장구(中庸章句)》 제18장에 공자가 "근심이 없으신 분은 오직 문왕일 것이다. 왕계를 아버지로 삼고 무왕을 아들로 두셨으니, 아버지가 시작하자 아들이 계승하였다.〔無憂者, 其惟文王乎! 以王季爲父, 以武王爲子, 父作之, 子述之.〕"라고 하였다.

는 육이에서는 '이루는 바가 없음〔无攸遂〕'이라고 하고 〈상전〉에 '순하여 겸손하기 때문〔順以巽也〕'이라고 하였다. 그리고 상체에 있는 육사에서는 '집안이 부유함'이라고 하고 〈상전〉에 '순함으로 지위에 있기 때문〔順在位也〕'이라고 하였다. 집안을 다스리는 도는 장부(丈夫)의 엄함에 달려 있다. 그러므로 아래에 거하는 초구에서는 '집을 법도로 막음'이라고 하였으니 그 시작을 삼가는 것이고, 하체의 위에 거하는 구삼에서는 '엄하게 함'이라고 하였으니 그 분수를 엄히 하는 것이고, 존위(尊位)에 거하는 구오에서는 '왕이 집안사람들을 감동시킴'이라고 하였으니 성실과 신의를 서로 믿는 것이고, 마지막에 거하는 상구에서는 '믿음이 있고 위엄이 있음'이라고 하였으니 구삼과 구오의 덕을 겸하여 아울러 나아가는 것이다. 이상을 통해 집안의 도리가 완성되는 것이다.

규괘(睽卦) ䷥

규괘의 상(象)은 〈단전(彖傳)〉에 모두 설명되어 있다.[38] 유(柔)가 괘의 주체가 되므로 '작은 일은 길하니〔小事 吉〕', 소과괘(小過卦)의 '작은 일은 가하고 큰일은 불가함〔可小事 不可大事〕'[39]과 같다.

　　규괘는 혁괘(革卦 ䷰)의 반대(反對)[40]이니, 혁괘는 9가 오효(五爻)

38　단전(彖傳)에……있다 : 〈규괘 단전〉에 "불은 움직여 올라가고 못은 움직여 내려가며, 두 여자가 함께 사나 그 뜻이 한가지로 가지 않는다.〔火動而上, 澤動而下, 二女同居, 其志不同行.〕"라고 하였다.

39　작은……불가함 : 소과괘의 〈단사(彖辭)〉이다.

에 거하고 6이 이효(二爻)에 거하여 강(剛)과 유(柔)가 자리를 얻었다. 그러므로 크게 훌륭한 일을 할 수 있으니 탕왕(湯王)과 무왕(武王)의 혁명(革命)이 그러한 경우이다. 규괘는 6이 오효에 거하고 9가 이효에 거하여 강과 유가 자리를 잃었다. 그러므로 '작은 일은 길한' 것이다.

〈단전(彖傳)〉에서는 다르면서도 같음을 말하고[41] 〈대상(大象)〉에서는 '같으면서도 다름[同而異]'을 말하였다. 동인괘(同人卦)는 같은 것에서 다른 것을 분별하고[42] 규괘는 다른 것에서 같은 것을 구한다.

초구(初九)

○ 말을 잃음[喪馬] : 이(離)가 말의 상이 되고 불이 못[澤]과 어긋나므로 말을 잃음이 된다.

처음에는 다르다가 마지막에는 합치되므로 쫓지 않아도 스스로 돌아온다.[勿逐自復]

○ 악인(惡人) : 구사(九四)가 강(剛)으로서 유(柔)에 거함을 이르니, 부정(不正)함으로 감(坎)에 거하여 초구에 호응하지 않으므로 악

---

40 반대(反對) : 15쪽 주6 참조.

41 단전(彖傳)에서는……말하고 : 〈단전〉에 "천지가 다르나 그 일이 같으며, 남녀가 다르나 그 뜻이 통하며, 만물이 다르나 그 일이 같으니, 규(睽)의 때와 용(用)이 크다.〔天地睽而其事同也, 男女睽而其志通也, 萬物睽而其事類也, 睽之時用, 大矣哉.〕"라고 한 것을 가리킨다.

42 동인괘(同人卦)는……분별하고 : 〈동인괘 상전(象傳)〉에 "하늘과 불이 동인이니, 군자가 보고서 무리를 분류하며 사물을 분별한다.〔天與火同人, 君子以, 類族辨物.〕"라고 하였다.

인이라고 한 것이다. '악인을 보면 허물이 없는 것[見惡人 无咎]'은 끝내 실수가 없어서 서로 믿어서이니, 부자(夫子 공자)가 양화(陽貨)를 만나본 것과 같다.

구이(九二)

○ 골목에서 군주를 만남[遇主于巷]: 하체(下體)가 기뻐하고 밝음에 붙고[說而麗乎明], 상체(上體)가 중을 얻어 강에 호응하는[得中而應乎剛] 것이다. 만남이란 약속하지 않고 만나는 것이고, 골목이란 깊고 굽이진 곳이다. 호체(互體)의 감(坎)이 가운데에 있어 기제(旣濟☲)의 상을 이루지만 임금과 신하가 바르게 계합(契合)한 것이 아니므로 단지 "허물이 없음[无咎]"이라고만 말하였다. 〈상전(象傳)〉에 "도를 잃은 것은 아니다.[未失道也]"라고 하였으니, 오직 달절(達節)[43]한 자라야 이렇게 할 수 있다.

육삼(六三)

○ 보건대 수레가 뒤로 끌리고 소가 앞이 가로막힘[見輿曳 其牛掣]: 봄[見]은 이(離)의 상이고, 수레와 소는 모두 곤(坤)의 상이니 육삼의 음을 가리킨다. 구이가 육삼의 아래에 있어 나를 끌고, 구사가 육삼의 위에 있어 나를 가로막는 것이다. 끌고 막는 것은, 호체의

---

43 달절(達節): 보통의 규범에 구애되지 않으나 절의(節義)에 맞는 것을 말한다. 《춘추좌씨전(春秋左氏傳)》 성공(成公) 15년 기사에 "성인은 천명(天命)에 따라 행동할 뿐 분수에 구애받지 않고, 다음가는 현인은 분수를 잘 지키게 마련이고, 그 아래 어리석은 사람은 분수를 지키려 하지 않는다.[聖達節, 次守節, 下失節.]"라고 하였다.

감(坎)이 규(睽)에 거하므로 나아가거나 물러감이 모두 방해받는 것
이다.

○ 그 사람[其人] : 3이 인위(人位)여서이다.

○ 머리가 깎이고 코가 베임[天且劓] : 주자(朱子)가 "'천(天)'은 마
땅히 '이(而)'가 되어야 하니, 수염을 깎는 것이다. 전문(篆文)에 '천'은
'页'으로 되어 있고 '이'는 '兒'로 되어 있다."[44]라고 하고, 《이천역전(伊
川易傳)》에서 "머리를 깎음이다.[髡首]"라고 한 것이 옳다. 고주(古
註)[45]에 "이마에 자자(刺字)하는 것이다.[刺額]"라고 한 것은 잘못이
다. 육삼이 태(兌)의 윗자리에 거하여 상구(上九)에게 기쁨을 구하는
데 구사가 감(坎)의 험함으로 막고 이(離)가 방패와 창으로 공격하므
로 머리와 얼굴에 손상을 입는 것이다. 그러나 끝내 상구와 정응(正
應)[46]이 되어 합치됨을 얻는다. 그러므로 "처음은 없고 마침은 있다.[无
初 有終]"라고 하였다.

구사(九四)

○ 규에 외로움[睽孤] : 두 음 사이에 거한 것이다.

○ 훌륭한 남편[元夫] : 초구가 덕을 함께하여 서로 믿는 것이다. 구
씨(丘氏 구부국(丘富國))는 "구사는 초구와 덕을 함께하여 한결같은 정성
으로 서로 믿으니, 외로운 자는 만나고 위태로운 자는 편안하게 된다.
어찌 허물이 없을 뿐이겠는가. 두 양의 뜻이 행해짐을 얻을 것이다."[47]

---

44 천(天)은……있다 : 《주자어류(朱子語類)》 권72에 보인다.

45 고주(古註) : 《주역주소(周易注疏)》의 소(疏)를 가리킨다.

46 정응(正應) : 33쪽 주30 참조.

라고 하였다.

육오(六五)

○ 그 종족이 살을 깨묾〔厥宗噬膚〕: 호씨(胡氏 호병문(胡炳文))는 "육오와 구이는 들어오기 쉬운 상이다. 서합괘(噬嗑卦 ䷔)의 육이(六二)에 '살을 깨문다.〔噬膚〕'라고 하였는데, 규괘의 육오는 구이가 육오의 살을 깨무니, 규괘의 구이가 변하면 서합괘가 된다. 동인괘(同人卦)의 육이는 구오를 종족으로 삼고, 규괘의 육오는 구이를 종족으로 삼으니 모두 이(離) 가운데의 음효로 말한 것이다."[48]라고 하였다.

상구(上九)

○ 보건대 돼지가 진흙을 지고 있다.〔見豕負塗〕: 감(坎)이 돼지가 되고 못〔澤〕 위에 있는 것이다.

○ 귀신이 수레 하나 가득 실려 있음〔載鬼一車〕: 육삼의 수레와 소가 머리가 깎이고 코가 베인 사람을 싣고 있는 것이다.

○ 활〔弧〕: 나무를 부드럽게 구부린 것이 활이니, 규괘에서 취한 것이다.[49]

---

47 구사는……것이다 : 《주역전의대전(周易傳義大全)》의 세주(細註)에 보인다.

48 육오와……것이다 : 《주역전의대전》의 세주와 《주역본의통석(周易本義通釋)》 권5에 보인다.

49 규괘에서 취한 것이다 : 《주역》〈계사전 하(繫辭傳下)〉에 "나무에 활시위를 매어 활을 만들고 나무를 깎아 화살을 만들어서 활과 화살의 이로움으로 천하를 두렵게 하였으니, 규괘에서 취하였다.〔弦木爲弧, 剡木爲矢, 弧矢之利, 以威天下, 蓋取諸睽.〕"라고 하였다.

○ 배우자〔婚媾〕: 육삼의 음이 상구의 양에 호응하는 것이다.

○ 비를 만남〔遇雨〕: 택수(澤水)가 이화(離火)와 사귀는 것이다. 이들은 모두 처음에는 어그러지다가 종국에는 만나는 상을 취한 것이다. 그러므로 〈상전〉에 '모든 의심이 없어진 것〔群疑亡也〕'이라고 하였다.

대저 규괘는 두 체(體)로 말하면 상체와 하체가 서로 어긋난다. 그러므로 〈단전〉에 형통함과 이로움을 말하지 않았다. 그리고 여섯 효로 말하면 구이와 육오가 서로 호응하여 안은 기쁘고 밖은 밝다. 그러므로 효에 모두 흉함과 허물이 없다. 주자는 "《주역》은 대부분 점치는 자를 위해 말한 것이다. 점치는 법에서는 변효(變爻)를 취하니, 이 때문에 곤괘(困卦)가 비록 좋지 않으나 그 사이의 '제사를 지내는 것이 이로움〔利用祭祀〕' 같은 말은 도리어 좋은 것이다."[50]라고 하였다.

건괘(蹇卦) ䷦

단사(彖辭)

○ 건은 서남방이 이롭고 동북방은 이롭지 않음〔蹇 利西南 不利東北〕: 《이천역전(伊川易傳)》에서는 "서남방은 곤방(坤方)으로 평이

---

50 주역은……것이다: 《주자어류》 권72에 보인다. 이는 표면상으로 볼 때 그 괘나 효가 좋지 않음에도 그 효사에 좋은 말이 있는 이유를 말한 것이다. 《주역》의 말은 점치는 자를 위한 것이고, 《주역》을 점칠 때에는 노양(老陽)과 노음(老陰)의 변효를 살펴보는 것이므로, 《주역》의 말은 변한 효에 따라 바뀐 괘로 가서 그 말을 살펴보는 경우가 반영되어 표면적으로 보이는 것과는 다른 말이 있다는 뜻이다.

(平易)한 땅이다."라고 하였고, 주자(朱子)는 "곤(坤)의 제2획이 변하여 감(坎)이 되므로 서남방이라고 일컬었다."[51]라고 하였고, 호쌍호(胡雙湖 호일계(胡一桂))는 "간(艮)과 감은 동북방이니 서남방인 곤과 이(離)와 대(對)가 된다. 간과 감이 합쳐져 건괘가 되므로 동북방은 이롭지 않은 것이다."[52]라고 하였는데, 호쌍호의 설이 낫다. 그러나 초육(初六)에서 육사(六四)까지는 곤체(坤體)이고 가운데에 감(坎)의 험함이 있으므로 험함을 벗어나 평이한 곳으로 나아감이 이로운 것이다.

○ 대인을 만나봄이 이로움〔利見大人〕 : 상육(上六)을 가리킨다.

○ 자리에 마땅하여 정정(貞正)하여 길함〔當位貞吉〕 : 구오(九五)를 가리킨다.

초육(初六)

○ 오면 명예가 있음〔來譽〕 : 건(蹇)의 초기를 당하여 험함을 보고 그치니 이 때문에 명예가 있다.

육이(六二)

○ 왕의 신하가 어렵고 어려움〔王臣蹇蹇〕 : 육이가 대신(大臣)의 자리에 거하여 험함을 피할 수 없는데 상체(上體)가 감(坎)이고 가운데가 또 호체(互體)의 감이라 앞에 거듭된 험함이 있다. 그러므로 '어렵고 어려움'이라 하였다.

---

51 곤(坤)의……일컬었다 : 《주자어류》 권72에 보인다.
52 간(艮)과……것이다 : 《역부록찬주(易附錄纂注)》 권2에 보인다.

○ 자신의 연고가 아님[匪躬之故] : 간(艮)이 그 몸을 보지 못하는 것[53]이다. 초육은 가지 않음으로써 명예가 있고 육이는 자신의 연고가 아님으로써 허물이 없는 것은 지위가 있고 없음의 차이이다. 그 뜻을 가상히 여겨 그 재주를 미루어 헤아리므로 〈상전(象傳)〉에 "끝내 허물이 없으리라.[終无尤也]"라고 하였다.

구삼(九三)

○ 오면 돌아옴[來反] : 간(艮)의 위에 거하여 물의 험함을 만나 아래로 되돌아가 육이의 음에 의지하여 간의 그침[止]을 얻은 것이다.

육사(六四)

○ 오면 연합함[來連] : 처음으로 험한 데로 들어갔는데 유(柔)하여 건널 수가 없어 아래로 구삼에 연합하고 위로 구오에 도움을 받는 것이다.

구오(九五)

○ 크게 어려움에 벗이 옴[大蹇朋來] : 양으로서 험함에 거하므로 크게 어렵다고 하였고, 아래로 어렵고 어려운 신하에게 응하므로 벗이 온다고 하였다. 인군(人君)의 존귀함으로 험함을 건너는 때는 당하여 나는 갈 수 없고 벗이 오게 하는 것이다. 혹자는 "벗은 구삼이다.

---

53 간(艮)이……것 : 《간괘 단사(彖辭)》에 "그 등에 그치면 몸을 보지 못하며, 뜰에 가면서도 사람을 보지 못하여 허물이 없으리라.[艮其背, 不獲其身, 行其庭, 不見其人, 无咎.]"라고 하였다.

구삼과 구오가 모두 양이니 덕을 함께하여 벗이 된다. 건괘의 구삼을 뒤집으면 해괘(解卦 ䷧)의 구사(九四)가 되므로 해괘의 구사에서 '벗이 이름〔朋至〕'이라 하고 건괘의 구삼에서 '벗이 옴'이라 하였다."[54]라고 한다.

상육(上六)

○ 오면 큰 공이 있음〔來碩〕 : 아래로 구오의 양에게 나아가 그 공이 클 수 있다. 그리고 구오가 호체의 이(離)에 거하므로 대인을 만나봄이 이로운〔利見大人〕 것이다.[55] 큼〔碩〕은 박괘(剝卦 ䷖)의 '큰 과일〔碩果〕'과 같으니, 모두 간(艮)의 돌〔石〕을 따른다.

대저 건괘는 간(艮)의 덕은 그침이고 감(坎)의 성질은 아래로 나아가는 것이므로 모두 오는 것을 선하게 여기며, 험함을 보고 그칠 수 있고 높은 데 거하여 낮출 수 있으므로 여섯 효에 흉함과 허물이 없다. 상육은 험한 데서 나와 귀함을 따르므로 끝내 길함에 이르는 것이다.

해괘(解卦) ䷧

해괘는 획으로 보면 건괘(蹇卦 ䷦)의 반대(反對)[56]이니, 물이 산 위에

---

54 벗은……하였다 : 호병문(胡炳文)의 《주역본의통석(周易本義通釋)》 권2에 혹자의 말로 실려 있다.

55 호체의……것이다 : 〈이괘(離卦) 상전(象傳)〉에 "밝음이 둘인 것이 이(離)가 되니, 대인이 보고서 밝음을 이어 사방을 비춘다.〔明兩作离, 大人以, 繼明, 照于四方.〕"라고 하였다.

있으면 엉겨서 험하고 우레가 물 위에 치면 풀려서 흩어진다. 전체 괘의 모양으로 보면 둔괘(屯卦 ䷂)의 반대이니, 험한 가운데서 동(動)함이 둔괘가 되고 험함의 바깥에서 동함이 해괘가 된다. 둔괘는 감(坎)이 위에 있어 구름이 되는데 비를 만들지 못하였으므로 '천조(天造)가 풀이 싹 트지 못하고〔天造草昧〕'[57], 해괘는 감이 아래에 있어 비를 만들므로 "초목의 싹이 튼다.〔草木甲坼〕"

단사(彖辭)

○ 서남방이 이로움〔利西南〕: 해괘는 건괘와 반대이므로 건괘는 동북방이 이롭지 않고〔不利東北〕, 해괘는 서남방이 이로운 것이다. 해괘는 이미 험함을 벗어났으므로 동북방이 이롭지 않음은 말하지 않고 단지 서남방이 이로움을 말하였다.

○ 갈 곳이 없음〔无所往〕: 내괘(內卦)가 감(坎)의 험함인 것이다.

○ 갈 곳이 있음〔有攸往〕: 외괘(外卦)가 진(震)의 동함인 것이다.

○ 험함을 만났을 때는 멈춤이 귀하므로 와서 돌아오고〔來復〕, 험함을 벗어났을 때는 신속함이 귀하므로 일찍 함이 길한〔夙吉〕 것이다.

---

56 반대(反對) : 15쪽 주6 참조.

57 천조(天造)가……못하고 : 둔괘의 단사(彖辭)이다. 《이천역전(伊川易傳)》과 《주역본의(周易本義)》에서 모두 '초(草)'를 '난(亂)'의 의미로 보아 "천운(天運)이 어지럽고 어두워"로 풀이하였다. 이계는 본집 외집(外集) 권7 〈대상해(大象解)〉에서 "둔은 풀이 땅에서 나와 싹이 트지 못한 상이다.〔屯者, 草出土而未申之象.〕"라고 하였으므로 이에 의거하여 번역하였다. '초매'에 대해서는 풀의 상으로 이계의 견해를 반영하였으나, '천조'는 이계의 견해가 어떠한지 확인할 수 없으므로 우선 원문 그대로 두었다.

단전(彖傳)

○ 가서 무리를 얻음〔往得衆〕 : 진(震)이 곤체(坤體)로 들어감이다.

○ 중을 얻음〔乃得中〕 : 감(坎)에서 양이 가운데 있음이다.

○ 가서 공이 있음〔往有功〕 : 진이 험함에서 벗어남이다.

초육(初六)

○ 허물이 없음〔无咎〕 : 유(柔)로서 아래에 거하여 풀림〔解〕의 초기를 당하였으므로 겨우 허물이 없을 따름이다.

구이(九二)

○ 사냥하여 세 마리 여우를 잡음〔田獲三狐〕 : 강(剛)으로서 어려움을 품이니, 사냥에서 해로움을 제거하는 것과 같다. 진(震)에 사냥의 상이 있다.

○ 세 마리 여우 : 육삼(六三)의 음을 가리키고, 호체(互體)의 감(坎)은 《구가역(九家易)》에서 여우가 된다.

○ 누런 화살〔黃矢〕 : 서합괘(噬嗑卦) 구사(九四)의 '황금 화살〔金矢〕'과 같으니 모두 이체(離體)이다. 이(離)는 갑주(甲胄)가 되고 방패와 창이 되고 또한 활과 화살의 상이 있다. 그러므로 '나무를 구부려 활을 만들고 나무를 깎아 화살을 만듦은 대개 규괘(睽卦 ☲)에서 취한 것'[58]이니, 규괘도 이체이다.

---

58 나무를 구부려……것 : 《주역》〈계사전 하(繫辭傳下)〉의 말이다. 42쪽 주49 참조.

육삼(六三)

○ 질 것이 또 타고 있음〔負且乘〕:〈계사전(繫辭傳)〉에 자세히 설명되어 있다.[59] 상(象)으로 말하면 짊〔負〕은 구사를 가리키고 탐〔乘〕은 구이를 가리킨다. 유(柔)가 두 강(剛) 사이에 거함은 질 것이 또 타고 있음과 같으니, 이 때문에 도적을 부르는〔致寇〕 것이다.

○ 도적〔寇〕:상육(上六)의 음을 가리킨다.

○ 정하면 부끄러움〔貞吝〕:이러한 자세를 정고(貞固)하게 지키면 뉘우침과 부끄러움이 있으니, 자기 자리가 아닌 자리에 처했으면 피하여 떠나기를 신속하게 해야 한다는 말이다.

구사(九四)

○ 엄지발가락을 풂〔解而拇〕:엄지발가락을 여러 학자들이 모두 초육이라고 하였으나 그렇지 않은 듯하다. 대개 진(震)은 발이 되니, 구사가 동하는 진의 아래에 거하므로 엄지발가락의 상을 취한 것이다. 험함을 벗어나는 시작은 먼저 엄지발가락의 움직임부터이다.

○ 벗이 이름〔朋至〕:상육과 육오(六五) 두 효를 가리키니, 모두 따

---

59 계사전(繫辭傳)에……있다 : 《주역》〈계사전 상(繫辭傳上)〉에 "짐을 지는 것은 소인의 일이요, 타는 수레는 군자의 기구이다. 소인이 군자의 기구를 타기 때문에 도적이 이를 빼앗으려고 생각하고, 윗사람을 소홀히 하고 아랫사람을 사납게 대하기 때문에 도적이 칠 것을 생각하는 것이다. 보관을 허술하게 함이 도적을 가르치며, 모양을 치장함이 간음을 가르치는 것이니, 역(易)에 '질 것이 또 타고 있는지라 도적이 옴을 이룬다.'라고 하였으니, 도적을 불러들이는 것이다.〔負也者, 小人之事也; 乘也者, 君子之器也. 小人而乘君子之器, 盜思奪之矣; 上慢下暴, 盜思伐之矣. 慢藏, 誨盜, 冶容, 誨淫, 易曰 "負且乘, 致寇至", 盜之招也.〕"라고 하였다.

라서 움직여[60] 함께 어려움을 푸는 것이다. 그러므로 상육과 육오에서 모두 풀림을 말하였다.

○ 〈상전(象傳)〉 자리에 마땅하지 않음〔未當位〕: 구사가 양으로서 음의 자리에 거하니 마땅히 나아가야 하고 미물러 거해서는 안 됨을 말한 것이지 초육과의 호응을 경계한 것이 아니다.

육오(六五)

○ 군자가 풀어버림이 있음〔君子維有解〕: 존귀한 자리에 거하므로 군자라고 일컬었고, 아래로 구이에 호응하므로 감(坎)의 어려움을 풀 수 있다.

○ 소인에게 감통(感通)함이 있음〔有孚于小人〕: 음양이 서로 호응하여 감통함이다.

○ 〈상전〉 소인이 물러감〔小人退〕: 군자에게 교화된 것이다.

상육(上六)

○ 공이 높은 담장에서 새매를 쏘아 잡음〔公用射隼于高墉〕: 새매는 육삼이 거하는 이(離)가 새의 상이 된다. 호체의 감(坎)이 활과 바퀴가 된다. 담장은 육삼이 음으로서 하체(下體)의 위에 거하는 것이다.

○ 이롭지 않음이 없음〔无不利〕: 풀림이 지극한 것이다.

대저 해괘는, 내괘의 세 효는 감체(坎體)에 거하므로 어려움을 풀 수

---

60 따라서 움직여 : 진(震)이 발이 되는데 엄지발가락이 움직임에 그에 연결된 발의 각 부분이 따라서 움직인다는 말이다.

없고, 오직 구이가 강양(剛陽)으로 중(中)을 얻어 황금 화살로 여우를 잡는 상이 있다. 그리고 외괘의 세 효는 진체(震體)에 거하므로 모두 풀림을 말하였고, 상육은 풀림의 마지막에 거하므로 새매를 쏘아 잡는 것이다. 구이와 상육이 잡은 것은 모두 육삼을 가리키는데 앞에서 여우라 하고 뒤에서는 새매라 한 것은, 소인의 성질은 처음에는 간사하고 아첨함으로 뜻을 얻고 마지막에는 몰래 공격하여 사물을 해치므로 취하는 상이 같지 않은 것이다. 그러나 어려움에서 풀려난다는 점에서는 똑같다.

손괘(損卦) ䷨

손괘의 상(象)과 뜻은 《이천역전(伊川易傳)》에 잘 설명되어 있다. 괘덕(卦德)으로 말하면 상체(上體)는 그침[止]이고 하체(下體)는 기쁨[說]이니, 또한 아래에서 위를 받드는 뜻이다.

단사(彖辭)

○ 믿음을 둠[有孚] : 가운데가 허(虛)하니 중부(中孚)의 상이 있다.[61]

○ 가는 바를 둠이 이로움[利有攸往] : 아래에서 가서 위를 더하는 것이다.

○ 두 그릇[二簋] : 하체(下體)의 두 양이다. 세 양이 지나치게 왕성

---

61 가운데가……있다 : 중부괘(中孚卦 ䷼) 역시 안과 밖은 실(實)하고 가운데가 허한 상이다.

하므로 하나를 덜고 둘을 남기니 또한 위로 제향(祭享)하기에 충분하다. 가운데를 비워 믿음을 두었으므로 제향할 수 있는 것이다.

단전(彖傳)

○ 덜고 더하며 채우고 비움을 때에 따라 함께 행함[損益盈虛 與時偕行] : 차 있는 것은 덜고 빈 것은 더하는 것을 때의 마땅함에 따름이다. 때란 그 가(可)할 때를 당했다는 말이다.

초구(初九)

○ 일을 마침[已事] : 손(損)의 때를 당하여 아래에 있는 자가 할 수 있는 일이 없다.

○ 빨리 감[遄往] : 위를 더하는 도리는 늦출 수 없다.

○ 짐작하여 덞[酌損之] : 아래의 일을 덜기를 지나치게 할 수 없다.

구이(九二)

○ 가면 흉함[征凶] : 호체(互體)의 진(震)의 초기에 망령되이 움직임을 경계한 것이다.

○ 덜지 않아야 유익함[弗損益之] : 양강(陽剛)이 중(中)을 얻어 상체의 기틀이 되니 스스로 덜지 않아야 위에 더할 수 있다.

육삼(六三)

○ 세 사람이 감[三人行] : 호씨(胡氏 호병문(胡炳文))는 "세 사람이 갈 때 한 사람을 덜면 두 사람이 되고, 한 사람이 갈 때 벗을 얻어도 두 사람이 된다. 천지 사이에 음양과 강유(剛柔)와 귀신 모두 둘일 따름이

다. '일(一)'은 한 번 음이 되고 한 번 양이 된다는 말이니, 각각 그 '일'을 다하면 둘이 된다."[62]라고 하였다.

육사(六四)

○ 그 병을 덞[損其疾] : 유(柔)로서 유의 자리에 거하여 지나치게 유함이 병이 되는데 초구의 양에 호응하여 나의 병을 덜고 상대가 더해 줌을 받는다. 호체에서 육사는 진(震)과 간(艮)이 만나는 지점에 거하여 동했다가 그침을 만나니 병에 걸렸다가 덜어짐을 당한 것이다.

○ 빠르게 함[使遄] : 바로 초구의 '빨리 감'이니 초구가 나에게 더하도록 하는 것이다.

육오(六五)

○ 십붕의 거북[十朋之龜] : 《주역본의(周易本義)》처럼 읽어야 옳다.[63] 왕언장(汪彦章 왕조(汪藻))은 "이(離)는 거북이 되니 이괘(頤卦 ䷚)의 '신령스러운 거북[靈龜]'과 같다. 손괘의 '십붕의 거북을 더함[益十朋之龜]'은 괘에 비록 이(離)가 없으나 괘의 전체 모습이 이(離)와 비슷하다."[64]라고 하였다. '십'은 호체의 곤(坤)의 수이다.

---

62 세 사람이 갈……된다 : 《주역전의대전(周易傳義大全)》의 세주(細註)와 《주역본의통석(周易本義通釋)》 권2에 보인다.

63 십붕의……옳다 : 《이천역전(伊川易傳)》에서는 '붕(朋)'을 '벗'의 뜻으로 보아 "혹 더해주면 열 벗이 도와주는지라 거북점도 능히 이기지 못하리니 크게 선하여 길하다.〔或益之, 十朋之, 龜弗克違, 元吉.〕"라고 읽었고, 《주역본의》에서는 '붕'을 '두 마리의 거북'의 뜻으로 보아 "혹자가 십붕의 거북을 더해주되 사양할 수 없으니 크게 선하여 길하다.〔或益之十朋之龜, 弗克違, 元吉.〕"라고 읽었다.

○ 혹자(或者) : 기약하지 않음을 뜻하는 단어이다. 육오는 존위(尊位)에 거하여 중(中)을 얻어서 자신을 비워 아래에 응하여 천하의 더해줌을 받으니, 얻기를 기약하지 않았어도 사양할 수 없다. 그러므로 크게 선하여 길한[元吉] 것이다.

상구(上九)

○ 덜지 말고 더해줌[弗損益之] : 《이천역전》에서는 "아래를 덜지 않고 더해주는 것이다."라고 하였고, 《주역본의》에서는 "자기를 덜어내기를 기다리지 않은 뒤라야 남을 유익하게 하는 것이다."라고 하였다. 내가 생각건대 손괘의 이루어짐은 아래를 덜어 위에 더하는 데 달려 있는데, 아래의 세 효는 자신을 덜어 남을 따르는 자이고, 위의 세 효는 아래를 덜어 위에 더하는 자이다. 상구는 손(損)의 지극함에 거하여 아래를 덜 수 없음에도 도리어 천하의 더해줌을 받는다. 그러므로 '신하를 얻음이 집안에서만이 아님[得臣无家]'이라 하고, 〈상전〉에서도 '크게 뜻을 얻음[大得志也]'이라고 하였다.

○ 신하를 얻음 : 양이 위에 있고 뭇 음이 따르는 것이다.

○ 집안에서만이 아님 : 간(艮)이 문이 되니 안에서부터 밖에까지 미치는 것이다.

○ 육삼에서는 '벗을 얻음[得友]'이 되고 상구에서는 '신하를 얻음'이 되는 것은 상체와 하체의 분한(分限)이다.

대저 손괘는 아래를 덜어 위에 더하니 선(善)한 도리가 아닌데 여섯

64 이(離)는……비슷하다 : 《주역전의대전》의 세주에 보인다.

효에 모두 흉함과 허물이 없는 것은 어째서인가? 괘체(卦體)에 있어서는 강(剛)을 덜어 유(柔)에 보태고, 여섯 효에 있어서는 음양이 모두 호응하니 이 때문에 길한 것이다.

익괘(益卦) ䷩

익괘는 바람과 우레 두 물건이 스스로 서로 돕고 보탬이라는 것은《이천역전(伊川易傳)》과《주역본의(周易本義)》에서 말하였다. 또 만물을 고동(鼓動)시키는 것으로 바람과 우레만한 것이 없다. 봄과 여름의 자리에 거하여 만물을 생육하니 만물을 살리는 유익함이 이보다 큰 것은 없다. 신농씨(神農氏)가 나무를 깎아 쟁기를 만들고 나무를 휘어 쟁기 자루를 만듦은 대개 익괘에서 취한 것이니,[65] 손(巽)과 진(震)은 모두 목(木)이어서 쟁기 자루와 쟁기의 상이 된다. 백성을 살리는 유익함이 이보다 큰 것은 없다.

단사(彖辭)

○ 가는 바를 둠이 이로움〔利有攸往〕: 우레를 나타내는 진(震)이다.
○ 대천을 건넘이 이로움〔利涉大川〕: 나무를 나타내는 손(巽)이다.

단전(彖傳)

○ 나무의 도가 이에 행해짐〔木道乃行〕:《이천역전》에서 '목도(木道)'를 '익도(益道)'로 본 것은 꼭 그렇지는 않을 듯하다.《주역본의》에

---

65 신농씨(神農氏)가……것이니 :《주역》〈계사전 하(繫辭傳下)〉의 말이다.

서는 '목(木)'자 그대로 따랐다. 이는 하늘이 베풀고 땅이 낳음에 곤(坤)이 첫 번째로 구하여 진(震)을 얻고 건(乾)이 첫 번째로 구하여 손(巽)을 얻음이니,[66] 양이 베풀고 음이 낳는 것이다.

초구(初九)

○ 크게 일으킴이 이로움〔利用大作〕 : 양이 아래에서 움직임에 위에서 보탬을 받으니, 진(震)의 처음에 거하여 손(巽)의 손순(遜順)함에 호응한다.

육이(六二)

○ 십붕의 거북〔十朋之龜〕 : 손괘(損卦) 육오(六五)와 상이 같다.

○ 손괘 육오는 크게 선하여 길하니〔元吉〕 군주의 도리이고, 익괘 육이는 영구히 하고 정고히 함〔永貞〕이니 신하의 도리이다.

○ 손괘는 '두 그릇〔二簋〕'을 가지고 제향하니 손(損)의 때를 당하여 예(禮)가 차라리 검소한 것[67]이고, 익괘는 '상제(上帝)에게 제향〔用享帝〕'하니 익(益)의 때를 당하여 제향에 제물을 구비한 것이다.

○ 〈상전(象傳)〉혹 더해준다는 것은 밖으로부터 오는 것이다.〔或益之 自外來〕 : '혹'은 기약하지 않고 확정하지 않음을 뜻하는 단어이다. 육이의 '혹 더해줌〔或益〕'은 위에서 아래로 더해줄 때 더해달라고 요구

---

66 하늘이……얻음이니 : 후천팔괘(後天八卦)에서 건과 곤은 부모이고 진은 장남, 손은 장녀가 된다. 또한 건(☰)에서 음효가 하나 생긴 것이 손(☴)이고, 곤(☷)에서 양효가 하나 생긴 것이 진(☳)이다.

67 예(禮)가……것 : 《논어》〈팔일(八佾)〉에 "예는 사치스럽기보다 차라리 검소해야 한다.〔禮, 與其奢也, 寧儉.〕"라고 한 데서 가져온 말이다.

하기 전에 해주는 것이고, 상구(上九)의 '혹 공격함〔或擊〕'은 더해주기를 요구함을 그치지 않아 아래에서 위를 공격하는 것이다.

육삼(六三)

○ 흉한 일로 더해줌〔益之用凶事〕:〈계사전(繫辭傳)〉에 "3은 흉함이 많다."라고 하였다.[68] 동(動)함의 지극함으로 하체(下體)의 위에 거하였으니 응당 근심스럽고 비상(非常)한 일이 있을 것이다. 반드시 믿음을 두고 중도(中道)로 한 연후라야 허물이 없는 도가 된다.

○ 공에게 고하되 규로써 함〔告公用圭〕:《주례(周禮)》에 "진규(珍圭)로 제후를 징소(徵召)하여 흉황(凶荒)을 구휼한다."[69]라고 하였으니, 무릇 아래에 있으면서 흉한 일을 당했을 때에는 윗사람에게 신임을 받는 상태에서 또 윗사람의 명을 받들어야 흉함과 허물을 면하는 것이다. 상체(上體)의 손(巽)은 건(乾)에서 변한 것이므로 구오(九五)와 상구(上九)에 건의 상이 있으니, 육이가 '상제에게 제향하고' 육삼이 '규로써 함'은 모두 위로 건에 호응하는 것이다.

육사(六四)

○ 국도(國都)를 옮김〔遷國〕: 육이에서 육사까지 곤(坤)을 이루는데 아래에서 진(震)이 동(動)하는 것이다.[70]

---

68 계사전(繫辭傳)에……하였다:《주역》〈계사전 하〉에 "3과 5는 공이 같으나 자리가 달라 3은 흉함이 많고 5는 공이 많음은 귀천의 차등 때문이니, 유(柔)는 위태롭고 강(剛)은 이겨낼 것이다.〔三與五同功而異位, 三多凶, 五多功, 貴賤之等也. 其柔危, 其剛勝耶.〕"라고 하였다.

69 진규(珍圭)로……구휼한다:《주례(周禮)》〈춘관(春官) 전서(典瑞)〉의 말이다.

구오(九五)

○ 은혜로운 마음에 믿음을 둠[有孚惠心] : 위에서 믿음을 두어 아래에 더해주는 것이다.

○ 믿음을 두어 나의 덕을 은혜롭게 여김[有孚惠我德] : 아래에서 위의 믿음을 가슴에 품는 것이다.

'믿음을 둠'을 두 번 말한 것은 상하가 서로 더해주는 것으로 믿음만한 것이 없어서이다.

상구(上九)

○ 유익하게 해주는 이가 없고 혹 공격함[莫益之 或擊之] : 아래에 더해주는 때에 자신에게 더해주기를 요구함이니, 단지 유익함이 없을 뿐 아니라 도리어 해가 된다.

○ 마음을 세우되 항상 하지 말아야 함[立心勿恒] : 항괘(恒卦 ䷟)와 익괘가 반대(反對)[71]가 되니, 익괘의 상구는 곧 항괘의 구삼(九三)이 되어 '마음을 세우되 항상 하지 말아야 함'이 곧 '그 덕을 항구히 하지 않음[不恒其德]'이 되는 것이다. 항괘의 구삼은 아래에 있으므로 '부끄러움[吝]'에 그쳤고, 익괘의 상구는 위에 거하므로 곧바로 '흉함[凶]'이라고 말하였다. 대개 손(巽)은 과단성 없음이 되고 진퇴(進退)가 되고 조급한 괘가 된다. 그러므로 '항상 하지 말아야 함'의 상이 된다. 손(損)이 극에 달하면 반드시 익(益)이 되므로 손괘의 상구는

---

70 육이에서……것이다 : 땅을 나타내는 곤과 동(動)함을 나타내는 진을 연결해 풀이한 것이다.

71 반대(反對) : 15쪽 주6 참조.

길하고, 익이 극에 달하면 도리어 손이 되므로 익괘의 상구는 흉하니, "자만하면 손해를 부르고 겸손하면 이익을 받는다〔滿招損 謙受益〕"[72] 라는 이치이다.

대저 익괘의 도는 전적으로 위의 더해줌을 받는 것이다. 그러므로 초육에 '크게 일으킴'이라고 하고, 육이에 '제향'이라고 하고, 육삼에 '공에게 고하되 규로써 함'이라고 하고, 육사에 '공에게 고함에 따름〔告公從〕'이라고 하고, 구오에 '나의 덕을 은혜롭게 여김'이라고 하니, 모두 길하고 허물이 없다. 오직 상구는 위에 거하여 더해주기를 요구하므로 혹 공격하여 흉한 것이다.

쾌괘(夬卦) ䷪

쾌괘는 괘체(卦體)로 보면 음이 양 위에 있어 반드시 터짐〔決〕에 이르고, 괘상(卦象)으로 보면 못〔澤〕이 지극히 높은 곳에 있어 반드시 무너짐〔潰〕에 이른다.

단사(彖辭)

○ 왕의 조정에서 드러냄〔揚于王庭〕 : 선천(先天)에서 건(乾)은 남쪽이고 태(兌)는 동남쪽이니, 양기(陽氣)가 지극히 왕성한 때에 왕자(王者)가 밝음으로 향하는 상이다.

○ 믿음으로 호령함〔孚號〕 : 건의 강실(剛實)함이 믿음이 되고, 태

---

72 자만하면……받는다 : 《서경》〈우서(虞書) 대우모(大禹謨)〉의 말이다.

가 입과 혀인 것이 호령이 된다. 괘체가 하나의 음으로 괘를 이루었으므로 사(辭)에 '언(言)'과 '호(號)'가 많다.

○ 가는 바를 둠이 이로움[利有攸往] : 쾌괘는 박괘(剝卦 ䷖)와 반대(反對)이니, 박괘는 음이 왕성하므로 가는 것이 이롭지 않고 쾌괘는 양이 왕성하므로 가는 바를 둠이 이롭다.

초구(初九)

○ 앞발에 건장함[壯于前趾] : 대장괘(大壯卦 ䷡)의 초구와 체(體)가 같으므로 사(辭)가 같다.[73] 상체(上體)의 태(兌)는 입이 되므로 초구에서 발의 상을 취하였고, 구사(九四)에서 볼기짝의 상을 취하였으며, 구삼(九三)은 건(乾)이 머리가 되는 것에서 상을 취하였다.

○ 가서 이기지 못하여 허물이 됨[往 不勝 爲咎] : 양성재(楊誠齋 양만리(楊萬里))는 "가기 전에 승리를 결정해두는 자는 승리하고 승리를 결정해두기에 앞서가는 자는 패배하는데, 하물며 가기도 전에 승리하지 못하는 형국에 있어서랴."[74]라고 하였다.

---

73 대장괘(大壯卦)의⋯⋯같다 : 〈대장괘 초구〉에 '발에 장성함[壯于趾]'이라고 하였다.

74 가기⋯⋯있어서랴 : 《주역전의대전(周易傳義大全)》의 세주(細註)와 《성재역전(誠齋易傳)》 권12에 보인다. 위준(魏濬)의 《역의고상통(易義古象通)》 권6에 양만리의 말을 인용하면서 그 앞에 "병법에 '먼저 승리를 결정한 이후에 싸운다.'라고 하였고, 또 '먼저 적이 이길 수 없게 만들고서 남을 이기기를 기다린다.'라고 하였으니, '이길 수 없는데도 감'은 진실로 이와 반대이다.〔兵法云: "先勝而後戰." 又云: "先爲不可勝, 以待人之可勝." 不勝而往, 正與此反.〕"라고 하였는데, 양만리의 말을 이해할 때 참고가 된다.

구이(九二)

○ 두려워하고 호령함[惕號] : 상체의 태(兌)의 입에 호응하는 것이다.

○ 늦은 밤에 적병이 있음[暮夜有戎] : 양으로서 음의 자리에 거하니 밤의 상이고, 구이가 효변(爻變)하면 이(離)가 되니 병(兵)의 상이다.

○ 가운데 거하여 경계할 줄 알므로 걱정할 것이 없다.[勿恤]

구삼(九三)

○ 광대뼈에 건장함[壯于頄] : 건(乾)이 머리가 되고 구삼은 앞자리이므로 광대뼈를 형상한 것이다.

○ 결단을 과단성 있게 함[夬夬] : 호체가 중첩된 건이라 강건하고 또 강건하다.

○ 홀로 감[獨行] : 뭇 양들 가운데 홀로 상육(上六)과 호응한다.

○ 비를 만남[遇雨] : 못[澤]을 나타내는 태(兌)가 위에 있는데 구삼이 처음으로 받든다.

○ 젖는 듯하여 노여움이 있음[若濡有慍] : 못에 가까우므로 젖고 강(剛)이 거듭되므로 노엽다.

구사(九四)

○ 볼기짝에 살이 없음[臀无膚] : 태(兌)의 위가 입이 되면 아래는 볼기짝이 된다. 태의 반대는 손(巽)이니, 손은 넓적다리가 된다. 음의 자리에 양이 왕성하므로 살이 없다.

○ 그 감을 머뭇거림[其行次且] : 아래는 강건하고 위는 기뻐해서이다.[75]

○ 양을 끎[牽羊] : 태가 양이 되니, 무릇 양을 끄는 방법은 뒤에서 해야지 앞에서 해서는 안 된다.

○ 풍씨(馮氏 풍의(馮椅))는 "초구는 발이 되고 구사는 볼기짝이 되는 것은 어째서인가? 이는 함괘(咸卦)와는 다르다.[76] 함괘는 여섯 효를 합해서 상을 취하였으니 박괘나 간괘(艮卦) 따위와 같고, 쾌괘는 상체와 하체를 나누어 상으로 삼았으니 대과괘(大過卦)나 정괘(鼎卦) 따위와 같다."[77]라고 하였다.

○ 〈상전(象傳)〉 말을 듣고서도 믿지 않음은 귀가 밝지 못해서이다.[聞言不信 聰不明] : 태(兌)의 처음에 거하여 구오(九五)와 떨어져 소통하지 않는 것이다. 오씨(吳氏 오징(吳澄))는 "귀를 나타내는 감(坎)이 그 안을 막는 것이다."[78]라고 하였으니, 태의 아래 획을 가르면 감이 된다는 말이다.

구오(九五)

○ 산양이 평원으로 나옴[莧陸] : 항씨(項氏 항안세(項安世))는 "'환(莧)'은 음이 환(丸)이니 산양(山羊)이다. '육(陸)'은 '기러기가 평원으로 점진함[鴻漸于陸]'[79]과 같다. 태(兌)가 위에 있으므로 산양의 상이

---

75 아래는……기뻐해서이다 : 아래의 건(乾)은 강건함을 나타내고, 위의 태(兌)는 기쁨을 나타내므로 이렇게 말하였다.

76 이는 함괘(咸卦)와는 다르다 : 함괘 역시 엄지발가락, 장딴지, 다리, 등살, 광대뼈, 혀, 뺨 등 쾌괘와 유사하게 상을 취했으므로 비교 대상으로 언급한 것이다.

77 초구는……같다 : 《주역전의대전》의 세주와 《후재역학(厚齋易學)》 권22에 보인다.

78 귀를……것이다 : 《주역전의대전》의 세주와 《역찬언(易纂言)》 권6에 보인다.

있다."[80]라고 하였다. 《설문(說文)》에 "'환'은 산양이니 뿔이 가늘다. '토(兔)'자와 '족(足)'자의 형태를 따른다."라고 하였다.[81] 대개 산양이 높은 평원을 가면 그 걸음이 응당 거침없으니〔夬夬〕반드시 중도(中道)를 행한 연후라야 뉘우침과 허물이 없다.

○ 구오에서 다시 '쾌(夬)'를 거듭 말한 것은, 태는 붙었다가〔附〕떨어짐〔決〕이 되고 건(乾)의 마지막에 거하니 반드시 강단〔剛決〕있게 하여 상육의 음과 친할 수 없어서이다. 《노사(路史)》에, 백고(柏高)가 황제(黃帝)에게 대답하기를 "청컨대 그 환(莧)을 다스려서 때에 맞게 하고 우리는 삼가 그 조아(爪牙)를 감추면 됩니다.〔請乂其莧而時之 吾謹逃其爪牙可矣〕"라고 하였다.[82]

상육(上六)

○ 부르짖음이 없음〔无號〕: 태(兌)의 위에 거하여 응당 부르짖음이

---

79 기러기가……나아옴 : 〈점괘(漸卦) 구삼(九三)〉의 효사(爻辭)이다.

80 환(莧)은……있다 : 《주역완사(周易玩辭)》 권9에 보인다.

81 설문(說文)에……하였다 : 여기서 《설문》은 남당(南唐)의 서개(徐鍇)가 편찬한 《설문계전(說文繫傳)》으로, 권19에 보인다.

82 노사(路史)에……하였다 : 《노사》는 송(宋)나라 때 나필(羅泌)이 지은 책으로 상고(上古) 이래의 역사, 지리, 풍속, 씨족 등과 관련된 사항을 널리 채집한 것이다. 인용된 부분의 주석에서 쾌괘의 예를 들면서 환(莧)은 뿔이 가는 양을 가리킨다고 하였다. 백고의 말은 황제가 천하를 한집안처럼 만드는 방법에 대한 답으로, 인용된 말 뒤에 지하자원을 관리하고 이용하는 방법을 서술하고 있는 것으로 볼 때 '환'이나 '조아'는 모두 예리한 광물 자원을 비유한 것으로 보인다. 참고로 이와 동일한 이야기가 《관자(管子)》 〈지수(地數)〉에도 실려 있는데, 《관자》에는 "乂其莧而時之"가 "잡초를 베어내 곡식을 심는다.〔刈其荒而樹之〕"로 되어 있다.

있으나 음이 장차 사라질 것이라 호소할 데가 없는 것이다.

구괘(姤卦) ䷫

구괘는 5월에 해당하는 괘이니 하지(夏至)에 음이 생겨 음이 때를 만난 것이다. 혹자는 "고문(古文)에 구(姤)는 구(遘)로 되어 있으니, 또한 혼구(婚媾)의 뜻이다."라고 한다.

단사(彖辭)

○ 여자가 건장함[女壯] : 《주역본의(周易本義)》에 "한 음이 다섯 양을 만났으니 여자의 덕이 바르지 못하고 심하게 장성한 것이다."라고 한 것이 또한 하나의 뜻이 된다. 그러나 점점 장성하는 뜻으로 본 것[83] 이 자연스러운 것만 못하다.

○ 여자를 취하지 말아야 함[勿用取女] : 만나는 도가 바르지 않다. 그러므로 〈단전(彖傳)〉에서 '더불어 길게 갈 수 없음[不可與長]'이라고 풀이하였으니, 장구히 할 수 없다는 말이다.

단전(彖傳)

○ 천지가 서로 만남[天地相遇] : 손(巽)이 동남쪽에 거하고 건(乾)이 서북쪽에 거하여 위치가 정면에서 서로 짝이 되는 것이 이른바 서로

---

83 점점……것 : 《이천역전(伊川易傳)》에서는 "한 음이 처음 생기니, 이로부터 자라나 점점 성대해지면 이는 여자가 장차 자라나고 건장해지는 것이다.〔一陰始生, 自是而長, 漸以盛大, 是女之將長壯也.〕"라고 하였다.

만남이다. 만물이 봄과 여름의 사이에 창성하는 것이 이른바 모두 밝음〔咸章〕이다.

초육(初六)

○ 쇠고동목에 매어놓음〔繫于金柅〕: 손(巽)이 먹줄이 되고 나무가 되며, 건(乾)이 쇠가 된다.

○ 약한 돼지〔羸豕〕: 음물(陰物)로서 아래에 있는 것이다.

구이(九二)

○ 꾸러미에 물고기가 있음〔包有魚〕: 물고기 또한 음물로서, 초육으로 말하면 돼지가 되고 구이에서 보면 물고기가 되니, 박괘(剝卦)에서 '물고기를 꿰듯 함〔貫魚〕'[84]이라고 일컬은 것과 같다.

○ 손님에게 주는 것은 이롭지 않음〔不利賓〕: 꾸러미에 들어 있으므로 밖에서 온 사람에게 미칠 수 없는 것이다.

구삼(九三)

○ 볼기짝에 살이 없음〔臀无膚〕: 구괘(姤卦)가 쾌괘(夬卦)와 반대(反對)가 되어 구괘의 구삼이 곧 쾌괘의 구사(九四)이므로 상(象)이 같고, 손(巽)이 넓적다리가 되고 지나치게 강(剛)하므로 살이 없다.

○ 손이 진퇴(進退)가 되므로 감을 머뭇거리는〔行次且〕 것이다.

---

84 물고기를 꿰듯 함 : 〈박괘(剝卦) 육오(六五)〉의 효사(爻辭)이다.

구사(九四)

○ 꾸러미에 물고기가 없음[包无魚] : 구이가 이미 물고기를 얻었으므로 구사는 물고기가 없다.

〈상전(象傳)〉 백성을 멀리함[遠民] : 《시경》에 "사람이 물고기가 되었다.[衆維魚矣]"[85]라고 한 것이 백성의 상이다.

구오(九五)

○ 구기자 잎으로 오이를 쌈[以杞包瓜] : 건(乾)이 나무 열매가 되니, 구이와 구오가 모두 가운데에 거하여 '포(包)'의 상이 있다.

○ 아름다움을 품음[含章] : 《주역》에서 음중양(陰中陽)인 곳에 모두 '아름다움을 품음'이라고 말하였으니,[86] 음이 자라는 때에는 마땅히 속으로 품어 온축해서 제어해야 한다.

○ 하늘로부터 떨어짐이 있음[有隕自天] : '큰 과일은 먹히지 않음[碩果不食]'[87]과 같으니, 사람의 힘을 필요로 하지 않고도 끝내 반드시 스스로 회복하는 것이다.

○ 〈상전〉 마음에 천명(天命)을 버리지 않음[志不舍命] : 지극한 정성으로 하늘을 감동시킬 수 있는 것이다.

---

85 사람이 물고기가 되었다 : 《시경》〈소아(小雅) 무양(無羊)〉의 구절이다.

86 주역에서……말하였으니 : 〈곤괘(坤卦) 육삼(六三)〉에도 "아름다움을 품고 곧은 덕을 지킬 수 있다.[含章可貞]"라고 하였다.

87 큰……않음 : 〈박괘 상구(上九)〉의 효사로, 음이 아무리 왕성하여도 양이 사라지지 않음을 나타낸다.

상구(上九)

○ 뿔을 만남[姤其角] : '뿔에 나아감[晉其角]'[88]과 같으니, 강(剛)이 위에 있는 것이다. 풍씨(馮氏 풍의(馮椅))는 "내괘(內卦)와 외괘(外卦)의 세 효의 효사(爻辭)가 모두 서로 호응하니, 초육이 흉함을 당하면[見凶] 구사가 흉함이 일어나고[起凶], 구이가 꾸러미의 물고기면 구오가 오이를 싸고, 구삼이 볼기짝이고 위태로우나 허물이 없으면[厲无咎] 상구가 뿔이고 부끄러우나 허물이 없다."[89]라고 하였다.

---

88 뿔에 나아감 : 〈진괘(晉卦) 상구〉의 효사이다.

89 내괘(內卦)와……없다 : 《주역전의대전(周易傳義大全)》의 세주(細註)와 《후재역학(厚齋易學)》 권22에 보인다.

역상익전 易象翼傳

하경[1]
下經

췌괘(萃卦) ䷬

췌괘는 곤(坤)과 태(兌)의 합이다. 곤의 자리는 서남쪽이고 태의 자

---

1 하경 : 본 편은 《주역》 하경의 각 괘에 대해 괘의 개괄을 제시하고 이어서 단사(彖辭), 단전(彖傳), 대상(大象), 각 효(爻)별로 역상(易象)을 위주로 하여 풀이하였다. 원문에서는 단사, 단전, 대상, 각 효의 단위별로 줄바꿈을 하여 구분이 되어 있으나 각 단위 안의 구절들을 짧게 분리하여 섞어서 풀이하고 있어 번역문에서 원문 그대로 표기할 경우 혼잡하여 불편한 부분이 있으므로 원문의 기본 체재와 뜻을 훼손하지 않는 범위 안에서 보기 쉽게 새로 체재를 만들었다. 원문에서는 각 효에서 '초구(初九)', '육이(六二)' 등으로 말을 시작하고 이어서 효사(爻辭)를 의미 단위로 끊어서 풀이하였는데, 번역문에서는 이해와 열람의 편의를 위해 '초구', '육이' 등의 단어를 표제어 형식으로 분리하여 해당 효의 가장 위에 두었고, 효사를 구절별로 풀이한 부분은 줄바꿈을 한 다음 그 구절 앞에 ○ 표시를 하고 구절과 풀이 사이에는 쌍점(:)을 넣어 구분해 보기 쉽게 하였다. 그리고 원문에는 따로 없는 단사, 단전, 대상 등의 표제어를 효의 경우와 마찬가지로 해당 문단의 위에 삽입하여 구분하기 쉽게 하였다. 다만 단사, 단전, 대상의 내용은 각 괘의 가장 앞부분에서 괘의 개괄을 설명할 때 섞여 있는 경우가 있으므로 완전히 분리시킬 수 있는 부분만 분리하여 표제어를 달았다.

리는 정서쪽이니 만물이 무리를 이루는 곳이다. '왕이 사당을 둠에
이름〔王假有廟〕'에 대해 정강성(鄭康成 정현(鄭玄))은 "호체(互體)의
간(艮)과 손(巽)은 간이 문궐(門闕)이 되고 손이 나무가 되니 궁실
(宮室)의 상(象)이다."[2]라고 하였다. '격(假)'은 '이름〔至〕'으로, 세사
를 점칠 때의 점이니 마땅히 《주역본의(周易本義)》를 따라야 한다.[3]

단사(彖辭)

○ 큰 희생을 씀〔用大牲〕: 곤(坤)이 소가 되고 태(兌)가 양이 됨[4]이
니 태뢰(太牢)의 상이다. 손괘(損卦)에서 '두 그릇을 씀〔用二簋〕'과 췌
괘에서 '큰 희생을 씀'은 역(易)의 때이다.[5]

---

2 호체(互體)의……상(象)이다 : 《주역정강성주(周易鄭康成注)》에 보인다.

3 격(假)은……한다 : 《주역본의》에 "'왕격유묘(王假有廟)'는 왕자(王者)가 종묘 가
운데에 이름을 말한 것이니, 왕자가 제사를 점칠 때에 길한 점이다. 《예기(禮記)》〈제
의(祭義)〉에 '공이 태묘에 이르렀다.'는 것이 이것이다.〔王假有廟, 言王者可以至乎宗廟
之中, 王者卜祭之吉占也. 祭義曰"公假于太廟"是也.〕"라고 하였다. 반면에 《이천역전
(伊川易傳)》에서는 '왕격유묘(王假有廟)'의 '격(假)'을 지극하다는 의미로 보고 '왕이
사당을 둠에 지극한 것'으로 풀었다.

4 곤(坤)이……됨 : 《주역》〈설괘전(說卦傳)〉에 이러한 내용이 보인다. 이하 본권에
서 괘의 상(象)을 말한 것은 대부분 〈설괘전〉이나 《구가역(九家易)》을 비롯한 예로부
터의 역설(易說)에서 취한 것이므로, 따로 주석을 달지 않는다.

5 손괘(損卦)에서……때이다 : 손괘의 해당 구절의 〈단전(彖傳)〉에 "두 그릇만 가지
고 제향할 수 있다는 것은 두 그릇을 올리는 것이 응당 때가 있으며, 강(剛)을 덜어
유(柔)에 더하는 것이 때가 있으니 덜고 더하며 채우고 비움을 때에 따라 함께 행해야
한다.〔二簋可用享, 二簋應有時, 損剛益柔有時, 損益盈虛, 與時偕行.〕"라고 하였고, 췌
괘의 해당 구절의 〈단전〉에 "천명을 순히 함이다.〔順天命也〕"라고 하고 《이천역전》에
서 "때의 마땅함에 따라 이치에 순응하여 행하기 때문에 〈단전〉에 '천명을 순히 함이다.'

단전(彖傳)

○ 바름으로써 모음〔聚以正〕: 중정(中正)이 서로 호응함이다.

○ 천명을 순히 함〔順天命〕: 곤(坤)이 순히 하늘을 받듦이다.

초육(初六)

○ 마음이 혼란하여 망령되이 모임〔乃亂乃萃〕: 모임을 바르게 하지 않는 것이다.

○ 만일 부르짖으면 비웃음〔若號 爲笑〕: 입을 나타내는 태(兌)가 위에 있는 것이다.

○ 한 번 쥠〔一握〕: 앞에 손을 나타내는 간(艮)이 있는 것이다.

육이(六二)

○ 약제(禴祭)를 씀이 이로움〔利用禴〕: 괘에서는 큰 희생을 쓰고 육이에서는 약제를 씀이 이로우며, 괘에서는 왕이 사당에 이름을 말하고 효(爻)에서는 아래에서 위로 제향(祭享)하는 도를 말하였다.

육삼(六三)

○ 한탄함〔嗟如〕: 음으로서 음의 자리에 거하고 또 음에 호응하니

라고 한 것이다. 일을 할 수 없는 것은 힘이 부족해서이지만 췌(萃)의 때를 당하였으므로 가는 바를 둠이 이로운 것이다. 대체로 사공(事功)을 일으키는 것은 할 수 있는 때를 만나 모인 뒤에 씀을 귀하게 여기니, 이는 동(動)하여 여유가 있는 것이다. 천리(天理)가 그러하다.〔蓋隨時之宜, 順理而行. 故象云"順天命也". 夫不能有爲者, 力之不足也, 當萃之時. 故利有攸往. 大凡興工立事, 貴得可爲之時, 萃而後用, 是動而有裕, 天理然也.〕"라고 하였다.

모임이 바르지 않아 한탄스러울 만하고 이로움이 없다. 그러나 위에서 손순(巽順)함으로 받으니[6] 이 때문에 허물이 없는 것이다.

구사(九四)

○ 대길(大吉) : 세 음을 통솔하여 구오(九五)를 따르니 모임이 지극히 크다. 그러나 양으로서 음에 거하여 임금의 자리에 바짝 다가갔으므로 그렇게 해야 허물이 없다는 경계를 두었다.

○〈상전(象傳)〉 자리가 마땅하지 않기 때문[位不當也] : 호씨(胡氏 호병문(胡炳文))는 "익괘(益卦)의 초구(初九)는 아래에 있으면서 위의 더해줌을 받는데 또 경계하기를 '크게 선하여 길하여야 허물이 없으리라.〔元吉 无咎〕'라고 하였다. 그렇다면 췌괘의 구사가 위에 있으면서 아래의 모임을 받음에 '대길하여야 허물이 없으리라.'라고 경계한 것이 진실로 마땅하다."[7]라고 하였다.

구오(九五)

○ 믿지 않음〔匪孚〕 : 췌괘에서 무릇 세 번 '믿음〔孚〕'을 말하였으니 초육의 '믿음이 있으나 끝마치지 못함〔有孚不終〕'은 위로부터 믿음을 받지 못하는 것이고, 육이의 '정성이 있어야 약제를 씀이 이로움〔孚乃利用禴〕'은 위로부터 믿음을 받는 것이고, 구오의 '믿지 않음'은 아래로

---

6 위에서 손순(巽順)함으로 받으니 : 호체(互體)에 손(巽)이 있으므로 이렇게 말한 것이다.

7 익괘(益卦)의……마땅하다 : 《주역전의대전(周易傳義大全)》의 세주(細註)와 《주역본의통석(周易本義通釋)》 권2에 보인다.

부터 믿음을 받지 못하는 것이다. 대개 사물이 모임은 믿음과 정성에 말미암고 믿음의 도리는 무심(无心)을 귀하게 여긴다.

○ 크게 선하고 영구하고 바름〔元永貞〕: 구오는 임금의 자리에 처하여 모임의 주인이 되고 태(兌)의 기쁨〔說〕에 거하여 도리를 어기고 칭찬을 구하는 경계[8]가 있다. 그러므로 반드시 크게 선하고 영구하고 바른 연후라야 뉘우침이 없는 것이다. 췌괘는 비괘(比卦)와 서로 비슷하니, 비괘는 유독 구오의 한 양이 여러 음과 친하므로 괘사(卦辭)에서 크게 선하고 영구하고 바름을 말하였고, 췌괘는 두 양이 네 음을 모으므로 유독 구오에서 크게 선하고 영구하고 바름을 말하였다. '원(元)'은 선(善)으로 시작함이고, '정(貞)'은 선으로 마침이고, '영(永)'은 항구(恒久)의 뜻이 된다. 이 세 가지 덕을 구비함이 모임의 도리가 지극히 선한 것이다.

상육(上六)

○ 탄식하며 눈물 콧물을 흘림〔齎咨涕洟〕: '탄식'은 태(兌)의 입의 소리이고, '눈물 콧물'은 태의 못〔澤〕이 흐름이다. 기쁨이 극에 달했을 때 근심할 줄 아니 흉함과 허물을 면할 수 있다. 육삼은 한탄하고 상육

---

8 도리를……경계:《서경》〈우서(虞書) 대우모(大禹謨)〉에 "걱정이 없는 것을 경계하시어 법도를 잃지 마시고, 안일에 빠지지 마시고, 음악에 음탕하지 마시고, 어진 이에게 맡겼으면 의심하지 마시고, 간사한 자를 제거하는 데 의심을 갖지 마시며, 백성의 칭찬을 구하기 위해서 도리를 어기지 마시고, 내 욕심을 따르기 위해서 백성을 거스르지 마소서. 게으름이 없고 황폐함이 없으면 사방의 오랑캐가 조회를 올 것입니다.〔儆戒無虞, 罔失法度, 罔遊于逸, 罔淫于樂, 任賢勿貳, 去邪勿疑, 罔違道以干百姓之譽, 罔咈百姓以從己之欲. 無怠無荒, 四夷來王.〕"라고 하였다.

은 탄식하니 모두 소인의 정태(情態)이거니와, 위는 기뻐하고 아래는 순(順)하므로 비록 부끄러우나 허물이 없는 것이다.

승괘(升卦) ䷭

승괘는 손(巽)이 나무가 되고 바람이 되니, 땅 가운데에서 나무가 자라남이 될 뿐만 아니라 또한 바람이 땅 아래에서 일어남도 된다. 대개 바람은 동굴에서 일어나 땅에서 위로 올라간다.

단사(彖辭)

○ 대인을 만나봄〔用見大人〕: 구이(九二)가 강중(剛中)의 대인이다.

○ 남쪽으로 가면 길함〔南征吉〕: 손(巽)의 방위가 동남쪽이니 손에서 곤(坤)으로 가려면 그 행로가 이(離)에서부터 시작한다.[9]

주자(朱子)는 "손과 곤의 두 괘가 남쪽을 껴안고 있으니, 명리(命理)를 보는 사람들의 허공(虛拱)이라는 것과 같다."[10]라고 하였다.

---

9 손에서……시작한다 : 후천팔괘(後天八卦)에서 동남방의 손과 서남방의 곤 사이인 남방에 이(離)가 자리한다.

10 손과……같다 :《주자어류(朱子語類)》권73에 보인다. 허공은 명리학(命理學) 용어로,《삼명통회(三命通會)》권3에 "공(拱)이란 녹(祿)이 존귀해지는 것이다. 예컨대 갑(甲)의 녹은 인(寅)에 거하는데, 갑이 인을 만나지 못하고 축(丑)과 묘(卯)가 양옆에서 껴안고 있음을 만나면 이를 일러 허공(虛拱)이라 한다. 또 예컨대 갑인(甲人)이 인(寅)을 만나고 다시 축과 묘가 양옆에 있는 상황을 만나면 이를 일러 실공(實拱)이

초육(初六)

○ 믿어서 오름[允升] : 호씨(胡氏 호병문(胡炳文))는 "진괘(晉卦) 육삼(六三)의 '무리가 믿음[衆允]'은 아래에서 두 음이 믿어주는 것이고, 승괘 초육의 '믿어서 오름'은 위에서 두 양이 믿어주는 것이다. 음으로서 음을 믿는 것은 '뉘우침이 없음[悔亡]'에 불과하고 양으로서 음을 믿으므로 크게 길하다."[11]라고 하였다.

○ 〈상전(象傳)〉 위와 뜻이 합함[上合志] : 대축괘(大畜卦)의 구삼(九三)과 같다.

구이(九二)

○ 정성이 있어야 약제(禴祭)를 씀이 이로움[孚乃利用禴] : 양으로서 아래에 거하여 중(中)을 얻었으니 나무를 나타내는 손(巽)의 곧은 줄기와 같고, 위로 땅을 나타내는 곤(坤)의 중허(中虛)에 호응하여 줄기가 비록 작으나 높이 올라갈 수 있으니 제물(祭物)이 비록 박하지만 신명(神明)을 감동시킬 수 있는 것과 같다.

○ 췌괘(萃卦)는 승괘와 반대(反對)[12]이니 췌괘의 육이(六二)는 곧 승괘의 구이이다. 호씨(胡氏)는 "익괘(益卦) 육이(六二)의 '십붕(十朋)'은 반괘(反卦)의 육오(六五)에서 말하였는데 지금 췌괘와 승괘에

라 한다. 그러나 실공은 허공이 큰 부귀를 주관하는 것만 못하다.[拱者, 祿之尊. 如甲祿居寅, 不見寅而見丑卯在兩傍拱之, 謂之虛拱. 如甲人見寅, 又見丑卯在兩傍, 謂之實拱. 然拱實不若拱虛主大富貴.]"라고 하였다.

11 진괘(晉卦)……길하다 :《주역전의대전(周易傳義大全)》의 세주(細註)와《주역본의통석(周易本義通釋)》권2에 보인다.

12 반대(反對) : 도전(倒顚)이라고도 하며 서로 상하를 뒤집은 괘를 말한다.

서는 모두 하괘(下卦)의 가운데 효(爻)에 있는 것은, 췌괘의 육이는 위로 모이기를 구하고 승괘의 구이는 위로 오르기를 구하므로 그 뜻이 같아서이니, 〈단전(彖傳)〉에 모두 '강중(剛中)으로 호응한다.'라고 하였다."[13]라고 하였다.

구삼(九三)

○ 빈 고을에 올라감〔升虛邑〕 : 음은 허(虛)가 되고 곤(坤)은 읍(邑)이 되는 것이다.

○ 〈상전〉 의심할 바가 없음〔无所疑〕 : 바로 곤괘(坤卦)의 '그 행하는 바를 의심하지 않음〔不疑其所行〕'[14]이다.

육사(六四)

○ 왕이 기산에 제향함〔王用亨于岐山〕 : 수괘(隨卦)에서 상체(上體)인 태(兌)가 서방이므로 '서산(西山)'이라고 일컬었는데, 승괘 육사의 호체(互體)가 태이므로 '기산'이라고 일컬은 것이니 또한 서방이다. 입을 나타내는 태는 음식이 되므로 '제향'이라고 일컬었다. 산이라는 것은 곤(坤)으로서 위에 있는 상이다.

---

13 익괘(益卦)……하였다 : 《주역전의대전》의 세주와 《주역본의통석》 권2에 보인다. '익괘'는 원문에 '손괘(損卦)'로 되어 있으나 문맥을 살펴 바로잡았다. 익괘(䷩)는 손괘(䷨)와 반대괘의 관계로, 익괘 육이의 '십붕의 거북〔十朋之龜〕'이 손괘 육오에도 있다. 이에 반해 췌괘와 승괘는 모두 제2효에 같은 효사(爻辭)가 있다.

14 그……않음 : 〈곤괘(坤卦) 문언(文言)〉의 말이다.

육오(六五)

○ 계단을 오름〔升階〕: 계단의 흙이 높은 것이다. 곤의 가운데에 자리하여 육오의 존귀함을 당하였다. 그러므로 선유(先儒)는 인군(人君)이 조계(阼階)[15]를 밟는 상으로 여겼다. 먼저 '정하여야 길함〔貞吉〕'을 말한 것은 오르기를 바르게 하지 않으면 길하지 못해서이다.

상육(上六)

○ 올라감에 어두움〔冥升〕: 음이 극에 달하여 어두움이 되는 것이다.

○ 쉬지 않고 곧음〔不息之貞〕: 음이 극에 달하여 양이 생기니 곧으면 본원(本元)을 회복하는 것이다. 자리에 올라가 그치지 않으면 어둡게 되고, 덕에 올라가 그치지 않으면 곧게 된다.

○ 〈상전〉 사라져서 부하지 못함〔消不富〕: 곤(坤)이 변하는 것이다.

대저 승괘는 음이 많고 양이 적으니 올라가는 도는 양을 따르는 것이 바른 도이다. 그러므로 초육이 구이를 따름이 크게 길함이 된다. 아래는 공손(恭巽)하고 위는 유순(柔順)하여 유(柔)로서 강(剛)에 응하므로 여섯 효에 모두 흉함과 허물이 없다.

---

15 조계(阼階): 동쪽에 있는 계단으로 주인의 자리이며, 천자의 자리를 뜻하기도 한다.

곤괘(困卦) ䷮

곤괘는 못〔澤〕과 물의 사이를 불을 나타내는 이(離)가 떨어뜨리고 있으니, 이 때문에 물이 없어 곤핍(困乏)하다. 시첩산(謝疊山 사방득(謝枋得))은 "곤괘는 아직 이루지 못함〔未濟〕이 있고 정괘(井卦)는 이미 이룸〔旣濟〕이 있으니, 곤괘는 막히고 정괘는 통한다."[16]라고 하였고, 호쌍호(胡雙湖 호일계(胡一桂))는 "천지의 기는 서쪽에서 북쪽으로 가면 순한 형세이다. 그러므로 태(兌)가 아래에 있고 감(坎)이 위에 있는 것이 절괘(節卦)가 된다. 북쪽에서 서쪽으로 가면 거스르는 형세이다. 그러므로 감이 아래에 있고 태가 위에 있는 것이 곤괘가 된다."[17]라고 하였다.

단사(彖辭)

○ 곤은 형통함〔困亨〕 : 험함에 처하였으나 기뻐함이니, 몸은 곤하나 마음은 형통한 것이다. 유(柔)가 강(剛)을 가렸으므로 몸이 곤하고 강이 중(中)을 얻었으므로 마음이 형통하니, 안자(顔子)가 그 즐거움을 변치 않고 유혜(柳惠)가 곤액을 당해도 근심하지 않는 것이다.[18]

---

16 곤괘는……통한다 : 《주역전의대전(周易傳義大全)》의 세주(細註)에 보인다. 곤괘의 '막힘'의 뜻을 미제괘(未濟卦 ䷿)의 '아직 이루지 못함'의 뜻과 연결시키고, 정괘(䷯)의 '통함'의 뜻을 기제괘(旣濟卦 ䷾)의 '이미 이룸'의 뜻과 연결시켰다. 미제괘는 곤괘에 대한 이계의 설명과 마찬가지로 물이 불 아래에 있어 서로 쓰이지 못하는 상이다. 정괘는 물이 위에 있고 호체(互體)에 이(離)가 있어서 물이 불 위에 있는 상이 되는데 기제괘 역시 물이 불 위에 있어 서로 쓰이는 상이다.

17 천지의……된다 : 《주역전의대전》의 세주에 보인다.

그러므로 "오직 군자일 것이다.〔其惟君子乎〕"라고 하였다.

단전(彖傳)

○ 말을 하면 믿지 않음〔有言不信〕 : 입을 나타내는 태(兌)가 외괘(外卦)에 있으므로 말을 하는 것이고, 감(坎)은 귀의 통증이 되므로 믿지 않는 것이다.

○ 입을 숭상함이 바로 궁하게 되는 것〔尚口乃窮〕 : 말을 겸손하게 하여 해로움을 피해야 한다는 것이다.

초육(初六)

○ 볼기짝이 나뭇등걸에 곤함〔臀困于株木〕 : 호체(互體)의 손(巽)이 넓적다리가 되고 나무가 된다. 초육은 구사(九四)와 호응하면서 험함의 아래에 처하므로 스스로 구제할 수 없다.

○ 어두운 골짜기〔幽谷〕 : 감(坎)의 깊음이다.

○ 3년〔三歲〕 : 초육에서 구사에 이르기까지 세 효가 떨어져 있는

---

18 안자(顔子)가……것이다 : 안자는 공자의 제자인 안회(顔回)이다. 《논어》〈옹야(雍也)〉에 "어질도다. 안회여! 한 그릇 밥과 한 표주박 물을 마시며 누추한 골목에 사는 것을 사람들은 근심하며 견디지 못하는데, 안회는 그 즐거움을 변치 않으니, 어질도다, 안회여!〔賢哉回也! 一簞食, 一瓢飮, 在陋巷, 人不堪其憂, 回也, 不改其樂, 賢哉回也!〕"라고 하였다. 유혜는 춘추(春秋)시대 노(魯)나라 대부(大夫)인 유하혜(柳下惠)이다. 《맹자》〈공손추 상(公孫丑上)〉에 "유하혜는 더러운 군주를 섬기는 것을 부끄러워하지 않으며 작은 벼슬을 낮게 여기지 않아, 나아가서는 어짊을 숨기지 않아서 반드시 그 도리를 다하였으며, 벼슬길에서 버림받아도 원망하지 않고 곤액을 당해도 근심하지 않았다.〔柳下惠不羞汙君, 不卑小官, 進不隱賢, 必以其道, 遺佚而不怨, 阨窮而不憫.〕"라고 하였다.

것이다.

구이(九二)

○ 술과 음식에 곤함[困于酒食] : 태(兌)가 입이고 감(坎)이 적심
[潤]이다.

○ 주불이 바야흐로 옴[朱紱方來] : 붉은색은 호체의 이(離)의 색깔
이고 '불(紱)'은 조회와 제사 때 입는 의복이다.

○ 제사에 씀이 이로움[利用亨祀] : 구이와 구오(九五)가 동덕(同
德)으로 서로 호응하니 아래에서 위로 제향(祭享)하는 것이다. 주자
(朱子)는 "그로써 임금을 섬기면 임금이 응하고, 그로써 신명을 섬기면
신명이 응한다."[19]라고 하였다.

육삼(六三)

○ 돌에 곤함[困于石] : 구사(九四)의 강(剛)을 승(承)[20]한다. 태
(兌)가 변하여 돌을 나타내는 간(艮)이 된다.

○ 가시나무에 앉음[據于蒺藜] : 구이의 험함을 승(乘)한다. 감(坎)
은 가시나무 숲이 된다.

○ 집에 들어감[入于其宮] : 감은 궁(宮)의 상이 된다.

○ 아내를 보지 못함[不見其妻] : 위로 상육(上六)에 호응하는데 두
양이 막고 있는 것이다. 감은 중남(中男)이고 태는 소녀(少女)이니

---

19 그로써……응한다 : 《주자어류(朱子語類)》 권73에 보인다.
20 승(承) : 아래의 효가 위에 있는 효의 뜻을 받들어 따르는 것을 말한다. 반대로
위의 효가 바로 밑의 효를 타고 있는 것은 '승(乘)'이라 한다.

뜻이 서로 맞지 않으므로 볼 수 없다.

구사(九四)

○ 쇠수레에 곤함〔困于金車〕: 감(坎)이 수레가 된다. 구이가 아래에 있으면서 자신을 싣고 있고 강(剛)을 체(體)로 하므로 쇠라고 일컬었다.

○ 오기를 느리게 함〔來徐徐〕: 호체의 손(巽)이 진퇴(進退)가 된다.

구오(九五)

○ 코를 베고 발을 벰〔劓刖〕: 위아래로 모두 음에게 상(傷)하는 것이다.

○ 적불(赤紱): 건(乾)이 큰 적색이 되니 양으로서 존위에 거하는 상이다.

○ 늦게는 기쁨이 있음〔乃徐有說〕: 태(兌)가 왕성하여 험함을 벗어나는 것이다.

○ 제사에 씀이 이로움〔利用祭祀〕: 아래로 구이와 호응하니 중실(中實)하여 서로 믿음을 준다.

상육(上六)

○ 칡덩굴에 곤함〔困于葛藟〕: 유(柔)로서 나무 위에 있는 물건이니 움직이면 얽히게 된다.

○ 얼올(臲卼): 운서(韻書)에 얼올(槷扤)로 되어 있다. 얼(槷)은 문지방〔門橜〕이고 올(扤)은 목상(木床)이니 앉기에 편치 못한 것이다. 아래로 육삼과 호응하는데 육삼은 돌과 가시나무에 있으니 강험(剛險)

에 곤하다는 말이고, 상육은 칡덩굴과 문지방과 목상에 있으니 유험(柔險)에 곤하다는 말이다. 그러나 태(兌)의 기쁨으로 곤(困)의 지극함에 거하므로 뉘우치는 마음을 두면서 가면 길한 것이다.

대저 곤괘는 유(柔)가 강(剛)을 가림으로 괘가 이루어져 있다. 그러나 강이 곤하면 형통하여 허물이 없을 수 있고 유가 곤하면 끝내 흉하여 뉘우침이 생기니, 소인이 군자를 해치는 것은 해침이 되지 못하고 자신을 해치기에나 충분할 뿐이다. 호씨(胡氏 호병문(胡炳文))는 "유(柔)의 곤함은 나뭇등걸에 곤하고 가시나무에 곤하고 칡덩굴에 곤함이니 곤하게 하는 것은 그루터기 나무와 휘감은 풀이다. 돌에 곤한 경우는 더 심하다. 강(剛)의 곤함은 술과 음식에 곤하고 쇠수레에 곤하고 적불에 곤함인데 음식과 수레와 의복은 모두 아름다운 물건이니, 양을 높이고 음을 억누른 것을 또한 알 수 있다."[21]라고 하였다.

정괘(井卦) ䷯

정괘의 상체(上體)는 물을 나타내는 감(坎)이고, 가운데 호체(互體)가 못[澤]을 나타내는 태(兌)이며, 하체(下體)는 들어감을 나타내는 손(巽)으로, 샘물이 아래에서부터 들어와 처음에는 괴인 물이 되었다가 마지막에는 흐르는 물이 되는 상이 된다. 서씨(徐氏 서기(徐幾))는 "초육(初六)의 유(柔)는 샘이 솟아 나오는 구멍[泉眼]이 되고, 구

---

21 유(柔)의……있다 : 《주역전의대전》의 세주와 《주역본의통석(周易本義通釋)》권 2에 보인다.

이(九二)와 구삼(九三)의 강(剛)은 샘의 돌이 되고, 육사(六四)의 유는 우물 속의 빈 곳이 되고, 구오(九五)의 강은 샘이 가득 차서 있는 것이 되고, 상육(上六)의 유는 우물 위의 빈 곳이 되니 모두 우물의 상이 있다.”[22]라고 하였다.

단사(彖辭)

○ 고을은 바꾸어도 우물은 바꿀 수 없음〔改邑不改井〕: 장씨(張氏 장청자(張淸子))는 “하체는 건(乾)에 근본하고 상체는 곤(坤)에 근본하니, 초육과 구오의 강유(剛柔)가 서로 교역(交易)하여 우물을 이룬다. 곤은 고을이 되니 곤이 변하여 감(坎)이 되는 것이 ‘고을을 바꿈’이고, 물을 나타내는 감은 우물이 되니 구오가 강중(剛中)으로 변하지 않는 것이 ‘우물은 바꿀 수 없음’이다.”[23]라고 하였다.

○ 우물에 끈을 드리움〔繘井〕: 손(巽)은 먹줄이 곧음이 된다.

○ 물병을 깨뜨림〔羸其瓶〕: 물병은 나무 물통〔木罌〕 같은 종류이니 또한 손의 상이다.

초육(初六)

○ 우물에 진흙이 있음〔井泥〕: 유(柔)로서 아래에 있는 것이다.

○ 날짐승이 없음〔无禽〕: 초육이 육사에 호응하는데 육사는 이체(離體)가 되어 날짐승의 상이 된다. 초육에 이미 샘물이 없고 위로 육사와 호응하여 두 음이 서로 응하니 사물에 미칠 수 없고 사물 또한

---

22 초육(初六)의……있다 : 《주역전의대전》의 세주에 보인다.

23 하체는……없음이다 : 《주역전의대전》의 세주에 보인다.

오지 않는다.

구이(九二)

○ 우물이 골짝 물 같음[井谷] : 샘물이 위로 솟아나지 못하고 도리어 아래로 내려가는 것이다.

○ 두꺼비에게만 댐[射鮒] : 사람은 기르지 못하고 아래의 습한 곳에 있는 사물에 나아가는 것이다.

○ 동이가 깨져서 샘[甕敝漏] : 초육을 따르면 아래가 터져서 물이 새는 것이다.

○ 구이에서 구오에 이르기까지 호체가 이(離)와 태(兌)이니, 이는 소라와 조개가 되고 또 화살이 되므로 두꺼비에게 대는 상이 있고, 태는 못이 되므로 골짝 물의 상이 있다.

구삼(九三)

○ 우물이 깨끗한데도 먹지 못함[井渫不食] : 양강(陽剛)이 바름을 얻어 하체의 위에 거하니, 샘물이 이미 깨끗하고 맑으나 미처 위로 도달하지는 못한 것이다.

○ 왕이 밝음[王明] : 이(離)의 불이다.

○ 복을 받음[受福] : 태(兌)의 기쁨이다.

○ 구삼은 내괘(內卦)에 있으므로 우물 안이 깨끗하고, 육사는 외괘(外卦)에 있으므로 우물 바깥에 벽돌을 쌓는다.

육사(六四)

○ 우물에 벽돌을 쌓음[井甃] : 육사가 음유(陰柔)로서 상체의 아래

에 거하여 우물에 벽돌을 겹쳐 쌓는 상이 되니, 단지 정비할 수만 있고 물을 긷기까지는 못한다.

구오(九五)

○ 우물이 깨끗하여 시원한 샘물을 먹음〔井洌寒泉食〕: 양강(陽剛)이 중정(中正)하여 상체의 존위에 거하여 감(坎)의 바름을 얻는다. '깨끗함'은 물맛이 바른 것이고, '시원함'은 감수(坎水)의 성질이고, '먹음'은 호체의 태(兌)가 입인 것이다. 정괘는 진실로 정양(井養)[24]의 뜻을 취한 것이고 인군(人君)이 인재를 기르는 상도 된다. 양강이 정천(井泉)의 체(體)가 되고 위로 솟아나 정수(井水)의 용(用)이 되니, 자리가 높을수록 공은 더욱 넓어지고 백성이 많을수록 기름은 더욱 원대해진다.

상육(上六)

○ 우물을 길어 덮지 않음〔井收勿幕〕: 정(井)의 위에 거하여 길을 수는 있어도 덮을 수는 없으니 정도(井道)의 완성이다. 이 때문에 크게 선하여 길한 것이다.

구씨(丘氏 구부국(丘富國))는 "세 양이 샘이 되고 세 음이 우물이 되니 양이 실(實)하고 음이 허(虛)한 상이다. 구이에 '댐〔射〕'이라 하고 구

---

24 정양(井養): 우물물이 사람을 기르는 것이다. 〈정괘(井卦) 단전(彖傳)〉에 "물속에 들어가서 물을 퍼 올림이 정(井)이니, 정(井)은 길러서 다하지 않는다.〔巽乎水而上水井, 井養而不窮也.〕"라고 하였다.

삼에 '깨끗함[渫]'이라 하고 구오에 '깨끗함[冽]'이라 하니 샘의 상이
아니겠는가. 초육에 '진흙[泥]'이라 하고 육사에 '벽돌[甃]'이라 하고
상육에 '길음[收]'이라 하니 우물의 상이 아니겠는가. 괘의 순서로 말
하면 구이의 '댐'은 갓 트인 샘이고 구삼의 '깨끗함'은 이미 정결한 샘
이고 구오의 '깨끗함'은 먹을 수 있는 샘이며, 초육의 '진흙'은 막 판
우물이고 육사의 '벽돌'은 이미 정비한 우물이고 상육의 '길음'은 길어
낸 우물이다.”[25]라고 하였다.

혁괘(革卦) ䷰

혁괘는 상(象)으로 보면 못[澤] 가운데 불이 있는 것이고, 성질로 보
면 불을 나타내는 이(離)가 쇠를 나타내는 태(兌)를 이기는 것이다.
또 호체(互體)의 나무를 나타내는 손(巽)이 물과 불 사이에 있어서
불이 타오르고 물이 마르니 이 때문에 혁(革)이라 한 것이다. 또 손
은 바람이 되니 바람이 쇠와 불 사이에 있어 종혁(從革)[26]의 상이다.
그러므로 정동경(鄭東卿)이 풍로(風爐)가 된다고 하였는데, 주자(朱
子)가 이 말을 취하였다.[27]

---

25 세 양이……우물이다 : 《주역전의대전》의 세주에 보인다.

26 종혁(從革) :《서경》〈주서(周書) 홍범(洪範)〉에 보이는 말로, 쇠가 용도에 따라
그대로 따르기도 하고 형체를 변하기도 하는 것을 가리킨다.

27 정동경(鄭東卿)이……취하였다 : 정동경은 남송(南宋) 초기 내주(萊州) 삼산(三
山) 사람으로 자는 소매(少梅), 호는 합사어부(合沙漁父)이다. 《주역》의 이치가 모두
획(劃)에 있다고 여겨 이를 깊이 연구하여 《주역의난도해(周易疑難圖解)》, 《역설(易
說)》 등을 저술하였다. 주희(朱熹)가 이 설을 취한 것은 《주자어류(朱子語類)》 권66에

융산 이씨(隆山李氏 이순신(李舜臣))는 "태(兌)는 소음(少陰)의 기로서 남방의 정화(正火)²⁸를 대적할 수 없다. 태의 음획(陰劃) 아래로 두 양이 있어 경계가 되고 불을 나타내는 이(離)가 아래에서부터 말리고 있으니, 이는 불이 못물[澤水]을 변혁시킬 수 있는 것이다. 그러므로 온천은 있어도 차가운 불은 없다."²⁹라고 하였다.

단사(彖辭)

○ 하루가 지나야 믿음[己日乃孚] : 이(離)는 해가 되니, 가운데가 비어 있고 위로 양실(陽實)에 호응하므로 '믿음'이라고 한 것이다. 호씨(胡氏 호병문(胡炳文))는 "해가 못으로 들어가니 해가 지는 상이 있다."³⁰라고 하였다.

단전(彖傳)

○ 문명하고 기뻐하여 크게 형통하고 바르니, 개혁하여 마땅하기에 뉘우침이 이에 없어짐[文明以說 大亨以正 革而當 其悔乃亡] : 변혁의 도는 안이 밝고 밖이 기뻐하지 않으면 반드시 뉘우침이 있다.

○ 물과 불이 서로 그침[水火相息] : '식(息)'은 멸하여 종식시킨다는[滅息] 뜻이 아니라 그쳐서 변화한다는 뜻이니, 못은 지수(止水)가

보인다.

28 남방의 정화(正火) : 후천팔괘(後天八卦)에서는 이(離)가 정남방이 되므로 이렇게 말한 것이다.

29 태(兌)는……없다 : 《주역전의대전》의 세주에 보인다.

30 해가 못으로……있다 : 《주역전의대전》의 세주와 《주역본의통석(周易本義通釋)》 권2에 보인다.

되고 불은 사물을 변화시킬 수 있다. 대개 물과 불이 서로 닿으면 멸하지만, 못과 불 사이에 나무가 막고 있으니 물을 끓이는 상이 된다. 그러므로 혁괘의 뒤에 정괘(鼎卦)로 받은 것이다.

○ 천지가 변혁하여 사시가 이루어짐〔天地革而四時成〕 : 이(離)는 여름이 되고 태(兌)는 가을이니 여름과 가을의 교차는 음양이 나아가고 물러가는 기틀이 된다. '사시가 이루어짐'은 한 해 안의 나뉨이다.

○ 탕왕과 무왕의 혁명〔湯武革命〕 : 이는 방패와 창이 되고 태는 쇠가 되니 모두 정벌의 상이다.

초구(初九)

○ 황소의 가죽〔黃牛之革〕 : 이(離)는 곤(坤)의 중체(中體)를 얻었다. 그러므로 이괘(離卦)의 〈단전〉에 "암소를 기르듯이 하면 길하다.〔畜牝牛吉〕"라고 하고, 육이(六二)에 '황색에 붙음〔黃離〕'이라고 하였다. 《주역본의(周易本義)》에서는 "가죽은 물건을 견고히 하는 것이니, 또한 괘의 이름을 취했으나 뜻은 같지 않다."라고 하였다. 그러나 사람과 사물의 변화는 모두 피부와 가죽에 나타난다. 사람의 성쇠(盛衰)와 조수(鳥獸)의 털갈이와 초목의 피고 시듦을 모두 여기에서 볼 수 있으니, 혁(革)이라는 이름은 또한 변화를 이르는 것이리라.

육이(六二)

○ 하루가 지나야 개혁함〔已日乃革〕 : 바로 〈단전〉에서 믿은 이후에 개혁한다고 일컬은 것[31]이다. 육이는 해를 나타내는 이(離)의 가운데에

---

31 단전에서……것 : 믿은 이후에 개혁한다는 말은 〈단전〉에 직접적으로 나오는 말

거한다. 그러므로 호씨(胡氏 호병문(胡炳文))는 "하나의 효(爻)가 1일이 되니, 초구에서 육이에 이름은 1일이 지난 것이다."[32]라고 하였다.

구삼(九三)

○ 개혁해야 한다는 말이 세 번 합함[革言三就] : 위로 입을 나타내는 태(兌)에 접하는 것이다. 초육에서 구삼에 이르러 혁(革)의 도가 마침내 이루어졌다. 그러므로 세 번 합한 것이다.

구사(九四)

○ 믿음이 있으면 명을 고침[有孚改命] : 태(兌)의 처음과 호체의 손(巽)의 위에 거하니, 손은 명령이 된다. 변혁의 도는 믿음이 아니면 되지 않는다. 그러므로 〈단전〉에 믿음을 말하였고, 효에서도 믿음이 있어야 함을 세 번 말하였다. 믿음을 반드시 구삼과 구사와 구오(九五)

이 아니라 〈단전〉의 "하루가 지나야 믿음은 개혁하여 믿게 하는 것이다.[已日乃孚, 革而信之.]"라고 한 부분의 의미를 풀이해서 말한 것이다. 《이천역전(伊川易傳)》의 풀이로 이해를 도우면 "일을 변혁(變革)할 때에 사람들이 어찌 대번에 믿겠는가. 반드시 하루가 지난 뒤에야 믿어준다. 위에 있는 자가 개혁하는 즈음에 마땅히 상세히 알리고 거듭 명령하여 하루가 지남에 이르러 사람들로 하여금 믿게 하여야 하니, 인심이 믿지 않으면 비록 억지로 시행하더라도 성공하지 못한다. 선왕(先王)의 정령을 처음에는 마음으로 의심하는 자들이 있었으나 오래 지나면 반드시 믿었으니, 끝내 믿게 하지 않고서 선치(善治)를 이룬 자는 있지 않다.[事之變革, 人心豈能便信? 必終日而後孚. 在上者於改爲之際, 當詳告申令, 至於已日, 使人信之, 人心不信, 雖强之行, 不能成也. 先王政令, 人心始以爲疑者有矣, 然其久也必信, 終不孚而成善治者, 未之有也.]"라고 하였다.

32 하나의……것이다 : 《주역전의대전》의 세주와 《주역본의통석》 권2에 보인다.

의 효에서 말한 것은 모두 양실(陽實)이기 때문이다. 구사는 하체가 상체로 변하는 지점에 거하므로 건괘(乾卦)의 구사에도 "건도(乾道)가 이에 변혁함이다.〔乾道乃革〕"[33]라고 하였다.

구오(九五)

○ 대인이 범으로 변함〔大人虎變〕: 호체의 건(乾)의 윗자리이니, 건금(乾金)[34]은 범의 상이 있다. 그러므로 천택(天澤)인 이괘(履卦 ☱)에서도 "범의 꼬리를 밟는다.〔履虎尾〕"라고 하였으니, 대개 이괘에는 태(兌)와 이(離)와 건(乾)과 손(巽)이 있어 혁체(革體)를 갖추었다. 건괘(乾卦)의 구오에 "나는 용이 하늘에 있다.〔飛龍在天〕"라고 한 것은 요(堯) 임금과 순(舜) 임금이 문명(文明)한 상이고, 혁괘의 구오의 '대인이 범으로 변함'은 탕왕(湯王)과 무왕(武王)이 신무(神武)한 상이다. 여름을 나타내는 이(離)가 변하여 가을을 나타내는 태(兌)가 되니 범과 표범이 털갈이하는 때이다. 그러므로 〈상전(象傳)〉에 "그 문채가 빛남이다.〔其文炳也〕"라고 말하였다.

상육(上六)

○ 군자가 표범으로 변함〔君子豹變〕: 건(乾)이 변하여 쇠를 나타내는 태(兌)가 되니 범 가운데 작은 것이다.

---

33 건도(乾道)가 이에 변혁함이다 : 〈건괘(乾卦) 문언전(文言傳)〉에서 구사효를 설명한 말이다.

34 건금(乾金) : 후천팔괘에서 건은 양금(陽金)에 해당하며 또한 금(金)이 성(盛)하는 것이다.

○ 소인은 얼굴이 변함〔小人革面〕: 기쁨이 위에 드러난 것이니, 구오를 따라 변혁한 것이다. 그러므로 〈상전〉에 "순히 하여 군주를 따르는 것이다.〔順以從君〕"라고 하였으니, 군웅(群雄)이 제왕(帝王)에게 몸을 의탁하여 백성들과 함께 새로 시작하는 상[35]이리라.

정괘(鼎卦) ䷱

정괘의 상(象)은 《이천역전(伊川易傳)》에서 자세히 설명하였다. 괘의 자질로 말하면 건(乾)과 태(兌)는 모두 금(金)이다. 불을 나타내는 이(離)가 위에서 데우고, 나무를 나타내는 손(巽)이 아래에서 불타며, 물을 나타내는 태(兌)가 가운데에서 화(化)한다. 그러므로 〈단전(彖傳)〉에 "정은 상이다.〔鼎象也〕"라고 하였다. 《자하역전(子夏易傳)》에는 "처음 갈라진 것은 솥발이고, 다음에 채워진 것은 솥배이고, 가운데에 빈 것은 솥귀이고, 위의 강한 것은 솥귀고리〔鉉〕이다."라고 하였다. 이(離)는 눈이 되고 육오(六五)는 솥귀가 되므로 "이목이 총명하다.〔耳目聰明〕"라고 하였다.

초육(初六)

○ 솥이 발이 넘어짐〔鼎顚趾〕: 아래에 있고 터진 형상이니 솥의 발

---

35 백성들과……상 : 원문의 '여민경시(與民更始)'는 묵은 것을 털어내고 새롭게 시작한다는 뜻이다. 《한서(漢書)》 권6 〈무제기(武帝紀)〉에 "짐은 당우(唐虞)를 훌륭하게 여기고 은주(殷周)를 좋아하니, 옛것에 근거하여 새것을 성찰한다. 천하에 사면령을 내리는 것은 백성들과 함께 새롭게 시작하려는 것이다.〔朕嘉唐虞而樂殷周, 據舊以鑑新. 其赦天下, 與民更始.〕"라고 하였다.

이다.

○ 첩을 얻음[得妾] : 손(巽)이 장녀(長女)가 되며 음유(陰柔)가 아래에 있는 것이다.

○ 그 아들로써 함[以其子] : 손의 반대(反對)[36]인 진(震)이 장자(長子)인 것이다.

구이(九二)

○ 솥에 채워진 것이 있음[鼎有實] : 하체(下體)의 가운데가 배가 되고, 양강(陽剛)이 채움이 된다.

구삼(九三)

○ 솥의 귀가 변함[鼎耳革] : 하체의 위는 귀를 형상하고, 상체와 하체의 교차는 변함이 된다.

○ 그 감이 막힘[其行塞] : 아래로는 발에 호응하지 않고 위로는 솥귀고리에 호응하지 않으니 움직일 수 없다.

○ 꿩의 기름진 고기[雉膏] : 꿩이 되는 이(離)를 승(承)[37]하고 호체의 태(兌)가 택(澤)이다.[38]

○ 먹지 못함[不食] : 정괘(井卦) 구삼의 '우물이 깨끗한데도 먹지 못함[井渫不食]'과 같으니, 모두 입을 나타내는 태가 호체이고 가는

---

36 반대(反對) : 77쪽 주12 참조.

37 승(承) : 82쪽 주20 참조.

38 호체의 태(兌)가 택(澤)이다 : 못의 의미인 택(澤)을 윤택(潤澤)의 의미로 본 것이다.

것이 막혔으므로[39] 먹지 못한다.

○ 비가 내림〔方雨〕: 못〔澤〕을 나타내는 태가 불을 나타내는 이(離)의 기운을 얻으면 비를 이룬다.

구사(九四)

○ 솥이 발이 부러짐〔鼎折足〕: 태(兌)는 훼절(毀折)이 된다. 대개 초육이 구사에게 호응하면 아래에서 거꾸로 위를 향하는 것이므로 발이 넘어지고, 구사가 초육에게 호응하면 위에서 무겁게 아래를 누르는 것이므로 발이 부러진다.

○ 관가에 바칠 음식을 엎음〔覆公餗〕: 입을 나타내는 태가 먹을 것이 없는 것이다.

○ 그 얼굴이 젖음〔其形渥〕: 못을 나타내는 태가 아래로 새는 것이다.

육오(六五)

○ 누런 귀〔黃耳〕: 중앙의 색이고 짝의 형상이다.

○ 금으로 만든 솥귀고리〔金鉉〕: 태(兌)는 금이 되고, 태의 꼭대기에서 귀를 뚫는 것이다.

상구(上九)

○ 옥으로 만든 솥귀고리〔玉鉉〕: 위에서 천위(天位)에 거하고 양은

---

39 가는 것이 막혔으므로 : 〈정괘(井卦) 구삼(九三)〉의 〈상전(象傳)〉에도 "길 가는 사람이 서글퍼함이다.〔行惻也〕"라고 하였다.

건효(乾爻)이며 아래로 구삼에 호응한다. 구삼은 호체의 건(乾)의 가운데로서 건은 옥이 된다. 금을 옥으로 바꾸어 말한 것은 양으로서 음의 자리에 거해서이다. 그러므로 〈상전(象傳)〉에 "강유가 적절하기 때문이다.〔剛柔節也〕"라고 하였다.

대저 솥이라는 기물은 발이 있어도 갈 수 없으므로 '발이 넘어짐'이라 하였고, 입이 있어도 먹을 수 없으므로 '먹지 못함'이라 하였고, 귀가 있어도 들을 수 없으므로 '변함'이라 하고 '막힘'이라 하였는데, 그 공능(功能)과 작용(作用)은 모두 우러러 솥귀고리에서 이루어지므로 육오의 '금으로 만든 솥귀고리'에서 "정고(貞固)함이 이롭다.〔利貞〕"라고 하고, 상육의 '옥으로 만든 솥귀고리'에서 "크게 길하다.〔大吉〕"라고 하였다. 그러나 초육과 구이와 구삼은 손(巽)의 순(順)함에 거하므로 허물이 없고 끝내 길하다. 오직 구사는 배의 위와 입의 아래에 거하며 건(乾)은 강하고 태(兌)는 기뻐하여 음식을 탐하는 경계와 차고 넘치는 근심이 있다. 그러므로 발이 부러져 흉함에 이르는 것이다.

진괘(震卦) ䷲

진(震)은 하나의 양이 두 음에 눌려 있으면서 분발(奮發)하여 진동한다. 그러므로 그 상(象)은 우레가 되고 그 성정(性情)은 동(動)함이 된다. 자리로 말하면 곤(坤)이 진(震)을 받들므로 사시에서는 봄이 되고, 기(氣)로 말하면 양은 좌측에서부터 돌기 때문에 방위에서는 동쪽이 되고, 괘가 생겨나는 순서로 보면 건(乾)이 곤과 사귀어 첫 번째로 구하여 양이 있으므로 장자(長子)가 된다.[40]

단사(彖辭)

○ 진은 형통함[震亨] : 오씨(吳氏 오징(吳澄))는 "우레가 동하여 만물이 발하여 생겨나는 것이 형통함이다. 사람이 우렛소리를 듣고 두려워하면서 자신을 가다듬고 반성하면 또한 형통하게 될 수 있다."[41]라고 하였다.

○ 호씨(胡氏 호병문(胡炳文))는 "'진동이 올 때에 돌아보고 두려워함[震來虩虩]'은 '진(震)'을 풀이한 것이고, '웃고 말함이 즐거움[笑言啞啞]'은 '형통함[亨]'을 풀이한 것이다."[42]라고 하였다.

○ 울창주(鬱鬯酒)를 잃지 않음[不喪匕鬯] : 장자가 제기(祭器)를 주관함이니, 또한 진목(震木)의 상이다.

초구(初九)

○ 한 양이 진괘의 주체가 되어 괘를 완성하므로 전적으로 단사의 말을 사용하였다.

○ 돌아보고 두려워함[虩虩] : 우레의 위엄이다.

○ 즐거움[啞啞] : 우레의 소리이다.

---

40 건(乾)이……된다 : 《주역》〈설괘전(說卦傳)〉에 "건은 하늘이므로 아비라 칭하고, 곤은 땅이므로 어미라 칭하고, 진은 첫 번째로 구하여 남자를 얻었으므로 장남이라 이른다.〔乾, 天也. 故稱乎父; 坤, 地也. 故稱乎母. 震, 一索而得男. 故謂之長男〕"라고 하였다.

41 우레가……있다 : 《주역전의대전(周易傳義大全)》의 세주(細註)와 《역찬언(易纂言)》 권2에 보인다.

42 진동이……것이다 : 《주역전의대전》의 세주와 《주역본의통석(周易本義通釋)》 권2에 보인다.

○ 처음에는 근심하나 마지막에는 즐거우므로 길(吉)하다.

육이(六二)

○ 진동이 옴에 위태로움〔震來厲〕 : 양에 바짝 붙었기 때문이다.

○ 재물을 잃음〔億喪貝〕 : 음이 재물이 된다.

○ 높은 언덕에 오름〔躋九陵〕 : 위로 간(艮 ☶)을 받드는 것이다.[43]

○ 7일에 얻음〔七日得〕 : 여섯 효를 두루 다하는 것이다. 9는 노양(老陽)이고 7은 소양(少陽)이니 음이 변하여 양을 따르는 것이다.

육삼(六三)

○ 진동하여 흩어짐〔震蘇蘇〕 : 초구와의 거리가 멀어져 맹렬함이 덜한 것이다.

○ 가면 허물이 없음〔行无眚〕 : 진(震)의 성정은 동함이고 음은 양을 피하므로 육이는 높은 언덕에 오르고, 육삼은 가면 허물이 없다.

구사(九四)

○ 진동함이 마침내 빠짐〔震遂泥〕 : 한 양이 네 음에 묻히고 또 감(坎 ☵)의 체(體)에 거하므로[44] 빠져서 움직일 수 없는 것이다.

육오(六五)

○ 오고 감이 위태로움〔往來厲〕 : 육이에서 단지 '옴에 위태로움'이

---

43 위로……것이다 : 육이(六二)에서 구사(九四)까지가 간이 된다.

44 감(坎)의 체(體)에 거하므로 : 육삼(六三)에서 육오(六五)까지가 감이 된다.

라고 말한 것은 아래로 양에 바짝 붙어서이고, 육오에서 오고 감을 둘 다 말한 것은 육이는 바르고 육오는 바르지 않으므로[45] 진퇴가 모두 위태로운 것이다.

○ 육이는 '재물을 잃고' 육오는 '잃음이 없는[无喪]' 것은, 육이는 초구에 바짝 붙어 그 형세가 맹렬하고 육오는 구사에 바짝 붙어 그 힘이 느슨해서이다.

○ 육이는 '쫓아가지 않아야 하고[勿逐]' 육오는 '일함이 있는[有事]' 것은, 육이는 낮은 자리에 거하고 육오는 높은 자리에 거해서이다.

○〈상전(象傳)〉그 일함이 중(中)에 있으니 크게 잃음이 없는 것이다.〔其事在中 大无喪也〕: 효사(爻辭)를 뒤집어 풀이하여 "일하는 바가 중을 얻으면 끝내 잃는 바가 없다."라고 말한 것이다.[46]

상육(上六)

○ 쇠퇴함〔索索〕: 우렛소리가 장차 끝나려는 것이다.

○ 두리번거림〔矍矍〕: 우레 빛이 장차 흩어지려는 것이다.

○ 가면 흉함〔征凶〕: 지나치게 움직일 수 없는 것이다.

○ 그 몸〔其躬〕: 상육을 가리킨다.

○ 그 이웃〔其隣〕: 육오를 가리킨다.

○ 배우자〔婚媾〕: 육삼이 호응이 되지 못함을 가리킨다.

---

45 육이는……않으므로 : 육이는 짝수인 음의 자리에 음효가 있으므로 바르고, 육오는 홀수인 양의 자리에 음효가 있으므로 바르지 않은 것이다.

46 효사(爻辭)를……것이다 : 육오의 효사는 '무상(无喪)'과 '유사(有事)'의 순서로 되어 있는데,〈상전〉에서는 뒤집어서 '유사'와 '무상'의 순서로 풀이했다는 말이다.

○ 말이 있음〔有言〕: 진(震)은 입을 벌린 상이 되니, 소리가 나오는 곳이므로 나에게 있어서는 '웃고 말함'이고, 남에게 있어서는 '말이 있음'이다.

간괘(艮卦) ䷳

간괘는 상(象)으로 말하면 양이 나아가 위에 거하여 그쳐서 가지 않음이고, 자질로 말하면 양이 음의 위에 있어서 우뚝 솟아 산과 같음이고, 기(氣)로 말하면 두 음이 이미 왕성한데 한 양이 홀로 보존되어 만물이 이미 마치고서 장차 시작되려 함이고, 자리로 말하면 호체(互體)가 감(坎)과 진(震)으로 동북(東北)의 사이이다.[47]

단사(彖辭)

　○ 그 등에 그침〔艮其背〕: 간괘의 주발이 뒤집힌 형상이 마치 사람이 등지고 선 것과 같다.

　○ 그 몸을 보지 못함〔不獲其身〕: 등지고 서면 몸을 볼 수 없다.

　○ 뜰에 감〔行其庭〕: 간(艮)은 문궐(門闕)이 되고 호체의 진(震)은 동(動)한다.

　○ 사람을 보지 못함〔不見其人〕: 사람이 등 뒤에 있는 것이다.

47　자리로……사이이다 : 후천팔괘(後天八卦)에서 감(坎)은 북쪽에 자리하고 진(震)은 동쪽에 자리하며 간(艮)은 그 사이인 동북방에 자리한다.

단전(彖傳)

○ 그쳐야 할 때면 그치고 가야 할 때면 감[時止則止 時行則行] : 사물을 마치고 시작함에 각기 그때를 따르는 것이다.

○ 동정이 때를 잃지 않음[動靜不失其時] : 동(動)할 때도 안정되고 정(靜)할 때도 안정되는 것이다.

○ 그 도가 광명함[其道光明] : 양이 바깥에 있는 것이다.

○ 상하가 적으로 호응함[上下敵應] : 주자(朱子)는 "여덟 순괘(純卦)는 모두 서로 함께하지 않는데, 간괘는 그침[止]이라 더더욱 서로 함께하지 않는다. 안으로 자신을 보지 못하는 것은 내괘(內卦)이고, 밖으로 사람을 보지 못하는 것은 외괘(外卦)이다."[48]라고 하였다.

초육(初六)

○ 발꿈치에 멈춤[艮其趾] : 함괘(咸卦)와 간괘는 모두 가까이 몸에서 취하였다. 초육은 아래에 있으니 발꿈치의 상이다. 발꿈치가 움직이지 않으면 몸이 정지한다.

---

48 여덟……외괘(外卦)이다 : 《주자어류(朱子語類)》 권73에 보인다. 순괘(純卦)는 건괘(乾卦), 감괘(坎卦), 간괘(艮卦), 진괘(震卦), 손괘(巽卦), 이괘(離卦), 곤괘(坤卦), 태괘(兌卦)로 《주역》에서 내괘와 외괘가 동일한 여덟 개의 괘이다. 순괘는 내괘와 외괘의 음효와 양효가 음은 음끼리 양은 양끼리 대(對)가 되어 음양이 서로 호응하지 않는다. 안으로 자신을 보지 못한다는 것은 〈단사(彖辭)〉의 '그 몸을 보지 못함[不獲其身]'을 가리킨 것이고, 밖으로 사람을 보지 못한다는 것은 '사람을 보지 못함[不見其人]'을 가리킨 것이다.

육이(六二)

○ 장딴지에 멈추니 그 따름을 구원하지 못함[艮其腓 不拯其隨] : 장딴지는 발 위에 있으니 넓적다리를 따라 움직인다.

○ 마음이 불쾌함[其心不快] : 육이와 구삼은 호체가 감(坎)이므로 모두 '마음'을 말하였다.[49]

구삼(九三)

○ 한계에 멈춤이라 등골 살을 벌려놓음[艮其限 列其夤] : 한계란 상괘(上卦)와 하괘(下卦)의 교차 지점이다. 등골 살은 심장과 등의 사이에 있다. 인(寅)은 간방(艮方 동북방)이고 육(肉)이 인 위에 있으니 등위의 살이다.

○ 위태로움이 마음을 태움[厲薰心] : 호체의 감(坎)의 가운데 자리하여 네 음의 사이에 빠진 것이다. 감은 이(離)와 착(錯)하니 태우는 상이 있다.[50]

---

49 호체가……말하였다 : 《주역》〈설괘전(說卦傳)〉에, 감(坎)은 마음의 병[心病]과 마음이 급함[亟心]이 된다고 하였다.

50 감은……있다 : 착(錯)은 명(明)나라 때 내지덕(來之德)의 착종설(錯綜說)을 따른 것이다. 내지덕은 《주역》〈계사전(繫辭傳)〉의 '착종기수(錯綜其數)'라는 말에 착안하여 착괘(錯卦)와 종괘(綜卦)로 역상(易象)을 설명하였는데, 착은 교착(交錯)의 의미로 두 괘의 음효와 양효가 서로 반대되는 것을 말하고, 종(綜)은 종합(綜合)의 의미로 하나의 괘체(卦體) 안에서 상하로 뒤집어 보았을 때 두 괘가 되는 것을 말한다. 이(離)는 불을 상징하므로 태우는 상이 있다고 한 것이다.

육사(六四)

○ 몸에 멈춤[艮其身] : 호씨(胡氏 호병문(胡炳文))는 "함괘 구사(九四)의 '자주 왕래함[憧憧往來]'은 마음의 동함으로 말한 것이고, 여기에서 마음이라 말하지 않고 몸이라 말한 것은 동정(動靜)을 아울러 말한 것이다."[51]라고 하였다.

육오(六五)

○ 광대뼈에 멈춤[艮其輔] : 구삼에서 상구(上九)까지 이괘(頤卦 ䷚)의 체(體)를 이룬다. 착괘(錯卦)인 태(兌)는 입과 혀의 상이 있다. 함괘에서 광대뼈는 상육(上六)에 있고 간괘에서 광대뼈는 육오에 있는 것은 어째서인가? 구보(口輔)[52]는 음효의 가운데가 터져 있는 상인데, 함괘는 태구(兌口)의 음이 상육에 있고 간괘는 오직 육오가 음으로서 윗자리에 거하기 때문이다. 호씨는 "광대뼈는 뺨의 양옆 쪽 뼈이니, 등 뒤에서도 볼 수 있다. 함괘는 얼굴을 말하였으므로 뺨과 혀까지 보이고[53] 간괘는 등을 말하였으므로 단지 광대뼈만 말하였다. 초육의 '발꿈치에 멈춤'은 가는 것을 멈춘 것이고, 육오의 '광대뼈에 멈춤'은 말을 멈춘 것이다."[54]라고 하였다.

---

51 함괘……것이다 : 《주역전의대전(周易傳義大全)》의 세주(細註)와 《주역본의통석(周易本義通釋)》 권2에 보인다.

52 구보(口輔) : 구보를 광대뼈의 뜻으로 봐도 무방하나, 정확하게 말하면 입 옆 가까이의 뼈 부분을 가리킨다.

53 함괘는……보이고 : 〈함괘(咸卦) 상육(上六)〉에 "감동함이 광대뼈와 뺨과 혀이다.[咸其輔頰舌]"라고 하였다.

54 광대뼈는……것이다 : 《주역전의대전》의 세주와 《주역본의통석》 권2에 보인다.

상구(上九)

○ 멈춤에 돈후함[敦艮] : 구삼과 상구 두 양이 간괘의 주체가 되는
데, 구삼은 두 음의 가운데에 빠져 있고 호체의 진(震)이 동하므로
멈춤에 돈후한 상구만 못하다. 간괘는 바로 진괘(震卦 ☳)의 반대(反
對)[55]이니, 진괘의 구사(九四)가 초구(初九)의 길한 것만 못한 경우[56]
와 같다. 호씨는 "'도탑게 임함[敦臨]'과 '도탑게 돌아옴[敦復]'은 모두
곤토(坤土)의 상을 취한 것이다. 대개 상체(上體)에 간(艮)이 있는 여
덟 괘가 모두 길하니 사람이 그 마침을 돈후하게 하지 않을 수 있겠는
가."[57]라고 하였다.

점괘(漸卦) ☶

점(漸)은 물이 물건을 적신다는 말이다. 물이 물건을 적실 때는 천천
히 진행하고 갑작스럽게 하지 않으므로 괘에서 나아가는 뜻을 취하
였다. 괘체(卦體)가 미제괘(未濟卦)가 호체인데 물과 불이 사귀지 않

---

55 반대(反對) : 77쪽 주12 참조.

56 진괘의……경우 : 진괘의 구사 역시 간괘의 구삼과 마찬가지로 위아래가 음효이
다. 그러므로 그 효사에 "진동함이 마침내 빠져 있다.[震遂泥]"라고 하였다. 진괘의
초구는 진괘의 주체가 되므로 그 효사에 "진동이 올 때에 돌아보고 두려워하여 뒤에
웃고 말함이 즐거우리니 길하다.[震來虩虩, 後笑言啞啞, 吉.]"라고 하였다.

57 도탑게 임함……있겠는가 : 《주역전의대전》의 세주와 《주역본의통석》 권2에 보
인다. '도탑게 임함'은 임괘(臨卦 ☷) 상육(上六)의 효사이고, '도탑게 돌아옴'은 복괘(復
卦 ☷) 육오(六五)의 효사이다. 두 괘 모두 상체에 곤(坤)이 있다. 상체에 간이 있는
괘는 몽괘(蒙卦), 고괘(蠱卦), 비괘(賁卦), 박괘(剝卦), 대축괘(大畜卦), 이괘(頤卦),
손괘(損卦), 간괘(艮卦)의 여덟 괘이며 상체에 모두 좋은 내용의 효사가 있다.

으므로 점진(漸進)하는 상(象)이 있다.[58] 물을 따라 천천히 가는 것으로 기러기만한 것이 없으므로 효(爻)에서 기러기의 상을 취하였다. 손녀(巽女)가 외괘(外卦)에 있으면서 간남(艮男)에 호응하는데 구오(九五)와 육이(六二)가 모두 정위(正位)를 얻었으므로 단사(彖辭)에서 여자가 시집감이 귀하다고 하였다.

단전(彖傳)

○ 점의 나아감은 여자가 시집감에 길함〔漸之進也 女歸 吉也〕 : 여자가 시집갈 때 납채(納采), 문명(問名), 납길(納吉), 납징(納徵), 청기(請期), 친영(親迎)[59]의 육례(六禮)를 다 갖춘 후에 혼인이 성사되니, 점진적인 절차가 있는 인도(人道)로 이보다 큰 것이 없다.

○ 나아가기를 정도로써 하니 나라를 바로잡을 수 있음〔進而正 可以正邦〕 : 선비가 조정에 나아감은 마치 여자가 지아비에게 시집감과 같으니, 그 사귐을 정도로써 하고 그 응접을 예로써 하면서도 그 나아감을 어렵게 한 뒤라야 임금과 나라를 바로잡을 수 있다.

---

58 미제괘(未濟卦)가……있다 : 미제괘는 불을 나타내는 이(離)가 위에 있고 물을 나타내는 감(坎)이 밑에 있어 물과 불이 서로 쓰이지 못한다. 이와 반대인 기제괘(旣濟卦)는 불 위에 물이 있어 불이 물을 끓여 서로 쓰인다. 미제괘에서는 행동을 급작스럽거나 과감하게 하지 않고 지극히 신중하게 해야 형통하다.

59 납채(納采)……친영(親迎) : 납채는 신랑 집에서 신부 집에 규수를 간택하겠다는 의사를 알리는 것이다. 문명은 혼인하기로 한 여자의 운수를 점칠 때 상대방의 이름, 또는 생모의 이름을 묻는 것이다. 납길은 신랑 집에서 납채한 뒤에 사당에서 점을 쳐 길한 점괘가 나온 것을 신부 집에 알리는 것이다. 납징은 신부 집에 폐백을 보내는 것이다. 청기는 신랑 집에서 혼인 날짜를 정해 신부 집에 서신으로 가부를 묻는 것이다. 친영은 신랑이 신부 집으로 가서 신부를 맞이해 오는 것이다.

○ 그치고 공손하므로 동함이 곤궁하지 않음〔止而巽 動不窮也〕: 나아가는 사물은 극처(極處)에 다다르면 반드시 곤궁해지므로 승괘(升卦) 뒤에 곤괘(困卦)로 이은 것이다. 오직 점괘는 안으로는 그치고 밖으로는 공손하여 나아감에 뜻이 없으며 나아갈 적에는 차례가 있으므로 곤궁에 이르지 않는다.

초육(初六)

○ 기러기가 물가에 점진함〔鴻漸于干〕: 육이(六二)에서부터 육사(六四)까지 호체가 감(坎)인데 초육은 아래에 있으므로 물가의 상이 있는 것이다.

○ 소자(小子): 간(艮)은 소남(少男)이다.

○ 말이 있음〔有言〕: 초육이 육사와 호응하여 바람을 만나 우니[60] 기러기가 처음 우는 것이다. 《시경》에 "화락하게 우는 기러기 해 뜨는 아침에 우네. 신랑이 신부 데려오려면 얼음 녹기 전에 해야 한다네.〔雝雝鳴鴈 旭日始朝 士如歸妻 迨氷未泮〕"[61]라고 하였으니, 이 또한 여자가 시집가는 상일 것이다.

육이(六二)

○ 기러기가 반석에 점진함〔鴻漸于磐〕: 간(艮)은 돌이 된다.

○ 음식을 먹음이 즐겁고 즐거움〔飮食衎衎〕: 감(坎)은 음식의 상이

---

60 바람을 만나 우니 : 육사가 있는 상체(上體)의 손(巽)이 바람을 나타내므로 이렇게 말한 것이다.

61 화락하게……한다네 : 《시경》〈패풍(邶風) 포유고엽(匏有苦葉)〉의 구절이다.

있다.

구삼(九三)

○ 기러기가 평원으로 점진함〔鴻漸于陸〕: 간(艮)의 위에 자리하여 높고 평평한 언덕이 된다.

○ 남자는 가면 돌아오지 않음〔夫征不復〕: 간(艮)의 주체가 되는 자리에 있으면서 호체의 감(坎)이 험한 것이다.

○ 부인이 잉태하더라도 생육하지 못함〔婦孕不育〕: 호체의 이(離)와 감이 미제괘(未濟卦)의 상이 되고 구삼과 육사는 정응(正應)이 아니다. 그러므로 〈상전(象傳)〉에 "그 도를 잃었기 때문이요, 적을 막음에 씀이 이롭다.〔失其道也 利用禦寇〕"라고 하였으니, 호체의 이는 방패와 창이 된다.

○ 〈상전〉 남자는 가면 돌아오지 않음은 무리를 떠난 것〔夫征不復 離群醜也〕:《이천역전(伊川易傳)》에서는 "무리를 떠나 배반함은 추함이 될 만하다.〔離叛其群類 爲可醜也〕"라고 풀이하였다. 《예기(禮記)》에 "동료들 간에는 다투지 않아야 한다.〔在醜不爭〕"라고 하였고, 《시경》에 "큰 무리가 출행하리라.〔戎醜攸行〕"라고 하였으니[62] '추(醜)' 또한 무리의 뜻이다. 구분해서 말하는 것은 타당하지 않은 듯하다.

육사(六四)

○ 기러기가 나무로 점진함〔鴻漸于木〕: 비로소 감수(坎水)를 떠나

---

62 예기(禮記)에……하였으니 : 《예기》는 〈곡례 상(曲禮上)〉, 《시경》은 〈대아(大雅) 면(綿)〉의 구절이다.

손체(巽體)로 들어온 것이다.[63]

○ 혹 그 가지를 얻음[或得其桷] : 호씨(胡氏 호병문(胡炳文))는 "구삼의 한 양획(陽劃)이 아래에서 평평하게 가로질러 나뭇가지의 상이 있다."[64]라고 하였다.

구오(九五)

○ 기러기가 높은 구릉으로 점진함[鴻漸于陵] : 나무가 산 위에 있으니[65] 가장 높은 상이다.

○ 3년 동안 잉태하지 못함[三歲不孕] : 구오에서 육이까지 세 효가 떨어져 있는 것이다.

○ 끝내 이기지 못함[終莫之勝] : 호씨는 "구삼과 구오에서 모두 '여자[婦]'를 말하였다. 그런데 구삼과 육사는 서로 자기들끼리 친하여 부부가 되었으므로 비록 잉태하더라도 감히 생육하지 못하니 여자가 시집감에 점진적인 절차를 밟지 않은 것이고, 육이와 구오는 서로 호응하여 부부가 되었으므로 잉태하지 못하나 구삼과 육사가 육이와 구오를 이길 수 없으니, 여자가 시집감에 점진적인 절차를 밟은 것이다."[66]라고 하였다.

---

63 비로소……것이다 : 손(巽)이 나무를 나타내므로 이렇게 말한 것이다.

64 구삼의……있다 : 《주역전의대전(周易傳義大全)》의 세주(細註)와 《주역본의통석(周易本義通釋)》 권2에 보인다.

65 나무가……있으니 : 점괘는 산을 나타내는 간(艮)이 아래에 있고 나무를 나타내는 손(巽)이 위에 있으므로 이렇게 말한 것이다.

66 구삼과 구오에서……것이다 : 《주역전의대전》의 세주와 《주역본의통석》 권2에 보인다. 인용문의 '잉태하지 못하나'는 원문이 '雖孕'으로 되어 있어 뜻이 통하지 않는데,

상구(上九)

○ 기러기가 공중에 점진함〔鴻漸于逵〕: 나아감이 이미 극처(極處)에 이르러 산의 나무를 떠나니 구름 속을 다니는〔雲路〕 상이 된다.

○ 그 깃털이 의법(儀法)이 될 만함〔其羽可用爲儀〕: 손(巽)의 위에 자리하니 마치 기러기의 깃털이 순풍을 만나 바라볼 수는 있어도 취할 수는 없는 것과 같다. 양자(揚子 양웅(揚雄))가 "기러기가 먼 하늘 위에 나는데 주살 가진 사람이 어떻게 쏘아 잡겠는가.〔鴻飛冥冥 弋者何慕焉〕"[67]라고 한 것은 점괘 상구를 이르는 말일 것이다.

귀매괘(歸妹卦) ䷵

귀매괘의 상(象)과 뜻은 《이천역전(伊川易傳)》에 자세히 설명되어 있다. 중효(中爻)[68]가 기제괘(旣濟卦 ䷾)가 되어 물과 불이 서로 사귀

이는 《주역전의대전》 세주의 착오를 답습한 것이다. 《주역본의통석》에 '不孕'으로 된 것에 의거하여 수정하여 번역하였다. 그리고 인용문의 이해를 돕기 위해 《이천역전(伊川易傳)》의 설명으로 보충한다. "구오는 육이와 정응(正應)이 되고 중정(中正)의 덕이 같지만 마침내 구삼과 육사에 막혀 있으니, 구삼은 육이와 가깝고 육사는 구오와 가까워 모두 육이와 구오의 사귐을 막는 자이다. 육이와 구오가 즉시 합하지 못하므로 3년 동안 잉태하지 못하나 중정의 도는 반드시 형통하는 이치가 있으니, 부정(不正)한 자가 어찌 막고 해치겠는가. 그러므로 끝내 이기지 못하는 것이니, 다만 합함에 점진적인 과정이 있을 뿐 끝내는 길함을 얻을 것이다. 부정한 자가 중정한 자를 대적하는 것은 한때일 뿐이니, 오래되면 이길 수 있겠는가.〔與二爲正應而中正之德同, 乃隔於三四, 三比二, 四比五, 皆隔其交者也. 未能卽合, 故三歲不孕, 然中正之道, 有必亨之理, 不正豈能隔害之? 故終莫之能勝, 但其合有漸耳, 終得其吉也. 以不正而敵中正, 一時之爲耳, 久其能勝乎?〕"

67 기러기가……잡겠는가 : 《법언(法言)》 〈문명(問明)〉에 보인다.

니[69] 또한 남자와 여자가 서로 감응하는 상이다.

단사(彖辭)

○ 귀매는 가면 흉함[歸妹征凶] : 귀매괘는 점괘(漸卦)의 반대(反對)[70]이다. 점괘에서 '여자가 시집감에 길함[女歸 吉]'을 말한 것은 남자는 그치고 여자는 공손하기 때문이고, 귀매괘에서 '가면 흉함'이라고 말한 것은 여자는 기뻐하고 남자는 동(動)하기 때문이다.[71] 《시경》에 "여자의 놀아남은 말할 수 없다.[女之耽兮 不可說也]"[72]라고 하였다. 호씨(胡氏 호병문(胡炳文))는 "〈단사〉에서 오직 임괘(臨卦)와 정괘(井卦)에서 흉함을 말하고 비괘(否卦)와 박괘(剝卦)에서 이롭지 않음을 말하였는데, 귀매괘에서는 이미 흉하다고 하고서 또 '이로운 바가 없음[无攸利]'은 어째서인가? 기뻐함으로써 동하는 것은 올바른 정(情)이

---

68 중효(中爻) : 대성괘(大成卦)의 여섯 효 가운데 초효(初爻)와 상효(上爻)를 제외한 가운데 네 개의 효인 2·3·4·5효이다. 중효라는 용어는 《주역》〈계사전 하(繫辭傳下)〉에 "물건을 뒤섞음과 덕을 잡음과 시비를 분변함 같은 것은 중효가 아니면 갖추어지지 않는다.[若夫雜物撰德辨是與非, 則非其中爻不備.]"라고 하였는데, 이계의 〈역상익전(易象翼傳)〉에서도 그 설을 많이 채택한 내지덕(來知德)이 이 개념에 착안하여 중효를 착종(錯綜)해서 상하체(上下體)를 합성하여 괘를 만들었다.

69 기제괘(旣濟卦)가……사귀니 : 105쪽 주58 참조.

70 반대(反對) : 77쪽 주12 참조.

71 점괘에서……때문이다 : 점괘는 그침을 나타내는 간(艮)과 공손함을 나타내는 손(巽)으로 이루어져 있고, 귀매괘는 기쁨을 나타내는 태(兌)와 동함을 나타내는 진(震)으로 이루어져 있다. 또한 간은 소남(少男), 손은 장녀(長女), 태는 소녀(少女), 진은 장남(長男)을 나타낸다.

72 여자의……없다 : 《시경》〈위풍(衛風) 맹(氓)〉의 구절로, 《시경집전(詩經集傳)》의 풀이에 따르면 음부(淫婦)가 버림받고 부끄러워하며 뉘우치는 말이다.

아니니 정과 욕(欲)을 절제 없이 마구 부리면 무슨 짓인들 못 하겠는가. 그러므로 64괘 가운데 길하지 못한 것으로 이처럼 심한 것이 없다. 그러나 수괘(隨卦)도 동하고 기뻐하는데 '크게 형통하니 정함이 이로움〔元亨利貞〕'이 되는 것은 어째서인가? 수괘는 진(震)이 동하고 태(兌)가 기뻐하며, 귀매괘는 여자가 기뻐하고 남자가 동하므로 두 괘의 길흉이 같지 않은 것이다."[73]라고 하였다.

단전(彖傳)

○ 귀매는 천지의 대의〔歸妹 天地之大義〕 : 진(震)은 동방이고 태(兌)는 서방이니 음양의 큰 구분〔大分〕이다.

○ 귀매는 사람의 마침과 시작〔歸妹 人之終始〕 : 장씨(張氏 장청자(張淸子))는 "여자가 시집감에 자녀의 도가 여기에서 마치고 어미의 도가 여기에서 시작된다."[74]라고 하였다.

초구(初九)

○ 누이를 잉첩(媵妾)으로 시집보냄〔歸妹以娣〕 : 태(兌)가 첩(妾)

---

73 단사에서……것이다 : 《주역전의대전(周易傳義大全)》의 세주(細註)와 《주역본의통석(周易本義通釋)》 권2에 보인다. 수괘도 동하고 기뻐한다는 것은, 수괘가 기뻐함을 나타내는 태(兌)가 위에 있고 동함을 나타내는 진(震)이 아래에 있어 기뻐하고 동하며 동하고 기뻐하는 뜻이 되는 것이다. 수괘는 진이 동하고 태가 기뻐한다는 것은, 《이천역전(伊川易傳)》에 "여자는 사람을 따르는 자이니 소녀(少女)로 장남(長男)을 따름은 수(隨)의 뜻이며, 또 진은 우레가 되고 태는 못이 되니 우레가 못 속에서 진동함에 못이 따라 움직임은 수(隨)의 상(象)이다.〔女, 隨人者也, 以少女從長男, 隨之義也. 又震爲雷, 兌爲澤, 雷震於澤中, 澤隨而動, 隨之象也.〕"라고 한 설명이 참고가 된다.
74 여자가……시작된다 : 《주역전의대전》의 세주에 보인다.

이 된다.

○ 절름발이가 걸을 수 있게 됨[跛能履] : 이괘(履卦)의 육삼(六三)과 상(象)이 같다.

구이(九二)

○ 애꾸눈이 볼 수 있게 됨[眇能視] : 이(離)의 밝음[75]이 아래에 있어 멀리 볼 수는 없는 것이다.

○ 유인의 정함이 이로움[利幽人之貞] : 여자의 덕이 중(中)을 얻어 유유자적하고 한가하며 바르고 고요한 자태가 된다.

육삼(六三)

○ 누이를 시집보냄에 기다림[歸妹以須] : 태(兌)의 끝에 자리하여 기쁨을 구하지만 호응이 없다.[76] 이 때문에 다시 잉첩으로 돌아오는 것이다.

구사(九四)

○ 누이를 시집보냄에 혼기가 지남[歸妹愆期] : 동(動)함의 시작을 당하여 호체의 감(坎)이 험하니 이 때문에 혼기가 지난 것이다. 진(震)과 태(兌)는 끝내 서로 합하므로 "지체하여 시집감이 때가 있는 것[遲歸有時]"이다.[77]

---

75 이(離)의 밝음 : 호체(互體)에 불을 나타내는 이가 있으므로 언급한 것이다.

76 기쁨을……없다 : 기쁨을 나타내는 태(兌)의 끝에 거하는데 위로 호응이 되는 상효(上爻)가 또 음효여서 정응(正應)이 없는 것이다.

육오(六五)

○ 제을이 누이를 시집보냄〔帝乙歸妹〕 : 음으로서 존위(尊位)에 거하여 아래로 강중(剛中)에 호응하므로 태괘(泰卦)의 육오와 상이 같다.[78]

○ 소매〔袂〕[79] : 육오는 곤(坤)의 가운데에 거하니 곤은 명주 베의 상이 있고, 초구는 건(乾)의 처음에 거하니 건은 옷의 상이 있다. 육오가 적처(嫡妻)가 되고 초구가 잉첩이 된다.

상육(上六)

○ 여자가 광주리를 받듦〔女承筐〕 남자가 양을 벰〔士刲羊〕 : 상육과 육삼은 모두 음허(陰虛)로서 서로 호응하므로 담겨진 것이 없고〔无實〕피가 없다.〔无血〕호씨(胡氏 호병문(胡炳文))는 "진(震)은 빈 광주리의 상이 있고, 태(兌)는 양의 상이다."[80]라고 하였다.

---

77 진(震)과……것이다 : 이 부분의 이해를 위해 다음의 《이천역전(伊川易傳)》의 설명을 인용한다. "여자가 고귀한 지위에 거하고 현명한 자질이 있으면 사람들이 장가들기를 원한다. 그러므로 여자의 혼기가 지난 것은 바로 때가 있어서이니, 스스로 기다림이 있어서이지 팔리지 않은 것이 아니다. 아름다운 배필을 얻기를 기다린 뒤에 시집가려는 것이다.〔女子居貴高之地, 有賢明之資, 人情所願娶. 故其愆期, 乃爲有時, 蓋自有待, 非不售也, 待得佳配而後行也.〕"

78 태괘(泰卦)의……같다 : 태괘의 호괘(互卦)가 곧 귀매괘이며, 태괘와 귀매괘의 육오 모두 존귀함으로 비천함에 낮추는 상이다.

79 소매〔袂〕: 이 항목의 해설은 문맥을 살펴볼 때 단순히 소매의 뜻에만 국한된 것이 아니라 "적처(嫡妻)의 소매가 잉첩의 소매의 아름다움만 못함〔其君之袂, 不如其娣之袂良.〕"을 설명한 것이다.

80 진(震)은……상이다 : 《주역전의대전》의 세주와 《주역본의통석》 권2에 보인다.

풍괘(豐卦) ䷶

풍괘는 해가 이(離)의 남방과 진(震)의 동방 사이에 있으니, 하루에 있어서는 정오(亭午)이고 한 해에 있어서는 한여름이다. 그러므로 사물이 성대해진다.

단사(彖辭)

○ 근심하지 말고 해가 중천에서 비추듯 해야 함〔勿憂 宜日中〕: 사물이 성대하면 반드시 쇠퇴하고 해가 중천에 이르면 장차 기우니, 오직 근심하기 때문에 근심이 없다. 호씨(胡氏 호병문(胡炳文))는 "영허(盈虛)와 소식(消息)은 오직 박괘(剝卦)와 풍괘에서 말하였고, 천지와 귀신은 건괘(乾卦) 뒤로는 오직 겸괘(謙卦)와 풍괘에서 말하였다. 겸괘는 비움이 있으니 가득 참을 유지할 수 있고, 풍괘는 스스로 가득 채우니 반드시 비우는 데에 이른다. 이것이 천지와 귀신의 떳떳한 이치이다."[81]라고 하였다.

초구(初九)

○ 짝 주인을 만남〔遇其配主〕: 초구와 구사(九四)는 양으로서 양에 호응하여 동덕(同德)으로 서로 짝이 되니, 마치 우레와 번개가 서로를 기다림과 같다. 아래에서 위로 호응하는 것을 '짝〔配〕'이라 하고, 위에서 아래로 호응하는 것을 '동등함〔夷〕'이라 한다.

---

81 영허(盈虛)와······이치이다 : 《주역전의대전》의 세주와 《주역본의통석》 권12에 보인다.

육이(六二)

○ 떼적이 많음[豐其蔀] : 음으로서 음의 자리에 거하고 호응하는 육오(六五)도 음이므로 가리고 숨겨서 밝지 못한 것이다.

○ 대낮에도 북두성을 봄[日中見斗] : 밝을 때에 어두운 것이다.

○ 정성을 두어 감동하여 분발함[有孚發若] : 마음속이 비어 있음[虛中]이 성신(誠信)이 된다.

○ 육이에서 구사까지 호체가 손(巽)이니 해가 풀 밑으로 들어가는 상이 된다. 그러므로 육이와 구사에서 모두 '떼적[蔀]'이라 일컬었다.

구삼(九三)

○ 오른팔이 부러짐[折其右肱] : 이(離)가 진(震)의 아래에 있는데 진은 이의 오른쪽에 자리한다. 진은 발이 되니 상육(上六)은 팔의 상이 있다. 호체의 태(兌)는 부딪혀서 꺾임[毁折]이 된다.[82]

구사(九四)

○ 떼적이 많음[豐其蔀] 북두성을 봄[見斗] : 구씨(丘氏 구부국(丘富國))는 "육오의 혼암한 군주가 위에 있는데 육이가 호응하고 구사가 받들면서 똑같이 육오를 바라보고 있다. 그러므로 육이와 구사에서

---

82 이(離)가……된다 : 괘의 모양으로 보면 이가 진의 아래에 있고, 후천팔괘(後天八卦)에서 괘의 위치로 보면 진이 동방에 자리하고 이가 남방에 자리하여 남방에서 북쪽을 바라보면 진이 오른쪽이 된다. 또 진을 발이라고 했을 때 가장 위에 있어서 구삼과 호응하는 상육은 팔의 위치가 된다.

모두 떼적이 많고 북두성을 보는 상을 말하였다. 구사에서 비로소 떼적이 많고 북두성을 보는 것이 해소되는 것은 육이의 떼적과 북두성이 구사를 말미암아 이루어지기 때문이다."[83]라고 하였다

육오(六五)

○ 아름다움을 오게 하면 경사와 명예가 있음[來章 有慶譽] : 아래로 육이의 중정(中正)하고 문명(文明)함에 호응하는 것이다. 육이의 입장에서는 육오로 가는 것이니 '감[往]'이라고 하였고, 육오는 혼암한 군주이므로 '미움을 얻음[得疾]'이라고 일컬었다. 육오의 입장에서는 육이를 부르는 것이니 '오게 함[來]'이라고 하였고, 육이는 현신(賢臣)이므로 '경사가 있음[有慶]'이라고 일컬었다.

상육(上六)

○ 집을 크게 지음[豐其屋] : 상체(上體)가 우레인 것이 대장괘(大壯卦)와 같으니 궁실(宮室)의 상이 있다.

○ 구삼이 비록 호응이 되지만 구사가 떼적으로 가리고 있으므로 '문이 조용하여[戶闃]' '사람이 없다.[无人]' '엿봄[闚]'은 위에서 아래를 보는 것이다.

○ 3년이 지나도록 만나지 못함[三歲不覿] : 상육과 구삼 사이에 세

---

83 육오의……때문이다 : 《주역전의대전》의 세주에 보인다. 구사에서 비로소 해소된다는 것은, 육이와 구사의 효사에 같은 말이 있는데 육이에서는 "가면 의심과 미움을 얻는다.[往, 得疑疾.]"라고 하였고, 구사에서는 "동등한 상대를 만나면 길하다.[遇其夷主, 吉.]"라고 한 것을 가리킨다.

효가 막고 있는 것이다.

○ 무릇 풍성함이 극에 달할 때에는 반드시 집을 높게 짓고 담장을 아로새기는 데에 이르니, "그 문을 엿봄에 조용하여 사람이 없는 것[闚其戶 闃其无人]"에 대해 양자(揚子 양웅(揚雄))는 "부귀가 극에 이른 귀인의 집은 귀신이 그 집을 해치려고 엿본다.[高明之家 鬼瞰其室]"[84]라고 하였다.

여괘(旅卦) ䷷

여괘는 불이 산 위에 있어 상주(常住)할 곳이 아니고 머무를 곳이 못 되니 행려(行旅)의 상(象)이 된다. 유(柔)하면서 강(剛)에 순응하고 멈추면서[止] 밝음에 걸려 있다.[85] 호체(互體)인 태(兌)의 기뻐함과 손(巽)의 공순함이 모두 행려에 대처하는 도이다. 왕임천(王臨川 왕안석(王安石))은 "들어와서 안에 걸리는 것은 가인괘(家人卦)가 되고, 나가서 밖에 걸리는 것은 여괘가 된다."[86]라고 하였다.

---

84 부귀가⋯⋯엿본다 : 《문선(文選)》 권45 〈해조(解嘲)〉에 보인다.

85 유(柔)하면서⋯⋯있다 : 육오(六五)가 중정(中正)한 자리에 있으면서 위아래의 양(陽)에 순응하며, 하체(下體)는 멈춤을 나타내는 간(艮)이고 상체는 밝음을 나타내는 이(離)가 걸려 있음을 말한 것이다.

86 들어와서⋯⋯된다 : 《주역전의대전(周易傳義大全)》의 세주(細註)에 보인다. 가인괘는 이(離)가 내괘(內卦)에 있다. 〈가인괘 단전(彖傳)〉에 "가인은, 여자는 안에서 위치를 바르게 하고 남자는 밖에서 위치를 바르게 하니, 남녀가 바름이 천지의 대의이다.[家人, 女正位乎內, 男正位乎外, 男女正, 天地之大義也.]"라고 하였다.

단사(彖辭)

○ 나그네는 조금 형통하니 나그네가 바르면 길함〔旅小亨 旅貞吉〕 : 나그네의 때에는 형통함이 클 수 없으니 바른 연후에 길하다.

초육(初六)

○ 나그네가 자질구레함〔旅瑣瑣〕 :《시경》에 "자잘하고 자잘한 떠돌아다니는 사람이로다.〔瑣兮尾兮 流離之子〕"[87]라고 하니, 오직 자질구레하기 때문에 재앙을 취하는 것이다.

육이(六二)

○ 머무는 곳에 나그네가 나아감〔旅卽次〕 : 중정(中正)을 얻은 것이다.

○ 물자를 간직함〔懷其資〕 : 음이 재물이 된다.

○ 동복을 얻음〔得童僕〕 : 초육의 유(柔)를 승(乘)[88]하는 것이다.

구삼(九三)

○ 나그네가 머무는 곳을 불태움〔旅焚其次〕 : 강(剛)이 아래에 거하면서 위로 이(離)의 불을 받드는 것이다.

○ 동복을 잃음〔喪其童僕〕 : 위로 호응이 없고 아래로 함께함이 없다. 그러므로 〈상전(象傳)〉에 "나그네로서 아래를 대하는 도가 이와

---

87 자잘하고……사람이로다 :《시경》〈패풍(邶風) 모구(旄丘)〉의 구절이다.

88 승(乘) : 위의 효가 바로 밑의 효를 타고 있는 것을 말한다. 이와 반대로 아래의 효가 위에 있는 효의 뜻을 받들어 따르면 '승(承)'이라 한다.

같으니 의리상 잃을 것이다.〔以旅與下 其義喪也〕"라고 하였다.

구사(九四)

○ 나그네로 거처함〔旅于處〕 : 양으로서 강(剛)에 거하니 그 바름을 얻은 것이다. 그러나 육이가 중(中)을 얻어 머무는 곳에 나아감만 못하다.

○ 물자와 도끼를 얻음〔得其資斧〕 : 재질이 강하고 대처함이 밝으며 아래로 호응이 있다. 그러나 나그네의 때에 그 지위를 얻지 못하였으므로 '자신의 마음은 불쾌한 것〔我心不快〕'이다. 중효(中爻)[89]의 감(坎)이 근심이 더해져 불쾌한 상이 된다. 호쌍호(胡雙湖 호일계(胡一桂))는 "도끼란 이(離)가 병기의 상이 되고, 또한 호체(互體)의 금(金)을 나타내는 태(兌)가 목(木)을 나타내는 손(巽) 위에 있는 것이다. 이와 태가 구사의 위에 있으니 이 때문에 얻는 것이다. 손괘(巽卦) 상구(上九)의 '물자와 도끼를 잃음〔喪其資斧〕'과 같은 경우에도 이와 태의 상이 있다."[90]라고 하였다.

육오(六五)

○ 꿩을 쏘아 맞힘이니 한 화살이 없어짐〔射雉 一矢亡〕 : 이(離)는

---

89 중효(中爻) : 110쪽 주68 참조.

90 도끼란……있다 : 《주역전의대전》의 세주에 보인다. 이계가 인용하면서 생략한 부분에 손괘에서는 이와 태의 상이 있음에도 잃는 이유가 있으니, 다음과 같다. "손괘 상구의 '물자와 도끼를 잃음'과 같은 경우에도 이와 태의 손(巽)의 상이 있다. 그러나 모두 상효(上爻)의 아래에 있기 때문에 잃는 것이다.〔若巽上九喪其資斧, 亦有離兌巽象. 然皆在上爻下, 所以喪也.〕"

꿩이 되고 병기가 된다. 구사는 호응이 있으므로 도끼를 얻으나, 육오
는 호응이 없으므로 화살이 없어진다. 《이천역전(伊川易傳)》에 "군주
는 나그네가 되는 법이 없으므로 군주의 뜻을 취하지 않았다."라고 하
였다. 그러나 예컨대 진 문공(晉文公)이 국외로 도망갔다가 문명(文
明)함과 유순(柔順)함으로 무리를 얻어 끝내 나라로 돌아올 수 있었던
일은 이 구절에 해당할 수 있다.

상구(上九)

○ 새가 둥지를 불태움[鳥焚其巢] : 이(離)는 새의 상이 되며 또 위
의 가지가 바짝 마름이 된다. 이(離)의 위에 거하였으므로 태움이 된
다. 구삼이 구사의 이(離)를 승(承)함은 남에게 태워지는 것이고, 상구
가 이화(離火)의 끝자리에 거함은 스스로 태우는 것이다.

○ 먼저는 웃음[先笑] : 호체의 태(兌)가 기뻐함이다.

○ 뒤에는 울부짖음[後咷] : 효변(爻變)하여 진(震)이 됨이다.

○ 소를 잃음[喪牛] : 이(離)는 암소가 된다.

호씨(胡氏 호병문(胡炳文))는 "동인괘(同人卦)는 친함이므로 먼저는 울
부짖다가 뒤에는 웃고, 친한 사람이 적음이 여괘이므로 먼저는 웃다
가 뒤에는 울부짖는다. 여(旅)의 때에는 마땅히 강(剛)을 써서는 안
되므로 세 양이 모두 이롭지 못하다. 육이는 유순(柔順)하고 중정(中
正)하며 육오는 유순하고 문명(文明)하므로 모두 그 도를 얻었다. 초
육은 중(中)에는 미치지 못하므로 자질구레한 재앙이 있다. 구삼은
중을 지나쳤으므로 머무는 곳을 불태우는 위태로움이 있다. 구사는
중에 미치지 못하므로 불쾌하다. 상구는 중을 지나쳤으므로 울부짖는

다. 미치지 못하면 약하여 스스로 지탱하지 못하고, 지나치면 강하여 반드시 스스로 꺾인다."[91]라고 하였다.

손괘(巽卦) ☴

손괘는 한 음이 두 양 아래에 엎드려 있으면서 회전하여 행하므로 바람을 나타내고, 두 양이 한 음의 위로 나와서 점차 올라가므로 나무를 나타낸다.

단사(彖辭)

○ 조금 형통함〔小亨〕: 음이 주체가 되므로 조금인 것이고, 양을 따르므로 형통하다

○ 동남방에 있으면서 호체(互體)의 이(離)와 이에서 서로 만나므로[92] 가서 대인을 봄이 이롭다.〔利往而見大人〕

단전(彖傳)

○ 거듭된 손(巽)으로 명령을 거듭함〔重巽以申命〕: 위에서 명령을

---

91 동인괘(同人卦)는……꺾인다 :《주역전의대전》의 세주와《주역본의통석(周易本義通釋)》권2에 보인다. 동인괘는 친함이고, 친한 사람이 적음이 여괘라는 것은《주역》〈잡괘전(雜卦傳)〉의 말이다. 먼저는 울부짖다가 뒤에는 웃는다는 것은 동인괘의 구오(九五) 효사이다.

92 이에서 서로 만나므로 :《주역》〈설괘전(說卦傳)〉에 "상제가 진(震)에서 나와서 손(巽)에서 갖추고, 이(離)에서 서로 만난다.〔帝出乎震, 齊乎巽, 相見乎離.〕"라고 하였다.

넘이 바람이 부는 것과 같으니, 위는 하늘에 손순(巽順)하고 아래는 사람에 손순함이 거듭된 손의 상이고, 안에서 손순함으로 시작하고 밖에서 손순함으로 거듭함이 명령을 거듭하는 상이다.

초육(初六)

○ 나아가고 물러감〔進退〕: 손(巽)은 나아가고 물러감이 되고 과단성 없음이 되니, 그 나아가고 물러감을 한결같이 양을 따른다.

○ 무인의 정함이 이로움〔利武人之貞〕: 무(武)는 음의 상이니, 유(柔)에 거하여 위로 강(剛)을 따른다. 이 효와 이괘(履卦)의 육삼(六三)은 음으로서 양의 자리에 거하였으므로 모두 무인이라 일컬었다.

구이(九二)

○ 공손함이 상 아래에 있음〔巽在床下〕: 손(巽)은 나무가 되고 발이 둘이니 상(床)의 상(象)이 있다.

○ 사관과 무당을 씀〔用史巫〕: 호체의 태(兌)가 무당이 된다.

구삼(九三)

○ 자주 공손함〔頻巽〕: 상하의 교차점에 거하여 혹 나아가고 혹 물러가니 이 때문에 자주 함이 된다. 복괘(復卦) 육삼이 '자주 돌아옴〔頻復〕'이 되는 것과 같으니, 복괘는 선으로 돌아오므로 자주 해도 허물이 없지만 손괘는 외물을 따르므로 자주 하면 부끄러움이 있다.

육사(六四)

○ 사냥하여 세 등급의 짐승을 얻음〔田獲三品〕: 초육과 육사는 음으

로서 괘의 주체가 되므로 초육은 무인이 되고 구사는 사냥하여 얻음이
된다. 세 등급이란 아래의 세 효가 모두 위를 따르는 것이다. 대개
초육은 아래에 있으면서 단지 정(貞)함에 이롭고 육사는 위에 있으면
서 지위를 얻어 손(巽)의 권도(權道)를 행하므로 〈상전(象傳)〉에 '공
이 있음〔有功〕'이라고 말하였다.

구오(九五)

○ 처음은 없고 마침은 있으니 경(庚)의 앞으로 3일〔无初有終 先庚
三日〕: 중계 장씨(中溪張氏 장청자(張淸子))는 "고괘(蠱卦 ䷑)는 '갑의 앞
〔先甲〕'과 '갑의 뒤〔後甲〕'라고 말하고 '마치면 시작이 있음〔終則有始〕'
이라 하였고, 손괘는 '경의 앞'과 '경의 뒤'라고 말하고 '처음은 없고
마침은 있음'이라 한 것은 어째서인가? 대개 갑은 십간(十干)의 첫
번째이니 일의 단초이므로 마치면 시작이 있다고 말한 것이고, 경은
십간에서 중간을 지났으니 일의 변경에 해당하므로 처음은 없고 마침
은 있다고 하였다. 더구나 손괘 구오는 바로 고괘 육오가 효변(爻變)한
것이니, 고괘는 일의 무너짐이라 일을 일으키는 것으로 말하였으므로
갑을 취하였고, 손괘는 일의 권도라 일을 변경하는 것으로 말하였으므
로 경에서 취하였다."[93]라고 하였다.

---

93 고괘(蠱卦)는……취하였다:《주역전의대전(周易傳義大全)》의 세주(細註)에 보
인다. 고괘가 일의 무너짐이라 일을 일으킴으로 말했다는 것은,《이천역전(伊川易傳)》
의 설명으로 이해를 보충하면 다음과 같다. "괘의 형태가 산 아래에 바람이 있으니,
바람이 산 아래에 있다가 산을 만나 돌면 사물이 혼란해진다. 이것이 고(蠱)의 상(象)이
니, 고(蠱)의 뜻은 파괴와 혼란이다. 글자가 충(蟲)과 명(皿)으로 되어 있으니, 그릇에
벌레가 있는 것은 좀먹고 파괴되는 뜻이다.……바람이 산을 만나 돌면 물건이 모두

○ 운봉 호씨(雲峰胡氏 호병문(胡炳文))는 "손괘의 괘체(卦體)에는 본래 간(艮)이 없는데 구오가 효변하면 손하간상(巽下艮上)의 고괘가 되므로 특히 이 효에서 드러내었다. '경의 앞'과 '경의 뒤'는 명령을 거듭하여 무너짐[蠱]을 막는 것이니, '갑의 앞'과 '갑의 뒤'와 더불어 또 절로 서로 이어진다."[94]라고 하였다.

상구(上九)

○ 공손함이 상 아래에 있음[巽在牀下] : 지나치게 공손함이 구이와 같은 것이다.

○ 물자와 도끼를 잃음[喪其資斧] : 호씨(胡氏 호병문)는 "이(離)가 창과 병기가 되니, 여괘(旅卦)의 구사(九四)는 이(離)에 근본하므로 물자와 도끼를 얻고, 손괘의 상구는 호체의 이(離)의 밖에 있으므로 물자와 도끼를 잃는다."[95]라고 하였다.

흔들리고 혼란해지니, 이는 일이 있는 상이 된다. 그러므로 고(蠱)는 일이라 말하였고, 이미 혼란함에 다스리면 이 또한 일이다. 괘의 상으로 말하면 일을 이룸이 되고, 괘의 재질로 말하면 일을 다스림이 된다.〔爲卦, 山下有風, 風在山下, 遇山而回則物亂, 是爲蠱象, 蠱之義, 壞亂也. 在文, 爲蟲皿, 皿之有蟲, 蠱壞之義. ……風遇山而回, 物皆撓亂, 是爲有事之象. 故云蠱者事也. 旣蠱而治之, 亦事也. 以卦之象言之, 所以成蠱也, 以卦之才言之, 所以治蠱也.〕"

94 손괘의……이어진다 : 《주역본의대전》의 세주와 《주역본의통석(周易本義通釋)》 권2에 보인다.

95 이(離)가……잃는다 : 《주역본의대전》의 세주와 《주역본의통석》 권2에 보인다.

태괘(兌卦) ☱

태괘는 서방(西方)의 괘이다. 〈설괘전(說卦傳)〉에 "태는 바로 가을이다.〔兌 正秋也〕"라고 하였으니, 만물이 기뻐하는 바이다. 대개 만물은 가을에 이르러 이루어지니 이 때문에 기뻐함이 된다. 또 못물〔澤水〕은 사물을 윤택하게 하니 사물이 기뻐하는 바이다. 〈잡괘전(雜卦傳)〉에 "태는 드러남이요 손(巽)은 엎드림이다.〔兌見而巽伏〕"라고 하니, 태는 음이 위에 있으므로 드러날 수 있고 손은 음이 아래에 있으므로 엎드림이 된다. 못은 만상(萬象)을 비추고 바람은 형체가 드러나지 않으니, 또한 태는 드러나고 손은 엎드리는 뜻이다.

단사(彖辭)

○ 태는 형통하니 정함이 이로움〔兌亨 利貞〕 : 《주역본의(周易本義)》에 "강(剛)이 중(中)에 있으므로 기뻐하고 형통하며, 유(柔)가 밖에 있으므로 정함이 이롭다."라고 하였고, 또 "유가 밖에 있으므로 기뻐하고 형통함이 되고 강이 중에 있으므로 정함이 이로우니 또한 한뜻이다."라고 하였다. 전자의 설은 비록 〈단전(彖傳)〉을 주축으로 풀이한 말이지만 괘덕(卦德)으로 추론하면 후자의 설이 낫다. 성인(聖人 문왕(文王))이 삼녀(三女)의 괘[96]에서 많이 정(貞)으로 경계하였으니, 이괘(離卦)와 손괘(巽卦)와 태괘에서 모두 '정함이 이로움'을 말하였다. 삼남(三男)의 괘[97]에서 '정함이 이로움'을 말하지 않은 것은, 강(剛)은

---

96 삼녀(三女)의 괘 : 손(巽)은 장녀(長女), 이(離)는 중녀(中女), 태(兌)는 소녀(少女)에 해당한다. 《周易 說卦傳》

본디 정하기 때문이다. 그러므로 함괘(咸卦)는 무심하게 느낌을 취하였고,[98] 태괘는 말하지 않는 기쁨을 취하였다.[99]

단전(彖傳)

○ 하늘에 순응하고 사람에 순응함[順乎天而應乎人] : 위의 한 음효

---

97 삼남(三男)의 괘 : 진(震)은 장남(長男), 감(坎)은 중남(中男), 간(艮)은 소남(少男)에 해당한다. 《周易 說卦傳》

98 함괘(咸卦)는……취하였고 : 《주역전의대전(周易傳義大全)》의 세주(細註)의 내용으로 보충하면, 구부국(丘富國)은 "산 위에 못이 있으니 그 가운데는 반드시 비어 있다. 비어 있으면 산과 못이 기를 통하여 감응하는 이치가 이로써 생겨난다. 군자가 함괘의 비어서 감응할 수 있는 상을 보고서 자신을 비움으로써 사람을 받아들인다. 사람의 한 마음이 고요하여 움직이지 않다가 감응하여 마침내 통하는 것은 비어 있기 때문이다. 만일 사사로운 뜻으로 마음을 채운다면 마음에 먼저 들어온 것이 주인이 되어서 감응의 기틀이 막혀 비록 마음에 이르는 것이 있어도 모두 막혀서 받아들일 수 없다. 그러므로 산이 비어 있으면 못을 받아들일 수 있고, 마음이 비어 있으면 사람을 받아들일 수 있다.〔山上有澤, 其中必虛, 虛則山澤之氣通, 而感應之理以生. 君子觀虛而能感之象, 而以虛受人. 人之一心, 其寂然不動, 感而遂通者, 虛故也. 苟以私意實之, 則先入者爲主, 而感應之機窒, 雖有至者, 皆捍之而不受矣. 故山以虛則能受澤, 心以虛則能受人.〕"라고 하였고, 호병문(胡炳文)은 "함괘는 무심하다는 뜻을 취했으니, 자신의 마음을 비움으로써 사람을 받아들이는 것은 무심하게 느끼는 것이다.〔咸, 取无心之義, 以虛受人, 无心之感也.〕"라고 하였다.

99 태괘는……취하였다 : 권만(權萬)의 《강좌집(江左集)》 권7 〈잡저(雜著) 역설(易說)〉의 내용으로 보충하면, "태는 사물을 윤택하게 하는 것이므로 형통하다. 또 소녀(少女)이기 때문에 사람들이 기뻐한다. 사람들이 기뻐하면 자기도 기쁘니, 모두 형통한 것이다. 그러나 소녀가 입을 열어 매번 사람들이 기뻐하면, 정도(貞道)가 아니므로 '태는 형통하니 정함이 이롭다.'라고 하였다.〔兌澤物者故亨, 又少女也, 故人悅之. 人悅則己亦悅, 皆亨通也. 然少女開口, 每人悅之, 則非貞道也, 故曰兌亨利貞.〕"라고 하였다.

가 하늘에 순응하는 상이고 아래의 한 음효가 사람에 순응하는 상이다.

초구(初九)

○ 화하여 기뻐함〔和兌〕: 양으로서 정(正)에 거하여 비(比)도 없고 응(應)도 없으니, 화(和)하면서도 휩쓸려 가지 않는 자이다.[100] 그러므로 〈상전(象傳)〉에 "행함에 의심스러울 것이 없기 때문이다.〔行未疑也〕"라고 하였다.

구이(九二)

○ 믿어 기뻐함〔孚兌〕: 양으로서 중(中)에 거하여 안으로는 자신에게 성실함이 있고 밖으로는 남에게 신의가 있다. 때문에 '길하고〔吉〕' '뉘우침이 없는 것〔悔亡〕'이다.

육삼(六三)

○ 와서 기뻐하니 흉함〔來兌 凶〕: 태괘는 말하지 않는 기쁨[101]이니,

---

100 양으로서……자이다: 정(正)은 양이 양의 자리에, 음이 음의 자리에 거하는 것이다. 비(比)는 짝한다는 뜻으로 인접한 효(爻)와의 관계를 가리키는 말이다. 즉 양과 음이 인접하면 '비'가 있는 것이고, 반대이면 '비'가 없는 것이다. 응(應)은 호응한다는 뜻으로 하괘(下卦)와 상괘(上卦)의 각 자리가 서로 호응하는 것이다. 양과 음이 호응하면 정응(正應) 또는 합응(合應)이라 하고, 양과 양 또는 음과 음이 호응하면 적응(敵應) 또는 무응(无應)이라 한다. 화하면서도 휩쓸리지 않는다는 것은 《이천역전(伊川易傳)》의 다음의 설명이 참고가 된다. "초효가 비록 양효이지만 기쁨의 체(體)에 거하고 가장 낮은 자리에 있으며 계응(係應)하는 바가 없으니, 이는 몸을 낮추고 화순(和順)함으로써 기뻐하여 편벽되고 사사로운 바가 없는 자이다.〔初雖陽爻, 居說體而在最下, 无所係應, 是能卑下和順以爲說, 而无所偏私者也.〕"

기쁨의 도리는 마음속의 성실함으로 서로 믿는 것이 중요하다. 만약 남에게 와서 구한다면 이는 자신을 굽혀 영예를 요구하는 자이다. 그러므로 흉한 것이다.

구사(九四)

○ 기뻐함을 헤아리느라 편안하지 못함〔商兌 未寧〕 : 상체와 하체가 만나는 지점에 거하였고 호체(互體)의 손(巽)이 진퇴(進退)의 뜻이므로 헤아리면서 결정하지 못하는 것이다.

○ 강개한 병통〔介疾〕 : 《이천역전(伊川易傳)》과 《주역본의(周易本義)》에서 모두 "개연(介然)하게 정도(正道)를 지켜 간사하고 악한 것을 미워하고〔疾〕 멀리한다."라고 풀이하였으나, 문리(文理)로 볼 때 그렇지 않을 듯하다. '강개한 병통'이라는 뜻이니, 제왕(齊王)이 "과인은 병통이 있소.〔寡人有疾〕"라고 말한 것[102]과 같은 경우일 듯하다. 구사의 재질은 양이므로 강개하고, 자리가 바르지 못하므로 지나쳐서 병통이 된다. 그러나 기쁨에 처하는 도리는 차라리 지나치게 강개한 것이 나으므로 기쁜 일이 있는 것이다.

구오(九五)

○ 깎아내는 자를 믿음〔孚于剝〕 : 호씨(胡氏 호병문(胡炳文))는 "기쁨

---

101 말하지 않는 기쁨 : 126쪽 주99 참조.

102 제왕(齊王)이……것 : 맹자가 제 선왕(齊宣王)에게 치도(治道)를 이야기하자 선왕이 자신에게는 재물과 여색과 용기를 좋아하는 병통이 있다고 말하면서 맹자의 말을 회피한 내용이 보인다. 《孟子 梁惠王下》

으로 남을 현혹하는 자를 가장 두려워할 만하니, 장차 현혹되는 사람을 깎아내기 때문이다. 하물며 임금은 자신이 기뻐하는 것에 쉽사리 친해짐에 있어서랴. 무릇 태(兌)는 가을의 마지막이고, 9월은 박괘(剝卦)가 된다. 다른 효에서는 모두 '기쁨〔兌〕'을 말하였는데 구오에서는 '깎임〔剝〕'을 말한 것은, 군자를 위한 깊은 경계이다."[103]라고 하였다.

상육(上六)

○ 이끌어 기뻐함〔引兌〕 : 육삼과 상육은 모두 태괘의 주체가 된다. 육삼의 '와서 기뻐함'은 아래로 구이에게 나아가 자신을 굽혀 남을 따르는 것이므로 흉하고, 상육의 '이끌어 기뻐함'은 위에서 두 양을 이끌어 남이 자신을 기뻐하게 만듦이니 이른바 음성과 얼굴빛은 남을 감화하는 데 있어서 지엽적이라는 것[104]이다. 그러나 뉘우침과 부끄러움에 이르지 않고 그 도는 빛나지 못한다.[105]

---

103 기쁨으로……경계이다 :《주역전의대전(周易傳義大全)》의 세주(細註)와《주역본의통석(周易本義通釋)》권2에 보인다.

104 음성과……것 :《중용장구(中庸章句)》제33장에 "공자께서 '음성과 얼굴빛은 백성을 교화시키는 데 있어 지엽적인 것이다.'라고 하셨다.《시경》에 '덕은 가볍기가 터럭과 같다.' 하였는데, 터럭도 비교할 만한 것이 있으니 '상천(上天)의 일은 소리도 없고 냄새도 없다.'라는 표현이어야 지극하다 할 것이다.〔子曰: "聲色之於以化民, 末也." 詩云: "德輶如毛." 毛猶有倫, "上天之載, 無聲無臭."〕"라고 하였다.

105 뉘우치고……못한다 : 뉘우침과 부끄러움에 이르지 않는 것에 대해《이천역전》에 "그러나 뉘우침과 허물에 이르지 않음은 어째서인가? 그 기뻐함을 그칠 줄 모름을 말했을 뿐이요, 기뻐하는 바가 선(善)인지 악(惡)인지는 볼 수 없으며, 또 아래로 구오(九五)의 중정(中正)을 타고 있어 간사하게 기뻐할 곳이 없기 때문이다.〔然而不至悔咎, 何也? 曰方言其說不知已, 未見其所說善惡也, 又下乘九五之中正, 无所施其邪說.〕"

대저 태괘의 형태는 음이 비록 주체가 되지만 기쁨의 도리는 강정(剛正)함이 중요하므로 네 양효는 모두 길하고 뉘우침이 없고 두 음효는 도리어 흉하고 허물이 있으니, 성인께서 깊이 경계하신 것이다.

환괘(渙卦) ䷺

환괘에서 바람이 물 위로 부니 흩어짐[渙]을 이룸이고, 나무가 물 위에 있으니 흩어짐을 건넘이다. 그러므로 배와 삿대의 이로움은 환괘에서 취한 것이다.[106]

단사(彖辭)

○ 왕이 사당을 둠에 이름[王假有廟] : 호씨(胡氏 호병문(胡炳文))는 "췌괘(萃卦 ䷬)와 환괘는 모두 호체(互體)가 간(艮)으로서 간은 문궐(門闕)이 되니, 한 양이 위에 있어 지붕이 되고 두 음이 아래에 있어

라고 하였다. 빛나지 못한다는 것은 상육의 〈상전(象傳)〉의 말로, 이에 대해 《주역본의》에 "기뻐함이 이미 지극한데 또 이끌어 신장(伸張)하면 비록 기뻐하는 마음이 그치지 않으나 사리(事理)가 이미 지나쳐 실제로 기뻐할 바가 없게 된다. 일이 성대하면 광휘(光輝)가 생기지만 이미 극(極)에 이르렀는데 억지로 이끌어 신장하면 매우 의미가 없게 되니, 어찌 광휘가 생기겠는가.〔說旣極矣, 又引而長之, 雖說之之心不已, 而事理已過, 實无所說. 事之盛, 則有光輝, 旣極而强引之長, 其无意味甚矣, 豈有光也?〕"라고 하였다.

106 배와……것이다 : 《주역》〈계사전 하(繫辭傳下)〉에 "나무를 쪼개 배를 만들고 나무를 깎아 삿대를 만들어서 배와 삿대의 이로움으로 통하지 못하는 곳을 건너게 하여 먼 곳까지 도달함으로써 천하를 이롭게 하였으니, 환괘(渙卦)에서 취한 것이다.〔刳木爲舟, 剡木爲楫, 舟楫之利, 以濟不通, 致遠以利天下, 蓋取諸渙.〕"라고 하였다.

문궐이 된다. 그러므로 '사당을 둠'이라고 말하였다."[107]라고 하였다.

단전(彖傳)

○ 강이 옴에 다하지 않고 유가 밖에서 자리를 얻어 위와 함께함[剛來而不窮 柔得位乎外而上同] : 《이천역전(伊川易傳)》에서는 "9가 2에 와서 거하고 6이 올라가 4에 거하니, 2에 거하므로 아래에서 다하지 않고 4에 거하므로 위에서 5와 함께하는 것이다."[108]라고 하였다.

○ 대천을 건넘이 이로움은 나무를 타서 공이 있는 것[利涉大川 乘木有功] : 양성재(楊誠齋 양만리(楊萬里))는 "어려움을 건너게 하는 것은 재질이지만, 어려움을 흩어버리는 것은 재질이 아니라 덕이다. 손(巽)의 재질은 목(木)이고 그 덕은 풍(風)이다."[109]라고 하였고, 호씨는 "《주역》에서 손(巽)으로 '대천을 건넘이 이로움'이라고 말한 경우가 셋인데, 모두 목(木)으로 말하였다. 익괘(益卦)에서는 '나무의 도가 이에 행해짐[木道乃行]'이라 하였고, 중부괘(中孚卦)에서는 '나무를 타고 배가 비어 있음[乘木舟虛]'이라 하였고, 환괘에서는 '나무를 타서

---

107 췌괘(萃卦)와……말하였다 : 《주역전의대전(周易傳義大全)》의 세주(細註)와 《주역본의통석(周易本義通釋)》 권2에 보인다.

108 9가……것이다 : 이 말은 《이천역전》의 말을 축약한 것이다. 이해를 위해 해당 내용을 인용하면 다음과 같다. "강양(剛陽)이 옴에 아래에서 다하지 않아 처함이 중(中)을 얻고 유(柔)가 감에 밖에서 정위(正位)를 얻어 위로 5(五)의 중(中)과 함께하니, 5에게 손순(巽順)함은 바로 위와 함께하는 것이다.[剛陽之來, 則不窮極於下而處得其中, 柔之往, 則得正位於外而上同於五之中, 巽順於五, 乃上同也.]"

109 어려움을 건너게……풍(風)이다 : 《주역전의대전》의 세주와 《성재역전(誠齋易傳)》 권15에 보인다.

공이 있음〔乘木有功〕'이라고 하였다."[110]라고 하였다.

이 괘에는 두 가지 상(象)이 있으니 사당에 이르는 것은 환(渙)에 처하는 도리를 취하였고, 내를 건너는 것은 환을 건너는 공을 취하였다.

초육(初六)

○ 이로써 구원함〔用拯〕: 내를 건너기 시작하는 것이다.

○ 말이 건장함〔馬壯〕: 감(坎)이 아름다운 등마루가 되고 진(震)이 좋은 말이 된다.

구이(九二)

○ 안석으로 달려감〔奔其机〕: 《이천역전》에서는 아래로 굽혀서 초육에게 나아가는 것이라 하였고, 《주역본의(周易本義)》에서는 9는 달려감이고 2는 안석이라고 하였는데, 호씨는 《주역본의》를 따라서 "달려감은 9의 상이니 호체의 진(震)이 발이 되고 움직임이 된다. 안석은 2의 상이니 호체의 진이 나무가 되고 짝수의 자리는 다리가 된다."[111]라고 하였다. 그러나 이들 모두 상을 취함에 있어 끝내 적실하지 못하니 차라리 고주(古註)를 따라 구오(九五)를 안석으로 보는 것이 낫다.[112] 대개 손(巽)은 나무가 되고, 아래 획인 우(偶 음효)는 안석의

---

110 주역에서……하였다 : 《주역전의대전》의 세주와 《주역본의통석》 권2에 보인다.

111 달려감은……된다 : 상동(上同).

112 고주(古註)를……낫다 : 구체적으로 어떤 주를 가리키는지 미상이나, 《이천역전》에 "선유(先儒)는 모두 5(五)를 안석이라 하였는데, 잘못이다."라고 하였다.

상이 있고, 구이의 호체의 진은 달리는 상이 있다. 흩어짐[渙]의 때를 당하여 구이가 강중(剛中)으로서 위로 구오와 동덕(同德)으로 서로 구하니 험난함을 벗어나 흩어짐을 구제할 수 있다. 정자(程子)는 "만약 함께할 수 있다면 흩어짐을 구제하는 공이 마땅히 클 것이니, 어찌 다만 뉘우침이 없어질 뿐이겠는가."라고 하였는데, 그렇지 않을 듯하다. 구이와 구오는 비록 음과 양의 정응(正應)은 아니지만 물과 나무는 같은 기운으로서 서로 합하는 이치가 있다. 구이는 양강(陽剛)으로서 중(中)을 얻어 흩어짐을 구원하는 재질이 있고, 위로 중정(中正)한 임금에게 나아가 충분히 흩어짐을 구제할 수 있다. 그러므로 〈상전(象傳)〉에 원하는 것을 얻은 것[得所願]이라고 한 것이니, 어찌 아래로 초육의 음에게 달려가 일시적인 편안함을 구할 수 있겠는가. 다만 그 거하는 자리가 험하고 아래에 있으므로 뉘우침이 없어지기만 할 뿐이다. 《주역본의》에서 9를 달려감으로 본 것은 괘변(卦變)을 취한 것이지 올바른 뜻은 아니다.

육삼(六三)

○ 몸의 사사로움을 흩음[渙其躬] : 호씨는 "환괘 육삼과 간괘(艮卦) 육사(六四)[113]는 똑같이 자신을 돌이켜보는 뜻을 취하였다. 대개 간괘 육사는 호체의 감(坎)의 윗자리인데, 환괘의 하체(下體)는 감이 되고 호체가 간이다. 무릇 감을 만나는 자는 오직 자신을 돌이켜봄이 있을 따름이다."[114]라고 하였다.

---

113 간괘(艮卦) 육사(六四) : 그 효사에 "그 몸에 멈춤이니 허물이 없다.[艮其身, 无咎.]"라고 하였는데, 이는 멈추어야 할 때에 멈춤을 뜻한다.

육사(六四)

○ 붕당의 무리를 흩음[渙其群] : 상체(上體)에 거하여 손(巽)의 주체가 되니, 천하의 험난함을 풀 수 있는 자이다. 무리는 아래의 두 음을 가리킨다.

○ 흩을 때에 언덕처럼 많이 모임[渙有丘] : 작은 무리를 흩어서 높고 큰 공을 이루는 것이다. 언덕은 구오를 가리키니 호체의 간(艮)의 그침[止]이다.

○ 보통 사람이 생각할 수 있는 것이 아님[匪夷所思] : 호씨는 "풍괘(豐卦)의 '동등한 상대[夷主]'는 양이 양과 동등한 것이고, 여기에서 말한 '보통 사람이 아님[匪夷]'은 음이 양과 동등하지 못한 것이다."[115]라고 하였다.

구오(九五)

○ 흩어짐의 때에 큰 호령을 내되 땀이 나듯 함[渙 汗其大號] : 바람이 물 위로 불 때에 소리가 커서 멀리 퍼지는 것과 같다.

○ 흩어짐에 대처함에 왕자(王者)의 거처에 걸맞음[渙 王居] : 나무를 타고 내를 건너 험난함을 떠나 편안한 곳으로 나아가는 것과 같다. 반경(盤庚)이 천도(遷都)를 포고할 때[116] 이 효의 상을 얻었을 것

---

114 환괘……따름이다 : 《주역전의대전》의 세주와 《주역본의통석》 권2에 보인다. 감을 만나면 자신을 돌이켜본다는 것은 감이 험난함을 뜻하기 때문이다.

115 풍괘(豐卦)의……것이다 : 《주역전의대전》의 세주와 《주역본의통석》 권2에 보인다. 인용한 풍괘의 말은 〈풍괘 구사(九四)〉의 효사이다.

116 반경(盤庚)이……때 : 반경은 은(殷)나라 임금으로, 당시 도읍이던 경(耿)이 황하에 무너져 은(殷)으로 천도하고자 하였다. 그러나 대가(大家)와 세족(世族)들은 원

이다. 내씨(來氏 내지덕(來知德))가 광무제(光武帝)가 낙양(洛陽)에 도읍하고 고종(高宗)이 남경(南京)에 정도(定都)한 것을 인용한 것[117]이 옳다.

상구(上九)

○ 피를 흩음[渙其血] : 감(坎)은 혈괘(血卦)가 된다. 구오의 땀은 다른 사람의 마음을 감동시키고, 상구의 피는 다른 사람의 해악을 멀어지게 한다.

○ 멀리 벗어남[逖出] : 《이천역전》과 《주역본의》에서 모두 '적(逖)'은 '척(惕)'이 되어야 한다고 하였다. 문리(文理)가 여러 효와 매우 다르기는 하지만, 내 생각에 '피를 흩음[渙其血]'과 '제거하여 멀리 벗어남[去逖出]'은 각각 세 글자씩 구(句)로 봐야 한다.[118] '적'은 멀리 한다는 뜻이니, 해로움을 제거하여 멀리 벗어난다는 말이다. 상구는 감(坎)과의 거리가 가장 멀면서 지위가 없으므로 단지 해로움을 멀리

래 살던 땅을 편안히 여기면서 천도를 기피하여 서로 근거 없는 말로 선동하고, 백성들은 비록 서로 흩어져 살았으나 또한 이해에 현혹되어 새 도읍으로 가려 하지 않았다. 이렇게 신하와 백성들이 원망하자 글을 써서 백성들에게 간곡하게 고한 것이 《서경》〈상서(商書) 반경〉이다.

117 광무제(光武帝)가……것 : 내지덕의 《주역집주(周易集注)》 권12에 보인다. 광무제는 후한(後漢)의 개국 군주이고, 고종은 남송(南宋)의 개국 군주이다.

118 이천역전과……한다 : 《이천역전》과 《주역본의》에서는 모두 '적(逖)'을 두려움을 뜻하는 '척(惕)'으로 보았다. 《이천역전》은 "흩어짐에 그 피가 제거되며 두려움에서 벗어나게 하면 허물이 없으리라.〔渙, 其血去, 逖, 出, 无咎.〕"라고 구를 끊어 풀이하였고, 《주역본의》는 "피를 흩어서 제거하며 두려움에서 벗어남이니 허물이 없으리라.〔渙其血去, 逖出, 无咎.〕"라고 구를 끊어 풀이하였다.

할 수 있을 따름이다.

○ 구씨(丘氏 구부국(丘富國))는 "육삼과 상구 두 효는 음과 양이 서로 끌어당기는 것이다. 육삼은 내괘(內卦)에서 험함에 처하고 외괘(外卦)의 효와 호응하는데 외괘의 효가 육삼을 붙잡아 당겨줌이 있어 험함을 벗어난다. 그러므로 육삼은 상구와 호응함이 아름답다. 상구는 외괘에서 험함에 처하고 내괘의 효와 호응하는데 내괘의 효가 상구를 얽매어 떠날 수가 없다. 그러므로 상구는 육삼과 호응하지 않는 것이 좋다. 대개《주역(周易)》에서 음이 양과 호응하면 유(柔)가 강(剛)의 당겨줌을 얻음이 되고, 양이 음과 호응하면 강이 유에게 얽매인다. 이 때문에 음이 양과 호응하면 길함이 많고, 양이 음과 호응하면 흉함이 많다."[119]라고 하였다.

절괘(節卦) ䷻

절괘는 태괘(兌卦)와 환괘(渙卦) 다음에 있다. 태괘의 물이 넘쳐 환괘가 되고 환괘는 흩어짐이므로 절괘로 이었으니, 구덩이를 가득 채운 뒤에 나아가는 것이다.[120] 또 호체(互體)가 간(艮)과 진(震)으로

---

119 육삼과 상구……많다 :《주역전의대전》의 세주에 보인다.
120 구덩이를……것이다 :《맹자》〈이루 하(離婁下)〉에 나오는 표현으로, 샘물이 솟아올라 흐르면서 구덩이가 파인 곳을 채우고 흘러가서 사해에 이르는 모습을 형용한 말이다.《이천역전(伊川易傳)》에서는 "못 위에 물이 있으니, 못은 용납함에 한계가 있다. 못 위에 물을 둠에 가득 차면 용납하지 못하니, 절제(節制)가 있는 상(象)이다. 그러므로 절(節)이라 한 것이다.〔澤上有水, 澤之容有限. 澤上置水, 滿則不容, 爲有節之象. 故爲節.〕"라고 하였다.

진은 동(動)함이고 간은 그침[止]이니, 절제(節制)가 있는 것이다. 호씨(胡氏 호병문(胡炳文))는 "하늘과 땅의 숫자가 60이기 때문에 60번째의 괘가 절괘가 되었다. 월(月)에는 중기(中氣)와 절기(節氣)[121]가 있으니, 절(節)은 그 지나침을 억제하여 중(中)으로 되돌리는 것이다."[122]라고 하였다.

단전(彖傳)

○ 강과 유가 반씩 나뉘고 강이 중을 얻음[剛柔分而剛得中] : 사물은 반드시 평등해진 뒤에야 절도가 있고, 일은 지나치거나 모자람이 없은 뒤에야 절도가 있다.

○ 괴로운 절제는 정고(貞固)할 수 없다는 말은 그 도가 끝을 다했기 때문임[苦節不可貞 其道窮也] : 곡식을 생산하는 흙은 단맛을 만드니 중앙의 기운을 얻었으므로 구오(九五)는 '감미로운 절제[甘節]'가 되고, 타오르는 불은 쓴맛을 만드니 불은 위쪽으로만 타오르므로 상육(上六)은 '괴로운 절제[苦節]'가 된다.[123]

○ 천지가 절도가 있어 사시가 이루어짐[天地節而四時成] : 절괘는 태(兌)와 감(坎)으로 이루어진 괘이니, 가을과 겨울의 방위이다. 천지의 기운이 봄에서 시작되어 여름에 극도로 치성하고 가을에 이르러

---

121 중기(中氣)와 절기(節氣) : 역법(曆法)에서 24절기를 구성하는 요소로 12절기와 12중기가 있는데 중순 이전의 것을 절기, 중순 이후의 것을 중기라 하였다.

122 하늘과……것이다 : 《주역전의대전(周易傳義大全)》의 세주와 《주역본의통석(周易本義通釋)》 권2에 보인다.

123 곡식을……된다 : 흙이 단맛을 만들고 불이 쓴맛을 만든다는 말은 《서경》〈주서(周書) 홍범(洪範)〉에 보인다.

돌이키고 겨울에 닫아 감춘 뒤에 한 해가 이루어진다.

초구(初九)

○ 지게문 밖의 뜰을 나가지 않음〔不出戶庭〕: 초구는 육사(六四)와 호응하는데, 육사는 호체의 간(艮)의 체(體)이고 간은 문궐(門闕)이 되니 초구는 구이(九二)와 함께 똑같이 간에게 막힌다. 그러므로 나가지 않는 것이다. 아래에 거하여 절제할 수 있으므로 허물이 없다.

○〈상전(象傳)〉 통함과 막힘을 앎〔知通塞〕: 그칠 만할 때에는 그치고 나갈 만할 때에는 나가는 것이다.

구이(九二)

○ 문안의 뜰을 나가지 않음〔不出門庭〕: '문(門)'자를 쓴 것은 지게문을 나왔지만 아직 뜰에는 이르지 않았다는 것이다. 구이는 강중(剛中)의 재질을 가지고 호체의 진(震)의 체(體)여서 나아갈 수 있는 때를 당했으나 위로 응여(應與)가 없고 앞에는 감(坎)의 험난함을 만났으니, 마땅히 나아가야 하는데 나아가지 못한다. 이 때문에 흉한 것이다. 장남헌(張南軒 장식(張栻))은 "절(節)에 대처하는 도리는 때를 알고 변통을 알아야 한다. 그러므로 '지위를 담당하여 절제하고 중정(中正)으로써 통한다.〔當位以節 中正以通〕'라고 하였다. 초구는 지위가 없는 사람이고 구이는 지위가 있는 대신(大臣)이니, 대개 안자(顔子 안연(顔淵))의 세상에 처해서는 우(禹)와 직(稷)의 일을 행할 수 없고, 우와 직의 지위를 담당해서는 안자의 절조를 지킬 수 없다."[124]라고 하였다.

---

124 절(節)에……없다 :《주역전의대전》의 세주에 보인다.

호씨는 "초구는 태(兌)의 시작이 되니, 태는 유시(酉時)에 해당하여 지게문을 닫는 상이다. 구이는 호체가 진이니, 진은 묘시(卯時)에 해당하여 지게문을 여는 상이다."[125]라고 하였다.

육삼(六三)

○ 절제하지 않으면 한탄함[不節若則嗟若] : 유(柔)가 중정하지 못하여 험함에 임해 기쁨을 구하면서 절제하지 못하고서 도리어 한탄하는 것이다. 태(兌)는 입을 벌림이니 한탄하는 상이 있다.

○ 〈상전〉 또 누구를 허물하겠는가[又誰咎也] : 호씨는 "효사(爻辭)에서 허물이 없다고 말한 경우가 아흔아홉 번으로 대부분 잘못을 바로잡는 말인데, 이 경우는 사례로 논할 수 없다."[126]라고 하였다.

육사(六四)

○ 절제에 편안함[安節] : 육사는 물과 못[澤]이 만나는 지점에 거하여 아래로 나아가 그칠 수 있고 구오(九五)를 유순하게 받드니 억지로 힘쓰지 않아도 저절로 절제되는 자이다.

---

125 초구는……상이다 : 《주역전의대전》의 세주와 《주역본의통석》권2에 보인다.

126 효사(爻辭)에서……없다 : 《주역전의대전》의 세주와 《주역본의통석》권2에 보인다. 사례로 논할 수 없다는 것은 여타의 효사가 잘못을 바로잡는 사례인 것과는 다른 경우라는 말이다. 《주역본의(周易本義)》에서는 "여기에서의 허물이 없음은 여러 효와는 다르니, 허물을 돌릴 곳이 없음을 말한 것이다.〔此无咎, 與諸爻異, 言无所歸咎也.〕"라고 하였다.

구오(九五)

○ 감미로운 절제〔甘節〕: 물을 나타내는 감(坎)이 맛이 되고, 아래로 입을 나타내는 태(兌)를 타며, 곤(坤)의 가운데에 자리하므로 〈상전〉에 "처한 자리가 중(中)이기 때문이다.〔居位中也〕"라고 하였다. 무릇 '감(甘)'이라는 것은 사물이 기뻐하는 것으로서 위는 윤택하고 아래는 기뻐하니, 〈단전〉에서 일컬은바 "중정으로써 통한다."라는 것이다. 그러므로 "가면 아름다운 일이 있을 것이다.〔往有尙〕"라고 하였다. 호씨는 "다른 효에서의 절제는 자신에게서 절제하는 것이고, 구오는 지위를 담당하여 절제함이니 천하를 절제하는 자이다. 천하를 절제하여 감미롭게 만들면 이른바 '중정함으로써 통한다.'라는 것이다. 임괘(臨卦)의 '단것으로 임함〔甘臨〕'은 내가 남에게 기쁨을 구하는 것이므로 이로운 바가 없고, 절괘의 '감미로운 절제'는 남이 저절로 나를 기뻐하므로 가면 아름다운 일이 있다."[127]라고 하였다.

상육(上六)

○ 괴로운 절제〔苦節〕: 괴롭다는 것은 감미로움의 반대이다. 물의 성질은 흐르는 것이니, 오래 정체되면 썩는다. 감(坎)의 위에 거하여 절제의 궁극을 당하였으니, 이 때문에 괴로움이 되는 것이다.

○ 뉘우침이 없어짐〔悔亡〕: 《이천역전(伊川易傳)》에서는 뉘우치면 흉함이 없어진다는 뜻으로 보았고, 《주역본의(周易本義)》에서는 비록 흉함을 면하지는 못하지만 뉘우침은 없어진다는 뜻으로 보았다.

---

127 다른……있다: 《주역전의대전》의 세주와 《주역본의통석》 권2에 보인다. 인용한 임괘의 말은 육삼(六三)의 효사이다.

《이천역전》은 문리가 통창하지 못한 듯하니 마땅히 《주역본의》를 따라야 한다. 곤괘(困卦) 구이(九二)의 "가면 흉하나 허물은 없다.〔征凶无咎〕"의 예와 같다.

중부괘(中孚卦) ䷼

중부괘는 상(象)으로 말하면 바람과 못〔澤〕이 서로 감동함이고, 상체(上體)와 하체(下體)의 호체(互體)로 말하면 장녀(長女)가 장남(長男)과 감동하고 소녀(少女)가 소남(少男)과 호응한다.[128] 그러므로 믿음〔孚〕이 되고 새가 새끼를 품는 상이 있다. 호씨(胡氏 호병문(胡炳文))는 "상괘와 하괘를 합하면 유(柔)가 안쪽에 있어 가운데가 빈 것이 되므로 믿음을 받고, 상체와 하체를 나누면 강(剛)이 중(中)을 얻어 가운데가 꽉 차 있으므로 미덥게 된다."[129]라고 하였다.

단사(彖辭)

○ 돼지와 물고기에게까지 미치면 길함〔豚魚 吉〕 : 중부괘는 두 획씩 두껍게 묶어서 보면 이(離 ☲)인데, 이(離)는 물고기와 자라가 된다. 또 돈어는 바람을 알고[130] 물고기는 물을 좋아하니 바람과 물에 감동하

---

128 상체(上體)와……호응한다 : 중부괘의 상체는 장녀를 나타내는 손(巽), 하체는 소녀를 나타내는 태(兌)이고, 호체에서 상체는 소남을 나타내는 간(艮), 하체는 장남을 나타내는 진(震)이다.

129 상괘와……된다 : 《주역전의대전(周易傳義大全)》의 세주(細註)와 《주역본의통석(周易本義通釋)》 권2에 보인다.

130 돈어는 바람을 알고 : 《주역전의대전》 세주의 임천 오씨(臨川吳氏), 즉 오징(吳

는 동물이다. 혹자는 "돈어(豚魚)는 강돈(江豚)으로서 바람이 이를 것을 아니, 저절로 그렇게 될 줄 아는 믿음이 있는 동물이다."라고 하였는데, 《주역본의(周易本義)》에서는 이 뜻을 취하지 않았다. 대체로 돈어를 강돈으로 본다면 믿음이 돈어에게 있고 나에게 있지 않은 것이다. 그러나 믿음은 물아(物我)를 구분하지 않고 바람과 물은 사물을 감동시키므로 사물 역시 그것을 믿는 것이니, 《주역》에서 상을 취하는 뜻이 분명히 있다.

단전(彖傳)

○ 나무를 타고 배가 비어 있음[乘木舟虛] : 손(巽)의 나무로 태(兌)의 못 위를 다니는 것이다. 가운데가 비어 있으므로 건넘이 이롭다.

초구(初九)

○ 헤아리면 길함[虞吉] : '우(虞)'는 경계하는 말이니, 기쁨의 처음을 당하여 누구를 따라야 할지 헤아리는 것이다.

○ 다른 것을 두면 편안하지 못함[有他不燕] : 호씨는 "무릇 '다른 것을 둠[有他]'이라고 말한 것은 정응(正應)이 아닌 것을 가리켜 말한 것이다. 비괘(比卦) 초육(初六)의 '믿음을 둠[有孚]'은 본디 정응이 아닌데 와서 호응함이 있는 것이니, 이때의 '다른 것을 둠'이라는 말은

澄)의 주석에 "돈어는 바람을 알고 학은 한밤중임을 알고 닭은 아침을 안다.〔豚魚知風, 鶴知夜半, 雞知旦.〕"라고 하였다. 다만 대체적으로 여러 학자들의 주석에서 바람을 아는 동물로 돌고래 류인 강돈어(江豚魚)라는 물고기를 들어 근거를 삼았으므로, 이 주석에서의 돈어 역시 강돈어를 지칭한 것인 듯한데 미상이다.

허락하는 말이다. 중부괘가 정응을 버리고 다른 것을 구할 경우에는 경계하는 말이다."[131]라고 하였다.

○ 양씨(楊氏 양만리(楊萬里))는 "'우'를 헤아린다는 뜻으로 풀이하였으나 방비한다[防]는 뜻도 있으니, 췌괘(萃卦)의 '불우의 사태를 경계함[戒不虞]'이 그러한 예이다."[132]라고 하였다.

○ 혹자는 "'연(燕)'은 새 중에 믿음이 있어 바람을 기뻐하는 새이니, 봄이 오고 가을이 감에 진(震)과 태(兌)의 기운을 타고 고목(古木)의 속이 빈 곳에서 겨울을 나므로 여기에서 상을 취한 것이다."[133]라고 하였다.

구이(九二)

○ 우는 학이 음지에 있는데 그 새끼가 화답함[鳴鶴在陰 其子和之] : 9로서 2에 거하니, 양조(陽鳥 학)가 음지에 있는 것과 같다. 중부괘를 두 획씩 두껍게 묶으면 만들어지는 이(離)에 새의 상이 있다. 학은 난생(卵生)이므로 중부괘의 양효(陽爻)를 상징한다. 호씨는 "태(兌)는 정추(正秋 음력 8월)가 되고 구설(口舌)이 되니, 가을에 감응하여 학이 우는 상이다."[134]라고 하였다.

131 무릇……말이다 : 《주역전의대전》의 세주와 《주역본의통석》 권2에 보인다. 비괘의 '다른 것을 둠'이 허락하는 말이라는 것은, 비괘 초육의 "다른 길함이 있으리라.[有他吉]"라는 효사를 가리켜 말한 것이다.

132 우를……예이다 : 《주역전의대전》의 세주와 《성재역전(誠齋易傳)》 권16에 보인다.

133 봄이……것이다 : 후천(後天)에서 진과 태는 모두 목(木)의 기운이며, 진은 봄을 주관하고 태는 가을을 주관한다. 제비는 봄에 날아왔다가 가을에 떠난다.

○ 좋은 벼슬〔好爵〕: 중효(中爻)[135]의 진(震)이 검은색과 황색이 되니 의장(衣章)의 상이고, 상체의 손(巽)이 줄이 되니 '그대와 매어 있는〔縻爾〕'[136] 상이다.

육삼(六三)

○ 상대를 얻음〔得敵〕: 육삼이 음으로서 기쁨의 궁극에 거하고 상구(上九)가 양으로서 믿음의 궁극에 거하니, 이 때문에 상대가 된다. 위로 상대에게 호응하면서 스스로를 믿지 못하므로 '북을 치거나 그만두거나 울거나 노래하는〔鼓罷泣歌〕' 등 일정함이 없다. 북은 손(巽)의 바람을 나타내고, 그만둠은 간(艮)의 그침을 나타내고, 욺은 태(兌)의 입을 나타내고, 노래는 진(震)의 우레를 나타낸다.

육사(六四)

○ 달이 기망(旣望)임〔月幾望〕: 손(巽)은 음이 성한 괘이므로 소축괘(小畜卦 ䷈)의 상구에서도 '달이 기망임'을 말하였다.

○ 말의 짝이 없어짐〔馬匹亡〕: 호체의 진(震)이 양마(良馬)가 된다. 초구는 다른 것을 두면 편안하지 못하고, 육사는 자기 부류와 떨어지면 허물이 없으니, 모두 위를 믿고 따르는 것이다.

---

134 태(兌)는……상이다 : 《주역전의대전》의 세주와 《주역본의통석》 권2에 보인다.

135 중효(中爻) : 110쪽 주68 참조.

136 그대와 매어 있는〔縻爾〕 : 효사에서 '좋은 벼슬' 다음에 "내 그대와 더불어 매어 있노라.〔吾與爾縻之〕"라는 말로 이어진다.

구오(九五)

○ 잡아당기듯 함〔攣如〕 : 바로 구이의 '그대와 매어 있음'이다. 손 (巽)은 줄의 상이 있고, 또 '연(攣)'자는 '수(手)'가 부수이니 손톱의 상이 있다. 소축괘의 구삼(九三)에서 구오까지가 중부괘가 되므로 소 축괘의 구오에서도 '믿음이 있어 연결함〔有孚攣如〕'이라고 말하였다.

상구(上九)

○ 날아오르는 소리가 하늘에 올라감〔翰音登于天〕 : 손(巽)은 닭이 되니, 닭을 한음(翰音)이라고 한다.[137] 닭이 울 때는 반드시 먼저 날개 를 떨치므로 한음이라 한다. 하늘에 오른다는 것은 끝까지 날아오른 것이다. 그러므로 〈상전(象傳)〉에 "어찌 장구하리오.〔何可長也〕"라고 하였다. 학은 양물(陽物)인데 음지에서 우니 중(中)에 감응하는 것이 고, 닭은 음물(陰物)인데 그 소리가 하늘에 오르니 중에 지나친 것이 다. 돈어는 바람을 알고 학은 한밤중임을 알고 닭은 새벽을 아니, 모두 믿음이 있는 동물이다. 그러므로 중부괘에서 아울러 상을 취하였다.

소과괘(小過卦) ䷽

소과괘는 우레가 산 위에 있어 그 소리가 허공을 지나치니, 바로 '넘 어가다〔踰過〕'라고 할 때의 '과(過)'이지 '과오(過誤)'의 '과'가 아니다. 상하의 네 음이 새의 날개와 비슷하므로 새의 상을 취하였다. 소과괘

---

137 닭을 한음(翰音)이라고 한다 : 《예기(禮記)》 〈곡례 하(曲禮下)〉에서 이렇게 말 하였다.

는 중부괘(中孚卦)의 반대(反對)[138]이므로 알이 변하여 새가 되었다. 그러므로 〈단사(彖辭)〉에서 '나는 새[飛鳥]'라 말하고 '올라감[上]'이라 말하고 '내려감[下]'이라 말하였으며, 효사(爻辭)에서 '지나감[過]'이라 말하고 '만남[遇]'이라 말하고 '미치지 못함[不及]'이라 말하였다. 그러나 날면 흉함이 있고 내려오면 크게 길하고 미치지 못하면 허물이 없으니, 이 때문에 소과(小過)가 된다. 〈대상(大象)〉의 세 가지 과(過)는 모두 마땅히 내려와야 한다는 뜻으로, 이른바 작은 데에서 지나치게 한다는 것이지 작은 일이 지나친 것은 아니다.[139] 주자(朱子)가 "뒤로 한 걸음을 물러난다.[退後一步]"[140]라고 한 것이 이것이다.

초육(初六)

○ 나는 새처럼 빠르니 흉함[飛鳥以凶] : 아래에서 위로 나아가는 것은 나는 새만한 것이 없다. 6이 음으로서 양의 자리에 거하고[141] 간(艮)

---

138 반대(反對) : 77쪽 주12 참조.

139 대상(大象)의……아니다 : 〈소과괘 대상〉에 "산 위에 우레가 있는 것이 소과이니, 군자가 보고서 행실은 공손함을 과하게 하며 상사(喪事)는 슬픔을 과하게 하며 씀은 검소함을 과하게 한다.[山上有雷小過, 君子以, 行過乎恭, 喪過乎哀, 用過乎儉.]"라고 하였다. 작은 데에서 과하게 하는 것이지 작은 일이 과한 것은 아니라는 말은 주희(朱熹)의 설을 염두에 둔 주장이다. 《주자어류(朱子語類)》 권73과 《주역전의대전(周易傳義大全)》의 세주(細註)에 주희가 〈대상〉의 이 말을 가지고 "소과는 작은 일이 지나친 것이고, 또 작은 데에서 지나친 것이다.[是小事過, 又是過於小.]"라고 한 말이 보인다.

140 뒤로……물러난다 : 《주자어류》 권73에 보인다. 이 말에 이어 "스스로 낮추는 뜻이다.[自貶底意思]"라고 하였다.

의 아래에 거하여 마땅히 그쳐야 하는데 도리어 날아오르므로 흉한 것이다. 상육(上六)은 진(震)의 궁극에 거하였으니, 그 날아오름이 이미 드높기에 효변(爻變)하여 이(離)가 되니 그물에 걸리게 된다. 그러므로 "멀리 떠나는지라 흉하다.〔離之 凶〕"라고 하였다.

육이(六二)

○ 구사(九四)의 강(剛)을 지나쳐 육오(六五)의 유(柔)를 만나고, 구삼(九三)의 양에 미치지 못하고서 도리어 육이의 신하를 만나니, 바로 〈단전(彖傳)〉에 일컬은바 '유가 중을 얻음〔柔得中〕'의 길함이다. '할아버지〔祖〕'와 '할머니〔妣〕'와 '임금〔君〕'과 '신하〔臣〕'는 음양과 존비(尊卑)로 말한 것이다. 소과(小過)에 거하는 도리는 이 효보다 좋은 것이 없다.

구삼(九三)

○ 양강(陽剛)의 재질로 음이 지나친 때를 당하였다. 힘으로 이길 수 없어 지나간다면 마땅히 경계하여 방비해야 하니, 혹 음을 따라서 친하게 지내면 도리어 해를 입을 것이다. 괘체(卦體)가 간(艮)의 위에 거하여 아래의 두 음을 저지할 수 있으므로 '방비해야 한다〔防之〕'라고 말하였다. 마땅히 구사(九四)의 예처럼 두 글자씩을 하나의 구로 읽어야 한다는 호쌍호(胡雙湖 호일계(胡一桂))의 설[142]이 옳다.

---

141 6이……거하고 : 원문은 '六以陰居陰'이다. 그러나 초육은 음효가 양의 자리인 초효(初爻)에 거한 것으로 원문과는 뜻이 통하지 않는다. 문맥을 살펴 '居陰'을 '居陽'으로 바꾸어 번역하였다.

구사(九四)

○ 강(剛)으로서 유(柔)에 거하여 무리를 지나쳐 위로 육오와 가까우므로 '만남[遇]'이라고 말한 것이다. 그러나 진(震)의 처음에 거하여 위로 나아가는 데 뜻을 두었으므로 가면 위태롭다고 경계하였다.

○ 오래 함과 정고(貞固)함을 쓰지 말아야 함[勿用永貞] : 〈단전〉에 이른바 '때에 따라 행함[與時行也]'이니, 작게 지나침은 마땅하나 크게 지나침은 마땅하지 않다는 말이다. 만약 《이천역전(伊川易傳)》의 풀이대로 그 떳떳함을 굳게 지킬 수 없다면[143] 스스로를 잃는 폐단이 있을 듯하다. 대개 위로 육오의 음을 만나서는 오래 따라서는 안 된다는 말이니, 〈상전(象傳)〉에 "끝내 길게 할 수 없다.[終不可長]"라고 한 것은 이를 이르는 것이리라.

육오(六五)

○ 호체(互體)의 태(兌)의 못[澤]이 진(震)의 용(龍)에 거하였으므

---

142 호쌍호(胡雙湖)의 설 : 《주역전의대전》의 세주와 《역부록찬주(易附錄纂註)》 권2에 "주자가 '불과우지(弗過遇之)'는 두 글자씩 구가 끊어진다고 말하였는데, 내 생각에는 '불과방지(弗過防之)'와 '종혹장지(從或戕之)'도 마땅히 두 글자씩 구가 끊어져야 한다.[朱子謂弗過遇之, 是兩字爲絶句, 愚謂弗過防之, 從或戕之, 亦當兩字爲絶句.]"라고 하였다.

143 이천역전(伊川易傳)의……없다면 : 《이천역전》에서는 "'물용영정(勿用永貞)'은 양의 성질은 굳고 강하기 때문에 마땅함을 따를 것이요 굳게 지키지는 말라고 경계한 것이다. 음이 지나친 때를 당하여 양강(陽剛)이 지위를 잃었으면 군자가 마땅히 때에 따라 순히 처할 것이요, 굳게 그 떳떳함을 지켜서는 안 된다.[勿用永貞, 陽性堅剛. 故戒以隨宜, 不可固守也. 方陰過之時, 陽剛失位, 則君子當隨時順處, 不可固守其常也.]"라고 하였다.

로 구름과 비의 상이 있으나, 음양이 조화하지 못하니 어찌 비를 부를 수 있겠는가.

○ 주살〔弋〕: 상체(上體)와 하체(下體)를 두 획씩 두껍게 묶으면 감(坎 ☵)이 되니, 감은 활이 된다.

○ 구멍〔穴〕: 산의 빈 곳이니, 바로 육이가 간(艮)의 가운데에 거하여 육오와 호응함이다. 두 음이 서로 호응할 수 없는데 육오의 호체의 태(兌)가 기쁨이고 육이의 호체의 손(巽)이 들어갔으므로 구하여 취하기를 주살질하듯 하는 것이다.

상육(上六)

○ 음으로서 음의 자리에 거하고 동(動)함의 위에 처하여 지나침이 극에 달한 때를 당하였는데, 구삼이 정응(正應)으로서 간(艮)의 체(體)에 거하면서 서로 따르려 하지 않으니, 나는 새가 하늘 끝까지 드높이 날아올라 내려올 수 없는 것과 같다. 〈단전〉에 일컬은바 "올라감은 마땅하지 않다.〔不宜上〕"라는 것이니, 흉함을 말로 할 수 없다. 쌍호 호씨(雙湖胡氏 호일계)는 "이 효는 구사와 정반대이다. 구사에서는 '지나치지 못하여 만남〔弗過遇之〕'이라 하고, 상육에서는 '만나지 못하여 지나침〔弗遇過之〕'이라 하였으니, '지나치지 못하여 만남'은 양이 미약하여 음을 지나치지 못하고서 도리어 음을 만나는 것이고, '만나지 못하여 지나침'은 음이 올라가 양을 만나지 못하고서 도리어 양을 지나치는 것이다. 음의 지나침이 이와 같은 것은 음의 복이 아니니 이보다 심한 흉함이 무엇이 있겠는가."[144]라고 하였다.

---

144 이……있겠는가 : 《주역전의대전》의 세주와 《역부록찬주》 권2에 보인다.

기제괘(旣濟卦) ䷾

기제괘는 물의 성질은 윤습(潤濕)하고 아래로 흐르며 불의 성질은 타고 위로 솟구치니, 서로 사귀고 서로 구제한다. 그러므로 기세(旣濟)가 되었다. 대개 상경(上經)은 역(易)의 체(體)가 되므로 편 끝에 감괘(坎卦)와 이괘(離卦)가 각각 그 자리에 거하고,[145] 하경(下經)은 역의 용(用)이 되므로 편 끝에 감(坎)과 이(離)가 서로 사귀어 기제괘와 미제괘(未濟卦)가 되었다.

단사(彖辭)

○ 기제는 형통함이 작음[旣濟 亨小] : 세 음이 제자리를 얻었는데 음은 작은 것이므로, 〈단전(彖傳)〉에 "작은 것이 형통함이다.[小者亨也]"라고 하였다.

단전(彖傳)

○ 강과 유가 바르고 자리가 마땅함[剛柔正而位當] : 여섯 효가 서로 호응하고 모두 제자리를 얻은 것은 64괘에서 이 괘만 있을 뿐이다.

초구(初九)

○ 바퀴를 뒤로 끎[曳其輪] : 감(坎)은 활과 바퀴가 되고 또한 수레의 상이 있다. '바퀴[輪]'와 '꼬리[尾]'는 모두 아래에 있고, '끎[曳]'과

---

145 편……거하고 : 역(易)의 네 정괘(正卦)인 건곤감리(乾坤坎離)에서 건괘와 곤괘는 상경의 첫머리에 자리하고, 감괘와 이괘는 상경의 마지막에 자리하는 것이다.

'적심〔濡〕'은 호체(互體)의 감(坎)이 앞에 있는 것이다.

육이(六二)

○ 부인이 그 가리개를 잃음〔婦喪其茀〕 : 가리개는 수레의 덮개이다. 이(離)의 2효는 바로 곤(坤)의 2효이니 곤은 비단이 되므로 이러한 상이 있는 것이다. 가리개를 잃었으면 나아갈 수 없지만, '쫓지 않으면〔勿逐〕' 끝내 다시 '얻을〔得〕' 것이다.

○ 7일(七日) : 여섯 효가 되돌아옴이다.[146]

구삼(九三)

○ 3년 동안〔三年〕 귀방을 정벌함〔伐鬼方〕[147] : 이(離)의 불이 위로 솟구치려 하는데 감(坎)의 험함이 앞에 있으니, 강(剛)으로서 강의 자리에 거하여 험난함을 구제하기에 충분한 재질이다. 그러나 반드시 힘을 들이고 오래 버틴 뒤에야 이길 수 있다. 감(坎)은 아득하고 멂이 되고 이(離)는 창과 병기가 되므로 이러한 상이 있는 것이다.

○ 소인을 쓰지 말아야 함〔小人勿用〕 : 전쟁한 뒤에는 반드시 소인을

---

146 여섯 효가 되돌아옴이다 : 《주역전의대전(周易傳義大全)》의 세주(細註)에서 임천 오씨(臨川吳氏), 즉 오징(吳澄)은 "7일은 호응을 따르는 것으로서 갔다가 되돌아오는 시간으로 말한 것이다.〔七日者, 從其應, 以往反之時言.〕"라고 하였다. 이계의 말과 오징의 말을 종합해보면, 음과 양이 서로 호응하는 형세인 미제괘에서 여섯 효가 서로 여섯 차례 호응하고 난 다음에 되돌아오는 일곱 번째의 시간을 말한 것이다.

147 3년……정벌함 : 《주역》에는 "고종이 귀방을 정벌하여 3년 만에 이김〔高宗伐鬼方, 三年克之.〕"으로 되어 있다. '伐鬼方'을 설명하면서 시간의 오래됨을 말해야 하므로 앞으로 인용한 것이다. 귀방은 은(殷)나라 때 서북쪽에 살던 이민족의 이름이다.

쓰지 말아야 한다는 경계를 하니, 사괘(師卦) 상육(上六)[148]의 경우와 같다.

○ 3년(三年) : 내씨(來氏 내지덕(來之德))는 "이(離)의 수(數)이다. 그러므로 미제괘에서도 3년을 말하였다."[149]라고 하였다.

육사(六四)

○ 옷과 헌 옷[衣袽] : 이 경계(警戒)는, 제(濟)의 위에 거하여 환난을 방비함이 급하고, 육사는 중허(中虛)의 자리에 거하여 배의 상이 있는데 호체(互體)의 감(坎)과 본래 상체(上體)의 감의 사이에 거하여 배에 물이 새는 경계가 있는 것이다. 〈대상(大象)〉에서 이른바 "환난을 생각하여 미리 방비한다.〔思患豫防〕"라는 뜻은 이 효에 해당한다.

---

148 사괘(師卦) 상육(上六) : 〈사괘 상육〉의 효사에 "대군이 명을 둠이니 제후를 봉하고 경대부를 삼을 때 소인은 쓰지 말아야 한다.〔大君有命, 開國承家, 小人勿用.〕"라고 하였는데, 바로 앞의 육오(六五)에 "밭에 짐승이 있으면 말을 받들어 토벌함이 이로우니, 허물이 없으리라.〔田有禽, 利執言, 无咎.〕"라고 하여 전쟁의 일을 말하였다.

149 이(離)의……말하였다 : 이 말은 내지덕(來知德)의 《주역집주(周易集注)》의 말을 그대로 인용한 것이 아니라, 《주역집주》 곳곳에서 한 말을 축약한 것이다. 가령 《주역집주》 권수상(卷首上) 〈중효(中爻)〉에 "예컨대 이괘(離卦)는 3에 거하니, 동인괘(同人卦)의 '3세'와 미제괘의 '3년'과 기제괘의 '3년'과 명이괘(明夷卦)의 '3일'은 모두 본괘의 3으로 말한 것이다.〔如離卦居三, 同人曰三歲, 未濟曰三年, 旣濟曰三年, 明夷曰三日, 皆以本卦三言也.〕"라고 하였고, 이외의 다른 곳에서도 이(離)가 3이라고 여러 차례 말하였다. 따라서 내지덕의 말을 "이의 수이다."까지만 보고 그 뒤의 말은 이계의 말로 보아도 무방하다.

구오(九五)

○ 동쪽 이웃이 소를 잡음〔東隣殺牛〕: 이(離)는 황소가 되는데 감(坎)을 만나 죽임을 당한다.

○ 서쪽 이웃의 검소한 제사〔西隣禴祭〕: '왕이 서산에서 제향함〔王用亨于西山〕'과 같으니,[150] 구오의 강(剛)이 존귀한 자리에 거하는 것이 육이의 유(柔)가 중(中)을 얻는 것만 못하다는 말이다.

상육(上六)

○ 머리를 적심〔濡其首〕: 제(濟)의 궁극을 당하고 감(坎)의 위에 거하므로 여우가 머리를 적시는 것과 같다. 초구의 꼬리를 적심은 나아감을 신중히 함이고, 마지막에 머리를 적심은 건너다가 빠진 것이다.

미제괘(未濟卦) ䷿

미제괘는 감(坎)과 이(離)가 사귀지 않는다. 그러나 호체(互體)가 기제괘(旣濟卦)가 되니, 장차 제(濟)[151]할 이치가 있다. 그러므로 부제(不濟)라 하지 않고 '미제(未濟)'라 한 것이다. 상경(上經)의 마지막은 감괘(坎卦)가 먼저 나오고 이괘(離卦)가 뒤에 나온다. 그러므로 하경(下經)의 마지막의 괘도 감(坎)이 아래이고 이(離)가 위이다. 기

---

150 왕이……같으니 : 인용한 말은 〈수괘(隨卦) 상육(上六)〉의 효사이다. 서쪽 이웃은 육이의 음을 상징하므로 수괘의 상육이 제향의 의미인 것처럼 서쪽 이웃의 제사가 육이의 음을 가리킨다는 뜻이다.

151 제(濟) : '이루다, 건너다, 구제하다' 등의 여러 의미가 있으므로 원문 그대로 두었다.

제괘 가운데 호체가 미제괘이고, 미제괘 가운데 호체가 기제괘이니, 물과 불이 서로 그 집에 감추는 것[152]은 모두 저절로 그러한 상(象)이지 사람이 할 수 있는 것이 아니다.

〈서괘전(序卦傳)〉에 "사물은 끝까지 다할 수 없다."라고 한 것[153]은 그 이치를 말한 것일 뿐이다.

단사(彖辭)

○ 어린 여우[小狐] : 음이 자리를 얻었으므로 어리다고 일컬었고, 감(坎)은 여우가 된다.

○ 거의 건넘[汔濟] : 마땅히 《주역본의(周易本義)》에서 '거의'의 뜻으로 풀이한 것을 따라야 하니, 정괘(井卦)의 '거의 이름[汔至]'과 같다.[154]

---

152 서로……것 : 서로 제자리를 감추는 변법(變法)이라는 뜻이다. 본래 장재(張載)가 처음 사용한 말로, "한 번은 음이 되고 한 번은 양이 됨[一陰一陽]"이 지속되려면 음과 양이 각각 자신들의 정(精)을 자신들 안에 감추는 것이 아니라 서로 바꾸어서 상대의 정을 감추어야 한다고 보았다. 만약 음이 음정(陰精)을 자기 안에 감추거나 양이 양정(陽精)을 자기 안에 감추면 음과 양이 다하여 각자의 씨앗이 소멸되는 것이다. 《正蒙 參兩》

153 서괘전(序卦傳)에……것 : 《주역》〈서괘전〉에 "남보다 지나침이 있는 자는 반드시 구제하므로 기제(旣濟)로써 받았고, 사물은 끝까지 다할 수 없으므로 미제(未濟)로써 받아 마쳤다.[有過物者必濟, 故受之以旣濟; 物不可窮也, 故受之以未濟終焉.]"라고 하였다.

154 마땅히……같다 : 《이천역전(伊川易傳)》에서는 '汔'을 용감하다는 뜻으로 풀이하였다. '거의 이름'은 정괘(井卦)의 단사(彖辭)이다.

초육(初六)

○ 꼬리를 적심〔濡其尾〕 : 또한 여우의 상을 취한 것이다. 기제괘 초구(初九)가 '꼬리를 적시면 허물이 없음〔濡尾无咎〕'인 것은 재질이 강(剛)하고 이(離)의 체(體)가 밝으므로 천천히 건너도 끝내는 건널 수 있기 때문이고, 미제괘 초육이 '꼬리를 적셨으니 부끄러움〔濡尾吝〕'인 것은 재질이 유(柔)하고 감(坎)의 체가 험한데 급하게 건너다가 끝내는 건널 수 없기 때문이다.

구이(九二)

○ 바퀴를 뒤로 끎〔曳其輪〕 : 미제괘의 구이는 바로 기제괘의 초구이므로 상과 효사가 같은데, 미제괘의 구이는 중(中)을 얻었으므로 뜻이 더욱 길하다.

육삼(六三)

○ 이 효에서만 '미제(未濟)'라고 일컬은 것은 음유(陰柔)가 중(中)하지 못하고 감(坎)의 끝에 거하며 앞에 호체의 감이 있어 미제괘의 주체가 되기 때문이다. 감이 세 번 효변(爻變)하여 나무를 나타내는 손(巽)이 되니 나무가 물 위에 있어서 나무를 타는 공이 있어 비로소 험함에서 벗어나므로 "대천을 건넘이 이롭다.〔利涉大川〕"라고 한 것이다.

구사(九四)

○ 귀방을 정벌함〔伐鬼方〕 : 미제괘의 구사는 바로 기제괘의 구삼이므로 상과 효사가 또한 같다. 그러나 기제괘의 구삼은 강(剛)으로서

강의 자리에 거하고 내괘(內卦)의 위에 처하였으므로 인군(人君)에서 상을 취하였고, 미제괘의 구사는 양으로서 음의 자리에 거하고 대신의 지위에 처하였으므로 대국(大國)에서 상을 받는다고 말하였다.

○ 진동함〔震用〕 : 상구(上九)가 변하면 진(震)을 이루어 구사와 상구가 동덕(同德)으로서 험난함을 건너기 때문이다. 한(漢)나라 유자(儒者)가 '진'은 지백(摯伯)의 이름이라고 말한 것[155]은 혹 근거한 바가 있을 것이다.

육오(六五)

○ 군자의 빛남〔君子之光〕 : 문명(文明)한 군주가 강중(剛中)의 신하에게 호응하는 것이다. 마음속을 비우니 미더움이 있고, 실(實)한 양에 호응하니 빛남이 있다. 이 때문에 이미 길하고 또 길한 것이다. 구사의 '뉘우침이 없어짐〔悔亡〕'은 '정하면 길한〔貞吉〕' 뒤에야 뉘우침이 없어지니 오히려 경계를 둔 것이고, 육오의 '뉘우침이 없음〔无悔〕'은 이미 정(貞)하고 또 길하여 본디 뉘우침이 없다. 그러므로 재차 길하다고 말하여 기뻐한 것이다.

상구(上九)

○ 믿음을 두고 술을 마심〔有孚于飮酒〕 : 험난함을 벗어나 허물이 없

---

155 한(漢)나라……것 : 지백은 주(周)나라 왕계(王季)의 부인이자 문왕(文王)의 어머니인 태임(太任)의 부친이다. 이 내용은 《주역완사집해(周易玩辭集解)》 등의 여러 문헌에 모두 동진(東晉) 때 곽박(郭璞)의 주석으로 소개되고 있다. 이계가 한나라 유자라고 한 것은 누구를 가리키는지 미상이다.

는 것이다.

○ 머리를 적시듯 지나치면 옳음을 잃음〔濡其首 失是〕: 장차 험난함을 건널 때를 당하여 경계하고 두려할 줄 모르면 그 의(義)를 잃게 된다. 그러므로 〈상전(象傳)〉에 "절제를 모르는 것이다.〔不知節也〕"라고 하였으니, 대역(大易)이 사람을 가르치는 뜻이 깊다.

후재 풍씨(厚齋馮氏 풍의(馮椅))는 "건(乾)이 위에 있고 곤(坤)이 아래에 있으며 이(離)가 동쪽에 있고 감(坎)이 서쪽에 있는 것은 선천(先天)의 역(易)이니 천지일월(天地日月)의 사상(四象)이다. 그러므로 상경의 처음과 끝에 거하여 조화의 체(體)를 세웠다. 산과 못이 기운을 통하고 우레와 바람이 서로 어그러지지 않으며 물과 불이 서로 미치는 것은 후천(後天)의 역이니 여섯 자식의 용(用)이다. 그러므로 하경의 처음과 끝에 거하여 조화의 용을 지극히 하였다. 기제괘의 뒤에 미제괘가 있는 것은 조화의 용이 끝나면 다시 시작이 있음을 보인 것이다."[156]라고 하였다.

156 건(乾)이……것이다 :《주역전의대전(周易傳義大全)》의 세주(細註)와《후재역학(厚齋易學)》권18에 보인다.

이계집 외집

제7권

역상익전
易象翼傳

역상익전易象翼傳

대상해
大象解

《주역본의(周易本義)》에 "〈상전(象傳)〉은 괘(卦)의 위아래 두 상(象)과 두 상의 여섯 효(爻)에 대한 것이니[1] 주공(周公)이 붙인 말이다."라고 하였고, 호쌍호(胡雙湖 호일계(胡一桂))는 "부자(夫子 공자)께서 지으신 64괘의 〈대상(大象)〉은 복희씨(伏羲氏)가 그린 한 괘 안의 상하 두 체(體)의 상을 직접 해석한 것이니, 상은 모두 부자께서 직접 취하신 것이고 문왕(文王)과 주공 때는 없던 것이다. 그러므로 괘사(卦辭)나 효사(爻辭)와는 아무런 상관이 없다."[2]라고 하였다. 이것이 어디에서 상고한 것인지는 모르겠지만 지금 살펴보건대 〈대상〉의 문체가 주공의 효사와는 전혀 다른 데다가 《사기(史記)》에 "공자께서 〈단전(彖傳)〉과 〈상전〉과 〈계사전(繫辭傳)〉과 〈설괘전(說卦傳)〉과

---

1 상전(象傳)은……것이니 : 괘에 대한 것을 〈대상(大象)〉, 효에 대한 것을 〈소상(小象)〉이라 한다.

2 부자(夫子)께서……없다 : 호일계(胡一桂)의 《주역계몽익전(周易啓蒙翼傳)》 상편 〈공자역(孔子易)〉에 보인다.

〈문언전(文言傳)〉 등의 편들을 지으시고 십익(十翼)이라 하였다."[3]
라고 하였으니, 무릇 〈대상〉과 〈소상(小象)〉은 모두 부자께서 지으
신 듯하다.

코끼리[象]는 남방의 큰 짐승이니, 어금니의 무늬는 우레에 감응하
여 생겨나고 몸에 흐르던 피는 별을 보고서 멎고 쓸개는 사계절에 응하
여 네 발로 옮겨 다니고 3년에 한 번 새끼를 낳는다.[4] 그러므로 이로써
천상(天象)을 형상하였다.[5] 그리고 코와 어금니와 네 발은 여섯 효를
형상한다. 그러므로 이로써 역상(易象)을 취하였다.《노사(路史)》에
"역(易)은 바로 석척(蜥蜴)이니, 몸의 색깔이 일정하지 않아서 하루에
열두 번 색깔을 바꾼다. 그러므로 변역(變易)의 뜻을 취하였다. 단(彖)
은 모서(茅犀)의 이름이니, 무소의 형상에 뿔이 하나이고 앞으로 벌어
질 일의 기미와 징조를 안다. 그러므로 길흉을 판단하는 뜻을 취하였
다."[6]라고 하였다.

---

3 공자께서……하였다 :《사기(史記)》 권47 〈공자세가(孔子世家)〉의 말을 정리하여
부연한 것이다.

4 코끼리는……낳는다 : 이는 송(宋)나라 때 육전(陸佃)이 지은《비아(埤雅)》 권4
〈석수(釋獸)〉에서 코끼리 부분을 축약한 것이다. 쓸개가 사계절에 응해 네 발로 옮겨
다닌다고 한 것은,《비아》에서 코끼리는 쓸개가 간에 붙어 있지 않고 계절마다 네 발
가운데 한 곳으로 옮겨 다닌다고 한 것을 가리킨다.

5 이로써 천상(天象)을 형상하였다 :《비아》 권4 〈석수〉에, 코끼리는 자기에게 필요
한 행위를 할 때 코를 쓰고 입을 쓰지 않으며 하늘의 운용은 기(氣)를 쓰고 말[言]을
쓰지 않으므로, 수상(獸象)과 천상(天象)이 상(象)이라는 같은 글자를 쓴다고 하였다.
또 코끼리가 어떤 다른 행위 없이도 우레에 감응하여 어금니에 무늬가 생기는 것과
천상이 어떤 다른 행위 없이 기운에 감응하여 문채가 생기는 것이 둘 사이의 공통점이라
고 하였다.

건괘(乾卦) ䷀

〈상전〉에 말하였다. "하늘의 운행이 굳세니, 군자가 보고서 스스로 힘쓰고 쉬지 않는다.〔天行健 君子以 自彊不息〕"

　행(行)은 운행(運行)이다. 건(健)은 양강(陽剛)의 용(用)이다. 건(乾)이라 일컫지 않고 건(健)이라 일컬은 것은, 건도(乾道)는 한마디 말로써 다 드러낼 수 없기 때문이다. 인(人)과 건(建)으로 글자가 이루어진 것은 사람으로 하여금 하늘의 뜻을 이어받아 표준을 세우게 하려 한 것이다. 자강(自彊)은 강(剛)의 덕을 형상하였고 불식(不息)은 강의 용을 형상하였으니, 이 상(象)은 상하를 통틀어 말한 것이다. 행건(行健)은 하늘에 있는 건(乾)이고, 자강은 사람에게 있는 건이다.

곤괘(坤卦) ䷁

〈상전〉에 말하였다. "지세가 곤이니, 군자가 보고서 두터운 덕으로 물건을 실어준다.〔地勢坤 君子以 厚德載物〕"

　세(勢)는 형세이다. 곤(坤)은 순후(順厚)하다는 뜻이다. 곤의 재질은 토(土)이고 방위는 신방(申方)이므로 토와 신(申)으로 글자가 이루어졌다. 후덕(厚德)은 곤의 체(體)를 형상하였고 재물(載物)은 곤의 용(用)을 형상하였다. 곤괘에서는 군도(君道)를 말하지 않았는데 이에 〈대상〉에서 그 뜻을 드러내었으니,[7] 이 또한 상하를 통틀어 말한

6　역(易)은……취하였다 : 《노사(路史)》 권32 〈발휘(發揮)1〉에 보인다. 석척은 도마뱀을 가리키기도 하고 도롱뇽을 가리키기도 하는데, 이 글에서는 변색(變色)을 언급하였으므로 카멜레온의 부류를 지칭한 것으로 보인다. 모서는 소주(小註)에 "형상은 무소와 같은데 그보다 작으며, 뿔이 하나 달려 있다. 길흉을 잘 안다. 교주(交州)와 광주(廣州)의 산들에 있다. 그곳 사람들은 저신(猪神)이라고 부른다."라고 하였다.

것이다. 성인(聖人)에게 있어서는 사물의 성(性)을 다하는 것[8]이 이 경우이다.

둔괘(屯卦) ䷂

〈상전〉에 말하였다. "구름과 우레가 둔이니, 군자가 보고서 천하를 경륜한다.〔雲雷屯 君子以 經綸〕"

물이 하늘에 있으면 구름이 되고 땅에 있으면 비가 된다. 그러므로 수천(水天)인 수괘(需卦 ䷄)의 〈상전〉에 "구름이 하늘로 올라간다〔雲 上於天〕"라고 하였고, 천수(天水)인 송괘(訟卦 ䷅)의 〈상전〉에 "하늘과 물이 어긋나게 간다.〔天與水違行〕"라고 하였다. 둔(屯)은 풀이 땅에서 나와 싹 트지 못한 상이니, 천조(天造)가 풀이 싹 트지 못하는 것[9]과

---

7 곤괘에서는……드러내었으니 : 《이천역전(伊川易傳)》에서는 〈곤괘 대상〉에 대해 "곤도의 위대함이 건괘와 같으니 성인이 아니면 누가 이것을 체행하겠는가.〔坤道之大猶 乾也. 非聖人, 孰能體之?〕"라고 하였다.

8 사물의……것 : 《중용장구(中庸章句)》제22장에 "오직 천하에 지극히 성실한 분이라야 그 성(性)을 다할 수 있으니, 그 성을 다할 수 있으면 사람의 성을 다할 것이요, 사람의 성을 다할 수 있으면 사물의 성을 다할 수 있을 것이요, 사물의 성을 다할 수 있으면 천지의 화육을 도울 수 있을 것이요, 천지의 화육을 도울 수 있으면 천지와 더불어 삼재(三才)에 참여하게 될 것이다.〔惟天下至誠, 爲能盡其性, 能盡其性, 則能盡 人之性, 能盡人之性, 則能盡物之性, 能盡物之性, 則可以贊天地之化育, 可以贊天地之 化育, 則可以與天地參矣.〕"라고 하였다.

9 천조(天造)가……것 : 원문의 '천조초매(天造草昧)'는 〈둔괘 단전(彖傳)〉의 말이다. 《이천역전》과 《주역본의(周易本義)》에서는 '천조'를 시운(時運)·천운(天運)의 의미로 보았고 '초'는 '난(亂)'의 의미로 보았다. 한편 《주역정의(周易正義)》의 주소(注疏)에서는 '천조'를 하늘이 사물을 처음 만들어낸다는 의미로 보았고, '초'는 '초창(草創)'의 의미로 보았다. '초매'에 대해서는 풀의 상으로 본 이계의 견해를 반영하였으나,

같은 때에는 군자가 천하를 경륜하여 구제해야 한다. 경(經)은 우레가 곧게 내려치는 모습을 형상하였고 윤(綸)은 비가 흩어지는 모습을 형상하였다. 괘 안에 진(震), 감(坎), 간(艮), 곤(坤)이 갖추어져 있는데 삼남(三男)[10]이 용사(用事)하여 곤을 대신해 사물을 다스린다.

몽괘(蒙卦) ䷃

〈상전〉에 말하였다. "산 아래에서 샘물이 나옴이 몽이니, 군자가 보고서 과감하게 행동하며 덕을 기른다.〔山下出泉 蒙 君子以 果行育德〕"

　　몽(蒙)은 풀이 총토(冢土)를 덮고 있는 상이니, 몽매하고 어리며 아직 자라지 않은 것이다. 소남(少男)이 위에 있으니 동몽(童蒙)의 상이 있다. 주자(朱子)는 "과행(果行)은 물의 상이 있고, 육덕(育德)은 산의 상이 있다."[11]라고 하였다. 괘의 호체(互體)가 곤(坤)과 진(震)이니, 행함은 감(坎)의 물과 같고 과감함은 진의 우레와 같고 기름은 간(艮)의 산과 같고 덕은 곤의 두터움과 같다.

수괘(需卦) ䷄

〈상전〉에 말하였다. "구름이 하늘로 올라감이 수이니, 군자가 보고서 마시고 먹으며 편안하고 즐거이 있는다.〔雲上於天 需 君子以 飲食宴樂〕"

　　수(需)는 구름이 하늘 위에 있는 상이다. 이(而)자가 전문(篆文)에

'천조'는 이계의 견해가 어떠한지 확인할 수 없으므로 우선 원문 그대로 두었다.

10　삼남(三男) : 진(震)은 장남(長男), 감(坎)은 중남(中男), 간(艮)은 소남(少男)에 해당한다. 《周易 說卦傳》

11　과행(果行)은……있다 : 《주자어류(朱子語類)》 권66에 보인다.

서는 천(天)자와 같으니,[12] 이 때문에 괘를 이 글자로 명명한 것이다. 구름이 하늘로 올라가면 자연히 비를 만드니, 군자가 그 상을 관찰하고서 마시고 먹으며 편안하고 즐겁게 있으면서 기다린다.[13] 감(坎)은 마시는 상이고 태(兌)는 먹는 상이다. 호체(互體)인 이(離)의 밝음이 건천(乾天)의 위에 있으니, 편안하고 즐거워할 만한 때이다.

송괘(訟卦) ䷅

〈상전〉에 말하였다. "하늘과 물이 어긋나게 감이 송이니, 군자가 보고서 일을 하되 그 시작을 잘 도모한다.〔天與水違行 訟 君子以 作事謀始〕"

　상하가 서로 어긋나니 이 때문에 송(訟)을 이룬다. 송은 말〔言〕을 공정〔公〕하게 함이니, 송사를 판결할 때에는 반드시 공정하게 해야 한다. 구산 양씨(龜山楊氏 양시(楊時))는 "하늘은 좌측으로 돌고 물은 동쪽으로 흐르니 어긋나게 가는 것이다."[14]라고 하였다. 대체로 물을 막을 때에는 그 근원을 끊는 것보다 나은 방법이 없고 일을 할 때에는 그 시작을 잘 도모하는 것보다 나은 방법이 없으니, 송사가 없게 만드

12　이(而)자가……같으니 : 《설문해자(說文解字)》의 전서(篆書) 모양을 참고하면 오른쪽과 같다.

13　군자가……기다린다 : 기다림에 대해 《이천역전》에서는, 기운이 감응하여 구름이 되었으나 아직 비가 내리지는 않는 것이 마치 군자가 재덕(才德)을 쌓았으나 아직 쓰이지 못한 것과 같으니, 구름이 올라가 비가 되는 것을 관찰하고서 때를 기다리는 것이라 하였다.

《설문해자》의
수(需)자 전서(篆書)

14　하늘은……것이다 : 양시(楊時)의 《구산집(龜山集)》에는 보이지 않고, 송(宋)나라 방문일(方聞一)의 《대역수언(大易粹言)》 권6에 보인다.

는 것이 중요하다. 괘체가 내괘는 험하고 외괘는 굳세니 이 때문에
송사가 생겨난다. 그러나 가운데의 호체(互體)인 이(離)는 밝음이고
태(兌)는 기쁨이니 송사를 그치게 할 수 있다.

사괘(師卦) ䷆
〈상전〉에 말하였다. "땅 가운데 물이 있는 것이 사이니, 군자가 보고
서 백성을 용납하고 무리를 모은다.〔地中有水 師 君子以 容民畜衆〕"
  지(地)는 물이 모이는 곳이고, 사(師 군대)는 무리가 모이는 곳이
다. 그러므로 글자가 부(阜)와 시(帀)로 이루어져 있으니 이 때문에
이 글자로 괘를 명명한 것이다. 용민(容民)은 땅을 형상하였고 축중
(畜衆)은 물을 형상하였으니, 백성을 용납한 뒤에야 무리를 모을 수
있다. 용병(用兵)에는 무리를 얻는 것이 근본적인 일이다. 괘체(卦
體)가 내괘는 감(坎)의 험함이며 호체(互體)인 진(震)은 동함이고 외
괘에는 곤(坤)의 유순함이 있으니, 우레처럼 쳐서 땅을 개척하는 상
이다.

비괘(比卦) ䷇
〈상전〉에 말하였다. "땅 위에 물이 있는 것이 비이니, 선왕이 보고서
만국을 세우고 제후들을 친밀히 한다.〔地上有水 比 先王以 建萬國親
諸侯〕"
  사물이 서로 친한〔比〕 것으로는 물과 땅만한 것이 없는데, 비(比)
자는 두 개의 비(匕)가 서로 의지하고 있다. 이 때문에 이 글자로 괘
를 명명한 것이다. 선왕이 그 상을 살펴서 나라를 세우고 땅을 구획하
여 사람들이 서로 친밀하게 지내도록 하였다. 선유(先儒)는 "사괘(師

卦)에서 정전(井田)의 법을 얻고, 비괘에서 봉건(封建)의 법을 얻었다."[15]라고 하였다. 괘체(卦體)가 곤지(坤地) 가운데에 감수(坎水)와 간산(艮山)이 있으니, 들판을 구획하고 주(州)를 나누는 상이다.

소축괘(小畜卦) ䷈

〈상전〉에 말하였다. "바람이 하늘 위에 부는 것이 소축이니, 군자가 보고서 문덕을 아름답게 한다.〔風行天上 小畜 君子以 懿文德〕"

주자(朱子)는 "바람은 기운은 있으나 형질은 없으니 쌓일 수 있으나 오래가지는 못한다. 그러므로 소축이 된다."라고 하였다. 글자가 현(玄)과 전(田)으로 이루어져 있으니 하늘과 땅의 상이 있다. 그러므로 이 글자로 괘를 명명한 것이다. 괘체가 내괘인 건(乾)은 굳세며 외괘인 손(巽)은 유순하고 가운데에 이(離)와 태(兌)를 품고 있다. 이의 밝음과 태의 기쁨은 문(文)이고, 건의 굳셈과 손의 유순함은 덕(德)이다. 문사(文辭)와 위의(威儀)가 마치 바람이 하늘 위에 부는 것과 같으니 자연히 문채를 이룬다. 《시경》에 "문덕을 펼치시어〔矢其文德〕"[16]라고 하니, 바람이 부는 상을 얻은 것이리라.

---

15 사괘(師卦)에서……얻었다 : 남송(南宋) 때의 학자로 융산 이씨(隆山李氏)라 불리는 이순신(李舜臣)의 말이다. 《주역전의대전》의 소주에 보인다. 이하 별도로 출전을 밝히지 않은 말은 모두 《주역전의대전》에 있는 것이다. 《주역전의대전》에 있지만 별도의 본인 저술에 수록되어 있는 경우는 출전을 밝혔다.

16 문덕을 펼치시어 : 《시경》〈대아(大雅) 강한(江漢)〉의 구절로, 바로 다음에 "이 사방의 나라를 무젖게 하소서.〔洽此四國〕"라는 구절이 있다. 곧 천자가 문덕을 드넓게 온 천하에 펼치는 모습을 말한 것이다.

이괘(履卦) ☰

〈상전〉에 말하였다. "위는 하늘이고 아래는 못인 것이 이이니, 군자가 보고서 상하를 분별하여 백성의 마음을 안정시킨다.〔上天下澤 履 君子 以 辨上下 定民志〕"

　하늘은 높고 못은 낮으니 강(剛)으로서 유(柔)에 임하기 때문에 이(履 밟음)가 된다. 글자가 길을 가는 사람〔行人〕의 모양에다 그 안에 배〔舟〕를 숨겨두었으니 사람이 행하는〔履〕 것과 같다.[17] 사람은 예(禮)가 아니면 행하지 않는다. 그러므로 이(履)는 하늘과 땅의 예가 된다. 상하를 분별하여 백성의 마음을 안정시키는 것은 예의 대용(大用)이다. 괘 가운데에 하나의 음이 이(離)를 이루고 있어 문명(文明)이 주가 되고 손(巽)으로써 행하며 기쁨〔說 태(兌)〕으로써 응하니, 예를 행하는 도이다. 상하를 분별함은 하늘과 못의 상이고, 백성의 마음을 안정시킴은 이(離)와 태(兌)의 상이다.

태괘(泰卦) ☷

〈상전〉에 말하였다. "하늘과 땅이 사귐이 태이니, 군주가 보고서 하늘과 땅의 도를 헤아려서 성취시키고 하늘과 땅의 마땅함을 도와서 백성을 좌우한다.〔天地交 泰 后以 財成天地之道 輔相天地之宜 以左右民〕"
　하늘과 땅이 사귐에 음양이 조화되니, 태(泰)는 크다는 뜻이며 편안

17　글자가……같다 : 이(履)는 《설문해자(說文解字)》에 주상(舟象)이라고 하였다. 이(履)는 현재의 한자 형태에는 그 모습이 남아 있지 않지만 고문(古文)에서 배를 뜻하는 주(舟)와 어떤 곳을 정복하기 위해 발을 움직이는 뜻의 정(正)과 사람의 머리를 뜻하는 혈(頁)이 합쳐진 모양으로, 배를 타기 위해 걸어가는 사람의 모습을 형상한 것이다. 사람이 행한다는 것은 사람이 배를 운용한다는 뜻으로 풀이한 것이다.

하다는 뜻이다. 글자가 '춘(春)'자와 '수(水)'자로 이루어져 있으니 봄비가 때에 맞춰 내림에 만물이 조화롭고 번성하는 상이다. 그러므로 괘 가운데서 건인(建寅)의 달[18]이 된다. 또 호체(互體)의 태(兌)는 기쁨이고 진(震)은 동함이니 바로 만물이 발생하는 상이다. 주자(朱子)는 "헤아려서 성취시킴으로써 그 지나침을 억제하고 도움으로써 그 모자람을 보충한다."라고 하였다. 대개 도(道)는 음양의 도이고, 의(宜)는 사시(四時)의 마땅함이고, 재성(財成)은 조화롭게 다스린다는 말이고, 보상(輔相)은 가르치고 길러주는 등의 일이니 모두 민생(民生)을 좌우하는 것이다. 군주는 하늘을 대신하여 사물을 다스리므로 유독 후이(后以)라고 일컬었다.

비괘(否卦) ☷

〈상전〉에 말하였다. "하늘과 땅이 사귀지 않음이 비이니, 군자가 보고서 덕을 거두어 드러내지 않아서 난을 피하여 녹봉으로써 영화롭게 하지 말아야 한다.〔天地不交 否 君子以 儉德辟難 不可榮以祿〕"

　비(否)는 태(泰)의 반대이니 하늘과 땅이 닫히고 막히는 것이 마치 입〔口〕을 열지 않는〔不〕 것과 같다. 그러므로 이 괘를 명명하여 비라고 하였다. 괘체(卦體)가 손(巽)과 간(艮)이 호체이니, 손의 유순함과 간의 그침이 덕을 거두어 드러내지 않아서 난을 피하는 상이다. 건안구씨(建安丘氏 구부국(丘富國))는 "덕을 거두어 드러내지 않음은 곤음(坤陰)의 부끄러움〔吝〕을 형상하고, 녹봉으로써 영화롭게 하지 않음은

---

18 건인(建寅)의 달 : 정월이다. 지금의 음력인 하력(夏曆)에서는 북두성 자루가 인방(寅方)을 가리키는 달을 정월(正月)로 삼았다.

건덕(乾德)의 강함을 형상한다. 예컨대 곤괘 육사의 '주머니 끈을 묶듯이 하면 허물이 없음[括囊無咎]'은 바로 덕을 거두어 드러내지 않음이고, 건괘 초구의 '세상을 피해 은둔하되 근심하지 않음[遯世无悶]'은 바로 녹봉으로써 영화롭게 하지 않음이다."라고 하였다. 공자가 "하늘과 땅이 닫히면 현인이 은둔한다.[天地閉 賢人隱]"[19]라고 하였으니, 비괘의 상을 체현한 것이리라.

동인괘(同人卦) ䷌

〈상전〉에 말하였다. "하늘과 불이 동인이니, 군자가 보고서 무리를 분류하며 사물을 분별한다.[20][天與火 同人 君子以 類族辨物]"

다섯 양이 기운이 같고 2효와 5효가 뜻이 같고 하늘과 불이 성질이 같으니, 사람이 하늘과 함께하고 임금이 백성과 함께하는 상이 있다. 그러므로 이로써 괘를 명명하였다. 유족(類族)은 하늘이 만물을 덮어 줌과 같고, 변물(辨物)은 불이 밝음과 같다. 동파 소씨(東坡蘇氏 소식(蘇軾))는 "비괘(比卦)는 친하지 않는 바가 없는 것이 친함[比]이 되고,

---

19 하늘과……은둔한다 : 〈곤괘 문언(文言)〉의 구절이다.

20 무리를……분별한다 : 이 구절은 《이천역전》과 《주역본의》의 견해가 다르다. 《이천역전》은 "종류에 따라 사물을 분별한다."라고 해석하여 각각의 종류에 따라 사물의 같고 다름을 분별하는 것으로 보았다. 《주역본의》는 "무리를 분류하며 사물을 분별한다."라고 해석하여 두 가지를 병렬 관계의 같은 뜻으로 보고 이를 자세하게 풀이하여 "각각의 다름을 살핀 다음에 함께함에 도달하는 것"이라고 하였다. 《주자어류(朱子語類)》권70에서 주희(朱熹)는 이를 구체적으로 나누어 '무리를 분류함'은 사람의 차원에서 말한 것이고, '사물을 분별함'은 사물의 차원에서 말한 것이라고 하였다. 번역문에서 《주역본의》의 해석을 따른 것은, 아래에 이계가 '무리를 분류함'을 해석한 말이 《주역본의대전》에서 주희의 해석을 부연한 소주에 나오기 때문이다.

동인괘는 함께하지 않는 바가 있는 것이 함께함〔同〕이 된다."[21]라고 하였다.

대유괘(大有卦) ䷍

〈상전〉에 말하였다. "불이 하늘 위에 있는 것이 대유이니, 군자가 보고서 악을 막고 선을 드날려 하늘의 아름다운 명에 순응한다.〔火在天上 大有 君子以 遏惡揚善 順天休命〕"

하나의 음이 존위에 자리하며 뭇 양이 함께 호응하고, 불이 하늘 위에 있어 광채가 만물을 비추니, 소유한 것이 크다. 그러므로 이로써 괘를 명명하였다. 대(大)는 양이고 유(有)는 실(實)이다. 괘에 다섯 양이 있으니 또한 대유가 되는 까닭이다. 사물이 많으면 선과 악의 구분이 생긴다. 그러므로 무리를 다스리는 도는 악을 막고 선을 드날리는 데 달려 있으니, 그러한 뒤에야 하늘의 아름다운 명에 순응할 수 있다. 주자(朱子)는 "천명은 선은 있고 악은 없다. 그러므로 악을 막고 선을 드날리는 것이 하늘에 순응하는 것이니, 자신에게 돌이켜 적용하는 것도 이와 같을 뿐이다."라고 하였다. 성재 양씨(誠齋楊氏 양만리(楊萬里))는 "동인괘는 이(離)가 아래에 있어 권한을 감히 자기 마음대로 하지 못하므로 무리를 분류하고 사물을 분별하는 데 그치고, 대유괘는 이가 위에 있어 권한을 자기가 행사하므로 악을 막고 선을 드날리는 데 지극하다."라고 하였다.

---

21 비괘(比卦)는……된다 :《동파역전(東坡易傳)》권2에 보인다.

겸괘(謙卦) ䷎

〈상전〉에 말하였다. "땅 가운데 산이 있는 것이 겸이니, 군자가 보고서 많은 데에서 취하여 적은 데에 더해주어 물건을 저울질하여 베풂을 공평하게 한다.〔地中有山 謙 君子以 裒多益寡 稱物平施〕"

높은 산이 낮은 땅에게 낮추고, 외괘의 성질은 유순하며 내괘의 성질은 한 곳에 그치니, 스스로 겸손한 상이 된다. 글자가 언(言)과 겸(兼)으로 이루어져 있으니 겸덕(謙德)은 말을 겸손하게 하는 것이 우선이다. 많은 데에서 취하여 적은 데에 더해주는 것은 산의 높음을 덜어냄이고, 물건을 저울질하여 베풂을 공평하게 하는 것은 땅의 평평함과 같다. 정자(程子)는 "겸(謙)은 가득 찬 것을 다스리는 도이다. 그러므로 많은 데에서 취하여 적은 데에 더해주어 물건을 저울질하여 베풂을 공평하게 하는 것이다."[22]라고 하였다. 대체로 겸괘는 대유괘의 뒤를 이었으니, 군자가 그 상황을 다스릴 때 여유로운 것을 억제하고 부족한 것을 보태주어 천하 만물의 대소장단(大小長短)을 균일하고 공평하게 만들면 천하가 저절로 평안할 것이다.

예괘(豫卦) ䷏

〈상전〉에 말하였다. "우레가 땅에서 나와 떨쳐나가는 것이 예이니, 선왕이 보고서 음악을 만들어 덕을 높여서 성대하게 상제께 올려 조상을 배향한다.〔雷出地奮 豫 先王以 作樂崇德 殷薦之上帝 以配祖考〕"

정자(程子)는 "곤(坤)은 유순하고 진(震)은 분발(奮發)하니, 화순(和順)함이 안에 쌓여서 소리로 나타남은 음악의 상이다."라고 하였다.

---

22 겸(謙)은……것이다 :《이정유서(二程遺書)》권11에 보인다.

예(豫)는 짐승의 이름이니[23] 성격이 화순하고 노닐면서 즐기는 것〔遊豫〕을 좋아하므로 안락(安樂)의 상을 취하였고, 성격이 또 의심이 많아 거동이 머뭇머뭇〔猶豫〕하므로 예비(豫備)의 뜻을 취하였다. 자악(作樂)은 진뢰(震雷)의 소리이고, 숭덕(崇德)은 간산(艮山)의 높음이다. 상제께 올림〔薦上帝〕은 곤지(坤地)를 하늘에 배향하는 것이고, 조상을 배향함〔配祖考〕은 맏아들이 제기(祭器)를 주관하는 것이다. 중효(中爻)[24]의 간(艮)은 문궐(門闕)이 되고 감(坎)은 은복(隱伏)이 되니 종묘의 상이다.

수괘(隨卦) ䷐

〈상전〉에 말하였다. "못 가운데 우레가 있는 것이 수이니, 군자가 보고서 날이 어둠을 향하면 방에 들어가 편히 쉰다.〔澤中有雷 隨 君子以嚮晦入宴息〕"

주자(朱子)는 "진(震)이 아래고 태(兌)가 위이니 바로 우레가 땅속으로 들어가는 상이다. 우레는 때에 따라 숨어 엎드리므로 군자가 날이 어두워져가면 편히 쉰다."[25]라고 하였다. 수(隨)의 글자 형태에서 방(防 부(阝))은 음양(陰陽)이고, 좌(左)와 월(月)은 달이 해를 따라서 좌측으로 도는 것이고, 착(辵)은 달리는〔行走〕 상이다. 그러므로 이로

---

23 예(豫)는 짐승의 이름이니 : 《설문해자(說文解字)》에 예는 코끼리 중에 큰 것이라고 하였다.

24 중효(中爻) : 대성괘(大成卦)의 여섯 효 가운데 초효(初爻)와 상효(上爻)를 제외한 가운데 네 개의 효, 즉 2·3·4·5효이다. 2~3효와 3~5효를 합쳐서 새로운 괘를 만들어낼 수 있다.

25 진(震)이……쉰다 : 《주자어류(朱子語類)》 권70에 보인다.

써 괘를 명명하였다. 우레가 못 가운데 숨어 있는데 호체(互體)가 손(巽)과 간(艮)이다. 이 때문에 들어가서 그친다. 《시경》에 "도를 따라 힘을 길러 때로 감춘다.[遵養時晦]"[26]라고 하였으니, 수괘의 상을 얻은 것이리라.

고괘(蠱卦) ䷑

〈상전〉에 말하였다. "산 아래에 바람이 있는 것이 고이니, 군자가 보고서 백성을 구제하고 덕을 기른다.[山下有風 蠱 君子以 振民育德]"

《춘추좌씨전(春秋左氏傳)》에 "바람이 산의 나뭇잎을 떨어뜨리고 여자가 남자를 유혹하는 것이다."[27]라고 하였으니, 장녀(長女)가 소남(少男)에게 낮추는 것은 그 정(情)을 어지럽히는 것이다. 이 때문에 고(蠱 어지러움)가 된다. 소동파(蘇東坡 소식(蘇軾))는 "기물을 오랫동안 사용하지 않으면 벌레가 생기는 것을 고(蠱)라 하고, 사람이 오랫동안 향락에 빠져 있어 질병이 생기는 것을 고라 하고, 천하가 오랫동안 편안하여 하는 일이 없어 폐단이 생기는 것을 고라 한다."[28]라고 하였다. 고는 글자가 세 마리의 벌레가 그릇을 좀먹는 형태이니, 괘의 세 음이 내괘와 외괘에 자리 잡고 있는 상이다. 군자가 고란(蠱亂)의 때에 처하여서는 혼란한 상황을 다스릴 것을 생각하니, 이 때문에 일이 있는 것이다. 일은 수기치인(修己治人)보다 큰 것이 없다. 그러므로 이로써 백성을 구제하고 덕을 기른다. 진민(振民)은 손풍(巽風)의 호령(號令)과 같고

---

26 도를……감춘다 : 《시경》〈주송(周頌) 작(酌)〉의 구절이다.

27 바람이……것이다 : 《춘추좌씨전(春秋左氏傳)》 소공(昭公) 1년에 보인다.

28 기물을……한다 : 《동파역전(東坡易傳)》 권2에 보인다.

육덕(育德)은 간산(艮山)의 후중(厚重)과 같다. 손(巽)이 안에 있고 간(艮)이 바깥에 있으므로 백성을 먼저 하고 덕을 뒤에 하니, 대체로 혼란을 다스리는 일은 백성을 구제하는 것이 급선무이다.

임괘(臨卦) ䷒

〈상전〉에 말하였다. "못 위에 땅이 있음이 임이니, 군자가 보고서 가르치려는 생각이 다함이 없으며 백성을 용납하여 보존함이 끝이 없다.〔澤上有地 臨 君子以 敎思无窮 容保民无疆〕"

주자(朱子)는 "땅이 못 위에 임함은 윗사람이 아랫사람에게 임하는 것이다. 가르침이 다함이 없는 것은 태(兌)이고 용납함이 끝이 없는 것은 곤(坤)이다."라고 하였다. 임(臨)의 글자 형태가 신(臣) 변에 세 입이 있으니 뭇 백성을 친근히 하는 상이 된다. 그리고 두 양이 네 음에게 나아가 바짝 붙어 있으니 또한 백성에게 임하는 상이 된다.

관괘(觀卦) ䷓

〈상전〉에 말하였다. "바람이 땅 위에 부는 것이 관이니, 선왕이 보고서 사방의 지역을 살펴 백성을 관찰하여 가르침을 베푼다.〔風行地上 觀 先王以 省方觀民設教〕"

바람이 땅 위에 불어 만물을 흔들어 움직이니 이 때문에 관(觀)이 된다. 관은 기쁘게〔歡〕 보는〔見〕 상이다. 그러므로 선왕이 사방의 지역을 살펴 가르침을 베풂에 백성이 모두 우러러본다. 곤(坤)은 방국(方國)이 되니 성방(省方)은 바로 곤의 상이고, 손(巽)으로써 명령을 거듭하니29 설교(設敎)는 바로 손의 상이다. 관괘는 임괘(臨卦)의 반대괘로서 양이 전진하여 위에 거한다. 그러므로 군주가 백성에게 임하는 상이 된다.

서합괘(噬嗑卦) ䷔

〈상전〉에 말하였다. "우레와 번개가 서합이니, 선왕이 보고서 형벌을 분명히 하고 법령을 신칙하였다.〔雷電 噬嗑 先王以 明罰勅法〕"

괘체(卦體)가 이괘(頤卦 ䷚)와 비슷하면서 가운데 하나의 양이 있어 턱〔頤〕 가운데 음식물이 있는 듯하니, 이 때문에 서합이 되었다. 입에 음식물이 있으면 씹어서 없애야 하고, 사람이 뻗대면서 말을 듣지 않으면 형벌로써 신칙해야 한다. 호체(互體)의 감(坎)은 도적이 되고 간(艮)은 튼튼한 나무가 되니, 형옥(刑獄)의 상이 된다. 그리고 우레로써 비추고 번개로써 떨치니 옥사를 다스리는 상이 된다.

비괘(賁卦) ䷕

〈상전〉에 말하였다. "산 아래에 불이 있는 것이 비이니, 군자가 보고서 뭇 정사를 분명히 하고 감히 옥사를 결단하지 않는다.〔山下有火 賁 君子以 明庶政 无敢折獄〕"

산 아래에 불이 있어 초목이 모두 그 광채를 입는다. 간(艮)은 광명한 덕이 있는데 이화(離火)까지 얻었으니 그 광채가 찬란하다. 이 때문에 이 글자로 괘를 명명하였다. 비(賁)자는 훼(卉)와 패(貝)로 이루어져 있으니, 훼는 꽃이 있고 패는 빛이 있다. 군자가 그 상을 관찰하고서

---

29 손(巽)으로써 명령을 거듭하니 : 〈손괘 단전(彖傳)〉에 "거듭된 손으로 명령을 거듭한다.〔重巽以申命〕"라고 하였다. 이는 손괘의 내괘와 외괘가 모두 손순(巽順)함을 나타내어, 손순함으로 시작하고 손순함으로 거듭한다는 뜻이다.

문명(文明)한 다스림을 이룬다. 그리고 괘체가 서합괘(噬嗑卦)와 반대
인데 가운데의 감(坎)은 험하고 위의 간은 그친다. 그러므로 감히 옥사
를 결단하지 못한다.

박괘(剝卦) ䷖

〈상전〉에 말하였다. "산이 땅에 붙어 있는 것이 박이니, 윗사람이 보고
서 아래를 두텁게 하여 집을 편안히 한다.〔山附於地 剝 上以 厚下安宅〕"

　산은 땅 위에 있어 아래가 두텁고 위가 높다. 주자(朱子)는 "아래를
두텁게 하는 것이 바로 집을 편안하게 하는 방법이다."[30]라고 하였다.
이 괘는 음이 자라나 양이 사라지고 아래가 깎여 나가 위가 위태로우
니, 그 상을 관찰하여 아래를 두텁게 하는 뜻을 취하는 것이 성인이
역(易)을 사용하는 권도(權道)이다. 박(剝)자는 산(山)이 물〔水〕위에
걸쳐 있는데 칼〔刀〕로 깎아내는 형태이니, 산이 무너져 땅에 붙는 상이
다. 그러므로 근본을 두텁게 해야 한다고 경계하였다. 상이(上以)는
윗사람이 된 자의 도리를 통칭한 것이다.

복괘(復卦) ䷗

〈상전〉에 말하였다. "우레가 땅 가운데 있는 것이 복이니, 선왕이 보고
서 동지에 관문을 닫아 상인과 여행자가 다니지 못하게 하며 임금은
사방의 지역을 시찰하지 않는다.〔雷在地中 復 先王以 至日閉關 商旅不行
后不省方〕"

　상(象)으로 보면 우레가 땅 가운데 있고, 기(氣)로 보면 하나의 양이

30　아래를……방법이다 : 《주자어류(朱子語類)》 권71에 보인다.

뭇 음의 아래에서 처음 생겨난 것이다. 복(復)은, 곤(坤)이 복(腹)이 되니 사람의 배의 뜻을 취한 것이다. 그리하여 군주가 하늘을 본받고 때에 순응하여 편안하고 고요하여 은미한 양을 기른다. 관문을 닫아 다니지 못하게 한다는 것은, 복괘는 두터운 간[厚艮]이 되고 간(艮)은 문이 되는데 그 형체가 뒤집어졌기 때문이다.

무망괘(无妄卦) ☲

〈상전〉에 말하였다. "하늘 아래에 우레가 쳐서 사물마다 무망을 주니, 선왕이 보고서 천시(天時)에 성대하게 합하여 만물을 기른다.〔天下雷行 物與无妄 先王以 茂對時 育萬物〕"

　주자(朱子)는 "하늘 아래에 우레가 쳐서 진동하고 발생하여 만물이 각기 성명(性命)을 바르게 하니, 이것이 사물마다 무망을 주는 것이다."라고 하였다. 무(无)는 하늘이 생기기 전이며 원기(元氣)의 근본이니 바로 무극(无極)이고 망(妄)은 진(眞)의 반대이니, 무망은 성(誠)이다. 하늘이 무망의 이치를 만물에게 부여함이 마치 우레가 하늘 아래에 쳐서 만물이 발생하는 것과 같다. 그러므로 선왕이 그 상을 관찰하여 천시에 합하여 만물을 기른다. 정자(程子)가 "동하기를 천도(天道)로써 하면 무망이다."라고 한 한마디가 무망의 뜻을 다 드러냈다. 천지만물의 이치는 그릇됨도 없고 망령됨도 없으니 대역(大易)의 64괘를 한마디 말로 다 포괄하면 무망이라 할 수 있다.

대축괘(大畜卦) ☶

〈상전〉에 말하였다. "하늘이 산 가운데 있는 것이 대축이니, 군자가 보고서 옛 성현의 말씀과 지나간 행실을 많이 알아 그 덕을 쌓는다.〔天

在山中 大畜 君子以 多識前言往行 以畜其德〕"

하늘이 높고 크거늘 어찌 산 가운데 있겠는가. 이것은 바로 하늘의 기가 산 가운데 운행한 것이다. 세 양이 아래에 있고 간(艮)으로써 그치니, 군자가 그 상을 관찰하여 그 축적을 크게 한다. 축적함이 큰 것으로는 덕만한 것이 없다. 그 덕을 쌓고자 한다면 반드시 옛 성현을 스승 삼는 것을 우선해야 하고, 옛 성현을 스승 삼는 방법은 반드시 그 말과 행실을 알아야 한다. 괘체(卦體)가 태(兌)와 진(震)이 호체(互體)이니, 태는 말이고 진은 행실이다.

이괘(頤卦) ䷚

〈상전〉에 말하였다. "산 아래에 우레가 있는 것이 이이니, 군자가 보고서 언어를 삼가며 음식을 절제한다.〔山下有雷 頤 君子以 慎言語 節飲食〕"

우레가 산 아래에 쳐서 만물을 성장시키니 이는 하늘과 땅이 만물을 기르는 것이고, 위는 그치며 아래는 동하고 바깥은 실하며 속은 비어서 입과 턱의 상이 되니 이는 사람이 스스로를 기르는 것이다. 말은 입에서 나오므로 언어를 삼가서 그 덕을 기르고, 음식은 입으로 들어가므로 음식을 절제하여 그 몸을 기른다. 이것을 미루어 넓혀나가면 입에서 나오는 명령과 정교(政敎)를 모두 삼가야 할 것이고, 사람을 기르는 음식이며 재물 등을 모두 삼가야 할 것이니, 덕을 기르고 천하를 기르는 것은 그 이치가 한가지이다. 언(言)·식(食)은 진(震)의 동하는 상이고, 신(慎)·절(節)은 간(艮)의 그치는 상이다.

대과괘(大過卦) ䷛

〈상전〉에 말하였다. "못이 나무를 없애는 것이 대과이니, 군자가 보고서 홀로 서서 두려워하지 않으며 세상을 피해 은둔해도 근심하지 않는다.〔澤滅木 大過 君子以 獨立不懼 遯世无悶〕"

　못이 나무 위에 있는 것은 물의 대과(大過 지나치게 과함)이다. 못이 비록 나무를 잠그나 나무는 끝내 쓰러지지 않으니 군자가 홀로 서서 두려워하지 않는 것이고, 네 양이 두 음 가운데에 빠져 있으니 군자가 세상을 피해 은둔해도 근심하지 않는 것이다. 이 때문에 남보다 대과(大過 크게 뛰어남)한 행실을 하는 것이다. 건안 구씨(建安丘氏 구부국(丘富國))는 "홀로 서서 두려워하지 않음은 손목(巽木)의 상이니 주공(周公)이 여기에 해당하고, 세상을 피해 은둔해도 근심하지 않음은 태열(兌說)의 상이니 안자(顏子)가 여기에 해당한다."라고 하였다.

감괘(坎卦) ䷜

〈상전〉에 말하였다. "물이 거듭 이르는 것이 습감이니, 군자가 보고서 덕행을 항상 하며 가르치는 일을 익힌다.〔水洊至 習坎 君子以 常德行 習敎事〕"

　감(坎)자는 흙〔土〕이 파여서〔欠缺〕 물이 그곳으로 들어가는 것이다. 습(習)은 물이 거듭 이르는 것이 마치 새가 자주 날아오르는 것과 같은 것이다. 군자가 그 상을 관찰하여 덕행은 물이 항상 흘러가는 것과 같이 하고, 가르치는 일을 익힘은 두 물이 거듭 반복되는 것[31]과 같이

31　두……것 : 물을 나타내는 감(坎)이 상괘와 하괘에 거듭 이어지는 감괘의 괘체(卦體)를 말한 것이다.

한다. 호체(互體)가 간(艮)과 진(震)이니 간의 그침으로써 덕행을 항상 하고, 진의 동함으로써 가르치는 일을 익힌다. 속수 사마씨(涑水司馬氏 사마광(司馬光))는 "물이 흘러감에 거듭하여 그치지 않아 대천(大川)을 이루고, 사람이 배움에 거듭하여 그치지 않아 대현(大賢)을 이룬다."[32]라고 하였다.

이괘(離卦) ䷝

〈상전〉에 말하였다. "밝음이 두 번 일어난 것이 이가 되니, 대인이 보고서 밝음을 이어 사방을 비춘다.〔明兩作 離 大人以 繼明 照于四方〕"

　정자(程子)는 "만약 양명(兩明)이라고 말하면 이는 두 개의 밝음이니, 밝음을 잇는 뜻이 드러나지 않는다. 그러므로 '명양(明兩)'이라고 말하였다."라고 하였다. 대인(大人)은 덕으로써 말하면 성인(聖人)이고 지위로써 말하면 왕자(王者)이다. 대인이 이(離)의 밝음이 서로 이어지는 상을 살펴서 대대로 그 밝은 덕을 계승하여 사방을 비추어 임한다. 주자(朱子)는 "밝음이 두 번 일어난다는 것은 감괘(坎卦)에서 물이 거듭 이른다는 말과 같다."[33]라고 하였다. 64괘 가운데 이괘에서만 대인이라고 일컬었으니, 대체로 천하에 밝은 덕을 밝히는 것은 성인과 왕자가 그 도가 하나이기 때문이다.

32　물이……이룬다 : 《온공역설(溫公易說)》 권2에 보인다.

33　밝음이……같다 : 《주자어류(朱子語類)》 권71에 보인다. 《이천역전(伊川易傳)》에서는 명양(明兩)에서 구를 떼 "밝음이 둘인 것이 이가 되니〔明兩, 作離.〕"라고 풀이한 반면, 주희(朱熹)는 작(作)에서 구를 뗀 차이를 밝힌 것이다.

함괘(咸卦) ䷞

〈상전〉에 말하였다. "산 위에 못이 있는 것이 함이니, 군자가 보고서 마음을 비워 남의 의견을 받아들인다.〔山上有澤 咸 君子以 虛受人〕"

산과 못이 기운을 통할 적에 비움으로써 다른 기운을 받아낸다. 함(咸)자는 구(口)와 성(成)으로 이루어져 있으니, 이 때문에 함이 된 것이다. 호체(互體)를 살펴보면 건(乾)이 곤(坤) 가운데 있어 음과 양이 교감한다. 마음을 비움으로써 남의 의견을 받아들이는 것은 무심(无心)으로 감응하는 것이니, 군자의 마음이 고요하여 동하지 않다가 감응하여 마침내 통하는 것[34]은 함괘의 상일 것이다.

항괘(恒卦) ䷟

〈상전〉에 말하였다. "우레와 바람이 항이니, 군자가 보고서 서서 방위를 바꾸지 않는다.〔雷風 恒 君子以 立不易方〕"

우레와 바람이 서로 함께하니 이 때문에 항구하고, 양이 위에 있고 음이 아래에 있으니 이 때문에 바뀌지 않는다. 항(恒)자는 배가 양쪽 강기슭 사이에 멈춰 있어 방위를 바꾸지 않는 상이 있다. 그러므로 이로써 괘를 명명하였다. 우레와 바람이 서로 함께하되 진(震)과 손(巽)의 자리가 바뀐 적이 없으니, 서로 함께한다는 것은 기운이 통하는 것이고 바뀌지 않는다는 것은 이치의 떳떳함이다.

---

34 고요하여……것 : 《주역》〈계사전 상(繫辭傳上)〉에 "역은 사려가 없고 작위가 없어 고요하여 동하지 않다가 감응하면 마침내 천하의 일에 통한다.〔易, 无思也, 无爲也, 寂然不動, 感而遂通天下之故.〕"라고 하였다.

둔괘(遯卦) ䷠

〈상전〉에 말하였다. "하늘 아래에 산이 있는 것이 둔이니, 군자가 보고서 소인을 멀리하되 나쁜 말로 하지 않고 위엄이 있게 한다.〔天下有山 遯 君子以 遠小人 不惡而嚴〕"

위에 하늘이 있고 아래에 산이 있으니 군자가 은둔하는 곳이다. 둔(遯)자는 돈(豚)과 착(辵)으로 이루어져 있으니 낮은 곳에 자리하고 달리기를 좋아한다. 이 때문에 은둔하는 상을 취하였으니, 음이 자라고 양이 물러날 때에는 군자가 피해야 한다. 괘체(卦體)가 건(乾)과 간(艮)에 손(巽)이 호체이다. 소인을 멀리함은 간의 그치는 상이고, 나쁜 말로 하지 않고 위엄이 있게 함은 손의 유순함과 건의 굳센 상이다.

대장괘(大壯卦) ䷡

〈상전〉에 말하였다. "우레가 하늘 위에 있는 것이 대장이니, 군자가 보고서 예가 아니면 행하지 않는다.〔雷在天上 大壯 君子以 非禮弗履〕"

정자(程子)는 "군자의 대장(大壯)은 극기복례(克己復禮)보다 더한 것이 없다. 옛사람이 이르기를 '스스로 이겨내는 것을 강하다고 한다.'라고 하였다."라고 하였다. 네 양이 바야흐로 자라는 때에 강건하고 동하니, 이 때문에 예가 아니면 행하지 않는 것이다. 무릇 양은 큼이 되고 처음부터 장성하니, 대장이란 큰 것이 장성한 것이다. 대개 건(乾)은 천리(天理)인데 우레가 그 위에 행하니 이 때문에 이(履 실천함)라고 말하였다.

진괘(晉卦) ䷢

〈상전〉에 말하였다. "밝음이 땅 위에 나옴이 진이니, 군자가 보고서 스스로 밝은 덕을 밝힌다.〔明出地上 晉 君子以 自昭明德〕"

　정자(程子)는 "군자가 밝음이 땅 위에 나오는 상을 관찰하고서 스스로 밝은 덕을 밝힌다."라고 하였다. 진(晉)자는 위는 이(離 ☲)처럼 생겼고 아래에는 일(日)이 있으니, 이 때문에 이 글자로 괘를 명명하였다. 명(明)은 이(離)의 상이고, 덕(德)은 곤(坤)의 상이고, 자소(自昭)는 밝은 덕이 자신에게 있다는 말이니, 《대학》의 명명덕(明明德)은 여기에 근본한 것이리라.

명이괘(明夷卦) ䷣

　〈상전〉에 말하였다. "밝음이 땅속으로 들어감이 명이이니, 군자가 보고서 무리에 임할 때에 어둠을 써서 밝게 한다.〔明入地中 明夷 君子以 莅衆　用晦而明〕"

　해가 땅속으로 들어가는 것은 밤과 낮이 순환할 때 항상 있는 일이니, 밝음이 쉼이 없으면 바깥에서 상하는 것과 같게 된다.[35] 이(夷)는 대궁(大弓)이니 물건을 상하게 하는 것이다. 그러므로 이 글자로써 괘를 명명하였다. 군자가 그 상을 관찰하여 어둠을 써서 무리에 임한다. 중(衆)은 곤(坤)의 상이고, 이(離)는 호체(互體)인 감(坎)의 물의 성질과 함께하니 안은 밝고 바깥은 어둡다. 운봉 호씨(雲峰胡氏 호병문(胡炳文))는 "진괘(晉卦)는 밝음이 성대한 상이니 군자가 수렴하여 스스

35　밝음이……된다 : 명이괘는 밝음을 지나치게 씀을 경계한 괘이다. 바깥에서 상한다는 것은 《주역》〈서괘전(序卦傳)〉에 "이(夷)는 상함이니, 바깥에서 상한 자는 반드시 집으로 돌아오므로 가인괘로써 받았다.〔夷者, 傷也, 傷於外者, 必反其家. 故受之以家人.〕"라고 한 표현을 인용한 것이다.

로를 다스리는 데 사용하고, 명이괘는 밝음을 어둡게 하는 상이니 군자가 미루어서 남을 다스리는 데 사용한다. 이 모두는 역(易)을 잘 사용하는 것이다."라고 하였다.

가인괘(家人卦) ䷤
〈상전〉에 말하였다. "바람이 불에서 나옴이 가인이니, 군자가 보고서 말에 사실이 있게 하고 행실에 항상 됨이 있게 한다.〔風自火出 家人 君子以 言有物而行有恒〕"

　바람이 불 위에 있다고 하지 않고 바람이 불에서 나온다고 한 것은, 불이 타오름에 바람이 생겨나 바람이 불과 서로 떨어질 수 없기 때문이다. 그 상이 마치 사람이 집안을 바르게 하여 안으로는 밝고 밖으로는 손순(巽順)한 것과 같다. 그러므로 이로써 괘를 명명하였다. 정자(程子)는 "집안을 바르게 하는 근본은 그 몸을 바르게 하는 데 있으니, 몸을 바르게 하는 도리는 모든 말과 행동을 쉽사리 해서는 안 되는 것이다."라고 하였다. 대개 풍화(風化)의 근본은 집에 있고, 집의 근본은 몸에 있고, 수신(修身)하는 도리는 말과 행실을 삼가는 데 있다. 언(言)은 바람이 화순하여 사물을 움직임을 본뜨고, 행(行)은 불이 밝아서 절도가 있음을 본뜨는 것이다.

규괘(睽卦) ䷥
〈상전〉에 말하였다. "위는 불이고 아래는 못인 것이 규이니, 군자가 보고서 같으면서도 다르게 한다.〔上火下澤 睽 君子以 同而異〕"

　이(離)와 태(兌)가 모두 음괘(陰卦)인데 불이 위에 있고 못이 아래에 있으니, 이와 태의 두 여자[36]가 함께 거처하면서 뜻은 같지 않은 것이다. 그러므로 같으면서도 다르게 한다고 하였다. 규(睽)자는 목(目)은 이(離)가 되고 계(癸)는 감(坎)이 되니[37] 서로 어긋나는 것이다. 또 규(葵)는 해를 향하는 풀이니 머리를 제거하면 해를 향할 수 없다. 이 때문에 규괴(睽乖 어그러짐)의 상을 취하였다. 군자가 그 상을 관찰하여 구차하게 같아지려 하지 않기를 '두루 화합하고 치우치지 않음〔周而不比〕'과 '함께 어울리고 편당 짓지 않음〔群而不黨〕'[38]처럼 한다. 주자(朱子)는 "백이(伯夷)와 이윤(伊尹)과 유하혜(柳下惠) 세 사람은 지취(志趣)가 같지 않으나 그 귀결점은 하나이니, 단사(彖辭)에서는 '다르되 같다.〔睽而同〕'라고 하였고 대상(大象)에서는 '같으면서도 다르게 한다.'라고 하였다. 사람에게 있어서는 출처(出處)와 언론(言論)은 비록 같지 않으나 이치로 귀결됨은 같고, 글을 강론함에 해설은 같지 않으나 의리에 합치되기를 구하는 점은 같고, 조정에서 일을 논함에 견해는 같지 않으나 임금에게 충성함은 같은 것이다."[39]라고 하였다.

건괘(蹇卦) ䷦

〈상전〉에 말하였다. "산 위에 물이 있음이 건이니, 군자가 보고서 자기 몸에 돌이켜 덕을 닦는다.〔山上有水 蹇 君子以 反身修德〕"

---

36 두 여자 : 《주역》〈설괘전(說卦傳)〉에 이(離)는 중녀(中女), 태(兌)는 소녀(少女)라고 하였다.

37 목(目)은……되니 : 《주역》〈설괘전〉에 이(離)는 목(目)이라고 하였다. 계는 북방으로 물을 주관하는 방위이므로 물을 나타내는 감에 대응한다.

38 두루……않음 : 각각 《논어》〈위정(爲政)〉과 〈위령공(衛靈公)〉에 보인다.

39 백이(伯夷)와……것이다 : 《주자어류(朱子語類)》권72에 보인다.

산 위에 물이 있음은, 산이 가파르고 물이 패여 사람이 다닐 수 없는 것이니 이 때문에 건(蹇 어려움)이 된다. 건 자는 발[足]이 막혀[塞] 움직일 수 없는 것이므로 이것을 취하여 괘를 명명하였다. 괘체(卦體)가 간(艮)이 아래이고 감(坎)이 위이니, 험함을 만나 그친 것이다. 군자가 그 상을 관찰하여 자기 몸에 돌이켜 덕을 닦으니, 자기 몸에 돌이킨다는 것은 간이 자기 자리를 벗어나지 않는 것이고 덕을 닦는다는 것은 감이 덕행을 항상 하는 것이다. 혹자는 "간의 등을 취하고 감의 마음을 취한 것이다."[40]라고 하였다. 《맹자》에 "행함에 얻지 못한 것이 있으면 자기 몸에 돌이켜 구한다.〔行有不得 反求諸己〕"[41]라고 한 것은 건에 처하는 도리를 얻은 것이리라.

해괘(解卦) ䷧

〈상전〉에 말하였다. "우레와 비가 일어남이 해이니, 군자가 보고서 잘못을 저지른 자를 용서하고 죄 있는 자를 관대하게 처리한다.〔雷雨作解 君子以 赦過有罪〕"

중춘(仲春)의 달에 우레와 비가 처음 일어나 초목의 망울을 터뜨리고 겨울잠을 자던 벌레를 깨워 움직이니 이 때문에 해(解 풀림)가 되었

---

40 간의……것이다 : 〈간괘(艮卦) 단사(彖辭)〉에 "그 등에 그치면 몸을 보지 못하며, 뜰에 가면서도 사람을 보지 못하여 허물이 없으리라.〔艮其背, 不獲其身. 行其庭, 不見其人, 无咎.〕"라고 하였는데, 이는 그치는 것을 편안히 여겨 욕심을 부리지 않음을 나타낸 말이다. 또한 〈감괘(坎卦) 단사〉에 "습감은 정성이 있어 마음 때문에 형통하니, 가면 가상함이 있으리라.〔習坎, 有孚, 維心亨, 行, 有尙.〕"라고 하였는데, 이는 마음을 정성스럽고 전일하게 하여 형통함을 나타낸 말이다.

41 행함에……구한다 : 《맹자》 〈이루 하(離婁下)〉에 보인다.

다. 해 자는 양의 뿔[角]이니, 영양(羚羊)은 때가 되면 뿔이 빠진다. 그러므로 이로써 괘를 명명하였다. 군자가 하늘의 인(仁)을 체행하고 시령(時令)을 순히 행하여 잘못을 저지른 자가 있으면 풀어주고 따지지 않으며 죄를 지은 자가 있으면 관용을 베풀어 가볍게 처결한다. 중계 장씨(中溪張氏 장청자(張淸子))는 "우레는 하늘의 위엄이고 비는 하늘의 은택이니, 위엄 가운데 은택이 있는 것은 형옥(刑獄)에 용서와 관대함이 있음을 형상한 것이다."라고 하였다.

손괘(損卦) ䷨

〈상전〉에 말하였다. "산 아래에 못이 있음이 손이니, 군자가 보고서 분노를 징계하고 욕심을 막는다.〔山下有澤 損 君子以 懲忿窒慾〕"

산이 높으면 못이 깊고 내괘는 기쁨이고 외괘는 그침이니 이 때문에 손(損)이 된다.[42] 손 자는 구(口)가 재(財) 위에 있으니-구 아래의 패(貝)는 바로 재 자를 뒤집은 것이다.- 감손(減損)의 상이 있다. 이 때문에 이 글자로써 괘를 명명하였다. 사람의 몸에서 마땅히 덜어내야 할 것은 분노와 욕심보다 더한 것이 없다. 그러므로 군자가 그 상을 관찰하여 분노를 징계하기를 산을 넘어뜨리듯이 하고 욕심을 막기를 구렁을 메우듯이 한다. 분노와 욕심은 태열(兌說)의 상이고, 징계와 막음은 간지(艮止)의 상이다. 그리고 소남(少男 간(艮))은 분노가 많고 소녀

---

42 산이……된다 : 《이천역전(伊川易傳)》에서는 아래가 깊으면 위가 더욱 높아지니 이는 아래를 덜어 위에 더하는 뜻이 되고, 아래의 태열(兌說)의 세 효가 모두 위와 응하니 이는 기뻐함으로써 윗사람을 받드는 것이 되어 또한 아래를 덜어 위에 더하는 뜻이 된다고 하였다.

(少女 태(兌))는 욕심이 많다.

익괘(益卦) ䷩

〈상전〉에 말하였다. "바람과 우레가 익이니, 군자가 보고서 선을 보면 그 선으로 옮겨가고 허물이 있으면 고친다.〔風雷 益 君子以 見善則遷 有過則改〕"

　정자(程子)는 "바람이 맹렬하면 우레가 빠르고 우레가 격렬하면 바람이 거세지니 두 물건은 서로 더해주는 것이다. 군자가 바람과 우레의 상을 살펴서 자신에게 유익함을 구하니, 유익하게 하는 도는 선을 보면 그 선으로 옮겨가고 허물이 있으면 고치는 것보다 더한 것이 없다."라고 하였다. 주자(朱子)는 "선으로 옮겨가기를 바람이 빠른 것처럼 해야 하고 허물을 고치기를 우레가 맹렬한 것처럼 해야 한다."[43]라고 하였다. 익(益)자는 감수(坎水)가 그릇〔皿〕 위에 있으니 밖에서 안으로 더해주는 상이다. 손(巽)은 외괘에 있으니 남의 선을 보고 자신도 그 선으로 옮겨가서 밖에서부터 더하는 것이고, 진(震)은 내괘에 있으니 자신의 허물을 알아서 그 허물을 고쳐 안에서부터 더하는 것이다.

쾌괘(夬卦) ䷪

〈상전〉에 말하였다. "못이 하늘에 올라감이 쾌이니, 군자가 보고서 녹을 베풀어 아래에 미칠 것이요 덕을 자처하면 꺼리게 된다.[44]〔澤上於天

43　선으로……한다 :《주자어류(朱子語類)》 권66에 보인다.

44　덕을……된다 : 아래 본문의 이계의 풀이와 이계가 옳다고 한 내지덕(來知德)의 설을 참고하여 번역하였다.《이천역전(伊川易傳)》은 '즉(則)'을 '칙'으로 보아 "덕에

夫 君子以 施祿及下 居德則忌〕"

   못의 기운이 하늘로 올라감에 뭇 양들이 함께 나아가는 상이다. 물
이 이미 위에서 넘쳤으니 무너지고 터져서 흘러내린다. 이 때문에 쾌
(夬 터짐)가 되었다. 쾌는 사람의 입〔口〕 윗부분이 이지러진〔缺〕 상이
다. 부(缶)자를 부수로 하면 깨지고 이지러짐〔破缺〕이 되고 수(水)자
를 부수로 하면 무너지고 터짐〔潰決〕이 되니, 이는 양이 음을 터트리
는〔決〕 쾌이다. 음이 이미 위에서 터졌으면 아래로 돌아가야 하니,
군자가 덕을 펼치고 은택을 베풀어 아랫사람을 편안하게 해주어야 한
다. 만일 자신이 그러한 덕을 소유하고서도 은택을 아래로 끼치지 못
하면 도리어 꺼리는 바가 된다. 거덕(居德)은 둔고(屯膏)[45]라는 말과
같으니, 내씨(來氏 내지덕(來知德))가 "거(居)는 시(施)의 반대이다."[46]
라고 한 것이 옳다. 《주역절중(周易折中)》에 "군자가 덕에 거할 때에
는 항상 두려워하고 꺼리는 마음을 가진다."라고 한 것은 오히려 시원
스럽지 못하다. 《주역본의(周易本義)》에서는 단지 미상(未詳)이라고
만 하였다.

거하여 금기 사항을 법제화한다."라고 하였고, 《주역본의(周易本義)》는 미상이라고
하였다.

45 둔고(屯膏) : 《주역》〈둔괘(屯卦) 구오(九五)〉에 "은택을 베풀기 어렵다.〔屯其
膏〕"라고 한 것을 가리킨다. 곧 임금의 은택이 아래로 미치지 않았다는 말이다.

46 거(居)는 시(施)의 반대이다 : 《주역집주(周易集注)》권9에 보인다. 《주역집주》
에서는 이 말에 이어서 "은택은 임금에게 달려 있으므로 마땅히 은택을 베풀어야지
그 은택을 자처해서는 안 된다는 말이다. 은택을 자처하는 것은 바로 임금이 깊이 꺼리
는 것이다.〔言澤在于君, 當施其澤, 不可居其澤也. 居澤, 乃人君之所深忌者.〕"라고 하
였다.

구괘(姤卦) ䷫

〈상전〉에 말하였다. "하늘 아래에 바람이 있음이 구이니, 군주가 보고서 명을 시행하여 사방을 가르친다.〔天下有風 姤 后以 施命誥四方〕"

　　정자(程子)는 "바람이 하늘 아래로 불 때에 두루 미치지 않는 곳이 없으니, 군주가 된 자가 바람이 두루 미치는 상을 관찰하여 명령을 시행하여 사방을 두루 가르친다. 바람이 땅 위에 부는 것과 하늘 아래에 바람이 있는 것 모두 뭇 사물에 두루 다니는 상이 된다. 땅 위로 불면 관괘(觀卦)가 되니 두루 지나다니면서 관찰하는 상이고, 하늘 아래에 불면 구괘가 되니 명령을 시행하여 발하는 상이다."라고 하였다. 구괘는 음이 처음 생겨나는 괘인데 손(巽)의 장녀(長女)가 아래에 있으면서 위로 건천(乾天)과 서로 만나니 후비(后妃)의 상이 된다. 그러므로 글자가 여(女)와 후(后)로 이루어져 이로써 괘를 명명하였다. 손은 명령이 되는데 바람이 하늘 아래에 불어 만물이 모두 바람과 만나는 형상이라 사방을 명령하여 가르침에 만민이 다투어 바라보니, 왕자(王者)가 하늘을 본받아 명령을 내는 상이다.

췌괘(萃卦) ䷬

〈상전〉에 말하였다. "못이 땅 위에 올라가 있는 것이 췌이니, 군자가 보고서 병기를 정비하여 불우의 사태를 경계한다.〔澤上於地 萃 君子以 除戎器 戒不虞〕"

　　못이 땅 위에 올라가 있으면 뭇 물이 와서 모인다. 호체(互體)가 동함을 나타내는 진(震)과 들어옴을 나타내는 손(巽)이니 물이 동하여 못으로 들어오는 상이다. 이 때문에 췌(萃 모임)가 되었다. 췌 자는 초목(草木)이 총집(叢集)한 상이다. 무릇 물건이 모이면 다투고 다투면 빼앗음이 생기니, 군자가 그 상을 관찰하여 병기를 정비하여 불우의 사태를 경계하여 대비한다. 전(傳)에 "천하가 비록 평안해도 전쟁을 망각하면 반드시 위태롭다."[47]라고 한 것은 췌괘의 상을 체인한 것이리라. 대상(大象)의 감(坎 ☵)의 착괘(錯卦)는 이(離 ☲)이고, 중효(中爻)의 간(艮 ☶)의 종괘(綜卦)는 진(震 ☳)이니 병기가 진동하는 상이다.[48]

승괘(升卦) ䷭

〈상전〉에 말하였다. "땅 가운데 나무가 자라는 것이 승이니, 군자가 보고서 덕을 순히 하여 작은 것을 쌓아 높고 크게 한다.〔地中生木 升 君子以 順德 積小以高大〕"

물건이 위로 오르는 것 중에 나무가 땅 가운데에서 자라는 것보다 더한 것이 없다. 그러므로 이를 취하여 괘를 명명하였다. 승(升)자는 나무가 처음 싹 트는 모습과 같으니, 군자가 그 상을 관찰하여 스스로 수양한다. 덕을 순히 함은 곤(坤)의 상이고, 작은 것을 쌓아 높고 크게 함은 나무의 상이다. 《중용》에 "높은 데에 오르려면 반드시 낮은 데에

---

47 천하가……위태롭다 : 사마양저(司馬穰苴)의 《사마법직해(司馬法直解)》〈인본(仁本) 제1〉에 보인다.

48 대상(大象)의……상이다 : 여기에서 대상은 괘 전체의 상을 설명한 상전을 지칭하는 것이 아니라, 한 괘의 음효와 양효를 크게 하나로 뭉쳐서 보는 상을 가리킨다. 췌괘의 초효와 3효까지의 음효를 하나의 음효로, 4효와 5효를 하나의 양효로 하여 상효의 음효와 합쳐서 보면 감이 된다. 착괘는 한 괘의 음양이 반대로 바뀐 괘이다. 중효는 174쪽 주24 참조. 종괘는 괘의 위아래가 뒤집힌 괘이다. 《주역》〈설괘전(說卦傳)〉에 이(離)는 병기가 된다고 하였다.

서부터 하고, 먼 곳을 가려면 반드시 가까운 데에서부터 한다."[49]라고 한 것은 승괘의 상을 본뜬 것이리라.

곤괘(困卦) ䷮

〈상전〉에 말하였다. "못에 물이 없음이 곤이니, 군자가 보고서 명을 지극히 하여 뜻을 이룬다.〔澤无水 困 君子以 致命遂志〕"

　주자(朱子)는 "물이 아래에서 새면 못이 위에서 마른다. 그러므로 물이 없다고 한 것이다."라고 하였다. 호체(互體)에 바람과 불이 있으니 물이 이 때문에 마르는 것이다. 곤(困)자는 나무〔木〕가 입〔口〕 안에 있는 형상이니 곤함이 이보다 심한 것이 없다. 이 때문에 이로써 괘를 명명하였다. 군자가 곤궁한 때를 당해서는 다만 하늘에 달린 명대로 맡겨서 자신이 지닌 뜻을 완성할 따름이다. 명(命)이란 하늘이 나에게 부여한 것이니 내맡기기를 벼슬을 내놓을 때처럼 내어놓아서[50] 하늘의 뜻에 되돌리면 때는 비록 곤궁해도 도는 형통하게 된다. 호체를 살펴보면 이(離)로써 이치를 밝히고 손(巽)으로써 명을 받는 것이다.

정괘(井卦) ䷯

〈상전〉에 말하였다. "나무 위에 물이 있음이 정이니, 군자가 보고서 백성을 위로하여 서로 돕기를 권면한다.〔木上有水 井 君子以 勞民勸相〕"

49　높은……한다 :《중용장구(中庸章句)》15장의 말이다.

50　벼슬을……내어놓아서 :《맹자》〈공손추 하(公孫丑下)〉에 "맹자가 벼슬을 내어놓고 떠나셨다.〔孟子致爲臣而歸〕"라고 한 표현을 인용한 것으로서, 천명과 의리에 따라 용맹하게 진퇴를 결정함을 말한 것이다.

주자는 "나무 위에 물이 있으니, 윤택한 것이 위로 행함은 우물의 상이다."라고 하였다. 정(井)자는 샘의 가운데가 비어 있고 네 모퉁이가 있는 모양을 형상한 것이다. 진재 서씨(進齋徐氏 서기(徐幾))는 "초효의 유(柔 음(陰))는 샘이 솟아 나오는 구멍이 되고, 2효와 3효의 강(剛 양(陽))은 샘의 돌이 되고, 4효의 유는 우물 속의 빈 곳이 되고, 5효의 강은 샘이 가득 차서 이미 물을 길어 우물 밖으로 길어내려는 것이고, 상효의 유는 우물 위의 빈 곳이 된다."라고 하였다. 우물은 사람을 기르고 대중들이 공유하는 것이다. 그러므로 군자가 그 상을 관찰하여 백성을 위로하여 서로 돕기를 권면하여 그 이익을 넓힌다. 건안 구씨(建安丘氏 구부국(丘富國))는 "임금은 백성을 위로하고 백성은 임금을 도우니, 옛날 정전(井田)의 제도는 아마도 여기에서 취했을 것이다."라고 하였다.

혁괘(革卦) ䷰

〈상전〉에 말하였다. "못 가운데 불이 있음이 혁이니, 군자가 보고서 역수(曆數)를 다스려 때를 밝힌다.〔澤中有火 革 君子以 治曆明時〕"

　못 가운데 불이 있어 불로써 물을 멈추니 이 때문에 혁(革)이 되었다. 혁은 털을 제거한 가죽이다. 그러므로 변역(變易)의 상을 취하여 괘를 명명하였다. 사물의 변역은 천시(天時)보다 큰 것이 없으므로 군자가 그 상을 관찰하여 역수를 다스려 시서(時序)를 밝힌다. 이(離)는 남방의 괘이고 태(兌)는 서방의 괘이니, 남방과 서방 사이는 바로 음양(陰陽)의 큰 분기점이다. 그러므로 괘에서는 혁이 되니, 천지는 이로써 사시를 변혁하고 성인(聖人)은 이로써 천명을 변혁한다. 시서는 작은 변혁이고 역수는 큰 변혁이다. 사시가 상생(相生)하여 혁이 되고 수화(水火)가 상극(相克)하여 혁이 되니, 상극하지 않으면 어떻게 상생하며 변혁하지 않으면 어떻게 장구하겠는가. 그러므로 〈단전(彖傳)〉에 "혁의 때가 크도다."라고 하였다.

정괘(鼎卦) ䷱

〈상전〉에 말하였다. "나무 위에 불이 있음이 정이니, 군자가 보고서 자리를 바르게 하여 천명을 안정되게 한다.〔木上有火 鼎 君子以 正位 凝命〕"

　나무로서 불에 순종하니, 음식을 삶고 익히는 것이다. 그러므로 괘에서는 정(鼎)이 된다. 《자하역전(子夏易傳)》에 "처음 갈라진 것은 솥발이고, 다음에 채워진 것은 솥배이고, 가운데에 빈 것은 솥귀이고, 위의 강한 것은 솥귀고리이다. 그러므로 '정은 상이다.〔鼎象也〕'[51]라고 하였다."라고 하였으니, 〈단전〉에서 이 때문에 '상'이라고 특별히 말한 것이다. 호체(互體)에 건(乾)과 태(兌)의 금(金)을 갖추었으니, 또한 금으로 주조하는 상이 된다. 〈단전〉에 "상제에게 제향한다.〔亨上帝〕"・"성현을 기른다.〔養聖賢〕"라고 말한 것은 솥의 용(用)을 취한 것이고, 〈상전〉에 "자리를 바르게 하여 천명을 안정되게 한다."라고 말한 것은 솥의 덕을 취한 것이다. 자리를 바르게 한다는 것은 거하고 있는 자리를 단정히 함이고, 천명을 안정되게 한다는 것은 자신이 받은 천명을 굳히는 것이니, 왕자(王者)가 천명을 받는 상이다. 그러므로 혁괘(革卦)의 뒤를 이었다. 정괘의 종괘(綜卦)가 혁괘이니, 혁괘

51　정은 상(象)이다 : 〈정괘(鼎卦) 단전(彖傳)〉의 말로, 괘체(卦體)가 솥의 상과 비슷하기 때문에 이렇게 말한 것이다.

에서도 명을 말하였다.[52]

진괘(震卦) ䷲

〈상전〉에 말하였다. "우레가 거듭된 것이 진이니, 군자가 보고서 두려운 마음으로 수신(修身)하고 성찰한다.〔洊雷 震 君子以 恐懼脩省〕"

우레〔雷〕는 벼락〔震〕에 근본한다.[53] 두 개의 우레가 서로 중첩되었으니 그 위세가 더욱 성대하다. 진(震)자는 비〔雨〕가 진목(辰木) 위에 있으니 그 상은 우레가 되고 그 자리는 동쪽이다. 그러므로 이로써 괘를 명명하였다. 군자가 우레가 진동하는 상을 관찰하면 두려운 마음을 가지고 수신하고 성찰하니 하늘의 노여움에 공경히 하는 것이다. 공자가 천둥과 바람이 거세면 반드시 안색을 고치신 것[54]은 우레가 거듭된 상을 체인한 것이리라. 구씨(丘氏 구부국(丘富國))는 "두려운 마음을 지님은 그 이변이 옴을 근심한 것이니 처음으로 우레가 진동하는 상이고, 수신하고 성찰함은 그 이변이 그침을 생각한 것이니 우레의 진동이 거듭된 상이다."라고 하였다.

간괘(艮卦) ䷳

〈상전〉에 말하였다. "산이 거듭함이 간이니, 군자가 보고서 생각이 그

---

52 혁괘에서도 명을 말하였다 : 〈혁괘 구사(九四)〉에 "명을 고쳐 길하리라.〔改命, 吉.〕"라고 하였다.

53 우레는 벼락에 근본한다 : 벼락이 치고 나서 우렛소리가 울려 퍼지므로 이렇게 말한 것이다.

54 공자가……것 : 《논어》〈향당(鄕黨)〉에 보인다.

지위를 벗어나지 않는다.〔兼山 艮 君子以 思不出其位〕"

산 위에 산이 있으니 이것이 겸산(兼山)이 된다. 간(艮)은 신(身)을 뒤집은 형상이니 산의 그침을 형상하여 괘를 명명한 것이다. 정자(程子)는 "군자가 간지(艮止)의 상을 관찰하여 자신이 멈추어야 할 곳에서 생각을 편안히 가져 그 지위를 벗어나지 않는다. 만사가 각기 제자리가 있으니 제자리를 얻으면 그 자리에 멈추어서 편안하다. 만약 가야 할 경우인데 멈추고 속히 떠나야 할 경우인데 오래 머물러서 지나치거나 모자라게 된다면 이는 모두 그 지위를 벗어난 것이니, 하물며 분수를 넘고 차지해서는 안 될 자리에 있어서랴."라고 하였다. 대개 간의 상은 산이 되고 그 덕은 그침이 된다. 지(止)는 산이 서 있는 상이 있고, 두 개의 산은 출(出)이 되며 사람〔人〕이 선〔立〕 것이 위(位)가 되니, 그 지위를 벗어나지 않으면 그쳐야 할 곳에 그쳐서 옮겨가지 않는다. 공자가 "그쳐야 할 때에 그 그칠 곳을 안다.〔於止 知其所止〕"[55]라고 한 것은 산이 거듭된 상을 체인한 것이리라.

점괘(漸卦) ䷴

〈상전〉에 말하였다. "산 위에 나무가 있음이 점이니, 군자가 보고서 현덕에 머무르며 풍속을 선하게 한다.〔山上有木 漸 君子以 居賢德善俗〕"

나무가 산 위에 있으면 차츰차츰〔漸冉〕 자란다. 그러므로 여기에서 상을 취하였다. 점(漸)자는 수레〔車〕가 물〔水〕에 가까운〔近〕 모양이니 천천히 가면 젖는 것을 피할 수 있다. 이 때문에 이 글자로써 괘를 명명하였다. 주자(朱子)는 "아래에서는 그치고 위에서는 공손하니, 갑

---

55 그쳐야……안다 : 《대학장구(大學章句)》 전(傳) 3장에 보인다.

자기 나아가지 않는 뜻이 된다."라고 하였다. 무릇 사물이 나아갈 때에는 반드시 순서에 따라 점진적으로 한 뒤에야 빨리 이루려고 하다가 도달하지 못하는 근심이 없을 수 있으니, 자신의 덕에 머무르고 사람들의 풍속을 선하게 하는 것도 모두 그러하지 않음이 없다. 비유하자면 산의 나무가 자랄 때 망울이 터지는 것에서부터 시작하여 마침내는 구름에 닿게 되는 것이 하루아침에 이루어지는 것이 아닌 것과 같다. 그러므로 땅 가운데에서 나무가 자라는 상인 승괘(升卦)에서도 "덕을 순히 하여 작은 것을 쌓아 높고 크게 한다."라고 하였다. 호씨(胡氏 호병문(胡炳文))는 "덕에 머무름은 간(艮)의 그침을 상징하고, 풍속을 선하게 함은 손(巽)의 들어감을 상징한다."[56]라고 하였다.

귀매괘(歸妹卦) ䷵

〈상전〉에 말하였다. "못 위에 우레가 있음이 귀매이니, 군자가 보고서 마침을 영구하게 하여 무너짐을 안다.[57]〔澤上有雷 歸妹 君子以 永終知敝〕"

　정자(程子)는 "우레가 위에서 진동함에 못이 따라서 출렁이고, 양이 위에서 움직임에 음이 기뻐하며 따르는 것은 여자가 남자를 따르는

56　덕에……상징한다 :《주역본의통석(周易本義通釋)》권4에 보인다.

57　마침을……안다 :《이천역전(伊川易傳)》에서는 "마침을 영구하게 한다는 것은 생식하여 후손을 이어가서 그 전함을 영구하게 한다는 것이고, 무너짐을 안다는 것은 물건에 무너짐이 있음을 알아 서로 이어갈 방도를 만드는 것이다.〔永終, 謂生息嗣續, 永久其傳也. 知敝, 謂知物有敝壞而爲相繼之道也.〕"라고 하였고,《주역본의(周易本義)》에서는 "종국에는 무너짐이 있는 줄을 안다.〔知其終之有敝也〕"라고 하였다. 이계가 어느 한쪽을 주장하지 않았으므로 우선은 《이천역전》에 의거하여 번역하였다.

상이다. 그러므로 귀매(歸妹 소녀가 시집감)가 된다. 귀매는 기쁨으로 동한 자이니 항괘(恒卦)의 공손하고 동함과 점괘(漸卦)의 그치고 공손함과는 다르다. 소녀(少女)가 기쁨으로 동하면 바름을 잃으니, 부부가 항상 할 수 있는 도가 아니어서 오래 지니면 반드시 무너진다. 반드시 무너질 줄 알면 그 마침을 영구히 할 것을 생각해야 한다. 이는 단지 부부의 도만 그런 것이 아니라 천하의 일이 마침과 무너짐이 없는 것이 없다."라고 하였다. 주자(朱子)는 "합함이 바르지 못한 것을 군자가 관찰하고서 종국에는 무너짐이 있을 줄을 아니, 이를 사물에 미루어보면 모든 것이 그렇지 않음이 없다."라고 하였다. 대체로 귀(歸)는 여자가 시집가는 것이고 매(妹)는 막내딸이다. 그러므로 이로써 소녀가 다른 사람에게 시집가는 괘를 명명하였다. 소녀로서 장남(長男)을 기뻐함은 합함이 바르지 않은 것이니 이 때문에 무너짐이 있다. 두 부자(夫子)께서 뜻을 미루어 해설하여 경계를 남기신 뜻이 원대하다. 아아! 이 상을 관찰하면 군신(君臣)의 만남과 붕우(朋友)의 사귐이 그 처음을 바르게 하지 않을 수 있겠는가. 태(兌)는 훼손되고 꺾임이 되니 무너지는 상이 있고, 중효(中爻)의 이(離)는 통달하고 밝음이 되니 앎의 상이 있다.

풍괘(豐卦) ䷶

〈상전〉에 말하였다. "우레와 번개가 모두 이르는 것이 풍이니, 군자가 보고서 옥사를 결단하고 형벌을 가한다.〔雷電皆至 豐 君子以 折獄致刑〕"

　　우레와 번개의 두 기운이 서로 합하여 함께 치므로 모두 이른다고 말하였다. 사물이 성대한 것으로 우레와 번개보다 더한 것이 없으므로 괘를 풍(豐)이라고 명명하였다. 풍 자는 산의 나무가 성대하고 많은 상이 있다. 예(禮)에서는 큰 주기(酒器)를 풍이라 일컫고, 농사에서는 수확이 훌륭하고 풍성한 것을 풍이라고 한다. 그러므로 글자 아래 부분에 조두(俎豆)로 받든 것이다. 진(震)이 우레로써 위엄을 펴고 이(離)가 밝음으로써 비추니, 위엄과 밝음을 쓰는 것으로 형옥(刑獄)보다 큰 것이 없다. 그러므로 군자가 이로써 옥사를 결단하고 형벌을 가한다. 대체로 위엄만 펴면 그 실정(實情)을 얻을 수 없고, 밝기만 하면 그 간사함을 꺾을 수 없다. 오직 위엄과 밝음을 함께 쓴 뒤에야 옥사를 다스릴 수 있으니, 우레와 번개가 모두 이르는 상을 취한 것이다. 서합괘(噬嗑卦)에서 법령을 신칙할 때는 밝음을 나타내는 이(離)가 위에 있으므로 선왕(先王)이라 칭하였고, 풍괘에서 옥사를 결단할 때는 밝음을 나타내는 이가 아래에 있으므로 군자라 칭하였으니 위와 아래를 통틀어 말한 것이다.

여괘(旅卦) ䷷

〈상전〉에 말하였다. "산 위에 불이 있음이 여이니, 군자가 보고서 형벌을 사용함을 밝게 하고 삼가서 하며 옥사를 지체하지 않는다.〔山上有火 旅 君子以 明愼用刑 而不留獄〕"

불이 산 위에 있어 번져가고 머물지 않는다. 그러므로 여(旅)라고 한 것이다. 여 자는 사람〔人〕이 사방(四方)으로 다님에 의지〔依〕할 곳을 잃은 것이다. 그러므로 이로써 괘를 명명하였다. 정자(程子)는 "불이 높은 곳에 있음에 그 밝은 빛이 비추지 못하는 곳이 없으니, 군자가 밝게 비추는 상을 관찰하고서 형벌을 사용함을 밝게 하고 삼가서 하니, 밝음을 믿을 수 없기 때문에 삼가라고 경계한 것이다. 간지〔艮止〕가 바로 삼가는 상이다. 불이 번져가고 머물지 않는 상을 관찰하면 옥사를 지체하지 않는다."라고 하였다. 주자(朱子)는 "형벌을 삼가기를 산처럼 하고 지체하지 않기를 불처럼 하는 것이다."라고 하였다. 무릇 '여'라는 것은 제자리를 잃은 상이니, 사람이 제자리를 잃은 것으로 옥수(獄囚)보다 심한 것이 없다. 그러므로 군자가 그 상을 관찰하여 밝게 하고 삼가서 하며 지체하지 않는다. 종괘(綜卦)[58]인 우레와 불로 이루어진 풍괘(豐卦)에서도 형벌을 가함을 말하였다.

손괘(巽卦) ䷸

〈상전〉에 말하였다. "따르는 바람이 손이니, 군자가 보고서 명령을 거듭하고 정사를 행한다.〔隨風 巽 君子以 申命行事〕"

하나의 음이 두 양 아래에 있어 순종함으로써 바람을 삼고, 바람이 하늘 아래에 불어 순히 함으로써 들어간다. 그러므로 손(巽 공손함)으로써 괘를 명명하였다. 손 자는 두 개의 궁(弓)이 마주 서서 가운데가 차 있고 아래가 비었으니, 나무 열매가 두 개의 씨껍질을 가르고서 싹을 틔우는 것과 닭이 양 날개를 홰쳐서 바람을 일으키는 것과 같다. 그러므로 괘의 상이 나무가 되고 바람이 되고 닭이 된다. 정자(程子)는 "군자가 거듭된 손의 상을 관찰하여 명령을 거듭하고 정사를 행한다. 윗사람은 아랫사람의 상황을 순하게 살펴서 명령을 내고 아랫사람은 윗사람의 명령을 순하게 받들어 따르는 것이 거듭된 손의 뜻이다. 순리대로 하면 민심에 합하여 백성들이 순종할 것이다."라고 하였다. 대개 바람은 하늘의 호령(號令)이니 하늘이 무슨 말씀을 하시겠는가. 바람으로써 떨쳐 만물을 고무시켜 일으키고 기르는 것이다. 방위로는 동남

---

58 종괘(綜卦) : 괘의 위아래가 뒤집힌 괘이다.

방이 되고 때로는 봄과 여름의 어름이고, 인도(人道)에 있어서는 풍화(風化)가 아무리 먼 곳이라도 입혀지지 않는 곳이 없고 아무리 미미한 데라도 들어가지 않음이 없는 것이다. 그러므로 《서경》에 "온 천하가 바람에 움직이듯 고무된다.〔四方風動〕"[59]라고 하였다. 평암 항씨(平菴 項氏 항안세(項安世))는 "무릇 손이 있는 괘에서 많이 문교(文敎)와 풍속을 말하였으니, 소축괘(小畜卦)의 '문덕을 아름답게 한다.〔懿文德〕'와 고괘(蠱卦)의 '백성을 구제하고 덕을 기른다.〔振民育德〕'와 관괘(觀卦)의 '백성을 관찰하여 가르침을 베푼다.〔觀民設敎〕'와 구괘(姤卦)의 '명을 시행하여 사방을 가르친다.〔施命誥四方〕'와 점괘(漸卦)의 '현덕에 머무르며 풍속을 선하게 한다.〔居賢德善俗〕'와 정괘(鼎卦)의 '자리를 바르게 하여 천명을 안정되게 한다.〔正位凝命〕'가 모두 이러한 뜻이다."라고 하였다.

태괘(兌卦) ䷹

〈상전〉에 말하였다. "붙어 있는 못이 태이니, 군자가 보고서 붕우들과 강습한다.〔麗澤 兌 君子以 朋友講習〕"

3획의 소성괘(小成卦)는 못이 되고 중괘(重卦)는 붙어 있는 못이 되니, 두 개의 못이 붙어서 서로 불려주고 보태주는 것이다. 못은 사물이 기뻐하는 곳이다. 그러므로 "태에서 기쁘게 말한다.〔說言乎兌〕"[60]라고 하였다. 태(兌)자에서 하나의 입〔口〕이 가운데 있는 것은 못이 되고, 위아래 네 개의 획은 물줄기가 나누어져 사방으로 흘러내리는 상이

---

59 온……고무된다 : 《서경》〈우서(虞書) 대우모(大禹謨)〉의 구절이다.

60 태에서 기쁘게 말한다 : 《주역》〈설괘전(說卦傳)〉의 구절이다.

니, 사람에게 있어서는 언(言)자가 따라붙어 열(說)이 된다. 정자(程子)는 "천하에 기뻐할 만한 것으로 붕우들과 강습하는 것보다 더한 것이 없다. 그러나 마땅히 서로 유익하게 하는 상을 밝혀야 하니, 서로 보고서 선하게 하는 것만 못하다."[61]라고 하였다. 기쁨[說]의 방노가 지극히 큰데 유독 붕우들과의 강습을 취한 것은, 군자의 배움은 반드시 스승과 벗에게 도움을 받고, 스승과 벗을 통해 얻는 유익은 반드시 강론하고 나서 다시 익히기 때문이다. 강(講)은 그 이치를 강론함이고 습(習)은 그 일을 익히는 것이니, 이것이 거듭된 못의 상이다. 습은 습감(習坎)[62]의 습과 같으니 또한 두 물이 서로 불려줌을 형상한 것이다. 공자가 "배우고 때로 익히면 또한 기쁘지 않은가. 벗이 먼 곳에서 오면 또한 즐겁지 않은가.〔學而時習之 不亦說乎 有朋自遠方來 不亦樂乎〕"[63]라고 하신 것은 붙어 있는 못의 상을 얻은 것이리라.

환괘(渙卦) ䷺

〈상전〉에 말하였다. "바람이 물 위로 부는 것이 환이니, 선왕이 보고서 상제에게 제향하고 사당을 세운다.〔風行水上 渙 先王以 享于帝 立廟〕"

　　바람이 물 위로 불어 가뭇없이 흩어진다. 환(渙)자는 물고기〔魚〕가 물에서 헤엄치는 상이 있으므로 이로써 괘를 명명하였다. 정자(程子)

---

61 서로……못하다 : 이 구절 앞의 말은 《이천역진(伊川易傳)》의 말이고, 이 구절은 《이정유서(二程遺書)》 권2상의 말이다. 서로 보고 선하게 한다는 것은 본래 《예기(禮記)》〈학기(學記)〉의 말로 붕우가 서로 관감(觀感)하여 보익(補益)한다는 뜻이다.

62 습감(習坎) : 본편 181쪽의 감괘(坎卦) 부분 참조.

63 배우고……않은가 : 《논어》〈학이(學而)〉의 구절이다.

는 "인심을 수습하는 것으로 종묘에서 제사를 지내 보답하는 것보다 더한 것이 없다.[64] 그러므로 상제에게 제향하고 사당을 세움에 인심이 돌아온다."라고 하였다. 췌괘(萃卦)와 환궤에서 모두 상제에게 제향하고 사당을 세우는 것은, 그 정신(精神)이 모여 여기에 드러나기 때문에 이것을 세워서 인심을 수습하는 것이다. 대체로 상제에게 제향하고 사당을 세우는 것은 성경(誠敬)과 인효(仁孝)를 지극히 함이니, 천하가 흩어지는 때를 당하여 사람들이 근본으로 돌이켜 마음을 묶어두게 하는 것으로 이보다 큰 것이 없다. 괘체(卦體)로 말하면 호체(互體)의 간(艮)이 문궐(門闕)이 되고 호체의 진(震)이 장자(長子)가 되니, 사당을 세우고 제사를 봉행하는 상이 있다. 손(巽)의 바람이 하늘 위에 부는 것은 천신(天神)의 상이고, 감(坎)의 물이 땅 아래로 숨는 것은 인귀(人鬼)의 상이다. 상제에게 제향함은 천인(天人)이 감통하는 것이고, 사당을 세움은 유명(幽明)이 감통하는 것이다.

절괘(節卦) ䷻

〈상전〉에 말하였다. "못 위에 물이 있음이 절이니, 군자가 보고서 예수 (禮數)와 법도를 제정하며 덕행을 의논한다.〔澤上有水 節 君子以 制數 度 議德行〕"

　못이 물을 용납함에 한도가 있는 것이 마치 나무가 생장함에 마디

64　종묘에서……없다 : 원문은 "无如宗廟祭祀之報"인데, 이것이 《이천역전》에는 "종묘만한 것이 없다. 제사로 보답함은 마음에서 나오는 것이다.〔无如宗廟. 祭祀之報, 出於其心.〕"로 뒤에 한 구가 더 있으며 이에 따라 번역도 조금 차이가 난다. 원문을 오류로 보기보다 이계가 축약하여 뜻을 취한 것으로 보고 이와 같이 번역하였다.

〔節〕가 있는 것과 같고, 사계절의 차례를 또한 절(節)이라고 한다. 그러므로 이로써 괘를 명명하였다. 절 자는 죽(竹)과 한(限)으로 이루어져 있으니 이 때문에 절이 되었다. 천하의 사물에 대소경중의 수가있고 사람의 덕행에 가고 멈추고 오래 하고 빨리할 때의 합당한 기준이있으니, 이를 제정하고 의논하여 각각 절도에 맞게 하는 것이 이른바사물이 있음에 법칙이 있어 각기 그 제자리에 머무른다는 것이다. 수기치인(修己治人)의 요체가 여기에서 벗어나지 않으니 성인께서 역(易)을 쓰심이 위대하도다. 괘체가 진(震)과 간(艮)이 호체이니, 진으로써행하고 간으로써 그친다. 이것이 또한 절이 되는 까닭이다.

중부괘(中孚卦) ☲

〈상전〉에 말하였다. "못 위에 바람이 있는 것이 중부이니, 군자가 보고서 옥사를 의논하며 사형을 늦춘다.〔澤上有風 中孚 君子以 議獄緩死〕"

못 위에 바람이 있어 바람과 물이 서로 감응하니, 바람이 못을 움직이는 것은 사물이 심중(心中)을 감동시키는 것과 같다. 그러므로 중부(中孚)가 되었다. 부(孚)는 새가 새끼를 품은 상이니, 부 자 옆에 을(乙)을 붙이면 유(乳)가 된다. 사물이 감동하여 변화하는 것으로 새의알보다 더한 것이 없다. 그러므로 이를 취하여 괘를 명명하였다. 군자가 심중의 정성을 다하여 다른 사람의 마음을 감동시킬 수 있는 것으로 형옥(刑獄)보다 더한 것이 없다. 그러므로 중부의 상을 관찰하여옥사를 의논하며 사형을 늦춘다. 의논할 때에 그 상세함을 다하고 늦출 때에 목숨을 살려주고자 한다면 억울한 자는 그 실정(實情)을 얻을것이고 죽는 자는 유감이 없을 것이다. 그러므로 《서경》〈여형(呂刑)〉에 "옥사가 이루어짐에 백성들이 믿으며, 위로 올림에 임금이 믿는다.〔獄成而孚 輸而孚〕"라고 하였으니, 중부의 뜻을 얻은 것이다. 무릇 역상(易象)에서 형옥을 말한 괘는 다섯으로서, 서합괘(噬嗑卦)와 풍괘(豐卦)는 이(離)와 진(震)이 있고 비괘(賁卦)와 여괘(旅卦)는 이와 간(艮)이 있는데, 오직 중부괘는 상하의 두 체가 후리(厚離)[65]를 이루고 있고 가운데 호체(互體)가 진과 간이다. 대체로 이의 밝음이 아니면 그 실정을 살필 수 없고, 진의 위엄이 아니면 그 간사함을 꺾을 수 없고, 간의 그침이 아니면 그 남용을 삼갈 수 없다. 더구나 중부괘는 또 태(兌 기쁨)로써 의논하고 손(巽 공손)으로써 늦추니, 성인께서 역상에 나아가 가르침을 남기심에 충후하고 측달(惻怛)한 뜻이 아아! 지극하도다.

소과괘(小過卦) ䷽

〈상전〉에 말하였다. "산 위에 우레가 있음이 소과이니, 군자가 보고서 행실은 공손함을 과하게 하며 상사는 슬픔을 과하게 하며 씀은 검소함을 과하게 한다.〔山上有雷 小過 君子以 行過乎恭 喪過乎哀 用過乎儉〕"

우레가 산 위에 있으면 그 소리가 조금 과하다. 그리고 음이 존위(尊位)에 자리하였고 음은 많고 양은 적으므로 또한 작은 것이 과함이 된다. 그러므로 이로써 괘를 명명하였다. 대체로 과(過)라는 것은 중(中)을 잃는다는 말이니 일은 크든 작든 중을 지나쳐서는 안 되겠으나, 군자가 소과의 상을 관찰하고서 이로써 행실은 공손함을 과하게 하며 상사는 슬픔을 과하게 하며 씀은 검소함을 과하게 하니, 오직

---

65 후리(厚離) : 음획과 양획을 2개씩 하나로 합쳐 두꺼운 획으로 만들면 이(離)가 되는 것이다.

조금 과하기 때문에 마땅함에 합치된다. 과는 진(震)의 동함이고, 소(小)는 간(艮)의 그침이다. 조래 석씨(徂徠石氏 석개(石介))는 "안자(晏子)가 호구(狐裘) 한 벌로 30년을 입은 것과 제사 지낼 때 돼지고기의 어깨가 두(豆)도 가리지 못한 것에 대해 사람들이 예를 알지 못한다고 평하였는데, 증자(曾子)는 나라가 사치스러우면 검소함을 보이는 것이라고 하였다."[66]라고 하였다. 공자가 "예는 사치스럽기보다 차라리 검소해야 하고, 상은 형식적으로 잘 다스려지기보다 차라리 슬퍼해야 한다.〔禮 與其奢也 寧儉 喪 與其易也 寧戚〕"[67]라고 하였는데, '차라리〔寧〕'는 지나칠까 염려하여 중을 잃지 않는다는 말이니 소과의 뜻을 얻은 것이리라.

기제괘(旣濟卦) ䷾

〈상전〉에 말하였다. "물이 불 위에 있음이 기제이니, 군자가 보고서 환난을 생각하여 미리 방비한다.〔水在火上 旣濟 君子以 思患而豫防之〕"

주자(朱子)는 "물과 불이 서로 사귀어 각기 그 쓰임을 얻었고, 여섯 효의 자리가 각기 그 바름을 얻었기 때문에 기제(旣濟)라고 하였다."라고 하였다. 정자(程子)는 "천하의 만사가 이미 이루어진 때에는 오직 환난과 해로움이 생기는 것을 우려해야 한다. 그러므로 생각하여 미리 방비해서 환난에 이르지 않게 하는 것이다. 예로부터 천하가 이미 이루어졌음에도 화란(禍亂)을 초래하는 것은 환난을 생각하여 미리 방비하

---

66 안자(晏子)가……하였다 : 증자가 안자를 평가한 일은 《예기(禮記)》〈단궁(檀弓)〉에 보인다.

67 예는……한다 : 《논어》〈팔일(八佾)〉의 구절이다.

지 못했기 때문이다."라고 하였다. 절재 채씨(節齋蔡氏 채연(蔡淵))는
"환난을 생각함은 감(坎)의 어려움의 상이고, 미리 방비함은 이(離)의
밝음의 상이다."라고 하였다. 대체로 천하에 쓰이는 것으로 물과 불보
다 큰 것이 없는데 물과 불의 성질은 서로 이기면서 쓰임을 이룬다.
그러나 물은 불을 이길 수 있어도 불은 물을 이길 수 없다. 물이 이미
위에 있고 이길 수 없다면 반드시 범람하는 환난이 있다. 그러므로
군자가 그 상을 관찰하여 반드시 생각하여 미리 방비하는 것이다. 방비
는 어찌 해야 하는가. 육사(六四)의 "젖음에 옷과 헌 옷을 장만하여
종일토록 경계함이다.〔繻有衣袽 終日戒〕"[68]가 그것이다.《서경》에 "대
비가 있으면 환난이 없다.〔有備無患〕"[69]라고 한 것은 기제의 상을 체인
한 것이리라.

미제괘(未濟卦) ䷿

〈상전〉에 말하였다. "불이 물 위에 있음이 미제이니, 군자가 보고서
신중히 사물을 분별하여 제자리에 거하게 한다.〔火在水上 未濟 君子以
愼辨物居方〕"

　물과 불이 사귀지 못하는 것이 미제가 되니, 제(濟)는 물을 건넌다는
말이다. 그러므로 물이 위에 있느냐 아래에 있느냐에 따라 기제(旣濟)
와 미제로 괘를 명명하였다. 주자(朱子)는 "물과 불, 두 물건이 각기
제자리에 머물러 있다. 그러므로 군자가 그 상을 관찰하여 살펴서 분별

68　젖음에……경계함이다 : 이 효사는 배에서 상을 취한 것으로서, 배에 물이 샐 때를
대비하여 구멍을 막을 옷을 마련해두고 경계하면서 태만히 하지 않는 뜻이 있다.
69　대비가……없다 :《서경》〈상서(尙書) 열명 중(說命中)〉의 구절이다.

하는 것이다."라고 하였다. 대체로 물과 불이 사귀지 않는 것이 미제가 되는 것은, 하늘과 땅이 사귀지 않는 것이 비(否)가 되는 것과 같다. 군자가 그러한 때에 처할 적에는, 사물을 분별할 때는 반드시 음양의 소장(消長)을 살피고 제자리에 거하게 할 때는 반드시 출처의 인위(安危)를 살펴 경계하여 신중히 하니, 성인의 가르침이 깊다.

按 팔괘가 각각 자기만의 상을 하나씩 가지고 있으면서 하나의 괘에 두세 개의 상을 취하고 있기도 하니, 손(巽)은 바람이 되면서 혹 나무로 칭하기도 하고 감(坎)은 물이 되면서 혹 구름과 비로 칭하기도 하고 이(離)는 불이 되면서 혹 번개와 해로 칭하기도 하는 것은 어째서인가. 대개 손의 재질은 나무이고 그 기운은 바람이니, 바람이 하늘 위로 부는 소축괘(小畜卦)와 바람이 땅 위로 부는 관괘(觀卦)와 산 아래에 바람이 있는 고괘(蠱卦)와 우레와 바람인 항괘(恒卦)와 바람과 우레인 익괘(益卦)와 바람이 불에서 나오는 가인괘(家人卦)와 하늘 아래에 바람이 있는 구괘(姤卦)와 못 위에 바람이 있는 중부괘(中孚卦) 등 여덟 괘는 기운으로 말한 것이고, 나머지 다섯 괘[70]는 모두 재질로 말한 것이다. 감(坎)의 재질은 물이고 그 기운은 구름이며 비이니 물이 되기는 했으나 땅에는 이르지 못한 것이다. 구름과 우레인 둔괘(屯卦)와 구름이 하늘로 올라가는 수괘(需卦)와 우레와 비가 일

---

70 나머지 다섯 괘 : 〈대상(大象)〉에서 산 위에 나무가 있는 것이라고 한 점괘(漸卦), 땅 가운데 나무가 자라는 것이라고 한 승괘(升卦), 나무 위에 물이 있는 것이라고 한 정괘(井卦), 못이 나무를 없애는 것이라고 한 대과괘(大過卦), 나무 위에 불이 있는 것이라고 한 정괘(鼎卦)를 가리킨다.

어나는 해괘(解卦) 등 세 괘는 기운으로 말한 것이고, 나머지 열 괘[71]
는 모두 재질로 말한 것이다. 이(離)의 재질은 불이고 그 기운은 해와
번개이니, 밝음이 땅 위로 나오는 진괘(晉卦)와 밝음이 땅속으로 들어
가는 명이괘(明夷卦)와 번개와 우레인 서합괘(噬嗑卦)와 우레와 번개
가 모두 이르는 풍괘(豐卦) 등 네 괘는 기운으로 말한 것이고, 나머지
아홉 괘[72]는 모두 재질로 말한 것이다. 건천(乾天)과 진뢰(震雷)의 경
우는 기운은 있고 재질은 없으며, 곤지(坤地)와 간산(艮山)과 태택(兌
澤)의 경우는 기운이 재질 안에 감추어져 있다. 그러므로 단지 하나의
상만을 취하였다. 성인께서 상을 관찰하여 말을 세우신 뜻이 어찌 공
연한 것이겠는가.

71 나머지 열 괘 : 〈대상〉에서 산 아래에서 샘물이 나오는 것이라고 한 몽괘(蒙卦),
하늘과 물이 어긋나게 가는 것이라고 한 송괘(訟卦), 땅 가운데 물이 있는 것이라고
한 사괘(師卦), 땅 위에 물이 있는 것이라고 한 비괘(比卦), 산 위에 물이 있는 것이라고
한 건괘(蹇卦), 못에 물이 없는 것이라고 한 곤괘(困卦), 나무 위에 물이 있는 것이라고
한 정괘(井卦), 바람이 물 위로 부는 것이라고 한 환괘(渙卦), 못 위에 물이 있는 것이라
고 한 절괘(節卦), 물이 불 위에 있는 것이라고 한 기제괘(旣濟卦), 불이 물 위에 있는
것이라고 한 미제괘(未濟卦)를 가리킨다. 도합 11괘인데 아마도 기제괘와 미제괘를
하나로 본 듯하다. 이는 본집 외집 권6의 마지막 미제괘 부분에서 기제괘와 미제괘의
관계를 호체(互體)로 설명한 것에서도 알 수 있다.

72 나머지 아홉 괘 : 〈대상〉에서 하늘과 불이라고 한 동인괘(同人卦), 불이 하늘 위에
있는 것이라고 한 대유괘(大有卦), 산 아래에 불이 있는 것이라고 한 비괘(賁卦), 바람
이 불에서 나오는 것이라고 한 가인괘(家人卦), 위는 불이고 아래는 못이라고 한 규괘
(睽卦), 못 가운데 불이 있는 것이라고 한 혁괘(革卦), 나무 위에 불이 있는 것이라고
한 정괘(鼎卦), 산 위에 불이 있는 것이라고 한 여괘(旅卦), 물이 불 위에 있는 것이라고
한 기제괘(旣濟卦), 불이 물 위에 있는 것이라고 한 미제괘(未濟卦)를 가리킨다. 도합
10괘인데 아홉 괘라고 한 것은 바로 위의 주석 참조.

십삼괘상해[73]

十三卦象解

포희씨가 줄을 매듭지어 그물을 만들어 사냥하고 물고기를 잡으니 이 괘에서 취하였고〔包犧氏作結繩而爲網罟 以佃以漁 蓋取諸離〕

○ 주자(朱子) : 두 그물눈을 서로 이어 물건이 걸린다.〔兩目相承而 物麗焉〕

按 망(網)은 줄〔繩〕이고 고(罟)는 그물눈〔目〕이니, 대성괘(大成 卦) 이괘(離卦)는 두 그물눈을 서로 연결하여 그물질하는 상이다. 호체 (互體)가 손(巽)과 태(兌)를 이루니, 손의 줄로 매듭짓고 태의 가을로 훼멸한다.[74] 사냥은 이(離)의 꿩이고 물고기를 잡음은 태의 못이다.

신농씨가 나와서 나무를 깎아 쟁기를 만들고 나무를 휘어 쟁기 자루 를 만들어 쟁기와 호미의 이로움으로 천하를 가르쳤으니 익괘에서 취 하였고〔神農氏作 斲木爲耜 揉木爲耒 耒耨之利 以敎天下 蓋取諸益〕

○ 주자 : 상하의 두 체가 모두 나무이고, 상체는 들어감이며 하체는 동함이니 천하의 유익함이 이보다 큰 것이 없다.〔二體皆木 上入下動

---

73 십삼괘상해 : 13괘는 《주역》〈계사전 하(繫辭傳下)〉에서 말한 이괘(離卦), 익괘 (益卦), 서합괘(噬嗑卦), 건괘(乾卦), 곤괘(坤卦), 환괘(渙卦), 수괘(隨卦), 예괘(豫 卦), 소과괘(小過卦), 규괘(睽卦), 대장괘(大壯卦), 대과괘(大過卦), 쾌괘(夬卦)를 가리킨다. 본문의 각 단락 앞에 소소제목으로 된 것들은 모두 〈계사전 하〉의 구절이다.
74 손의……훼멸한다 : 손과 태의 상징은 모두 《주역》〈설괘전(說卦傳)〉에 보인다. 이하 괘상에 대해서는 따로 주석으로 밝히지 않는다.

天下之益 莫大於此〕

[按] 익괘는, 상체는 손(巽)이며 하체는 진(震)이고 가운데의 호체가 간(艮)과 곤(坤)이다. 손의 나무가 곤의 땅으로 들어가는데 앞에서는 간의 손〔手〕으로 움직이고 뒤에서는 진의 발로 움직이니 밭 가는 상이다. 건(乾)의 금(金)이 진과 손의 나무를 감싸니 쇠로 나무를 깎는 것이요, 진과 손은 봄과 여름의 자리가 되니 농사를 봄여름에 하는 것이다.

한낮에 저자를 만들어 천하의 백성을 오게 하며 천하의 물화를 모아서 교역하고 물러나 각각 제자리를 얻게 하였으니 서합괘에서 취하였고〔日中爲市 致天下之民 聚天下之貨 交易而退 各得其所 蓋取諸噬嗑〕

○ 주자 : 한낮에 저자를 만듦은 상체는 밝음이고 하체는 동함인 것이고, 또 음을 가차(假借)해서 서(噬)를 시(市)로 하고 합(嗑)을 합(合)으로 한 것이다.〔日中爲市 上明而下動 又借噬爲市嗑爲合也〕

[按] 서합괘는 이(離)의 해가 위에 있고 가운데에서 곤(坤)과 사귀고 있으니 해가 바야흐로 중천에 떠 있고 뭇 백성들이 아래에 있는 것이고, 곤이 건(乾)과 더불어 사귀니 교역의 상이다. 호체가 감(坎)과 간(艮)인데 감은 음식이 되고 간은 과일과 풀이 되니 교역하는 식화(食貨)이다. 이(離)는 소가 되고 진(震)은 말이 되니 소와 말이 저자에 모인 것이다.

황제와 요순이 의상을 드리우고 천하를 다스렸으니 건괘와 곤괘에서 취하였고〔黃帝堯舜 垂衣裳而天下治 蓋取諸乾坤〕

○ 주자 : 건곤은 변화하되 함이 없다.〔乾坤變化而无爲〕

[按] 건이 위에 있는 것은 윗옷[衣]을 형상한 것이고, 곤이 아래에 있는 것은 치마[裳]를 형상한 것이다. 《구가역(九家易)》에 "건은 윗옷이 되고 건은 치마가 된다."라고 하였다. 현의황상(玄衣黃裳)[75]은 하늘이 검고 땅이 누른 것을 형상한 것이다. 긴곤은 함이 없고 여섯 자식[76]이 용사(用事)하니 천하가 다스려지는 상이다.

나무를 쪼개 배를 만들고 나무를 깎아 돛대를 만들어 배와 돛대의 이로움으로 통하지 못하는 곳을 건너게 하니 환괘에서 취하였고[剞木爲舟 剡木爲楫 舟楫之利 以濟不通 蓋取諸渙]

○ 주자 : 나무가 물 위에 있는 것이다.[木在水上也]

[按] 환괘는 손(巽)과 진(震)의 두 나무가 감(坎)의 물 위에 떠 있다. 손은 배가 되며 진은 돛대가 되고 가운데가 빈 모양은 배를 형상한다. 아래는 동하고 위는 들어옴인데 바람으로써 행하니 배를 띄우는 상이 된다. 손의 나무가 감의 험함을 벗어나니 건넘이 이로운 상이 있다.

소를 부리고 말을 타서 무거운 것을 끌고 먼 곳에 이르게 하여 천하를 이롭게 하였으니 수괘에서 취하였고[服牛乘馬 引重致遠 以利天下 蓋取諸隨]

○ 주자 : 아래는 동하고 위는 기뻐한다.[下動上說]

[按] 수괘는 진(震)이 곤(坤)의 가운데에 있어서 곤이 소가 될 때

---

75   현의황상(玄衣黃裳) : 《자치통감강목전편(資治通鑑綱目前篇)》권수(卷首)에 황제(黃帝)가 현의황상을 만들어 천지의 정색(正色)을 형상하였다고 하였다.
76   여섯 자식 : 팔괘에서 건괘와 곤괘를 제외한 나머지 여섯 괘를 가리킨다.

진이 발이 되고, 곤이 수레가 될 때 진이 바큇살이 되니 소를 부리는 것이다. 그리고 진이 발이 빠름과 말이 될 때 손(巽)의 넓적다리로 누르고 간(艮)의 손[手]으로 잡으니 말을 타는 것이다. 상육(上六)이 외괘(外卦)에 있으면서 기뻐하며 끌어당기고, 곤이 앞에 있고 건이 뒤에 있으면서 곤이 무거운 짐이 됨에 건으로써 먼 곳에 이른다.

문을 겹으로 하고 딱따기를 쳐서 포악한 나그네를 대비하였으니 예괘에서 취하였고[重門擊柝 以待暴客 蓋取諸豫]

○ 주자 : 미리 방비하는 뜻이다.[豫備之義]

[按] 예괘는 다섯 효가 가운데가 갈라진 음효이고 하나의 양효가 그 사이를 가로질러 띄우고 있으니 문의 상이고, 호체의 간(艮)은 문을 겹으로 한 것이 된다. 간은 손이 되고 감(坎)은 단단한 나무가 되고 진(震)은 소리가 되는데 손으로 나무를 쳐서 소리가 나니 딱따기의 상이다. 곤(坤)은 문을 닫음이 되고 감의 도적이 다가오니 포악한 나그네이다.

나무를 잘라 절굿공이를 만들고 땅을 파 절구를 만들어서 절구와 절굿공이의 이로움으로 만민이 구제되었으니 소과괘에서 취하였고[斷木爲杵 掘地爲臼 臼杵之利 萬民以濟 蓋取諸小過]

○ 주자 : 아래는 그치고 위는 동한다.[下止上動]

[按] 소과괘는 진(震)의 나무가 위에 있고 태(兌)의 쇠가 깎아내니 나무를 잘라 절굿공이를 만듦이다. 감(坎)이 땅 가운데 있는 것은 절구의 상이다. 구사(九四)는 초육(初六)에 응하고 구삼(九三)은 상육(上六)에 응하여 상하가 서로 호응하니 절굿공이와 절구의 이로움이다.

양이 음 가운데 있는 것은 쌀이 절구 안에 있음을 형상한 것이다. 간(艮)의 손으로 거두고 태(兌)의 입으로 먹으니 만민이 구제됨이다.

나무에 활시위를 메어 활을 만들고 나무를 깎아 화살을 만들어 활과 화살의 이로움으로 천하에 위엄을 펼쳤으니 규괘에서 취하였고〔弦木爲弧 剡木爲矢 弧矢之利 以威天下 蓋取諸睽〕

○ 주자 : 어그러진 뒤에 위엄으로 복종시키는 것이다.〔睽乖然後威以服之〕

按 규괘는, 상체는 이(離)이고 하체는 태(兌)이다. 태의 도전괘(倒顚卦)[77]가 손(巽)이 되니 손은 나무가 되고 줄이 된다. 그리고 가운데 호체가 감(坎)이니 감은 활이 된다. 이것이 나무에 활시위를 메어 활을 만드는 것이다. 이(離)는 화살이 되는데 태의 쇠를 만나니 이것이 나무를 깎아 화살을 만드는 것이다. 태는 결단하고 건(乾)은 강건하니 이것이 천하에 위엄을 펼치는 것이다.

상고 때에는 굴속에서 살고 들판에서 거처하였는데 후세에 성인이 궁실로 바꾸어서 위에는 들보를 얹고 아래에는 서까래를 얹어 바람과 비에 대비하였으니 대장괘에서 취하였고〔上古穴居而野處 後世聖人 易之以宮室 上棟下宇 以待風雨 蓋取諸大壯〕

○ 주자 : 굳세고 단단히 하는 뜻이다.〔壯固之義〕

按 대장괘는 둔괘(遯卦)의 반대(反對 도전괘)이다. 둔괘는 산이 하늘 아래에 있고 간(艮)이 문이 되고 그침이 되니 굴속에서 사는 상이다.

---

[77] 도전괘(倒顚卦) : 서로 상하를 뒤집은 괘이다.

둔괘가 변하여 대장괘가 되는데 진(震)의 나무가 위에 있는 것은 들보이고, 건(乾)의 하늘이 아래를 덮어주는 것은 서까래이다. 대장괘의 음과 양을 자질로써 말하면 음은 실(實)하고 양은 허(虛)하니, 위의 두 음은 들보와 서까래를 형상하였고 아래의 네 양은 속이 비어 있음을 형상하였다. 곤(坤)이 큰 수레가 될 때도 뭇 음으로써 수레바퀫살을 형상하였다.

옛날 장사 지내는 자들은 섶을 두껍게 입혀서 들 가운데 장사 지내 봉분은 하지 않고 나무를 심지 않았으며 상기가 일정한 수가 없었는데 후세에 성인이 관곽으로 바꾸었으니 대과괘에서 취하였고〔古之葬者 厚衣之以薪 葬之中野 不封不樹 喪期无數 後世聖人 易之以棺槨 蓋取諸大過〕

○ 주자 : 죽은 이를 장사 지내는 것은 대사이니 후함을 과하게 한다.〔送死大事而過於厚〕

按 대과괘는 나무가 못 아래에 있고 양이 음 가운데 있다. 태(兌)의 입이 위로 열려 있는데 손(巽)으로써 들어오니 관이 땅속으로 들어가는 상이다. 관은 몸을 두르고 곽은 관을 두르고 흙은 곽을 두르니 대과의 뜻이다.

상고 때에는 줄을 매듭지어 다스렸는데 후세에 성인이 글과 문서로 바꾸어서 백관이 이로써 다스리고 만민이 이로써 살폈으니 쾌괘에서 취한 것이다.〔上古結繩而治 後世聖人易之以書契 百官以治 萬民以察 蓋取諸夬〕

○ 주자 : 분명하게 결단하는 뜻이다.〔明決之意〕

按 쾌괘는 구괘(姤卦)의 반대이다. 건(乾)은 말〔言〕이 되고 손(巽)

은 줄이 되니 줄을 매듭짓는 상이다. 구괘가 변하여 쾌괘가 되는데 태(兌)의 입이 위에 있고 건의 사람이 아래에 있으니 뭇사람이 입을 여는 상이다. 다섯 획이 중첩되어 있으니 필획(筆劃)의 상이 있고, 하나의 획이 가운데가 갈라져 있으니 부계(符契)를 쪼개는 상이 있다. 그러므로 고문(古文)의 '율(聿)'자가 필(筆)이 되었으니, 다섯 획이 중첩되어 있고 위가 이지러져 쾌(夬)의 자형(字形)이 있다. '서(書)'자는 '율(聿)'자에다 태의 입이 아래에 뒤집어져 있고, '계(契)'자는 '봉(丰)'자와 '도(刀)'자와 '공(廾)'자로 이루어져 있으니 도필(刀筆)로 나무에 새기는 것이다. 괘덕(卦德)을 살펴보면 강건(剛健)하고 화열(和說)하니 강건함은 필획이고 화열함은 자형이다. 천고(千古)의 자학(字學)이 대체로 여기에 근원하였을 것이다.

《고문상서전(古文尙書傳)》의 서문에 "복희씨(伏羲氏)가 천하에 왕 노릇 할 때에 글과 문서를 만들어서 줄을 매듭지어 하던 정사를 대체하였다."라고 하였으니, 희황(羲皇)이 괘를 긋고 나서 쾌괘의 상을 관찰하여 글과 문서를 만든 것이 아니겠는가. 반고(班固)와 정현(鄭玄)의 무리는 마침내 문적(文籍)이 오제(五帝)에게서 시작되었다고 하였다. 살펴보건대 《주례(周禮)》에 외사(外史)가 삼황오제(三皇五帝)의 글을 관장하는 것을 삼분(三墳)이라고 하였으니[78] 어찌 삼황 때에 문자가 없었다고 할 수 있겠는가. 혹자는 "수황(燧皇 수인씨)이 돌에다 새긴 것이 이미 복희씨 이전에 있었으니, 문자의 발생은 진실로 쾌괘의 상을 살필 필요가 없다."[79]라고 하였다. 이른바 획을 긋기 이전의

---

78 외사(外史)가……하였으니 : 《주례》〈춘관(春官) 외사〉에 보인다. 삼분이라고 하였다는 말은 본문이 아니라 주석의 말이다.

역(易)[80]에 그 이치가 이미 갖추어져 있었으니 그 상 역시 드러나 있었으리라.

79 수황(燧皇)이……없다 : 《노사(路史)》권39 〈서계설(書契說)〉에 이러한 내용이 보인다. 이 말뿐만 아니라 이 문단의 내용 대부분이 〈서계설〉에 그대로 보이고 맥락도 같다.

80 획을……역(易) : 복희씨가 괘를 그리기 이전에 우주 만물에 이미 그대로 구현된 역의 원리를 가리킨다. 태극(太極)을 지칭하는 말이기도 하다.

설괘전

說卦傳

하늘에서 셋을 취하고 땅에서 둘을 취하여 수를 의지하고〔參天兩地而倚數〕

〔按〕 삼천양지(參天兩地)는 하늘의 생수(生數)인 1, 3, 5가 삼천이되고 땅의 생수인 2, 4가 양지가 된다. 삼천의 수는 합이 9이므로 건(乾)은 용구(用九)이고, 양지의 수는 합이 6이므로 곤(坤)은 용륙(用六)이니, 9와 6의 수는 시초(蓍草)를 셈할 필요도 없이 드러난다.

신이라는 것은 만물을 신묘하게 함을 말한 것이니, 만물을 동하게 함은 우레보다 빠른 것이 없고, 만물을 흔듦은 바람보다 빠른 것이 없고, 만물을 말림은 불보다 말리는 것이 없고, 만물을 기쁘게 함은 못보다 기쁘게 하는 것이 없고, 만물을 적심은 물보다 적시는 것이 없고, 만물을 마치고 만물을 시작함은 간보다 성대한 것이 없다. 그러므로 물과 불이 서로 미치며 우레와 바람이 서로 어그러지지 않으며 산과 못이 기운을 통하니, 그러한 뒤에야 변화하여 만물을 이루어내는 것이다. 〔神也者 妙萬物而爲言者也 動萬物者莫疾乎雷 撓萬物者莫疾乎風 燥萬物者莫熯乎火 說萬物者莫說乎澤 潤萬物者莫潤乎水 終萬物始萬物者莫盛乎艮 故水火相逮 雷風不相悖 山澤通氣 然後能變化 旣成萬物也〕

〔按〕 이 장 또한 후천(後天)의 차례를 말한 것인데, '물과 불이 서로 미치며' 이하 구절부터는 주자(朱子)가 선천(先天)과 비슷하다고 의심하였고[81] 제유(諸儒)도 모두 곡해(曲解)하였다. 그러나 내가 생각할

때 '물과 불이 서로 해치지 않아서〔水火不相射〕'라는 것은 이(離)가 동쪽에 있고 감(坎)이 서쪽에 있어서 서로 대(對)가 되어 침범하지 않는 것이고, '서로 미치며'라는 것은 이가 위에 있고 감이 아래에 있어서 서로 사귀어 기운이 미치는 것이다. 그리고 '우레와 바람이 서로 부딪히고〔雷風相薄〕'라는 것은 진(震)과 손(巽)이 서로 각기 양 모퉁이에 있어서 대가 되는 것이고, '서로 어그러지지 않으며'라는 것은 진과 손이 동남쪽에 짝하여 있으면서 서로 등지지 않는 것이니, 이는 선천과 후천의 위차(位次)가 이미 다른 것이다. 그러므로 표현한 글도 다르다. '산과 못이 기운을 통하니'의 경우는 선천과 후천의 글이 같기 때문에 읽는 자가 그것이 선천의 차례를 사용한 것이라 의심하나, 선천의 산과 못은 양 모퉁이에 대거(對居)하여 기운을 통하는 것이고 후천의 산과 못은 서쪽과 북쪽에 나뉘어 거하여 모두 음의 방위가 되므로 또한 기운을 통하는 것이다. 소자(邵子 소옹(邵雍))가 이 장을 찬(贊)하기를 "지극하도다. 문왕(文王)이 역(易)을 지으심이여. 장자(長子)가 용사(用事)하고 장녀(長女)가 어미를 대신하며, 감(坎)과 이(離)가 지위를 얻고 태(兌)와 간(艮)이 짝이 되어 땅의 모난 것에 응한다."[82]라고 하였으니, 대개 태와 간은 소녀(少女)와 소남(少男)으로 서쪽과 북쪽에 나뉘어 거하여 서로 배필을 이루어 지기(地氣)를 서로 통한다는 말이다.

---

81 주자(朱子)가……의심하였고 :《주자어류(朱子語類)》권77에 주희(朱熹)가 '물과 불이 서로 미치며'의 한 단락이 이보다 앞 장의 '물과 불이 서로 해치지 않아서〔水火不相射〕'와 같으므로 이는 복희의 선천팔괘인 듯하다고 한 것과 그에 대한 구체적인 설명들이 보인다.

82 지극하도다……응한다 :《황극경세서(皇極經世書)》권13에 보이며《주역전의대전》〈역본의도(易本義圖)〉에도 실려 있다.

그러므로 "땅의 모난 것에 응한다."라고 하였다. 대체로 선천이 산과 못을 먼저 말하고 물과 불을 뒤에 말한 것은 재질을 먼저 하고 기운을 뒤로한 것이고, 후천이 물과 불을 처음에 말하고 산과 못을 마지막에 말한 것은 기운을 먼저 하고 재질을 뒤로한 것이니, 체(體)와 용(用)의 구분이다. 변화는 물과 불에 있고 만물을 이룸은 산과 못에 있다. 그러므로 물과 불로 시작하고 산과 못으로 마치고서 총결하기를 "그러한 뒤에야 변화하여 만물을 이루어내는 것이다."라고 하였으니, 이는 후천의 공용(功用)을 극도로 말한 것이다. 문왕 팔괘의 차례를 앞뒤로 반복해 세 번 말하면서 모두 간(艮)으로 마쳤으니, 어찌 복희 선천의 차례를 다시 말할 수 있겠는가. 문리를 자세히 살펴보건대 의심할 만한 것이 없을 듯하다. 〈설괘전〉의 1장과 2장은 선천의 위차를 말하여 체를 밝혔고 3장에서 5장은 후천의 위차를 말하여 용을 지극히 했으니, 그 차례가 찬연하여 어지럽지 않다. 성인의 한마디 말과 한 구절이 어찌 아무렇게나 하신 것이랴.

건은 굳셈이고, 곤은 순종함이고, 진은 동함이고, 손은 들어감이고, 감은 빠짐이고, 이는 걸림이고, 간은 그침이고, 태는 기뻐함이다.〔乾健也 坤 順也 震 動也 巽 入也 坎 陷也 離 麗也 艮 止也 兌 說也〕

[按] 건의 굳셈과 진의 동함과 감의 빠짐과 간의 그침, 이 네 괘는 양이다. 그러므로 굳센 자는 스스로 굳세고 동하는 자는 스스로 동하고 빠지는 자는 스스로 빠지고 그치는 자는 스스로 그쳐서 외부의 조건을 필요로 하지 않는다. 곤의 순종함과 손의 들어감과 이의 걸림과 태의 기뻐함, 이 네 괘는 음이다. 그러므로 순종하는 자는 외물에 순종하고 들어가는 자는 외물에 들어가고 걸리는 자는 외물에 걸리고 기뻐하는

자는 외물에 기뻐하여 모두 외부의 조건을 따름이 있다. 이는 음과 양의 강유(剛柔)의 구분이다.

건은 말이 되고, 곤은 소가 되고, 진은 용이 되고, 손은 닭이 되고, 감은 돼지가 되고, 이는 꿩이 되고, 간은 개가 되고, 태는 양이 된다.〔乾爲馬 坤爲牛 震爲龍 巽爲鷄 坎爲豕 離爲雉 艮爲狗 兌爲羊〕

　　당(唐)나라의 공씨(孔氏 공영달(孔穎達))는 "손은 호령(號令)을 주관하니 닭은 시간을 잘 알고, 감은 물과 도랑을 주관하니 돼지는 더럽고 축축한 곳에 산다."[83]라고 하였다. 정강성(鄭康成 정현(鄭玄))은 개에 대하여 집을 잘 지켜서 외부인을 막을 수 있다고 하였다.[84] 《예기(禮記)》에 "양을 유모라고 한다.〔羊曰柔毛〕"[85]라고 하였고, 《사기(史記)》에 "약하기가 양과 같다.〔弱如羊〕"[86]라고 하였다.-혹자는 "태금(兌金)은 토(土)에서 생(生)하니, 양(羊)도 토에서 생한다. 예컨대 서역(西域)에서는 흙이 양을 낳을 수 있는 것[87]과 토괴(土怪)를 분양(蕡羊)[88]이라고 칭한 것에서 징험할 수 있으니,

---

83　손은……산다 : 《주역주소(周易注疏)》 권13에 보인다.

84　정강성(鄭康成)은……하였다 : 《주역정강성주(周易鄭康成注)》〈고괘(蠱卦)〉부분에 이러한 취지의 설명이 보인다.

85　양을 유모(柔毛)라고 한다 : 《예기(禮記)》〈곡례 하(曲禮下)〉에서 종묘에 제사 지내는 양의 별칭을 말한 것이다.

86　약하기가 양과 같다 : 현재 《사기》에는 이런 구절이 보이지 않는다. 〈항우본기(項羽本紀)〉에 "제멋대로 구는 것이 양과 같다.〔很如羊〕"라는 구절은 있으나 이것을 착각한 오자로 보이지는 않는다. 참고로 〈설괘전〉의 구절 아래의 해설 및 소주(小註) 전체는 모기령(毛奇齡)의 《중씨역(仲氏易)》 권13에 나오는 글 그대로를 전재한 것이다.

87　흙이……것 : 여러 문헌들에 보이는데 요동수(姚桐壽)의 《낙교사어(樂郊私語)》에 서역에서 양을 잡고 나서 그 뼈를 초겨울 미일(未日)에 땅에 묻고 다음 해 봄 3월

이(離)의 자라와 게와 거북과 조개가 모두 물에서 생하는 것은 아마도 이의 화(火)가 감(坎)의 수(水)에 생하는 바가 되기 때문이 아니겠는가.-

건은 머리가 되고, 곤은 배가 되고, 진은 발이 되고, 손은 다리가 되고, 감은 귀가 되고, 이는 눈이 되고, 간은 손이 되고, 태는 입이 된다.〔乾爲首 坤爲腹 震爲足 巽爲股 坎爲耳 離爲目 艮爲手 兌爲口〕

　당나라의 공씨는 "감은 북방에서 듣는 것을 주관하므로 귀가 되고 이는 남방에서 보는 것을 주관하므로 눈이 된다."라고 하였다. 하씨(何氏 하해(何楷))의 《고주역정고(古周易訂詁)》에 "가로로 뻗어서 위에 있으면서 사물을 멈출 수 있는 것은 손이고, 트여서 위에 있으면서 사물을 기쁘게 할 수 있는 것은 입이다."라고 하였다.[89]

건은 하늘이므로 아비라 칭하고, 곤은 땅이므로 어미라 칭하고, 진은 첫 번째로 구하여 남자를 얻었으므로 장남이라 이르고, 손은 첫 번째로 구하여 여자를 얻었으므로 장녀라 이르고, 감은 두 번째로 구하여

상미일(上未日)에 주문을 외우면 땅속에서 새끼 양이 나오는 일을 기록하고 있다. 우리나라 문헌인 《오주연문장전산고(五洲衍文長箋散稿)》〈만물편(萬物篇) 서역종양변증설(西域種羊辨證說)〉에도 매우 자세하다.

88 분양(羵羊) : 땅속의 괴물이다. 춘추시대 때 계환자(季桓子)가 우물을 파다가 그 안에서 질장군처럼 생긴 물건 안에 들어 있는 양처럼 생긴 것을 얻고서는 그것이 무엇인지 사람을 시켜 공자에게 물으니, 공자가 분양이라고 대답했다고 한다. 《國語 卷五 魯語下》

89 당나라의……하였다 : 이 단락 역시 모기령의 《중씨역》 권13에 나오는 글을 그대로 전재한 것이다.

남자를 얻었으므로 중남이라 이르고, 이는 두 번째로 구하여 여자를 얻었으므로 중녀라 이르고, 간은 세 번째로 구하여 남자를 얻었으므로 소남이라 이르고, 태는 세 번째로 구하여 여자를 얻었으므로 소녀라 이른다.〔乾 天也 故稱乎父 坤 地也 故稱乎母 震一索而得男 故謂之長男 巽一索而得女 故謂之長女 坎再索而得男 故謂之中男 離再索而得女 故謂之中女 艮三索而得男 故謂之少男 兌三索而得女 故謂之少女〕

[按] 첫 번째로 구하고 두 번째로 구한다는 것은 음과 양이 서로 사귐을 이른다. 그러므로 주자(朱子)의 《역학계몽(易學啓蒙)》에서 풀이하기를 "곤이 건을 구하여 초구(初九)를 얻어 진이 되고, 건이 곤을 구하여 초육(初六)을 얻어 손이 된다."라고 하였으니, 이것은 바로 자연(自然)의 상이라서 시초(蓍草)를 셈하여 구할 필요가 없다.

건은 하늘이 되고, 둥근 것이 되고, 임금이 되고, 아비가 되고, 옥이 되고, 금이 되고, 추위가 되고, 얼음이 되고, 큰 붉음이 되고, 좋은 말이 되고, 늙은 말이 되고, 수척한 말이 되고, 얼룩말이 되고, 나무 열매가 된다.〔乾 爲天 爲圜 爲君 爲父 爲玉 爲金 爲寒 爲氷 爲大赤 爲良馬 爲老馬 爲瘠馬 爲駁馬 爲木果〕

《주역본의(周易本義)》에 "순상(荀爽)의 《구가역(九家易)》에는 이 아래에 '용이 되고, 곧음이 되고, 옷이 되고, 말이 된다.〔爲龍 爲直 爲衣 爲言〕'라는 내용이 있다."라고 하였다.─《우씨역(虞氏易)》에는 또 "덕이 되고, 왕이 되고, 사람이 되고, 신이 되고, 가득 참이 되고, 갑옷이 되고, 베풂이 되고, 훌륭함이 되고, 좋음이 된다.〔爲德 爲王 爲人 爲神 爲盈 爲甲 爲施 爲嘉 爲好〕"라고 하였다. 하타(何妥)의 본에는 "강건이 된다.〔爲剛健〕"라는 내용이 있다.[90]─

곤은 땅이 되고, 어미가 되고, 삼베가 되고, 가마솥이 되고, 인색함이 되고, 균등함이 되고, 자모우[91]가 되고, 큰 수레가 되고, 문이 되고, 무리가 되고, 자루가 되며, 땅에 있어서는 흑색이 된다.〔坤 爲地 爲母 爲布 爲釜 爲吝嗇 爲均 爲子母牛 爲大輿 爲文 爲衆 爲柄 其於地也爲黑〕

《주역본의》에 "순상의 《구가역》에는 '암컷이 되고, 혼미함이 되고, 네모가 되고, 주머니가 되고, 치마가 되고, 황색이 되고, 비단이 되고, 장이 된다.〔爲牝 爲迷 爲方 爲囊 爲裳 爲黃 爲帛 爲漿〕'라는 내용이 있다."라고 하였다.-살펴보건대[92] 순상의 《구가역》에 또 "읍이 되고, 어지러움이 된다.〔爲邑 爲亂〕"라는 내용이 있고, 《우씨역》에 "이(理)가 되고, 일이 되고, 대업이 되고, 신하가 되고, 백성이 되고, 귀가 되고, 빔이 되고, 을이 되고, 엄지가 되고, 상이 되고, 마침이 되고, 해가 되고, 죽음이 되고, 모임이 되고, 선비가 되고, 그릇이 되고, 그믐이 되고, 나라가 되고, 더위가 되고, 들소와 범이 된다.〔爲理 爲事 爲大業 爲臣 爲民 爲鬼 爲虛 爲乙 爲拇 爲喪 爲終 爲害 爲死 爲萃 爲士 爲器 爲晦 爲國 爲暑 爲兕虎〕"라는 내용이 있고, 간보(干寶)[93]의 본에는 "순함이 된다.〔爲順〕"라는 내용이 있고, 노씨

---

90 주역본의(周易本義)에……있다 : 이 단락 역시 모기령의 《중씨역》 권13에 나오는 글을 그대로 전재한 것이다. 수(隋)나라 때 인물인 하타는 《주역강소(周易講疏)》를 저술한 바 있다.

91 자모우(子母牛) : 자모우는 송아지와 어미 소를 가리킨다는 설, 암소의 속칭이라는 설, 새끼를 밴 암소라는 설 등 다양한 설이 있다.

92 살펴보건대 : 여기에서 '살펴보건대'의 주체는 이계인 것처럼 보이지만, 실제로는 이 소주 전체가 모기령의 《중씨역》에 나오는 글을 그대로 전재한 것이다.

93 간보(干寶) : 동진(東晉) 때의 학자이다. 자는 영승(令升)으로 저작랑(著作郞), 산기상시(散騎常侍) 등을 역임하였다. 《수신기(搜神記)》의 저자이기도 하다. 원문에는 '우보(于寶)'로 되어 있는데, 문헌에 따라 우보로 표기하는 곳도 있으나 《진서(晉書)》 권82 〈간보열전〉에 의거하여 수정하였다. 여기에서의 '간보'는 간보의 저서로 일

(盧氏)⁹⁴의 본에는 "사가 된다.〔爲師〕"라는 내용이 있고, 《춘추좌씨전》의 두예(杜預)의 주(註)⁹⁵에는 "말이 된다.〔爲馬〕"라는 내용이 있다.-

진은 우레가 되고, 용이 되고,〔震 爲雷 爲龍〕-《우씨역》과 간보의 본에는 용(龍)이 모두 방(駹 얼굴과 이마만 흰 푸른 말)으로 되어 있는데, 《우씨역》은 푸른색이라 하였고 간보는 잡색(雜色)이라 하였다. 이정조(李鼎祚)의 본⁹⁶에도 '방'으로 되어 있고 "푸른색이다. 진은 동방(東方)이기 때문에 '방'이 된다."라고 하였다.- 검은색과 황색이 되고, 꽃이 되고,〔爲玄黃 爲旉〕-고본(古本)에는 부(旉)가 전(專)으로 되어 있다. 요신(姚信)⁹⁷은 "전일함이다."라고 하였다. 우번(虞飜)⁹⁸과 이정조의 본도 똑같이 '전'으로 되어 있는데, 이정조는 "양이 초효에 있으면서 숨어서 고요하여 나오지 않으나 곤에 접촉하기 때문에 오로지 하니, 바로 그 고요함을 오로지 하는 것이다."라고 하였다.- 큰길이 되고, 장자가 되고, 결단을 조급히 함이 되고, 푸른 대나

서(逸書)인 《주역주(周易注)》를 가리킨다.

94 노씨(盧氏) : 《경의고(經義考)》를 참조하면, 《주역》에 대한 저술로 노경유(盧景裕)의 《주역주(周易注)》, 노행초(盧行超)의 《역의(易義)》, 노목(盧穆)의 《역의》 등 다수의 서적이 보이나 모두 일서(逸書)이다. 이 가운데 어떤 노씨를 가리키는지는 미상이다. 다만 이 소주의 원출처인 모기령의 《중씨역》에서 노경유를 언급하는 대목이 있으므로 아마도 여기에서의 노씨도 노경유를 가리키는 것이 아닌가 한다.

95 두예(杜預)의 주(註) : 민공(閔公) 원년 기사의 "수레가 말을 따른다.〔車從馬〕"에 대한 주이다.

96 이정조(李鼎祚)의 본 : 이정조는 당(唐)나라 때 사람으로 비각학사(祕閣學士) 등을 역임하였다. 이정조의 본은 이정조가 제가의 학설을 모아 편집한 《주역집주(周易集注)》이다.

97 요신(姚信) : 삼국시대 오(吳)나라 사람으로 태상경(太常卿) 등을 역임하였다. 저서에 《주역주(周易注)》가 있다.

98 우번(虞飜) : 삼국시대 오나라 사람으로 《우씨역(虞氏易)》을 남겼다.

무가 되고,〔爲大塗 爲長子 爲決躁 爲蒼筤竹〕-고본에는 혹 낭(筤)이 낭(琅)으로 되어 있다.- 갈대가 되며, 말에 있어서는 울기를 잘함이 되고, 왼발이 흼이 되고,〔爲萑葦 其於馬也 爲善鳴 爲馵足〕-경방(京房)의 본[99]에는 주(馵)가 주(朱)로 되어 있다. 순상의 본도 동일하며 "양이 아래에 있는 것이다."라고 하였다.- 발 빠름이 되고, 이마가 흼이 되고,〔爲作足 爲的顙〕-《설문해자(說文解字)》에는 적(的)이 적(馰 이마에 흰 점이 별처럼 박힌 말)으로 되어 있다.- 곡식에 있어서는 껍질을 뒤집어쓰고 나옴이 되고,〔其於稼也 爲反生〕-우번의 본에는 반(反)이 판(阪)으로 되어 있고 "비탈〔陵阪〕이다."라고 하였다.- 궁극에는 굳셈이 되고, 번성하고 고움이 된다.〔其究爲健 爲蕃鮮〕

《주역본의》에 "순상의 《구가역》에는 '옥이 되고, 고니가 되고, 북이 된다.〔爲玉 爲鵠 爲鼓〕'라는 내용이 있다."라고 하였다.-《우씨역》에는 "후가 되고, 주인이 되고, 형이 되고, 지아비가 되고, 말이 되고, 행함이 되고, 음악이 되고, 나옴이 되고, 일어남이 되고, 고라니와 사슴이 된다.〔爲侯 爲主 爲兄 爲夫 爲言 爲行 爲樂 爲出 爲作 爲麋鹿〕"라는 내용이 있고, 촉재(蜀才)[100]의 본에는 "기뻐하며 웃음이 된다.〔爲喜笑〕"라는 내용이 있고, 《춘추좌씨전》의 두예의 주[101]에는 "나무가 되고, 제후가 된다.〔爲木 爲諸侯〕"라는 내용이 있고, 《국어(國語)》의 위소(韋昭)의 주[102]에는 "수레가 된다.〔爲車〕"라는 내용이 있다.-

---

99 경방(京房)의 본 : 경방은 한(漢)나라 때 사람으로 초연수(焦延壽)에게 《주역》을 배웠다. 경방의 본은 곧 《경씨역전(京氏易傳)》이다.

100 촉재(蜀才) : 진(晉)나라 때 도사(道士)로 《주역》에 정통했다고 하는 범장생(范長生)이다. 저서에 《주역주(周易注)》가 있다.

101 두예의 주 : 희공(僖公) 15년 기사의 "조카가 고모에게 의지한다.〔姪其從姑〕"와 소공(昭公) 32년 기사의 "진이 건을 타고 있는 것을 대장괘라고 한다.〔雷乘乾曰大壯〕"에 대한 주이다.

손은 나무가 되고, 바람이 되고, 장녀가 되고, 줄이 곧음이 되고, 공인이 되고, 흰색이 되고, 긺이 되고, 높음이 되고, 진퇴가 되고, 과감하지 못함이 되고, 냄새가 되며,〔巽 爲木 爲風 爲長女 爲繩直 爲工 爲白 爲長 爲高 爲進退 爲不果 爲臭〕-우번의 본에는 취(臭)가 후(嗅)로 되어 있고 "기운을 맡음〔嗅氣〕이니 바람이 이르면 기운을 안다."라고 하였다. 이정조의 본도 동일하다. 왕숙(王肅)[103]의 본에는 "취(臭)가 된다."로 되어 있다.- 사람에게 있어서는 머리털이 적음이 되고,〔其於人也 爲寡髮〕-고본에는 과(寡)가 선(宣 머리가 희끗함)으로 되어 있고 "흑백이 뒤섞인 것이 선이다."라고 하였다. 정현(鄭玄)의 본도 동일하며 "4월에 미초(靡草)가 죽으니,[104] 머리털이 사람의 몸에 있는 것이 미초가 땅에 있는 것과 같다."라고 하였다. 우번은 "흰색이 되기 때문에 선발(宣髮)인 것이니, 마군(馬君 마융(馬融))이 선(宣)을 과발(寡髮)이라 한 것은 잘못이다."라고 하였다. 살펴보건대 《주례(周禮)》〈고공기(考工記)〉에 "거인(車人)이 일을 할 때 1구(矩)의 반절을 선이라고 한다."라고 하였고, 주에 "두발이 퇴락(頹落)하는 것을 선이라 한다."라고 하였으니, 과(寡)와 같은 뜻이다.- 이마가 넓음이 되고,〔爲廣顙〕-정현의 본에는 광(廣)이 황(黃)으로 되어 있다.- 눈에 흰자위가 많음이 되고, 이익을 가까이하여 세 배의 가격으로 파는 것이 되며, 궁극에는

---

102 위소(韋昭)의 주 : 〈진어(晉語)〉의 "수레가 올라가고 물이 내려오는 것은 반드시 패자(霸者)가 된다.〔車上水下必伯〕"에 대한 주이다.

103 왕숙(王肅) : 삼국시대 위(魏)나라의 학자로 자는 자옹(子雍)이다. 산기상시(散騎常侍) 등을 역임하였고, 저서로 《공자가어(孔子家語)》, 《주역주(周易注)》 등이 있다.

104 4월에 미초(靡草)가 죽으니 : 이 말은 《예기(禮記)》〈월령(月令)〉에 보인다. 미초에 대해 공영달(孔穎達)은 가지와 잎이 미세하여 미초라고 한다고 주석하였다. 미초는 음의 성질을 가지고 있어 양이 성하면 죽는다.

조급한 괘가 된다.〔爲多白眼 爲近利市三倍 其究爲躁卦〕

《주역본의》에 "순상의 《구가역》에는 '버들이 되고, 황새가 된다.〔爲 楊 爲鸛〕'라는 내용이 있다."-《우씨역》에는 "처가 되고, 처함이 되고, 따름이 되 고, 물고기가 되고, 부름이 되고, 감쌈이 되고, 구기자가 되고, 흰 띠가 되고, 춤이 된다.〔爲妻 爲處 爲隨 爲魚 爲號 爲包 爲杞 爲白茅 爲舞〕"라는 내용이 있다.-

감은 물이 되고, 도랑이 되고, 숨음이 되고, 바로잡거나 휨이 되고, 〔坎 爲水 爲溝瀆 爲隱伏 爲矯輮〕-송충(宋衷)과 왕이(王廙)[105]의 본에는 유(輮) 가 유(揉)로 되어 있다. 경방의 본에는 유(柔)로 되어 있다. 순상의 본에는 요(橈)로 되어 있다.- 활과 바퀴가 되며, 사람에게 있어서는 근심을 더함이 되고, 마음의 병이 되고, 귀의 통증이 되고, 혈괘가 되고, 붉은색이 되며, 말에 있어서는 등마루가 아름다움이 되고, 성질이 급함이 되고,〔爲弓 輪 其於人也 爲加憂 爲心病 爲耳痛 爲血卦 爲赤 其於馬也 爲美脊 爲亟 心〕-순상의 본에는 극(亟)이 극(極)으로 되어 있고 "중(中)이다."라고 하였다.- 머 리를 아래로 굽힘이 되고, 발굽이 얇음이 되고, 끎이 되며, 수레에 있 어서는 흠이 많음이 되고, 통함이 되고, 달이 되고, 도둑이 되며, 나 무에 있어서는 단단하고 심이 많음이 된다.〔爲下首 爲薄蹄 爲曳 其於 輿也 爲多眚 爲通 爲月 爲盜 其於木也 爲堅多心〕

---

105 송충(宋衷)과 왕이(王廙) : 송충은 후한(後漢) 말기의 학자로 자는 중자(仲子) 이다. 유표(劉表)의 초빙을 받아 학생들을 가르쳤으며, 저서로 《주역주(周易注)》, 《태 현경주(太玄經注)》 등이 있다. 왕이는 동진(東晉) 때의 사람으로 자는 세장(世將)이 다. 평남장군(平南將軍), 형주 자사(荊州刺史) 등을 역임했으며 왕희지(王羲之)의 숙 부이다. 원문에는 왕익(王廙)으로 되어 있으나, 하해(何楷)의 《고주역정고(古周易訂 詁)》를 참조하여 수정하였다.

《주역본의》에 "순상의 《구가역》에는 '궁이 되고, 율이 되고, 가함이 되고, 기둥이 되고, 떨기 가시나무가 되고, 여우가 되고, 남가새가 되고, 질곡이 된다.〔爲宮 爲律 爲可 爲棟 爲叢棘 爲狐 爲蒺藜 爲桎梏〕'라는 내용이 있다."라고 하였다.-순상의 《구가역》에 또 "뜻이 된다.〔爲志〕라는 내용이 있고, 《우씨역》에 "미쁨이 되고, 의심이 되고, 뒤가 되고, 절뚝거림이 되고, 볼기가 되고, 물을 뿌림이 된다.〔爲孚 爲疑 爲後 爲蹇 爲臀 爲灑〕"라는 내용이 있고, 후과(侯果)[106]의 본에는 "험함이 된다.〔爲險〕"라는 내용이 있고, 간보의 본에는 "법이 되고, 밤이 된다.〔爲法 爲夜〕"라는 내용이 있고, 노씨의 본에는 "수레가 된다.〔爲車〕"라는 내용이 있고, 《춘추좌씨전》의 두예의 주[107]에는 "무리가 된다.〔爲衆〕"라는 내용이 있다.-

이는 불이 되고, 해가 되고, 번개가 되고, 중녀가 되고, 갑주가 되고, 창과 병기가 되며, 사람에게 있어서는 배가 큼이 되고, 건괘가 되고, 자라가 되고, 게가 되고, 소라가 되고,〔離 爲火 爲日 爲電 爲中女 爲甲冑 爲戈兵 其於人也 爲大腹 爲乾卦 爲鱉 爲蟹 爲蠃〕-경방의 본에는 나(蠃)가 나(螺)로 되어 있고, 요신의 본에는 여(蠡)로 되어 있다.- 조개가 되고, 거북이 되며, 나무에 있어서는 가운데가 비고 위가 마름이 된다.〔爲蚌 爲龜 其於木也 爲科上槁〕-정씨(鄭氏 정현(鄭玄))의 본에는 고(槁)가 고(藁)로 되어 있고, 간보의 본에는 고(熇)로 되어 있다.-

---

106 후과(侯果) : 당(唐)나라 때 인물인 후행과(侯行果)로 황태자대독관(皇太子待讀官)을 지냈다. 저서에 《후과역주(侯果易注)》가 있다.

107 두예의 주 : 선공(宣公) 12년 기사의 "무리가 흩어지면 약해진다.〔衆散爲弱〕"에 대한 주이다.

《주역본의》에 "순상의 《구가역》에는 '암소가 된다.〔爲牝牛〕'라는 내용이 있다."라고 하였다.-살펴보건대 《구가역》에 또 "나는 새가 된다.〔爲飛鳥〕"라는 내용이 있고, 《우씨역》에는 "새매가 되고, 학이 되고, 여름이 되고, 언덕이 된다.〔爲隼 爲鶴 爲夏 爲岡〕"라는 내용이 있고, 마융(馬融)과 왕숙의 본에는 모두 "화살이 된다.〔爲矢〕"라는 내용이 있고, 후과의 본에는 "누른 소가 된다.〔爲黃牛〕"라는 내용이 있고, 하타의 본에는 "문명이 된다.〔爲文明〕"라는 내용이 있고, 간보의 본에는 "낮이 되고, 도끼가 된다.〔爲晝 爲斧〕"라는 내용이 있고, 《춘추좌씨전》의 두예의 주[108]에는 "새가 되고, 제후가 된다.〔爲鳥 爲諸侯〕"라는 내용이 있다.-

간은 산이 되고, 지름길이 되고, 작은 돌이 되고, 문이 되고, 과일과 풀의 열매가 되고, 내시가 되고, 손가락이 되고, 개가 되고, 쥐가 되고, 주둥이가 검은 짐승의 등속이 되며,〔艮 爲山 爲徑路 爲小石 爲門闕 爲果蓏 爲閽寺 爲指 爲狗 爲鼠 爲黔喙之屬〕-정씨의 본에는 검(黔)이 금(黔)으로 되어 있고 "범과 표범의 등속이니 탐욕스러운 부류이다."라고 하였다.- 나무에 있어서는 단단하고 마디가 많음이 된다.〔其於木也 爲堅多節〕

《주역본의》에 "순상의 《구가역》에는 '코가 되고, 범이 되고, 여우가 된다.〔爲鼻 爲虎 爲狐〕'라는 내용이 있다."라고 하였다.-살펴보건대 관로(管輅)[109]의 본에는 "코는 산을 마주한 것이 된다."라는 설이 있고, 《우씨역》에도 이러한 내용이 있다. 진안경(陳安卿 진순(陳淳))은 《마의역(麻衣易)》에서 간(艮)을 코라

---

108 두예의 주 : 소공(昭公) 5년 기사의 "명이가 난다.〔明夷于飛〕"와 성공(成公) 16년 기사의 "남방의 나라가 위축될 것이고, 그 왕에게 화살을 쏘니 그 눈에 꽂힌다.〔南國蹙, 射其元王, 中厥目.〕"에 대한 주이다.

109 관로(管輅) : 삼국시대 위(魏)나라 사람으로 자는 공명(公明)이며, 천문과 역술에 밝았다고 한다.

고 하였다."[110]라고 하였다. 《우씨역》에는 "등이 되고, 거죽이 되고, 꼬리가 되고, 독실함이 되고, 구함이 되고, 종묘가 되고, 소자가 되고, 동복이 되고, 성이 되고, 여우와 이리가 된다.〔爲背 爲皮 爲尾 爲篤實 爲求 爲宗廟 爲小子 爲僮僕 爲城 爲狐狼〕"라는 내용이 있고, 정현의 본에는 "귀명문이 된다.〔爲鬼冥門〕"라는 내용이 있고, 《춘추좌씨전》의 두예의 주[111]에는 "말이 된다.〔爲言〕"라는 내용이 있다.-

⟦按⟧ '주둥이가 검은 짐승의 등속'에 대해 오씨(吳氏 오징(吳澄))의 주에서 "검(黔)은 응당 검(鈐)과 통하니, 산에 사는 맹수의 이빨이 쇠처럼 단단하고 날카로워 물건을 잡아 붙들 수 있는 것을 말한다."[112]라고 한 것은 그렇지 않을 듯하다. 영씨(冷氏)[113]는 "새가 부리로 물체를 잘 붙잡는 것이다."라고 하였으니, 대체로 까마귀와 솔개와 매와 새매의 등속처럼 살아 있는 물체를 먹을 수 있는 새는 그 부리가 모두 검으니, 이른바 검훼(黔喙)라는 것이다. 그 앞부분이 단단하고 물체를 붙잡기 때문에 간(艮)의 상(象)을 취한 것이다.

태는 못이 되고, 소녀가 되고, 무당이 되고, 입과 혀가 되고, 훼손함이 되고, 붙었다가 떨어짐이 되며, 땅에 있어서는 말라 굳은 염전이 되고, 첩이 되고, 양이 된다.〔兌 爲澤 爲少女 爲巫 爲口舌 爲毀折 爲附

---

110 마의역(麻衣易)에서……하였다 :《주자어류(朱子語類)》권77에 보인다.

111 두예의 주 : 소공 5년 기사의 "사람에게 있어서는 말이 된다.〔於人爲言〕"에 대한 주이다.

112 검(黔)은……말한다 :《역찬언(易纂言)》권10에 보인다.

113 영씨(冷氏) :《주역전의대전(周易傳義大全)》에 주석들이 인용되어 있으나 범례의 〈인용선유성씨(引用先儒姓氏)〉에도 단지 그 성만 기재되어 있을 뿐 이름이나 자세한 행력은 미상이다.

決 其於地也 爲剛鹵 爲妾 爲羊]-우씨의 본에는 양(羊)이 고(羔)로 되어 있다.-

《주역본의》에 "순상의 《구가역》에는 '상이 되고, 뺨과 볼이 된다.〔爲常 爲輔頰〕'라는 내용이 있다."라고 하였다.-살펴보건대 상(常)은 무엇을 가리키는지 알 수 없다. 육덕명(陸德明)은 구주(舊註)를 인용하여 "상은 서방(西方)의 신이다."[114]라고 하였다. 오징(吳澄)의 경우에는 "상은 9기(旂)의 하나이다. 태의 아래 두 양효는 상기(常旂)의 온폭 비단이 아래로 드리워진 것을 형상한 것이고, 위의 하나의 음효는 깃대의 위아래로 비단을 나누어 묶어 매는 것을 형상한 것이다."[115]라고 하였다. 《우씨역》에는 "누이가 되고, 구멍이 되고, 형벌을 받는 사람이 되고, 소녀가 된다.〔爲妹 爲孔穴 爲刑人 爲少女〕'라는 내용이 있다.-

---

114 상은 서방(西方)의 신이다 :《경전석문(經典釋文)》권2에 보인다. 원문에는 서방이 사방(四方)으로 되어 있으나,《경전석문》에 의거하여 수정하였다.

115 상은……것이다 :《역찬언》권10에 보인다.

역학가들의 설에 대한 고증과 해설
諸家證解

우번(虞飜)이 말하였다. "곤괘(坤卦)의 쇠함[消]은 오방(午方)에서부터 시작되어 해방(亥方)에 이르므로 '지나간 것을 셈하는 것은 순이다.[數往者順]'가 되고, 건괘(乾卦)의 자라남[息]은 자방(子方)에서부터 시작되어 사방(巳方)에 이르므로 '올 것을 아는 것은 역이다.[知來者逆]'가 된다."[116]

〈계사전(繫辭傳)〉에 "재물을 다스리고 말을 바르게 하며 백성들의 그릇된 행동을 금하는 것을 의라고 한다.[理財 正辭 禁民爲非 曰義]"라고 하였으니, 재물을 다스림은 백성을 기르는 것[養]이고, 말을 바르게 함은 백성을 가르치는 것[敎]이고, 그릇된 행동을 금함은 백성을 다스

116　곤괘(坤卦)의……된다 : 12방위인 12지를 주역의 괘에 대입하면, 오방(午方)은 구괘(姤卦 ䷫), 미방(未方)은 둔괘(遯卦 ䷠), 신방(申方)은 비괘(否卦 ䷋), 유방(酉方)은 관괘(觀卦 ䷓), 술방(戌方)은 박괘(剝卦 ䷖), 해방(亥方)은 곤괘(䷁)가 되어 오방에서 양이 쇠하기 시작하여 방위를 하나씩 옮길 때마다 양효가 하나씩 줄어들면서 해방의 곤괘에 오면 완전한 음이 된다. 이를 방위도에서 보면 가장 위쪽에 있는 오방에서 아래인 해방으로 순방향으로 내려가는 것이므로, 우번은 《주역》〈설괘전(說卦傳)〉에 나오는 "지나간 것을 셈하는 것은 순이다."라는 구절을 이 의미로 풀이하였다. 또 자방(子方)은 복괘(復卦 ䷗), 축방(丑方)은 임괘(臨卦 ䷒), 인방(寅方)은 태괘(泰卦 ䷊), 묘방(卯方)은 대장괘(大壯卦 ䷡), 진방(辰方)은 쾌괘(夬卦 ䷪), 사방(巳方)은 건괘(䷀)가 되어 자방에서 양이 자라나기 시작하여 방위를 하나씩 옮길 때마다 양효가 하나씩 늘어나면서 사방의 건괘에 오면 완전한 양이 된다. 이를 방위도에서 보면 가장 아래쪽에 있는 자방에서 위쪽인 사방으로 거슬러 올라가는 것이므로, 우번은 《주역》〈설괘전〉에 나오는 "올 것을 아는 것은 역이다."라는 구절을 이 의미로 풀이하였다.

리는 것〔治〕이다. 성인의 정사(政事)는 기름과 가르침과 다스림, 이 세 가지에 불과할 따름이다.

"총명하고 지혜로우며 신무하고 죽이지 않음"은 지(智)와 인(仁)과 용(勇)이다. 총명은 지이고, 신무는 용이고, 죽이지 않음은 인이다. 지로써 천하의 뜻을 통하며, 인으로써 천하의 뜻을 정하며, 용으로써 천하의 의심을 결단한다. 둥글어서 미래를 아는 것은 지이고, 네모져서 지나간 일을 보관하는 것은 인이고, 변역(變易)하여 변화에 통하는 것은 용이다.[117]

〈계사전 하〉제8장에 "나가고 들어옴을 법도로써 하여 밖과 안에 두려움을 알게 하며〔其出入以度하야 外內에 使知懼하며〕"[118]라고 하였

---

117 총명하고……용이다 : 이 단락의 구절들은 모두 《주역》〈계사전 상(繫辭傳上)〉의 구절을 활용하면서도 동일하지 않아 〈계사전 상〉의 구절과 대비해 보아야 하므로 함께 제시한다. 이계가 이해한 것은 주희(朱熹)와 조금 차이가 있는 듯하나 분명히 말하지 않았으므로 우선 《주역본의(周易本義)》의 해석을 따랐다. "무릇 역은 어찌하여 만든 것인가? 역은 사물을 열어주고 사업을 성취하여 천하의 도를 포괄하니, 이와 같을 따름이다. 이 때문에 성인이 이로써 천하의 뜻을 통하며 천하의 업을 정하며 천하의 의심을 결단하였다. 그러므로 시초(蓍草)의 덕은 둥글어 신묘하고, 괘의 덕은 네모져서 지혜롭고, 육효의 뜻은 변역하여 길흉을 알려준다. 성인이 이로써 마음을 깨끗이 하여 은밀함에 물러나 감추며, 길흉 사이에서 백성과 근심을 함께하여 신으로써 미래를 알고 지혜로써 지나간 일을 보관하니, 누가 여기에 참여할 수 있는가? 옛날의 총명하고 지혜롭고 신무하고 죽이지 않는 자이리라.〔夫易, 何爲者也? 夫易, 開物成務, 冒天下之道, 如斯而已者也. 是故聖人以通天下之志, 以定天下之業, 以斷天下之疑. 是故蓍之德, 圓而神, 卦之德, 方以知, 六爻之義, 易以貢. 聖人以此洗心, 退藏於密, 吉凶, 與民同患, 神以知來, 知以藏往, 其孰能與於此哉? 古之聰明叡知神武而不殺者夫.〕"

118 나가고……하며 : 이 단락은 이계가 주희의 《주역본의》의 해당 구절 해석에 대해 이론을 제기한 것으로서, 원문에는 《주역》의 본문만 제시되어 있으나 논의를 이해하기 위해 내각장판(內閣藏板)《주역전의대전(周易傳義大全)》의 현토와 그에 근거한 번역

는데, 《주역본의(周易本義)》에는 미상(未詳)이라고 하였고, 《주자어류(朱子語類)》에서는 위아래 글 뜻이 전혀 이어지지 않는다고 하였고, 학자들은 모두 판단을 유보하였다. 내 생각에 해설하는 주석들 모두 '내외사지구(外內使知懼)'에 구를 뗐으므로 해석이 어려웠던 것이다. 만약 '기출입이탁내외(其出入以度外內)'로 구를 떼고 '탁(度)'은 헤아린다는 뜻으로 훈석(訓釋)하여 위 장의 "오르내림이 무상하고[上下无常]"와 "오직 변화하여 나아가는 바이니[惟變所適]"라는 말[119]의 뜻에 연결하면 "효(爻)의 변동이 바깥으로 나가기도 하고 안으로 들어오기도 하니, 이로써 음양이 쇠하고 자라나고 차고 비는 이치와 길함과 흉함과 후회함과 부끄러움의 점사(占辭)를 헤아려, 사람들로 하여금 경계하고 두려워해야 할 바를 알아서 우환에 밝게 하면, 자연히 역(易)을 사랑하고 공경하기를 부모처럼 할 것이다."[120]라는 말이 된다. '사지구(使知懼)' 한 절은 아래 절과 연결해서 읽어야 한다. 아랫글의 '규기방[揆其方]'[121]의 '방(方)'은 도리가 아니라 방위(方位)의 뜻으로 훈석해야 한다. '규기방'은 바로 윗글의 이른바 "이로써 바깥인지 안인지 헤아린다.[以度外內]"이니, 능씨(凌氏 능당좌(凌唐佐))의 주석에 "그 방

을 제시하였다.

119 오르내림이……말 : 효(爻)들이 고정되어 있지 않고 계속 변화하면서 괘의 변화를 만들어냄을 말한 구절이다.

120 우환에……것이다 : 이 부분은 이 단락의 문두에 제시된 구절의 다음 구절인 "또 우환과 그 소이연(所以然)에 밝은지라 스승이 없으나 부모가 임한 듯하다.[又明於憂患與故, 无有師保, 如臨父母.]"의 뜻을 풀이한 것이다. 이계는 이 구절을 앞의 구절과 연결해 보아야 한다는 의견이므로 함께 풀이한 것이다.

121 규기방(揆其方) : 《주역본의》에서는 "그 도리를 헤아려보면"으로 풀이하였다.

위가 향하는 곳을 헤아린다.〔揆其方之所向〕”라고 한 것이 타당하다. 헤아리는 것은 사람에게 달려 있으므로 “만일 훌륭한 사람이 아니면 도는 헛되이 행해지지 않는다.〔苟非其人 道不虛行〕”[122]라고 한 것이다. 이렇게 읽으면 위아래 글 뜻이 연결되지 않는다고 할 수 없다.

한(漢)나라 유자(儒者)들이 ‘진용벌귀방(震用伐鬼方)’[123]의 진(震)은 바로 지백(摯伯)[124]의 이름이고, 《서경》의 ‘교언영색공임(巧言令色孔壬)’[125]의 공임은 바로 공공(共工)의 이름이라고 하였는데, 여러 주석들 모두 고찰할 수 없다.

《노사(路史)》에 “옛날의 《귀장역(歸藏易)》은 지금은 사라지고 오직 60괘만 남아 있는데 괘의 명칭이 《주역》과 다른 것이 많다. 수괘(需卦)는 욕괘(溽卦), 소축괘(小畜卦)는 독축괘(毒畜卦), 대축괘(大畜卦)는 대축괘(𡚶畜卦), 간괘(艮卦)는 한괘(狠卦), 진괘(震卦)는 이괘(釐卦), 승괘(升卦)는 칭괘(稱卦), 박괘(剝卦)는 복괘(僕卦), 손괘(損卦)는 원괘(員卦), 함괘(咸卦)는 함괘(誠卦), 감괘(坎卦)는 낙괘(𢃳卦), 겸괘(謙卦)는 겸괘(兼卦), 둔괘(遯卦)는 단괘(遂卦), 고괘(蠱卦)는 촉괘(蜀卦), 해괘(解卦)는 여괘(荔卦), 무망괘(无妄卦)는 무망괘(毋亡卦),

---

122 만일……않는다 : 규기방〔揆其方〕구절의 마지막 부분이다.

123 진용벌귀방(震用伐鬼方) : 《주역》〈미제괘(未濟卦) 구사(九四)〉의 구절로, 《주역본의》에서는 “진동하여 귀방을 정벌한다.”로 풀이하였다.

124 지백(摯伯) : 주(周)나라 왕계(王季)의 부인이자 문왕(文王)의 어머니인 태임(太妊)의 아버지이다.

125 교언영색공임(巧言令色孔壬) : 《서경》〈우서(虞書) 고요모(皐陶謨)〉의 구절로, 《서경집전(書經集傳)》에서는 “말을 듣기 좋게 하고 얼굴빛을 잘 꾸미며 크게 간악한 마음을 품는 자”로 풀이하였다.

가인괘(家人卦)는 산가인괘(散家人卦), 환괘(渙卦)는 환괘(奐卦)로 되어 있다. 또 구괘(瞿卦), 흠괘(欽卦), 규괘(規卦), 야괘(夜卦)의 네 개의 괘와 잠흔괘(岑霫卦), 임화괘(林禍卦), 마도괘(馬徒卦)의 복자(複字)로 된 세 개의 괘가 있는데 《주역》의 어느 괘에 해당하는지 알지 못하겠다."라고 하였다.[126]

또 말하기를 "'하늘과 땅이 제자리를 정하고〔天地定位〕' 이하는 복희역(伏羲易)이고, '상제가 진에서 나와〔帝出乎震〕' 이하는 연산역(連山易)이고, 초유(初萸)는 곧 곤(坤)이 되고 초건(初乾)과 초이(初離)와 초락(初犖)은 곧 감(坎)이 되고 초태(初兌)와 초간(初艮)과 초리(初釐)는 곧 진(震)이 되고 초석(初奭)은 곧 손(巽)이 되는 것[127]은 귀장역(歸藏易)이다. 연산역은 신농(神農)의 글이니 하(夏)나라 사람이 인습하였고, 귀장역은 황제(黃帝)의 글이니 상(商)나라 사람이 인습하였다. 이를 일러 삼역(三易)이라 한다. 복희의 소성(小成)은 신농역(神農易)의 중성(中成)이 되며 황제역(黃帝易)의 대성(大成)이 되고,[128] 복

---

126 노사(路史)에……하였다 : 이계는 출전을 《노사》라고 하였으나, 현재의 《노사》에는 이런 구절이 보이지 않는다. 이계가 인용한 구절은 명(明)나라 때 동사장(董斯張)의 《광박물지(廣博物志)》나 하해(何楷)의 《고주역정고(古周易訂詁)》 등에 그대로 보인다. 다만 이계가 마지막에 '네 개의 괘'라고 기록한 부분은 모든 서적에서 이 네 개에 분괘(分卦)까지 더해 다섯 개의 괘라고 기록하고 있다. 출전에 착오가 생긴 것은 다음 단락이 《노사》의 글인데 이계가 잘못하여 이 단락까지도 《노사》의 글이라고 한 것인 듯하다.

127 초유(初萸)는……것 : 《귀장역(歸藏易)》의 가장 첫 번째 부분을 〈초경(初經)〉이라 하는데 이때 초(初)는 편차의 가장 앞이라는 뜻이고 경(經)은 경괘(經卦)라는 뜻으로 《주역》의 팔괘와 같이 가장 근간이 된다는 의미이다. 이 부분은 〈초경〉의 각 괘들이 《주역》에서는 어느 괘에 해당하는지를 말한 것이다.

희의 선천(先天)은 신농역의 중천(中天)이 되며 황제역의 후천(後天)이 된다."라고 하였다. 이상의 내용으로 살펴보면 문왕의 후천의 괘는 황제에게서 인습한 듯하다.

복희역이 건괘(乾卦)를 첫머리로 함은 천통(天統)을 얻은 것이고, 귀장역이 곤괘(坤卦)를 첫머리로 함은 지통(地統)을 얻은 것이고, 연산역이 간괘(艮卦)를 첫머리로 한 것은 인통(人統)을 얻은 것이니 삼정(三正)[129]이 일어난 원인이다.

〈계사전 상〉에 "성인이 천하의 색을 보고서 그 모양을 비기며 그 사물에 마땅한 것으로 형상하였다. 이 때문에 상이라고 한 것이다.〔聖人有以見天下之賾 而擬諸其形容 象其物宜 是故謂之象〕"라고 하였다. 정자(程子)는 "색(賾)은 심원(深遠)함이다. 성인이 천하의 심원한 일을 보고서 그 모양을 비기며 그 일이 비슷한 것으로 본떠서 형상하였다. 그러므로 상이라고 한 것이다."[130]라고 하고, 《주역본의》에서는 《설문해자(說文解字)》를 인용하여 풀이하기를 "색은 잡란(雜亂)함이다. 성인이 잡란한 것 가운데에서 잡란하지 않은 이치를 본 것이니 이 때문에

---

128 복희의……되고 : 청(淸)나라 때 혜동(惠棟)의 《역한학(易漢學)》 권8에 "소성은 팔괘를 말하고, 중성은 중괘를 말하고, 대성은 물건을 구비하고 씀을 제정함을 말한다.〔小成謂八卦也, 中成謂重卦, 大成謂備物制用也.〕"라고 하였다.

129 삼정(三正) : 삼통(三統)이라고도 하며 하(夏)·은(殷)·주(周) 삼대(三代)의 정삭(正朔)을 가리킨다. 각각 북두성 자루가 가리키는 방위에 따라 나뉘었는데 하나라는 인월(寅月)인 1월을 정월로 하여 인통이 되었고, 은나라는 축월(丑月)인 12월을 정월로 하여 지통이 되었고, 주나라는 자월(子月)인 11월을 정월로 하여 천통이 되었다.

130 색(賾)은……것이다 : 《정씨경설(程氏經說)》 권1에 보인다.

아랫글에 '싫어할 수 없다.〔不可惡也〕'라고 한 것이다."라고 하였다. 내 생각에 아래 장에 '탐색색은(探賾索隱)'이라고 하였는데, 탐(探)은 궁구하여 찾는다는 말이니 잡란한 물건은 찾을 만한 것이 아니다. 또 '극천하지색(極天下之賾)'이라고 하였는데, 극(極)은 지극히 한다는 말이니 잡란한 물건은 지극히 할 만한 것이 아니다. 살펴보건대 자서(字書)에 색(賾)을 그윽하고 깊다는 뜻으로 풀었으니, 이는 지극히 정미(精微)한 이치는 그윽하고 깊어서 알기 어렵다는 말이다. 그러므로 성인이 그 모양을 비겨 만물의 마땅한 것으로 형상한 것이니 이른바 "상을 세워서 뜻을 다한다.〔立象以盡意〕"라는 것이다. 그러므로 매양 "천하의 동함을 본다.〔見天下之動〕"와 "천하의 동함을 고무한다.〔鼓天下之動〕"라는 말로 색(賾)에 대구(對句)로 말하였으니, 체용(體用)과 동정(動靜)의 구분을 밝힌 것이다. 이른바 "싫어할 수 없다."라는 것은 지극히 은미한 이치는 지극히 드러나는 상이 있으니 성인은 그것을 비겨본 뒤에 말로 표현하므로 그 말을 듣는 이들이 싫어하지 않는다는 말이다. 정자의 설을 따름이 마땅하다.

동한(東漢) 때 장하(張遐)는 자(字)가 자원(子遠)이니 여간(餘干) 사람이다. 일찍이 그의 스승인 서치(徐穉)가 진번(陳蕃)을 방문할 때 수행하였는데 그 자리에 곽태(郭泰)와 오병(吳炳)이 있었다. 서치가 "이 사람은 장하라고 하는데 역(易)의 뜻을 압니다."라고 하였다. 진번이 물어보자 장하가 "역은 체(體)가 없는데 굳이 이름 붙이자면 태극(太極)이라 할 수 있습니다. 태(太)는 지극히 크다는 말이고 극(極)은 지극히 긴요하다는 말이니, 그 이(理)가 지극히 크고 지극히 긴요하다는 뜻입니다. 태극이 혼돈(混沌)의 가운데 있다가 한번 동하여 음양을 낳으니 음양은 기(氣)입니다. 이것이 이른바 이가 기를 낳고 기는 저

이에 붙어 있다는 것입니다."라고 하였다. 진번이 오병을 돌아보며 "어떻소?"라고 하니, 오병이 한참 있다가 "옳다."라고 하였다. 세상 사람들이 태극의 이(理)를 알게 된 것은 주 원공(周元公 주돈이(周敦頤))이 처음으로 그 뜻을 밝힌 뒤부터인데 동한의 고사(高士)도 이미 앞서 알고 있었던 것이다.

이계집 외집

제8권

군서발비
群書發悱

군서발비[1] 群書發㸦

《예기》를 읽고[2]
讀禮記

첫 장[3]은 편 전체의 강령(綱領)이니, 《중용(中庸)》의 중화장(中和

---

1 군서발비(群書發㸦) : 이계가 독서하고서 적은 차기(箚記)를 모은 것이다. 〈《예기》를 읽고〔讀禮記〕〉·〈한자의 글을 읽고〔讀韓子〕〉·〈잡지(雜識)〉 3편으로 구성되어 있으며 각각 144칙(則), 48칙, 30칙이다. 이계의 독서 범위를 살필 수 있고 그가 예제(禮制)와 고문(古文)에 깊은 이해가 있었음을 알 수 있는 자료이다.

2 예기를 읽고 : 《예기》를 읽고서 적은 차기를 모은 것이다. 이계는 《예기》 본문의 내용과 훈고·구두에 대해서뿐 아니라 정현(鄭玄)·공영달(孔穎達)·진호(陳澔) 등 제가(諸家)의 주석에 대해서도 비평하고 있다. 〈곡례(曲禮)〉 23칙, 〈단궁(檀弓)〉 27칙, 〈왕제(王制)〉 8칙, 〈월령(月令)〉 7칙, 〈증자문(曾子問)〉 2칙, 〈문왕세자(文王世子)〉 3칙, 〈예운(禮運)〉 2칙, 〈예기(禮器)〉 1칙, 〈교특생(郊特牲)〉 1칙, 〈내칙(內則)〉 5칙, 〈옥조(玉藻)〉 5칙, 〈명당위(明堂位)〉 2칙, 〈상복소기(喪服小記)〉 3칙, 〈소의(少儀)〉 2칙, 〈학기(學記)〉 2칙, 〈악기(樂記)〉 13칙, 〈잡기(雜記)〉 7칙, 〈상대기(喪大記)〉 3칙, 〈제법(祭法)〉 1칙, 〈제의(祭儀)〉 3칙, 〈제통(祭統)〉 1칙, 〈경해(經解)〉 1칙, 〈애공문(哀公問)〉 1칙, 〈중니연거(仲尼燕居)〉 1칙, 〈공자한거(孔子閒居)〉 2칙, 〈방기(坊記)〉 1칙, 〈표기(表記)〉 8칙, 〈치의(緇衣)〉 1칙, 〈분상(奔喪)〉·〈문상(問喪)〉 1칙, 〈복문(服問)〉 2칙, 〈유행(儒行)〉 1칙, 〈사의(射義)〉 1칙, 〈빙의(聘義)〉 2칙, 총론(總論) 1칙으로 총 144칙이다.

章)[4]과 같은 뜻이다. 대체로 깊이 생각하는 듯이 엄숙하다는 것[儼若
思]은 곧 중(中)을 지극히 하는 공부이고, 말을 안정되게 한다는 것
[安定辭]은 희로애락(喜怒哀樂)이 발하여 모두 절도에 맞는 것을 이
른다. 불경함이 없다는 것[毋不敬]은 안팎을 합치고 동정(動靜)을 아
울러서 말한 것이니, 마치 두려워하고 홀로 있을 때를 삼가서[戒懼愼
獨] 어딜 가든 공경하지 않음이 없는 것과 같다. 이런 자세로 백성들
에게 임하면 어찌 백성들에게 편안하지 않음이 있겠는가. 또 이는
《대학(大學)》의 명덕(明德)과 신민(新民)의 뜻[5]과도 합치됨이 있다.

　예(禮)란 것은 몸을 세우는 터전이고 나라를 다스리는 원칙이니 사
람은 잠시라도 예를 떠나서는 안 되고 나라에는 하루라도 예(禮)가
없어서는 안 된다. 그러므로 "예가 있으면 편안하고, 예가 없으면 위태
롭다."[6]라고 하는 것이다.

3　첫 장 : 《예기》〈곡례 상(曲禮上)〉 첫머리에 "〈곡례〉에 '불경함이 없도록 하고 깊이
생각하는 듯이 엄숙하며 말을 안정되게 한다면 백성들을 편안하게 할 수 있을 것이다.'
하였다.[曲禮曰 : "毋不敬, 儼若思, 安定辭, 安民哉."]"라고 한 것을 가리킨다.

4　중용(中庸)의 중화장(中和章) : 《중용장구(中庸章句)》 1장을 가리킨다. "희로애락
의 감정이 발하지 않은 것을 중(中)이라고 하고, 발하여 모두 절도에 맞는 것을 화(和)
라고 한다. 중이라는 것은 천하의 큰 근본이며 화라는 것은 천하의 공통된 도이다.[喜怒
哀樂之未發, 謂之中, 發而皆中節, 謂之和. 中也者, 天下之大本也, 和也者, 天下之達道
也.]"라는 말이 있어 이렇게 일컬어지며, 이는 《중용장구》 전체의 강령이 된다.

5　대학(大學)의……뜻 : 《대학장구(大學章句)》 경(經) 1장에 "대학의 도는 밝은 덕
을 밝히고 백성을 새롭게 하며 지극한 선에 그치는 데에 있다.[大學之道, 在明明德,
在親民, 在止於至善.]"라고 하였다. 이는 《대학》 전체의 강령으로, 군주가 자신의 마
음을 수양한 것을 바탕으로 백성들을 교화하여 온 나라를 지극한 선으로 이끈다는 의
미이다.

6　예가……위태롭다 : 《예기》〈곡례 상〉에 "예가 있으면 편안하고 예가 없으면 위태

"부검벽이(負劍辟咡)"[7]라는 것은 어린이가 어른의 손을 받들기를 칼을 등에 지는 모습처럼 스스로 입가를 가려서 감히 어른을 향하지 않는 것이니, 마땅히 벽이(辟咡)에서 구두를 끊어야 한다.

문밖의 신발 두 켤레[戶外二屨][8]라는 것은, 주인과 손님의 신을 합쳐 둘이라고 한 것이다. 주인이 손님을 대할 때 말소리가 밖에 들리지 않으면 은밀한 이야기임을 알 수 있다. 주석에 "한 사람이 문안에 신발을 벗어둔 것이다."[9]라고 하였는데, 무엇에 근거하였는지 모르겠다.

"문이 열려 있었으면 그대로 열어놓고, 닫혀 있었으면 다시 닫는다.〔戶開亦開 戶闔亦闔〕"[10]라는 한 구절은, 예(禮)가 정미(精微)하고 치밀

로우니, 그러므로 예라는 것은 배우지 않을 수 없다고 하는 것이다.〔有禮則安, 無禮則危, 故曰: "禮者, 不可不學也."〕라고 하였다.

7 부검벽이(負劍辟咡) : 《예기》〈곡례 상〉에 "어른이 동자의 손을 잡아 이끌어주면 어린이는 두 손으로 어른의 손을 받들고, 어른이 마치 칼을 차는 것처럼 어린이를 끼고 어린이의 입 가까이에다 말씀하면 어린이는 입을 가리고 대답한다.〔長者與之提携, 則兩手奉長者之手, 負劍辟咡詔之, 則掩口而對.〕"라고 하였다.

8 문밖의……켤레 : 《예기》〈곡례 상〉에 "남의 집 당(堂)에 오르려고 할 때 반드시 목소리를 크게 내며, 문밖에 신발 두 켤레가 있거든 말소리가 들리면 들어가고 말소리가 안 들리면 들어가지 않는다.〔將上堂, 聲必揚, 戶外有二屨, 言聞則入, 言不聞則不入.〕"라고 하였다. 여기서 말소리가 들리는지 여부에 따라 들어가거나 들어가지 말라는 것은 말소리가 들리지 않는다면 방 안의 두 사람이 은밀한 이야기를 하고 있는 것이기 때문이다.

9 한……것이다 : 웅안생(熊安生)은 이 구절에 대해 "한 사람의 신발이 문안에 있고 그 문밖에 두 켤레가 있으니 세 사람이다.〔一人之屨在戶內, 其戶外有二屨, 則三人也.〕"라고 하였다. 《陳氏禮記集說 曲禮上》

10 문이……닫는다 : 《예기》〈곡례 상〉에서 남의 방 안에 들어갈 때의 예절에 대해

하여 인정(人情)에 곡진(曲盡)함을 알 수 있다. 배우는 이들이 여기에 어찌 잠시라도 마음을 두지 않을 수 있겠는가.

"어른을 위해 자리를 들고 갈 때에는 교형(橋衡)처럼 한다.〔奉席如橋衡〕"[11]라는 것은 다리 위에 가로로 댄 나무처럼 하라는 뜻이다. 주석에서 다리처럼 하고 저울처럼 하라고 한 것은 문리(文理)로 볼 때 타당하지 않다.

"의용에 부끄러움이 없게 한다.〔容毋怍〕"[12]라는 것은 부끄러워하고 불안해하는 모습이니, 비속한 데에서 비롯한 실수이다. 유씨(劉氏 유맹야(劉孟冶))의 해설[13]은 엉성하다.

"남의 집 문에 들어가려 할 때에는 반드시 시선을 아래로 향하게 하고, 문에 들어서면 문빗장을 받치듯 가슴에 손을 올려 인사하고 자세를 숙여 굽어보되 두리번거리지 말라. 방문이 열려 있었으면 그대로 열어두고 닫혀 있었으면 다시 닫되 뒤에 들어올 사람이 있다면 완전히 닫지는 않는다.〔將入戶, 視必下, 入戶奉扃, 視瞻毋回. 戶開亦開, 戶闔亦闔, 有後入者, 闔而勿遂.〕"라고 하였는데, 여기에서 들어간 뒤에 문을 처음 상태 그대로 열거나 닫아두라고 한 것은 집주인의 의도에 위배되게 하지 않고자 해서이다.

11 어른을……한다 : 《예기》〈곡례 상〉에 "어른을 위해 자리를 들고 갈 때에는 교형(橋衡)처럼 한다.〔奉席如橋衡〕"라고 하였는데, 진호(陳澔)는 《진씨예기집설(陳氏禮記集說)》에서 교형처럼 한다는 것을 "다리가 높게 서 있는 것처럼 하고 저울대처럼 평평하게 한다는 것이니, 이것이 바로 자리를 들고 갈 때의 예절이다.〔如橋之高, 如衡之平, 乃奉席之儀.〕"라고 하여 '교(橋)'와 '형(衡)'을 두 가지로 나누어 풀이하였다.

12 의용에……한다 : 《예기》〈곡례 상〉에 "자리에 나아가려 할 적에 의용에 부끄러움이 없게 하며, 두 손으로 옷을 걷어 올려 옷자락이 땅에서 한 자쯤 떨어지게 하며, 앉은 뒤에는 옷깃을 펄럭이지 않도록 하고 발을 황급히 움직이지 말아야 한다.〔將卽席, 容毋怍, 兩手摳衣, 去齊尺, 衣毋撥, 足毋蹶.〕"라고 하였다.

13 유씨(劉氏)의 해설 : 유맹야(劉孟冶)는 이 구절에 대해 "자리에 나아가려 할 적에는 모름지기 찬찬하고 차분한 태도로 용모와 행동거지를 삼가서, 부끄러워할 만한 실수가 생기게 해서는 안 된다.〔將就席, 須詳緩而謹容儀, 毋使有失而可愧怍也.〕"라고 풀이

"과부의 아들과는 사귀지 않는다.〔寡婦之子 弗與爲交〕"[14]라는 것은 아마도 과부의 장녀(長女)에게는 장가들지 않는다는 것[15]과 같은 뜻이니, 꼭 호색(好色)의 혐의를 말한 것은 아닐 것이다.

"아비 앞에서 자식은 이름을 일컫고 임금 앞에서 신하는 이름을 일컫는다.〔父前子名 君前臣名〕"[16]라고 한 것은 아마도 남의 아버지 앞에서 그 아들을 이름으로 부르고 임금 앞에서 그 신하를 이름으로 부름을 말한 것이지 자식이 아비의 앞에서 나이에 관계없이 가족들을 이름으로 부른다는 말이 아닐 것이다. 주석에서 "임금 앞에서는 아비라도 감히 견줄 수가 없다."라고 하며 난침(欒鍼)의 말을 인용하였는데,[17] 그렇

하였다. 《陳氏禮記集說 曲禮上》

14 과부의⋯⋯않는다 : 《예기》〈곡례 상〉에 "과부의 아들은 그의 재주가 드러나지 않으면 사귀지 않는다.〔寡婦之子, 非有見焉, 弗與爲友.〕"라고 하였는데, 진호는 《진씨 예기집설》에서 이 구절을 "만일 덕을 좋아하는 실질이 있지 않다면 호색의 혐의를 피하기 어려울 것이다.〔若非有好德之實, 則難以避好色之嫌.〕"라고 풀이하였다.

15 과부의⋯⋯것 : 《대대례(大戴禮)》〈본명(本命)〉에 "장가가지 못할 여자가 다섯인데, 역적 집안의 딸, 패륜(悖倫) 집안의 딸, 대대로 죄인(罪人)이 있는 집안의 딸, 대대로 나쁜 병이 있는 집안의 딸, 과부의 장녀에게 장가가지 않는다.〔女有五不取, 逆家子不取, 亂家子不取, 世有刑人不取, 世有惡疾不取, 喪父長子不取.〕"라고 하였다.

16 아비⋯⋯일컫는다 : 《예기》〈곡례 상〉에 "아비 앞에서 자식은 이름을 일컫고 임금 앞에서 신하는 이름을 일컫는다.〔父前子名, 君前臣名.〕"라고 하여, 아비를 모시는 자식과 임금을 모시는 신하는 나이와 상관없이 자(字)가 아닌 이름으로 일컬어야 함을 말하였다.

17 주석에서⋯⋯인용하였는데 : 여대림(呂大臨)은 이 구절을 집안에서는 아버지보다 높은 사람이 없으므로 어머니에게도 감히 사사로운 공경을 표하지 않는다는 의미에서 어머니의 이름을 부르고, 나라에는 임금보다 높은 사람이 없으므로 임금 앞에서는 부친에게조차 신분이나 관직의 높낮이에 상관없이 이름을 불러야 한다는 의미로 파악하고, 춘추전국시대 언릉(鄢陵)의 싸움에서 난침(欒鍼)이 진후(晉侯) 앞에서 부친인 난

다면 이른바 아비의 앞에서는 어미가 감히 견줄 수 없다고 한 것은 그 어미나 형을 이름으로 불러야 한다는 것인가.

"기장밥을 먹을 때에는 젓가락을 쓰지 말라.〔飯黍 毋以箸〕"[18]라고 하였으니 옛날에는 숟가락과 젓가락을 아울러 사용하였음을 알 수 있는데, 지금에는 젓가락만을 사용하는 것은 어째서인가.

제사를 지내고 남은 음식을 받아오면 그 음식으로는 제사를 지내지 않는다는 것〔餕餘不祭〕은 이미 제사를 지내고 남은 고기로 다시 제사를 지내서는 안 된다는 말로, 높은 사람과 낮은 사람의 관계에 있어서도 그러하다.[19] 일설에는 이 구절의 '제(祭)'를 식사 때마다 제사한다는 뜻이라 하여 "주인이 준 음식을 공경하기 때문에 낮은 이에게 베풀지 않는다."라고 하였으니, 틀렸다. 무릇 제사란 근본을 잊지 않기 위함이지 주인을 공경하고자 하는 것이 아니다. 만약 아내와 자식이 차린 것으로는 모두 제사 지내서는 안 된다고 한다면 이는 평소에 집에서

서(釁書)에게 "난서는 물러나시오.〔書退〕"라고 한 것을 근거로 들었다. 《陳氏禮記集說 曲禮上》《春秋左氏傳 成公 16年》

18 기장밥을……말라 : 《예기》〈곡례 상〉에 "밥을 식히기 위해 손으로 부채질을 하지 말고, 기장밥을 먹을 때에 젓가락을 쓰지 말라.〔毋揚飯, 飯黍, 毋以箸.〕"라고 하였는데, 진호는 이를 숟가락의 편리함을 중시하였기 때문〔貴其匕之便也〕이라고 해설하였다. 《陳氏禮記集說 曲禮上》

19 제사를……그러하다 : 《예기》〈곡례 상〉에 "제사를 지내고 남은 음식을 받아오면 그 음식으로는 제사를 지내지 않는다. 아비에게 제사 지낸 음식으로는 자식을 제사 지내지 않고, 지아비를 제사 지낸 음식으로는 지어미를 제사 지내지 않는다.〔餕餘不祭. 父不祭子, 夫不祭妻.〕"라고 하였다. 이는 한 번 제사 지낸 음식은 이미 더럽혀졌다고 간주하여 제사에 써서는 안 되며 아비와 자식, 지아비와 지어미처럼 제사의 대상에 존비(尊卑)의 차이가 있는 경우일지라도 예외를 두어서는 안 됨을 말한 것이다.

밥을 먹을 때에 한 번도 제사를 지낸 적이 없다는 말이니 옳겠는가.[20]

"전석(專席)에 앉는다.〔專席而坐〕"[21]의 주석에서 자훈(字訓)을 "홑자리〔單席〕"라고 설명하였으니 틀렸다. 여씨(呂氏 여대림(呂大臨))가 "다른 사람과 함께 앉지 않는다."라고 한 것이 옳다.

활은 한 가지 물건인데도 시위를 메겨두거나 느슨하게 풀어둔 것에 따라 위를 향하게 해야 하는 방향을 달리하고 가운데 손잡이를 잡는 손과 아래쪽 끝을 달리한다.[22] 예의 미세하고 치밀함이 이와 같다.

군자는 남이 자신에게 호의를 남김없이 베풀길 요구하지 않고 남이 자신에게 충심을 다하길 요구하지 않는다.[23] 임금과 신하 사이에도 이 도리를 지킨다면 은혜와 의리가 모두 온전하여 상하(上下)가 모두 편

20　일설에는……옳겠는가 : 이 구절의 '제(祭)'를 끼니때마다 음식을 처음 만든 사람에게 지내는 제사인 '제식(祭食)'으로 보아, 일반적으로 남에게 음식을 대접받았을 때에는 주인을 공경하는 의미에서 제식을 하고 먹지만 남을 대접하고 남은 음식을 받아온 경우와 자식이 아비에게 올린 음식, 지어미가 지아비에게 올린 음식에 대해서는 예외적으로 제식을 하지 않고 바로 먹는다고 풀이하는 설도 있다. 《陳氏禮記集說 曲禮上》

21　전석(專席)에 앉는다 : 《예기》〈곡례 상〉에 "상을 치르는 사람은 전석에 앉는다.〔有喪者, 專席而坐.〕"라고 하였는데, 일반적으로 '전(專)'을 '단(單)'의 뜻으로 보아 '전석'을 홑겹으로 된 자리로 풀이한다.

22　활은……달리한다 : 《예기》〈곡례 상〉에 "무릇 사람에게 활을 선물할 때 팽팽하게 시위를 메긴 활은 활 몸〔筋〕을 위로 향하게 하고, 시위를 풀어놓은 활은 뿔 앞〔角〕을 위로 가게 하니, 오른손으로는 아래쪽 활고자〔簫〕를 잡고 왼손으로는 활의 가운데 줌통〔弣〕을 받든다.〔凡遺人弓者, 張弓尙筋, 弛弓尙角, 右手執簫, 左手承弣.〕"라고 한 것을 두고 한 말이다.

23　군자는……않는다 : 《예기》〈곡례 상〉에 "군자는 남이 자신에게 호의를 남김없이 베풀길 요구하지 않고 남이 자신에게 충심을 다하길 요구하지 않음으로써 교제를 온전히 한다.〔君子不盡人之歡, 不竭人之忠, 以全交也.〕"라고 하였다.

안할 것이다. 예로부터 시작은 좋았으나 끝이 좋지 못한 임금과 신하는 모두 신하에게 갖은 능력을 요구하고 임금에게 후한 대우를 바라는 데에서 비롯되었다.

물건을 내린다는 것[賜]은 낮은 사람에게 주는 것을 이르지만 와서 가져가게 하지는 않고, 준다는 것[與]은 대등한 사람에게 주는 것을 이르지만 바라는 바를 묻지 않는 것은 대체로 내게 있어서는 예를 해치고 남에게 있어서는 의를 해치기 때문일 것이다. 주석에서 군자와 소인을 나눈 것은 틀렸다.[24]

"행차하는 길 앞에 사사(士師)가 있으면 범 가죽으로 만든 깃발을 세운다."의 주석에 "호랑이는 사사(士師) 벼슬이다."라고 하였는데[25] 그렇지 않을 듯하다. 대저 임금이 출입하는데 어찌 사사를 마주칠 리가 있겠으며 또 어디에 경비할 것이 있겠는가. 아마도 이는 많은 병사를

---

24 물건을……틀렸다 : 《예기》〈곡례 상〉에 "남에게 물건을 내릴 때에는 와서 가져가라고 말하지 않고, 남에게 물건을 줄 때에는 바라는 바를 묻지 않는다.〔賜人者, 不曰來取, 與人者, 不問其所欲.〕"라고 하였는데, 진호(陳澔) 등은 앞의 구절은 군자에 해당하고 뒤 구절은 소인에게 해당하는 것으로 나누어서 풀이하였다. 《陳氏禮記集說 曲禮上》

25 행차하는……하였는데 : 《예기》〈곡례 상〉에 "행차하는 길 앞에 사사(士師)가 있으면 호랑이 가죽으로 만든 깃발을 세운다.〔前有士師, 則載虎皮.〕"라고 하였는데, 진호는 이를 "범은 위엄이 있고 사나우므로 또한 사사의 상징이다. 사사는 경비할 대상이 아닌데도 유사한 것을 들어 뭇사람들에게 보이는 것은 어쩌면 횡포를 금지하려는 뜻일 듯하다.〔虎威猛, 亦士師之象. 士師非所當警備者, 而亦擧類以示衆, 或者禁止暴橫之意歟.〕"라고 주해하였다. 《陳氏禮記集說 曲禮上》진호는 여기에서 '사사'를 군대의 의미로 사용하였는데, 이계는 이를 금령(禁令)과 옥송(獄訟)을 관장하는 주나라의 벼슬인 '사사(士師)'의 의미로 사용한 것으로 오해하였다. 이계가 접한 《진씨예기집설》에 '사사의 상징〔士師之象〕'이 '사사 벼슬〔士師之官〕'로 되어 있던 것인지, 아니면 단순한 이계의 착오인지는 자세하지 않다.

가리킨 것이리라.

"부모를 섬기지 못했다면 조부모의 이름을 피휘(避諱)하지 않는다.〔不逮事父母 則不諱王父母〕"[26]라는 것은 지금에 시행할 수 없는 고례(古禮)이다. "의례(儀禮) 관련 글에서는 피휘하지 않는다.〔臨文不諱〕"[27]라는 것 또한 그러하다. 부인(夫人)의 휘(諱)란 아마도 임금의 부인을 말하는 것이니, 부인(婦人)의 휘는 문밖에서는 적용되지 않는다는 것〔婦諱不出門〕은 임금에 대해서도 소군(小君 제후의 아내)의 이름을 피휘하지 않는 것이다. 주석에 모두 그 집안의 선대(先代)라고한 것은 틀렸다.[28] 옛날에 제후의 아내가 아니면서 부인(夫人)이라 불리는 자가 있었던가.

"이미 아버지를 여읜 뒤에 갑자기 신분이 귀해지더라도 아버지를 위해 시호를 짓지 않는다."의 주석에 "감히 자기의 벼슬로 어버이에게

26 부모를……않는다 : 《예기》〈곡례 상〉에 "부모를 섬겼으면 조부모의 이름을 피휘(避諱)하고, 부모를 섬기지 못했다면 조부모의 이름을 피휘하지 않는다.〔逮事父母, 則諱王父母, 不逮事父母, 則不諱王父母.〕"라고 하였다. 여기에서 부모를 섬기지 못했다는 것은 어렸을 적 고아가 된 경우를 가리킨다.

27 의례(儀禮)……않는다 : 《예기》〈곡례 상〉에 "《시경》과 《서경》에 대해서는 피휘를 적용하지 않고, 의례 관련 글에서는 피휘하지 않는다.〔詩書不諱, 臨文不諱.〕"라고 하였다. 이는 배우는 이들에게 의혹이 생기고, 전승하고 사용할 때 오류가 생길까 염려되기 때문에 있는 조항이다.

28 부인(夫人)의……틀렸다 : 《예기》〈곡례 상〉에 "부인(夫人)의 휘는 임금을 앞에서 대면하고 있더라도 신하가 피휘를 하지 않으며, 부인(婦人)에 대한 피휘는 문밖에서는 적용되지 않는다.〔夫人之諱, 雖質君之前, 臣不諱也, 婦諱不出門.〕"라고 하였는데, 진호는 이 구절을 "부인(夫人)과 부인(婦人)의 휘는 모두 그 집안의 선대를 이른다. 문이란 거처하고 있는 궁(宮)의 문이다.〔夫人之諱, 與婦之諱, 皆謂其家先世. 門者, 其所居之宮門也.〕"라고 주해하였다. 《陳氏禮記集說 曲禮上》

더할 수 없기 때문이다."라고 하였다.[29] 그러나 주공(周公)이 문왕(文王)과 무왕(武王)의 덕을 이루고서 태왕(太王)과 왕계(王季)에게 시호를 올리지는 않았으나 또한 이미 왕호(王號)를 더했으니 이것은 어버이에게 벼슬을 더한 것이 아닌가. 후세의 은혜를 미루는 제도는 모두 여기에 근본한 것인데, 단지 시호만은 불가할 뿐이다.

"주인이 손〔客〕을 공경하면 먼저 손에게 절한다.〔主人敬客 則先拜客〕"의 주석에 "다른 나라에 사신으로 갔을 경우이고 같은 나라의 사람끼리는 그렇게 하지 않는다."라고 하였는데,[30] 아마도 그렇지 않을 듯하다. 무릇 대부가 임금을 뵐 때에는 임금이 대부에게 수고롭게 와준 것에 대한 답례로 절하니,[31] 대부가 사(士)를 공경하여 먼저 절을 한들

29 이미……하였다 : 《예기》〈곡례 하(曲禮下)〉에 "이미 부친을 여읜 뒤에 갑자기 신분이 귀해지더라도 부친을 위해 시호를 짓지 않는다.〔已孤暴貴, 不爲父作諡.〕라고 하였는데, 여대림(呂大臨)이 이에 대해 사(士)의 아들이 천자나 제후가 되었을 경우 부친의 제사는 천자나 제후의 예로 지내되 시동(尸童)에게는 사복(士服)을 입히는 것을 예로 들면서 이는 자기의 녹봉으로 어버이를 모실 뿐 자기의 벼슬을 감히 부친에게 더할 수 없기 때문이라고 하였으며, 부친에게 시호를 지어 올리는 것도 마찬가지의 경우라고 하였다. 《陳氏禮記集說 曲禮下》

30 주인이……하였는데 : 《예기》〈곡례 하〉에 "사(士)나 대부가 만날 때 지위가 대등하지 않더라도 주인이 손을 공경하면 먼저 손에게 절하고, 손이 주인을 공경하면 먼저 주인에게 절한다.〔大夫士相見, 雖貴賤不敵, 主人敬客, 則先拜客, 客敬主人, 則先拜主人.〕라고 하였다. 이에 대해 진호는 "공경하여 먼저 절한다는 것은 대부나 사가 타국에 사신으로 가서 그 나라의 경(卿)·대부·사를 만났을 때를 말한 것이고, 같은 나라의 사람끼리는 그렇게 하지 않는다.〔敬而先拜, 謂大夫士聘於他國而見其卿大夫士也, 同國則否.〕라고 해설하였다. 《陳氏禮記集說 曲禮下》

31 무릇……절하니 : 《예기》〈곡례 하〉에 "대부가 타국의 임금을 뵈면 임금이 수고롭게 와준 것에 대한 답례로 절을 하고, 사(士)가 타국의 대부를 뵈면 대부가 수고롭게

안 될 것이 무엇이겠는가. 다른 나라의 사람끼리라면 임금이 사에게도 답례로 절을 한다. 그래서 아랫장에 "임금을 뵌 경우가 아니면 반드시 답례로 절을 한다."[32]라고 한 것이다.

봄은 사냥을 하는 계절이 아니므로 지위의 차이에 따라 취하는 것에 제한을 둔다.[33] 늪지대를 포위하지 않는다면 짐승 떼를 덮쳐서 잡지 않는다는 것을 알 수 있고, 짐승 떼를 덮쳐서 잡지 않는다면 새끼나 알을 취하지 않는다는 것을 알 수 있으니, 방씨(方氏 방각(方慤))의 해설[34]은 잘못되었다.

물건을 바쳤을 때 묻는 것을 어찌 '뒷날[他日]'을 기다릴 것이 있겠는가.[35] 두 글자는 아마도 연문(衍文)일 듯하다.

'한(翰)'은 아름다운 날개깃이고 '음(音)'은 긴 울음소리이니, '한'을

와준 것에 대한 답례로 절을 하며, 같은 나라의 사람끼리 처음 만난 경우에는 주인이 수고롭게 와준 것에 대한 답례로 절을 한다.〔大夫見於國君, 國君拜其辱, 士見於大夫, 大夫拜其辱, 同國始相見, 主人拜其辱.〕"라고 하였다.

32 임금을……한다 : 이 구절의 바로 뒤에 "무릇 상을 조문하거나 임금을 뵌 경우가 아니면 반드시 답례로 절을 한다.〔凡非弔喪, 非見國君, 無不答拜者.〕"라는 내용이 이어진다. 《禮記 曲禮下》

33 봄은……둔다 : 《예기》〈곡례 하〉에 "임금은 봄의 사냥 때 늪지대를 포위하지 않고, 대부는 짐승 떼를 덮쳐서 잡지 않으며, 사(士)는 새끼나 알을 취하지 않는다.〔國君春田不圍澤, 大夫不掩群, 士不取麛卵.〕"라고 하였다.

34 방씨(方氏)의 해설 : 방각(方慤)은 이 구절을 "쓰임이 많은 자일수록 취하는 것이 더 광범위하고, 지위가 낮은 자일수록 금령이 더 엄하다.〔用大者, 取愈廣, 位卑者, 禁愈嚴.〕"라고 주해하였다. 《陳氏禮記集說 曲禮下》

35 물건을……있겠는가 : 《예기》〈곡례 하〉에 "사(士)가 임금에게 물건을 바치고 뒷날 임금이 어디에서 그 물건을 구했냐고 물어보면 두 번 절하고 머리를 조아린 뒤에 대답한다.〔士有獻於國君, 他日君問之曰安取彼, 再拜稽首而后對.〕"라고 하였다.

길다는 뜻으로 풀이한 것은 천착이다.[36]

임금의 잘못을 드러내놓고 간언하지 않는 것[不顯諫][37]은 범안(犯顔)하고 은미함이 없게 간언하는 것[38]과는 다르니, 이것이 어찌 임금을 섬기는 예절이겠는가. 아마도 착간(錯簡)이 있는 듯하며, 그렇지 않다면 아마도 "자식이 어버이를 섬길 때[子之事親]"의 아래에 있어야 할 것이다. -이상은 〈곡례(曲禮)〉이다.-

부자(夫子 공자)께서 "옛날에는 무덤을 수리하지 않았다."라고 한 것은, 옛날에는 무덤을 만들 때 흙을 쌓지 않아 봉분을 만든 적이 없었는데 지금 모(某)는 벼슬을 구하러 사방을 다니느라 무덤의 위치를 표시하지 않을 수 없지만 고례(古禮)가 아니었으므로 봉분을 수리한 일이 없었다고 말한 것이다.[39] 〈단궁(檀弓)〉에도 "묘의 풀을 베는 것

36 한(翰)은……천착이다 : 《예기》〈곡례 하〉에 종묘(宗廟)의 제례(祭禮)에서는 닭을 '한음(翰音)'이라 한다고 하였는데, 진호는 이에 대해 "'한'은 길다는 뜻이니, 닭이 살찌면 울음소리가 길다.[翰長也, 鷄肥則鳴聲長.]"라고 주해하였다. 《陳氏禮記集說 曲禮下》

37 임금의……것 : 《예기》〈곡례 하〉에 "남의 신하가 된 자의 예의는 임금의 잘못을 드러내놓고 간언하지 않되 세 번 간언해도 듣지 않으면 그 자리를 떠나고, 자식이 어버이를 섬길 때에는 세 번 간언해도 듣지 않으면 울부짖으며 따른다.[爲人臣之禮, 不顯諫, 三諫而不聽, 則逃之, 子之事親也, 三諫而不聽, 則號泣而隨之.]"라고 하였다.

38 범안(犯顔)하고……것 : 《예기》〈단궁 상(檀弓上)〉에 "임금을 섬김에 범안(犯顔)함이 있고 은미하게 간언함이 없으며, 좌우로 나아가 봉양함에는 일정한 방소가 있고 부지런히 일하여 죽음에 이르며, 임금의 상(喪)은 부모의 삼년상에 비견한다.[事君, 有犯而無隱, 左右就養有方, 服勤至死, 方喪三年.]"라고 하였다.

39 부자(夫子)께서……것이다 : 공자는 모친의 영구(靈柩)를 부친의 무덤이 있는 방(防) 지방에 합장한 뒤 "내가 듣기에 옛날에는 무덤을 만들 때 흙을 쌓지 않았다. 지금

은 고례가 아니다.〔易墓非古也〕"라고 하였는데 소(疏)에 "이(易)는 다스림〔治〕이다."라고 하였고,[40] 〈상복사제(喪服四制)〉에 "분묘에 흙을 더 보태지 않는다."라고 하였는데 주석에 "한번 완성하고 나면 더 이상 흙을 보태지 않는 것이다."라고 하였다.[41] 그런데 부자께서 세 번이나 반응하지 않으시다가 눈물을 흘리기까지 하였다는 것을 주석에서는 도리어 "지극히 경건하고 삼가서 수리할 일이 없었다."라고 하였으니, 잘못되었다.

나는 동서남북을 떠돌아다니는 처지이므로 표시하지 않을 수 없다.〔吾聞之, 古也墓而不墳, 今丘也東西南北之人也, 不可以弗識也.〕"라고 하며 최초로 4척(尺)의 봉분을 쌓았다. 또 장례를 마치고 돌아올 때 비가 많이 내려 제자들이 무덤을 수리하느라 늦게 도착하였는데, 방 지방의 무덤이 무너졌다는 말에 세 번이나 대꾸를 안 하다가 눈물을 흘리며 "내가 듣기로 옛날에는 무덤을 수리하지 않았다.〔吾聞之, 古不脩墓.〕"라는 말을 남겼다. 진호는 이 일화에 대해 공자가 눈물을 흘린 것이 부모의 묘를 만들 때 신중하지 못해 무너지도록 만들었다는 죄책감 때문이며, 옛날에는 무덤을 만들 때 지극히 경건하고 삼가서 수리할 일이 없었음을 말한 것이라 하였다. 《陳氏禮記輯說 檀弓上》

40 단궁(檀弓)에도……하였고 :《예기》〈단궁 상〉에 "묘의 풀을 베는 것은 고례가 아니다.〔易墓非古也〕"라고 하였는데, 이에 대한 공영달(孔穎達)의 소(疏)에 "'이(易)'는 초목을 베고 다스려 우거지지 않게 하는 것을 이른다.〔易謂芟治草木, 不使荒穢.〕"라고 하였다. 《陳氏禮記輯說 檀弓上》

41 상복사제(喪服四制)에……하였다 :《예기》〈상복사제〉에 "상례의 기한을 3년을 넘지 않게 하고 저마(苴麻)의 최복(衰服)이 해져도 수선하지 않으며 분묘에 흙을 더 이상 보태지 않고 대상일(大祥日)이 되면 장식하지 않은 거문고를 타게 하는 것은, 사람들에게 복상(服喪)의 슬픔에도 한도가 있다는 것을 알려주는 것이다.〔喪不過三年, 苴衰不補, 墳墓不培, 祥之日, 鼓素琴, 告民有終也.〕"라고 하였는데, 진호는 이 구절의 '분묘에 흙을 더 보태지 않는다'라고 한 데 대해 "한번 봉분을 완성하고 나면 다시 흙을 보태지 않는 것이다.〔一成丘壟之後, 不再加益其土也.〕"라고 해설하였다. 《陳氏禮記集說 喪服四制》

백고(伯高)의 초상 때 염자(冉子 염구(冉求))가 공자의 심부름꾼을 기다리지 않고 바로 속백(束帛)으로 부의(賻儀)하여 부자의 조문을 대신 해〔攝行〕버렸다. 이 때문에 부자께서 정성스럽지 못하게 만들었다고 꾸짖으신 것이다.[42] '섭(攝)'을 '화(貨)'로 풀이한 것은 틀렸다.[43]

"오장안방(吾將安放)"의 '방(放)'자는 의지함〔依〕이니, 본받음이라고 풀이하는 것은 옳지 않다.[44]

"공자의 초상 때 제자들이 모두 수질(首絰)을 두르고 나갔다."라고 한 것은 자리에 나아감을 말한 것이고, 아래에서 "나가서는 그렇게 하지 않았다."라고 한 것은 밖으로 나갈 때를 말한 것이다.[45] 이미 상복을

---

42 백고(伯高)의……것이다 : 《예기》〈단궁 상〉에 "백고의 초상 때 공자의 심부름꾼이 오기도 전에 염자가 대신 속백과 네 필 말로 조문하였는데, 이를 들은 공자께서 '이상하도다! 헛되게도 나로 하여금 백고에게 정성을 다하지 못하게 만들었구나.'라고 말씀하셨다.〔伯高之喪, 孔氏之使者未至, 冉子攝束帛乘馬而將之, 孔子曰: "異哉, 徒使我不誠於伯高."〕"라는 일화가 기록되어 있다.

43 섭(攝)을……틀렸다 : 진호는 이 구절의 '섭(攝)'을 '꾸다〔貸也〕'라고 풀이하였는데, 이 주석의 '대(貸)'자는 문헌에 따라 '화(貨)'자로 되어 있기도 하다. 이계가 이렇게 언급하고 있는 것이나 김상헌(金尙憲)이 이 구절의 '화'자는 '대'자로 고쳐야 할 듯하다고 말한 적이 있는 것을 보면, 조선에서는 '화'로 되어 있는 문헌이 읽힌 듯하다. 《陳氏禮記集說 檀弓上》《沙溪全書 卷16 經書辨疑》

44 오장안방(吾將安放)의……않다 : 공자가 어느 날 일찍 일어나 문 앞을 거닐며 "태산은 무너지겠구나! 양목(梁木)은 부서지겠구나! 철인은 죽겠구나!〔泰山其頹乎! 梁木其壞乎! 哲人其萎乎!〕"라고 하였는데, 자공(子貢)이 이를 듣고 "태산이 무너지면 나는 장차 무엇을 우러르며, 양목이 부러지고 철인이 죽으면 나는 장차 누구를 본받겠는가? 부자께서는 장차 병이 깊어지실 것이다.〔泰山其頹, 則吾將安仰, 梁木其壞, 哲人其萎, 則吾將安放? 夫子殆將病也.〕"라고 탄식하였다는 일화가 있다. 《禮記 檀弓上》

45 공자의……것이다 : 《예기》〈단궁 상〉에 "공자의 초상 때 제자들이 모두 수질을 두르고 나갔으며, 제자들끼리 서로의 상을 치를 때에는 수질을 두르고, 나갈 때에는

입지 않았다고 하였으니[46] 어찌 수질을 두르고 밖에 나갈 수 있겠는가.
그러므로 동문(同門)끼리 서로의 초상을 치를 때에는 수질을 두르고,
문밖으로 나갈 때에는 그렇게 하지 않았던 것이다. 문리(文理)가 절로
자연스러운데도 '군(群)'에서 구두를 끊어 붕우(朋友)를 위해 입는 상
복이라고 하는 것[47]은 천착이다.

　자석(子碩)이 부의로 받은 재물이 남은 것으로 제기(祭器)를 구비하
려고 하였는데, 자류(子柳)가 "그래서는 안 된다. 군자는 상(喪)을 통
해 가산(家産)을 불리지 않는다."라고 하였다.[48] 무릇 부의로 받은 재물
이 남은 것으로 제기를 구비하는 것이 안 될 일은 아니니, 방씨가 "전록

그렇게 하지 않았다.〔孔子之喪, 二三子皆絰而出, 群居則絰, 出則否.〕"라고 한 것을 두
고 한 말이다.

46　이미……하였으니 : 공자의 초상 때 제자들이 어떤 상복을 입어야 할지 당황스러
워하자 자공이 "옛날에 선생님께서 안연의 초상 때 마치 아들의 초상처럼 치르되 상복은
입지 않았고, 자로의 초상 때에도 그러했다. 청컨대 선생님의 초상을 아버지의 초상처
럼 치르되 상복은 입지 맙시다.〔昔者, 夫子之喪顔淵, 若喪子而無服, 喪子路亦然. 請喪
夫子若喪父而無服.〕"라고 한 일화가 이 구절의 앞에 나온다.《禮記 檀弓上》이는 스승
과 제자 간에 부모와 같은 정이 있으나 상복은 입지 않는다는 뜻이며, 동문 간에도
형제와 같은 정은 있으나 상복은 입지 않는다는 뜻으로 확대 적용이 가능하다.

47　군(群)에서……것 : 진호는 이 구절의 '군(群)'자를 "제자들이 붕우를 위해 서로
입는 상복이다.〔諸弟子相爲朋友之服也〕"라고 풀이하였고, 이 풀이를 따르면 이 구절은
"공자의 초상 때 제자들이 모두 수질을 두르고 나갔으며, 군을 입는 경우에는 집 안에
있을 때에는 수질을 둘렀고, 나갈 때에는 그렇게 하지 않았다.〔孔子之喪, 二三子皆絰而
出, 群, 居則絰, 出則否.〕"라는 의미가 된다.《陳氏禮記集說 檀弓上》

48　자석(子碩)이……하였다 : 자류와 자석은 형제로, 모친의 초상 때 상을 치를 제기
와 재물이 없었다. 상을 치르고 난 뒤에 자석이 부의로 받은 재물이 남았으니 제기를
갖추자고 하였는데, 자류가 군자는 상을 통해서 가산을 불리지 않는다며〔君子不家於
喪〕 형제들 중 가난한 자에게 남은 재물을 나누어줄 것을 권유하였다.《禮記 檀弓上》

(田祿)이 없는 자는 제기를 마련하지 않는다."라고 한 것[49]은 곡해한 것이라고 할 수 있다.

이부인(二夫人)[50]이란 천자(天子)의 삼부인(三夫人)[51]과 같으니 혹 사(士)에게 두 명의 아내가 있는 경우 상복을 입는 것에는 글로 적힌 규정이 없고, 이모부 및 외숙모는 모두 친분은 있으나 상복을 입지 않는 이들이므로 아울러 열거한 것이다. 주석에 "우연히 어떤 이의 생질(甥姪)이 외가(外家)에 가서 이모부와 외숙모 두 사람이 함께 지내는 것을 보았다."라고 하였는데,[52] 전혀 말이 되지 않는다. 무릇 이모부

---

49 방씨가……것 : 방각(方殼)은 이 구절에 대해 "전록이 없는 자는 제기를 마련하지 않는 법이니, 부의로 받은 재물이 남은 것으로 제기를 구비해서야 되겠는가.〔無田祿者, 不設祭器, 豈宜以賻布之餘具之乎?〕"라고 하였는데, 이는 《예기》〈곡례 하〉에 "전록이 없는 자는 제기를 마련하지 않고, 전록이 있는 사람은 우선 제복(祭服)을 짓는다. 군자는 아무리 빈궁하더라도 제기를 팔지 않고 아무리 추워도 제복을 입지 않으며, 집을 지을 때에도 선영에 있는 나무를 베지 않는다.〔無田祿者, 不設祭器, 有田祿者, 先爲祭服, 君子雖貧, 不粥祭器, 雖寒不衣祭服, 爲宮室, 不斬於丘木.〕"라고 한 것을 끌어온 것이다. 《禮記集說 檀弓上》

50 이부인(二夫人) : 《예기》〈단궁 상〉에 "이모부와 외숙모, 이부인(二夫人)이 서로를 위하여 상복을 입는 것에 대해 군자가 말하지 않았는데, 혹자는 '한집에서 함께 밥을 지어 먹고 살았으면 시마복을 입는다.' 하였다.〔從母之夫, 舅之妻, 二夫人相爲服, 君子未之言也, 或曰: "同爨緦."〕"라고 하였다. 여기서 이부인은 일반적으로 앞의 이모부와 외숙모를 가리키는 말로 풀이한다.

51 천자(天子)의 삼부인(三夫人) : 《예기》〈혼의(昏義)〉에 "옛날에 천자의 황후(皇后)는 육궁을 세워 3명의 부인(夫人)과 9명의 빈과 27명의 세부(世婦)와 81명의 어처(御妻)를 세워 천하의 내치(內治)를 다스려서 부인(婦人)의 순함을 밝혔다. 그러므로 천하가 안이 조화롭고 집안이 다스려졌다.〔古者天子后立六宮三夫人九嬪二十七世婦八十一御妻, 以聽天下之內治, 以明章婦順, 故天下內和而家理.〕"라고 하였다.

52 주석에……하였는데 : 《진씨예기집설(陳氏禮記集說)》〈단궁 상〉에 보이는 진호

에게 외숙모는 아내의 형제의 아내이다. 아내의 형제에게도 상복을 입는다는 규정이 없는데 하물며 그의 아내는 어떻겠는가. 아래에 한집에서 함께 밥을 해 먹은 사이면 시마복(緦麻服)을 입는다고 하였으니, 이부인이란 두 명의 아내임을 알 수 있다.

"반곡어이차(反哭於爾次)"[53]의 '차(次)'는 문 곁의 자리이다. 아비의 초상을 듣고 거리로 나가 곡하는 것은 또한 너무 늦으므로 증자께서 그 자리로 돌아가 곡하게 한 것이다. 거리에서 곡하려고 했다면 머물고 있는 객사(客舍)가 없음을 알 수 있고, 그 제자란 곧 손님의 종자(從者)이다. 오씨(吳氏 오징(吳澄))가 손님의 아버지가 죽었다고 한 것은 틀렸다.

현자(縣子)가 "상하(上下)가 각자 친족 관계에 따른다."라고 한 것[54]

의 주석이다. 그는 이 조항에 대해 "이는 또한 인정상 그만둘 수 없음에 근원하여 변례(變禮)를 지극히 한 것이다.〔此亦原其情之不可已, 而極禮之變焉耳.〕"라며, 이모부와 외숙모는 피가 이어지지는 않은 사이지만 한솥밥을 먹으며 산 정이 있기 때문에 이러한 변례를 행하는 것이라고 하였다.

53 반곡어이차(反哭於爾次) : 《예기》〈단궁 상〉에 "증자가 손님과 문 곁에 서 있었는데 그 제자가 빠른 걸음으로 나가기에 증자가 '너는 어디에 가느냐?'라고 물어보자 그 제자는 '제 아버지가 돌아가셔서 거리에서 곡하려 합니다.'라고 대답했다. 이에 증자는 '너의 차(次)로 돌아가 곡하라.'라고 말하고 북쪽을 향해 조문하였다.〔曾子與客立於門側, 其徒趨而出, 曾子曰:"爾將何之?" 曰:"吾父死, 將出哭於巷." 曰:"反哭於爾次." 曾子北面而弔焉.〕"라는 일화가 보인다. 주석가들에 따라 '그 제자〔其徒〕'를 증자의 제자 혹은 손님의 종자로 보기도 하며, '차(次)'는 일반적으로 그 제자가 머물고 있는 객사로 풀이한다. 또 오징(吳澄)의 경우 아버지가 돌아가셨다는 말을 제자가 아닌 손님의 말로 보았다. 《陳氏禮記集說 檀弓上》《禮記註疏 檀弓上》《禮記大全》

54 현자(縣子)가……것 : 《예기》〈단궁 상〉에 "현자 쇄(縣子瑣)가 말하기를 '내 들으니 옛날에는 강복하지 않아서 상하가 각자 친족 관계에 따랐다. 등백 문(滕伯文)이

은 지위의 귀천에 따라 강복(降服)하지 않고 각기 알맞은 상복을 입는
다는 것이지, 친척 관계의 존비(尊卑)를 말한 것이 아니다. 그래서
등백(滕伯)이 숙부이기 때문에 자최복(齊衰服)을 입었다고 한 것이다.
두 맹씨(孟氏 맹호(孟虎)와 맹피(孟皮))에 대해 모두 숙부라고 일컬었는데
주석에서는 맹피에 대해서만 형제의 아들이라고 하였으니,[55] 문리가
이루어지지 않는다. 근거가 있다면 괜찮겠지만 그렇지 않다면 상하에
대한 해설에 견강부회(牽強附會)한 것이 된다. 억지로 해석하자면 혹
적서(嫡庶)의 구별이 있는 것인가? 의심나는 것은 놔두어야 한다.

　"세일칠지장언(歲一漆之藏焉)"[56]이라는 것은 공경을 다한다는 뜻이
니, 다른 사람에게 보이지 않을 뿐이 아니다. 주석에 "관 속에 물건을
채워둔다."라고 한 것은 천착이다.

　"천자가 제후에게 곡할 때"[57]의 정현(鄭玄)의 주석에 《주례(周禮)》

맹호(孟虎)를 위하여 자최복을 입었으니 숙부였기 때문이고, 또 맹피(孟皮)를 위하여
자최복을 입었으니 숙부였기 때문이다.' 하였다.〔吾聞之, 古者不降, 上下各以其親, 滕
伯文爲孟虎齊衰, 其叔父也, 爲孟皮齊衰, 其叔父也.〕"라고 한 것이 보인다.

55　두……하였으니 : 진호는 이 구절에 보이는 등백 문의 행동에 대해 "등백(滕伯)이
위로는 숙부를 위해, 아래로는 형제의 아들을 위해 모두 자최복을 입었음을 말한 것이
다.〔言滕伯上爲叔父, 下爲兄弟之子, 皆著齊衰也.〕"라고 해설하였다. 《陳氏禮記集說 檀
弓上》

56　세일칠지장언(歲一漆之藏焉) : 《예기》〈단궁 상〉에 "군주가 즉위하면 자신의 관
(棺)을 만들어 매년 한 번 옻칠을 하며 물건을 채워둔다.〔君卽位, 而爲椑, 歲一漆之,
藏焉.〕"라고 하였다. 공영달(孔穎達)과 정현(鄭玄)은 이 구절의 '장(藏)'을 비워두면
마치 시신이 빨리 들어오길 바라는 것 같기 때문에 물건을 채워두는 것이라고 주해하였
다. 《禮記註疏 檀弓上》

57　천자가……때 : 《예기》〈단궁 상〉에 "천자가 제후에게 곡할 때에는 작변에 수질을
두르고 치의를 입는다.〔天子之哭諸侯也, 爵弁絰, 純衣.〕"라고 하였다.

의 "왕이 제후를 조문할 때 변질(弁絰)을 쓰고 시최(緦衰)를 입는다."
라고 한 것을 인용하면서도 '질(絰)'자가 연자(衍字)라고 한 것[58]은
어째서인가? 혹 오자(誤字)가 있을 수도 있으니 다시 자세히 살펴야
한다.

　곡이란 죽음을 애도하는 소리이다. 죽음을 애도함에는 반드시 자리
를 만들고서 슬픔을 부쳐야 하니, 어찌 들판에서 곡할 수 있겠는가.[59]
부자께서 미워하신 것이 단지 남들을 의혹케 하고 놀라게 하기 때문만
이 아니다. 그래서 기량(杞梁)의 아내가 들판에서의 조문을 사양하고
신유(辛有)가 산발로 들에서 제사 지내는 사람을 미워하였으니,[60] 모두

58　정현(鄭玄)의……것 : 정현은 이에 대해 "사(士)의 제복을 입고서 곡을 하니, 의복
에 변화를 주었음을 밝힌 것이다. 천자는 지존이므로 시신과 영구를 직접 보지 않고
조복도 착용하지 않으며 마(麻)에 채색을 가하지 않는다. 여기에서 '질'이라고 말한
것은 연자(衍字)이니, 당시 사람들 중에 간혹 변질을 착용하는 자가 있었으므로 이
때문에 언급한 것일 따름이다. 《주례》에 '왕이 제후에게 조문할 때에는 변질을 두르고
시최를 착용한다.' 하였다.〔服士之祭服以哭之, 明爲變也. 天子至尊, 不見尸柩, 不弔服
麻, 不加於采. 此言絰衍字也, 時人間有弁絰, 因云之耳. 周禮, 王弔諸侯, 弁絰緦衰也.〕"
라고 하였다. 《禮記註疏 檀弓上》

59　죽음을……있겠는가 : 《예기》〈단궁 상〉에 "공자께서 들판에서 곡하는 자를 미워
하셨다.〔孔子惡野哭者〕"라고 하였는데, 진호는 이를 정식으로 마련된 자리가 아닌 들판
에서 갑자기 곡을 하면 사람들을 의혹케 하고 놀라게 하기 때문에 공자가 미워한 것이라
고 해설하였다. 《陳氏禮記集說 檀弓上》

60　기량(杞梁)의……미워하였으니 : 기량은 제(齊)나라의 신하로 거(莒)나라와의
전쟁에서 전사하였는데, 제후(齊侯)가 귀국할 때 그의 아내가 들판에서 남편의 영구를
맞이하였다. 제후가 사람을 보내 조문하자 아내는 남편에게 죄가 있다면 제후가 조문을
할 가치가 없을 것이고, 남편에게 죄가 없다면 선인(先人)이 남긴 낡은 집이 있으니
그곳에서 조문을 받겠다며 사양하였다. 이에 제후는 기량의 아내가 예를 지키는 것을
훌륭하게 여겨 직접 그 집을 찾아가 조문하였다. 《春秋左氏傳 襄公23年》 주(周)나라

그것이 예가 아니기 때문이다.

"친밀한 사이면 들어와 곡한다."⁶¹라는 것은, 조문하는 이들이 모두 반드시 곡을 하는 것은 아니므로 친밀한 사이의 사람만 곡을 한다는 것이다. 주석에서 곧장 들어온다고 한 것은 아마도 그렇지 않을 것이다.

예라는 것은 인정(人情)에서 비롯하여 절도(節度)를 정하고 문채를 낸 것이다. 그러므로 예문(禮文)에 없는 예가 있고 권도(權道)로 행하여 바름을 잃지 않는 경우도 있다. 이른바 삼년상을 치르고 있으면 조문하지 않는다는 것⁶²과 형제가 아니면 이웃이라도 가지 않는다는

대부인 신유(辛有)는 주 평왕(周平王)이 동천(東遷)할 때 이천(伊川)에서 산발한 사람이 들에서 제사 지내는 것을 보고 100년 내에 이곳이 오랑캐의 땅이 되리라 탄식하였는데, 뒤에 과연 진(秦)나라와 진(晉)나라가 육혼(陸渾)의 오랑캐를 이곳으로 옮겨와 오랑캐들이 사는 땅이 되었다. 《春秋左氏傳 僖公22年》

61 친밀한……곡한다 : 《예기》〈단궁 하(檀弓下)〉에 "처남 중에 장인의 후계자가 된 자가 죽으면 남편이 된 자가 적실(適室)에서 곡하되, 자기 아들이 상주가 되어서 단문(袒免)으로 곡하고 용(踊)을 하면, 남편이 문 오른쪽으로 들어가서 다른 사람을 문밖에 서게 한다. 조문객이 왔음을 알리고 조문객이 죽은 이와 친밀한 사이면 들어가서 곡을 하니, 자기 부친이 생존해 있으면 처의 방에서 곡하고 처남으로서 아버지의 후계자가 된 자가 아니면 다른 방에서 곡한다.〔妻之昆弟爲父後者死, 哭之適室, 子爲主, 袒免哭踊. 夫入門右, 使人立於門外. 告來者, 狎則入哭. 父在, 哭於妻之室 ; 非爲父後者, 哭諸異室.〕"라고 하였다. 여기서 친밀한 사이면 들어가서 곡한다는 것에 대해 진호는 "만약 교유하며 친밀하게 지낸 사람이라면 곧장 들어와 곡을 하니, 정과 의리상 그렇게 하는 것이다.〔若是交游習狎之人, 則徑入哭之, 情義然也.〕"라고 주해하였다.

62 삼년상을……것 : 자장(子張)이 죽었을 때 증자(曾子)가 모친상을 치르고 있어 자최복(齊衰服)을 입고 가서 곡하였는데, 혹자가 자최복을 착용하고서는 조문을 하지 않는다고 하자 증자는 "내가 조문을 했단 말인가?〔我弔也與哉〕"라며 자신은 단지 벗의 죽음을 곡한 것이라고 말하였다. 《禮記 檀弓下》

것[63]은 예의 원칙이지만, 증자(曾子)와 자장(子張)은 함께 부자의 당(堂)에 올랐으므로 형제의 정과 의리가 있기 때문에 한번 가서 곡하지 않는 것은 인정상 차마 하지 못할 일이다. 성현(聖賢)들은 이런 경우에 어쩔 수 없이 인정을 따랐으므로 "내가 조문을 했단 말인가?"라고 말하였으니, 자신이 자장에게 어찌 상례(常禮)의 조문을 할 사이이겠냐고 말한 것이다. 상복을 벗지 않은 것은 정도(正道)이고 가서 곡한 것은 권도이니, 이것이 이른바 권도를 행하여 바름을 잃지 않은 경우이다. 주석에 "증자가 실례를 범한 일을 다 믿을 수 없다."[64]라고 하였으니, 증자에 대해 제대로 알지 못하는 자라고 할 수 있다.

"일중(日中)에 우제(虞祭)를 지낸다."의 주석에 "곧 그날 정오에 우제를 지낸다."라고 하였다.[65] 무릇 장례는 아침이나 저녁에 지내는데

---

63 형제가……것 : 《예기》〈단궁 상〉에 "빈소를 차렸을 때 먼 형제의 상을 들으면 시마복(緦麻服)을 입는 친족이더라도 반드시 가야 하고, 형제가 아니라면 비록 이웃이라도 가지 않는다.〔有殯, 聞遠兄弟之喪, 雖緦必往, 非兄弟, 雖鄰不往.〕"라고 하였다.

64 증자가……없다 : 유맹야(劉孟冶)는 이 일화에 대해 《예기》〈증자문(曾子問)〉에서 증자가 공자에게 삼년상을 치를 때에는 조문을 가지 않아야 한다는 가르침을 받은 일화를 들어 증자가 모친상을 치르면서 친구를 조문하였을 리가 없다며, 이런 일화는 증자가 실례를 범한 경전의 사례들을 다 믿을 수 없다는 증거가 된다고 하였다. 《陳氏禮記集說 檀弓下》

65 일중(日中)에……하였다 : 《예기》〈단궁 하〉에 "반곡(反哭)하고 나서는 주인이 유사와 함께 우제의 희생(犧牲)을 살펴보고, 다른 유사가 궤연(几筵)을 묘(墓)의 왼쪽에 설치하여 유사가 돌아오면 그날 안으로 우제(虞祭)를 지낸다.〔旣反哭, 主人與有司視虞牲, 有司以几筵舍奠於墓左, 反, 日中而虞.〕"라고 하였는데, 진호는 이에 대해 "묘도(墓道)는 남쪽을 향해 있으니 동쪽을 좌측으로 삼고, 여기서 기다리던 유사가 돌아오면 곧 정오 때에 우제를 지낸다.〔墓道向南, 以東爲左, 待此有司之反, 卽於日中時虞祭也.〕"라고 풀이하였다. 《陳氏禮記集說 檀弓下》

어째서 꼭 정오까지 기다리겠는가. 대개 '일중'이라고 한 것은 '그날 안'이라는 말과 같다.

길제(吉祭)로 상제(喪祭)를 대신한다는 것은 이른바 '변례〔變〕'이고, 부제(祔祭)를 지낼 때가 될 때까지 삼우제(三虞祭)와 졸곡제(卒哭祭)를 지내는 것은 이른바 '연달아 제사를 지낸다.〔接〕'라는 것인데, 다른 이유로 장례 기일(期日)이 되기 전에 바로 장례를 지내는 것을 상례를 변용했다고 하는 것은 천착이다.[66] 만약 우제를 앞당긴 뒤 졸곡하기 전에 제사를 지내지 않을 수 없으므로 반드시 부제 때가 되어서야 그치는 것이라고 한다면, 은(殷)나라 사람들은 소상(小祥)을 치르고 부제를 지내기 전에 강일(剛日)의 제사를 연달아 지냈다는 것인가.[67]

---

66 길제(吉祭)로……천착이다 : 《예기》〈단궁 하〉에 "졸곡을 치른 날에는 길제로 상제를 대신하고, 이튿날에 조부의 묘에 부제를 지낸다.〔是日也, 以吉祭易喪祭, 明日祔于祖父.〕"라고 하였다. 또 "변례로 길제로 갈 경우에는 부제를 지낼 때까지 반드시 이날에 연달아 제사를 지내야 하니, 차마 하루라도 귀신이 돌아갈 곳이 없게 할 수가 없어서이다.〔其變而之吉祭也, 比至於祔, 必於是日也接, 不忍一日末有所歸也.〕"라고 하였는데, 진호는 여기에서 상제를 길제로 대신 지내는 변례를 행하게 되는 까닭을 다른 사정이 있어 장례 기일이 되기 전에 곧장 장례를 치러야 되기 때문이며, 〈사우례(士虞禮)〉를 기준으로 할 때 장례와 우제를 당겨서 치른 뒤 졸곡 전까지 아직 날짜가 많이 남아 있으므로 제사를 지내지 않을 수가 없어 연달아 제사를 지내는 것이라 해설하였다. 《陳氏禮記集說 檀弓下》

67 은(殷)나라……것인가 : 《예기》〈단궁 하〉에 "은나라 때에는 소상을 치르고 부제를 지냈고 주나라 때에는 졸곡을 하고 부제를 지냈는데, 공자께서는 은나라의 예법을 좋게 여기셨다.〔殷練而祔, 周卒哭而祔, 孔子善殷.〕"라고 하였다. 강일(剛日)의 제사란 삼우제와 졸곡제를 비롯해 장례 동안 지내게 되는 제사들을 뜻한다. 강일은 일진(日辰)의 천간(天干)이 갑(甲)·병(丙)·무(戊)·경(庚)·임(壬)인 날로, 《의례(儀禮)》〈사우례〉에 "삼우제와 졸곡제 및 기타 제사는 강일에 지낸다.〔三虞卒哭他, 用剛日.〕"라고 하였다.

"인희즉사도(人喜則斯陶)"[68]라는 것은 도연(陶然)히 즐거워하는 것이다. 주석에 '울울하다〔鬱陶〕'라고 한 것은 아마도 그렇지 않을 것이다.

〈간혜(簡兮)〉 시에 "궁전 뜰에서 만무(萬舞)를 추도다."라고 하였고, 이어서 "왼손에는 피리를 잡고 오른손에는 꿩 깃을 쥐었도다."라고 하였으니[69] 이는 문무(文舞)이고,《춘추좌씨전(春秋左氏傳)》에서 만무를 춘 것을 무비(武備)를 익혔다고 한 것[70]은 무무(武舞)인 듯하다. 지금 "만무만 들이고 약무(籥舞)는 뺐다."[71]라고 한 것은 또 만무 가운

---

68 인희즉사도(人喜則斯陶) :《예기》〈단궁 하〉에 자유(子游)가 "사람이 기뻐하면 곧 울적해지고, 울적해지면 읊조리고, 읊조리다 보면 흔들리고, 흔들리면 춤을 추고, 춤을 추다 보면 성을 내고, 성을 내면 슬퍼진다.〔人喜則斯陶, 陶斯咏, 咏斯猶, 猶斯舞, 舞斯慍, 慍斯戚.〕"라고 한 말이 보이는데, 여기서 '도(陶)'는 일반적으로 정현(鄭玄)의 주에 따라 '울울하다〔鬱陶〕'의 뜻으로 풀이한다.《禮記註疏 檀弓下》

69 간혜(簡兮)……하였으니 :《시경(詩經)》〈패풍(邶風) 간혜(簡兮)〉에 "훤칠하게 허우대 큰 이가 궁전 뜰에서 만무(萬舞)를 추도다. 왼손에는 피리를 잡고, 오른손에는 꿩 깃을 쥐었네. 그 얼굴 물들인 양 붉거늘, 공께서 한잔 술을 내리시네.〔碩人俁俁, 公庭萬舞. 有力如虎, 執轡如組. 左手執籥, 右手秉翟. 赫如渥赭, 公言錫爵.〕"라고 하였다.

70 춘추좌씨전(春秋左氏傳)에서……것 : 초(楚)나라 영윤(令尹)인 자원(子元)이 문부인(文夫人)을 유혹하려고 궁궐 옆에 관사(館舍)를 짓고 머무르며 만무를 추었는데, 문부인이 듣고서 울며 "선군(先君)은 이 춤으로 무비를 익혔는데, 지금 영윤은 이것을 원수를 향해 추지 않고 미망인의 곁에서 추고 있으니 괴이하지 않은가.〔先君以是舞也, 習戎備也. 今令尹不尋諸仇讐, 而於未亡人之側, 不亦異乎?〕"라고 하였다는 고사가 있다.《春秋左氏傳 莊公28年》

71 만무만……뺐다 : 노 장공(魯莊公)의 아들이자 경(卿)이던 중수(仲遂)가 제(齊)나라 수(垂) 지방에서 죽었다. 이때 노 선공(魯宣公)은 종묘에서 제사를 지내고 있었는데 소식을 듣고도 계속 제사를 지냈고, 이튿날인 임오일(壬午日)에도 역(繹)제사를

데에서 피리 소리만 뺀 것인 듯하다. 이로써 보자면 '만(萬)'이란 문무와 무무 두 춤의 총칭일 것이다.

"공수약방소(公輸若方小)"의 주석에 나이가 아직 어리다고 하였으나 아랫글의 '염(斂)'자와 뜻이 이어지지 않는다.[72] 게다가 나이가 어리므로 대신하고자 하였다고 말한 것은 더욱 견강부회에 가깝다. 차라리 곧바로 '막 소렴(小斂)을 했다〔方小斂〕'로 읽는 것이 자연스럽지 않겠는가.

"의백지기(懿伯之忌)"의 '기(忌)'를 '원수'로 풀이한다면 끝내 뜻이 통하지 않는다는 느낌이 든다.[73] 경숙이 이미 혜백이 자신을 원수로

___

지내되 만무(萬舞)만 들이고 약무는 뺐다.〔萬入去籥〕 공자는 경이 죽었을 때에는 역 제사를 지내지 않는 법이라며 이를 예의에 맞지 않는 행동이라고 비판하였다. 《禮記 檀弓下》

72 공수약방소(公輸若方小)의……않는다 : 《예기》〈단궁 하〉에 "계강자(季康子)의 모친이 죽었는데, 아들 공수약(公輸若)이 한창 어렸다. 염습할 때 공수반(公輸般)이 기계를 이용하여 하관할 것을 청하자 이를 따르려 하였는데, 이때 공견가(公肩假)가 말하기를 '옳지 않다. 우리 노나라에는 전해오는 방법이 있다. 공실(公室)은 천자의 풍비(豐碑)에 견주고, 삼가(三家)는 제후의 환영(桓楹)에 견주었다. 공수반이여, 너의 기교를 남의 어머니에게 시험하려 하니, 이를 그만둘 수 없겠느냐. 그 기교를 시험하지 않는다면 누가 너를 해치는 자라도 있느냐?'라고 하고서 '아!' 하고 탄식하였는데, 끝내 그의 말을 따르지 않았다.〔季康子之母死, 公輸若方小. 斂, 般請以機封, 將從之. 公肩假曰: "不可. 夫魯有初, 公室視豐碑, 三家視桓楹. 般, 爾以人之母嘗巧, 則豈不得以? 其毋以嘗巧者乎? 則病者乎? 噫." 弗果從.〕"라고 하였다. 정현(鄭玄)은 이 부분의 구두를 '방소(方小)'에서 끊어, 공수반이 공수약이 나이가 아직 어려 예법을 알지 못하므로 자기가 대신 재주를 시험해보려고 하였다는 의미로 파악하였다. 《禮記註疏 檀弓下》

73 의백지기(懿伯之忌)의……든다 : 《예기》〈단궁 하〉에 "등 성공(滕成公)의 초상에 노나라에서는 자숙 경숙(子叔敬叔)으로 하여금 조문하여 글을 올리게 하였는데, 자복 혜백(子服惠伯)이 부사(副使)가 되었다. 교외에 이르자 그날 마침 의백(懿伯)의 기일

여기는 것을 알고 있었다면 어찌 교외(郊外)에 도착한 뒤에야 들어가지 않겠는가. 혹자가 기일(忌日)이라고 해설한 것이 사리에 가깝다.

발(撥)이란 어떤 물건인지 미상이지만, 요컨대 기계를 설치하여 무거운 것을 당기는 물건인 듯하다.[74] 그러므로 순거(輴車)를 사용하지 않고 발만 설치한 것을 훔친 예절이라고 말한 것이다. 그런데 방씨는 도리어 손으로 느릅나무 즙을 길에 흩뿌리는 것이라 하였으니, 말이 되지 않는다. 만약 길에 뿌려 순거를 끈다면 "느릅나무 즙을 만들어

(忌日)이라 하여 경숙이 등(滕)나라에 들어가지 않으려 하였는데, 혜백이 말하기를 '이것은 나랏일이다. 숙부의 사사로운 일 때문에 공사를 행하지 않아서는 안 된다.'라고 하고 마침내 들어갔다.〔滕成公之喪, 使子叔敬叔弔, 進書, 子服惠伯爲介. 及郊, 爲懿伯之忌, 不入. 惠伯曰: "政也, 不可以叔父之私, 不將公事." 遂入.〕라고 하였는데, 의백과 혜백은 숙질간이므로 숙부의 사사로운 일이라고 말한 것이다. 이 일화에 대해 정현(鄭玄)과 공영달(孔穎達)은 경숙이 예전에 의백을 살해하여 혜백에게 원한을 샀는데 마침 임무 중에 의백의 기일을 만나자 혜백이 보복할까 두려워 등나라로 진입할 것을 꺼렸고, 혜백이 공무의 중요성을 들어 경숙의 마음을 풀어준 것이라고 해석하였다.《禮記註疏 檀弓下》

74 발(撥)이란⋯⋯듯하다 : 노 애공(魯哀公)의 어린 아들 돈(蕈)이 죽었을 때, 애공이 그를 위해 발(撥)을 설치하고자 하여 유약(有若)에게 자문하자 유약은 애공의 세 신하들의 가문에서도 발을 사용하고 있다며 무방하다 하였는데, 안류(安柳)가 반대하며 "천자는 용순(龍輴)에 나무를 모아 곽(椁)처럼 만들어 덮고, 제후는 순거(輴車)만 있고 덮개를 설치하되 느릅나무 즙을 만들어 사용하기 때문에 발을 설치하는 것입니다. 세 신하들은 순거를 사용하지 않으면서 발을 설치하였으니, 이는 훔친 예법 중에서도 맞지 않는 것인데 군주께서는 어찌하여 이것을 배우려 하십니까?〔天子龍輴而椁幬, 諸侯輴而設幬, 爲楡沈故設撥. 三臣者廢輴而設撥, 竊禮之不中者也, 而君何學焉?〕라고 하였다고 한다. 여기서 발이란 무엇인지 미상인데, 정현(鄭玄)과 공영달(孔穎達)은 수레를 끌기 위한 밧줄〔紼〕이라 하였고, 방각(方慤)은 "길을 미끄럽게 하는 느릅나무 즙을 뿌리기 위해 설치하는 기계로서 손으로 느릅나무 즙을 길에 흩뿌리는 것이다.〔以手撥楡沈而灑於道也〕"라고 하였다.《禮記註疏 檀弓下》

사용하기 때문에 발을 설치한다."라고 하지 않았을 것이다. 구설(舊說)에 '불(紼 수레를 끄는 밧줄)'이라고 한 것이 사리에 가깝다.

"임금이 음식을 내렸을 때 그 음식을 '헌(獻)'이라 하고, 사신으로 갔을 때에 자신의 임금을 과군(寡君)이라고 한다."[75]의 주석에 두 가지 일은 여느 신하들과 같다고 한 것은 틀렸다. 방씨의 해설이 옳다.

자하(子夏)가 증자의 말을 듣고 "나의 허물이로다, 나의 허물이로다!"라고 하였고[76] 증자가 자유(子游)의 말을 듣고 "나의 허물이로다, 나의 허물이로다!"라고 하였으며[77] 자사(子思)가 문인의 말을 듣고 "나

75 임금이……한다 : 《예기》〈단궁 하〉에 "벼슬살이를 시작했으나 아직 녹봉을 받지 못한 자는 임금이 음식을 내리면 그 음식을 헌(獻)이라고 하고, 사신으로 갔을 때 자신의 임금을 과군(寡君)이라고 일컫는다. 도의가 어긋나서 떠나게 되면 임금이 죽었을 때에 임금을 위해 상복을 입지 않는다.〔仕而未有祿者, 君有饋焉曰獻, 使焉曰寡君, 違而君薨, 弗爲服也.〕"라고 하였다. 진호(陳澔)는 이 구절에 대해 녹봉을 이미 받은 자든 아직 받지 못한 자든 똑같이 임금이 내린 음식을 '헌'이라 하고 사신으로 가서는 자신의 임금을 '과군'이라고 칭한다고 해설하였는데, 방각(方慤)은 녹봉을 아직 받지 않았으면 군신(君臣)의 관계가 아닌 주빈(主賓)의 관계가 적용되기 때문에 임금이 하사한 음식과 사신으로 갔을 때 부르는 호칭을 낮추는 것이라고 풀이하였다. 《陳氏禮記集說 檀弓下》《이계집》 원문에는 이 구절의 '獻'자가 빠져 있어 의미가 통하지 않아서 《예기》〈단궁 하〉에 의거하여 보충하여 번역하였다.

76 자하(子夏)가……하였고 : 자하가 동문(同門)들과 떨어져 서하(西河)에서 홀로 살 때 아들을 잃고 너무 심하게 곡을 하다 실명(失明)하였다. 증자가 그를 찾아가 조문하며 곡하자 그도 곡하며 하늘을 향해 자신은 아무 죄가 없다고 말하였는데, 증자는 자하가 서하에 홀로 거하며 이곳 사람들로 하여금 자신과 공자가 다름이 없다고 생각하게 만든 죄, 부모님의 상을 치를 때 효도로 칭송받지 못한 죄, 아들의 상을 치르다 실명한 죄를 들어 꾸짖었다. 이에 자하는 "나의 허물이로다, 나의 허물이로다! 내가 벗들과 떨어져 혼자 산 지가 오래되어 이런 죄를 지었구나!〔吾過矣, 吾過矣, 吾離群而索居, 亦已久矣.〕"라며 반성하였다. 《禮記 檀弓上》

의 허물이로다, 나의 허물이로다!"라고 하였으니,[78] 거듭 말한 것은 깊이 자책하는 말이다. 군자가 허물을 고치는 데 용감하여 자기를 버리고 남을 따르는 것이 이와 같다.

"삼일축선복(三日祝先服)"[79]이란 것은 축관이 함(含)과 염(斂)을 돕기 때문에 먼저 복장을 바꾸는 것이다. 그런데 주석에서는 '복(服)'을 지팡이를 짚는 것이라 풀이하고 "먼저 피로해지므로 먼저 지팡이를

77　증자가……하였으며 : 공자가 사망하였을 때 증자는 습구(襲裘) 차림으로 조문하고 자유(子游)는 석구(裼裘) 차림으로 조문하였는데, 증자가 자유를 가리키며 다른 사람들에게 저 사람은 예에 밝은 사람인데 어째서 석구를 입고 조문하였는지 모르겠다고 하였다. 그런데 상주가 소렴을 마치고 옷을 벗고 괄발(括髮)을 하자 자유가 종종걸음으로 나와 습구 차림에 대(帶)와 수질(首絰)을 두르고 들어왔다. 이를 본 증자는 "나의 허물이로다, 나의 허물이로다! 저 사람이 옳다.〔我過矣, 我過矣. 夫夫是也.〕"라며 반성하였다. 《禮記 檀弓上》

78　자사(子思)가……하였으니 : 자사의 모친은 남편 백어(伯魚 공자의 아들)가 죽자 위(衛)나라의 서씨(庶氏)에게 개가(改嫁)하였는데, 뒤에 그녀가 죽자 자사에게 부음이 전해졌다. 자사가 집안의 종묘(宗廟)에 가서 곡하자 문인들이 서씨 집안의 모친이 된 여인을 어떻게 공씨(孔氏) 집안의 종묘에서 곡할 수 있냐고 하였다. 그러자 자사가 "나의 허물이로다, 나의 허물이로다!〔吾過矣, 吾過矣.〕"라고 탄식하고 다른 방으로 가서 곡을 하였다. 《禮記 檀弓下》

79　삼일축선복(三日祝先服) : 《예기》〈단궁 하〉에 "천자가 붕(崩)하면 3일째에 축관(祝官)이 먼저 지팡이를 짚고, 5일째에 관장(官長)이 지팡이를 짚고, 7일째에 도성 안의 남녀들이 자최복을 입고, 석달째에 천하의 대부들이 세최복(繐衰服)을 입는다.〔天子崩, 三日, 祝先服, 五日, 官長服, 七日, 國中男女服, 三月, 天下服.〕"라고 하였는데, 여기에서 똑같은 '복(服)'자를 축관과 관장의 경우에만 지팡이를 짚는다고 해석하는 것은 공영달(孔穎達)의 소(疏)에 근거한 것이다. 그는 이에 대해 "축관은 함과 염을 돕느라 먼저 피로해지므로 먼저 상장(喪杖)을 짚는다.〔祝佐含斂先病, 故先杖也.〕"라고 하였고, 또 "관장인 대부(大夫)와 사(士)는 축관보다 나중에 피로해지므로 5일째에 상장을 짚는다.〔病在祝後, 故五日也.〕"라고 하였다. 《禮記註疏 檀弓下》

짚는다."라고 하였으니, 지팡이를 짚고 행사를 집행하는 예가 어디에 있는가. 5일째와 7일째는 모두 상복을 입는 차례를 말한 것이니, 관장(官長)은 그래도 지팡이를 짚는다고 할 수 있거니와 도성과 천하의 사람들이 어찌 모두 지팡이를 짚겠는가. 그러므로 이에 따라 말하자면 혹 지팡이를 짚기도 하고 혹 최복(衰服)을 입기도 한다는 것은 더욱 군색해 보인다.

천자의 관(棺)으로 반드시 여러 사당의 나무를 쓰는 것[80]은 그 땅의 정결함과 재목의 아름다움을 취한 것이다. 쓸 만한 것을 가려 벤다는 것은 모두 베어서 가져오는 것임을 말한 것이 아니다. 가져오지 않은 자의 목을 벤다는 것은 명을 어겨 제때에 못 맞췄음을 말한 것이니 비록 엄혹(嚴酷)한 데에 가까운 듯하나 쓰임새가 중하기 때문이다.

"그 아내가 노인(魯人)이었다."의 주석에 "노둔한 사람이다."라고 하였는데,[81] 용거(容居)는 서(徐) 지방 사람이었으니 노둔하다고 풀이해

---

80 천자의……것 : 《예기》〈단궁 하〉에 천자가 죽었을 때 관을 만드는 규정에 대해 "우인(虞人)이 여러 사당의 나무 가운데 관곽(棺槨)을 만들 만한 재목을 바쳐서 그 나무를 베되, 나무를 가져오지 않은 자는 그의 사당을 폐지하고 그 사람의 목을 벤다.〔虞人致百祀之木, 可以爲棺槨者斬之. 不至者, 廢其祀, 刎其人.〕"라고 하였다.

81 그……하였는데 : 《예기》〈단궁 하〉에 "숙중피가 아들인 자류를 가르쳤는데, 숙중피가 죽자 노인(魯人)이었던 자류의 아내는 숙중피를 위하여 최복을 입고 규질(繆絰)을 둘렀다. 숙중피의 동생 숙중연이 자류에게 고하여 세최복을 입고 환질을 두르라고 청하며 말하기를 '옛날 내가 고모와 자매의 상을 당했을 때도 이와 같이 했는데 아무도 나를 금하지 않았다.'라고 하니, 자류가 물러나 그 아내로 하여금 세최에 환질을 하게 하였다.〔叔仲皮學子柳, 叔仲皮死, 其妻魯人也, 衣衰而繆絰. 叔仲衍以告, 請繐衰而環絰, 曰昔者吾喪姑姊妹, 亦如斯, 末吾禁也. 使其妻繐衰而環絰.〕"라고 하였는데, 정현(鄭玄)과 공영달(孔穎達)은 자류의 아내가 한 행동에 대해 비록 노둔했어도 시아버지를 위해 최복을 입고 규질을 두를 줄 알았던 것이라고 하였다. 《禮記註疏 檀弓下》

도 괜찮을 수 있으나,[82] 이 경우에는 꼭 그렇지는 않을 것이다. 아마도 노나라 사람이라서 그 풍속이 예를 안다고 말한 것일 듯하다.

"누에는 실을 낳는데 게에게 광주리 같은 등껍질이 있다."에 대한 주씨(朱氏)의 주석은 거꾸로 말하였다고 할 만하다.[83] 이는 누에는 실을 낳지만 스스로 광주리를 짜지 못하는데 광주리 같은 등껍질은 도리어 게에게 있고, 벌에겐 갓처럼 생긴 더듬이가 있지만 스스로 갓끈을 만들지 못하는데 갓끈은 도리어 매미에게 있다고 말한 것으로, 성(成) 지방 사람의 형이 죽었을 때 스스로 최복을 해 입지 않고 도리어 자고(子皐)가 오자 최복을 해 입었음을 비유한 것이다. 앞뒤의 비유가 명백하다 할 수 있는데도 지금 도리어 거꾸로 말하여 억지로 풀이한 것은

---

82 용거(容居)는……있으나 : 주루 고공(邾婁考公)이 죽었을 때 서(徐)나라 임금이 용거를 보내 조문하고 반함(飯含)을 하게 하였는데, 상례를 맡은 유사(有司)들이 이는 정식 절차와 약식 절차가 뒤섞인 것이라며 반대하였다. 이에 용거는 자신은 선군(先君)인 구왕(駒王)에게 받은 가르침을 따를 뿐이라며 "저는 노둔한 사람인지라, 선조의 가르침을 감히 잊을 수 없습니다.〔容居魯人也, 不敢忘其祖.〕"라고 하였다. 《禮記 檀弓下》

83 누에는……만하다 : 《예기》〈단궁 하〉에 형이 죽었는데도 상복을 입지 않은 성(成) 지방 사람의 일화가 보인다. 그는 예법에 밝은 자고(子皐)가 곧 지방관으로 부임한다는 소식을 듣고 문책을 받을까 두려워 끝내 형을 위해 상복을 입었는데, 성 지방 사람들이 이를 두고 "누에는 실을 낳는데 게에게 광주리가 있고, 벌은 갓처럼 생긴 더듬이가 있는데 매미에게 갓끈이 있다.〔蠶則績而蟹有筐, 范則冠而蟬有緌.〕"라고 풍자했다고 한다. 주씨(朱氏)는 주주한(朱周翰)으로 추정되는데, 그는 이를 실을 뽑을 때에는 반드시 광주리에 담아야 하지만 게의 광주리처럼 생긴 등껍질은 누에를 위한 것이 아니고, 갓을 쓸 때에는 반드시 갓끈을 묶어야 하지만 매미의 갓끈처럼 생긴 주둥이는 벌을 위해 있는 것이 아니라고 풀이하여, 성 지방 사람이 상복을 입은 것이 형의 죽음 때문이 아닌 자고에 대한 두려움 때문임을 비유한 것이라고 하였다. 《陳氏禮記集說 檀弓下》

어째서인가?

악정자(樂正子)처럼 훌륭한 사람도 어머니의 죽음에는 마음을 가누지 못해 몸을 훼손시킨단 말인가.[84] 대체로 닷새 동안 먹지 않고 난 뒤에야 지나친 예임을 깨닫고서 "나는 참으로 후회하기는 하지만 어머니에게 내 마음을 나타내지 못했으니 어디에 내 마음을 나타낼 수 있겠는가."라고 한 것은 상사(喪事)에 슬픔을 과하게 한다는 뜻[85]이니, 주석의 해설에 "참된 마음을 감추고서 예제(禮制)를 초과했다."라고 한 것은 잘못되었다. -이상은 〈단궁(檀弓)〉이다.-

'천맥(阡陌)'이란 밭 사이의 길이다.[86] 옛날의 제도에 100묘(畝) 사이

---

84 악정자(樂正子)처럼……말인가 : 《예기》〈단궁 하〉에 "악정자춘(樂正子春)이 모친이 돌아가시자 닷새나 음식을 먹지 않고서, '나는 후회된다. 내 몸이 훼손되어 어머니께 마음을 다하지 못한다면 내 어디에 마음을 다할 수 있겠는가.'라고 하였다.〔樂正子春之母死, 五日而不食, 曰: "吾悔之. 自吾母而不得吾情, 吾惡乎用吾情?"〕"라고 한 일화가 보인다. 진호(陳澔)는 악정자춘의 언행을 두고, "참된 마음을 감추고서 예제를 초과하는 예절을 행하여 어머니에게 참된 마음을 나타내지 못했으면 다른 곳에 참된 마음을 쓸 곳이 없으니, 이것이 후회되는 까닭이다.〔矯爲過制之禮, 而不用其實情於母, 則他無所用其實情矣, 此所以悔也.〕"라고 해설하였다. 《陳氏禮記集說 檀弓下》

85 상사(喪事)에……뜻 : 《주역》〈소과(小過) 상(象)〉에 "산 위에 우레가 있는 것이 소과(小過)이니, 군자가 보고서 행실은 공손함을 과하게 하며 상사는 슬픔을 과하게 하며 씀은 검소함을 과하게 한다.〔山上有雷小過, 君子以, 行過乎恭, 喪過乎哀, 用過乎儉.〕"라고 하였다. 이는 생활에서 응당 과하게 할 일에는 지나치다 싶을 정도로 해야 한다는 의미이다.

86 천맥(阡陌)이란……길이다 : 이 칙(則)은 《예기》〈왕제(王制)〉의 편제(篇題)에 대한 서자명(徐自明)의 주석을 고찰한 것이다. 그는 〈왕제〉는 삼왕 사대(三王四代)의 왕조들이 오랜 기간 존속할 수 있었던 근간이라 하였으며, "진(秦)나라 때부터 정전을

를 '맥(陌)'이라 하였고 1,000묘 사이를 '천(阡)'이라 하였으니, 곧 정전법(井田法)이다. 이른바 정전을 폐지하고 천맥을 열었다는 것[87]은 곧 열고 틔워서 제거함을 이른다. 그러므로 《한서(漢書)》에 "천맥을 트고 찢었다."라고 한 것은 이를 이르니, 주자(朱子) 또한 이렇게 말한 적이 있다.[88] 서씨(徐氏 서자명(徐自明))가 정전(井田)을 바꾸어 천맥으로 만들었다고 한 것은 틀렸다.

'사방 1,000리(里)'란 개방(開方)으로 헤아린 것으로, 도합 100만 리이다.[89] 그러므로 그 안에 100리의 나라를 30개, 70리의 나라 60개,

바꾸어 천맥을 만들고 봉건제를 무너뜨려 군현(郡縣)을 만들어 토지를 나누고 녹봉을 제정하는 법 일체가 사라졌으니, 이것이 한나라 유자들이 옛 시대를 그리워하여 〈왕제〉를 지은 까닭이다.〔自秦變井地爲阡陌, 壞封建爲郡縣, 而分田制祿之法, 一切壙地, 此漢儒思古而王制所爲作也.〕"라고 하였다. 《禮記集說 卷24 王制》

87 이른바……것 : 진(秦)나라의 상앙(商鞅)은 수도를 함양(咸陽)으로 옮긴 뒤 토지 제도와 도량형을 개편하였다. 이를 《자치통감(資治通鑑)》〈주기(周紀)〉현왕(顯王) 19년 기사에 "여러 작은 향(鄕)과 취(聚)를 아울러서 하나의 현(縣)으로 만들고 영(令)과 승(丞)을 두니, 모두 31현이었다. 정전을 폐지하고 천맥을 열었으며 두(斗)·통(桶)·권(權)·형(衡)·장(丈)·척(尺)을 통일하였다.〔并諸小鄕, 聚集爲一縣, 縣置令丞, 凡三十一縣. 廢井田開阡陌, 平斗桶權衡丈尺桶.〕"라고 되어 있다.

88 한서(漢書)에……있다 : 《사기(史記)》 권79 〈채택열전(蔡澤列傳)〉에 채택이 상앙(商鞅)의 업적을 평가하여 "천맥을 트고 찢어 백성의 생업(生業)을 안정시켰다.〔決裂阡陌, 以靜生民之業.〕라고 한 것이 보인다. 여기에서 전거를 《한서》로 든 것은 오류이다. 주희(朱熹)는 《회암집(晦庵集)》 권72 〈개천맥변(開阡陌辨)〉에서 사람들이 이 구절의 '개(開)'를 '처음 열어서 두다〔開置〕'의 의미로 보아 상앙이 토지 제도를 정전제에서 천맥으로 바꾸었다고 풀이하지만, 각종 문헌을 상고해볼 때 이는 '파괴하고 깎아낸다는 뜻〔破壞剗削之意〕'이라고 하였다.

89 사방……리이다 : 이 칙은 《예기》〈왕제(王制)〉에 "무릇 사해의 안에는 구주(九州)가 있으며 주는 사방이 1,000리이니, 주에 100리의 나라를 세울 수 있는 것이 30개이

50리의 나라 120개를 세울 수 있는 것이니, 봉(封)하지 않은 명산(名山)·대택(大澤)과 부용국(附庸國)은 합산하지 않은 것이다. 무릇 사방 100리란 도합 만 리이고 사방 70리란 도합 4,900리이며 사방 50리란 도합 2,500리이므로, 사방 100리의 나라를 30개 세우면 도합 30만 리이고 사방 70리의 나라를 60개 세우면 도합 29만 4,000리이며 사방 50리의 나라를 120개 세우면 도합 30만 리이니, 210개의 나라를 다 계산하면 총 89만 4,000리이다. 그렇다면 100만 리 중에 10만 리 남짓이나 남는 것이니, 이는 명산·대택·부용국은 합산하지 않은 것이다. 마씨(馬氏 마희맹(馬晞孟))가 만 리라고 한 대로라면[90] 이는 사방 10리의 나라가 100개일 뿐이니, 어떻게 210개의 나라를 수용할 수 있겠는가. 또 사방 50리가 250리라고 하였다면 이는 250개의 정(井)에 지나지 않을 뿐이다. 정은 900묘로 정마다 공전(公田) 100묘를 제외하면 민전(民田)이 되는 것은 겨우 2,000가(家)가 받을 땅이라서 100승(乘)의

고 70리의 나라가 60개이고 50리의 나라가 120개이니, 모두 210개국이었다. 제후를 봉할 적에 명산과 대택을 가지고 봉하지 않고 그 나머지는 부용국(附庸國)과 한전(閒田)을 만들었으니, 8주에 주마다 210개국이 있었다.〔凡四海之內九州, 州方千里, 州建百里之國三十, 七十里之國六十, 五十里之國百有二十, 凡二百一十國. 名山大澤不以封, 其餘以爲附庸閒田. 八州, 州二百一十國. 名山大澤, 不以封, 其餘以爲附庸閒田, 八州, 州二百一十國.〕"라고 한 것에 대해 고찰한 것이다.

90 마씨(馬氏)가……대로라면 : 마희맹(馬晞孟)은 '사방 1,000리〔方千里〕'에 대해 "온 하늘 아래가 왕의 땅 아닌 것이 없어서 천자는 이를 모두 겸하여 소유하였다. 그러므로 천자의 전지는 사방이 1,000리로서, 기내(畿內)의 신하들에게 녹봉을 주는 것이다. 1,000리는 개방(開方)의 법으로 계산하면 만 리이다.〔普天之下莫非王土, 而天子則兼有之. 故天子之田, 方千里, 所以祿畿內之臣也. 千里者, 以開方之法計之, 蓋萬里也.〕"라고 해설하였다. 《禮記集說 卷24 王制》

수레를 낼 수 없으니, 어떻게 나라를 보존할 수 있겠는가. 마씨가 이른 바 개방법(開方法)으로 계산하였다는 것은 거의 2에 5를 곱하면 10이 되는 것을 모르는 데에 가까울 것이다.

〈노송(魯頌)〉에 "즐거운 반수(泮水)"라고 한 것은 제후(諸侯)의 학궁(學宮)이니,[91] 옛날의 해설에 "벽옹(辟雍)은 물이 벽옥(璧玉)처럼 두르고 있고 반궁(泮宮)은 그 절반이다."[92]라고 한 것이 이것이다. 주소(註疏)에 "반(頖)이란 정교(政敎)를 반포하는 것이다."[93]라고 한 것은 무엇에 근거했는지 모르겠다.

〈잡기(雜記)〉에 "흉년(凶年)에 하생(下牲)으로 제사 지낸다."라고 한 것[94]은 공자의 말로 천재(天災)를 두려워하고 백성들의 식량을 중시하는 것이니, 비용을 절약하고 예를 줄이기 위해서 하는 것만은 아니다. 여기에서 "풍년에는 사치하지 않고 흉년에도 너무 검약하지 않는

---

91 노송(魯頌)에……학궁(學宮)이니 : 이 문단은 《예기》〈왕제〉의 "천자가 가르치도록 명한 뒤에 학교를 만드니, 소학은 공궁(公宮)의 남쪽 왼편에 위치하고 대학은 교외에 위치한다. 천자의 학교를 벽옹(辟雍)이라고 부르고 제후의 학교를 반궁(頖宮)이라 부른다.〔天子命之敎, 然後爲學, 小學在公宮南之左, 大學在郊. 天子曰辟雍, 諸侯曰頖宮.〕"라고 한 것에 대한 고찰이다. 《시경》〈노송(魯頌) 반수(泮水)〉에 "즐거운 반수에서 미나리를 뜯노라.〔思樂泮水, 薄采其芹.〕"라고 하였다.

92 벽옹(辟雍)은……절반이다 : 《진씨예기집설》〈왕제〉에 보인다.

93 반(頖)이란……것이다 : 이 구절에 대한 공영달(孔穎達)의 주(註)에 "'반(頖)'이란 말은 반포함이니, 정교를 반포한다는 것이다.〔頖之言, 班也, 所以班政敎也.〕"라고 하였다. 《禮記註疏 王制》

94 잡기(雜記)에……것 : 《예기》〈잡기 하(雜記下)〉에 공자가 "흉년에는 노둔한 말을 타고 제사에 하생(下牲)을 쓴다.〔凶年則乘駑馬, 祀以下牲.〕"라고 한 것이 보인다. 하생이란 소뢰(少牢)라고도 하며, 돼지 한 마리만을 제물로 올리는 것이다.

다.”라고 한 것은 그저 나라의 비용을 제정하는 자가 제사에 국가의 1년 경비의 1할을 사용하여 부족할 염려가 없게 한 것이니, 기록한 이의 말이고 성인의 중정(中正)한 제도라 할 수 없을 것이다.[95]

“전지(田地)로 따지면 9만억 묘이다.[爲田九萬億畝]”는 마땅히 9,000억[九千億]’으로 써야 한다. 소의 말이 옳고 경문(經文)이 잘못되었다.[96]

사방 3,000리를 전지로 환산한다는 것에 대해서는 마땅히 8만 1,000억 묘[八萬一千億畝]로 써야 하니, 진씨(陳氏 진호(陳澔))의 설이 옳다.[97]

---

95 나라의……것이다 : 나라의 비용을 제정하는 자란 《예기》〈왕제〉에 “총재(冢宰)가 국가의 비용을 제정하되 반드시 연말에 하는 것은 오곡이 모두 들어온 뒤에 국가의 비용을 제정하기 위해서이다.[冢宰制國用, 必於歲之杪, 五穀皆入, 然後制國用.]”라고 한 바 총재를 가리킨다. 또 〈왕제〉에서는 총재(冢宰)가 결정하는 각종 행사의 비용에 대해서도 규정하고 있는데, “제사에는 1년 경비의 1할을 사용한다.[祭用數之仂]”라고 하였고, 또 “상과 제사에 있어 비용이 부족한 것을 ‘폭(暴)’이라 하고 남음이 있는 것을 ‘호(浩)’라고 한다. 제사는 풍년에는 사치하지 않고 흉년에도 너무 검약하지 않는다.[喪祭, 用不足曰暴, 有餘曰浩. 祭, 豐年不奢, 凶年不儉.]”라고 하였다.

96 전지(田地)로……잘못되었다 : 《예기》〈왕제〉에 “사방 1리의 땅이라는 것은 전지로 따지면 900묘이다. 사방 10리의 땅이라는 것은 사방 1리의 땅이 100개로 전지로 따지면 9만 묘이다. 사방 100리의 땅이라는 것은 사방 10리의 땅이 100개로 전지로 따지면 90억 묘이다. 사방 1,000리의 땅이라는 것은 사방 100리의 땅이 100개로 전지로 따지면 9만억 묘이다.[方一里者, 爲田九百畝. 方十里者, 爲方一里者百, 爲田九萬畝. 方百里者, 爲方十里者百, 爲田九十億畝. 方千里者, 爲方百里者百, 爲田九萬億畝.]”라고 하였다. 이 구절에 대해 공영달(孔穎達)의 소(疏)에 “1,000리의 나라를 사방 100리의 나라 100개로 계산하였으니, 사방 100리의 나라를 90억 묘라고 했으면 100리의 나라 10개는 900억 묘이고, 100리의 나라 100개는 9,000억 묘이다.[計千里之方爲方百里者百, 一箇百里之方, 旣爲九十億畝, 則十箇百里方爲九百億畝, 百箇百里方爲九千億畝.]”라고 하였다.

옛날에는 주척(周尺) 8척(尺)을 1보(步)라고 하였으니 1보는 6척 4촌이었고, 지금은 주척 6척 4촌(寸)이 1보이기 때문에 1보는 5척 1촌 2푼(分)이다.[98] 옛날의 100묘는 지금의 동전(東田) 156묘 25보와 딱 맞아떨어지니, 경문이 잘못되었고 진씨의 해설이 옳다. 다만 25보의 아래에 또 영수(零數 나머지)가 있는 것은 무엇에 근거했는지 모르겠다.

지금 1보는 5척 1촌 2푼이고 1리는 1,536척이니, 100리는 15만 3,600척이다. 옛날의 길이에서 지금의 길이를 빼면 3만 8,400척이 남는다. 이를 현재의 보율(步率)인 5척 1촌 2푼으로 나누면 7,500보이고, 이를 이율(里率)인 300보로 나누면 25리이다. 이로써 추산하면 옛날의 100리는 지금의 125리에 해당하니, 경문에 옛날의 100리는 지금의 121리 남짓이라고 한 것 또한 잘못되었다. -이상은 〈왕제〉이다.-

97 사방……옳다 : 《예기》〈왕제〉에 "무릇 사해 안에 긴 곳을 잘라 짧은 곳을 보충하면 사방 3,000리이니 전지로 따지면 81만억 묘가 된다.〔凡四海之內, 斷長補短, 方三千里, 爲田八十萬億一萬億畝.〕"라고 하였는데, 진호(陳澔)는 이에 대해 "그러나 내가 살피기에 사방 100리를 전지로 환산했을 때 90억 묘이면 사방 3,000리는 마땅히 8만 1,000억 묘라고 해야 한다.〔然愚按方百里, 爲田九十億畝, 則方三千里, 當云八萬一千億畝.〕"라고 하였다. 《陳氏禮記集說 王制》

98 옛날에는……2푼이다 : 《예기》〈왕제〉에 "옛날에는 주척(周尺) 8척을 1보(步)라 하였는데 지금은 주척 6척 4촌을 1보라 하니, 옛날의 100묘(畝)는 지금의 동전(東田) 146묘 30보에 해당하고, 옛날의 100리는 지금의 121리 60보 4척 2촌 2푼에 해당한다.〔古者以周尺八尺爲步, 今以周尺六尺四寸爲步. 古者百畝, 當今東田百四十六畝三十步, 古者百里, 當今百二十一里六十步四尺二寸二分.〕"라고 하였다. 진호는 《진씨예기집설》 〈왕제〉에서, 주(周)나라 때 1척이 8촌이어서 8척인 1보는 6척 4촌이었고 현재는 1보가 6척 4촌이어서 1보는 5척 1촌 2푼이 되므로 현재의 1보는 옛날보다 1척 2촌 8푼이 짧으니, 이를 통해 계산해보면 옛날의 100묘는 현재의 농지 156묘 25보 1촌 6푼 4천분 촌(千分寸)에 해당한다고 하였다.

봄과 여름에 오곡(五穀)이 아직 익지 않았을 때 묵은 곡식 가운데 보리와 콩만은 해를 넘겨도 변하지 않으므로 봄과 여름에는 보리와 콩을 먹고, 피(稷)는 먼저 익으므로 중간에 먹으며, 깨와 기장(黍)은 나중에 익으므로 가을과 겨울에 먹는다.[99] 벼가 끼어 있지 않은 것은 사철 어느 때나 먹을 수 있기 때문이다.

목기(木氣)나 화기(火氣)를 얻은 날짐승과 들짐승은 모두 먹을 수가 없는데, 오직 양은 미(未)에 속하여 토기(土氣)를 얻었고 닭은 유(酉)에 속하여 금기(金氣)를 얻었기 때문에 봄과 여름에 먹는다. 소는 토기를 얻었기 때문에 중간에 먹고, 개는 술(戌)에 속하여 금기를 얻었고 돼지는 해(亥)에 속하여 수기(水氣)를 얻었으므로 가을과 겨울에 먹는다. 그러나 이는 단지 시령(時令)을 들어 왕자(王者)의 거처와 음식이 모두 음양(陰陽)의 기운을 따름을 보인 것일 뿐이지, 봄과 여름에는 개와 돼지를 먹어서는 안 되고 가을과 겨울에는 양과 닭을 먹어서는 안 된다고 말한 것이 아니다. 그러므로 맹하에는 "돼지고기를 곁들여 보리를 맛본다."라고 말하였고, 중하에는 "어린 새의 고기를 곁들여 기장을 맛본다."라고 하였다.[100] 어린 새란 병아리이다.

---

99 봄과……먹는다 : 《예기》 〈월령(月令)〉에서 맹춘(孟春)·중춘(仲春)·계춘(季春)에는 "보리와 양고기를 먹는다.〔食麥與羊〕"라고 하였고, 맹하(孟夏)·중하(仲夏)·계하(季夏)에는 "콩과 닭고기를 먹는다.〔食菽與雞〕"라고 하였으며, 1년의 중간에 해당하는 6월 말의 18일 동안은 "피와 소고기를 먹는다.〔食稷與牛〕"라고 하였고, 맹추(孟秋)·중추(仲秋)·계추(季秋)에는 "깨와 개고기를 먹는다.〔食麻與犬〕"라고 하였으며, 맹동(孟冬)·중동(仲冬)·계동(季冬)에는 "기장과 돼지고기를 먹는다.〔食黍與彘〕"라고 하였다.

100 맹하에는……하였다 : 《예기》 〈월령〉에서 맹하에 대해 "농부가 보리를 올리면 천자가 이에 돼지고기를 곁들여 보리를 맛보되 먼저 침묘에 올린다.〔農乃登麥, 天子乃

맹하에 미초(靡草)가 죽는 것[101]은 양(陽)의 기운이 극도로 왕성하고 음(陰)의 기운이 비로소 맹동(萌動)하기 때문이고, 중하에 반설(反舌)이 울지 않는 것[102]은 양의 기운이 비로소 시들고 음의 기운이 비로소 자라나기 때문이다.

음과 양이 다투고 죽음과 삶이 나뉜다는 것[103]은 음이 강해지려는 것을 근심한 것이고, 《주역》에서 "건(乾)에서 싸운다."라고 말한 것[104]은 양의 기운이 우세해지려는 것을 기뻐한 것이다.

물건에 장인의 이름을 새겨 정성을 바치는 것[105]으로 말하면, 옛날

以戝嘗麥, 先薦寢廟.〕"라고 하였고, 중하에 대해서는 "이달에는 농부가 기장을 올리면 천자가 어린 새의 고기를 곁들여 기장을 맛보며 앵두를 바치면 먼저 침묘에 올린다.〔是月也, 農乃登黍, 天子乃以雛嘗黍, 羞以含桃, 先薦寢廟.〕"라고 하였다.

101 맹하에……것 : 《예기》〈월령〉에서 맹하에 대해 "이달에는 온갖 약초를 채집하며, 미초가 죽고 보리에는 가을에 해당하는 시기가 이른다.〔是月也, 聚畜百藥. 靡草死, 麥秋至.〕"라고 하였다. 미초란 잎과 줄기가 가느다란 풀을 뜻한다.

102 중하에……것 : 《예기》〈월령〉에서 중하에 대해 "작은 더위가 이르고 사마귀가 나오며, 왜가리가 처음 울고 반설은 울지 않는다.〔小暑至, 螳螂生, 鵙始鳴, 反舌無聲.〕"라고 하였다. 반설은 백설조(百舌鳥)를 말한다고도 하며, 청개구리를 말한다고도 한다.

103 음과……것 : 《예기》〈월령〉에서 하지(夏至)에 대해 "이달(중하)에 해의 깊이 극에 이르니, 음과 양이 다투며 죽음과 삶이 나뉜다.〔是月也, 日長至, 陰陽爭, 死生分.〕"라고 하였다.

104 주역에서……것 : 《주역》〈설괘전(說卦傳)〉에 "상제가 진(震)에서 나와서 손(巽)에서 갖추고, 이(離)에서 서로 만나고, 곤(坤)에서 일을 맡기고, 태(兌)에서 기쁘게 말하고, 건(乾)에서 싸우고, 감(坎)에서 위로하고, 간(艮)에서 말을 이룬다.〔帝出乎震, 齊乎巽, 相見乎離, 致役乎坤, 說言乎兌, 戰言乾, 勞乎坎, 成言乎艮.〕"라고 하였다.

105 물건에……것 : 《예기》〈월령〉에 "이달(맹동)에는 공사(工師)에게 명하여 장인들이 만든 물건을 바치게 하니, 제기(祭器)를 늘어놓고 법도와 형식에 맞는지를 살펴 혹시라도 지나치고 화려하여 윗사람의 마음을 어지럽히지 않게 하고, 반드시 공이 들어

사람들이 일을 처리함에 치밀함이 이와 같았다. 무릇 집기(什器)의 관지(款識)는 오래전부터 시작되었다.

해의 짧음이 지극해짐에 음과 양이 다투는 것은 하지(夏至)와 같지만, 죽음과 삶이 나뉜다는 것에 대해서는 생명체들이 생동한다고 한 것[106]은 생물의 동탕함을 기뻐하는 것으로, 양을 부지하고 음을 억제하는 뜻을 볼 수 있다.

맹춘에는 기러기가 날아오는 것을 기록하였고 중추에도 기러기가 날아오는 것을 기록하였으며 계추에는 기러기가 손님으로 찾아온다고 기록하였고 맹동에는 북쪽으로 향한다고 기록하였다.[107] 1년 중에 총 네 번 언급한 것은 새와 벌레라는 족속에서 기러기만이 음양의 바른

간 것을 상등품으로 삼으며, 기물에는 장인의 이름을 새겨 그 정성을 따져보고, 그 물건에 합당하지 않은 부분이 있으면 반드시 그 죄를 처벌하여 정황을 끝까지 가려낸다.〔是月也, 命工師效功, 陳祭器, 按度程, 毋或作爲淫巧, 以蕩上心, 必功致爲上, 物勒工名, 以考其誠, 功有不當, 必行其罪, 以窮其情.〕"라고 하였다.

106 해의……것 :《예기》〈월령〉에서 동지(冬至)에 대해 "이달(중동)에 해의 짧음이 극에 이르니, 음과 양이 다투어 생명체들이 생동한다.〔是月也, 日短至, 陰陽爭, 諸生蕩.〕"라고 하였다.

107 맹춘에는……기록하였다 :《예기》〈월령〉에서 맹춘에 대해 "동풍이 얼음을 녹이고 겨울잠 자던 동물들이 비로소 움직이며 물고기들이 얼음 위로 뛰어오르고 해달이 물고기로 제사 지내며 기러기가 찾아온다.〔東風解凍, 蟄蟲始振, 魚上冰, 獺祭魚, 鴻雁來.〕"라고 하였고, 중추에 대해서는 "맹풍(盲風)이 불면 기러기가 찾아오고 제비가 돌아오며 뭇 새들이 양식을 저장한다.〔盲風至, 鴻雁來, 玄鳥歸, 群鳥養羞.〕"라고 하였으며, 계추에 대해서는 "기러기가 손님으로 찾아오고 참새가 큰물에 들어가 조개가 된다.〔鴻鴈來賓, 爵入大水爲蛤.〕"라고 하였고, 계동에 대해서는 "기러기가 북녘을 향하고 까치가 둥지를 틀기 시작하며 꿩이 암컷을 찾아 울고 닭이 알을 낳는다.〔鴈北鄕, 鵲始巢, 雉雊, 鷄乳.〕"라고 하였다. 여기에서 계동을 맹동이라고 한 것은 오류로 보인다.

기운을 얻었음을 보인 것이다. 그러므로《서경》에서는 양조(陽鳥)가 사는 곳을 일컬어 천지의 평온함을 보였고[108]《시경》에서는 끼룩끼룩 우는 기러기를 일컬어 부부의 화목함을 비유했다.[109] -이상은 〈월령〉이다.-

신부를 맞이할 길일을 정했는데 신부 될 사람이 죽으면 신랑 될 사람 이 자최복을 입고 조문하고, 남편 될 사람이 죽으면 여자도 똑같이 한다고 하였으니,[110] 지금 행할 수 없는 고례란 이런 것이리라.

　예법에 신하에게 부모의 상이 있으면 임금은 3년 동안 부르지 않는 다고 한 것[111]은 이른바 남의 어버이 잃은 슬픔을 빼앗지 않는다는 것이

108　서경에서는……보였고:《서경》〈하서(夏書) 우공(禹貢)〉에 "팽려가 이미 물 이 모여 흐르니, 양조가 살 곳이로다.〔彭蠡旣瀦, 陽鳥攸居.〕"라고 하여 양조 떼가 팽 려의 모래섬에 모여 앉아 있음을 말하였는데, 팽려는 중국 강서성(江西省)의 파양호 (鄱陽湖)이고, 양조는 양기(陽氣)를 따라 남북으로 옮겨 다니는 새란 뜻으로 기러기 를 가리킨다.

109　시경에서는……비유했다:《시경》〈패풍(邶風) 포유고엽(匏有苦葉)〉에 "끼룩 끼룩 우는 기러기는 해 돋을 때 우는구나. 신랑이 색시를 데려가려면 얼음이 녹기 전에 해야 하네.〔雝雝鳴鴈, 旭日始旦. 士如歸妻, 迨冰未泮.〕"라고 하였다. 당시 신랑 집에서 신부 집에 청혼할 때는 산 기러기를 이른 아침 해가 뜰 때 보내는 것이 예의였고, 또 혼인은 얼음이 녹기 전인 1~2월에 올리는 것이 상례(常禮)였기 때문에 이렇게 말한 것이다.

110　신부를……하였으니:《예기》〈증자문(曾子問)〉에, 증자가 공자에게 "신부를 맞 이할 길일을 정했는데 신부 될 사람이 죽으면 어떻게 합니까?〔取女有吉日而女死, 如之 何?〕"라고 묻자 공자가 "신랑 될 사람이 자최복을 입고 가서 조문하고 이미 장례한 다음 복을 벗으니, 남편 될 사람이 죽었을 적에도 여자 또한 똑같이 한다.〔壻齊衰而弔, 旣葬而除之, 夫死亦如之.〕"라고 대답한 것이 보인다.

111　예법에……것:《춘추공양전(春秋公羊傳)》 선공(宣公) 원년에 "옛날에 신하가 대상(大喪)을 당하면 임금은 3년 동안 그를 문밖으로 불러내지 않았다.〔古者, 臣有大

다.¹¹² 지금 "임금의 상복을 몸에 입으므로 감히 사적인 상복을 입을 수 없다."¹¹³라고 하였고, 또 "부모의 초상이 있으면 돌아와 빈소를 차리고 임금의 처소로 돌아간다."¹¹⁴라고 하였으니, 이는 신하에게 부모의 초상이 있더라도 임금의 처소를 떠나지 않음을 말한 것이다. 이

喪, 則君三年不呼其門.〕"라고 대답한 것이 보인다.

112 이른바……것이다 : 《예기》〈증자문〉에, 자하가 공자에게 부모의 삼년상에 졸곡을 한 뒤에 전쟁이 나면 피하지 않는 것이 고래(古來)의 예법인지, 유사(有司)가 강제로 시키는 것인지를 묻자 공자가 "하후씨는 삼년상에 빈소를 차리고 나면 일을 내놓고, 은나라 사람은 장례하고 나서 일을 내놓았으니, 기록에 '군자는 남의 어버이를 잃은 슬픔을 빼앗지 않고 자신의 어버이 잃은 슬픔을 빼앗기지도 않는다.'라고 하였으니, 이것을 말함일 것이다.〔夏后氏, 三年之喪, 旣殯而致事, 殷人, 旣葬而致事, 記曰: "君子, 不奪人之親, 亦不可奪親也." 此之謂乎.〕"라고 대답한 것이 보인다.

113 임금의……없다 : 《예기》〈증자문〉에, 증자가 공자에게 대부나 사(士)가 부모의 상복을 입고 제상(除喪)을 앞두었을 때 임금의 상을 당하면 부모의 상을 어떻게 제상해야 하냐고 묻자 공자가 "임금의 상복을 자신의 몸에 입고 있으면 감히 부모의 복을 입지 못하니, 어떻게 부모의 상을 제상할 수 있겠는가. 이런 경우에는 때가 지나도 제상하지 못하는 법이다. 임금의 상을 제상한 뒤에 부모를 위해 은제(殷祭)를 거행하는 것이 예이다.〔有君喪服於身, 不敢私服, 又何除焉? 於是乎有過時而不除也. 君之喪服除而後殷祭, 禮也.〕"라고 대답한 것이 보인다. 은제란 소상(小祥)과 대상(大祥)이다.

114 부모의……돌아간다 : 《예기》〈증자문〉에, 증자가 공자에게 군주가 별세하여 빈소를 차렸을 때 신하가 부모의 상을 당하면 어떻게 해야 하냐고 묻자 공자가 "돌아가 빈을 하고 군주의 처소에 돌아오되, 은사(殷事)가 있으면 집으로 돌아가고 조석에는 돌아가지 않는다. 대부는 실로(室老)가 제사를 대행하고, 사(士)는 자손들이 제사를 대행한다. 대부의 적처는 군주에게 초하루와 보름의 성대한 제사가 있으면 남편과 마찬가지로 또한 군주의 처소로 가되, 조석에는 가지 않는다.〔歸殯, 反于君所, 有殷事則歸, 朝夕否. 大夫室老行事, 士則子孫行事. 大夫內子有殷事, 亦之君所, 朝夕否.〕"라고 대답한 것이 보인다. 은사란 초하루와 보름에 새로 생산된 물건으로 제사를 지내는 일을 말한다.

또한 지금 행할 수 없는 고례이다. -이상은 〈증자문(曾子問)〉이다.-

"꿈에서 구령(九齡)을 받았다."의 주석에서 호사자의 해설이라고 일컬은 것이 옳다.[115] 다만 문왕의 질병이 나은 뒤에 무왕이 비로소 편히 잘 수 있었으므로 어떤 꿈을 꾸었냐고 물었다는 것 또한 곡해에 가까울 것이다.

"주공(周公)이 재상이 되어 대신 왕의 자리에 올라 다스렸다."[116]는 사실을 기록한 말인데, 아랫글에 '상(相)' 한 글자가 빠져 바로 "대신 왕의 자리에 올랐다."라고 하여 끝내 신(新)나라의 왕망(王莽)이 한(漢)나라를 찬탈하는 화를 열었다.[117] 옛말에 "경서의 한 글자 오류에

---

115 꿈에서……옳다 : 《예기》〈문왕세자(文王世子)〉에, 주 무왕(周武王)이 무슨 꿈을 꾸었냐는 주 문왕(周文王)의 물음에 천제(天帝)에게서 아홉 개의 이빨을 받는 꿈〔夢帝與我九齡〕을 꾸었다고 아뢰자 문왕이 "옛날에 나이를 영(齡)이라고 하였고 이빨도 영이라고 하였다. 나는 100년을 살 것이고 너는 90년을 살 것이니, 내 수명을 너에게 3년 떼어 주겠다.〔古者, 謂年齡, 齒亦齡也. 我百, 爾九十, 吾與爾三焉.〕"라고 하였는데 뒤에 과연 문왕은 97세, 무왕은 93세까지 살았다는 이야기가 보인다. 진호(陳澔)는 수명의 길이는 태어날 때 품부되는 기질에 따른 것이지 덜고 보탤 수 있는 것이 아니므로 이 이야기는 호사자들이 지어낸 것이라고 하였고, 정현(鄭玄)과 공영달(孔穎達)의 주소(註疏)를 수용하여 무왕이 문왕의 병이 나은 뒤에야 편히 잘 수 있었으므로 문왕이 꿈에 대한 질문을 한 것이라고 하였다. 《陳氏禮記集說 文王世子》《禮記註疏 文王世子》
116 주공(周公)이……다스렸다 : 《예기》〈문왕세자〉에 "성왕이 어려 천자의 자리에 오를 수가 없자 주공이 재상이 되어 대신 왕의 자리에 올라 다스렸다.〔成王幼, 不能涖阼, 周公相, 踐阼而治.〕"라고 하였다.
117 아랫글에……열었다 : 《예기》〈문왕세자〉의 이보다 뒷부분에 공자가 "옛날에 주공께서 섭정하여 조계(阼階)를 밟아 다스리실 적에 세자를 가르치는 법을 백금에게 들어 보인 것은 성왕을 선하게 하려고 한 것이다.〔昔者周公攝政, 踐阼而治, 抗世子法於

피가 천 리에 흐른다."라고 하였으니,[118] 이것이 어찌 천 리에 피가 흐르고 말 뿐이겠는가.

문왕이 무왕에게 "나는 100년을 살고 너는 90년을 살 것이니 내 수명을 너에게 3년 떼어 주겠다."라고 한 것의 주석에 "문왕이 자신의 아들을 사랑한다고 한들 어찌 자기 나이를 없애서 보태줄 수 있겠는가."라고 하였고, 장락 유씨(長樂劉氏 유이(劉彝))는 "성인(聖人)은 나면서부터 지혜로우므로 이치를 궁구하고 천성(天性)을 다하여 천명(天命)에 이른다. 그런 까닭에 밤낮으로 싹트는 것이 귀신과 계합되니 자신의 수명의 길이를 알 수 있는 것이다."라고 하였으니,[119] 주석의

伯禽, 所以善成王也.〕"라고 한 것이 보인다. 여기에서 이계는 이 구절에서는 앞 구절과 달리 '상(相)'자가 빠지는 바람에 주공이 성왕을 제쳐두고 왕의 자리를 빼앗아 다스렸다는 것으로 해석될 소지가 생겼다고 한 것이다. 왕망(王莽)은 한 평제(漢平帝) 때의 대사마(大司馬)로, 한 평제가 사망하자 유자 영(孺子嬰)을 허수아비 황제로 세우고 자신은 섭황제(攝皇帝)로서 권력을 휘두르다가 3년 뒤에 전한(前漢)을 멸하고 신(新)나라를 세우며 황제의 자리에 올랐다. 《漢書 卷99 王莽傳》

118 옛말에……하였으니 : 남북조(南北朝) 시대 송(宋)나라와 양(梁)나라의 교체기를 산 의약학자(醫藥學者) 도홍경(陶弘景)이 《주역》의 주해가 잘못되었다고 사람이 죽지는 않지만 《본초경(本草經)》의 주해가 잘못되면 제명에 죽지 못하는 사람이 생긴다며 그 중요성을 역설하였는데, 이에 대해 북송(北宋)의 당경(唐庚)이 "도홍경은 본초학(本草學)만 알고 경학(經學)을 모른다. 《본초경》의 주해가 잘못되면 그 재앙이 느리고 작지만, 육경(六經)의 주해가 잘못되면 그 재앙이 시체 백만 구가 널브러지고 피가 천 리에 흐르는 데에 이른다.〔弘景知本草而未知經. 注本草誤, 其禍疾而小, 注六經誤, 其禍遲而大, 前世儒臣引經誤國, 其禍至於伏尸百萬, 流血千里.〕"라고 하였다. 《晦庵集 卷73 讀余隱之尊孟辨 李公常語下》

119 문왕이……하였으니 : 285쪽 주115 참조. 유이(劉彝)의 주석은 《예기집설》〈문왕세자〉에 보인다.

해설에서 의문을 제기한 것은 옳거니와 유씨의 해설은 곡해에 가깝다.
-이상은 〈문왕세자〉이다.-

《예운(禮運)》한 편은 예의 근본을 남김없이 말하고 예의 공효(功效)
를 성대히 일컬었으니, 중간에 성인이 아니고서는 할 수 없는 말이
많다. 그러나 포장(鋪張)이 너무 지나쳐서 혹 과장에 가깝기도 하고
근원을 너무 깊이 더듬어 혹 황로(黃老 황제와 노자)에 빠지니, 이는 후
대 유자(儒者)들의 과실이다. 대체로 편 첫머리의 대동(大同)과 소강
(小康)에 대한 말[120]뿐 아니라 그 아래에 있는 "왕의 앞에는 무(巫)가
있고 뒤에는 사관(史官)이 있었다."[121]나 "새와 짐승이 도망가지 않았
다."[122] 따위의 말도 아마도 부자(夫子)의 말이 아닐 것이다.

---

120 대동(大同)과……말 : 《예기》〈예운(禮運)〉에 공자가 종묘(宗廟)의 사(蜡)제
사에 참석하고 나와서 삼대(三代)의 대도(大道)를 시행하는 것이 자신의 목표라고
탄식하며, 대도(大道)가 행해지는 가운데 사람들이 천하를 공공의 소유물로 보아 현
인들이 왕위를 선양하고 가족 외의 사람들까지 보살피는 이상적인 시대를 '대동(大
同)', 대도가 자취를 감추어 왕위를 세습하며 나라와 사회의 기강을 예의(禮義)로서
유지해온 우(禹)・탕(湯)・문왕(文王)・무왕(武王)・성왕(成王)・주공(周公)의 시
대를 '소강(小康)'이라고 말한 것이 보인다.

121 왕의……있었다 : 《예기》〈예운(禮運)〉에 공자가 선왕(先王)들이 점을 치고 제사를 지
내는 의의를 설명하며 "왕의 앞에는 무(巫)가 있고 뒤에는 사관이 있으며, 복(卜)과
서(筮)를 하는 이와 소경 악사와 유(侑)가 모두 왕의 좌우에 있으면 왕은 중앙에 있어
마음을 달리 쓸 일이 없어서 지극히 바른 도를 지킬 뿐이다.〔王前巫而後史, 卜筮瞽侑皆
在左右, 王中, 心無爲也, 以守至正.〕"라고 한 것이 보인다.

122 새와……않았다 : 《예기》〈예운(禮運)〉에 공자가 성인(聖人)은 천지와 음양오행(陰陽
五行)을 조화롭게 하는 역할을 수행하기 위해 용(龍)・봉황〔鳳〕・기린〔麟〕・거북〔龜〕
을 가축으로 삼는다며 "그러므로 용을 가축으로 삼기 때문에 물고기들이 놀라 달아나지

"사람이란 천지(天地)의 덕이다." 한 장(章)을, 왕씨(王氏)는 "이 말이 가장 핵심이다."라고 하였다.[123] "사람이란 천지의 마음이다."[124]와 "예의란 사람의 큰 단서이니, 피부의 짜임과 힘줄·뼈의 결속을 견고히 하는 바이다."[125] 등의 말은 모두 후세의 유자들이 감히 말할 바가 아니다. ―이상은 〈예운〉이다.―

　〈예기(禮器)〉 한 편은, 성인이 예를 제정한 근본을 잘 알아내었다.

않고, 봉황을 가축으로 삼기 때문에 새들이 도망가지 않으며, 기린을 가축으로 삼기 때문에 짐승들이 달아나지 않고, 거북을 가축으로 삼기 때문에 사람들의 마음을 잃지 않는다.〔故龍以爲畜, 故魚鮪不淰, 鳳以爲畜, 故鳥不獝, 麟以爲畜, 故獸不狘, 龜以爲畜, 故人情不失.〕"라고 한 것이 보인다.

123 사람이란……하였다 : 《예기》〈예운〉에 공자가 "그러므로 사람이라는 것은 그 천지의 덕(德)이고 음양(陰陽)의 사귐이고 귀신(鬼神)의 모임이고 오행(五行)의 빼어난 기운이다.〔故人者, 其天地之德, 陰陽之交, 鬼神之會, 五行之秀氣也.〕"라고 하였다. 왕씨(王氏)는 석량 왕씨(石梁王氏)로 어떤 사람인지는 자세하지 않은데, 그가 이 구절에 대해 "이 말이 가장 핵심이다.〔此語最粹〕"라고 한 주석이 《진씨예기집설(陳氏禮記集說)》〈예운〉에 보인다.

124 사람이란 천지의 마음이다 : 《예기》〈예운〉에 공자가 "그러므로 사람은 천지의 마음이자 오행의 단서로, 음식의 맛을 구별하고 소리를 분별하며 의복의 색을 분별하여 입을 줄 아는 존재이다.〔故人者, 天地之心也, 五行之端也, 食味別聲被色而生者也.〕"라고 한 것이 보인다.

125 예의란……바이다 : 《예기》〈예운〉에 공자가 "그러므로 예의라는 것은 사람의 큰 단서이니, 신의를 강하고 화목을 닦아 사람의 피부의 짜임과 힘줄·뼈의 결속을 견고히 하는 바이고, 산 사람을 봉양하고 죽은 사람을 장송하며 귀신을 섬기는 바의 큰 단서이며, 천도를 통달하고 인정을 순히 하는 바의 큰 구멍이다.〔故禮義也者, 人之大端也, 所以講信修睦, 而固人肌膚之會筋骸之束也, 所以養生送死事鬼神之大端也, 所以達天道順人情之大竇也.〕"라고 한 것이 보인다.

"충(忠)과 신(信)은 예의 근본이고 의(義)와 이(理)는 예의 문채이다."[126]라고 한 것은 한 편의 강령이다. 아래에 많고 적고 크고 작으며 높고 낮고 꾸미고 소박한 의물(儀物)들을 서술하여 각기 합당하게 하고 그 뜻을 곡진하게 드러내되 제례(祭禮)로 실증한 것은 예에 제사보다 큰 것이 없기 때문이고, 또 희생(犧牲)과 폐백(幣帛), 제사에 쓰는 동물의 털과 피, 변두(籩豆), 천할(薦割)의 품절(品節)을 서술하되 자로(子路)가 제사에 참여한 일로 끝맺은 것[127]은 의절(儀節)은 생략해도 되지만 정성과 공경이 근본이 됨을 밝힌 것이니, 이는 참으로 공자가 남긴 글일 것이다. -이상은 〈예기〉이다.-

"축작(縮酌)에 띠풀을 사용한다."의 소(疏)에 "띠풀로 덮고 깔아 걸러내는 것이다."라고 하였고,[128] 《시경》〈벌목(伐木)〉 장의 "거른 술이

---

126 충(忠)과……문채이다 : 《예기》〈예기(禮器)〉에 "선왕이 예를 확립할 때 근본이 있고 문채가 있었다. 충과 신은 예의 근본이고 의와 이는 예의 문채이다. 근본이 없으면 예가 확립되지 못하고, 문채가 없으면 예가 행해지지 못한다.〔先王之立禮也, 有本有文. 忠信禮之本也, 義理禮之文也, 無本不立, 無文不行.〕"라고 하였다.

127 자로(子路)가……것 : 《예기》〈예기〉의 마지막 장에 "자로가 계씨(季氏)의 가신(家臣)이 되었는데 계씨가 제사 지낼 적에 동트기 전 어두울 때부터 제사를 지냈으나 해가 저물도록 다 지내지 못하여 촛불로써 뒤를 이었다. 그래서 강건한 몸가짐과 엄숙하고 공경하는 마음이 있는 자라도 모두 태만해졌다. 유사(有司)들은 한쪽 발로 삐딱하게 서거나 기대어 제사에 임하니, 그 불경함이 컸다.〔子路爲季氏宰. 季氏祭, 逮闇而祭, 日不足, 繼之以燭. 雖有强力之容、肅敬之心, 皆倦怠矣. 有司跛倚以臨祭, 其爲不敬大矣.〕"라고 하였다.

128 축작(縮酌)에……하였고 : 《예기》〈교특생(郊特牲)〉에 "축작에 띠풀을 사용하는 것은 명작(明酌)이다.〔縮酌用茅, 明酌也.〕"라고 하였는데, 일반적으로 축작은 띠풀로 술의 지게미를 걸러내는 일이라고 풀이하며, 진호(陳澔)도 "띠풀을 사용한다는 것은

아름답도다."도 집주(集註)에서 "술을 거른다는 것은 광주리나 풀로 걸러내서 술지게미를 제거하는 것이다."라고 하고 《예기》의 이 구절을 인용하여 실증하였다.[129] 그러니 축작(縮酌)이란 술을 거르는 것임이 분명한데 유독 《춘추좌씨전(春秋左氏傳)》의 "포모(包茅)를 들이지 않아 술을 거를 수 없었다."에 두씨(杜氏 두예(杜預))가 도리어 "띠풀을 엮어 강신주(降神酒)를 붓는다."라고 하는 바람에[130] 마침내 후세의 띠풀을 엮어 강신(降神)하는 예가 되었으니, 어디에 근거한 것인지 모르겠다. -이상은 〈교특생(郊特牲)〉이다.-

"불우무례(不友無禮)"라는 것은 윗글의 "태만하지 않는다.[毋怠]"를 이어서 혹시라도 태만하여 나머지 며느리들[介婦]에게 우애롭지 않거나 무례하게 구는 일이 있어서는 안 됨을 말한 것이다.[131] 그런데

_____

띠풀을 덮고 깔아 걸러내는 것이다.[用茅者, 以茅覆藉而泲之也.]"라고 하였다.

129 시경……실증하였다 : 《시경》〈소아(小雅) 벌목(伐木)〉에 "영차 영차 나무를 베거늘 거른 술이 아름답도다.[伐木許許, 釃酒有藇.]"라고 하였는데, 주희(朱熹)가 이에 대해 "술을 거른다는 것은 광주리나 풀로 걸러내서 술지게미를 제거하는 것이니, 《예기》에 이른바 축작(縮酌)에 띠풀을 사용한다는 것이 이것이다.[釃酒者, 或以筐, 或以草, 泲之而去其糟也, 禮所謂縮酌用茅, 是也.]"라고 해설하였다.

130 유독……바람에 : 《춘추좌씨전(春秋左氏傳)》 희공(僖公) 4년에 제 환공(齊桓公)이 초(楚)나라를 토벌할 때 초나라에서 사자(使者)를 보내 전쟁을 일으킨 까닭을 묻자 "그대들 초나라가 포모를 바치지 않은 탓에 축주(縮酒)할 수가 없어서 왕의 제사를 지내지 못하게 되었기 때문이다.[爾貢包茅不入, 王祭不供, 無以縮酒.]"라고 하였는데, 두예(杜預)는 이를 "'포(包)'는 싸고 묶음이고 '모(茅)'는 청모(菁茅)이니, 모를 묶은 다발에 강신주를 부어 축주한다.[裹束也, 茅菁茅也, 束茅而灌之以酒爲縮酒.]"라고 주해하였다.

131 불우무례(不友無禮)라는……것이다 : 《예기》〈내칙(內則)〉에 "시부모가 맏며

주석의 해설에는 아랫장에 "감히 하지 말라.〔毋敢〕"나 "감히 하지 않는다.〔不敢〕" 등의 말이 있기 때문에[132] 마침내 '우(友)'를 '감(敢)'으로 읽었다. 그러나 나머지 며느리들을 맏며느리〔冢婦〕에 대해서 "감히 하지 않는다."라고 말하는 것은 괜찮지만, 맏며느리를 나머지 며느리들에 대해 "감히 하지 않는다."라고 말하는 것은 타당하지 않다. 본문대로 "우애롭지 않다.〔不友〕"로 읽는 것이 옳을 듯하다.

소의 썩은 나무 냄새〔腐〕, 양의 누린내〔羶〕, 개의 누린내〔臊〕, 새의 썩은 냄새〔鬱〕는 모두 그 냄새와 맛을 말한 것인데 유독 돼지의 성(腥)은 성(星)으로 읽고 말의 누(漏)는 누(螻)라고 읽으니, 문리로 볼 때 그렇지 않을 듯하다.[133] '성(腥)'이란 맛이 비린 것이고 '누(漏)'란 고기

느리에게 일을 시키면 태만하지 말고 나머지 며느리들에게 감히 무례하게 굴지 않는다.〔舅姑使冢婦, 毋怠, 不友無禮於介婦.〕"라고 하였는데, 이는 석량 왕씨(石梁王氏)의 "'우(友)'는 '감(敢)'으로 쓰는 것이 옳다.〔友, 當作敢者是.〕"라고 한 주해에 의거한 풀이이다. 정현(鄭玄)은 이 구절에 대해 "며느리들이 무례하면 맏며느리가 우애롭게 대하지 않는다. 형제 사이에 잘 지내는 것을 '우'라고 하니, 동서 사이도 형제 사이와 같다.〔衆婦無禮, 冢婦不友之也. 善兄弟爲友, 姊姒猶兄弟也.〕"라고 하여 글자 그대로 우애롭다는 뜻으로 풀이하였다. 《陳氏禮記集說 內則》《禮記註疏 內則》

132 아랫장에……때문에 : 《예기》〈내칙〉의 이 구절 뒤에 "시부모가 만약 나머지 며느리들에게 일을 시키면 며느리들은 감히 맏며느리와 대등하다 생각해서는 안 되고 맏며느리에게까지 일을 균등하게 나누고자 해서는 안 된다.〔舅姑若使介婦, 毋敢敵耦於冢婦.〕", "나머지 며느리들은 맏며느리와 감히 나란히 서지 않고 감히 나란히 명령을 받지 않으며 감히 나란히 앉지 않는다.〔不敢並行, 不敢並命, 不敢並坐.〕" 등의 말로 동서 간의 예절을 규정하고 있다.

133 소의……듯하다 : 《예기》〈내칙〉에 "소가 밤에 울면 그 고기에서 썩은 나무 냄새가 나고, 양이 털이 성글고 털끝이 엉겨 있으면 그 고기에서 누린내가 나며, 개가 다리 안쪽의 털이 벗겨져 붉고 거동이 급하면 그 고기에서 누린내가 나고, 새가 깃털 색이

에 구멍이 많은 것이다.

"작이자문(作而自問)"의 '작(作)'은 처음을 이르니, 처음 출산하게 되었을 때 사람에게 안부를 묻게 하지 않고 직접 안부를 묻는 것이다.[134] 주석에 '마음이 동할 때'라고 한 것은 틀렸다.

"감히 시일에 삼가 접견시킨다.〔敢用時日祗見〕"라는 것은 윗장의 날을 잡는다는 것을 이어서 좋은 계절 길한 날에 뵙게 한다는 말이니, 주석에 '이날'이라고 한 것은 바른 뜻이 아니다.[135]

바래고 쉰 소리로 울면 그 고기에서 썩은 냄새가 나며, 돼지가 고개를 쳐들어 멀리 바라보고 눈썹이 엉켜 있으면 그 고기에 쌀알만 한 작은 군은살이 있고, 말이 등골 부분이 검고 앞다리 정강이의 털이 얼룩덜룩하면 땅강아지 냄새가 난다.〔牛夜鳴則庮, 羊泠毛而毳, 羶, 狗赤股而躁, 臊, 鳥麷色而沙鳴, 鬱, 豕望視而交睫, 腥, 馬黑脊而般臂, 漏.〕"라고 하였는데, 이는 정현(鄭玄)이 주석에서 '성(腥)'은 마땅히 '성(星)'이 되어야 하니, 소리가 비슷해서 생긴 오류이다. '성'은 고기 가운데의 쌀알 같은 군은살이다.〔腥, 當爲星, 聲之誤也. 星, 肉中如米者.〕"라고 한 것과 "'누(漏)'는 마땅히 '누(螻)'가 되어야 하니, 땅강아지 같은 냄새가 난다는 뜻이다.〔漏, 當爲螻, 如螻蛄臭也.〕"라고 한 것에 의거한 풀이이다.

본문의 '성(星)으로 읽고'의 원문은 '讀爲腥'인데, 의미가 통하지 않아 《예기》〈내칙〉에 의거하여 '腥'을 '星'으로 수정하여 번역하였다.

134 작이자문(作而自問)의……것이다 : 《예기》〈내칙〉에 "아내가 장차 아들을 낳으려고 할 적에 산달이 되면 측실에 거처하게 하고, 남편은 사람을 시켜 하루에 두 번 안부를 묻되 마음이 동하면 남편이 직접 안부를 묻는다.〔妻將生子, 及月辰, 居側室, 夫使人日再問之, 作而自問之.〕"라고 하였다. 정현(鄭玄)은 이 구절의 '작(作)'을 "감동함이 있음〔有感動〕"이라고 풀이하였고, 진호(陳澔)는 "마음이 동할 때〔動作之時〕"라고 풀이하였다. 《禮記註疏 內則》《陳氏禮記集說 內則》

135 감히……아니다 : 《예기》〈내칙〉에, 자식이 태어난 지 3개월째의 말일에 날짜를 가려서 머리카락을 잘라 타(鬌)를 만들어 남자아이는 각(角)의 머리 모양을 하고 여자아이는 기(羈)의 머리 모양을 하거나 남자아이는 왼쪽으로 머리를 묶고 여자아이는

"순이견(旬而見)"[136]이라는 것은 열흘마다 한 번씩 접견한다는 말이다. 대부와 사의 자식은 국군(國君)의 자식과는 달라서 매번 길일(吉日)을 가려서 예복 차림으로 접견할 필요는 없으므로 열흘마다 한 번씩 접견하는 것이다. 주석에서 '순(旬)'을 '균(均)'으로 풀이한 것은 아마도 그렇지 않을 것이다.[137]

"간량(簡諒)함을 청하여 익힌다."라는 것은 간요(簡要)함과 곧고 정직함을 가르치는 것이니, 주석에 간편함이라고 한 것은 아마도 틀릴 것이다.[138] -이상은 〈내칙(內則)〉이다.-

오른쪽으로 머리를 묶고서〔三月之末, 擇日剪髮爲鬌, 男角女羈, 否則男左女右.〕, 이날 아내가 아이를 남편에게 접견시킨다고 하였다. 그리고 그다음 장에 아이를 부친에게 접견시킬 때 여스승〔姆〕이 먼저 그 의식을 도우며 "어미 아무개가 감히 시일에 삼가 어린아이를 접견시킵니다.〔母某敢用時日, 祗見孺子.〕라고 말한다고 하였는데, 진호(陳澔)는 이 구절에 대해 "시일(時日)은 이날이다.〔時日, 是日也.〕"라고 주해하였다. 《陳氏禮記集說 內則》

136 순이견(旬而見) : 《예기》〈내칙〉에 "명사(命士) 이상 및 대부는 그 자식을 열흘마다 접견한다.〔由命士以上及大夫之子, 旬而見.〕"라고 하였다.

137 주석에서……것이다 : 정현(鄭玄)은 이 구절의 '순(旬)'을 음의 유사성 때문에 생긴 '균(均)'의 오자(誤字)로 파악하여, 적자(嫡子)이든 서자(庶子)이든 차별을 두지 않고 나이 순서에 따라 접견하는 것이라고 풀이하였다. 《禮記註疏 內則》

138 간량(簡諒)함을……것이다 : 《예기》〈내칙〉에, 아이가 열 살이 되면 "옷으로는 저고리와 바지를 비단으로 짓지 않고 예절은 기초를 따르며, 아침저녁으로 아이의 예의를 배우되 간량(簡諒)한 것을 청하여 익힌다.〔衣不帛襦袴, 禮帥初, 朝夕學幼儀, 請肄簡諒.〕라고 하였는데, 일설에는 "'간(簡)'이란 간요함이니, 일을 익히게 할 때 요령에 따라 힘쓰게 하여 오원(迂遠)하고 번거롭지 않게 하는 것이다."라고 하기도 한다. 《陳氏禮記集說 內則》

무릇 자리에 오르는 예절은 앞으로부터 돌아서 오르는 것을 공손한 것으로 여기니, 만약 아래에서 곧장 올라간다면 뛰어넘는 것이 된다.[139]

"오이를 먹을 때 위의 둥근 부분으로 제사를 지낸다."[140]라는 것은 가로로 자른 머리 부분으로 제사를 지내는 것이다. 가운데를 먹는다는 것은 그 허리를 먹는 것이고, 잡았던 것을 버린다는 것은 손에 가까운 쪽의 꼭지를 버리는 것이다.

"권돈행(圈豚行)"[141]이라는 것은 우리 안의 돼지가 빙빙 돌 듯이 하는 것으로, 발을 떼지 않고 치맛자락이 물 흐르듯 하는 것이다.

"단행(端行)"이란 단복(端服)을 착용하고 가는 것으로 고개는 숙이고 발은 빠르게 움직이므로 "턱을 처마처럼 하고 화살처럼 나아간다."라고 하였고, "변행(弁行)"이란 고깔을 쓰고 가는 것으로 몸과 신발이 함께 일어나 그 걸음걸이가 일어나는 듯하므로 "일어나는 듯이 신을 일으킨다."라고 한 것이다.[142]

---

139 무릇……된다 : 《예기》〈옥조(玉藻)〉에 "자리에 오를 때에 앞으로부터 오르지 않는 것은 자리를 밟게 되기 때문이다.〔登席不由前, 爲躐席.〕"라고 하였다.

140 오이를……지낸다 : 《예기》〈옥조〉에 "대추와 복숭아와 오얏을 먹되 그 씨를 땅에 버리지 않는다. 오이는 위의 둥근 부분으로 제사를 지내고 중간 부분을 먹으며, 손으로 잡았던 부분을 버린다.〔食棗桃李, 弗致于核, 瓜祭上環, 食中, 棄所操.〕"라고 하였다.

141 권돈행(圈豚行) : 《예기》〈옥조〉에 "돌 적에는 발을 땅에 끌면서 가서 발을 들지 않고 치맛자락의 끝부분이 마치 물 흐르는 것처럼 하니, 자리 위에서도 이와 같이 한다.〔圈豚行, 不擧足, 齊如流, 席上亦然.〕"라고 하였다.

142 단행(端行)이란……것이다 : 《예기》〈옥조〉에 "단행(端行)할 때에는 턱을 처마처럼 하고 화살처럼 나아가며, 변행(弁行)할 때에는 일어나는 듯이 신을 일으킨다.〔端行頤霤如矢, 弁行剡剡起屨.〕"라고 하였는데, 단행과 변행은 주석가에 따라 곧게 걸어갈

"입용덕(立容德)"이라는 것은 의젓하여 덕스러운 용모가 있는 것이니, 응씨(應氏 응용(應鏞))의 해설이 옳다.[143] -이상은 〈옥조(玉藻)〉이다.-

〈문왕세자〉의 "주공이 조계(阼階)를 밟았다."에 '상(相)' 한 글자가 빠진 것은 오류이다.[144] 이는 바로 천자의 자리에 올랐다고 말한 것이니, 심하게 잘못되었다.

태묘(太廟)에서 주공을 제사할 때에는 흰 수소를 쓴다.[145] 무릇 주나

때와 빠르게 걸어갈 때, 단복(端服)을 입고 걸어갈 때와 고깔을 쓰고 걸어갈 때로 풀이한다.

143 입용덕(立容德)이라는……옳다 :《예기》〈옥조〉에 "선 모습은 덕스럽게 한다.〔立容德〕"라고 하였다. 정현(鄭玄)과 공영달(孔穎達)은 이 구절의 '덕(德)'을 '득(得)'의 뜻으로 보아 남에게 물건을 받을 때처럼 몸을 앞으로 살짝 숙이는 것이라고 풀이하였는데, 응용(應鏞)은 이에 대해 "가운데에 선 채 한쪽으로 치우치지 않아 의젓하게 덕이 있는 기상이다.〔中立不倚, 儼然有德之氣象.〕"라고 하였다.《禮記註疏 玉藻》《禮記集說 玉藻》

144 문왕세자의……오류이다 : '상(相)' 한 글자가 빠진 것에 대해서는 285쪽 주117 참조. 여기에서는《예기》〈명당위(明堂位)〉에 "옛날에 주공이 명당에서 제후에게 조회를 받았다.……명당이란 제후들의 존비를 밝히는 곳이다.〔昔者周公朝諸侯于明堂之位.……明堂也者, 明諸侯之尊卑也.〕"라고 하고, 또 "무왕이 붕(崩)하자 성왕(成王)이 어려서 주공이 천자의 자리를 밟아 천하를 다스리셨다. 6년에 명당에서 제후들에게 조회를 받고 예악을 제정하며 도량형을 나누어주자 천하가 크게 복종하였다. 7년에 성왕에게 정사를 돌려주셨다.〔武王崩, 成王幼弱, 周公踐天子之位以治天下. 六年, 朝諸侯於明堂, 制禮作樂, 頒度量而天下大服. 七年, 致政於成王.〕"라고 하였기 때문에 이를 언급한 것이다.

145 태묘(太廟)에서……쓴다 :《예기》〈명당위〉에 "늦여름 6월에 체(禘)제사의 예법으로 태묘에서 주공을 제사하는데, 희생으로는 흰 수소를 쓴다.〔季夏六月, 以禘禮祀周公於太廟, 牲用白牡.〕"라고 하였다.

라는 붉은색을 숭상하여 성강(騂剛 장성한 붉은 소)을 썼는데 어떻게 주공의 사당에 은나라의 흰 희생을 쓸 수 있겠는가.[146] 의심스럽다. -이상은 〈명당위(明堂位)〉이다.-

첩조고(妾祖姑)의 사당이 없을 경우에 그 아들 대에만 제사를 지낸다면[147] 여기에서 "첩은 첩조고에게 합사(合祀)한다."라고 한 것은 제사 지낼 곳에 합사한다는 것인가?[148] 아랫장에 또 "첩조고가 없는 경우에는 희생을 바꾸고 여군(女君)에게 합사한다."[149]라고 하였으니, 그렇다면 조부의 사당에 합사하여야 할 것이다.

　사(士)의 상을 대부에게 섭행하게 하는 것은 오직 종자(宗子)의

146　무릇……있겠는가 : 《예기》〈명당위〉에 "하후씨(夏后氏)는 희생으로 쓰는 소로 검은 소를 숭상하였고, 은나라는 흰 수소를 사용하였으며, 주나라는 장성한 붉은 소를 사용하였다.〔夏后氏牲尙黑, 殷白牡, 周騂剛.〕"라고 하였다.

147　그……지낸다면 : 《예기》〈상복소기(喪服小記)〉에 "자모(慈母)와 첩모(妾母)는 대대로 제사하지 않는다.〔慈母與妾母, 不世祭也.〕"라고 하였는데, 이는 아들 대에만 제사를 지내고 손자 대부터는 지내지 않는다는 말이다.

148　첩은……것인가 : 《예기》〈상복소기〉에 "제후의 자손인 사나 대부는 제후에게 합사하지 못하고 조부의 형제들 중의 사와 대부가 된 자에게 합사한다. 그 처는 조고(祖姑)들에게 합사하고, 첩은 첩조고(妾祖姑)에게 합사하되 첩조고가 없으면 증조 한 대(代)를 거르고 위로 올려 고조의 첩에게 합사하니, 합사는 반드시 그 소목(昭穆)을 따른다.〔士大夫不得祔於諸侯, 祔於諸祖父之爲士大夫者. 其妻祔於諸祖姑, 妾祔於妾祖姑, 亡則中一以上而祔, 祔必以其昭穆.〕"라고 하였다. 조고란 조부의 형제들의 아내를 말하고, 첩조고는 조부의 첩을 말한다.

149　첩조고가……합사한다 : 《예기》〈상복소기〉에 "첩이 첩조고가 없는 경우에는 희생을 바꾸고 여군(女君)에게 합사해도 괜찮다.〔妾無妾祖姑者, 易牲而祔於女君, 可也.〕"라고 하였다. 여군이란 조부의 정처(正妻)이다.

존귀함으로만 대부로 하여금 섭행하게 할 수 있으니, 소의 해설이 옳다.[150]

장지(葬地)가 먼 경우 반곡(反哭)할 때까지 모두 관(冠)을 쓰고 장례를 치르고 교외에 이른 뒤에 문(免)을 한다.[151] 무릇 관이란 상관(喪冠)이니 곧 지금의 굴건(屈巾)이다. 그런데 소에서는 "길에서는 장식을 하지 않을 수 없으므로 주인 이하가 모두 관을 쓴다."라고 하였으니 최질(衰絰)과 관은 아닌 듯하고, 아래에 "관을 벗고 문을 한다."라고 하였으니 교외에 이른 뒤에 다시 최질과 관을 착용한다는 말인 듯하다.[152] 지금의 상제(喪制)에는 관을 벗고 문을 하는 예법이

---

150 사(士)의……옳다 :《예기》〈상복소기〉에 "사의 상은 대부에게 섭행하게 할 수 없고, 사의 상을 대부에게 섭행하게 할 수 있는 것은 종자(宗子)뿐이다.〔士不攝大夫, 士攝大夫唯宗子.〕"라고 하였는데, 공영달(孔穎達)의 소에서 이를 "만일 종자의 신분이 사인데 상을 주관할 후사가 없다면 대부로 하여금 상주를 섭행하게 할 수 있다는 말이다. 사의 상에 상주가 없더라도 감히 대부에게 상주를 섭행하게 하지 못하는 것은 사가 신분이 낮기 때문이다. 종자의 존귀함이라면 대부에게 섭행하게 할 수 있다.〔若宗子爲士而無主後者, 可使大夫攝主之也. 士之喪雖無主, 不敢攝大夫爲主, 士卑故也. 宗子尊則可以攝之也.〕"라고 해설하였다.《禮記註疏 喪服小記》

151 장지(葬地)가……한다 :《예기》〈상복소기〉에 "장지가 먼 경우 반곡할 때까지 모두 관을 쓰고, 교외에 이른 뒤에 문(免)을 하고 반곡한다.〔遠葬者, 比反哭者皆冠, 及郊而後免反哭.〕"라고 하였다. 문이란 관을 벗고 머리를 묶는 것을 말한다.

152 소에서는……듯하다 : 공영달은 이 구절에 대해 "반곡할 때까지 모두 관을 쓴다는 것은 이미 장지가 교외 밖 먼 장소에 있기 때문에 장식을 하지 않을 수 없으므로 장례를 마치고 반곡을 하려 할 때에는 모두 관을 착용하는 것이다. 교외에 도달하여 문을 한 뒤에 반곡한다는 것은 관을 쓴 채로 교외에 이른 뒤에 관을 벗고 문을 하고서 사당에서 반곡한다.〔比反哭者皆冠者, 旣葬在遠處郊野之外, 不可無飾, 故至葬訖, 臨欲反哭之時, 乃皆著冠. 及郊而後免反哭者, 謂著冠至郊而后, 去冠著免, 反哭於廟.〕"라고 풀이하였다.《禮記註疏 喪服小記》

없으니, 최질과 관으로 문을 대신해야 할 것이다. -이상은 〈상복소기(喪服小記)〉이다.-

"감정대로 곧장 행동하는 사람은 무릎을 꿇기도 한다."[153]라는 것은 아무런 의미도 없으니, 아마도 연문일 것이다.

　"친압하지 않는다."[154]라는 것은 옆 사람을 희롱하는 것이 사람을 하찮게 여겨 덕을 잃는 데[155]에 가까움을 말한 것이다. -이상은 〈소의(少儀)〉이다.-

"차분하기를[從容] 기다린 뒤에야 소리를 모두 낸다."라는 것은 여유롭고 촉박하지 않음을 말하니, 소에서 치는 모양[舂容]이라고 해설한 것은 옳지 않다.[156]

153　감정대로……한다 : 《예기》〈소의(少儀)〉에 "서 있는 사람에게 물건을 받거나 서 있는 사람에게 물건을 줄 때에는 꿇어앉지 않으니, 감정대로 곧장 행동하는 사람은 무릎을 꿇기도 한다.〔受立授立, 不坐, 性之直者, 則有之矣.〕"라고 하였다.

154　친압하지 않는다 : 《예기》〈소의〉에, 신하로서 군주를 모시는 예절에 대해 "은밀한 곳을 엿보지 않고 친압하지 않으며, 옛 잘못을 언급하지 않고 장난하는 낯빛을 하여서는 안 된다.〔不窺密, 不旁狎, 不道舊故, 不戲色.〕"라고 하였다.

155　사람을……데 : 《서경》〈주서(周書) 여오(旅獒)〉에 "사람을 하찮게 여기면 덕을 잃고, 물건에 마음을 빼앗기면 뜻을 잃는다.〔玩人喪德, 玩物喪志.〕"라고 하였다.

156　차분하기를……않다 : 《예기》〈학기(學記)〉에 "제자의 물음에 잘 대답해주는 스승은 종을 치는 것과 같아서, 작은 것으로써 칠 경우에는 작게 울려주고 큰 것으로써 칠 경우에는 크게 울려주어 그 차분하기를 기다린 뒤에야 그 소리를 다해준다. 물음에 잘 대답하지 못하는 스승은 이와 반대로 한다.〔善待問者如撞鍾, 叩之以小者則小鳴, 叩之以大者則大鳴, 待其從容, 然後盡其聲, 不善答問者反此.〕"라고 하였는데, 정현(鄭玄)과 공영달(孔穎達)은 이 구절의 '차분하다〔從容〕'의 '종(從)'을 '치다〔舂〕'의 의미로

"수레를 말 앞에 오게 한다."[157]라는 것은, 내가 전에 북쪽으로 중원
(中原)을 유람하였을 때 길에서 상인들의 수레를 보니 대부분 망아지
와 나귀·노새를 수레의 뒤에 메어서 다녔다. 이는 습관을 들여 놀라지
않게 하려는 것으로, 이것을 가지고 사람을 가르칠 때 급하지 않고
찬찬히 해야 함을 비유한 것이다. -이상은 〈학기(學記)〉이다.-

〈악기(樂記)〉한 편은 예악(禮樂)의 근본이 하늘과 땅에서 나왔고
성인의 참찬(參贊)과 재성(財成)[158]이 예악에서 비롯하였음을 남김없
이 말하고 군자가 마음을 다스리고 몸을 닦는 방도, 백성을 교화하고
풍속을 이루는 도(道)를 언급하였으니, 본말을 다 아울렀고 본체와
쓰임이 모두 극진하다. 공씨(孔氏)의 무리가 아니고서는 지을 수가
없으니, 이것도 자유와 자하의 저술일 것이다.

보아 종을 치는 모양을 형용한 말이라고 풀이하였다. 《禮記註疏 學記》
157 수레를……한다 : 《예기》〈학기〉에 학문을 순차적으로 익혀 나가는 것을 비유하
여 "처음 말에 멍에를 멜 때에는 말을 메는 곳을 반대로 하여 수레가 말의 앞에 오게
만든다.〔始駕馬者反之, 車在馬前.〕"라고 하였다.
158 참찬(參贊)과 재성(財成) : 참찬은 본성을 다 구현해낸 인간이 사물의 본성까지
다 이루도록 해주어, 천지의 화육(化育)을 돕고 천지 사이에 참여하는 것을 말한다.
《중용장구》22장의 "사람의 본성을 다하면 사물의 본성을 다할 수 있으며, 사물의 본성
을 다하면 천지의 화육을 도울 수 있고, 천지의 화육을 도우면 천지와 대등하게 셋으로
병립할 수 있다.〔能盡人之性, 則能盡物之性, 能盡物之性, 則可以贊天地之化育, 可以贊
天地之化育, 則可以與天地參矣.〕"라고 한 데에서 유래한 말이다. 재성은 '재성(裁成)'
과 같은 말로 마름질하여 지나친 부분을 억제한다는 뜻이다. 《주역》〈태괘(泰卦) 상
(象)〉의 "천지가 사귀는 것이 태이니, 임금은 이것을 써서 천지의 도를 재성(財成)하며
천지의 의(宜)를 보상(輔相)하여 백성을 인도한다.〔天地交泰, 后以財成天地之道, 輔
相天地之宜, 以左右民.〕"라는 구절에서 유래한 말이다.

"외물이 이르면 지각이 인지한다." 한 구절은 아랫장에 붙여야 하니, 그렇게 해야 '그런 뒤에〔然後〕' 두 글자가 앞뒤를 연결하게 된다.[159] 유씨(劉氏)의 주석[160]을 보면 알 수 있다.

"천자가 이와 같이 하면" 한 구절은 위아래의 문세(文勢)가 끝내 통하지 않는다.[161] 응씨와 유씨의 해설[162]은 모두 견강부회인 듯하고, 궐

---

159 외물이……된다 : 《예기》〈악기(樂記)〉에 "사람이 태어나면서부터 고요한 것은 하늘이 준 본성이고, 외물에 감응하여 움직임은 본성에서 나온 욕망이다. 외물이 이르면 지각이 이를 인지한다.〔人生而靜, 天之性也. 感於物而動, 性之欲也. 物至知知.〕"라고 하였고, 그 뒤에 "그런 뒤에 호오가 나타나게 된다.〔然後好惡形焉〕"라고 하였다.

160 유씨(劉氏)의 주석 : 유맹야(劉孟冶)는 이에 대해 "사람의 마음의 허령(虛靈)한 지각(知覺)은 사물이 외부에서 오면 반드시 인지하고서 호오를 나타내게 된다. 선을 좋아하고 악을 미워하는 것은 도심(道心)의 지각으로 의리에 근원한 것이고, 예쁜 것을 좋아하고 추한 것을 미워하는 것은 인심(人心)의 지각으로 형기(形氣)에서 발한 것이다.〔人心虛靈知覺, 事至物來, 則必知之而好惡形焉. 好善惡惡, 則道心之知覺, 原於義理者也, 好姸惡醜, 則人心之知覺, 發於形氣者也.〕"라고 풀이하였다.《陳氏禮記集說 樂記》

161 천자가……않는다 : 《예기》〈악기〉에 "악(樂)은 마음속에서 비롯하였고 예(禮)는 외면으로부터 만들어졌으니, 악은 마음속에서 나오기 때문에 고요하고 예는 외면으로부터 만들어졌기 때문에 문채가 있다. 큰 악은 반드시 쉽고 큰 예는 반드시 간략하다. 악이 지극하면 원망함이 없고 예가 지극하면 다투지 않으니, 읍하고 겸양하여 천하를 다스리는 것은 예악을 말한 것이다. 포악한 백성이 나오지 않고 제후들이 복종하여 병기와 갑옷을 쓰지 않고 오형(五刑)을 쓰지 않으며 백성들이 근심이 없고 천자가 노여워하지 않으니, 이와 같이 하면 악이 통달하는 것이다. 부자(父子)의 친함을 합하며 장유(長幼)의 차례를 밝혀서 사해 안의 모든 이를 공경하니, 천자가 이와 같이 하면 예가 행해지는 것이다.〔樂由中出, 禮自外作. 樂由中出故靜, 禮自外作故文. 大樂必易, 大禮必簡. 樂至則無怨, 禮至則不爭, 揖讓而治天下者, 禮樂之謂也. 暴民不作, 諸侯賓服, 兵革不試, 五刑不用, 百姓無患, 天子不怒, 如此則樂達矣. 合父子之親, 明長幼之序, 以敬四海之內, 天子如此, 則禮行矣.〕"라고 하였다.

문이 있을 듯하다.

"예조즉편(禮粗則偏)"163의 '조(粗)'를 '거칠고 소략하다[粗略]'의 뜻으로 풀이했다면 그 폐단이 엉성함과 빠뜨림이 되어야 할 것이니, 치우친다고 하는 것은 걸맞지 않을 듯하다. 내 생각에 '천근하다[粗淺]'의 뜻으로 풀이해야 하니, 그 폐단은 자질구레한 예식에 치우쳐 예의 근본을 잃는 것이다.

《주역》에 "형상이 매달려 밝음을 드러내는 것은 해와 달보다 더 큰 것이 없다."164라고 하였으니, "악은 큰 시작에 있다."라고 한 것은 윗장

---

162 응씨와 유씨의 해설 : 응용(應鏞)은 이 문제에 대해 "'사해 안의 모든 이[四海之內]' 네 글자는 아마도 '합(合)' 앞에 있어야 될 듯하니, 이렇게 해야 문리가 자연스럽다.[四海之內四字, 恐在合字上, 如此則文理爲順.]"라고 하였고, 유맹야(劉孟治)는 "예의 쓰임이 행해진 뒤에 악의 효과가 두루 통하기 때문에 악에 대해서는 '천자가 노여워할 만한 일이 없다.'라고 하였고 예에 대해서는 '천자가 이와 같이 한다.'라고 말한 것이니, 이는 악이 두루 통하는 것이 천자가 예를 행한 효과라는 것이다.[禮之用行而後, 樂之效達, 故於樂但言天子無可怒者, 而於禮則言天子如此, 是樂之達乃天子行禮之效也.]"라고 풀이하였다. 《陳氏禮記集說 樂記》

163 예조즉편(禮粗則偏) : 《예기》〈악기〉에 "악이 극에 이르면 근심스럽게 되고 예가 거칠면 치우친다. 악을 후하게 하면서도 근심이 없고 예를 갖추면서도 치우치지 않는 것은 오직 큰 성인만이 가능할 것이다.[樂極則憂, 禮粗則偏矣. 及夫敦樂而無憂, 禮備而不偏者, 其唯大聖澔.]"라고 하였다.

164 형상이……없다 :《주역》〈계사전 상(繫辭傳上)〉에 "이런 까닭에 법(法)과 상(象)은 천지보다 더 큰 것이 없고 변(變)과 통(通)은 사시(四時)보다 더 큰 것이 없으며, 형상이 매달려 밝음을 드러내는 것은 해와 달보다 더 큰 것이 없고 크고 높음은 부귀(富貴)보다 더 큰 것이 없으며, 물건을 구비하고 씀을 지극히 하며 기물(器物)을 이루어서 천하를 이롭게 하는 것은 성인(聖人)보다 더 큰 것이 없고 어지러운 것을 상고하고 숨은 것을 찾아내고 깊은 것을 탐색하며 먼 것을 오게 하여 천하의 길흉(吉凶)을 정하고 천하의 힘써야 할 일을 이룸은 시귀(蓍龜)보다 더 큰 것이 없다.[是故, 法象

의 "해와 달로 따뜻하게 한다."를 이른 것이다. 지금 직(直)과 약(略)의 반절(反切)로 풀이하면서 아랫글의 두 '저(著)'자는 글자대로 풀이하는 것은 지나친 곡해라고 할 만하다.[165]

"그 소리가 슬펐다." 이하의 네 구(句)[166]는 예와 악을 합하여 말한

莫大乎天地, 變通莫大乎四時. 縣象著明, 莫大乎日月, 崇高莫大乎富貴, 備物致用, 立成器, 以爲天下利, 莫大乎聖人, 探賾索隱, 鉤深致遠 以定天下之吉凶, 成天下之亹亹者, 莫大乎蓍龜.〕"라고 하였다.

165 악은……만하다 :《예기》〈악기〉에 "땅의 기운은 위로 올라가고 하늘의 기운은 아래로 내려가며, 음과 양이 서로 갈리고 하늘과 땅이 서로 뒤섞이며, 우레로 고동하고 풍우(風雨)로 분발시키며, 사시(四時)로써 움직이고 해와 달로 따뜻하게 하여 온갖 조화가 일어나니, 이와 같다면 악은 천지의 조화인 것이다.〔地氣上齊, 天氣下降, 陰陽相摩, 天地相蕩, 鼓之以雷霆, 奮之以風雨, 動之以四時, 煖之以日月, 而百化興焉. 如此則樂者, 天地之和也.〕"라고 하였다. 또 그 뒤에 "악은 큰 시작에 있고, 예는 만물을 이루는 데에 있다. 밝게 드러나 쉬지 않는 것은 하늘이고, 밝게 드러나 움직이지 않는 것은 땅이다.〔樂著太始而禮居成物. 著不息者, 天也, 著不動者, 地也.〕"라고 하였는데, 진호(陳澔)는 이 구절의 세 '저(著)'자 중 제일 앞의 '저'자는 붙는다는 의미의 '착(著)'자로 보고, 뒤의 두 '저'자는 드러낸다는 의미의 '저(著)'자로 보아 "위의 '저'자는 직(直)과 약(略)의 반절(反切)이고, 아래의 '저'자는 글자대로이다.〔上著直略切, 下著如字.〕"라고 풀이하였다.《陳氏禮記集說 樂記》이계는 제일 앞의 '저'자도 드러낸다는 의미로 보아 '악저태시(樂著太始)'를 "악은 큰 시작을 드러낸다."라고 풀이해야 한다고 주장하고 있다.

166 그……구(句) :《예기》〈악기〉에 "지력(地力)이 고갈되면 초목이 자라지 못하고, 물에 그물을 자주 넣어서 번거로우면 고기와 자라가 자라지 못하고, 기운이 쇠하면 생물이 이루어지지 못하고, 세상이 혼란하면 예가 간특해지고 음악이 질탕해진다. 이 때문에 그 소리가 슬퍼하되 장중하지 못하며, 즐거워하되 편안하지 못하며, 태만하고 함부로 하여 절도를 범하며, 탐닉하여 근본을 잊게 된다.〔土敝則草木不長, 水煩則魚鼈不大, 氣衰則生物不遂, 世亂則禮慝而樂淫. 是故其聲哀而不莊, 樂而不安, 慢易以犯節, 流湎以忘本.〕"라고 하였다.

것이다. 대체로 슬프고 즐거우며 태만하고 방탕한 것은 악이 질탕한 폐단을 말한 것이고, 장중하지 못하고 불안하며 절도를 범하고 근본을 잊는다는 것은 예가 간특한 폐단을 말한 것이다. 주석에서 나누어서 말한 것[167]은 그렇지 않을 듯하다.

간사한 소리가 사람을 느끼게 해서 역기(逆氣)가 감응하고 바른 소리가 사람을 느끼게 해서 순기(順氣)가 감응하여, 역기와 순기가 이루어져 음란한 악과 조화로운 악이 일어난다.[168] 이른바 악만은 거짓으로 할 수 없다는 것이다.[169] 정자(程子)가 "천지 사이에 오직 하나의 감

---

167 주석에서……것 : 진호(陳澔)는 이 구절에 대해 "악이 질탕하기 때문에 슬퍼하되 장중하지 못하고 즐거워하되 편안하지 않으니, 〈관저(關雎)〉 장의 경우에는 즐거우면서도 질탕하지 않고 슬퍼하면서도 지나치게 슬퍼하지 않는다. 예가 간특하기 때문에 태만하고 함부로 하여 절도를 범하고 탐닉하여 근본을 잊게 되니, 바른 예는 장엄하고 경건하면서도 절도가 있고 반성할 줄을 알아서 근본에 보답한다.〔樂淫故哀而不莊, 樂而不安, 若關雎則樂而不淫, 哀而不傷. 禮慝故慢易以犯節, 流湎以忘本, 若正禮則莊敬而有節, 知反而報本也.〕"라고 하였다. 《陳氏禮記集說 樂記》

168 간사한……일어난다 : 《예기》〈악기〉에 "무릇 간사한 소리가 사람을 느끼게 하면 거스르는 기운이 응하고 거스르는 기운이 상(象)을 이루면 음탕한 악이 일어나며, 바른 소리가 사람을 느끼게 하면 따르는 기운이 응하고 따르는 기운이 상을 이루면 화락한 악이 일어난다. 선창하고 화답함에 응함이 있어서 어긋난 것과 간사한 것과 굽은 것과 곧은 것이 각기 그 분수로 돌아가서 만물의 이치가 각각 종류에 따라 서로 감동하는 것이다.〔凡姦聲感人, 而逆氣應之, 逆氣成象, 而淫樂興焉; 正聲感人, 而順氣應之, 順氣成象, 而和樂興焉. 倡和有應, 回邪曲直各歸其分, 而萬物之理, 各以類相動也.〕"라고 하였다.

169 이른바……것이다 : 《예기》〈악기〉에 "덕은 성(性)의 단서이고, 악은 덕의 영화(英華)이고, 금(金)·석(石)·사(絲)·죽(竹)은 악의 악기이다. 시(詩)는 그 뜻을 말한 것이고 가(歌)는 그 소리를 길게 읊는 것이며 무(舞)는 그 용모를 동하는 것이니, 세 가지가 마음에 근본하여 동한 뒤에 악기가 뒤따른다. 이 때문에 감동되는 정이 깊어

(感)과 응(應)이 있을 뿐이다."[170]라고 하였으니, 어찌 소리에만 해당되겠는가.

정(情)을 반추하여 뜻을 조화롭게 하고 질탕한 악과 간특한 예가 심술(心術)에 접하지 않는 것은 악으로 마음을 다스리는 것이고, 부류를 비교하여 행실을 이루며 태만하고 사벽(邪辟)한 기운이 신체에 배풀어지지 않는 것은 예로 몸을 다스리는 것이다.[171] 이 또한 예와 악을 합하여 말한 것이다.

악은 양(陽)으로부터 나와서 마치 봄과 여름에 만물이 발달하는 것과 같기 때문에 "그 생겨난 곳을 좋아한다."라고 하였고, 예는 음(陰)에서 만들어져 가을과 겨울에 만물이 이루어지고 갈무리되는 것과 같기 때문에 "그 시작된 곳으로 되돌아간다."라고 하였다.[172]

문채가 밝고, 기운이 성하여 교화가 신묘한 것이다. 조화로움과 자연스러움이 마음속에 쌓여 영화가 외면에 드러나니, 오직 악만은 거짓으로 할 수 없는 것이다.〔德者, 性之端也. 樂者, 德之華也. 金石絲竹, 樂之器也. 詩, 言其志也, 歌, 咏其聲也, 舞, 動其容也, 三者本於心, 然後樂器從之. 是故情深而文明, 氣盛而化神. 和順積中而英華發外, 惟樂不可以爲僞.〕라고 하였다.

170 천지……뿐이다 : 《근사록(近思錄)》 권1 〈도체(道體)〉에, 정이(程頤)가 "천지 사이에는 오직 하나의 감과 응이 있을 뿐이니, 또 무슨 일이 있겠는가.〔天地之間, 只有 一箇感與應而已, 更有甚事?〕"라고 한 것이 보인다.

171 정(情)을……것이다 : 《예기》 〈악기〉에 "이런 까닭에 군자는 정을 반추하여 뜻을 조화롭게 하고 그 부류를 비교하여 행실을 이루니, 간사한 소리와 문란한 색이 총명함을 억류하지 않고 음탕한 악과 간특한 예가 심술(心術)에 접하지 않으며 태만하고 사벽한 기운이 몸에 베풀어지지 않아 귀ㆍ눈ㆍ코ㆍ입ㆍ마음과 지각ㆍ온몸으로 하여금 모두 자연스러움과 바름을 따라 도리를 행하게 만든다.〔是故君子反情以和其志, 比類以成其 行, 姦聲亂色不留聰明, 淫樂慝禮不接心術, 惰慢邪辟之氣不設於身體, 使耳目鼻口心知 百體, 皆由順正以行其義.〕"라고 하였다.

"죽성람(竹聲濫)"을 당기고 모은다고 풀이하는 것은 틀렸으니, 유씨가 넘친다고 해석한 것이 옳다.[173]

"악곡 소리가 탐욕스러워 상(商)에 미친다."는 '살벌한 소리'라고 풀이하는 것이 옳으니, 주석에서 상나라를 탐내는 소리라고 한 것은 잘못되었다.[174]

---

172 악은……하였다 : 《예기》〈악기〉에 "악이란 베푸는 것이고 예란 보답하는 것이니, 음악은 처음 생겨난 곳을 좋아하고 예는 처음 생겨난 곳으로 되돌아간다.〔樂也者, 施也, 禮也者, 報也, 樂, 樂其所自生, 而禮, 反其所自始.〕"라고 하였다. 또 《예기》〈교특생〉에는 "악은 양(陽)으로부터 온 것이고 예는 음(陰)으로부터 지어진 것이니, 음과 양이 화하면 만물이 마땅함을 얻게 된다.〔樂由陽來者也, 禮由陰作者也, 陰陽和而萬物得.〕"라고 하였다.

173 죽성람(竹聲濫)을……옳다 : 《예기》〈악기〉에, 자하(子夏)가 "관악기 소리는 끌어당기니, 끌어당겨서 사람들을 모으고 모아서 무리를 이룬다. 만날 생각이 들면 대중을 모을 수 있다. 군자가 우(竽)·생(笙)·소(簫)·관(管)의 소리를 들으면 재물을 저축하고 백성들을 모으는 신하를 생각한다.〔竹聲濫, 濫以立會, 會以聚衆. 君子聽竽笙簫管之聲, 則思畜聚之臣.〕"라고 한 것이 보인다. 일반적으로 이 구절의 '남(濫)'자는 정현(鄭玄)이 '당기고 모은다〔攬聚〕'라고 풀이한 것을 따르는데, 유맹야(劉孟冶)는 이 구절을 "관악기의 소리는 넘치니, 넘치면 대중에게 널리 미쳐 대중이 반드시 귀의하므로 이것으로 대중을 모을 수 있다. 그래서 군자는 관악기의 소리를 듣고서 백성을 포용하고 대중을 모으는 신하를 생각하는 것이다.〔竹聲汎濫, 汎則廣及於衆而衆必歸之. 故以立會聚. 而君子聞竹聲, 則思容民畜衆之臣也.〕"라고 풀이하였다. 《禮記註疏 樂記》《陳氏禮記集說 樂記》

174 악곡……잘못되었다 : 《예기》〈악기〉에, 빈모고(賓牟賈)가 공자와 주 무왕의 음악인 '대무(大武)'에 대해 토론하며 "악곡 소리가 탐욕스러워 상(商)에 미치는 것은 어째서입니까?〔聲淫及商, 何也?〕"라고 물은 것이 보인다. 정현(鄭玄)과 공영달(孔穎達)은 이 구절을 대무의 소리가 탐욕스러워 상나라를 삼키려는 뜻이 있는 까닭을 묻는 것으로 보았고, 진호(陳澔)는 이에 동의하면서도 다른 해설을 인용하여 "상성(商聲)은 살벌한 소리이고 음(淫)은 상성이 길어지는 것을 이르니, 만약 이것이 대무의 악곡

"예와 악은 잠시라도 몸에서 떼어놓을 수 없다."[175] 이하의 세 장은 예와 악의 근본을 성인이 몸에 체득하여 천하에 교화를 베풀어 천지와 그 덕을 합치시키는 것을 남김없이 말하였다.

"예는 줄임을 주로 하고 악은 채움을 주로 한다."[176]는 예와 악이 나란히 행해지며 서로를 도움을 말한 것이다. 유자(有子)가 "예의 쓰임은 조화가 중요하다."라고 한 것은 악으로써 예를 도움을 말한 것이고 또 "조화만을 알아 조화만을 위주로 하고 예로써 절제하지 않는다면 이 역시 행해서는 안 될 것이다."라고 한 것은 예로써 악을 절제함을 말한 것이니,[177] 예와 악이 서로 분리될 수 없음을 알 수 있다.

소리라면 이는 무왕에게 살인을 즐기는 마음이 있는 것이다. 그러므로 뜻이 '잘못되었다.'라고 하였다.〔商聲爲殺伐之聲, 淫謂商聲之長也, 若是武樂之音, 則是武王有嗜殺之心矣. 故云: "志荒也."〕"라고 하였다. 《禮記註疏 樂記》《陳氏禮記集說 樂記》

175 예와……없다 : 《예기》〈악기〉에서 어느 군자의 "예와 악은 잠시라도 몸에서 떼어놓을 수 없다.〔禮樂不可斯須去身〕"라는 말을 인용한 뒤, 이어지는 3장에서 부연을 통해 각각 사람이 예와 악으로 마음을 다스리면 이를 통해 백성들을 교화할 수 있음과, 예와 악의 효용으로 편향된 것을 구제할 수 있음, 선왕이 예와 악을 제정한 것은 사람의 그칠 수 없는 마음으로 인하여 조화로움으로 인도한 것임을 말하였다.

176 예는……한다 : 《예기》〈악기〉에 "악은 안에서 동하는 것이고, 예는 밖에서 동하는 것이므로 예는 줄임을 주로 하고 악은 채움을 주로 한다. 예는 줄어드나 나아가서 나아감을 문채로 삼고, 악은 가득 차나 돌아와서 돌아옴을 문채로 삼는다.〔樂也者, 動於內者也. 禮也者, 動於外者也. 故禮主其減, 樂主其盈. 禮減而進, 以進爲文, 樂盈而反, 以反爲文.〕"라고 하였다.

177 유자(有子)가……것이니 : 《논어》〈학이(學而)〉에, 유약(有若)이 "예의 쓰임은 조화가 중요하니, 선왕의 도(道)도 이를 미덕으로 여겼으므로 대소사를 모두 이것에 따라 행하였다. 행해서는 안 될 바가 있으니, 조화만을 알아 조화만을 위주로 하고 예로써 절제하지 않는다면 행해서는 안 될 것이다.〔禮之用, 和爲貴, 先王之道, 斯爲美, 小大由之. 有所不行, 知和而和, 不以禮節之, 亦不可行也.〕"라고 한 것이 보인다.

아랫장에 또 성인이 아(雅)와 송(頌)을 만들고 관악기와 현악기에 올린 뜻을 말하였으니,[178] 소리와 글이 합치된 뒤에야 사람의 마음을 감발시킬 수 있다. -이상은 〈악기(樂記)〉이다.-

"수(綏)로 초혼(招魂)을 한다."의 '수'는 수레를 끄는 물건이다.[179] 이 때문에 길에서 죽은 경우에 이것으로 초혼을 하는 것이니, 글자대로 읽어야 한다. 어째서 꼭 유(綏)이겠는가.

서자(庶子)란 여러 아들들을 이르니, 어찌 적자(適子)보다 나이가 많을 수 있겠는가. 나이에 따라 서열을 정한다는 것은 지위가 높더라도 감히 적자보다 앞에 서지 않는 것이다.[180]

"사(士)가 된 후손은 대부(大夫)였던 조상에게 합사하지 않는다."[181]

---

178 성인이……말하였으니 :《예기》〈악기〉의 말미에, 악(樂)이란 즐거움[樂]이므로 이것이 지나치면 혼란이 초래되므로, 성인이 절도에 맞고 올바르게 인도할 목적으로 아(雅)와 송(頌)을 제정하고 집안에서 연주하여 가족 구성원들의 조화를 이루도록 하였다고 하였다.

179 수(綏)로……물건이다 :《예기》〈잡기 상(雜記上)〉에 "제후가 출행하여 관사에서 죽으면 초혼(招魂)을 본국에서 하는 것처럼 하고, 만일 길에서 죽으면 그가 타던 수레의 왼쪽 바퀴에 올라가서 수(綏)로 초혼을 한다.〔諸侯行而死於館, 則其復如於其國. 如於道, 則升其乘車之左轂, 以其綏復.〕"라고 하였다. '수(綏)'란 수레 손잡이의 끈인데, 정현(鄭玄)은 이에 대해 "'수'자는 '유(緌)'로 읽으니, 깃발의 깃대장식으로 그 깃술을 제거하고 사용한다.〔綏, 讀爲緌, 旌旗之旄也, 去其旄而用之耳.〕"라고 하였다.《禮記註疏 雜記上》

180 서자(庶子)란……것이다 :《예기》〈잡기 상〉에 "대부의 서자가 대부가 되면 그 부모의 상 때 대부의 상복을 입고, 자리는 대부가 되지 않은 자들과 나이에 따라 서열을 정한다.〔大夫之庶子爲大夫, 則爲其父母服大夫服, 其位與未爲大夫者齒.〕"라고 하였다.

181 사(士)가……않는다 :《예기》〈잡기 상〉에 "대부가 된 후손은 사였던 조상에게

는 행할 수 없는 고례이다. 대체로 주나라 사람들이 신분이 높은 사람을 공경하고 예우하는 풍속이 이와 같았다.

"유대공지연관(有大功之練冠)"은 '연(練)'에서 구두를 끊어 "관은 대공복(大功服)에 착용하는 마질(麻絰)로 바꿔 착용하되, 지팡이와 신발만은 바꾸지 않는다.〔冠則以大功之麻易之 惟杖屨不易〕"라고 해야 하니,[182] 신발과 관이 서로 호응이 되어야 한다. 대개 사람이 삼년상을 당해 연복(練服)을 입어야 할 때 그 관을 짓는 베의 승수(升數)는 대공복에 착용하는 마질에 견주고 지팡이와 신발은 바꾸지 않는다는 말이다. 아랫장의 "부모의 상을 당해 아직 공최(功衰)를 착용하고 있을 때"[183]를 가지고 보면 연복을 착용하고 있을 때 공최복으로 바꿔 입음을 알 수 있다. 그런데 주석의 해설에 "갑자기 대공복을 입을 상을 당해 상복의 등급을 낮춘다."[184]라고 한 것은 어쩌면 그렇게 심하게 곡해하

합사할 수 있다. 사가 된 후손은 대부였던 조상에게 합사하지 않고 대부였던 조상의 형제에게 합사하며, 형제가 없을 경우 소목(昭穆)의 서열을 따르니, 조부모가 살아 계시더라도 그렇게 한다.〔大夫祔於士. 士不祔於大夫, 祔於大夫之昆弟, 無昆弟, 則從其昭穆. 雖王父母在, 亦然.〕"라고 하였다.

182 유대공지연관(有大功之練冠)은……하니 :《예기》〈잡기 상〉에 "삼년상(三年喪)으로 연관을 쓰고 있을 때 대공복(大功服)을 입을 초상이 발생하면 대공복에 착용하는 마질로 바꾸어 착용하되, 지팡이와 신발만은 바꾸지 않는다.〔有三年之練冠, 則以大功之麻易之, 唯杖屨不易.〕"라고 하였다.

183 부모의……때 :《예기》〈잡기 상〉에 "부모의 상을 당해서 공최(功衰)를 착용하고 있을 때 형제가 요절하여 부제(祔祭)를 지내게 되면 연관을 착용하고서 부제를 지내고, 상(殤)에 대한 축문에서는 '양동(陽童)인 모보(某甫)'라 칭하고 이름을 부르지 않으니, 이는 신(神)으로 여기는 것이다.〔有父母之喪尙功衰, 而附兄弟之殤則練冠附, 於殤稱陽童某甫, 不名, 神也.〕"라고 하였다.

184 갑자기……낮춘다 : 진호는 이 구절에 대해 "이때에 갑자기 대공복을 입을 상을

었는가. 본장(本章)에는 본래 이런 뜻이 없는데 아랫장에 "형제가 요절하여 부제(祔祭)를 지내게 되면 연관을 착용하고 부제를 치른다."라는 말로 인해 잘못 풀이한 듯하다. 또다시 요절한 이를 위해 대공복을 입는 경우가 아홉 가지임을 열거한 것[185]은 더욱 의미가 없다.

"이미 제기(祭器)가 정결하게 세척되었는지를 살폈으면 부모가 죽더라도 제사에 그대로 참여한다."[186] 하였는데, 이것 역시 옛날과 지금

당했는데 만약 강복이면 그 최복(衰服)은 7승(升)이니, 강복 자최에서 장사를 지낸 뒤의 복(服)과 똑같기 때문에 이 대공복의 마질(麻絰)을 가지고 연복(練服)의 갈질(葛絰)을 바꾸어 제거하는 것이다. 지팡이와 신발만은 바꾸지 않는 것은 대공에는 지팡이를 짚지 않아 바꿀 것이 없고 삼년상에 입는 연복과 대공복은 초상 때 똑같이 짚신을 신는다.〔當此時, 忽遭大功之喪, 若是降服, 則其衰七升, 與降服齊衰葬後之服同, 故以此大功之麻絰, 易去練服之葛絰也. 惟杖屨不易者, 言大功無杖, 無可改易, 而三年之練與大功, 初喪同是繩屨耳.〕"라고 해설하였다.

185 요절한……것 : 진호는 이 구절에 대해 "요절한 이를 위해 대공복을 입는 경우가 총 아홉 가지인데, 장상(長殤)의 경우 총 9개월 동안 복상하고 중상(中殤)의 경우 총 7개월을 복상하니, 이는 모두 강복(降服)이다. 또 강복을 하는 경우가 총 여섯 가지, 정복(正服)을 입는 경우가 다섯 가지, 정복을 입으면서 상복의 수위를 낮추지 않는 경우가 세 가지, 의복(義服)을 입는 경우가 두 가지인데, 이는 모두 9개월 동안 복상한다. 《의례(儀禮)》에 자세히 보인다.〔大功之服爲殤者凡九條, 其長殤皆九月, 中殤皆七月, 皆降服也. 又有降服者六條, 正服者五條, 正服不降者三條, 義服者二條, 皆九月, 詳見儀禮.〕"라고 하였다. 《陳氏禮記集說 雜記上》

186 이미……참여한다 : 《예기》〈잡기 하〉에 "대부나 사가 나라의 제사에 참여하여 이미 제기가 정결하게 세척되었는지를 살폈다면 부모가 죽더라도 제사에 참여하되 숙소는 동료들과 별도로 한다. 제사가 끝난 뒤 길복을 벗고 공문(公門) 밖으로 나가 곡을 하고 집으로 돌아간다. 기타의 예법은 분상(奔喪)의 예와 같이한다.〔大夫士將以與祭於公, 旣視濯, 而父母死, 則猶是與祭也, 次於異宮. 旣祭, 釋服, 出公門外, 哭而歸. 其他如奔喪之禮.〕"라고 하였다.

의 사의(事宜)가 다른 부분이다.

 "삼년상을 치를 때 어떤 이가 술과 고기를 보내면 받는다."[187]라는 것은 제전(祭奠)으로 쓰고자 해서이다. 이 때문에 최복과 수질을 착용하고서 받는 것이다. 또 "임금이 음식을 내리면 감히 사양하지 말고 받아서 올린다."라고 하였는데, 왕씨가 "필시 쇠약해진 자 때문이다."라고 한 것[188]은 곡해이다.

 기년상(期年喪)의 장례를 마치지 않았을 때에는 남을 조문해서는 안 된다. 마을 사람에 대해서는 조문을 할 수도 있지만, 단 그 상주가 장례 절차를 끝내는 것을 기다려서는 안 된다. 공최복(功衰服)을 착용하고서는 조문해도 되지만 그 일을 맡아서는 안 되는 것은, 기년상에 비해 조금 차이를 둔 것이다.[189] 주석에 "이 상에서 장례를 마치고 나면 대공복과 같은 수위의 상복을 받으니, 이를 공최(功衰)라고 한다."[190]

---

187 삼년상을……받는다 : 《예기》〈잡기 하〉에 "삼년상을 치를 때 누가 술과 고기를 보내면 받기는 하되 반드시 세 번 사양한다. 이를 받을 때 상주는 최복과 수질을 착용하고서 받는다. 임금이 내리라 명한 경우에는 감히 사양하지 말고 받아서 올린다.〔三年之喪, 如或遺之酒肉, 則受之, 必三辭. 主人衰絰而受之. 如君命則不敢辭, 受而薦之.〕"라고 하였다.

188 왕씨가……것 : 석량 왕씨(石梁王氏)는 이 구절에 대해 "상을 치를 때 술과 고기를 보내는 것은 필시 쇠약해진 자 때문이다.〔居喪有酒肉之遺, 必疾者也.〕"라고 하였다. 《陳氏禮記集說 雜記下》

189 기년상(期年喪)의……것이다 : 《예기》〈잡기 하〉에 "기년상(期年喪)의 장례를 마치지 않았더라도 마을 사람에 대해서는 조문을 할 수 있지만, 곡을 하고 물러나되 그 상주가 장례 절차를 끝내는 것을 기다리지 않는다. 공최복(功衰服)을 착용하고서는 조문해도 되지만 그 일을 맡아서는 안 된다.〔朞之喪未葬, 弔於鄉人, 哭而退, 不聽事焉. 功衰弔, 待事不執事.〕"라고 하였다.

190 이……한다 : 공영달과 진호는, 시집간 고모나 누이가 죽었을 때 상주가 없는

라고 한 것은 아마도 그렇지 않을 것이다. 아랫장의 "소공복(小功服)이나 시마복(緦麻服)을 입는 상을 치르고 있을 때에는 남의 상의 일을 맡을 수 있다."라고 한 것[191]을 보면, 공최가 대공임을 알 수 있다. -이상은 〈잡기(雜記)〉이다.-

소렴(小斂)의 이불은 임금과 대부·사가 모두 19칭(稱 벌)인데, 대렴(大斂)의 옷은 대부가 50칭이고 사는 30칭이다.[192] 옷은 몸을 두루 감싸고 관은 옷을 두루 감싼다는 말[193]과 비교해보면 너무 사치스럽다

경우 조카와 형제가 자최복(齊衰服)을 입고 지팡이를 짚지 않는 기년상을 치르고 장례를 마친 뒤에 대공복과 같은 수위의 상복을 받는데 이를 공최(功衰)라고 한다 하였다. 《禮記註疏 雜記下》《陳氏禮記集說 雜記下》

191 아랫장의……것 :《예기》〈잡기 하〉에 "소공복이나 시마복을 입는 상을 치르고 있을 때에는 남의 상의 일을 맡을 수는 있지만 중요한 예식에는 참여하지 않는다.〔小功緦, 執事不與於禮.〕"라고 하였다.

192 소렴(小斂)의……30칭이다 :《예기》〈상대기(喪大記)〉에 "소렴 때에는 베로 만든 끈으로 묶으니, 세로로 묶는 것이 1개이고 가로로 묶는 것이 3개이다. 그 위에는 임금은 비단 이불을 덮고 대부는 명주 이불을 덮으며 사는 치포(緇布) 이불을 덮는데, 모두 1장을 덮는다. 이불은 총 19칭이다.〔小斂, 布絞, 縮者一, 橫者三. 君錦衾, 大夫縞衾, 士緇衾, 皆一. 衾十有九稱.〕"라고 하였고, 또 "대렴 때에는 베로 만든 끈으로 묶으니, 세로로 묶는 것이 3개이고 가로로 묶는 것이 5개이다. 베로 만든 홑이불을 덮고 2장의 이불을 사용하는데, 임금·대부·사가 모두 동일하다. 군주는 의복을 마당에 늘어놓는데 총 100칭이고, 옷깃은 북쪽으로 두되 서쪽에서부터 정렬한다. 대부는 서(序)의 동쪽에 의복을 늘어놓는데 총 50칭이고, 옷깃은 서쪽으로 두되 남쪽에서부터 정렬한다. 사는 서의 동쪽에 의복을 늘어놓는데 총 30칭이고, 옷깃은 서쪽으로 두되 남쪽에서부터 정렬한다.〔大斂, 布絞, 縮者三, 橫者五. 布紟, 二衾. 君大夫士一也. 君陳衣于庭, 百稱, 北領西上. 大夫陳衣于序東, 五十稱, 西領南上. 士陳衣于序東, 三十稱, 西領南上.〕"라고 하였다.

고 할 수 있고, 관의 크기도 이에 걸맞다면 성인의 중정한 제도가 아닐 것이다.

"고운 갈포, 굵은 갈포, 모시로 지은 옷은 진열하지 않는다."[194]라는 것은 아마도 더울 때에도 핫옷[袍]을 쓰기 때문일 것이다. 후대에 마침내 마포(麻布)는 염(斂)할 때 쓸 수 있으나 저포(苧布)는 쓸 수 없다고 여기는 것은 그 의미를 알지 못하겠다.

위황(僞荒)이란 임시로 쓰는 황(荒)이다.[195] 보황(黼荒)을 설치한 뒤 또 흰 비단으로 임시로 쓸 황을 지어서 덮으니, 지금의 흰 비단으로 짓는 휘장과 같다. 그런데 '위(僞)'를 '유(帷)'로 풀이하였으니, 아마도 그렇지 않을 것이다. 아랫장에 화유(畫帷)라고 말한 뒤에 다시 소금저

---

193 옷은……말 :《예기》〈단궁〉에 국자고(國子高)가 "장(葬)이란 감추는 것이니, 사람들이 보지 못하게 하고자 하는 것이다. 이 때문에 옷은 몸을 치장하기에 충분하고 관은 옷을 두루 감싸며, 곽(槨)은 관을 두루 감싸고 흙은 곽을 두루 감싸는 것이다.〔葬者, 藏也, 欲人之不得見也. 是故衣足以飾身, 棺周於衣, 槨周於棺, 土周於槨.〕"라고 말한 것이 보인다.

194 고운……않는다 :《예기》〈상대기〉에 "무릇 옷을 진열할 때에는 개지 않고 펴두고, 간색과 잡색의 옷은 진열하지 않으며 고운 갈포, 굵은 갈포, 모시로 지은 옷은 진열하지 않는다.〔凡陳衣不詘, 非列采不入, 絺綌苧不入.〕"라고 하였다.

195 위황(僞荒)이란……황(荒)이다 :《예기》〈상대기〉에 제후의 관(棺)을 치장하는 규정에 대해 "유거(柳車)의 덮개에는 보황(黼荒)을 쓰고 불꽃 무늬를 세 줄, 불(黻) 무늬를 세 줄로 그리며, 흰 비단으로 관의 지붕을 만들고, 위황을 덮는다.〔黼荒, 火三列, 黻三列. 素錦褚, 加僞荒.〕"라고 하였다. 보황이란 검은색과 흰색으로 도끼 무늬를 수놓은 덮개이다. 정현(鄭玄)은 '위황'에 대해 "'위(僞)'는 '유(帷)'가 되어야 하며 간혹 '우(于)'로도 쓰는데, 소리 때문에 생긴 오류이다.〔僞當爲帷, 或作于, 聲之誤也.〕"라고 주해하였고, 육덕명(陸德明)도 이를 받아들여 "'위(僞)'는 주석대로 '유(帷)'로 읽으니, '위(位)'와 '비(悲)'의 반절이다.〔僞依注讀爲帷, 位悲反.〕"라고 하였다.《禮記註疏 喪大記》

(素錦褚)라고 말하였으니,[196] 분명히 두 가지 물건이다. -이상은 〈상대기
(喪大記)〉이다.-

〈제법(祭法)〉에서는 옛 성인의 공덕(功德)을 두루 서술하였는데, 순
(舜) 임금에 대해서는 여러 일을 부지런히 하였다고 하였으니[197] 어
쩌면 그리도 걸맞지 않은가. 그렇다면 들에서 죽었다는 이야기는 따
져볼 것이 못 된다. -이상은 〈제법〉이다.-

196 아랫장에……말하였으니 : 《예기》〈상대기〉에 대부의 관(棺)을 치장하는 규정
에 대해 "대부는 구름 무늬를 그린 유(帷)에 지(池)가 2개이고 진용(振容)을 달지 않으
며, 구름 무늬를 그린 황(荒)에 불꽃 무늬를 세 줄, 불(黻) 무늬를 세 줄로 그리고
흰 비단으로 관의 지붕을 만들며, 붉은 끈이 2개이고 검은 끈이 2개이며, 제(齊)는
채색 세 가지와 자개 세 줄로 꾸미고 불을 그린 삽(翣)은 2개, 구름을 그린 삽이 2개이
니, 여기에는 모두 늘어진 장식을 달고 구리로 만든 물고기 모양의 장식품이 뛰어 지에
오른다.〔大夫畫帷二池, 不振容, 畫荒火三列, 黻三列, 素錦褚, 纁紐二, 玄紐二, 齊三采
三貝, 黻翣二, 畫翣二, 皆戴綏, 魚躍拂池.〕"라고 하였다.
197 제법(祭法)에서는……하였으니 : 《예기》〈제법〉에서 대대로 제사를 올리는 성
왕들의 공로에 대해 나열하며 "제곡(帝嚳)은 별자리의 운행을 계산하여 백성들에게
밝혔고, 요(堯) 임금은 적절한 상과 균등한 형법을 내리고 의리에 따라 선양함으로써
제위를 마쳤으며, 순(舜) 임금은 여러 일을 부지런히 하다 들판에서 죽었고, 곤(鯀)은
홍수를 막다가 갑자기 죽어 우(禹) 임금이 곤의 공적을 이어받았으며,……문왕(文王)
은 문치(文治)로, 무왕(武王)은 무공(武功)으로 백성들의 재앙을 제거하였으니, 이는
모두 백성들에게 공렬이 있는 이들이다.〔帝嚳能序星辰以著衆, 堯能賞均刑法以義終,
舜勤衆事而野死,……文王以文治, 武王以武功, 去民之災. 此皆有功烈於民者也.〕"라고
하였다. 여기에서 순 임금이 들판에서 죽었다는 말〔野死〕에 대해 정현은 유묘(有苗)를
정벌하다 창오(蒼梧) 지방에서 죽은 것이라 하였는데 석량 왕씨(石梁王氏)는 정현의
이 주해를 믿을 수 없다고 하였고, 진호는 순수(巡狩)하다가 사망한 것이라고 하였다.
《禮記註疏 祭法》《陳氏禮記集說 祭法》

효(孝)는 왕도(王道)에 가깝고 제(悌)는 패도(覇道)에 가깝다는 것은 진정 도를 아는 말이 아니나, 왕씨가 공자의 말이 아니라고 한 것은 잘못된 해석이다.[198]

이 편 가운데에 자공(子貢)이 묻고 부자(夫子)가 대답한 한 장은 부자의 말이고, 그 아래에서부터는 기록한 이의 말이다. 그러므로 아랫장에서 다시 '자왈(子曰)'로 시작한 것이다.[199] 이 장은 본래 공자의

---

198 효(孝)는……해석이다 : 《예기》〈제의(祭儀)〉에 "이런 까닭에 지극한 효는 왕도와 같고 지극한 제(悌)는 패도와 같다. 지극한 효가 왕도에 가까운 것은 천자라도 반드시 아비가 있기 때문이고, 지극한 제가 패도에 가까운 것은 제후라도 반드시 형이 있기 때문이다. 선왕의 가르침을 고치지 않고 따르는 것은 천하와 국가를 다스리고자 해서이다.〔是故至孝近乎王, 至弟近乎霸. 至孝近乎王, 雖天子, 必有父, 至弟近乎霸, 雖諸侯, 必有兄. 先王之敎, 因而弗改, 所以領天下國家也.〕"라고 하였는데, 석량 왕씨는 이를 공자의 말이 아니라고 하였다. 《陳氏禮記集說 祭儀》

199 이……것이다 : 《예기》〈제의〉에 자공이 공자가 자신의 종묘에서 가을 제사를 지낼 때 걸음걸이가 급한 것을 보고 그 까닭에 대해 문답한 것이 보인다. 공자는 "장엄함이란 용모를 차리는 것으로 제사 대상과 소원함이요, 정숙함이란 용모를 차리는 것으로 스스로를 돌이켜봄이다. 용모를 차려 소원하게 하고 용모를 차려 스스로를 돌이켜본다면, 어찌 신명과 교접할 수 있겠느냐. 그러니 어찌 장엄하고 정숙함이 있어야 하겠느냐. 반궤(反饋)로 이룸을 즐거워하고, 그 천조(薦俎)를 올리고 그 예와 악을 차례로 행하고, 그 백관(百官)을 갖추어 군자가 그 장엄함과 정숙함을 다한다면 어찌 슬퍼서 멍하게 있을 수 있겠는가. 무릇 말이 어찌 한 단서뿐이겠느냐? 각각 합당한 바가 있는 것이다.〔濟濟者, 容也, 遠也, 漆漆者, 容也, 自反也. 容以遠若容以自反也, 夫何神明之及交? 夫何濟濟漆漆之有乎? 反饋樂成, 薦其薦俎, 序其禮樂, 備其百官, 君子致其濟濟漆漆, 夫何慌惚之有乎? 夫言豈一端而已? 夫各有所當也.〕"라고 대답하였다. 이 뒤에는 효자가 부모의 제사를 올릴 때의 마음가짐에 대한 내용이 이어지는데, 석량 왕씨는 여기부터 뒤에 공자가 애(愛)와 경(敬)의 도리를 설명한 말이 나오기 전까지도 모두 공자의 말이 되 단, 효(孝)와 제(悌)가 각각 왕도와 패도에 가깝다는 말만은 사리에 맞지 않으므로 공자의 말이 아닐 것이라고 추측하였다. 이계는 이 부분은 본래 전부 공자의 말이 아닌

말이 아니다.

　봉양함[養]이란 그 구체(口體)를 봉양하는 것이고, 공경함[敬]이란
그 몸을 공경하는 것이며, 편안하게 함[安]이란 그 마음을 편안하게
하는 것이고, 잘 마침[卒]이란 온전한 몸을 보존한 채 죽는 것이다.[200]
무릇 이렇게 하고 난 뒤에야 효를 다하는 도리라고 할 수 있다. -이상은
〈제의(祭儀)〉이다.-

　성왕(成王)과 강왕(康王)은 주공(周公)의 공훈과 노고를 추념하여 주
공에게 중한 제사를 내렸으니, 외제(外祭)로는 교사(郊社)가 이것이
고 내제(內祭)로는 대상(大嘗)과 체(禘)가 이것이다.[201] 공자가 "노나

기록자의 말이라고 주장하고 있다.

200　봉양함이란……것이다 : 《예기》 〈제의〉에 증자가 "삶고 익힌 음식을 바치고 희생
과 곡식을 태우며, 음식을 맛보고 올리는 것은 효가 아니고 봉양[養]이다. 군자가 말하
는 효란, 온 나라 사람들이 칭송하고 부러워하며 '행복하겠구나, 저런 자식을 두다니!'라
고 할 정도가 되어야 이른바 효일 것이다. 백성을 가르치는 근본을 효라고 부르고 그것
을 시행하는 것을 봉양이라고 한다. 봉양은 할 수 있지만 공경하기[敬]는 어렵고, 공경
은 할 수 있지만 편안케 하기[安]는 어려우며, 편안케 할 수는 있지만 잘 마치기[卒]는
어렵다. 부모가 돌아가신 뒤에도 몸가짐을 삼가서 부모에게 악명을 끼치지 않는다면
끝까지 잘 해냈다고 할 수 있다.[亨孰羶薌, 嘗而薦之, 非孝也, 養也. 君子之所謂孝也
者, 國人稱願然曰: '幸哉, 有子如此.' 所謂孝也已. 衆之本教曰孝, 其行曰養. 養可能也,
敬爲難, 敬可能也, 安爲難, 安可能也, 卒爲難. 父母旣沒, 愼行其身, 不遺父母惡名, 可
謂能終矣.]"라고 한 것을 두고 한 말이다.

201　성왕(成王)과……이것이다 : 《예기》 〈제통(祭統)〉에 "옛날에 주공(周公) 단
(旦)이 천하에 공훈과 노고가 있었기에, 주공이 죽자 성왕과 강왕(康王)이 주공이 세운
공훈과 노고를 추념하여 노나라를 높이고자 하였기 때문에 중한 제사를 내렸으니, 외제
(外祭)로는 교사(郊社)가 이것이고 내제(內祭)로는 대상(大嘗)과 체(禘)가 이것이

라의 교와 체는 모두 예가 아니니, 주공의 법도가 쇠하였도다."라고
하였고, 정자(程子)는 "성왕이 내린 것과 백금(伯禽)이 받은 것이 모
두 잘못되었다."라고 하였다.[202] 살피건대 《여씨춘추(呂氏春秋)》에
"노 혜공(魯惠公)이 종묘의 예를 주나라 천자(天子)에게 청하자 사각
(史角)으로 하여금 가서 보답하게 하였다."라고 하였다.[203] 천자는 평

다.〔昔者周公旦有勳勞於天下. 周公旣沒, 成王康王, 追念周公之所以勳勞者而欲尊魯,
故賜之以重祭, 外祭則郊社, 是也, 內祭則大嘗禘, 是也.〕"라고 하였고, 본래 천자의 예
인 이 제사들을 제후국인 노나라에서 행해오는 까닭에 대해서는 "주공의 덕을 밝히고
또 그 나라를 중히 여기고자 함이다.〔所以明周公之德而又以重其國也.〕"라고 하였다.

202 공자가……하였다 : 《예기》〈예운〉에 공자가 "아, 슬프다. 내가 주나라의 도(道)
를 보건대 유왕(幽王)과 여왕(厲王)이 손상시켰다. 내가 노나라를 버리고 어디로 가겠
는가. 그러나 노나라의 교(郊)와 체(禘)는 예가 아니니, 주공의 법도가 쇠하였도다.
기(杞)나라에서 교를 지내는 것은 우(禹) 임금이 있었기 때문이고 송(宋)나라에서 교
를 지내는 것은 설(契)이 있었기 때문이니, 이는 천자의 일을 지켜오는 것이다. 그러므
로 천자는 천지에 제사 지내고 제후는 사직에 제사 지내는 것이다.〔嗚呼哀哉. 我觀周
道, 幽厲傷之. 吾舍魯何適矣? 魯之郊禘非禮也. 周公其衰矣. 杞之郊也, 禹也, 宋之郊
也, 契也, 是天子之事守也, 故天子祭天地, 諸侯祭社稷.〕"라고 한 것이 보인다. 《논어집
주(論語集註)》〈팔일(八佾)〉에 정자가 "주공의 공로가 참으로 크나 신하의 직분상 마
땅히 해야 할 바이니, 어찌 홀로 천자의 예를 쓸 수 있겠는가. 성왕이 내린 것과 백금이
받은 것이 모두 잘못되었다. 이를 인습한 폐단이 끝내는 계씨(季氏)가 참람하게 팔일무
(八佾舞)를 행하게 하고, 삼가(三家)가 참람하게 〈옹(雍)〉장을 부르며 철상(撤床)하
게 하였다. 그래서 중니께서 논하여 비판하시고 주공의 법도가 쇠했다고 하신 것이다.
〔周公之功固大矣, 皆臣子之分所當爲, 魯安得獨用天子禮樂哉? 成王之賜, 伯禽之受,
皆非也. 其因襲之弊, 遂使季氏僭八佾, 三家僭雍徹. 故仲尼譏之.〕"라고 한 주석이 보이
고, 《이정유서(二程遺書)》권4 〈유정부소록(游定夫所錄)〉에도 이러한 논조의 말이
보인다.

203 여씨춘추(呂氏春秋)에……하였다 : 《여씨춘추》권2 〈중춘기(仲春紀) 당염(當
染)〉에 "노 혜공이 대부 재양(宰讓)을 보내어 천자에게 교와 종묘의 예를 청하자 환왕

왕(平王)이니, 성왕이 이미 받았다면 또 청할 것이 무엇이며, 사각으로 하여금 가서 보답하게 하였다면 이는 아직 허락받지 못한 것이다. 평왕도 허락하지 않는 것을 성왕이 내렸다고 한단 말인가. 이를 통해 보건대 노나라의 교와 체는 아마도 평왕 이후의 일이리라. 그래서 부자께서 주공의 법도가 쇠함을 탄식하신 것이다. 《예기》에 전하는 것은 한나라 유자의 과실이다. -이상은 〈제통(祭統)〉이다.-

《시경》을 배우는 이가 지나치게 온유(溫柔)하고 돈후(敦厚)하되 감정에 따라 곧이곧대로 행하면 그 폐단이 시(柴)의 어리석음과 같을 것이고 《서경》을 배우는 이가 먼 것을 내다보아 아는 데에 힘쓰되 고사(故事)에 얽매이면 그 폐단이 좌씨(左氏 좌구명(左丘明))의 미신에 치우침과 같을 것이며, 《악기(樂記)》를 배우는 이가 뜻과 기운이 넓더라도 방탕하여 절도가 없으면 그 폐단이 사치스럽고 지나칠 것이고 《주역》을 배우는 이가 정미(精微)한 이치를 깊이 탐구하되 술수(術數)에 치우치면 그 폐단이 해치게 되며, 《예기》를 배우는 이가 공손함과 검소함을 주로 삼되 꾸밈이 혹 바탕보다 지나치게 되면 그 폐단이 번쇄할 것이고 《춘추(春秋)》를 배우는 이가 뜻을 포폄에 두되 교격(矯激)한 데에 이른다면 그 폐단이 참람하고 어지러울 것이다.[204]

(桓王)이 사각(史角)을 파견하였는데, 혜공이 그를 머물게 하여 그 후손이 노나라에 있게 되었고 묵자(墨子)는 사각의 후손에게서 배웠다.〔魯惠公使宰讓請郊廟之禮於天子, 桓王使史角往, 惠公止之, 其後在於魯, 墨子學焉.〕"라고 하였다. 여기서 환왕은 연대로 볼 때 평왕(平王)의 오류이며, 교(郊)는 교외에서 천지에 올리는 제사이다.

204 《시경》을……것이다 : 《예기》〈경해(經解)〉에 공자가 "그 나라에 들어가보면 그 나라에 시행된 가르침을 알 수 있다. 그 백성들의 사람됨이 온유하고 돈후하다면 《시경》

-이상은 〈경해(經解)〉이다.-

"불과호물(不過乎物)"[205]의 '물(物)'이란 사물의 마땅히 그래야 하는 법칙이니, 《시경》에 "하늘이 많은 백성을 냄에, 사물이 있으면 법칙이 있다."라고 하였다.[206] 본다면 마땅히 눈이 밝아야 하고 들으면 마땅히

의 가르침이 시행된 것이고 식견이 트이고 먼 것을 내다보아 안다면 《서경》의 가르침이 시행된 것이며, 광대하고 선량하다면 《악기(樂記)》의 가르침이 시행된 것이고 정결하고 정미하다면 《주역》의 가르침이 시행된 것이며, 공손하고 검소하며 장중하고 경건하다면 《예기》의 가르침이 시행된 것이고 글이 엮이고 사건이 배열된다면 《춘추(春秋)》의 가르침이 시행된 것이다. 그러므로 《시경》의 가르침이 잘못되면 어리석어지고 《서경》의 가르침이 잘못되면 속이게 되며, 《악기》의 가르침이 잘못되면 사치스러워지고 《주역》의 가르침이 잘못되면 해치게 되며, 《예기》의 가르침이 잘못되면 번쇄해지고 《춘추》의 가르침이 잘못되면 어지러워진다.〔入其國, 其敎可知也. 其爲人也, 溫柔敦厚, 詩敎也, 疏通知遠, 書敎也, 廣博易良, 樂敎也, 絜靜精微, 易敎也, 恭儉莊敬, 禮敎也, 屬辭比事, 春秋敎也. 故詩之失愚, 書之失誣, 樂之失奢, 易之失賊, 禮之失煩, 春秋之失亂.〕라고 한 것을 두고 한 말이다. 시(柴)는 공자의 제자 고시(高柴) 즉 자고(子羔)로, 《논어》〈선진(先進)〉에 "시는 어리석다.〔柴也愚〕라고 하였고 《논어집주》에서는 "그는 난리를 피해 갈 때에도 지름길로 가지 않고 개구멍으로 나가지 않았다.〔避難而行, 不徑不竇.〕라고 해설하였다. 좌씨(左氏)가 미신에 치우쳤다는 것은, 동진(東晉)의 범녕(范寧)이 지은 〈곡량전집해서(穀梁傳集解序)〉에 "《춘추좌씨전(春秋左氏傳)》은 아름답고 내용이 풍부하지만 단점은 미신에 치우쳤다는 데 있고, 《춘추곡량전(春秋穀梁傳)》은 완곡하고 청아하지만 단점은 짧다는 데 있으며, 《춘추공양전(春秋公羊傳)》은 변석과 판결이 뛰어나지만 단점은 속되다는 데 있다.〔左氏艶而富, 其失也巫, 穀梁婉而淸, 其失也短, 公羊辨而裁, 其失也俗.〕라고 한 것이 보인다.

205 불과호물(不過乎物) : 《예기》〈애공문(哀公問)〉에 노 애공(魯哀公)이 몸을 이룬다는 것〔成身〕이 무엇을 말하는지를 묻자 공자가 "사물의 마땅한 이치를 벗어나지 않는 것입니다.〔不過乎物〕"라고 대답한 것이 보인다.

206 시경에……하였다 : 《시경》〈대아(大雅) 증민(烝民)〉에 "하늘이 뭇 백성을 낳으

귀가 밝아야 하며 어버이를 섬기면 마땅히 효도해야 하고 임금을 섬기면 마땅히 충성해야 하니, 모두 마땅히 그래야 하는 법칙이 있는 것이다. 요 임금이 임금이 된 것, 순 임금이 자식이 된 것, 주공이 신하가 된 것조차도 모두 그 직분을 다한 것에 지나지 않을 따름이니, 이른바 '불과호물'이란 것이다. 주석에 "'물(物)'이란 실제로 그러한 이치이다."라고 하였는데,[207] 사물의 이치라고 하는 것은 옳지만 바로 '물'을 이치라고 풀이해서는 안 된다. ―이상은 〈애공문(哀公問)〉이다.―

편말(篇末)의 두 장[208]은 깊은 뜻이 전혀 없다. 왕씨가 이른바 말의 뜻이 산만하니 공자의 말이 아니라는 것[209]이 옳다. '목교지(目巧之)'

니 사물이 있는 곳에 법칙이 있도다. 백성이 떳떳한 본성을 가진지라 이 거룩한 덕을 좋아하네.〔天生蒸民, 有物有則. 民之秉彝, 好是懿德.〕"라고 하여, 인간이 하늘로부터 부여받은 법칙인 본성을 몸에 지니고 있음을 말하였다.

207 주석에……하였는데 : 응용(應鏞)이 이 구절에 대해 "'물(物)'이란 실제로 그러한 이치이다. 성분(性分) 안에 모든 '물'이 갖추어져 있으니, 어진 사람과 효자가 '물'을 벗어나지 않는다는 것은 곧 그 몸이 실천하는 것이 모두 의리 안에 있어서 이를 벗어나지 않는다는 것이다.〔物者實然之理也. 性分之內, 萬物皆備, 仁人孝子, 不過乎物者, 卽其身之所履, 皆在義理之內而不過焉.〕"라고 하였다. 《陳氏禮記集說 哀公問》

208 편말(篇末)의 두 장 : 《예기》〈중니연거(仲尼燕居)〉의 마지막 두 장은, 예에만 통달하고 악에는 통달하지 못한 것을 소(素)라 하고 반대의 경우를 편(偏)이라고 한다는 공자와 자공의 대화와, 예와 악을 정치에 적용하는 일에 대한 공자와 자장(子張)의 문답이다.

209 왕씨가……것 : 석량 왕씨(石梁王氏)는 《예기》〈중니연거〉 전체를 두고, "글이 비록 수미(首尾)가 있으나 말의 뜻이 산만한 곳이 많으니 반드시 공자의 말은 아닐 것이다.〔文雖有首尾, 然辭旨散漫處多, 未必孔子之言.〕"라고 하였다. 《陳氏禮記集說 仲尼燕居》

세 글자[210]는 궐자(闕字)나 오자(誤字)가 있을 듯하니 억지로 풀이할
것이 없다. -이상은 〈중니연거(仲尼燕居)〉이다.-

'탕강불지(湯降不遲)'에 대해 《시경집주(詩經集註)》에서는 '강(降)'을
'강생(降生)'으로 풀이하여 제때에 응하여 탄강하였다고 하였는데,[211]
엄씨(嚴氏 엄찬(嚴粲))가 "겸양하여 자신을 낮춤이 민첩하여 더디지 않
았다."라고 한 것[212]은 글의 조리가 닿지 않는다. 주자의 해설을 따라

---

210 목교지(目巧之) 세 글자 : 《예기》〈중니연거〉의 마지막 장에 "예가 흥성하는 것
은 백성들이 다스려지는 것이고, 예가 폐지되는 것은 백성들이 어지러워지는 것이다.
눈대중으로 지은 집도 아랫목과 동쪽 계단이 있는 법이다. 자리에는 상석과 하석이
있고 수레에는 좌측과 우측이 있으며, 길을 갈 때에는 그 뒤를 따라가는 구분이 있고
서 있을 때에는 정해진 차례가 있다. 이는 옛날에 예를 제정한 의미이다.〔禮之所興,
衆之所治也, 禮之所廢, 衆之所亂也. 目巧之室則有奧阼, 席則有上下, 車則有左右, 行則
有隨, 立則有序, 古之義也.〕"라고 한 것이 보인다.

211 탕강불지(湯降不遲)에……하였는데 : 《시경》〈상송(商頌) 장발(長發)〉에 "상
제의 명이 어그러지지 않아 탕 임금에 이르러 부합하니, 탕 임금의 탄강이 늦지 않아
거룩함과 경건함이 날로 올라가도다. 하늘에 밝게 이름을 오래 하고 오래 하사 상제를
이에 공경하시니, 상제께서 명하셔서 구위(九圍)에 모범이 되게 하시니라.〔帝命不違,
至於湯齊, 湯降不遲, 聖敬日齊. 昭假遲遲, 上帝是祇, 帝命式于九圍.〕"라고 하였는데,
주희는 《시경집전(詩經集傳)》에서 '탕강불지(湯降不遲)'를 "탕 임금의 탄생이 제때에
응하여 탄강하여 마침 그때를 당하였다.〔湯之生也, 應期而降, 適當其時.〕라고 풀이하
였다. 《예기》〈공자한거(孔子閒居)〉에 공자가 이 시를 삼왕(三王), 그중에서도 탕 임
금의 덕이 천지에 참여함을 설명하기 위해 인용한 것이 보인다.

212 엄씨(嚴氏)가……것 : 남송(南宋)의 엄찬(嚴粲)은 '탕강불지(湯降不遲)'에 대해
"탕 임금의 겸양함은 자신을 낮추는 것이 매우 민첩하여 더디지 않았기 때문에 거룩하고
경건한 덕이 날로 올라갔다.〔湯之謙抑, 所以自降下者, 甚敏而不遲, 故聖敬之德日以躋
升也.〕"라고 해설하였다. 《詩緝 卷36 商頌》《陳氏禮記集說 孔子閒居》

야 할 것이다.

〈숭고(崧高)〉시는 선왕(宣王) 때의 일이기는 하나 쌓아온 기틀을
말하자면 실로 문왕과 무왕 때부터 시작된 것이므로 "이것은 문왕과
무왕의 덕이다."라고 하였다.[213] 그런데 주석에 "문왕과 무왕 때에는
이런 시가 없었으므로 선왕 때의 시를 가져다 비유하였다."라고 한
것[214]은 글의 조리가 닿지 않으니, 어쩌면 그리도 엉성한가. -이상은 〈공
자한거(孔子閒居)〉이다.-

"명(命)으로 욕망을 막는다."[215]라는 것은 대체로 중등(中等) 이하의

213 숭고(崧高)……하였다 : 《시경》〈대아(大雅) 숭고(崧高)〉에 "높디높은 산악이
우뚝하게 하늘에 닿았도다. 이 산에서 신령을 내려, 보후(甫侯)와 신후(申侯)를 내셨도
다. 보후와 신후 두 사람은 주나라의 기둥으로, 사국의 울타리가 되어, 사국에 덕을
베풀도다.〔崧高維嶽, 駿極于天. 維嶽降神, 生甫及申. 維申及甫, 維周之翰, 四國于蕃,
四國于宣.〕"라고 하였다. 《예기》〈공자한거〉에 공자가 이 시를 인용하며 "이는 문왕과
무왕의 덕이다.〔此文武之德也〕"라고 한 것이 보인다.

214 주석에……것 : 〈숭고〉시는 주 선왕(周宣王) 때의 일인데 공자가 이를 문왕과
무왕의 덕이라고 한 것에 대해, 진호(陳澔)는 "국가가 장차 흥기하려 할 적에 하늘이
반드시 미리 어진 보좌를 태어나게 하므로, 〈대아 숭고〉를 인용하여 문왕과 무왕에게
이 삿되지 않은 덕이 있었으므로 하늘이 어진 보좌를 태어나게 하여 주나라를 흥기시켰
다고 말한 것이다. 그런데 문왕과 무왕 때에는 이런 시가 없었으므로 선왕 때의 시를
가져다 비유하여 '이는 문왕과 무왕의 덕이다.'라고 한 것이다.〔國家將興, 天必爲之豫生
賢佐, 故引大雅崧高之篇, 言文武有此無邪之德, 故天爲之生賢佐以興周, 而文武無此詩,
故取宣王詩爲喩, 而曰: ‘此文武之德也.’〕"라고 해설하였다. 《陳氏禮記集說 孔子閒居》

215 명(命)으로 욕망을 막는다 : 《예기》〈방기(坊記)〉에 공자가 "군자의 도는 비유하
자면 제방과 같을 것이다. 백성들의 부족한 바를 방비하는 것이다. 크게 제방을 쌓더라
도 백성들은 넘을 때가 있으므로 군자는 예로 덕이 나빠지는 것을 막고, 형벌로 음란해
지는 것을 막고, 명으로 욕망을 막는다.〔君子之道, 辟則坊與. 坊民之所不足者也. 大爲

사람을 위해 한 말이다. 예란 군자를 이끄는 수단이고 형벌이란 소인을 부리는 수단이다. 명으로 말하자면 성인이 말하지는 않았지만 "얻고 못 얻고는 명에 달려 있다."²¹⁶라고 하고, "요절과 장수를 마음에 두지 않고서 몸을 수양하며 기다리는 것은 명을 바로잡는 일이다."²¹⁷라고 한 것은 군자가 의리로서 천명에 대처하는 것이다. 무릇 중등 이하의 사람은 이익을 보면 의리를 잊고 욕심을 따르느라 절도가 없는 것이 물이 낮은 곳으로 흐르는 것과 같으니, 예로써 가지런히 할 수 있는 것이 아니고 형벌로 금할 수 있는 바가 아니다. 오직 득실(得失)은 명에 달려 있고 생사(生死)는 명에 달려 있어서 사람의 힘을 용납하지 않음을 알게 한다면 아마도 미연에 막아서 사람들이 각자의 분수에 편안할 수 있을 것이다. 예와 형벌은 바깥에서 막는 것이고, 명은 안에서 막는 것이다. 성인이 가르침을 베푼 뜻이 은미하다.
-이상은 〈방기(坊記)〉이다.-

之坊, 民猶踰之, 故君子禮以坊德, 刑以坊淫, 命以坊欲.]"라고 한 것이 보인다.

216 얻고⋯⋯있다 : 공자가 위(衛)나라에 체류할 때 위 영공(衛靈公)의 총신(寵臣)인 미자하(彌子瑕)가 공자에게 경(卿) 자리를 알선해주겠다며 자기 집에 빈객으로 머물기를 제안하였으나 공자는 "천명에 달려 있다.〔有命〕"라는 말로 거절한 적이 있다. 맹자가 뒤에 이를 두고 "공자는 예에 맞게 나아가고 의에 따라 물러나서, 벼슬을 얻고 얻지 못하는 것에 대해서는 '천명에 달려 있다.'라고 하셨다.〔孔子進以禮, 退以義, 得之不得曰有命.〕"라고 평하였다. 《孟子 萬章上》

217 요절과⋯⋯일이다 : 《맹자》〈진심 상(盡心上)〉에 "마음을 보존하여 성을 기르는 것은 하늘을 받들어 섬기는 일이요, 요절과 장수를 마음에 두지 않고서 몸을 수양하며 기다리는 것은 명을 세우는 일이다.〔存其心, 養其性, 所以事天也, 夭壽不貳, 修身以俟之, 所以立命也.〕"라고 하였다. 여기에서 이계가 "명을 세운다.〔立命〕"를 "명을 바로잡는다.〔正命〕"라고 한 것은 착오로 보인다.

원망으로 원망을 갚는 것은 곧음으로 원망을 갚는 것만 못하니, 주석의 해설이 옳다.[218]

"인(仁)과 잘못을 함께한 뒤에야 그 인의 실정을 알 수 있다."[219]는 "잘못을 보면 그 사람이 어진지를 알 수 있다."[220]와 말은 같지만 뜻은

218 원망으로……옳다 : 《예기》〈표기(表記)〉에 공자가 "은덕으로 은덕을 갚으면 백성들에게 권장되는 바가 있고, 원한으로 원한을 갚으면 백성들에게 징계되는 바가 있다.〔以德報德, 則民有所勸, 以怨報怨, 則民有所懲.〕"라고 말한 것이 보이고, 《논어》〈헌문(憲問)〉에 누군가가 원한을 은덕으로 갚는 것은 어떠냐는 질문에 공자가 "그렇다면 은덕은 무엇으로 갚을 것인가? 정직함으로 원한을 갚고 은덕으로 은덕을 갚아야 한다.〔何以報德? 以直報怨, 以德報德.〕"라고 대답한 것이 보인다. 진호(陳澔)는 두 기록의 차이에 대해, 〈표기〉의 이 장은 공자의 말이 아닐 것이라고 추측하였다. 《陳氏禮記集說 表記》

219 인(仁)과……있다 : 《예기》〈표기〉에 공자가 "인(仁)을 행하는 것에는 세 가지 경우가 있으니, 인과 공효는 같지만 실정은 다르다. 인과 공효를 함께했을 때에는 그 인의 실정을 알지 못하고, 인과 잘못을 함께한 뒤에야 그 인의 실정을 알 수 있다. 어진 이는 인을 편안히 여기고, 지혜로운 이는 인을 이롭게 여기며, 죄를 두려워하는 이는 인을 억지로 행한다. 비유하자면 인은 오른쪽이고 도(道)는 왼쪽이며, 인은 인간다움이고 도는 의(義)이다. 인에 두터운 이는 의에는 박하니 친근하지만 존엄하지 않고, 의에 두터운 이는 인에는 박하니 존엄하지만 친근하지 않다.〔仁有三, 與仁同功而異情. 與仁同功, 其仁未可知也, 與仁同過, 然後其仁可知也. 仁者安仁, 知者利仁, 畏罪者强仁. 仁者右也, 道者左也, 仁者人也, 道者義也. 厚於仁者, 薄於義, 親而不尊, 厚於義者, 薄於仁, 尊而不親.〕"라고 한 것이 보인다. 인과 잘못을 함께한 뒤에야 그 인의 실정을 알 수 있다는 것은, 사람은 각기 인을 편안하게 여기거나 이롭게 여기거나 혹은 마지못해 행하는데 이로써 훌륭한 일을 이루었을 때에는 이들이 각자 어떤 마음으로 인을 행했는지를 알 수 없지만, 인을 행하다 혹 지나친 점이 있어 잘못을 범했을 때에야 어떤 마음으로 인을 행했는지가 비로소 드러난다는 뜻이다.

220 잘못을……있다 : 《논어》〈이인(里仁)〉에 공자가 "사람의 잘못은 각기 그 부류대로이니, 잘못을 보면 그 사람이 어진지를 알 수 있다.〔人之過也, 各於其類, 觀過斯知仁

다르다. 사람이 잘못을 저지르는 것은 각기 그 부류대로이니 과오를 보면 또한 마음에 보존한 것을 알 수 있다는 말이지, 반드시 잘못이 있기를 기다린 뒤에야 그가 어진지를 알 수 있다는 말이 아니다. 아랫 글의 인에 두터운 자는 의(義)에는 박하고 의에 두터운 자는 인에는 박하다는 이야기는 거의 인과 의가 하나의 도리임을 모르는 것이니, 결코 공자의 말이 아니다. 아랫장의 "의도(義道)로는 패자(霸者)가 될 수 있다."[221]라는 이야기도 그렇다.

'중심안인(中心安仁)'한 장[222]은 가장 순수하니, 성인이 건건불식(乾

矣.〕"라고 한 것이 보인다.

221 의도(義道)로는……있다 : 《예기》〈표기〉에 공자가 "도에는 지도(至道)・의도 (義道)・고도(考道)가 있다. 지도로는 왕 노릇을 할 수 있고, 의도로는 패자가 될 수 있으며, 고도로는 과실을 범하지 않을 수 있다.〔道有至義, 有考. 至道以王, 義道以霸, 考道以爲無失.〕"라고 한 것이 보인다. 정현과 공영달은 지도는 인(仁)과 의(義)를 아우르는 도이고 의도는 인 없이 의만을 취한 도이며, 고도는 인과 의의 한 측면을 취한 인위적으로 완성한 도로서 남에게 잘못을 저지르지 않을 수는 있지만 본성에 따른 것은 아니라고 해설하였다. 《禮記註疏 表記》

222 중심안인(中心安仁) 한 장 : 《예기》〈표기〉에 "공자께서 말씀하시길 '마음속으로 인을 좋아하는 사람은 천하에 한 사람 정도나 있을 뿐이다. 〈대아(大雅)〉에 「덕의 가볍기는 터럭과 같아 시행하기 쉬운데도 백성들 중에 능히 실행하는 이가 드물다. 내가 헤아리고 도모해보건대 오직 중산보(仲山甫)만이 시행하고 있으니 사랑하되 도와줄 수가 없도다.」라고 하였고, 〈소아(小雅)〉에 「높은 산은 우러러보게 되고 선한 행실은 따르게 된다.」라고 하였다.' 하였다. 공자께서 말씀하시길 '《시경》을 지은 이가 인을 좋아함이 이와 같구나. 도를 향해 행하다가 중도에 멈추고서 자신의 늙음을 잊으니 앞으로 살 날이 부족하다는 것도 알지 못하는 것이고, 다른 것을 돌아보지 않고 날마다 부지런히 힘쓰다 죽은 뒤에야 그친다.'라고 하였다.〔子曰: "中心安仁者, 天下一人而已 矣. 大雅曰: '德輶如毛, 民鮮克擧之. 我儀圖之, 惟仲山甫擧之, 愛莫助之.' 小雅曰: '高山 仰止, 景行行之.'" 子曰: "詩之好仁也如此. 鄉道而行, 中道而廢, 忘身之老也, 不知年數

乾不息.)²²³하는 뜻을 깊이 얻었다.

"후직(后稷)의 공렬을 어찌 한 사람의 손이나 발로 따라 할 수 있겠는가."²²⁴ 역시 공자의 말이 아닌 듯하다.

'하도존명(夏道尊命)' 한 장은 왕씨가 감히 공자의 말이라 할 수 없다고 한 것이 옳다.²²⁵ 아랫장의 주나라 백성이 신(神)을 욕되게 하지

之不足, 俛焉日有孳孳, 斃而後已."〕" 하였다.

223 건건불식(乾乾不息) : 하늘이 끊임없이 운행하는 것을 본받아 쉬지 않고 수양에 정진하는 것을 뜻한다. 《주역》〈건괘(乾卦) 구삼(九三)〉에 "군자가 종일토록 건건하여 저녁까지도 두려워하면 위태로우나 허물이 없게 된다.〔君子終日乾乾, 夕惕若, 厲無咎.〕"라고 하였고, 〈건괘 상(象)〉에 "하늘의 운행이 굳세니, 군자가 이를 보고서 스스로 힘쓰고 쉬지 않는다.〔天行健, 君子以自彊不息.〕"라고 하였다.

224 후직(后稷)의……있겠는가 : 《예기》〈표기〉에 공자가 군자가 갖춰야 할 겸손한 태도에 대해 "후직이 천하에 세운 공렬을 어찌 한 사람의 손이나 발로 따라 할 수 있겠는가. 오직 실천이 명성보다 높아지기를 바랐기 때문에 스스로를 편한 사람이라 일컬은 것이다.〔后稷天下之爲烈也, 豈一手一足哉? 唯欲行之浮於名也, 故自謂便人.〕"라고 한 것이 보인다.

225 하도존명(夏道尊命)……옳다 : 《예기》〈표기〉에 "공자께서 '하나라의 도는 명령을 높여서 귀(鬼)를 섬기고 신(神)을 공경하여 멀리 대했으며 사람을 가까이하여 진심을 다했으니, 녹봉을 우선하고 위엄을 뒤로 미뤘으며 상을 앞세우고 벌을 미뤄서, 친근하였지만 존엄하지는 않았다. 그래서 그 백성들에게는 우둔하고 어리석으며 교만하고 비루하며 질박하여 문채가 없었던 폐단이 있었다. 은나라 사람들은 신을 높여서 백성들을 이끌고서 신을 섬겼으니, 귀를 우선하고 예를 뒤로 미뤘으며 형벌을 우선하고 상을 뒤로 미뤄서, 존엄하였지만 친근하지는 않았다. 그래서 그 백성들에게는 방탕하여 정숙하지 않고 격식만을 앞세우고 수치심이 없었다는 폐단이 있었다. 주나라 사람들은 예를 높이고 베풂을 중시하여 귀를 섬기고 신을 공경하여 멀리 대했으며 사람을 가까이하여 진심을 다했으니, 그 상과 벌은 작위의 서열을 따라 친근하였지만 존엄하지는 않았다. 그래서 그 백성들에게는 이익을 추구하여 교묘해지고 문채를 우선하여 부끄러움이 없으며 해쳐서 이치에 어두웠다는 폐단이 있었다.'라고 말씀하셨다.〔子曰: "夏道尊命, 事鬼

않았다는 이야기와 은나라와 주나라의 도는 그 폐단을 감당하지 못했다는 이야기[226]는 아마도 이단(異端)에 흐른 듯하다.

"임금을 섬길 때 관계가 먼데도 간언한다면 아첨하는 것이다."는 심하게 이치를 해친다.[227] 주석의 해설이 옳다.

"말만 가지고 사람을 다 가늠하지 않는다." 이하의 다섯 장[228]은 군자

敬神而遠之, 近人而忠焉, 先祿而後威, 先賞而後罰, 親而不尊. 其民之敝, 惷而愚, 喬而野, 朴而不文. 殷人尊神, 率民以事神, 先鬼而後禮, 先罰而後賞, 尊而不親. 其民之敝, 蕩而不靜, 勝而無恥. 周人尊禮尙施, 事鬼敬神而遠之, 近人而忠焉, 其賞罰用爵列, 親而不尊. 其民之敝, 利而巧, 文而不慚, 賊而蔽.〕" 하였는데, 석량 왕씨는 이를 감히 공자의 말이라 믿을 수 없다고 하였다.《陳氏禮記集說 表記》

226 아랫장의……이야기 :《예기》〈표기〉에 공자가 "하나라의 도는 명령을 욕되게 하지 않았고 백성들에게 갖추기를 요구하거나 크게 기대하지 않았으니, 백성들이 그 친근함을 싫어하지 않았다. 은나라 사람은 예를 욕되게 하지 않았으나 백성들에게 갖추기를 요구하였다. 주나라 사람은 백성들에게 강요하였고, 신을 욕되게 하지 않았으나 상과 작위, 형벌을 상세하게 갖추었다.〔夏道未瀆辭, 不求備, 不大望於民, 民未厭其親. 殷人未瀆禮而求備於民. 周人强民, 未瀆神而賞爵刑罰窮矣.〕"라고 한 것과 "우(虞)와 하나라의 도는 백성들에게 원망이 적었고, 은나라와 주나라의 도는 그 폐단을 감당하지 못했다.〔虞夏之道, 寡怨於民, 殷周之道, 不勝其敝.〕"라고 한 것이 보인다.

227 임금을……해친다 :《예기》〈표기〉에 공자가 "임금을 섬길 때 관계가 먼데도 간언한다면 이는 아첨이고, 관계가 가까운데도 간언하지 않는다면 이는 하는 일 없이 이익을 챙기는 것이다.〔事君, 遠而諫則諂也, 近而不諫則尸利也.〕"라고 한 것이 보인다. 석량 왕씨는 이를 공자의 말이 아니라고 하였다.《陳氏禮記集說 表記》

228 말만……장 :《예기》〈표기〉에 "공자께서 '군자는 말만 가지고 사람을 다 가늠하지 않는다. 그래서 천하에 도가 있으면 훌륭한 행실이 가지와 잎처럼 무성히 뻗어 나가고, 천하에 도가 없으면 실천은 없이 말만 가지와 잎처럼 뻗어 나간다.'라고 하셨다.〔君子不以辭盡人. 故天下有道, 則行有枝葉, 天下無道, 則辭有枝葉.〕" 하였고, 그 뒤 네 장에서 각각 《시경》을 인용하며 군자의 교유가 물처럼 담박하다는 것과 군자는 자신이 말한 대로 남에게 베푼다는 것, 군자는 언약을 함부로 하지 않는다는 것과 군자가 겉모

가 사람을 대하고 외물을 접하는 방도를 깊이 얻었지만 "말은 교묘하게 하고자 한다." 한 구절은 선대의 학자들이 의심하였다.[229] 그러나 마음이 참으로 미쁘다면 말이 교묘하여도 나쁠 것이 없다. 그 마음을 전달하기 위한 것으로, 교묘한 말과 잘 꾸민 낯빛으로 남을 기쁘게 하는 데에만 힘쓰는 것과는 같지 않다.

"작은 제사에는 시일(時日)을 두지 않고 시초점을 친다."[230]라는 것은 그 길흉만을 점치고 날짜를 택하지 않음을 말한 것이다. -이상은 〈표기(表記)〉이다.-

〈치의(緇衣)〉 한 편은 말이 매우 순수하니, 참으로 성인의 말씀이다. 말마다 반드시 《시경》과 《서경》을 인용하여 증명한 것은 사람으로 하여금 계고(稽古)하여 자득하게 한 것이니, 이른바 공자께서 평소에 말씀하신 것은 《시경》과 《서경》, 예의 집행이었다는 것[231]이 이것

습만 좋게 꾸며 남과 사귀지 않는다는 것을 말하였다.

229 말은……의심하였다 : 《예기》 〈표기〉에 공자가 군자는 겉모습만 좋게 꾸며 남과 사귀지 않는다는 것을 말하며 "마음은 미쁘게 하고자 하고 말은 교묘하게 하고자 한다. 〔情欲信, 辭欲巧.〕"라고 하였는데, 이는 《논어》 〈위정(爲政)〉에 보이는 공자의 말인 "교묘한 말과 잘 꾸민 낯빛을 하는 사람치고 어진 이가 드물다.〔巧言令色, 鮮矣仁.〕"와 배치가 된다. 이 때문에 석량 왕씨는 이것이 공자의 말이 아니라고 하였고, 진호는 '교(巧)'자를 '잘 살핀다.〔考〕'의 의미로 풀이해야 한다고 하였다. 《陳氏禮記集說 表記》

230 작은……친다 : 《예기》 〈표기〉에 공자가 "큰 제사에는 시일을 두지만 작은 제사에는 시일을 두지 않고 시초점을 친다. 외신(外神)의 제사에는 강일(剛日)을 쓰고 종묘의 제사에는 유일(柔日)을 쓴다.〔大事有時日, 小事無時日, 有筮. 外事用剛日, 內事用柔日.〕"라고 한 것이 보인다.

231 이른바……것 : 《논어》 〈술이(述而)〉에 "공자께서 평소에 말씀하신 것은 《시경》

이다. -이상은 〈치의〉이다.-

〈분상(奔喪)〉과 〈문상(問喪)〉 두 편은 효자의 슬퍼하고 비통해하는
마음과 선왕이 예를 제정하여 슬픔을 드러낸 뜻을 남김없이 말하여
천리(天理)와 인정(人情)을 곡진히 다하고 정밀하게 온축(蘊蓄)하였
으니, 성인이 아니면 말할 수가 없다. -이상은 〈분상〉과 〈문상〉이다.-

"모친이 돌아가셨으면 그 모친의 친족의 상에 상복을 입는다."[232]의
모친이 돌아가셨다는 것은 자기의 모친이 돌아가신 것을 말하니, 오
씨(吳氏)의 해설이 옳다.
　공(公)이 경·대부를 위해 상복을 입을 때에는 석최(錫衰)를 착용하
고 신하가 임금에게 조회하는 경우라도 수질(首絰)을 벗지 않는 것[233]

과 《서경》, 예의 집행이었으니, 이는 모두 평소에 하시던 말씀이었다.〔子所雅言, 詩書
執禮, 皆雅言也.〕"라고 하였다.

232　모친이……입는다 : 《예기》〈복문(服問)〉에 "전(傳)에 이르기를 '모친이 쫓겨났
으면 계모의 친족의 상에 상복을 입고, 모친이 돌아가셨으면 그 모친의 친족의 상에
상복을 입는다.'라고 하였으니, 모친의 친족의 상에 상복을 입는다면 계모의 친족의
상에는 입지 않는다.〔傳曰: "母出則爲繼母之黨服, 母死則爲其母之黨服.", 爲其母之黨
服, 則不爲繼母之黨服.〕"라고 하였다. 진호는 이 구절의 '모친이 돌아가셨다는 것〔母
死〕'은 자신의 생모(生母)가 쫓겨난 뒤에 계모가 죽은 상황을 말하는 것이고 '그 모친〔其
母〕'이란 자신의 생모를 가리킨다고 하였다. 오징(吳澄)은 '그 모친'을 자기의 생모로
보아, 생모가 쫓겨나지 않고 돌아가신 경우에는 생모의 친족의 상에만 상복을 입고
계모의 친족의 상에는 상복을 입지 않는다고 해설하였다. 《陳氏禮記集說 服問》

233　공(公)이……것 : 《예기》〈복문〉에 "공이 경·대부를 위해 상복을 입을 때에는
석최(錫衰)를 착용하여 기거하고 출타할 때에도 똑같이 하며, 상에 대한 일을 처리할
때에는 변질(弁絰)을 쓴다.〔公爲卿大夫錫衰以居, 出亦如之, 當事則弁絰.〕"라고 하였

에서 옛날의 임금과 신하가 일체(一體)가 되는 성대한 덕과 두터운 풍속을 볼 수 있는데 지금에는 행할 수가 없으니, 안타깝도다. -이상은 〈복문(服問)〉이다.-

"불가소이위다(不加少而爲多)"는 "깊은 곳에 임하지 않고도 높아진다."와 같은 뜻이니,[234] 적은 것에 더해지기를 기다린 뒤에야 많다는 것을 알지는 않는다는 뜻이다. -이상은 〈유행(儒行)〉이다.-

〈사의(射義)〉의 "'사(舍)'라고도 한다."를 멈춘다고 풀이하는 것[235]은

고, 또 "무릇 남을 만나보러 갈 때에는 수질을 벗는 경우가 없으니, 임금에게 조회하는 경우라도 수질을 벗지 않고 오직 공문(公門)에 나아갈 때만 자최복을 벗는다.〔凡見人無免絰, 雖朝於君無免絰, 唯公門有稅齊衰.〕"라고 하였다.

234 불가소이위다(不加少而爲多)는……뜻이니 : 《예기》〈유행(儒行)〉에 공자가 유자(儒者)의 행실에 대해 "유자는 몸을 정결히 하고 덕으로 목욕하며, 진언하되 순종하고 따르며 고요히 있으면서도 바르게 만들며 거칠게 지적하면서도 또 급작스럽게 하지 않으니, 윗사람이 몰라보는 경우가 있다. 깊은 곳에 임하지 않고도 높아지고 적은 것을 더하지 않고도 많아진다.〔儒有澡身而浴德, 陳言而伏, 靜而正之, 上弗知也. 麤而翹之, 又不急爲也. 不臨深而爲高, 不加少而爲多.〕"라고 하였다. 여기에서 마지막 구는 해석 상의 이견이 있는데, 정현과 공영달은 일을 계획할 때 자기가 조금 나은 점이 있더라도 이를 부풀려서 과시하지 않는다는 의미로 보았고, 방각(方慤)은 "그 문채의 많음이 본래 가지고 있던 것일 뿐이니 적은 것을 더하여 늘린 뒤에야 많아지는 것이 아니다.〔其 文之多, 皆素有而已, 不必加少以相益, 然後成其爲多.〕"라고 하였다. 《禮記註疏 儒行》 《陳氏禮記集說 儒行》

235 사의(射義)의……것 : 《예기》〈사의(射義)〉에 "'사(射)'라는 말은 '찾음〔繹〕'이 고 '멈춤〔舍〕'이라고도 하니, 찾는다는 것은 자기의 뜻을 찾는 것이다. 그래서 마음이 평온하고 몸이 바르며 활과 화살을 잡는 것이 모두 확고하고, 활과 화살을 잡음이 모두 확고하면 쏘아서 적중시킨다.〔射之爲言者, 繹也, 或曰舍也, 繹者, 各繹己之志也. 故心

아무 의미가 없다. 종사(縱舍 놓음)의 의미인 듯하니, 《시경》에 "화살을 놓는 것이 부수듯 적중한다."[236]라고 하였다. -이상은 〈사의〉이다.-

"승금(乘禽)을 다섯 쌍 대접한다."[237]는 "마승(馬乘)을 기르다."와 "승시(乘矢)를 쏜다."의 '승(乘)'자[238]와 같은 의미로, '네 마리 새'로 풀이해야 한다. 주석에서 짝을 이루거나 무리를 지어 다니는 새라고 한

平體正, 持弓矢審固, 持弓矢審固, 則射中矣.〕"라고 하였다.

236 화살을……적중한다 : 《시경》〈소아 거공(車攻)〉에 "네 필 노란 말에 이미 멍에를 메니, 양쪽의 곁마가 기울지 않도다. 말 모는 법도를 잃지 않거늘, 화살을 놓는 것이 부수듯 적중한다.〔四黃旣駕, 兩驂不倚. 不失其馳, 舍矢如破.〕"라고 하였다.

237 승금(乘禽)을……대접한다 : 《예기》〈빙의(聘義)〉에서 빙문(聘問)을 온 빈객을 대접하는 제후국(諸侯國)의 예에 대해 "승금을 날마다 다섯 쌍 대접하고, 개(介)들에게도 모두 음식을 대접한다.〔乘禽日五雙, 群介皆有飧牢.〕"라고 하였는데, 공영달은 '승금'을 "짝을 이루고 무리를 짓는 새로 기러기와 오리의 등속이니, 빙문 온 이가 경(卿)이면 날마다 다섯 쌍을 대접한다.〔乘行群匹之禽, 雁鶩之屬, 聘卿則每日致五雙.〕"라고 해설하였다.

238 마승(馬乘)을……승(乘)자 : 《대학장구(大學章句)》 10장에 맹헌자(孟獻子)가 "수레를 끄는 네 필의 말을 기르는 집은 닭이나 개를 길러서 팔지 않고, 얼음을 떼어다 쓸 수 있는 집에서는 소나 양을 기르지 않고, 대부의 집에서는 세금을 많이 거두어들이는 신하를 기르지 않으니, 세금을 많이 거두어들이는 신하를 두기보다는 차라리 내 재물을 훔쳐가는 신하를 두겠다.〔畜馬乘, 不察於鷄豚, 伐冰之家, 不畜牛羊, 百乘之家, 不畜聚斂之臣, 與其有聚斂之臣, 寧有盜臣.〕"라고 한 것이 보이고, 《맹자》〈이루 하(離婁下)〉에 위(衛)나라의 명사수 유공지사(庾公之斯)가 자신이 궁술을 배운 윤공지타(尹公之他)의 스승 자탁유자(子濯孺子)를 추격하다가 자탁유자가 병이 나 화살을 잡을 수 없다는 것을 듣고 스승에게 배운 기술로 스승을 해칠 수 없지만 나랏일에 사정(私情)을 개입시킬 수 없다며 수레바퀴에 두들겨 화살촉을 뺀 화살 네 발을 쏜 뒤에 돌아갔다는 일화〔抽矢扣輪, 去其金, 發乘矢而後反.〕가 보인다.

것은 이해할 수가 없다. 어쩌면 승금 다섯 쌍은 너무 많다고 여긴 것인가? 제후에게 음식을 대접하는 예로 하루에 20마리의 새를 쓰는 것이 어찌 많다고 하겠는가.

〈빙의(聘義)〉 마지막 장에서 자공이 옥에 대해 묻는 것으로 끝맺어 옥의 미덕을 남김없이 말한 것[239]은 조회하고 빙문하는 예가 옥 없이는 이루어지지 않고 군자의 덕은 반드시 옥에 비견하기 때문이니, 또한 고인(古人)의 문장이 구차하지 않고 법도가 있었음을 볼 수 있다. -이상은 〈빙의〉이다.-

〈복문〉·〈간전(間傳)〉·〈삼년문(三年問)〉·〈상복사제〉 네 편은 상

---

239 빙의(聘義)……것 : 《예기》〈빙의〉 마지막 장에서 자공이 군자가 옥(玉)을 귀하게 여기고 옥돌[珉]을 천하게 여기는 까닭을 묻자 공자가 "옥돌이 많기 때문에 천하게 여기고 옥이 적기 때문에 귀하게 여기는 것이 아니다. 옛날에 군자는 덕을 옥에 비유하였다. 온윤하면서 윤택한 것은 인(仁)이고 치밀하면서 견고한 것은 지(知)이며, 모가 났어도 다치게 하지 않는 것은 의(義)이고 떨어진 것처럼 드리워진 것은 예(禮)이며, 두드림에 그 소리가 맑게 일어나면서도 길고 끝맺음이 확연한 것은 악(樂)이고 티가 아름다움을 가리지 못하고 아름다움이 티를 가리지 못하는 것은 충(忠)이며, 옥의 빛깔이 사방으로 뿜어져 나오는 것은 신(信)이고 기운이 흰 무지개 같은 것은 천(天)이며, 정신이 산천에 드러나는 것은 지(地)이고 규(圭)와 장(璋)만이 홀로 통하는 것은 덕(德)이며 천하에서 귀하게 여기지 않음이 없는 것은 도(道)이다. 《시경》에 '군자를 생각하면 따사롭기가 옥과 같다.'라고 하였다. 그러므로 군자는 이를 귀히 여기는 것이다.[非爲玟之多故賤之也, 玉之寡故貴之也. 夫昔者君子比德於玉焉. 溫潤而澤, 仁也. 縝密以栗, 知也. 廉而不劌, 義也. 垂之如隊, 禮也. 叩之其聲淸越以長, 其終詘然, 樂也. 瑕不掩瑜, 瑜不掩瑕, 忠也. 孚尹旁達, 信也. 氣如白虹, 天也. 精神見於山川, 地也. 圭璋特達, 德也. 天下莫不貴者, 道也. 詩云 : "言念君子, 溫其如玉." 故君子貴之也.]"라고 대답한 것이 보인다.

을 치르고 상복을 입는 뜻을 말하였고, 〈관의(冠義)〉·〈혼의(昏義)〉·
〈향음주의(鄕飮酒義)〉·〈사의〉·〈연의(燕義)〉·〈빙의〉 여섯 편은
예로 풍속을 교화하는 근본을 말하였는데 매우 심오하고 순수하다.
넉넉하고도 크도다. 삼대(三代)로부터 전해진 책인 것이 분명하다.
〈심의(深衣)〉·〈투호(投壺)〉 두 편은 의례(儀禮) 가운데의 소절(小
節)이기는 하지만 정미하고 심오하며 전아(典雅)하니 결코 후세 사람이
날조할 수 있는 바가 아니다. 그러나 〈유행〉 한 편만은 과장된 말이
많으니 성인의 말이 아닐 것이다. -이상은 열세 편에 대한 총론(總論)이다.-

한자의 글을 읽고[240]

讀韓子

소 황문(蘇黃門 소철(蘇轍))이 〈원화성덕시(元和盛德詩)〉를 읽고 "이
는 헌종(憲宗)이 숭문(崇文)에게 명하여 유벽(劉闢) 한 사람을 주살
한 것일 뿐이니, 어쩌면 그리도 심하게 자질구레한가.《시경》에 숭
(崇)나라를 정벌하고 주(紂) 임금을 정벌한 일을 실을 때 사용한 문
체가 본디 있으니, 한유의 시가 조어(造語)는 공교하다고 할 수는 있
지만 아(雅)의 체제를 갖추었다고는 할 수 없다. 또한 연소(年少)할
때 지은 글일 것이다."라고 하였다. 주자(朱子)가 논변하기를 "공(公)
은 이때 나이가 마흔으로 연소하다고 할 수 없다. 대체로 덕이 부족하
면 과장하기 마련이다. 헌종의 공렬이 참으로 크기는 하지만 문왕(文
王)·무왕(武王)에 비하면 차이가 있다. 왕 형공(王荊公 왕안석(王安
石))이 일찍이《시경》에 대해 논하길 '〈주송(周頌)〉의 가사는 요약되
니, 요약됨은 엄숙하게 하려는 것으로 덕이 성대하기 때문이다. 〈노
송(魯頌)〉의 가사는 과하니, 과한 것은 과장하려는 것으로 덕이 부족
하기 때문이다.' 하였으니, 이 시는 〈노송〉과 같은 부류일 것이다."라
고 하였다.[241] 내 생각에 소씨(蘇氏 소철)의 말이 대체로 옳으나 한자

---

240 한자의 글을 읽고 : 당(唐)나라 한유(韓愈)의 시문(詩文)을 읽고서 적은 차기(箚
記)를 모은 것이다. 총 48칙이다.

241 소 황문(蘇黃門)이……하였다 : 이상은《별본한문고이(別本韓文考異)》권1〈원
화성덕시(元和盛德詩)〉에 보인다. 〈원화성덕시〉는 한유(韓愈)가 원화(元和) 2년
(807)에 지은 장편 고시(古詩)로, 당 헌종(唐憲宗)이 즉위한 이듬해에 하주(夏州)와

(韓子 한유(韓愈))가 이러한 사실을 잘 몰랐던 것은 아니다. 이때에 당(唐)나라는 제어를 잃어 천하의 절반이 참람하고 어지러웠다. 헌종이 겨우 제위(帝位)를 이어 먼저 촉(蜀)을 평정하고 강개하게 쇠하고 어지러운 나라를 일으키고 다스리려는 뜻을 가졌으니, 이에 한자가 시를 지어 기린 것이다. 전공(戰功)을 소략하게 기술한 것은 쉽게 사로잡았음을 말한 것이고, 적의 수급을 바치는 것을 상세히 기술한 것은 엄하게 주벌하였음을 말한 것이다. 물에 투신한 것을 사로잡아 처자식을 처형하고 회를 뜨는 모습을 그림처럼 역력하게 서술한 것으로 말하면, 천하 사람들의 눈과 귀에 밝게 드러내어 강함을 믿고 명을 거스르는 부류들로 하여금 간이 떨어지고 혼이 달아나 마음을 고쳐먹고 머리를 조아리며 오직 행여라도 늦을까 걱정하게 하려 한 것이다. 무릇 시의 교화란 감발(感發)과 징창(懲創)을 주로 하니, 어떤 것은 간소하고 어떤 것은 번다하여 그 시체가 일정하지 않다. 오직 그 때에 따라 다를 뿐이다. 주자가 〈노송〉을 끌어 비유한 것이 참으로 시를 잘 해설하였다.

〈구유조(拘幽操)〉에 "신(臣)의 죄는 주벌 받아 마땅하거늘, 천왕(天王)께서는 거룩하고 밝으시도다."라고 하였다.[242] 정자(程子)가 서중거

촉(蜀) 지방에서 반란을 일으킨 양혜림(楊惠琳)과 유벽(劉闢)을 토벌하고 중흥을 이룩한 것을 기린 장편시이다. 문왕(文王)이 숭(崇)나라를 정벌한 일은 《시경》〈대아(大雅) 황의(皇矣)〉·〈문왕유성(文王有聲)〉에 보이고, 무왕(武王)이 은(殷)나라 주(紂)임금을 정벌한 것은 〈대아 대명(大明)〉에 보인다.

242　구유조(拘幽操)에……하였다 : 〈구유조〉는 본래 문왕이 유리(羑里)에 유폐되었을 때 슬프고 근심스러운 마음을 풀기 위해 거문고로 연주하였다는 곡조인데, 한유가 이를 소재로 문왕의 충심을 노래한 고시를 창작하였다. 그 가사에 "눈이 어둑어둑하여

(徐仲車 서적(徐積))의 말을 인용하여 "퇴지(退之 한유)의 이 말은 문왕의 마음을 잘 알았다 할 만하니, 〈개풍(凱風)〉 시의 '어머니는 거룩하고 선하신데, 우리들은 훌륭한 이가 없도다.'처럼 무겁게 자책한 것이다." 라고 하였다.[243] 내 생각에 천하 사람이 주 임금을 부모로 여기지 않음이 없으니 문왕의 마음에 참으로 마땅히 죄를 짊어지고 스스로를 꾸짖어야 하나, 주 임금을 거룩하고 밝다고 일컫기까지 한 것은 지나쳤다. 순(舜) 임금이 하늘에 울부짖으며 "나는 아들의 직분을 다할 뿐이니, 부모가 나를 사랑하지 않음은 내게 무슨 잘못이 있어서인가?"라고 하였으니,[244] 이것이 진정 성인의 바른 성정(性情)이다. 나는 그러므로 "한자의 이 시를 문왕의 마음을 잘 알았다고 할 수는 있지만 문왕의 말을 잘 알았다고 할 수는 없다."라고 말한다.

얼어붙은 듯 눈이 먼 듯하고, 귀가 침침하여 들어도 소리가 들리지 않는구나. 아침에도 해가 뜨지 않고 저녁에도 달과 별이 보이지 않네. 아는가 모르는가, 내가 살았는지 죽었는지를. 아! 신의 죄는 주벌 받아 마땅하거늘, 천왕께서는 거룩하고 밝으시도다. 〔目窈窈兮, 其凝其盲. 耳肅肅兮, 聽不聞聲. 朝日出兮, 夜不見月與星. 有知無知兮, 爲死爲生. 嗚呼! 臣罪當誅兮, 天王聖明.〕"라고 하였다.

243 정자(程子)가……하였다 : 《이정수어(二程粹語)》 권상 〈논서편(論書篇)〉과 《별본한문고이(別本韓文考異)》 권1 〈금조십수(琴操十首) 구유조(拘幽操)〉에 보인다. 《시경》 〈패풍(邶風) 개풍(凱風)〉은 일곱 아들의 모친이 집을 편안히 여기지 못하고 음란한 행동을 하자 아들들이 모친을 잘 섬기지 못했음을 자책한 시로, "화락한 바람이 남쪽으로부터, 저 가시나무 섶에 불어오네. 어머니는 거룩하고 선하시거늘, 우리들은 훌륭한 이가 없도다.〔凱風自南, 吹彼棘薪. 母氏聖善, 我無令人.〕"라고 하였다.

244 순(舜)……하였으니 : 《맹자》 〈만장 상(萬章上)〉에 순 임금이 노력해도 부모의 사랑을 받지 못하는 애달픈 마음을 토로하며 "나는 힘을 다하여 농사를 지어서 공손히 자식의 직분을 다하는데, 부모께서 나를 사랑하지 않은 것은 나에게 무슨 죄가 있어서인가.〔我竭力耕田, 共爲子職而已矣. 父母之不我愛, 於我何哉?〕"라고 한 것이 보인다.

〈남산시(南山詩)〉의 첫 두 구절은 10글자인데 9글자가 평성(平聲)이다.[245] 고시는 성률(聲律)에 구애되지 않기는 하지만 운어(韻語)가 참으로 이처럼 맞지 않는다. 3구에 "동서 양쪽으로 바다를 접한다." 하였으니, 관중(關中)과 농서(隴西)에 어찌 일찍이 바다가 있었던가. 그 광대함을 남김없이 말한 것이기는 하나 어떻게 봐도 사실을 기록한 말이 아니니, 노두(老杜 두보(杜甫))가 시에 역사를 기록한 것만 못하다.

〈이상조(履霜操)〉는 슬퍼하면서도 연모하고 원망하면서도 자책하니,[246] 〈소아〉의 부류일 것이다.

〈재상에게 올리는 첫 번째 편지[上宰相第一書]〉에 〈홍범(洪範)〉의 "편안한 낯빛으로 '내가 좋아하는 바는 덕(德)이다.'라고 말하거든 그대는 복을 내려주라."를 인용하고 "이것은 선을 행하도록 돕는 말입니다." 라고 하였다.[247] 고주(古註)에 "그대는 마땅히 낯빛을 편안히 하고 겸손

---

245 남산시(南山詩)의……평성(平聲)이다 : 한유의 〈남산시〉 첫머리에 "내 듣건대 도성 남쪽에는 뭇 산이 둘렀는데 동서 양쪽으로 바다를 접하여 크고 작은 것 일일이 헤아리기 어렵다지.[吾聞京城南, 茲維群山圍, 東西兩際海, 巨細難悉究.]"라고 하였는데, 이 중 첫 두 구절은 '유(圍)'자만 측성(仄聲)이고 나머지 9자는 모두 평성(平聲)이다.

246 이상조(履霜操)는……자책하니 : 〈이상조〉는 본래 주 선왕(周宣王)의 중신(重臣)인 윤길보(尹吉甫)의 아들 백기(伯奇)가 계모에게 미움받아 쫓겨난 후 시름을 토로하기 위해 거문고를 타며 불렀다는 곡조인데, 한유가 이를 소재로 하여 고시로 재창작하였다. 그 가사에 "아이가 죄가 있으면 매질을 해 마땅하니, 아이를 쫓아냄은 어째서인가?[兒罪當笞, 逐兒何爲?]" 하였고, 또 "어머니 뭇 아이들을 낳으시니 어머니의 사랑을 받는데, 홀로 어머니의 사랑을 받지 못하니 아이는 어찌 슬프지 않을까.[母生衆兒, 有母憐之. 獨無母憐, 兒寧不悲?]" 하였다.

247 재상에게……하였다 : 한유는 〈재상에게 올리는 첫 번째 편지[上宰相第一書]〉에서 《시경》·《서경》·《맹자》의 군자(君子)가 현인(賢人)을 길러주고 예우하는 내용

함으로 남에게 낮추어라. 남이 '내가 좋아하는 것은 훌륭한 덕이다.'라고 하거든 그대는 벼슬과 녹봉을 주라." 하였으니, 채침(蔡沈)의 해설과 같지 않다.[248] 그러나 이 주석이 아마도 옳을 것이다.

〈이익에게 답한 편지[答李翊書]〉에 "오직 진언(陳言)을 없애는 데 힘쓰는 것이 참으로 어려웠고, 남에게 보여줄 때에는 비난과 비웃음을 비난과 비웃음으로 알지 않았다."라고 하였다.[249] 대체로 진언이란 진부하고 평범한 말이다. 그래서 〈유정부에게 답한 편지[答劉正夫書]〉

을 인용하며 재상(宰相)에게 자신을 등용해줄 것을 촉구하였는데, 그중 《서경》〈주서(周書) 홍범(洪範)〉의 구절을 인용하며 "〈홍범〉에 '모든 서민 중에 계책이 있고 재주가 있으며 지조가 있는 사람을 그대는 생각하라. 표준에는 맞지 않더라도 악에 빠지지 않았거든 임금은 그를 받아들이라. 편안한 낯빛으로 「내가 좋아하는 바는 덕이다.」라고 말하거든 그대는 복을 내려주라.' 하였으니, 이는 모두 선을 행하도록 돕는 말입니다. 〔洪範曰: "凡厥庶民, 有猷有爲有守, 汝則念之, 不協于極, 不罹于咎, 皇則受之. 而康而色, 曰: '予攸好德.' 汝則錫之福." 是皆與善之辭也.〕"라고 한 것이 보인다.

248 고주(古註)에……않다 : 《시경》〈주서 홍범〉의 "편안한 낯빛으로 '내가 좋아하는 바는 덕(德)이다.'라고 말하거든 그대는 복을 내려주라.〔而康而色, 曰: "予攸好德." 汝則錫之福.〕"라는 구절에 대해, 채침(蔡沈)은 편안한 낯빛을 하는 주체를 백성으로 보았는데, 공안국(孔安國)은 두 개의 '이(而)'자를 '그대〔爾〕'의 뜻으로 풀어 얼굴빛을 편안히 하는 주체를 무왕(武王)으로 보고, "그대는 마땅히 낯빛을 편안히 하고 겸손함으로 남에게 낮추어라. 남이 '내가 좋아하는 것은 훌륭한 덕이다.'라고 하거든 그대는 벼슬과 녹봉을 주라.〔當安汝顔色, 以謙下人. 人曰: "我所好者德." 汝則與之爵祿.〕"라고 하였다. 《詩經集傳 卷4 周書 洪範》《尙書註疏 卷11 周書》

249 이익에게……하였다 : 〈이익에게 답한 편지[答李翊書]〉에서 한유는 자신이 고문(古文)의 작법을 연마할 때를 회상하며 "마음속의 생각을 끄집어내어 손으로 글을 쓸 때는 오직 진언(陳言)을 없애는 데에 힘쓰는 것이 참으로 어려웠고, 남에게 보여줄 때는 비난과 비웃음을 비난과 비웃음으로 알지 않았다.〔當其取於心, 而惟陳言之務去, 戛戛乎其難哉. 其觀於人, 不知其非笑之爲非笑也.〕"라고 하였다.

에도 "무릇 아침저녁으로 볼 수 있는 것은 사람들이 눈여겨보지 않고, 기이한 것을 보고서야 함께 보며 이야기하는 법이니, 대저 글이 어찌 이 경우와 다르겠는가."라고 한 것이다. 이는 한자가 글을 짓는 방법이다. 그런데 뒷날 해설하는 이들이 "진언이란 절실하지 못한 말이다."라고 하니, 말에 대해 제대로 아는 이가 아닐 것이다.

또 "기(氣)는 물이고 말은 뜨는 물건이니, 큰물에는 뜰 물건이 크든 작든 모두 뜬다. 기와 말의 관계도 이와 같다."[250]라고 하였으니, 문장의 묘리(妙理)가 이 말에 다 드러났다. 그래서 글을 잘 짓는 자는 먼저 그 기를 기르는 법이다. 소자첨(蘇子瞻 소식(蘇軾))이 "시를 창대하게 하는 것이 기운을 창대하게 하는 것만 못하다."[251]라고 하였다.

〈장적을 대신해 이 절동에게 보낸 편지[代張籍與李浙東書]〉에 "지금 모두가 마음의 눈이 멀었다."[252]라고 하였으니, 말은 이와 같이 기필할

---

250 기(氣)는……같다 : 한유의 〈이익에게 답한 편지〉에 "기는 물이고 말은 뜨는 물건이니, 큰물에는 뜰 물건이 크든 작든 모두 뜬다. 기와 말의 관계도 이와 같아서, 기가 성하면 말이 길이와 소리의 높낮이가 모두 마땅해진다.[氣水也, 言浮物也, 水大而物之浮者, 大小畢浮. 氣之與言, 猶是也, 氣盛則言之短長與聲之高下者皆宜.]"라고 하였다.

251 시를……못하다 : 소식(蘇軾)의 〈한퇴지가 지은 맹교의 묘명(墓銘)에 그 시를 창대하게 한다고 하였는데 이를 거론하여 왕정국에게 몸을 창대하게 하여야 하는지 시를 창대하게 하여야 하는지를 물었더니 보내온 시가 말이 맞지 않기에 이를 지어 답하다[韓退之孟郊墓銘云 以昌其詩 擧此問王定國當昌其身耶 昌其詩也 來詩下語 未契 作此答之]〉 시에 "몸을 창대하게 하는 것은 배를 불리는 것과 같으니, 포만감이 다하면 다시 배고파진다네. 시를 창대하게 하는 것은 얼굴에 기름을 발라 남을 위해 용모를 꾸밈과 같으니, 그 기운을 창대하게 하여 성대하게 늙어도 쇠하지 않게 함만 못하다네.[昌身如飽腹, 飽盡還復饑. 昌詩如膏面, 爲人作容姿, 不如昌其氣, 鬱鬱老不衰.]"라고 하였다.

수가 없다.[253]

　〈풍숙에게 보내 글을 논한 편지〔與馮宿論文書〕〉에 "환담(桓譚)이 양웅(揚雄)의 글이 노자(老子)보다 낫다고 여겼는데, 노자는 말할 것도 없지만 자운(子雲 양웅)이 어찌 노자와 수준을 다툴 정도일 뿐이겠습니까. 이는 양웅에 대해 잘 알지 못하는 것입니다. 양웅의 제자 후파(侯芭)가 자못 양웅을 알고서 스승의 책이 《주역》보다 낫다고 여겼으나 후파의 다른 글은 세상에 전해지지 않아 그 사람의 수준이 과연 어떠했는지를 알 수 없습니다."라고 하였으니, 대체로 한자는 양웅을 높여 맹자(孟子)의 도통(道統)에 이었으니 노자를 말할 것이 없다고 말하는 것은 당연하지만 후파의 말을 인용하여 《주역》보다 낫다고 하

---

252 지금……멀었다 : 한유(韓愈)가 눈병으로 실명한 장적(張籍)을 대신하여 절동관찰사(浙東觀察使)였던 이손(李遜)에게 자천(自薦)한 편지인 〈장적을 대신해 이 절동에게 보낸 편지〔代張籍與李浙東書〕〉에 "절수(浙水) 동쪽 일곱 주(州)는 호수(戶數)가 수십만이 되니, 눈이 멀지 않은 자가 어찌 한량이 있겠습니까. 하지만 이 중승(李中丞)께서는 인물을 취할 때 진실로 응당 어진지 아닌지를 따지지 눈이 멀었는지 멀지 않았는지는 따지지 않을 것입니다. 지금 모두가 마음의 눈이 멀었지만 저로 말하자면 제 생각에 눈만은 멀었어도 마음은 능히 시비를 분별할 수 있다고 여기니, 만일 제게 자리를 주시고 물으신다면 입은 본래 말을 할 수 있습니다.〔浙水東七州, 戶不下數十萬, 不盲者何限? 李中丞取人, 固當問其賢, 不當計盲與不盲也. 當今盲于心者皆是, 若籍, 自謂獨盲于目爾, 其心則能別是非, 若賜之坐而問之, 其口固能言也.〕"라고 하였다.
253 말은……없다 : 원문은 '언불가약시기기야(言不可若是其幾也)'로, 한마디 말로 단언할 수 없다는 뜻이다. 노 정공(魯定公)이 공자에게 한마디 말로 나라를 일으킬 수 있냐고 묻자 공자가 "말은 이와 같이 기약할 수 없거니와 사람들이 '임금다운 임금 되기가 어렵고 신하다운 신하 되기가 어렵다.'라고 말하니 임금다운 임금 되기가 어려운 줄을 안다면 한마디 말로 나라를 일으키는 데에 가깝지 않겠습니까?〔言不可以若是其幾也, 人之言曰: "爲君難, 爲臣不易." 如知爲君之難也, 不幾乎一言而興邦乎?〕"라고 한 데에서 취한 말이다. 《論語 子路》

는 것은 또한 지나치지 않은가. 그러나 끝에 "그 사람의 수준이 과연 어떠했는지를 알 수 없다."라고 하였고 보면 또한 억양(抑揚)하는 뜻을 둔 것인가.

나는 일찍이 서경(西京 전한(前漢))의 글은 실로 가 태부(賈太傅 가의 (賈誼))가 창도한 것으로 학술(學術)은 삼례(三禮)[254]에 근본하고 글을 통한 논변은 관자(管子)·한비자(韓非子)와 비슷하며 사부(詞賦)는 굴원(屈原)·송옥(宋玉)과 비슷하니, 대체로 식견이 두 사마(司馬)[255]보다 높고 재기(才氣)도 뒤지지 않는다고 생각하였다. 한자의 〈맹동야를 전송하는 서문〔送孟東野序〕〉에서 전대(前代)의 문장과 도덕·학술로 울린 자들을 낱낱이 거론하였는데, 한(漢)나라에서는 사마천(司馬遷)·사마상여(司馬相如)·양웅만을 거론하고 가생(賈生 가의)을 언급하지 않은 것은 어째서인가? 어쩌면 향년(享年)이 적어서 찬술(撰述)한 것이 많지 않기 때문인가? 문장 수준이란 본래 양에 있지 않다. 당(唐)나라에서는 진자앙(陳子昂)·소원명(蘇源明)·원결(元結)·이백(李白)·두보(杜甫)·이관(李觀)을 들고 유종원(柳宗元)·유우석(劉禹錫)을 언급하지 않았으니, 어쩌면 문장이 거론된 몇 사람들보다 못하다고 여긴 것인가? 생각건대, 그 사람됨을 낮게 평가하여 억누른 듯하다. 또 아래에 맹교(孟郊)·장적(張籍)·이고(李翱)를 언급하였으니, 그렇다면 유우석과 유종원만 꼽지 않은 것인가. 이것이 이른바 천리마에 붙어 이름이 더욱 드러난다는 것[256]이다.

---

254 삼례(三禮):《주례(周禮)》·《의례(儀禮)》·《예기(禮記)》이다.

255 두 사마(司馬):사마상여(司馬相如)와 사마천(司馬遷)을 가리킨다.

256 천리마에……것:파리가 천리마의 꼬리에 붙어 하루에 천 리를 가듯, 학덕이

〈맹 상서에게 보낸 편지〔與孟尙書書〕〉에 "저 한유의 현명함은 맹자에게 미치지 못합니다."[257]라고 하였고, 〈여의 산인에게 답한 편지〔答呂𮪐山人書〕〉에는 "저의 경우는 세상에 공자가 없다면 제자의 반열에 있어서는 안 된다고 생각합니다."[258]라고 하였으니, 중하게 자임(自任)한 것이 이와 같다.

〈영주 자사 허지옹을 전송하는 서문〔送許郢州志雍序〕〉에 "무릇 천하의 일은 스스로를 남과 같게 여기는 데에서 이루어지고 스스로를 남과 다르게 여기는 데에서 무너지는 법이니, 자사 된 자는 항상 자신의

높은 이를 종유(從遊)하여 세상에 이름을 알린다는 뜻이다.《사기(史記)》권61 〈백이열전(伯夷列傳)〉에 "안연(顏淵)이 학문이 독실하기는 하였으나 천리마의 꼬리에 붙어 행실이 더욱 드러났다.〔顏淵雖篤學, 附驥尾而行益顯.〕"라고 하였다.

257 저……못합니다 : 한유의 〈맹 상서에게 보낸 편지〔與孟尙書書〕〉에, 불교를 독실히 믿던 맹간(孟簡)에게 유교로 회귀할 것을 힘써 권유하며 "불교와 도교의 해는 양주(楊朱)·묵적(墨翟)보다 심하고 저 한유의 현명함은 맹자에게 미치지 못합니다. 맹자조차 도가 망실되기 전에 구제하지 못했는데 저 한유는 이미 도가 무너진 뒤에 도리어 온전히 지켜내려 하니, 아! 이는 또한 자신의 역량을 헤아리지 못하는 것이고 장차 몸이 위태로워져 도를 구제하지 못한 채 죽을 것입니다.〔釋老之害, 過於楊墨, 韓愈之賢, 不及孟子. 孟子不能救之於未亡之前, 而韓愈乃欲全之於已壞之後, 嗚呼. 其亦不量其力, 且見其身之危, 莫之救以死也.〕"라고 하였다.

258 저의……생각합니다 : 한유의 〈여의 산인에게 답한 편지〔答呂𮪐山人書〕〉에, 여의(呂醫)가 소개장도 없이 찾아왔다는 이유로 박대를 받은 것을 항의한 데 대해 "보내주신 편지에 신릉군이 어진 선비를 위해 친히 말고삐를 잡은 것처럼 하지 못하는 것을 꾸짖으셨습니다. 무릇 신릉군은 전국시대의 공자로 현사를 얻는다는 명성과 권세로 온 천하의 존경을 받고자 해서 그런 것일 뿐입니다. 저의 경우는 세상에 공자가 없다면 제자의 반열에 있어서는 안 된다고 생각합니다.〔惠書責以不能如信陵執轡者. 夫信陵戰國公子, 欲以取士聲勢傾天下而然耳. 如僕者, 自度若世無孔子, 不當在弟子之列.〕"라고 해명한 것이 보인다.

백성을 사사로이 편들어 관찰사부(觀察使府)에 사실대로 대응하지 않고 관찰사 된 자는 항상 세금 걷기에만 급급하여 주(州)의 자사를 실정대로 신뢰하지 않습니다. 만일 자사가 자신의 백성을 사사로이 편들지 않고, 관찰사는 세금 걷기에 급급하지 않아 자사는 '우리 고을의 백성은 천하의 백성이니, 혜택을 이들에게만 후하게 줄 수 없다.'라고 하고 관찰사도 '아무개 고을의 백성은 천하의 백성이니 징수를 이들에게만 급하게 할 수 없다.'라고 한다면, 이렇게 하고도 정사가 공평하지 않고 명령이 행해지지 않는 일은 없습니다."[259]라고 하였다. 이 말은 통치의 요체를 깊이 얻어 당시의 병폐에 절실하게 들어맞으니, 방백(方伯)과 수재(守宰)가 된 이가 자리에 새겨 경계해야 할 바이다.

　〈동소남을 전송하는 서문〔送董邵南序〕〉에 "나를 위해 망저군(望諸君 악의(樂毅))의 무덤을 조문하고 그 저잣거리를 살펴보라."[260]라고 하였으니, 그 저잣거리란 연(燕)나라의 저잣거리를 이른다. 그러나 악의는 조(趙)나라에서 죽었고 무덤은 한단(邯鄲 조나라의 수도) 서쪽 몇 리

---

259 무릇……없습니다 : 한유의 〈영주 자사 허지옹을 전송하는 서문〔送許郢州志雍序〕〉에 보이는 말로, 영주 자사(郢州刺史)로 부임하는 허지옹(許志雍)에게 당시 영주(郢州)를 관할하던 산남 관찰사(山南觀察使) 우적(于頔)과 함께 공정하게 임무를 수행할 것을 당부한 말이다.

260 나를……살펴보라 : 한유의 〈동소남을 전송하는 서문〔送董邵南序〕〉의 말미에 "나를 위해 망저군의 무덤을 조문하고 그 저잣거리를 살펴보라. 아직도 옛날의 개 잡던 백정이 있는가. 있다면 나를 위해 '밝으신 천자가 위에 계시니, 나와서 벼슬하라.'라고 말해주게나.〔爲我弔望諸君之墓, 而觀於其市, 復有昔時屠狗者乎? 爲我謝曰: "明天子在上, 可以出而仕矣."〕"라고 하였다. 옛날의 개 잡던 백정이란 전국시대 연나라의 협객 고점리(高漸離)로, 개를 잡아 번 돈으로 밤낮없이 술을 즐기며 자객인 형가(荊軻)와 절친하였고 뒤에 진 시황(秦始皇)의 암살을 도모하였다.

되는 곳에 있으니, 이른바 그 저잣거리란 것은 조나라의 저잣거리인가. 조나라 저잣거리에는 개 잡는 백정이 없으니, 연나라 저잣거리이고 조나라 저잣거리가 아닐 것이다. 어쩌면 한자가 틀린 것인가? 그러나 이미 '연나라·조나라의 선비'라고 말하였으니,[261] 조나라라도 조문할 수 있는 것인가.

〈두 종사를 전송하는 서문〔送竇從事序〕〉에서 산천(山川)·풍속(風俗) 및 자사가 종사로 임명하고 교유하는 이들이 시를 지어준 성대함을 낱낱이 서술하면서도 두평(竇平)에 대해서는 "글재주로 발탁되었다." 한 구절만을 말했으니,[262] 옛사람이 구차하게 남을 칭찬하지 않은 것이 이와 같다.

〈과거에 낙제하고 돌아가는 제호를 전송하는 서문〔送齊皥下第序〕〉에 "옛날의 이른바 공평하여 사사로움이 없던 사람은 인재를 취사(取捨)하고 진퇴(進退)시킴에 있어 친소(親疏)와 원근(遠近)을 가릴 것

---

261 이미……말하였으니 : 한유의 〈동소남을 전송하는 서문〉에, 진사시(進士試)에 낙방하고 하북(河北)을 유람하러 떠나는 동소남(董邵南)을 위로하며 "무릇 그대가 때를 만나지 못하였으므로, 진실로 의를 사모하고 인에 힘쓰는 자들이 모두 애석하게 여기고 있다. 하물며 의분(義憤)의 마음이 본성에서 나오는 연나라·조나라의 선비들은 어떻겠는가.〔夫以子之不遇時, 苟慕義彊仁者, 皆愛惜焉. 況燕趙之士, 出乎其性者哉?〕"라고 하였다.

262 두……말했으니 : 한유는 〈두 종사를 전송하는 서문〔送竇從事序〕〉에서 두평(竇平)이 광주 자사(廣州刺史) 조식(趙植)을 따라 종사(從事)로 부임하게 되는 남해(南海) 지방의 자연·기후·풍속과 조식이 그를 천거하게 된 경위, 그의 친척 두모(竇牟)가 교유하던 이 28명을 모아 시를 지어준 일 등을 낱낱이 말하면서도 두평에 대해서는 "두평은 글재주로 이 행차에 발탁된 것이다.〔平以文辭進於其行也〕"라는 한마디만을 적었다.

없이 오직 합당한 사람을 선발하였다. 이 때문에 임금 노릇 하기가 힘들지 않았고 신하 노릇 하기가 매우 쉬웠다. 도가 쇠미해져 윗사람과 아랫사람이 서로 의심하자, 이에 원수를 천거하고 아들을 천거한 일을 전기(傳記)에 기재하며 미덕으로 일컬었다. 그래서 하나의 좋은 점이 있더라도 친하고 가까운 이라면 감히 천거하지 못하고 하나의 나쁜 점이 있더라도 서먹서먹하고 먼 사이라면 감히 쫓아내지 못하게 되었으니, 이로부터 마음과 거리가 먼 행동, 뜻과 다른 말, 마음에 부끄러운 명성이 생겨났다. 그러자 이런 이들에 대해서는 피부에 와 닿는 절박한 호소가 임금에게 올라가지 않고 교묘한 무함이 사람들 사이에서 일어나지 않게 되었다."263라고 하였다. 아! 곧은 도가 버려지면 혐오와 의심이 일어나니, 의심은 혐오에서 생겨나고 속임은 의심에서 생겨난다. 윗사람과 아랫사람이 서로 속이게 되면 마음을 거짓으로 꾸미고 은혜를 해치는 풍속이 행해지니, 이른바 천하를 이끌어 거짓을 행하는 것264이다. 나는 한자의 말에 깊이 느끼는 바가 있다.

263 옛날의……되었다 : 한유의 〈과거에 낙제하고 돌아가는 제호를 전송하는 서문〔送齊皥下第序〕〉에 보인다. 한유는 이 작품에서 제호(齊皥)가 진사시에 낙방한 것이 취사(取捨) 제도가 공정하지 않기 때문이라 위로하고, 그럼에도 그가 잘못을 자신의 공부 부족으로 돌린 것을 칭찬하였다. 인용문에서 원수와 아들을 천거한 일이 전기(傳記)에 기록되었다고 한 것은, 춘추시대 진 도공(晉悼公)이 늙어서 사직하는 대부 기해(祁奚)에게 후임자를 누구로 할지 물었을 때 그가 처음에 원수인 해호(解狐)를 추천하였다가 해호가 이내 죽자 자신의 아들인 기오(祁午)를 추천한 고사를 가리킨다. 《春秋左氏傳 襄公3年》

264 천하를……것 : 전국시대에 진상(陳相)이 신농씨(神農氏)의 학설을 주장하는 허행(許行)에게 수학한 뒤, 사람은 신분에 관계없이 직접 농사지어 자급자족하고 살아야 하며 생활에 필요한 물건은 종류나 품질에 관계없이 동일한 값을 매겨 교환하여야 한다

〈반곡으로 돌아가는 이원을 전송하는 서문[送李愿歸盤谷序]〉에 이원(李愿)이 일컬은 대장부란 것은 뜻을 얻어 신분이 높아지고 현달하는 일을 성대하게 말한 것으로 그저 거리의 아이와 시골 아낙에게나 자랑할 수 있을 뿐이다.[265] 식자가 보기에는 한 번 웃을 거리도 되지 않으니, 경춘(景春)이 장의(張儀)와 공손연(公孫衍)을 장부라고 지목한 것[266]과 같을 것이다. 가시(歌詩)는 모두 운(韻)을 맞춘 말인데 “아늑하고 깊으니 널찍하게 몸을 용납한다.[窈而深 廓其有容]”만은 운이 맞지 않으니, 그래서 주석에서 《시경》〈칠월(七月)〉과 《주역》〈항괘(恒卦) 소상(小象)〉으로 증명하였다.[267] 살피건대 〈칠월〉 시의 “얼음을

고 주장하였는데, 맹자가 이를 두고 “허자(許子)의 도를 따르는 것은 서로를 이끌어 거짓을 행하는 것이니, 어떻게 나라를 다스릴 수 있겠는가.[從許子之道, 相率而爲僞者也, 惡能治國家?]”라고 비판하였다. 《孟子 滕文公上》

265 반곡으로……뿐이다 : 한유의 〈반곡으로 돌아가는 이원을 전송하는 서문[送李愿歸盤谷序]〉에 이원(李愿)이 “사람들이 대장부라 칭하는 사람이 무엇인지 나는 알고 있다.[人之稱大丈夫者, 我知之矣.]”라며, 높은 관직에 오른 사람이 황제의 통치를 보좌하고 뭇사람들에게 떵떵거리며 수많은 처첩(妻妾)을 거느리는 모습을 서술한 말이 나온다.

266 경춘(景春)이……것 : 《맹자》〈등문공 하(滕文公下)〉에 경춘이 “공손연(公孫衍)과 장의(張儀)는 어찌 진실로 대장부가 아니겠습니까. 한 번 노하자 제후들이 두려워하고, 편안히 거처하자 천하가 잠잠해졌습니다.[公孫衍張儀, 豈不誠大丈夫哉? 一怒而諸侯懼, 安居而天下熄.]”라고 하자 맹자가 이는 권세를 훔치는 첩부(妾婦)의 도리일 뿐 대장부의 일이 아니라고 논박한 것이 보인다.

267 가시(歌詩)는……증명하였다 : 한유의 〈반곡으로 돌아가는 이원을 전송하는 서문〉의 말미에 보이는 한유가 이원에게 술을 따라주며 부른 노래에 “반곡의 샘물이여, 씻을 수 있고 거슬러 오를 수 있으며, 반곡의 막힘이여, 누구와 처소를 다투리오. 아늑하고 깊으니 널찍하게 몸을 용납하고, 빙 둘러 굽었으니 갔다가 돌아오는 듯하도다.[盤之泉, 可濯可沿, 盤之阻, 誰爭子所? 窈而深, 廓其有容, 繚而曲, 如往而復.]”라고 하였는

쿵쿵 깨다.〔鑿冰沖沖〕"는 "얼음 창고에 넣는다.〔納于凌陰〕"와 협운(協韻)이니, 주석에 "'음(陰)'자는 '어(於)'와 '용(容)'의 반절(反切)이다."라고 하였다.[268] 〈항괘 소상〉에서 '심(深)'자는 '중(中)'자와 협운이고 '용(容)'자는 '금(禽)'자와 협운이다.[269] 대체로 옛날의 운이 이와 같았으니, 근세의 중국어 음(音)으로는 '침(侵)'운과 '담(覃)'운으로 '진(眞)'운과 '문(文)'운과 협운하는 경우가 많다. 옛날과 지금의 음운(音韻) 변화가 이와 같다.

〈장 동자에게 준 서문〔贈張童子序〕〉은 당나라의 인재를 선발하여 올리는 제도를 매우 상세히 말하였다.[270] 주나라 예법의 조사(造士)

데, 주희(朱熹)는 이 구절의 운자에 대해 "'용(容)'자로 '심(深)'자에 운을 맞춘 것은 《시경》〈칠월(七月)〉과 《주역》〈항괘(恒卦) 소상(小象)〉을 가지고 살펴보아도 합치된다.〔以容叶深, 以詩七月易恒卦小象考之, 亦合.〕"라고 하였다. 《別本韓文考異 卷19 送李愿歸盤谷序》

268 칠월……하였다 : 《시경》〈빈풍(豳風) 칠월(七月)〉에 "이양(二陽)의 날에 얼음을 쿵쿵 깨어 삼양(三陽)의 날에 얼음 창고에 넣는다.〔二之日鑿冰沖沖, 三之日納于凌陰.〕"라고 하였는데, 주희(朱熹)는 이 구절의 '음(陰)'자에 "협운이니, '어(於)'와 '용(容)'의 반절(反切)이다.〔叶, 於容反.〕"라고 주석하였다. 《詩經集傳 豳風 七月》

269 항괘……협운이다 : 《주역》〈상(象)〉은 주공(周公)의 저술이라 전해지며 괘사(卦辭) 전체를 해설한 대상(大象), 효사(爻辭)를 하나하나 해설한 소상(小象)으로 구성되어 있는데, 이 중 소상은 운자(韻字)를 맞추어가며 지었다. 《주역》〈항괘 초육(初六) 상〉에 "깊은 항(恒)의 흉함은 처음에 있으면서 구하기를 깊이 하기 때문이다.〔浚恒之凶, 始, 求深也.〕"라고 하였고 〈항괘 구이(九二) 상〉에 "구이에 뉘우침이 없는 것은 중도를 오래 지켜내기 때문이다.〔九二悔亡, 能久中也.〕"라고 하였으며, 〈항괘 구삼(九三) 상〉에 "그 덕을 항상 지키지 못하면 용납될 곳이 없다.〔不恒其德, 无所容也.〕"라고 하였고 〈항괘 구사(九四) 상〉에 "제자리가 아닌 곳에 오래 머무니, 어떻게 날짐승을 잡겠는가.〔久非其位, 安得禽也?〕"라고 하였다.

270 장……말하였다 : 한유의 〈장 동자에게 준 서문〔贈張童子序〕〉의 서두에 당(唐)

제도[271]의 유법(遺法)일 것이다.

〈전횡의 무덤에 올린 제문[祭田橫墓文]〉에 "예로부터 죽은 이가 한 사람이 아니다."[272]라고 하였다. 무릇 한 사람이 아니라는 것은 한둘로는 셀 수는 없지만 그래도 끝까지 셀 수 있다는 것이니, 예로부터 지금까지 죽은 사람을 어찌 그 수를 알 수 있겠는가. 이는 문자(文字)의 병폐이다. 공자라면 "예로부터 사람은 누구나 죽는다."라고 말했을 것이다.[273]

나라 때 경전에 통달한 소년들을 선발하던 동자과(童子科) 제도에 대해 자세히 기술하고 있다. 현(縣)에서 시험을 치러 합격자 3천 명을 주(州)·부(府)로 올리고 주·부에서 시험을 치러 합격자를 유사(有司)에게 올리기까지의 과정을 향공(鄕貢)이라고 하고, 유사가 주·부에서 올라온 합격자를 다시 시험하여 합격자를 천자에게 이름을 올리고 이부(吏部)에 배속시키는 것을 출신(出身)이라고 하는데, 여기까지 오면 합격자가 200명이 채 안 되었다고 한다.

271　주나라……제도 : 《예기(禮記)》〈왕제(王制)〉에 "지방 고을에 명하여 재덕이 빼어난 수사(秀士)가 누구인지 논하여 사도(司徒)에게 올리게 하니 이들을 선사(選士)라고 한다. 사도가 선사 가운데 빼어난 자를 논하여 태학에 올리니 이들을 준사(俊士)라고 한다. 사도에게 올라간 자는 고을의 부역을 면제받고 태학에 올라간 자는 사도에게서 부역을 면제받는다. 이들을 조사(造士)라고 한다.〔命鄕, 論秀士, 升之司徒, 曰選士. 司徒論選士之秀者而升之學, 曰俊士. 升於司徒者, 不征於鄕, 升於學者不征於司徒, 曰造士.〕"라고 하였다.

272　예로부터……아니다 : 한유의 〈전횡의 무덤에 올린 제문[祭田橫墓文]〉에 "옛날 궐리(闕里)에 선비가 많았을 때에도 성인인 공자께서도 겨를이 없다고 하셨으니, 진실로 나의 행동이 혼미하지 않다면 쓰러진들 무엇이 나쁘겠습니까. 예로부터 죽은 이가 한 사람이 아니지만, 선생님께서는 지금까지도 밝게 빛남이 있습니다.〔昔闕里之多士, 孔聖亦云其遑遑. 苟余行之不迷, 雖顚沛, 其何傷? 自古死者非一, 夫子至今有耿光.〕"라고 하였다.

273　공자라면……것이다 : 《논어》〈안연(顔淵)〉에 자공(子貢)이 정치에 있어서 식

구양첨(歐陽詹)의 애사(哀辭)의 후지(後識)에 "내가 고문을 짓는 것이 어찌 그 구두(句讀)가 지금과 다른 점만을 취한 것이겠는가. 고인을 사모해도 만날 수 없으므로 고도(古道)를 배운다면 그 문사(文辭)를 겸하여 통달하고자 해야 하니, 그 문사에 통달하는 자는 본래 고도에 뜻을 둔 자이다."라고 하였다.[274] 이는 한자가 고문을 지은 본래의 취지이다. 그러나 문사에 통달하려 하는 것은 장차 그 이치에 도달하고자 함이니, 이치를 터득하지 못하면 공허한 글일 뿐이다. 그러므로 《주역》 전(傳)에 "말을 닦아 진실함을 세운다."[275]라고 하였고, 《예기》에 "마음은 미쁘게 하고자 하고 말은 교묘하게 하고자 한다."[276]라고 하였다. 대체로 말을 닦는 것은 진실함을 세우려는 것이고, 말을 교묘하게 하는 것은 마음을 미쁘게 하려는 것이다. 말이 닦이지 않으면 이치에 합치될 수 없고, 문사가 교묘하지 않으면 뜻을 다 표현할 수 없다. 이것이 옛날 성현들이 도를 밝히기 위해 훌륭한 말을 한 까닭이고, 덕이 있는 이가 반드시 훌륭한 말을 남긴 까닭이다. 맹자가 죽은 뒤로 도덕과 학술이 버려져, 제자(諸子)들이 각자의 학문을 책에

량, 군대, 신뢰 세 가지의 중요도에 대해 묻자 공자가 "예로부터 사람은 누구나 죽지만, 백성은 신뢰가 없으면 존립할 수 없다.〔自古皆有死, 民無信不立.〕"라고 대답한 것이 보인다.

274 구양첨(歐陽詹)의……하였다 : 한유의 〈애사 뒤에 적다〔題哀辭後〕〉에 보인다. 이 작품은 그가 지은 〈구양생의 애사〔歐陽生哀辭〕〉의 뒤에 덧붙인 후지(後識)이다.

275 말을……세운다 : 《주역》 〈건괘(乾卦) 문언(文言)〉에 "군자는 덕에 나아가고 업(業)을 닦으니, 충(忠)과 신(信)은 덕에 나아가는 방법이고 말을 닦아서 진실함을 세움은 업에 거하는 방법이다.〔君子進德修業, 忠信所以進德也, 修辭立其誠, 所以居業也.〕"라고 하였다.

276 마음은……한다 : 327쪽 주229 참조.

적어 문도들에게 전수하였다. 진(秦)나라가 전적(典籍)을 불태우고 유생들을 죽이자, 선비들은 스승을 잃고 사람들은 각기 다른 길의 학문을 하게 되었다. 그래서 경술(經術)을 연구하는 이들은 훈고(訓詁)와 전주(箋註)에 빠지고 문사(文辭)를 공부하는 이들은 사장(詞章)에만 전념하였으니, 글과 도가 마침내 문호를 달리하게 되어 훌륭한 말을 하는 선비가 꼭 도를 아는 것은 아니게 되었고 도를 숭상하는 선비가 반드시 문사에 능하지는 않게 되었다. 이는 도가 밝혀지지 않고 학문이 전해지지 않았기 때문이다. 공자가 일찍이 "제자가 집에 들어가서는 효도하고 나가서는 공손하며, 이를 행하고 나서 여력이 있으면 글을 배우라."[277]라고 하였다. 사람들을 가르칠 때에는 "문(文)·행(行)·충(忠)·신(信)"이라 하여[278] 행동을 우선하고 글을 뒤로 미루기도 하고 글로부터 시작하여 행동으로 실천하기도 하여 서로를 바탕으로 삼았고, 급문제자(及門弟子)들 중 훌륭한 이를 고를 때에는 문학(文學)을 사과(四科)에 두었다.[279] 이를 통해 보면 성인의 가르침은

---

277 제자가……배우라 : 《논어》〈학이(學而)〉에 공자가 "제자가 집에 들어가서는 효도하고 나가서는 공손하며, 행실을 삼가고 말을 성실하게 하며, 널리 사람들을 사랑하되 인한 이를 친히 해야 하니, 이를 행하고 나서 여력이 있으면 글을 배우라.〔弟子入則孝, 出則弟, 謹而信, 汎愛衆, 而親仁, 行有餘力, 則以學文.〕"라고 한 것이 보인다.

278 사람들을……하여 : 《논어》〈술이(述而)〉에 "공자는 네 가지로 사람을 가르쳤으니 문(文)·행(行)·충(忠)·신(信)이었다.〔子以四敎, 文行忠信.〕"라고 하였다.

279 급문제자(及門弟子)들……두었다 : 《논어》〈선진(先進)〉에 공자(孔子)가 제자들 중 가장 뛰어난 이들을 장점에 따라 네 가지 조목으로 분류하며 "덕행에는 안연·민자건·염백우·중궁이고, 언어엔 재아·자공이고, 정사엔 염유·계로이고, 문학엔 자유·자하이다.〔德行, 顔淵閔子騫冉伯牛仲弓, 言語, 宰我子貢, 政事, 冉有季路, 文學, 子游子夏.〕"라고 말한 것이 보이는데, 이 네 가지 조목을 공문사과(孔門四科)라

글에 힘쓰지 않은 적이 없고 다만 안과 밖, 근본과 말단의 구분을 두었을 뿐이니, 어찌 글을 버리고서 도를 구할 수 있겠는가. 두자미(杜子美 두보(杜甫))는 문사(文士)로서 "문장은 일개 작은 재주로, 도보다 중요하지 않다."[280]라고 하였으니, 문장이 어찌 작은 재주였던 적이 있겠는가. 다만 도와 비교하면 중요성을 다툴 수 없을 뿐이다. 그러나 그가 이른바 문장이란 뒷날의 화려하기만 하고 실질이 없는 문사를 두고 말한 것일 뿐이니, 이 어찌 문장이라 일컫기에 족한 것이겠는가. 한자는 참으로 문사에는 통달하였으나 이치에 있어서는 오히려 통달하지 못한 점이 있으니, 문사와 도 두 가지를 지극히 갖춘 맹자만 못하다. 한자가 만약 공자의 문하에서 배울 수 있었다면 아마도 자유(子游)와 자하(子夏)쯤이었을 것이다. 순자(荀子)와 양웅(揚雄)은 훌륭하게 여길 것이 없었을 것이다.[281]

당 고종(唐高宗)의 이름이 '치(治)'이기 때문에 당(唐)나라 사람들은 '치'를 기휘하여 '이(理)'로 바꿔 썼으니, '호(虎)'를 '무(武)'로, '세(世)'를 '대(代)'로, '병(丙)'을 '경(景)'으로 바꿔 쓰는 것과 같은 경우이다. 〈휘변(諱辨)〉에 "한(漢)나라에서는 여후(呂后)의 이름 치(雉)를

고 부른다.

280 문장은……않다 : 《두소릉시집(杜少陵詩集)》 권15 〈화양의 유 소부에게 주다〔貽華陽柳少府〕〉에 보인다.

281 순자(荀子)와……것이다 : 한유의 〈순자를 읽다〔讀荀〕〉에 "맹씨는 순수하고 또 순수한 사람이고, 순자와 양웅은 크게 순수하나 작은 하자가 있다.〔孟氏醇乎醇者也, 荀與揚大醇而小疵.〕"라고 한 것과 〈원도(原道)〉에 "순자와 양웅은 도를 택했으나 정밀하지 못했고, 말을 하였으나 상세하지 못했다.〔荀與揚也, 擇焉而不精, 於焉而不詳.〕"라고 한 것을 두고 한 말이다.

기휘하여 야계(野鷄)라고 썼거니와 또 치천하(治天下)의 '치'를 기휘하여 다른 자로 썼다는 것은 들어보지 못했다."라고 하였다.[282] 무릇 혐명(嫌名)은 본래 휘하는 것이 아니나,[283] 어찌 선군(先君)의 이름을 기휘하지 않고 그대로 쓸 수 있겠는가. 평소 이야기할 적에도 오히려 기휘해야 할 것인데, 하물며 휘(諱)를 가지고 변증(辨證)하는 글을 짓는단 말인가. 어쩌면 주공(周公)이 시를 지을 때 '창(昌)'과 '발(發)'을 피휘(避諱)하지 않은 사례[284]에 의거한 것인가? 그러나 당시 사람들이 '진(晉)'과 '진(進)'을 기휘하지 않은 것 때문에 죄를 얻을 것이라고 여겼다

282　휘변(諱辨)에……하였다 : 한유의 〈휘변〉은 당나라의 진사(進士) 이하(李賀)를 시기하는 이들이 그의 부친의 이름이 진숙(晉肅)인데 '진사'의 '진(進)'이 '진숙'의 '진(晉)'과 발음이 비슷하므로 그가 진사시에 응시해서는 안 된다고 비방하자 그를 변호하기 위해 피휘에 대해 변증한 글이다. 한유는 작중에서 "한나라 때 무제의 이름인 '철(徹)'을 휘하여 '통(通)'이라고 썼거니와 또 '거칠(車轍)'의 '철(轍)'을 다른 자로 썼다는 것은 들어보지 못했고, 여후의 이름인 '치(雉)'를 휘하여 '야계(野鷄)'라고 썼거니와 또 '치천하(治天下)'의 '치'를 기휘하여 다른 자로 썼다는 것은 들어보지 못했다.〔漢諱武帝名徹爲通, 不聞又諱車轍之轍爲某字也, 諱呂后名雉爲野鷄, 不聞又諱治天下之治爲某字也.〕"라고 하여 소리가 비슷할 뿐인 글자는 기휘하지 않음을 증명하려고 하였는데, 여기에서는 이 문장에 당 고종의 이름인 '치(治)'가 들어가 있으므로 거론한 것이다.

283　혐명(嫌名)은……아니나 : 혐명이란 남의 이름과 소리가 비슷한 글자를 말한다. 《예기》〈곡례 상(曲禮上)〉에 "예법에, 혐명은 기휘하지 않는다.〔禮不諱嫌名〕"라고 하였다.

284　주공(周公)이……사례 : 《시경》〈주송(周頌) 옹(雝)〉에 "일이 마땅하고 사리가 밝은 사람이시고 문무 겸비한 임금이시니, 편안하여 하늘에 미쳐 그 후손을 번창하게 하셨다.〔宣哲維人, 文武維后, 燕及皇天, 克昌厥後.〕"라고 하였고, 〈주송 희희(噫嘻)〉에 "너의 사전(私田)을 크게 밭 갈아 30리를 마치며, 또한 네 밭 가는 일을 일삼되 만 사람을 짝으로 하라.〔駿發爾私, 終三十里, 亦服爾耕, 十千維耦.〕"라고 하였다. 이 시구들에는 문왕과 무왕의 이름인 창(昌)과 발(發)이 들어간다.

면 또 임금의 휘를 범하여 거듭 죄를 자초하는 것은 옳지 않으니, 이는 이해가 되지 않는다. 그러나 〈평회서비(平淮西碑)〉에는 또한 "마침내 명당을 열어 편안히 앉아서 다스리리라.〔遂開明堂 坐以治之〕"[285]라고 하였으니, 한자는 임문불휘(臨文不諱)의 예법[286]을 끝내 지킨 것인가. 어떤 이는 "당나라 사람들은 국휘(國諱)를 7세(世)까지로 한정하니, 헌종(憲宗)은 고종(高宗)으로부터 7세 넘게 떨어져 있으므로 한공(韓公 한유)이 '치'자를 휘하지 않았다."라고 하는데, 원진(元稹)과 백거이(白居易)의 시에도 모두 '치'자를 쓰고 있으니 이치로 볼 때 근거가 있을 듯하다. 또 "강왕(康王) 소(釗)의 손자가 실로 소왕(昭王)이었다."[287]라고 하였으니, 《사기(史記)》에는 소왕 하(瑕)는 곧 강왕의 태자라고 하였는데[288] 강왕의 손자라고 일컬은 것은 어째서인가. 옮겨 적은 이가 잘못 적은 것이 아닐까? 이는 변증하지 않으면 안 된다.

한자는 평소 불교를 물리치는 것을 자임(自任)하였는데, 불화(佛畫)를 조문하는 글[289]을 지은 것은 어째서인가? 무군(武君 무 시어)이 처음

---

285 마침내……다스리리라 : 한유의 〈평회서비〉의 끝에 "이미 회(淮)·채(蔡) 지방을 평정하였으니 사방의 오랑캐가 모두 오리라. 마침내 명당을 열어 편안히 앉아서 다스리리라.〔旣定淮蔡, 四夷畢來. 遂開明堂, 坐以治之.〕"라고 하였다. 여기에서는 이 문장에 당 고종의 이름인 '치(治)'자가 들어가 있으므로 거론한 것이다.

286 임문불휘(臨文不諱)의 예법 : 중요한 행사에 필요한 글을 쓸 때에는 피휘하지 않는 예법이다. 《예기》〈곡례 상〉에 "《시경》과 《서경》에 대해서는 피휘를 적용하지 않고 의례 관련 글에서는 피휘하지 않는다.〔詩書不諱. 臨文不諱.〕"라고 하였다.

287 강왕(康王)……소왕(昭王)이었다 : 〈휘변〉에 보이는 말로, 이하의 부친의 이름이 진숙이므로 진사시에 응시해서는 안 된다는 비방에 반박하기 위해 든 사례이다.

288 사기(史記)에는……하였는데 : 《사기》 권4 〈주본기(周本紀)〉에 "강왕이 졸(卒)하자 아들인 소왕 하(瑕)가 즉위하였다.〔康王卒, 子昭王瑕立.〕"라고 하였다.

에 중의 말을 듣고서 망연자실해하며 "나는 유자(儒者)이니 어찌 이를 하겠소." 하였으니, 그 말이 참으로 옳다. 그런데 뒤에 후회하여 그 말을 따랐으니, 덕을 지킴이 확고하지 못하다고 할 만하다. 한자는 그 허탄함을 물리쳐 그 폐단을 개도(開導)해야 마땅한데 도리어 글까지 지어주었으니, 원숭이에게 나무 타기를 가르친 데[290] 가깝지 않겠는가. 그러나 마지막 구절에서 "망령됨으로 슬픔을 막으려 하였다."[291]라고 하였으니, 아마도 은미한 뜻을 둔 것이리라. 그렇다고는 해도 아무 말도 하지 않아서 허물을 짓지 않는 것만 못하다.

〈유 통군의 비석〔劉統軍碑〕〉 명문(銘文)에 "이미 사관(事官)의 우두머리가 되었다."라고 하였는데, 주석에 "'사(事)'는 마땅히 '사(士)'로 써야 하니, 사관(士官)은 공부 상서(工部尙書)를 말한다."라고 하였다.[292] 살피건대 《주례(周禮)》에서 동관(冬官)을 사전(事典)이라고 하

289　불화(佛畫)를 조문하는 글 : 한유의 〈무 시어의 불화를 조문하는 글〔弔武侍御所畫佛文〕〉을 가리킨다. 아내를 잃은 어사(御史) 무군(武君)이 매달 초하루와 보름에 아내의 옷과 유품을 꺼내 진열해놓고 갓난아이를 안고 울며 아내를 추모하였는데, 어느 날 중이 찾아와 불교의 윤회(輪回)와 극락(極樂) 사상을 이야기하며 부처의 그림을 그려놓고 예불(禮佛)할 것을 권하였다. 무군은 처음에는 자신을 유자(儒者)라며 거절하였으나 곧 후회하며 중을 찾아가 부처의 초상을 그려왔다. 한유는 이 작품에서 이 일의 경위를 기록하고 조문하는 시를 덧붙여 애도하는 뜻을 나타냈다.

290　원숭이에게……데 : 나쁜 사람이 나쁜 일을 하도록 조장한다는 말이다. 《시경》〈소아(小雅) 각궁(角弓)〉에 "원숭이에게 나무 타기를 가르치지 말라. 진흙에 진흙을 붙이는 것과 같다. 군자에게 아름다운 덕이 있으면 소인들이 와서 붙으리라.〔毋教猱升木, 如塗塗附. 君子有徽猷, 小人與屬.〕"라고 한 데에서 유래하였다.

291　망령됨으로……하였다 : 한유가 〈무 시어의 불화를 조문하는 글〉에서 무군의 부처 그림에 조문하며 "서방의 부처를 그려 나의 간절함을 말하고, 망령됨으로 슬픔을 막아 새 넋을 위로하네.〔圖西佛兮道予懃, 以妄塞悲兮慰新魂.〕"라고 한 것이 보인다.

니,[293] 사관(事官)은 바로 공부(工部)를 이른다. 무릇 사(士)란 것은 고요(皋陶)의 직임이니 옛날의 형관(刑官)이다.[294] 주석의 해설은 무엇에 근거했는지 모르겠다.

왕적(王適)의 묘지명(墓誌銘)에 그가 후 처사(侯處士)의 딸을 속여서 취한 일을 서술하였는데,[295] 그 일의 전말이 더없이 상세하다. 이는 곧 매우 방탄(放誕)하고 행실이 나쁜 것으로서 작은 꾀를 부려 남을 속이는 부류이니, 훌륭한 말을 하는 군자가 말하기 부끄러워하는 바이

292 유……하였다 : 〈유 통군의 비석〔劉統軍碑〕〉에 "이미 사관(事官)의 우두머리가 되었고, 대부에 올랐다.〔旣長事官, 峻之大夫.〕"라고 하였는데, 손여은(孫汝听)은 이 구절을 "'사(事)'는 마땅히 '사(士)'로 써야 하니, 사관(士官)은 공부(工部)로, 공부 상서가 되었음을 말한다.〔事合作士, 士官工部, 謂爲工部尙書.〕"라고 주해하였다. 《五百家注昌黎文集 卷27 唐故檢校尙書左僕射兼御史大夫龍武統軍贈潞州大都督彭城劉公墓碑》

293 주례(周禮)에서……하니 :《주례(周禮)》〈천관 총재(天官冢宰)〉에 태재(太宰)는 나라의 육전(六典)을 맡아 왕이 나라를 다스리는 것을 돕는다고 하였다. 육전이란 치전(治典)·교전(敎典)·예전(禮典)·정전(政典)·형전(刑典)·사전(事典)으로, 천관 총재(天官冢宰)·지관 사도(地官司徒)·춘관 종백(春官宗伯)·하관 사마(夏官司馬)·추관 사구(秋官司寇)·동관 사공(冬官司空)의 육관(六官)이 하나씩 담당한다.

294 사(士)란……형관(刑官)이다 :《주례》〈추관 사구(秋官司寇)〉에 "사사(士師)의 직분은 나라의 다섯 가지 금법(禁法)을 맡아 형벌을 돕는다.〔士師之職, 掌國之五禁之灋, 以左右刑罰.〕"라고 하였다. 《사기(史記)》 권1 〈오제본기(五帝本紀)〉에, 고요(皋陶)가 순(舜) 임금의 사사가 되어 형벌을 제정하고 옥을 만들었다는 기록이 보인다.

295 왕적(王適)의……서술하였는데 : 왕적의 묘지명은 한유의 〈시대리평사 왕군의 묘지명〔試大理評事王君墓誌銘〕〉을 가리킨다. 작중에서 상곡(上谷)의 처사(處士) 후고(侯高)가 자신이 빈한하여 딸을 고생시켰다고 생각하여 딸을 관인(官人)에게 시집보내고자 하자, 후고를 흠모하여 그의 딸과 혼인하기를 원한 왕적이 매파와 모의하에 고신(告身)을 위조하여 결혼 승낙을 받은 일화가 자세히 기록되어 있다.

다. 옛날에 태사공(太史公 사마천)이 사마상여와 탁문군(卓文君)의 일을 본전(本傳)에 서술한 것²⁹⁶을 식자들이 오히려 비판하기도 하였는데, 하물며 무덤에 묘지(墓誌)를 쓴단 말인가. 그러나 글은 매우 공교하니, 이는 문인의 습관을 벗어나지 못한 것인가?

맹 정요(孟貞曜)의 묘지명²⁹⁷은 전적으로 《춘추좌씨전(春秋左氏傳)》을 본받았다.

〈유주 나지묘의 비문〔柳州羅池廟碑〕〉의 사(辭)는 해설하는 이가 굴자(屈子 굴원(屈原))와 나란히 달리며 수준을 겨룰 수 있다고 하였으니,²⁹⁸ 참으로 옳다. 그런데 주정옥(朱廷玉)은 《춘추(春秋)》의 뜻을 얻었다며 곡해하였으니,²⁹⁹ 천착이다. 한자의 용의(用意)가 어찌 이렇

---

296 태사공(太史公)이⋯⋯것 : 《사기》 권117 〈사마상여열전(司馬相如列傳)〉에, 사마상여(司馬相如)가 임공현(臨邛縣)의 부호 탁왕손(卓王孫)의 연회에 초청받았다가 탁왕손의 딸인 과부 탁문군(卓文君)을 거문고 곡조로 유혹하여 성도(成都)로 야반도주한 일화가 기록되어 있다.

297 맹 정요(孟貞曜)의 묘지명 : 한유의 〈정요선생의 묘지명〔貞曜先生墓誌銘〕〉을 가리킨다. 한유의 벗 맹교(孟郊)는 46세에야 진사시에 합격하여 낮은 관직을 전전하다 죽었는데, 한유와 벗들이 그의 장례를 치러주고 정요선생(貞曜先生)이라는 사시(私諡)를 지어주었다.

298 유주⋯⋯하였으니 : 송(宋)나라의 소박(邵博)은 한유의 〈유주 나지묘의 비문〔柳州羅池廟碑〕〉에 대해 "초사(楚辭)의 문장가는 굴원 한 사람뿐으로, 송옥(宋玉)조차도 그와 방불한 수준에 도달하지 못했다. 오직 한퇴지의 나지묘의 비문만이 나란히 달리며 수준을 겨룰 수 있다.〔楚辭文章, 屈原一人耳. 宋玉尚不得其髣髴. 惟退之羅池碑, 可方駕以出.〕"라고 평하였다. 《五百家注昌黎文集 卷31 柳州羅池廟碑》

299 주정옥(朱廷玉)은⋯⋯곡해하였으니 : 송나라의 주정옥은 한유가 〈유주 나지묘의 비문〉에서 유주(柳州) 백성들이 유종원(柳宗元)을 생전에는 부모처럼 여기고 사후에는 사당에 제사 지내는 것만을 말하며 유종원의 출처(出處)에 대해서는 비판하거나

게 교묘한 데로 흘렀겠는가. "벼가 가득 차고 뱀과 교룡이 가만히 서리
어 있게 할지어다."를 주해하는 이가 벼 이삭이 뱀과 교룡 같다고 한
것은 더욱 사리에 어긋난다.[300] 이는 뱀과 교룡이 똬리를 틀고 숨어
백성들에게 해를 끼치지 않음을 말한 것이니, 〈반곡으로 돌아가는 이
원을 전송하는 서문〉의 시에 "범과 표범이 자취를 멀리하고 교룡이
달아나 숨는다."[301]라고 한 것과 같은 뜻이다.

　〈황릉묘의 비문[黃陵廟碑]〉에서 곽박(郭璞)과 왕일(王逸)의 해설
을 인용하여 그 오류를 모두 변석하고 순 임금이 창오(蒼梧)에서 죽
자 두 후비(后妃)가 따르다 미치지 못하여 물에 빠져 죽었다는 것을
믿을 수 없다고 하였다.[302] 그리고 "순 임금이 천하를 소유하고 천자가

욕하는 말을 전혀 쓰지 않은 것은 두예(杜預)가 〈춘추좌씨전서(春秋左氏傳序)〉에서
말한바 '은미하게 쓰되 뜻은 드러내고, 기록하되 은미하게 하며, 완곡하게 쓰되 문장을
이루는[微而顯, 志而晦, 婉而成章.]' 필법을 구사한 것이라며, "《춘추》를 깊이 터득하
지 않았다면 어찌 이 수준에 이르겠는가.[非深得於春秋, 曷至是?]"라고 평하였다.《五
百家注昌黎文集 卷31 柳州羅池廟碑》

300　벼가……어긋난다 : 한유의 〈유주 나지묘의 비문〉에 "낮은 곳에서는 습기 때문에
고통받지 않고 높은 곳에서는 건조함이 없어 벼가 가득 차고 뱀과 교룡이 가만히 서리어
있게 할지어다.[下無苦濕兮高無乾, 秔稌充羨兮蛇蛟結蟠.]"라고 하였는데, 손여은(孫
汝聽)은 이 구절의 뒷부분을 "벼의 이삭이 뱀과 교룡 같음을 말한 것이다.[言秔稌之穗如
蛇蛟也.]"라고 풀이하였다.《五百家注昌黎文集 卷31 柳州羅池廟碑》

301　범과……숨는다 : 한유의 〈반곡으로 돌아가는 이원을 전송하는 서문〉에 "아! 반
곡의 즐거움이여, 즐거움이 다함이 없으리로다. 범과 표범이 자취를 멀리함이여, 교룡
이 달아나 숨고 귀신이 수호함이여, 불길한 것을 꾸짖어 금하도다.[嗟, 盤之樂兮, 樂且
無央. 虎豹遠跡兮, 蛟龍遁藏, 鬼神守護兮, 呵禁不祥.]"라고 하였다.

302　황릉묘의……하였다 : 상강(湘江) 가에 상군(湘君)과 상부인(湘夫人)을 모신
황릉묘(黃陵廟)라는 사당이 있다. 이 중 상군은 요 임금의 두 딸이자 순 임금의 두

된 것은 두 후비의 힘이니, 마땅히 신(神)이 되어 백성들의 제사를 받아야 한다. 지금 상강(湘江)을 건너는 이들이 모두 황릉묘에 예를 표한다."303라고 하였다. 무릇 두 후비는 천자의 배필이니, 순 임금과 함께 요씨(姚氏)의 사당에서 제사를 받아야 마땅한데, 지금 홀로 원수(沅水)와 상수(湘水) 사이에서 제사를 지내는 것은 필시 이유가 있을 것이다. 한자가 "마땅히 신이 되어 백성들의 제사를 받아야 한다."라고 한 것이 옳기는 하지만, 어째서 굳이 상수에서 신이 될 것이며 어째서 굳이 상수의 백성들에게 제사를 받아야겠는가. 나는 한자의 변증이 명석한지를 알지 못하겠다. 장서(張署)를 제사 지낼 때에는 "두 후비가 길을 잘못 들어 눈물 자국이 숲을 물들였다."304라고 한 것

후비인 아황(娥黃)과 여영(女英)으로 알려져 있었는데, 왕일(王逸)은 〈구가(九歌)〉를 주해하며 상군은 상강의 수신(水神), 상부인은 두 후비라고 하고, 곽박(郭璞)은 《산해경(山海經)》을 주해하며 순 임금의 두 딸이 상군(湘君)이라는 낮은 신의 배필이 되었을 리 없다고 하여 이의를 제기하였다. 한유는 〈황릉묘의 비문[黃陵廟碑]〉에서 왕일과 곽박의 설을 비판하며 상군은 순 임금의 첫째 부인인 아황이고, 상부인은 둘째 부인인 여영이 아황에 대한 겸칭으로 '부인'이라 칭한 것이라고 하였다. 또 한유는 《서경》〈우서(虞書) 순전(舜典)〉에 "순 임금이 순수 길에 올라 죽었다.[舜陟方乃死]"라고 한 것에 대해 순 임금이 남쪽 저지대인 창오(蒼梧)를 순수한 것이라면 '내려간다[下]'라고 쓰지 '오른다[陟]'라고 썼을 리가 없다며, 순 임금이 창오에서 죽었다는 것과 이를 슬퍼한 아황과 여영이 상수와 원수 사이에서 투신자살했다는 것도 사실이 아니라고 하였다.

303 순……표한다 : 한유의 〈황릉묘의 비문[黃陵廟碑]〉에 보인다. 순 임금이 천자가 된 것이 두 후비의 힘이라고 한 것은 순 임금의 부친 고수(瞽瞍)와 아우 상(象)이 순 임금에게 창고 지붕을 수리하게 하고 우물을 파게 한 뒤 목숨을 노렸을 때 두 후비가 미리 계책을 일러준 덕에 순 임금이 화를 면할 수 있었다는 이야기를 언급한 것이다. 《列女傳 母儀傳 有虞二妃》

304 두……물들였다 : 한유는 〈하남의 장 원외랑의 제문[祭河南張員外文]〉에서 자

은 어째서인가?

〈유자후의 묘지명〔柳子厚墓誌銘〕〉에서 그가 죄를 얻은 일을 서술하면서 "규례에 따라 자사로 나갔다."라고만 하였고, 또 "규례에 따라 폄직되었다.", "규례에 따라 부름을 받았다."라고 하였을 뿐이니 완곡하고 은미한 수법을 깊이 얻었다.[305] 그런데 아래에는 "예전 젊은 시절에 자신을 귀중하게 여기거나 아끼지 않았다."라고 하고, "어사대(御史臺)·상서성(尙書省)에 있을 때 스스로의 몸가짐을 사마(司馬)·자사 시절처럼 할 수 있었더라면 쫓겨나지 않았을 것이다."라고 하였으니, 말 밖에 있는 뜻을 또한 볼 수 있다.[306] 작품 끝에 자녀에 대해 기술하면

신이 장서와 함께 폄적되어 남쪽으로 내려가던 것을 회상하며 "남쪽으로 상수에 오르니 굴원이 빠져 죽은 곳이요, 두 후비가 길을 잃어 눈물 자국이 숲을 물들였다네.〔南上湘水, 屈氏所沈, 二妃行迷, 淚蹤染林.〕"라고 하였다. 이는 순 임금이 죽자 두 후비가 흘린 눈물이 상수 가의 대나무를 얼룩지게 물들였다는 소상반죽(瀟湘斑竹) 고사를 언급한 것인데, 이계는 한유가 〈황릉묘의 비문〉에서는 순 임금이 창오에서 죽고 두 후비가 따라 죽었다는 것을 믿을 수 없다고 해놓고서 왜 이 작품에서는 그와 관련된 고사를 언급하고 있는지에 대해 의문을 표하고 있다.

305 유자후의……얻었다 : 한유는 〈유자후의 묘지명〔柳子厚墓誌銘〕〉에서 유종원이 순종(順宗)이 즉위하여 예부 원외랑(禮部員外郎)이 된 이후의 행보를, "권력을 잡은 자가 죄를 얻자 규례에 따라 자사로 나갔고, 임소에 도착하기 전에 또 규례에 따라 영주 사마(永州司馬)로 폄직되었다.……원화(元和) 연간에 규례에 따라 부름을 받고 경사에 왔다가 다시 여러 사람들과 함께 자사로 나갔는데, 자후는 유주 자사(柳州刺史)가 되었다.〔遇用事者得罪, 例出爲刺史, 未至, 又例貶永州司馬.……元和中, 嘗例召至京師, 又偕出爲刺史, 而子厚得柳州.〕"라고 서술하였다. 이계는 한유가 자칫 유종원의 치부가 될 수 있을 만한 일들을 자세히 드러내지 않고 완곡하고 은미하게 서술한 것을 칭찬하고 있다. 완곡하고 은미한 서술 수법에 대해서는 356쪽 주301 참조.

306 아래에는……있다 : 한유는 〈유자후의 묘지명〉 후반부에 "자후는 예전 젊은 시절에 남을 위하는 데 용감하여 자신을 귀중하게 여기거나 아끼지 않았고, 공업을 금방

서 아무개 씨(氏)에게 장가들었다고 말하지 않은 것[307]은 어째서인가? 자후(子厚)가 죽을 때 맏아들이 겨우 5살이었고 막내아들은 갓 태어났으니, 그의 아내는 남쪽으로 좌천된 뒤에 얻은 사람이다. 그가 〈경조윤 허맹용에게 부친 편지〔寄許京兆孟容書〕〉에 "먼 변방에서 선비의 딸이 적어 혼인할 사람이 없으니, 대를 잇는 중책이 실낱같이 끊어질락 말락 합니다."라고 하였으니,[308] 그 뒤에 과연 남쪽 지방의 여자를 아내로 얻었으나 사족(士族)이 아니기 때문에 생략한 것인가? 하지만 자후가 폄적되었을 때 나이가 마흔에 가까웠으니 반드시 첫 장가를 든 아내가

이룰 수 있는 것이라 여겼기 때문에 연좌되어 폄출(貶黜)되었다.〔子厚前時少年, 勇於爲人, 不自貴重顧籍, 謂功業可立就, 故坐廢退.〕라고 하였고, "만일 자후가 어사대·상서성에 있을 때 스스로의 몸가짐을 사마·자사 시절처럼 할 수 있었더라면 쫓겨나지 않았을 것이다.〔使子厚在臺省時, 自持其身, 已能如司馬刺史時, 亦自不斥.〕라고 하였다. 이계는 한유가 작품 전반부에서 유종원이 폄적된 일을 완곡하고 은미하게 서술하면서도 이 문장을 통해 결국 그 원인이 그의 경솔한 처신에 있었음을 살며시 드러내고 있다는 것을 지적하고 있다.

307 작품……것 : 한유는 〈유자후의 묘지명〉에서 유종원의 유족(遺族)들을 기술하며, "자후는 아들 둘을 두었는데, 맏아들 주륙(周六)은 겨우 네 살이고 막내아들 주칠(周七)은 자후가 죽고 나서 태어났다. 딸 둘은 모두 어리다.〔子厚有子男二人, 長曰周六, 始四歲, 季曰周七, 子厚卒乃生. 女子二人皆幼.〕"라고 하였다.

308 경조윤……하였으니 : 〈경조윤 허맹용에게 부친 편지〔寄許京兆孟容書〕〉는 원화(元和) 4년(809) 영주 사마로 있던 유종원이 부친의 벗 허맹용(許孟容)에게 귀양지를 북쪽으로 옮겨 장독(瘴毒)을 피하고 처(妻)를 얻어 후사(後嗣)를 얻도록 힘써줄 것을 부탁한 편지로, "혈혈단신 외로운 몸으로 아직 자식을 두지 못했는데 먼 변방에 선비의 딸이 적어 혼인할 사람이 없고, 세상 사람들이 큰 죄를 진 사람과 친해지려고 하지 않습니다. 이 때문에 대를 잇는 중책이 실낱같이 끊어질락 말락 합니다.〔煢煢孤立, 未有子息, 荒陬中少士人女子, 無與爲婚, 世亦不肯與罪大者親昵, 以是嗣續之重, 不絶如縷.〕"라고 한 것이 보인다.

있을 것인데, 아울러 기록하지 않은 것은 어째서인가?

석 처사(石處士)가 숭락(嵩洛 숭산과 낙양)에 은거하며 10년 동안 출사하지 않았으니 오 대부(烏大夫)가 예로써 초빙하면 나가서 응해도 되지만, 처자식에게 알리지 않고 벗들과 상의하지도 않은 채 편지와 폐백을 받은 당일 밤에 벌써 행장을 꾸린 것은 너무 벼슬길에 빨리 나아가려 하는 것이 아닌가.[309] 한자가 처음에는 종사(從事)의 말을 빌려 그 현명함을 칭찬하고 끝에는 다시 술잔을 잡은 이의 말을 가설하여 축원하였으니, 두 번에 걸쳐 거취에 대해 말하고 있다. 어쩌면 그 사이에 은미한 뜻을 둔 것인가?

〈모영전(毛穎傳)〉은 우언(寓言)이기는 하지만 "명시(明視)의 8세손 누(㺌)는 세상에 전하기를 은나라 때를 살았다고 한다."[310]라고 하였으니, 8세라고 말한 것은 우(禹) 임금 때부터 은나라 때의 사이를 말한 것인가. 아래에 "두꺼비를 타고 달에 들어갔다."라고 한 것은 예

---

309 석……아닌가 : 한유의 〈석홍 처사를 전송하는 서문〔送石洪處士序〕〉에 보이는 내용이다. 하양군 절도사(河陽郡節度使) 오중윤(烏重胤)이 종사관의 추천으로 숭산(嵩山)에 은거하는 처사 석홍(石洪)을 초빙하자 석홍은 처자식과 벗들에게 상의하지도 않고 당일 밤에 출발할 짐을 꾸렸다. 새벽에 평소 왕래하던 이들로부터 전별을 받았는데, 술잔을 들고 축원하는 이가 의(義)에 따라 거취(去就)를 정하고 오중윤을 보필하여 바른길로 인도할 것을 당부하였다.

310 명시(明視)의……한다 : 한유의 〈모영전(毛穎傳)〉에 모영(毛穎)의 선조인 명시(明視)가 우(禹) 임금의 치수(治水)를 도왔다고 하였고, 그의 8세손 누(㺌)에 대해서는 "세상에 전하기를 은(殷)나라 때를 당하여 중산(中山)에 살았는데, 신선술을 터득하여 빛을 숨기고 사물을 부릴 줄 알아 항아(姮娥)를 훔쳐서 두꺼비를 타고 달 속으로 들어가니, 그 후대에는 마침내 은둔하고 벼슬하지 않았다.〔世傳當殷時, 居中山, 得神仙之術, 能匿光使物, 竊姮娥, 騎蟾蜍, 入月, 其後, 遂隱不仕云.〕"라고 하였다.

(羿)의 아내 항아(姮娥)[311]를 가리킨 듯하지만, 유궁국(有窮國)의 예는 하나라 때의 사람인데 어찌 은나라 때를 살았다고 하였는가. 어떤 이는 "예는 요 임금 때 해를 활로 쏜 사람으로 유궁국의 임금이 아니다."[312]라고 하니, 그렇다면 더욱 은나라 때라고 할 수가 없다. 모두 이해가 되지 않는다.

〈복수장(復讐狀)〉에 "법률에 그 조문(條文)이 없는 것은 궐문(闕文)이 아니라, 대체로 복수를 허용하지 않자니 효자의 마음을 상하게 하고 선왕의 가르침을 어기게 되며, 복수를 허용하자니 사람들이 법에 기대 원수를 멋대로 살인하게 될 것이어서 그 단서를 막을 수가 없기 때문입니다. 경전에는 그 뜻을 여러 번 말하고서 법률에는 그 조문을 깊이 숨긴 것은, 법리(法吏)는 법에 따라 판결하게 하고 경술(經術)을 하는 선비는 경전을 인용하여 의논하게 하려는 의도였을 것입니다."[313]라고

---

311 예(羿)의 아내 항아(姮娥) : 예는 유궁국(有窮國)의 임금으로 활의 명수였으며, 하(夏)나라 왕 중강(仲康)의 아들 상(相)을 시해하고 왕위를 찬탈하였다. 항아는 예의 아내로 예가 서왕모(西王母)로부터 얻어온 불사약(不死藥)을 훔쳐 먹고 달로 올라갔다는 전설이 있다. 《淮南子 覽冥訓》

312 예는……아니다 : 요(堯) 임금 때 열 개의 해가 한꺼번에 떠서 농작물과 초목이 모두 말라버리자 요 임금이 예(羿)에게 아홉 개의 해를 화살로 쏘아 땅에 떨어뜨리게 했다는 전설이 있다. 《淮南子 本經訓》

313 법률에……것입니다 : 한유의 〈복수장(復讐狀)〉에 보이는 내용을 축약한 것이다. 원화 6년(811)에 부평현(富平縣)의 양열(梁悅)이 부친의 원수 진고(秦杲)를 죽이고 자수하자, 당 헌종(唐憲宗)은 조서를 내려 사형을 곤장형과 유배형으로 경감해준 뒤 상서성에 명하여 경전과 법률에 의거해 복수에 대한 법령을 정하게 하였다. 한유가 이때 〈복수장〉을 올려, 경전과 역사서에 복수를 허용한 뜻과 법률에 살인을 금지한 뜻, 양자를 존중하여 복수를 한 사람이 상서성에 신고하면 상서성에서 황제에게 아뢰고서 사정을 참작하여 처결하도록 할 것을 건의하였다.

하였다. 이 말은 참으로 성인이 법률을 제정한 의도와 왕자(王者)가 법을 쓰는 방법을 얻었으니, 앞사람이 발명(發明)하지 못한 것을 발명했다고 할 만하다.

〈전중물경장(錢重物輕狀)〉은 폐단을 구제하는 요점을 깊이 얻었다.[314] 그 내용에 "오곡과 포백(布帛)은 농부가 생산할 수 있는 것이고 장인이 만들어낼 수 있는 것이나 사람이 돈을 주조할 수 없는데도 포백과 미곡을 팔아서 관아에 돈을 바치게 하니, 이 때문에 물건은 더욱 천해지고 돈은 더욱 귀해집니다. 지금 베를 바치는 고을에 조세(租稅)를 모두 베로 바치게 하고 면사(綿絲)와 백화(百貨)를 바치는 고을에 조세를 모두 면사와 백화로 내게 하며, 경사(京師)로부터 100리 떨어진 곳은 모두 풀을 바치게 하고 300리 떨어진 곳은 곡식을 바치게 하며 500리 이내와 황하(黃河)·위수(渭水)가 풀이나 곡식을 바치길 원하거든 모두 원하는 대로 해준다면, 사람들이 농사에 더욱 힘쓸 것이고 돈은 더욱 가치가 가벼워지고 미곡과 포백은 더욱 가치가 중해질 것입니다." 하였으니, 참으로 〈우공(禹貢)〉에서 공물을 제정한 뜻[315]을 얻

---

314 전중물경장(錢重物輕狀)은⋯⋯얻었다 : 당 덕종(唐德宗) 때 조용조(租庸調)를 통합하여 1년에 두 번 돈으로 세금을 내게 하는 양세법(兩稅法)을 시행한 이래 돈의 가치는 상승하고 물건의 가치는 하락하자, 부자들이 돈을 비축해두고 풀지 않아 백성들의 생활이 갈수록 궁핍해졌다. 장경(長慶) 원년(821)에 당 목종(唐穆宗)이 이러한 폐단을 혁파할 방법을 신하들과 논의하자, 한유가 〈전중물경장〉을 바쳐 지방의 공물을 돈이 아닌 그 지역에서 생산되는 물건으로 바치게 할 것, 구리로 그릇이나 불상 등의 기물을 만드는 것을 금하고 돈을 오령(五嶺) 밖으로 나가지 못하게 할 것, 기존 화폐의 다섯 배 가치의 새 화폐를 찍어 병용(並用)할 것, 새 조세 제도와 새 화폐가 자리 잡을 때까지 관리들의 녹봉의 3분의 1을 줄이고 이를 새 화폐로 지급할 것을 건의하였다.

315 우공(禹貢)에서⋯⋯뜻 : 《서경》〈하서(夏書) 우공〉에, 우(禹) 임금이 홍수를 구

어 다스림의 근본에 도달하였다. 그 아래의 두 조목은 모두 사의(事宜)에 맞다. 그런데 문(文 화폐 단위)을 바꾸는 한 조목에 대해서는 "1문을 다섯 배로 가치를 높여 새 돈과 예전 돈을 함께 써야 합니다. 무릇 돈 1,000문을 주조하면 1,000문을 쓰는데, 지금 1문을 주조하면 5문을 얻으니, 당장 돈을 많게 할 수 있습니다." 하였다. 이는 자모경중(子母輕重)[316]의 유법에서 나온 것이나 1,000문을 쓰고 1,000문을 얻어도 돈을 몰래 주조하는 폐단이 있는데, 하물며 1문을 주조하면 5를 얻는다면 어떻겠는가. 간악한 백성과 강한 번진이 몰래 돈을 주조하여 이익을 독차지하는 일이 계속 이어져 막을 수가 없을 것이다. 나는 돈은 가치가 더욱 중해지고 물건은 가치가 더욱 가벼워질까 염려된다.

〈부처의 사리에 대해 논한 표문[論佛骨表]〉에 "한 명제(漢明帝) 때 처음으로 불법(佛法)이 들어왔다."[317]라고 하였는데, 주석에서 유향

제하고 천하를 구주(九州)로 구분한 뒤 각 지역에 공물을 제정한 것이 보인다.

316 자모경중(子母輕重) : 고대 중국에서 가치가 낮은 가벼운 동전을 자(子)라고 하고 가치가 높은 무거운 동전을 모(母)라고 한 바, 화폐의 가치가 낮고 물건의 가치가 높아졌을 때 고액권(高額券)과 소액권(少額券)을 동시에 유통하여 물가를 안정시키고 화폐 사용을 편리하게 하는 통화정책을 말한다. 《국어(國語)》〈주어 하(周語下)〉에 주 경왕(周景王)이 큰 동전을 주조하려 하자 선목공(單穆公)이 옛날의 법에 따라 자전(子錢)과 모전(母錢)을 병용하며 각 화폐의 통화량을 상황에 맞게 조절해야지 고액의 화폐로 통일하면 민생의 파탄을 초래한다고 간언한 것이 보인다.

317 한……들어왔다 : 한유의 〈부처의 사리에 대해 논한 표문[論佛骨表]〉에 "한 명제(漢明帝) 때 처음으로 불법(佛法)이 들어왔는데, 명제는 재위가 고작 18년이었고 그 뒤로는 혼란과 멸망이 이어져 국운이 길지 못했습니다. 송(宋)·제(齊)·양(梁)·진(陳)·원위(元魏)는 부처를 점점 더 부지런히 모셨으나 나라가 존속한 연대(年代)는 더욱 짧아졌습니다.〔漢明帝時, 始有佛法, 明帝在位纔十八年耳, 其後亂亡相繼, 運祚不長. 宋齊梁陳元魏以下, 事佛漸謹, 年代尤促.〕"라고 하였다. 이는 당 헌종(唐憲宗)에게

(劉向)의 《열선전(列仙傳)》에 불경(佛經)의 말이 보이는 것[318]과 《개
황역대삼보기(開皇歷代三寶記)》에 주나라 때 이미 불경이 유행하였다
고 일컬은 것,[319] 한 무제(漢武帝) 때 곤야왕(昆邪王)의 금인(金人) 신
상(神像)을 얻었는데 제사에 소와 양을 올리지 않고 오직 향만을 사르
며 예배한 일[320]과 곤명지(昆明池)를 팔 때 검은 재가 나오자 동방삭(東
方朔)이 "서역(西域)의 도인에게 물어야 한다."라고 한 것[321]을 인용하

부처의 손가락뼈를 대궐에 들이는 것이 장수나 국운에 보탬이 없음을 설득하고자 한
말이다.

318　유향(劉向)의……것 : 남송(南宋)의 홍흥조(洪興祖)는 양(梁)나라의 유효표(劉
孝標)가 《세설신어(世說新語)》의 주석을 달 때 유향(劉向)의 《열선전(列仙傳)》 서문
에 "백가(百家)의 글을 두루 보면서 서로 검험(檢驗)해보니 신선이 된 자가 146명인데,
그중 74명은 이미 불경에 나와 있다.〔歷觀百家之中, 以相檢驗, 得仙者百四十六人, 其七
十四人, 已在佛經.〕"라고 한 것을 인용했으니 한 성제(漢成帝)・애제(哀帝) 연간에
이미 불법이 중국에 들어왔을 것이라고 하였다. 《五百家注昌黎文集 卷39 論佛骨表》

319　개황역대삼보기(開皇歷代三寶記)에……것 : 남송의 홍흥조는 "《개황역대삼보
기》에 '평제(平帝) 때 유향이「내가 전적을 열람하였는데 왕왕 불경이 있는 것을 보았
다.」라고 일컬었다.' 하였으니, 주나라 때 불경이 오랫동안 유행하여 진나라 때 태워
없애기는 하였으나 한나라가 일어나자 다시 나왔음을 알 수 있다.〔開皇歷代三寶記云:
"平帝世, 劉向稱: '余覽典籍, 往見有佛經.'" 將知周時久流釋典, 秦雖燕除, 漢興復出
也.〕"라고 하였다. 《五百家注昌黎文集 卷39 論佛骨表》 이계는 주나라 때 불경이 유행하
였다는 말을 홍흥조의 말이 아닌 《개황역대삼보기》의 내용으로 오해한 듯하다.

320　한……일 : 남송의 홍흥조는 《한무고사(漢武故事)》에 보이는 흉노(匈奴)의 곤
야왕(昆邪王)이 휴도왕(休屠王)을 죽이고 한나라에 투항하여 한 장(丈) 크기의 금인
(金人) 신상(神像)을 바치자 감천궁(甘泉宮)에 두고 흉노의 풍속에 따라 소와 양을
올리지 않고 향만을 사르며 제사를 지내게 했다는 기록을 볼 때, 한 무제 때에 불상은
중국에 들어왔으나 불경이 아직 들어오지 않아 부처를 그저 신명(神明)으로만 모셨을
것이라고 하였다. 《五百家注昌黎文集 卷39 論佛骨表》

321　곤명지(昆明池)를……것 : 곤명지의 검은 재는 《고승전(高僧傳)》 권1 〈한낙양

여 중국에 불법이 들어온 지 이미 오래되었다는 증거로 삼았다. 제가(諸家)의 기록을 인용한 것이 각기 전거가 있기는 하지만 모두 패사(稗史)에서 나온 것이라 대번에 사실임을 징험할 수 없다. 임금께 아뢰는 글은 마땅히 정사(正史)를 표준으로 삼아야 한다.

〈조주 자사에 제수된 것을 감사하며 올린 표문[潮州刺史謝上表]〉을 평론하는 이들은 봉선(封禪)을 가지고 황제에게 아첨하였다고 하니,[322] 참으로 어진 자에게 두루 완벽하기를 요구하는 것이다. 그러나 그 내용에 "신은 학문과 문장을 매우 좋아하여 지금 사람들에게 칭찬과 허여를 받았습니다. 지금 시대의 문장에 있어서는 남보다 나을 것이 없지만 폐하의 공덕을 논술하는 일에 있어서는 《시경》·《서경》의 간책(簡冊) 사이에 끼워 넣어도 부끄럽지 않고 하늘과 땅 사이에 두어도 부족함이 없을 것이니, 비록 고인(古人)이 다시 살아나더라고 신은 크게 양보하려 하지 않을 것입니다."라고 한 것은, 중한 자임(自任)과 높은 자처(自

백마사축법란(漢洛陽白馬寺竺法蘭)〉에 보인다. 한 무제가 곤명지를 팔 때 밑바닥에서 검은 재가 나오자 동방삭(東方朔)에게 이것이 무엇이냐고 물었는데, 동방삭은 서역의 도인에게 물으면 알 수 있을 것이라 하였다. 남송의 홍홍조는 이 고사를 두고 "서역의 도인이란 불도(佛徒)이다.〔西域道人, 佛之徒也.〕"라고 하여, 한 무제 때 이미 불교가 중국에 들어와 있었다는 증거로 삼았다. 《五百家注昌黎文集 卷39 論佛骨表》

322 조주……하니 : 한유는 〈부처의 사리에 대해 논한 표문〉을 올린 일로 조주 자사(潮州刺史)로 좌천된 뒤에 형륙(刑戮)을 면하고 처벌이 좌천에 그친 것을 사례하는 표문(表文)인 〈조주 자사에 제수된 것을 감사하며 올린 표문[潮州刺史謝上表]〉을 올려, 당 헌종(唐憲宗)의 치적을 찬미하고 조주의 기후와 돌림병으로 고생하는 자신을 불쌍하게 여겨달라고 애원하였다. 특히 작중에서 한유는 헌종의 치적을 천지신명에게 고하기 위해 태산(泰山)에서 봉선(封禪)의 예식을 거행해야 한다고 주장하며 자신을 용서하여 경사로 불러준다면 그 제문을 지어 바치겠다는 뜻을 내비쳤는데, 이 대목은 후세에 한유에게 봉선을 가지고 황제에게 아첨했다는 오명을 가져왔다.

處)가 천고에 홀로 우뚝 서서 호걸스럽고 굳센 기상이 구사일생(九死一生)의 땅에 가서도 꺾이지 않는 것이다. 소자첨(蘇子瞻 소식(蘇軾))이 일컬은바 '천지에 참여하고 성쇠(盛衰)에 관여하여 드넓게 홀로 존재하는 자'[323]가 아니겠는가.

〈회서(淮西)의 사의(事宜)를 논한 장[論淮西事宜狀]〉과 〈염법(鹽法)을 고치는 사의를 논한 장[論變鹽法事宜狀]〉[324]은 모두 기요(機要)에 들어맞고 사정(事情)에 알맞으니, 누가 유자(儒者)가 시무(時務)에 어둡다고 하는가. 여기에서 정사(政事)가 실로 경술(經術)에 근본함을 알 수 있다.

〈고공 최 우부에게 올리는 편지[上考功崔虞部書]〉에 "쉬지 않고 성

---

323 소자첨(蘇子瞻)이……자 : 소식(蘇軾)은 〈조주의 한문공 묘비[潮州韓文公廟碑]〉에서 한유의 업적을 기려 "문장은 팔대(八代)에 걸친 쇠퇴를 일으켜 세웠고 도(道)는 천하가 이단(異端)에 빠지는 것을 구제하였으며 충성은 군주의 노여움을 범하고 용맹은 삼군(三軍)의 장수를 빼앗았으니, 어찌 천지에 참여하고 성쇠에 관여하여 드넓게 홀로 존재하는 자가 아니겠는가.[文起八代之衰, 而道濟天下之溺, 忠犯人主之怒, 而勇奪三軍之帥, 豈非參天地, 關盛衰, 浩然而獨存者乎?]"라고 하였다.

324 회서(淮西)의……장 : 〈회서의 사의를 논한 장[論淮西事宜狀]〉은 한유가 원화 9년(814)에 회서 절도사(淮西節度使) 오원제(吳元濟)의 토벌을 주장한 글이다. 전임 회서 절도사 오소양(吳少陽)이 죽자 아들 오원제가 상(喪)을 숨기고 절도사 자리를 세습하였다. 당 헌종이 대대적인 토벌을 단행하였으나 오랫동안 승리하지 못하자 정전(停戰)을 청하는 신하들이 많았는데, 이 글을 올려 오원제의 토벌을 극력 주장하였다. 〈염법을 고치는 사의를 논한 장[論變鹽法事宜狀]〉은 장경 2년(822) 봄에 소금의 전매를 반대하며 올린 글이다. 당시 호부 시랑(戶部侍郎) 장평숙(張平叔)이 상소하여 소금을 국가에서 전매하도록 법을 바꿀 것을 청하며 전매의 이득을 18조목으로 논하였는데, 당 목종(唐穆宗)이 이 상소를 내려 신하들에게 논의하게 하였다. 그때 한유가 이 글을 올려 상소의 내용을 조목조목 반박하였다.

인의 도를 실천하고 죽을 때까지 몸을 단속한다면 지금 세상에서는 얻는 것이 없어도 반드시 옛 도에는 얻는 것이 있을 것이고, 살아서는 얻는 것이 없어도 반드시 죽은 뒤에는 얻는 것이 있을 것입니다."[325]라고 하였으니, 이것이 이른바 짐은 무겁고 길은 멀다는 것[326]이다. 도에 뜻을 둔 선비는 마땅히 이와 같아야 한다.

〈유 수재에게 답하여 역사를 논한 편지[答劉秀才論史書]〉는 행문 (行文)이 자장(子長 사마천)과 매우 닮았다. 그 내용에 "무릇 사가(史家)가 포폄하는 큰 법칙은 《춘추》에 이미 갖추어져 있으니, 후대의 작자는 사적에 의거하여 사실대로 기록하면 선악이 절로 드러날 것이다."[327]라고 하였으니, 이는 사마씨(司馬氏 사마천)의 뜻이다. 무릇 필삭 (筆削)이란 자유(子游)와 자하(子夏)도 감히 참여하지 못한 것이니,[328]

---

325 쉬지……것입니다 : 〈고공 최 우부에게 올리는 편지[上考功崔虞部書]〉에 보이는 말이다. 한유는 정원(貞元) 9년(793)에 이부(吏部)에서 주관하는 박학굉사과(博學宏辭科)에 응시하였다. 이때 고시관(考試官)이었던 최원한(崔元翰)이 한유의 문장을 눈여겨보고서 다른 두 사람과 함께 추천하였는데, 다른 두 사람은 합격하였으나 한유는 낙방하였다. 이에 한유는 이 편지를 올려 자신을 추천해준 것을 감사하고 자신의 학문과 문장이 결실을 이룰 때까지 정진하겠다는 뜻을 보였다.

326 이른바……것 : 증자(曾子)가 "선비는 도량이 넓고 뜻이 굳세지 않으면 안 되니 짐은 무겁고 길은 멀기 때문이다. 인(仁)으로 자기의 짐을 삼으니 또한 무겁지 않겠는가. 죽은 뒤에야 끝나니 또한 멀지 않겠는가.[士不可以不弘毅, 任重而道遠. 仁以爲己任, 不亦重乎? 死而後已, 不亦遠乎?]"라고 말한 것을 가리킨다. 《論語 泰伯》

327 무릇……것이다 : 〈유 수재에게 답하여 역사를 논한 편지[答劉秀才論史書]〉에 보이는 말이다. 한유가 사관 수찬(史館修撰)의 직임을 맡고 있던 원화 8년(813)에 유 수재(劉秀才)가 편지를 보내 역사서를 편찬할 것을 권유하였는데, 한유는 이 편지를 통해 역사서의 편찬은 학식이 낮고 처신이 구차한 자신이 경솔하게 할 수 있는 일이 아니며 사관(史官)의 직책도 그만두고 싶다는 뜻을 밝혔다.

하물며 성인으로부터 멀리 떨어진 자는 어떻겠는가. 그러므로 《춘추》를 뒤이어 역사서를 짓는 자는 사실대로 기록하면 될 뿐이다. 그러나 사실대로 기록하는 데에는 두 가지 어려운 점이 있다. 전해 듣는 소문은 와전되기 쉬우니 거짓되다는 문제가 생기고, 꺼리고 원망하는 일은 범하기 어려우니 아첨하는 데로 흐르게 된다. 거짓됨과 아첨은 하늘이 벌을 내릴 것이고, 곧바로 말하여 완곡하게 에두르지 않는 것은 또 사람들에게 죄를 얻으니, 슬프도다! 한자가 일컬은바 사람이 주는 재앙이 없으면 하늘이 내리는 형벌이 있다는 것[329]이 지나친 말이 아니니, 사필(史筆)을 잡은 이는 조심하지 않을 수 있겠는가.

오원(五原)[330]의 내용은, 식견은 바르고 말은 순수하며 뜻은 깊고 변설(辯說)은 굉박(宏博)하니 맹씨(孟氏 맹자)와 동류(同類)일 것이

---

328 필삭(筆削)이란……것이니 : 자유와 자하는 공자의 제자 중 문학에 뛰어났던 이들인데, 이들조차도 공자가 《춘추》를 저술할 때 공자를 도와 말을 보태거나 빼지 못했다는 말이다. 《사기(史記)》 권47 〈공자세가(孔子世家)〉에 "《춘추》를 지음에 있어서는 기록할 것은 기록하고 산삭할 것은 산삭하여 자하의 무리는 한마디 말도 도울 수 없었다.〔至於爲春秋, 筆則筆削則削, 子夏之徒不能贊一辭.〕"라고 하였고, 위(魏)나라 조식(曹植)의 〈양덕조에게 보낸 편지〔與楊德祖書〕〉에도 "《춘추》를 지음에 있어서는 자유와 자하의 무리조차 한마디 말을 더 쓰지 못했다.〔至於制春秋, 游夏之徒, 乃不能措一辭.〕"라고 하였다.

329 한자가……것 : 〈유 수재에게 답하여 역사를 논한 편지〉에서 한유는 공자·사마천·좌구명(左丘明)·반고(班固) 등 역사서를 저술한 이들이 화를 당한 사례를 열거하며 "무릇 역사서를 지은 자들은 사람이 주는 재앙이 없었으면 하늘이 내리는 형벌이 있었으니, 어찌 두려워하지 않고 경솔히 지을 수 있겠는가.〔夫爲史者, 不有人禍, 則有天刑, 豈可不畏懼而輕爲之哉?〕"라고 하였다.

330 오원(五原) : 한유의 〈원도(原道)〉·〈원성(原性)〉·〈원훼(原毁)〉·〈원인(原人)〉·〈원귀(原鬼)〉를 가리킨다.

다. 순자(荀子)와 양웅(揚雄), 동중서(董仲舒)와 왕통(王通)은 옷깃을 여미고 조회해야 한다.[331]

"널리 사랑하는 것을 인(仁)이라 한다."라는 말을 두고 선유(先儒)가 두서가 없는 학문이라고 하였다.[332] 그러나 주자(周子 주돈이(周敦頤))도 일찍이 "사랑의 측면에서 말하면 인이라 한다."[333]라고 하였으니, 말을 가지고 뜻을 해치지 않는 것이 옳다. 아래에는 "이것을 가지고 남을 위하면 사랑하여 공정하고, 이것을 가지고 자기 마음을 삼으면 조화로워서 평안하다."[334]라고 하였으니 이미 '마음의 덕'에 포괄됨

---

331 옷깃을……한다 : 한 수 위로 인정하고 경의를 표한다는 말이다. 역이기(酈食其)가 한 고조(漢高祖)에게 초(楚)나라의 힘을 약화시킬 계책으로 육국(六國)의 후예를 찾아내어 나라를 세워줄 것을 건의하며 "덕과 의가 행해지고 난 뒤에 폐하가 남쪽으로 가 패자(霸者)를 칭하면 초나라가 반드시 옷깃을 여미고 조회할 것입니다.〔德義已行, 陛下南鄕稱霸, 楚必斂衽而朝.〕"라고 한 데에서 유래한 표현이다. 《史記 卷55 留侯世家》

332 널리……하였다 : 한유의 〈원도〉 첫머리에 "널리 사랑하는 것을 인(仁)이라 하고 이를 행하여 마땅하게 함을 의(義)라고 한다.〔博愛之謂仁, 行而宜之之謂義.〕"라고 하였다. 주희(朱熹)는 〈원도〉에서 《대학》의 내용을 거론하면서 그 출발점인 격물치지(格物致知)에 대해 언급하지 않은 것을 두고 '두서가 없는 학문〔無頭學問〕'이라고 비판한 바 있다. 《朱子語類 卷137 戰國漢唐諸子》

333 사랑의……한다 : 《주원공집(周元公集)》 권1 〈통서(通書)〉에 "덕이란, 사랑의 측면에서 말하면 인(仁)이라 하고, 마땅함의 측면에서 말하면 의(義)라 하고, 조리의 측면에서 말하면 예(禮)라 하고, 통함의 측면에서 말하면 지(智)라 하고, 지킴의 측면에서 말하면 신(信)이라 한다.〔德, 愛曰仁, 宜曰義, 理曰禮, 通曰智, 守曰信.〕"라는 말이 보인다.

334 이것을……평안하다 : 한유의 〈원도〉에 선왕(先王)의 가르침인 인(仁)을 두고 "이것을 가지고 자신을 위하면 순하여 상서롭고, 이것을 가지고 남을 위하면 사랑하여 공정하며, 이것을 가지고 자기 마음을 삼으면 조화로워서 평안하고, 이것을 가지고

이 확실하다.³³⁵ 《대학》의 '밝은 덕을 밝힘〔明明德〕'에서 정심성의(正心誠意)까지를 인용하여 성인이 서로 전하는 대법(大法)과 요도(要道)를 보이고³³⁶ "맹가(孟軻 맹자)가 죽자 그 전수를 얻지 못하였다."라고 끝맺은 것³³⁷에 이르러서는, 한유에게 맹자가 삼성(三聖)을 이은

천하와 국가를 다스리면 어느 곳에도 마땅하지 않음이 없다.〔以之爲己, 則順而祥, 以之爲人, 則愛而公, 以之爲心, 則和而平, 以之爲天下國家, 無所處而不當.〕라고 하였다.

335 이미……확실하다 : '마음의 덕'이란 주희(朱熹)가 내린 인(仁)에 대한 정의이다. 《맹자》〈고자 상(告子上)〉에 "인은 사람의 마음이다.〔仁, 人心也.〕"라고 하였는데, 주희가 주석에서 "인은 마음의 덕이니, 정자(程子)의 '마음이 곡식의 종자라면 인은 싹트는 성질이다.'라는 말이 이러한 뜻이다.〔仁者, 心之德, 程子所謂心如穀種, 仁則其生之性, 是也.〕"라고 하였다. 《孟子集註 告子上》

336 대학의……보이고 : 한유의 〈원도〉에 "전(傳)에 '옛날 천하에 밝은 덕을 밝히고자 하는 자는 먼저 그 나라를 다스리고 그 나라를 다스리고자 하는 자는 먼저 그 집안을 가지런히 하며, 그 집안을 가지런히 하고자 하는 자는 먼저 그 몸을 닦고 그 몸을 다스리고자 하는 자는 먼저 그 마음을 바루며, 그 마음을 바루고자 하는 자는 먼저 그 뜻을 성실히 한다.'라고 하였다. 그렇다면 옛날에 이른바 마음을 바루고 뜻을 성실히 한다는 것은 장차 위하는 바가 있었기 때문이었는데, 지금 저들은 그 마음을 다스리고자 하면서 천하와 국가를 도외시하고 천륜(天倫)을 없애 아들이면서 그 아비를 아비로 여기지 않고 신하면서 그 군주를 군주로 여기지 않으며 백성이면서 그 일을 일삼지 않는다.〔傳曰 : "古之欲明明德於天下者, 先治其國, 欲治其國者, 先齊其家, 欲齊其家者, 先修其身, 欲修其身者, 先正其心, 欲正其心者, 先誠其意." 然則古之所謂正心而誠意者, 將以有爲也, 今也, 欲治其心而外天下國家, 滅其天常, 子焉而不父其父, 臣焉而不君其君, 民焉而不事其事.〕"라고 하였다.

337 맹가(孟軻)가……것 : 한유는 〈원도〉의 마지막 문단에서 유가(儒家) 도통(道統)의 전수에 대해, "요 임금은 이것을 순 임금에게 전하시고 순 임금은 이것을 우 임금에게 전하셨으며, 우 임금은 이를 탕 임금에게 전하시고 탕 임금은 이것을 문왕·무왕·주공에게 전하셨으며, 문왕·무왕·주공은 공자에게 전하시고 공자는 맹가에게 전하셨는데, 맹가가 죽자 그 전수를 얻지 못하였다.〔堯以是傳之舜, 舜以是傳之禹, 禹以

뜻[338]이 있었을 것이다.

성(性)의 항목을 말하여 "인(仁)·예(禮)·신(信)·의(義)·지(智)
이다."라고 하였으니,[339] 맹씨보다 뒤에 성에 대해 말한 이들은 여기에
미친 사람이 없었다. 대체로 성이란 볼 수가 없어서 사람이 이름을
붙일 수가 없기 때문에 선악(善惡)에 대한 논쟁[340]이 생긴다. 지금 그
실질을 기록하고 그 덕목에 이름을 붙임에 나누어서 말하면 인·예·
신·의·지이고 합쳐서 말하면 성이라고 한다는 것이다. 이는 하늘에
있는 원(元)·형(亨)·이(利)·정(貞)을 합쳐서 말하면 도(道)라고

是傳之湯, 湯以是傳之文武周公, 文武周公傳之孔子, 孔子傳之孟軻, 軻之死, 不得其傳
焉.〕"라고 하였다.

338 맹자가……뜻 : 삼성(三聖)은 우 임금·주공(周公)·공자를 가리킨다. 맹자가
삼성을 이은 뜻이란 이단(異端)의 학설을 물리쳐 인심(人心)을 바로잡으려는 뜻을 말
한다. 《맹자》〈등문공 하(滕文公下)〉에 "내가 또한 인심을 바로잡아 부정한 학설을
종식시키며, 편벽된 행실을 막으며, 음탕한 말을 추방하여 삼성을 이으려고 하는 것이
니, 어찌 변론을 좋아하겠는가? 내 부득이해서이다. 능히 양자와 묵자를 막을 것을
말하는 자는 성인의 무리이다.〔我亦欲正人心, 息邪說, 距詖行, 放淫辭, 以承三聖者,
豈好辯哉? 予不得已也. 能言距楊墨者, 聖人之徒也.〕"라고 하였다.

339 성(性)의……하였으니 : 한유의 〈원성(原性)〉에 "성에는 상·중·하 세 등급이
있으니, 상등인 자는 선할 뿐이고 중등인 자는 이끌어서 오르내릴 수 있으며 하등인
자는 악할 뿐이다. 성이 되는 것이 다섯 가지이니, 인·예·신·의·지이다.〔性之品,
有上中下三, 上焉者, 善焉而已矣, 中焉者, 可導而上下也, 下焉者, 惡焉而已矣. 其所以
爲性者五, 曰仁, 曰禮, 曰信, 曰義, 曰智.〕"라고 하였다.

340 선악(善惡)에 대한 논쟁 : 사람의 성(性)의 속성에 대해 맹자는 본래 선하다는
성선설(性善說)을, 순자는 본래 악하다는 성악설(性惡說)을, 고자(告子)는 선함도 없
고 악함도 없다는 성무선악설(性無善惡說)을, 양웅은 선과 악이 혼재되어 있다는 선악
혼재설(善惡混在說)을, 한유는 세 품급(品級)에 따라 선함과 악함이 나뉜다는 성삼품
설(性三品說)을 주장한 것을 말한다.

말하는 것과 같다. 인·예·신·의·지가 선하지 않음이 없으면 어찌 성에 선하지 않음이 있겠는가. 사람이 인·예·신·의·지가 모두 선하다는 것을 알면 성이 순수하게 선하다는 것을 아는 것이니, 그렇기 때문에 이름이란 그 실질을 드러내는 것이고 그 이름을 들면 그 실질을 알 수 있는 것이다. 저 순자의 성악설(性惡說)과 양웅의 선악혼재설(善惡混在說)은 무엇하러 허다하게 변론을 하였는가. 삼품설(三品說)로 어지럽힌 것은 아쉬우니, 이 때문에 장재(張載)와 정이(程頤)·정호(程顥)의 명백하고도 완비된 말만 못한 것이다.

"제(帝)와 왕(王)이 명칭은 각기 다르지만 성인(聖人)이기는 마찬가지이다."[341]라는 한마디가 노자(老子)의 오천언(五千言)[342]보다 낫다.

"하나로 보아 똑같이 사랑하고 가까운 것을 돈독히 대하면서도 먼 것을 일으켜 준다."[343]라는 한마디는 양주(楊朱)와 묵적(墨翟)을 동시

---

341 제(帝)와……마찬가지이다 : 한유의 〈원도〉에 "제와 왕이 그 명칭은 각기 다르지만 성인이 되기는 마찬가지이고, 여름에 갈옷을 입고 겨울에 갖옷을 입으며 목마르면 물을 마시고 배고프면 음식을 먹는 것이 그 일은 다르지만 지혜가 되기는 마찬가지이다.〔帝之與王, 其號各殊, 其所以爲聖, 一也, 夏葛而冬裘, 渴飮而飢食, 其事雖殊, 其所以爲智, 一也.〕"라고 하였다. 도가(道家)에서 국가와 군주제를 부정하는 것을 반박하기 위해 군주제는 시대의 필요에 따라 알맞게 변모해왔음을 말한 것이다.

342 노자(老子)의 오천언(五千言) :《도덕경(道德經)》을 가리킨다.《도덕경》의 전체 자수(字數)가 약 5천 자인 데에서 유래한 별칭이다.

343 하나로……준다 : 한유의 〈원인(原人)〉에 "사람은 오랑캐와 금수의 주인이니, 주인이 되어 포악하게 대하면 주인 된 도리를 못 하는 것이다. 이 때문에 성인은 오랑캐와 금수를 하나로 보아 똑같이 사랑하고 가까운 것을 돈독히 대하면서도 먼 것을 일으켜 준다.〔人者, 夷狄禽獸之主也, 主而暴之, 不得其爲主之道矣. 是故聖人, 一視而同仁, 篤近而擧遠.〕"라고 하였다.

에 막을 수 있을 것이다.

〈대우문(對禹問)〉에 "요 임금과 순 임금이 어진 이에게 왕위를 물려준 것은 천하가 제자리를 얻길 바라서였고, 우 임금이 아들에게 왕위를 물려준 것은 왕위를 다투는 혼란을 걱정해서였다."[344]라고 하여, 이 말로 맹자와 변론하였다.[345] 그러나 우 임금은 아들에게 왕위를 물려준 적이 없다. 하늘에 익(益)을 추천한 것은 요 임금이 순 임금에게, 순 임금이 요 임금에게 왕위를 물려준 것과 같아서, 장차 천하를 주려고 한 것이다. 우 임금이 죽자 천하 사람들이 익에게 몰리지 않고 계(啓)에게 몰리니, 이것은 하늘이 계에게 준 것이고 우 임금이 아들에게 준 것이 아니다. 맹자가 말한바 하늘이 아들에게 주게 하면 아들에

---

344 요……걱정해서였다 : 한유의 〈대우문(對禹問)〉에 보이는 말이다. 〈대우문〉은 혹자가 요 임금과 순 임금은 현신(賢臣)에게 왕위를 물려주었고 우 임금은 아들인 계(啓)에게 왕위를 물려주었으니 우 임금이 요 임금·순 임금보다 어질지 못한 것이냐고 질문한 데 대해 답한 글이다. 한유는 이 작품에서 우 임금이 도가 점점 무너져가는 상황에서 자식에게 왕위를 물려주어 선왕의 법을 근근하게라도 지켜나가는 것이 왕위가 성인(聖人)에게 전해지지 못하여 왕위를 둘러싼 분쟁이 일어나는 것보다 낫다고 생각했으리라고 변호하고 있다.

345 이……변론하였다 : 맹자는 우 임금의 왕위가 어진 신하인 익(益)이 아닌 아들인 계에게 계승된 것에 대해 "하늘이 현인에게 주게 하면 현인에게 주고, 하늘이 아들에게 주게 하면 아들에게 주는 것이다.〔天與賢則與賢, 天與子則與子.〕"라며, 익이 우 임금을 보좌한 기간이 짧고 계가 어질었던 것은 하늘이 정한 것으로 사람이 개입할 여지 없이 저절로 그렇게 된 것이라고 하였다. 《孟子 萬章上》〈대우문〉 말미에서 혹자가 맹자의 이 말에 대해 묻자, 한유는 "맹자는 마음속으로 성인은 그 아들을 구차하게 편애하여 천하를 해치지 않는다고 생각하여 그에 대해 설명하려 하였으나 할 수가 없어서 변명한 것이다.〔孟子之心, 以爲聖人不苟私於其子, 以害天下, 求其說而不得, 從而爲之辭.〕"라고 대답하였다.

게 준다는 것은 그렇게 하지 않아도 그렇게 되어서 사람이 어찌할 수 있는 것이 아니라는 말이니, 어찌 설명하려고 하였으나 할 수가 없었다고 할 수 있겠는가.

〈원귀(原鬼)〉에 "귀(鬼)는 소리와 형체가 없으니, 어찌 기(氣)가 있겠는가."[346]라고 하였다. 무릇 귀신(鬼神)이란 음양(陰陽)의 굴신(屈伸)이니, 형체와 소리가 없다고 할 수는 있지만 기까지 없다고는 할 수 없다. 그저 모이고 흩어짐의 차이가 있을 뿐이다.

〈수계(守戒)〉에 "천하의 화(禍)는 할 가치가 없다고 여기는 것보다 큰 것이 없다."[347]라고 하였으니, 뜻이 깊은 말이다. 무릇 군대는 경솔함 때문에 패배하고 나라는 타성 때문에 엎어지며, 병은 조심하지 않는 데에서 생기고 우환은 근심하지 않는 데에서 생기는 법이다. 《주역》에 "문을 두 겹으로 설치하고 목탁을 쳐 포악한 나그네에 대비하니, 이는 예괘(豫卦)에서 취한 것이다."[348] 하였으니, 문을 두 겹으로 설치한 데

---

346 귀(鬼)는……있겠는가 : 한유의 〈원귀〉에 "내 몸을 건드리는 것이 있기에 잡아보았으나 아무것도 없었다. 이것이 귀신인가? 아니다. 귀신은 소리와 형체가 없으니, 어찌 기가 있겠는가.〔有觸吾躬, 從而執之, 無得也. 斯鬼乎? 曰 : "非也." 鬼無聲與形, 安有氣?〕"라고 하였다.

347 천하의……없다 : 한유의 〈수계(守戒)〉에 "시골 사람과 비루한 사내도 자신을 지켜내는데 왕공(王公)과 대인(大人)이 자신을 지켜내지 못하니, 어찌 재력에 부족함이 있어서이겠는가. 대체로 할 가치가 없다고 여겨 하지 않는 것일 뿐이다. 천하의 화는 할 가치가 없다고 여기는 것보다 큰 것이 없으니, 재력이 부족한 것은 그다음이다.〔野人鄙夫能之而王公大人反不能焉, 豈材力爲有不足歟? 蓋以謂不足爲而不爲耳. 天下之禍, 莫大於不足爲, 材力不足者, 次之.〕"라고 하였다.

348 문을……것이다 : 《주역》 〈계사전 하(繫辭傳下)〉에 보이는 말이다. 예괘(豫卦)는 매사에 미리 대비하여 평안함과 화락함을 얻게 됨을 의미하는 괘(卦)이다.

다 목탁도 치는 것은 미리 지극하게 대비한 것이다.

〈석언(釋言)〉의 글은 기이하고 거리낌 없이 넓으며 억양이 다하지 않으니, 아마도 맹자의 웅변과 같을 것이다. 그중에 "저잣거리에 범이 나타났다고 믿는 것은 듣는 이가 용렬해서이고, 증삼(曾參)이 살인을 했다고 믿는 것은 사랑 때문에 판단력이 흐려졌기 때문이며, 〈항백(巷伯)〉에서 상심한 것은 난세를 만났기 때문이다.〔市有虎 聽者庸也 曾參殺人 以愛惑聽也 巷伯之傷 亂世是逢也〕"349라고 한 것은 절로 운어(韻語)를 이루니, 《주역》〈상(象)〉의 법도 얻었다.350

사언시(四言詩)는 문장의 원조(元祖)이니, 《시경》 300편 이후로 오직 한자만이 그 종지(宗旨)를 얻었다. 〈원화성덕시(元和成德詩)〉는 풍부하고 문채가 나니 〈삼도부(三都賦)〉와 동류일 것이고,351 〈평회서

349 저잣거리에……때문이다 : 한유의 〈석언(釋言)〉에 보이는 말이다. 저잣거리에 범이 나타났다고 믿는 것은 전국시대 위(魏)나라의 방총(龐蔥)이 위 혜왕(魏惠王)에게 참소를 경계시키기 위해 든 삼인성호(三人成虎)의 비유를 가리킨다. 이는 뻔한 거짓말도 여러 사람이 이야기하면 믿을 수밖에 없게 된다는 의미이다. 《戰國策 魏策2》 증삼(曾參)이 살인을 했다고 믿는 것은, 공자의 제자 증삼이 비(費) 지방에 있을 때 동명이인이 살인을 한 것을 증삼의 어머니가 전해 듣자 처음에는 믿지 않다가 세 번 반복하여 듣자 베를 짜던 북을 집어던지고 담을 넘어 도망간 고사를 가리킨다. 《戰國策 秦策2》 〈항백(巷伯)〉에서 상심한 것은 《시경》〈소아 항백〉에 참소하는 이들이 남의 조그만 허물을 과장하여 큰 죄를 날조해대는 것을 상심하며 "교만한 이는 즐겁고 즐겁거늘 수고로운 이는 근심하고 근심하도다. 하늘이여 하늘이여, 저 교만한 이를 살피시어 이 수고로운 이를 불쌍히 여기소서.〔驕人好好, 勞人草草. 蒼天蒼天, 視彼驕人, 矜此勞人.〕"라고 한 것을 가리킨다.

350 절로……얻었다 : 이 구절의 '용(庸)'자와 '총(聽)'자와 '봉(逢)'자는 모두 평성 '봉(逢)'운이다. 《주역》〈상(象)〉의 법은 347쪽 주271 참조.

351 원화성덕시(元和成德詩)는……것이고 : 〈원화성덕시〉는 333쪽 주241 참조. 〈삼

비(平淮西碑)〉는 아름답고도 웅장하니 〈역산비문(嶧山碑文)〉과 〈봉선송(封禪頌)〉의 장점을 겸비하였을 것이고,[352] 〈유주 나지묘의 비문〉의 사(辭)는 기이하고도 깊으니 초인(楚人 굴원)의 음악일 것이다.[353] 〈운주계당시(鄆州谿堂詩)〉[354]는 화려하면서도 법도가 있고 간결하면서도 의미심장하니, 절도에 맞는 대아(大雅)의 유음(遺音)이다. 〈금조(琴操)〉[355]로 말하자면 온화하기는 〈국풍(國風)〉과 같고 그윽하기는

도부(三都賦)〉는 진(晉)나라 좌사(左思)가 지은 부(賦)로, 촉(蜀)·오(吳)·위(魏)의 수도인 성도(成都)·건업(建業)·업(鄴)의 모습과 풍물을 노래하였다. 당시 문단의 영수였던 장화(張華)로부터 극찬을 받은 뒤로 귀족과 부자들이 앞다투어 베끼는 바람에 '낙양의 종잇값이 비싸졌다.〔洛陽紙價貴〕'라는 말이 생길 정도였다.

352 평회서비(平淮西碑)는……것이고 : 〈평회서비〉는 회채(淮蔡) 지방의 평정을 기념하여 지은 비문(碑文)이다. 한유는 작중에서 일부러 황제가 신하들에게 회채 지방의 정벌을 명하는 말을 《서경》의 문투로 씀으로써 이를 고대사의 한 장면처럼 고풍스럽고 웅장하게 연출하였다. 〈역산비문(嶧山碑文)〉은 진 시황(秦始皇)이 기원전 219년에 동쪽 지방을 순행(巡幸)할 때 역산(嶧山)에 올라 진(秦)나라의 공덕을 새긴 비문이다. 〈봉선송(封禪頌)〉은 사마상여(司馬相如)의 유작(遺作)으로, 한 무제(漢武帝)의 봉선(封禪)을 축하하며 올린 글이다. 〈봉선문(封禪文)〉, 〈봉선서(封禪書)〉로도 불린다.

353 유주……것이다 : 〈유주 나지묘의 비문〉은 유주 자사(柳州刺史)를 지낸 유종원(柳宗元)을 기린 사당의 비문이다. 당시 유주(柳州)는 오랑캐가 사는 변방으로 취급되었는데, 유종원이 편견 없이 선정을 베풀고 교화하여 유주의 백성들로부터 존경과 흠모를 받았다. 한유는 유종원의 부장(部將)들로부터 비문을 지어달라는 부탁을 받았는데, 유주가 남방 지역이라는 데 착안하여 초사풍(楚辭風)으로 비문을 지었다. 이 비문의 작품성에 대해서는 356쪽 주301 참조.

354 운주계당시(鄆州谿堂詩) : 회서 지방이 평정된 뒤 운조복 절도사(鄆曹濮節度使)로서 은위(恩威)를 겸용하여 백성들을 다스리고 교화한 마총(馬總)이 거처(居處)의 서북쪽에 지은 계당(谿堂)을 노래한 시이다. 한유는 서문(序文)에서 마총이 이 지역을 잘 다스려 황제로부터 포상을 받고 이를 기념하기 위해 계당을 지은 경위를 말하고, 시경풍(詩經風)의 시로 이를 노래하였다.

〈이소(離騷)〉와 같으며 목목하기는 〈송(頌)〉과 같아 아름답고도 지극하여 유감이 없으니, 여기에 그침을 볼 뿐이다.

〈석정연구(石鼎聯句)〉를 해설하는 이들이 한공이 모두 지은 것으로 세 사람을 가탁한 우언(寓言)이라고 하는 것[356]은 틀렸다. 헌원(軒轅)은 '한(韓)'자이고 '미(彌)'는 '유(愈)'자를 풀이한 것이며 '유'자 안에 '명(明)'자가 들어 있으니, 헌원미명(軒轅彌明)이란 곧 공의 성명이다.[357] 지금 그 시를 보면 미명의 작품은 한공의 필력이 아니고서는

---

355 금조(琴操) : 한유가 중국 고대의 성왕(聖王)과 현인(賢人)들이 거문고를 타면서 노래했다는 곡조를 재창작한 고시이다. 〈장귀조(將歸操)〉·〈의란조(猗蘭操)〉·〈귀산조(龜山操)〉·〈월상조(越裳操)〉·〈구유조(拘幽操)〉·〈기산조(岐山操)〉·〈이상조(履霜操)〉·〈치조비조(雉朝飛操)〉·〈별곡조(別鵠操)〉·〈잔형조(殘形操)〉의 10수이다.

356 석정연구(石鼎聯句)를……것 : 〈석정연구〉는 당 헌종(唐憲宗) 연간에 형산(衡山)의 도사(道士) 헌원미명(軒轅彌明), 진사(進士) 유사복(劉師服), 교서랑(校書郎) 후희(侯喜) 세 사람이 유사복의 집에 모여서 화로 가운데 있는 석정(石鼎)을 두고 지은 연구(聯句)이다. 《창려집(昌黎集)》 권21에 〈석정연구〉와 한유가 지은 이 연구의 서문인 〈석정연구시서(石鼎聯句詩序)〉가 실려 있다. 오안중(吳安中)은 이 작품에 대해 "〈석정연구〉 시는 모두 한유가 지은 것이니, 〈모영전〉처럼 글로써 골계를 한 것일 뿐이다. 이른바 미명은 곧 한유이고 후희와 유사복은 모두 그의 제자이기 때문에 말한 것이다.' 하였다.〔石鼎聯句, 皆退之作, 如毛穎傳以文滑稽耳. 所謂彌明卽愈, 侯喜師服皆其弟子故云.〕"라고 하였는데, 이를 통해 당시에 〈석정연구〉 시 본편은 모두 한유의 작품이며 자신을 빗댄 헌원미명과 제자 후희·유사복의 시회(詩會)를 가탁한 작품으로 보는 시각이 있었음을 알 수 있다. 《五百家注昌黎文集 卷21 石鼎聯句詩序》

357 헌원(軒轅)은……성명이다 : '헌원(軒轅)'을 반절음(反切音)으로 볼 때 한유의 성인 '한(韓)'과 유사하고 '미(彌)'자에도 한유의 이름인 '유(愈)'자처럼 '더욱'의 뜻이 있기 때문이다. '유'자 안에 '명(明)'이 들어 있다고 한 것은 '유(愈)'자에 들어간 '월(刖)'자가 '명'자와 비슷하게 생겼기 때문으로 보인다.

지을 수가 없고, 남은 두 사람의 작품은 기운이 약하고 뜻이 얕으니 결코 공의 입에서 나온 것이 아니다. 대체로 공과 유사복(劉師服)·후희(侯喜) 두 사람이 함께 석정(石鼎)에 대해 시를 읊으면서 성명을 감춘 채 도사라 칭탁하여 지은 것이니 장난일 뿐이요, 이른바 영웅이 남을 속인다는 것[358]이다. 후희(侯喜)는 곧 공이 문장과 행실을 추천하고 칭찬한 적이 있는 사람인데 지금 여기에서는 오히려 이처럼 놀리니,[359] 장문창(張文昌 장적(張籍))이 말한바 실질이 없고 잡박하다는 나무람[360]이 이러한 따위를 가리키는 것인가?

358 영웅이……것 : 《이정유서(二程遺書)》권24 〈추덕구본(鄒德久本)〉에 보이는 말로, 촉한(蜀漢)의 승상(丞相) 제갈량(諸葛亮)이 오장원(五丈原)에 군영(軍營)을 설치할 때 거짓말로 군사들을 안심시킨 것을 두고 "영웅은 사람을 속이니, 다 믿을 수 없다.〔英雄欺人, 不可盡信.〕"라고 하였다. 또 이반룡(李攀龍)의 《고금시산(古今詩刪)》권10 〈선당시서(選唐詩序)〉에 "칠언고시(七言古詩)는 오직 두자미(杜子美)만이 초당(初唐)의 기격(氣格)을 잃지 않아 자유자재로 구사했고, 이태백은 자유자재로 쓰면서 종종 힘껏 당긴 쇠뇌 끝에 간간이 긴 말을 섞었으니, 영웅이 세상을 속인 것일 따름이다.〔七言古詩, 唯杜子美, 不失初唐氣格, 而縱橫有之, 太白縱橫, 往往彊弩之末, 間雜長語, 英雄欺人耳.〕"라고 하였다.

359 후희(侯喜)는……놀리니 : 한유는 〈여주의 노 낭중에게 보내 후희를 천거할 것을 논한 장(狀)〔與汝州盧郎中論薦侯喜狀〕〉에서 "진사 후희, 이상의 사람은 글을 지음이 매우 예스럽고 뜻을 세움이 매우 견고하며 행동거지와 취사(取捨)에 사군자(士君子)의 절조가 있습니다.〔進士侯喜, 右其人, 爲文甚古, 立志甚堅, 行止取捨, 有士君子之操.〕"라고 후희를 칭찬하였는데, 〈석정연구〉에서는 후희가 유사복과 함께 글 솜씨를 뽐내며 헌원미명을 무시하다가 도리어 헌원미명의 글솜씨에 크게 망신을 당한다.

360 장문창(張文昌)이……나무람 : 한유의 〈장적에게 답한 편지〔答張籍書〕〉에 "그대가 또 내가 사람들과 실질이 없고 잡박한 이야기를 한다고 나무랐는데, 이는 단지 내가 장난삼아 한 것일 뿐이오. 그러니 주색을 탐하는 것에 비하면 차이가 있지 않겠소. 그대가 나를 나무라는 것은 마치 함께 목욕하면서 벌거벗었다고 나무라는 것과 같소.

나는 맹동야(孟東野)의 묘지명[361]을 읽고 고인들의 교제하던 도리의 중함과 당나라 사대부들의 돈독한 정의(情誼)를 알았다. 동야는 일개 궁핍한 유자일 뿐으로 죽어서 아들이 없고 두 아우는 모두 강남에 있었는데, 한자가 달려가 자리를 만들고 곡하고서 장적을 불러 마치 친척들처럼 모여서 곡하였다. 흥원 부윤(興元府尹)이 부의(賻儀)로 폐백을 보내오고 맹씨 집안의 일을 상의하게 하였고, 번종사(樊宗師)는 장례 기한을 알려주며 묘지명을 구하였다. 관과 염습, 장례와 제사가 모두 벗들의 손으로 이루어지고 게다가 사시(私諡)까지 지어주었으며 또 그 집안을 돌봐주는 사람까지 있었으니, 아! 돈독하구나. 두자미(杜子美 두보)는 일찍이 시를 지어 개원(開元) 연간의 성대함을 일컬으며 "궁중의 성인은 운문곡(雲門曲)을 연주하시고, 천하의 벗들은 모두 친밀하였네.〔宮中聖人奏雲門 天下朋友皆膠漆〕"[362]라고 하였으니, 치적(治績)의 성대함을 말하면서 유독 우도(友道)의 돈독함을 든 것은 어째서인가? 대체로 벗이란 오륜(五倫)에 있어 천륜(天倫)에 속하지 않으니, 가장 소원하고 가볍다. 사람이 소원하고도 가벼운 것에 돈독할 수 있다면, 중하고 친밀한 것에 대해서는 어떠할지를 알 수 있다. 맹자가 "의롭고도 그 임금을 나중으로 여기는 자는 있지 않다."[363]라고 하였

〔吾子又譏吾與人人爲無實駁雜之說, 此吾所以爲戱耳. 比之酒色, 不有間乎? 吾子譏之, 似同浴而譏裸裎也.〕"라고 한 것이 보인다.

361 맹동야(孟東野)의 묘지명 : 한유의 〈정요선생의 묘지명〔貞曜先生墓誌銘〕〉을 가리킨다. 355쪽 주299 참조.

362 궁중의……친밀하였네 :《두공부집(杜工部集)》권4 〈억석(憶昔) 2수〉중 제2수에 보인다.

363 의롭고도……않다 :《맹자》〈양혜왕 상(梁惠王上)〉에 "어질고서 그 어버이를 버

으니, 어찌 벗에게 돈독하면서 그 임금에게 충성스럽지 않은 자가 있겠는가. 한유·장적과 제공(諸公)들은 군자다운 사람이라고 할 수 있고 사람들에게 그 기풍을 듣게 한다면 아마도 박한 풍속을 돈독하게 하고 예교를 일으킬 수 있을 것이다. 아! 우도를 살펴보면 통치와 교화의 성쇠를 알 수 있으니, 두자(杜子 두보) 같은 이는 나라를 통치하는 근본을 알았다고 할 수 있다.

리는 자는 있지 않고, 의롭고서 그 임금을 나중으로 여기는 자는 있지 않습니다.〔未有仁而遺其親者也, 未有義而後其君者也.〕"라고 하였다.

잡지[364]

雜識

《춘추좌씨전(春秋左氏傳)》의 '주 양왕(周襄王)이 진 문공(晉文公)이 수도(隧道)의 제도를 청한 것을 허락하지 않다' 장(章)에서 처음에는 선왕(先王)이 규제(規制)를 제정하고 등위(等威)를 밝혔음을 이야기하고 그다음으로는 천자의 복식·기물의 채색과 무늬는 분수를 넘어 침범해서는 안 됨을 말하였으며, 그다음으로는 진나라의 공을 갚아주어야 하되 또한 감히 사사롭게 할 수 없음을 말하였고 그다음으로는 예를 범하는 것은 분수를 범하는 것임을 말하여 참람한 뜻을 꺾었다. 한 번 전환될 때마다 말이 더욱 엄해지고 뜻이 더욱 발라지더니, 마침내 직접적으로 허락할 수 없다는 뜻을 말하였다.[365] 거듭 말한 한 구

---

364 잡지 : 《예기(禮記)》와 한유의 시문(詩文) 외의 다양한 서적을 읽고서 적은 차기(箚記)를 모은 것이다. 《시경》·《서경》 같은 경서(經書)에서부터 《사기(史記)》·《춘추좌씨전(春秋左氏傳)》·《국어(國語)》·《동사강목(東史綱目)》 같은 사서(史書)에 이르기까지 다양한 서적을 인용하며 자신의 비평과 의견을 덧붙이고 있는바, 이계의 독서 범위를 살필 수 있으며 부분적이지만 그의 사평(史評)과 문학관 등을 엿볼 수 있다. 총 30칙이다.

365 춘추좌씨전(春秋左氏傳)의⋯⋯말하였다 : 《국어》〈주어 중(周語中)〉에 보이므로 출전을 《춘추좌씨전》이라고 한 것은 오류로 보인다. 단, 《국어》를 《춘추외전(春秋外傳)》이라고도 하므로 《춘추좌씨전》이라고 했을 가능성도 있다. 수도(隧道)는 장례 때 관곽을 묘혈(墓穴)에 집어넣는 경사진 통로인데, 고대에 천자만이 쓸 수 있는 묘제(墓制)였다. 진 문공(晉文公)이 적인(翟人)을 몰아내고 정(鄭)나라에 망명해 있던 주 양왕(周襄王)을 복위시킨 후 이를 청하였으나 주 양왕은 수도는 천자의 상징이라며 허락하지 않았고, 대신 포상으로 땅을 내렸다.

(句)가 부월(鈇鉞)보다도 엄하다.

'양왕(襄王)이 진(晉)나라가 위후(衛侯)를 죽이는 것을 막다' 장에서 먼저 순리대로 정령(政令)을 행하면 아랫사람들이 감히 어기지 못함을 말했으니 천자로부터 나옴을 말한 것일 뿐이 아니고, 그다음으로 군신의 분수가 확연하여 다툴 수 없음을 말하였으며, 마지막으로 한번 더 도리를 거스름을 말하였으니,[366] 한 구절 한 구절 거듭할수록 의미가 더욱 깊어진다.

'정왕(定王)이 왕손(王孫) 만(滿)을 보내 초자(楚子)를 맞이하게 하다' 장에서 먼저 천명(天命)은 덕이 있는 이에게 내려지므로 힘으로 취할 수 없음을 말하고 그다음으로 덕을 잃으면 천명이 실추됨을 말하여 천명은 덕에 있는 것이지 구정(九鼎)에 달린 것이 아니라는 증거를 거듭 말하였고, 끝으로 주나라가 받은 천명이 아직 바뀌지 않았다는 뜻을 말하여 넘보는 마음을 꺾었다.[367]

---

366 양왕(襄王)이……말하였으니 : 《국어》〈주어 중〉에 보인다. 위 성공(衛成公)이 초(楚)나라를 믿고 진(晉)나라를 섬기지 않고 또 그 아우인 숙무(叔武)를 죽이자 그 신하인 원훤(元咺)이 진나라에 재판을 요구하였는데, 위 성공이 패소하여 경사(京師)에 감금되고 그 대리인들은 처벌받았다. 이때 진 문공이 주 양왕에게 위 성공을 죽일 것을 청하자 주 양왕은, 정령(政令)이란 위에서 내리면 아래에서 행하는 것이 순리인데 지금 진 문공이 이 순리를 어기고 있고, 원훤의 말이 옳기는 하지만 군신 간의 송사를 들어주게 되면 장차 부자간에도 송사가 생길 것이니 이것은 도리를 거스르는 일이며, 신하를 위해 임금을 죽이는 것은 법을 제대로 집행하지 못한 것이니 한 번 더 도리를 거스르는 것이라며 거절하였다.

367 정왕(定王)이……꺾었다 : 기원전 606년에 초자(楚子)가 육혼(陸渾)의 오랑캐를 토벌하고 낙수(雒水)에 이르러 주나라에 무력시위를 하였는데, 주 정왕이 대부인 왕손(王孫) 만(滿)을 보내 초자를 위로하게 하였다. 초자가 만에게 중화(中華)의 상징인 솥 구정(九鼎)의 무게를 묻자, 만은 왕이 되는 것은 덕에 달린 것이지 구정의 소유

'정왕이 공삭(鞏朔)이 제(齊)나라에 승리하여 잡은 포로와 전리품을 바친 것을 사양하다' 장에서 먼저 포로와 전리품을 바치는 제도를 말하고 그다음으로는 제나라의 전리품을 바치는 것이 부당함을 말하였으며, 그다음으로는 바치지 않아야 할 것을 바치고 사람도 걸맞은 사람이 아님을 말하여 두 경우 모두 포로와 전리품을 받아서는 안 됨을 종합하여 말하고, 마지막으로 또 제나라를 토벌한 이유를 청하여 점차 천단(擅斷)하려는 것을 막았다.[368] 포로와 전리품을 친히 받지 않고 그 예도 낮추었으니,[369] 그 죄를 폄척(貶斥)한 것이다.

'경왕(景王)이 첨환백(詹桓伯)을 보내 진(晉)나라를 꾸짖다' 장에서 먼저 천자는 천하가 모두 자신의 땅이므로 천자에게는 외국(外國)이

여부와 관련 없는 것이어서 구정을 소유했던 하(夏)나라와 상(商)나라도 덕을 잃자 왕의 자리를 빼앗겼음을 말하였고, 주나라가 아직 덕을 잃지 않아 천명이 바뀌지 않았으므로 초나라가 왕위를 넘봐서는 안 됨을 말하였다. 《春秋左氏傳 宣公3年》

368 정왕이……막았다 : 기원전 589년에 진 문공이 노(魯)나라를 침공한 제나라를 물리치고 상군대부(上軍大夫) 공삭(鞏朔)을 주나라에 보내 제나라와의 전투에서 잡은 포로를 바치게 하였는데, 주 정왕은 직접 만나보지 않고 단양공(單襄公)을 보내 거절하게 하였다. 이때 단양공은 공삭에게 획득한 포로를 왕실에 바치는 것은 왕명을 봉행하지 않는 이적(夷狄)을 토벌한 경우뿐이며, 형제나 생구(甥舅) 관계의 나라를 토벌한 경우에는 포로를 바치지 않고 포로를 바칠 때에도 명경(命卿)이 오는 것이 원칙으로 상군대부인 공삭은 격에 맞지 않는 인물이라고 하였다. 또 제나라가 방종한 짓을 하여 토벌을 자초하긴 하였으나 잘 타이르는 방법도 있었을 텐데 왜 굳이 토벌을 행했냐며 진나라가 무력을 남용하는 것을 경계하였다. 《春秋左氏傳 成公2年》

369 포로와……낮추었으니 : 주 정왕은 포로를 친히 받지 않고 단양공을 보내 대신 거절하게 하였고, 포로를 바치러 온 공삭을 삼공(三公)으로 하여금 후백(侯伯)이 적을 이기고 왕에게 경하(慶賀)할 때의 예로 접대하고 예우하게 하되 그가 상군대부이므로 경(卿)을 접대하는 예보다 한 등급 낮추어 접대하였다. 《春秋左氏傳 成公2年》

없음을 말하여 경계를 다투는 그릇됨을 바로잡고 그다음으로는 번병(藩屛)의 의의를 말하여 융적(戎狄)을 끼고 주나라를 범한 죄를 밝혀 융적을 옮겨온 과실이 이미 오늘날의 사태를 조금씩 열기 시작하였음을 말하였으며, 또 오늘의 일은 실로 후직(后稷)에게 죄를 짓는 것임을 말하고 마지막으로 분의(分義)의 엄함과 분수를 넘은 죄를 말하여 한편으로는 꾸짖고 한편으로는 권면하였으니,[370] 숙향(叔向)이 죄를 끌어온 것과 한 선자(韓宣子)가 뜻을 바꾼 것[371]이 진나라가 패자(霸者)를 계승하게 할 수 있었던 까닭이다.

'경왕(敬王)이 성주(成周)에 성을 쌓아달라고 진(晉)나라에 알렸다' 장에서 처음에는 왕실의 어려움을 말하고 그다음으로는 진후(晉侯)의 공로를 말하여 선대 진후의 사업을 계승할 것을 권면한 뒤에 거듭하여

---

370 경왕(景王)이……권면하였으니 : 기원전 533년에 주나라 감(甘) 지방의 대부 양(襄)과 진나라 염가(閻嘉)가 염현(閻縣)의 전지(田地)를 두고 분쟁을 일으키자, 진나라의 양병(梁丙)과 조적(趙趣)이 음융(陰戎)을 이끌고 가 주나라의 영(潁) 지방을 공격하였다. 이에 주 경왕(周景王)이 첨환백(詹桓伯)을 사신으로 보내어, 천하 사방이 모두 천자의 영토이고 선왕들이 모제(母弟)를 봉한 것은 주 왕실을 돕고 지키게 하기 위함인데, 진나라는 제후국으로서의 임무를 방기하고 육혼(陸渾)의 오랑캐를 이천(伊川) 지방에 옮겨와 오랑캐들이 주나라의 경내에 살게 한 데다가 지금은 오랑캐를 데리고 주나라의 영토를 공격하기까지 한다고 꾸짖었다. 여기에서 후직에게 죄를 지었다고 한 것은 주나라의 시조 후직(后稷)이 조성한 농지를 오랑캐들의 목장으로 만들었기 때문이다. 《春秋左氏傳 昭公9年》

371 숙향(叔向)이……것 : 숙향은 진나라의 대부 양설힐(羊舌肸)이고 한 선자(韓宣子)는 진나라의 경(卿)인 한기(韓起)이다. 이때 첨환백의 꾸짖음을 들은 양설힐이 선군(先君)인 진 문공의 뜻을 이어 주나라 왕실을 잘 보좌할 것을 권하자, 한 선자는 기뻐하며 염현의 토지와 영 지방을 공격할 때 잡은 포로를 반환하였고 마침 주나라의 인척(姻戚)의 상사(喪事)가 있자 조성(趙成)을 보내 조문하게 하였다. 《春秋左氏傳 昭公9年》

선왕의 업적을 들어 권면하였다.[372]

한 고조(漢高祖)가 관중(關中)에 들어가서 고유(告諭)한 글[373]은 글자가 겨우 100여 자인데, 모두 다섯 번 전환된다. 처음에는 진(秦)나라 법의 가혹함을 이야기하여 원망 어린 백성들을 위로하고 그다음으로는 관중에서 왕이 될 것임을 말하여 백성들의 뜻을 안정시켰으며, 그다음으로는 약법(約法)으로 잔학함을 없애겠다고 말하여 백성들의 바람을 위로하고 그다음으로는 의병을 일으킨 뜻을 말하여 자기의 마음을 밝혔으며, 마지막으로 회군(回軍)한 까닭을 말하여 뭇사람들의 의심을 풀었다.

맹자(孟子)가 "백이(伯夷)는 성인 중의 맑은 분〔聖之淸者〕이고 유하혜(柳下惠)는 성인 중의 조화로운 분〔聖之和者〕이다."[374]라고 하였는

---

372 경왕(敬王)이……권면하였다 : 기원전 520년에 주 경왕(周景王)이 죽었을 때 왕자인 맹(猛) 즉 주 도왕(周悼王)이 도성으로 들어가 왕이 되자 왕자 조(朝)가 반란을 일으켰는데, 이 분란 끝에 주 도왕이 죽고 도왕의 동모제(同母弟)인 개(匄) 즉 주 경왕(周敬王)이 즉위하였다. 기원전 516년에 주 경왕은 도성에 조(朝)의 잔당이 많다고 하여 성주(成周)로 천도하였고, 기원전 510년에 성주가 협소하다 하여 진나라에 성을 쌓아줄 것을 요구하였다. 이때 주 경왕은 부신(富辛)과 석장(石張)을 사신으로 보내 왕자 조의 난으로 인한 왕실의 위기와 진나라가 주나라를 수호해온 공적을 말하고, 성왕(成王)이 성주에 성을 쌓고 문덕(文德)을 닦은 업적을 따르고자 하니 진나라가 성을 쌓아주길 바란다고 요청하였다. 《春秋左氏傳 昭公22年 · 26年 · 32年》

373 한 고조(漢高祖)가……글 : 《사기(史記)》 권8 〈고조본기(高祖本紀)〉에 보인다. 기원전 207년에 진(秦)나라의 수도였던 함양(咸陽)에 입성한 유방은 그 지방의 부로(父老)와 호걸들을 불러 모아놓고 자신이 관중(關中)의 왕이 되어 간략한 세 조항의 법 즉 약법삼장(約法三章)을 시행하겠다는 것과 자신이 패상(霸上)으로 회군한 까닭 등을 밝혔다.

374 백이(伯夷)는……분이다 : 《맹자》 〈만장 하(萬章下)〉에 "백이는 성인 가운데 맑

데, 왕세정(王世貞)은 "백이는 맑음이 성인의 경지에 이른 분[淸之聖者]이고 유하혜는 조화로움이 성인의 경지에 이른 분[和之聖者]이다."라고 하였다.[375] 그렇다면 공자는 시중(時中)이 성인의 경지에 이른 분[時之聖]이라고 일컬어야 하는가?

맹자는 제(齊)나라 왕이 겸금(兼金) 100금(金)을 주었는데 받지 않았고, 송(宋)나라에서는 70일(鎰)을 주었는데 받았으며, 설(薛)나라에서는 50일을 주었는데 받았다.[376] 주석에 "옛날에는 1일이 1금(金)이었으니 20근(斤)이다."라고 하였으니,[377] 이는 50일이 금 1,000근이고

은 분이고, 이윤은 성인 가운데 자임한 분이고, 유하혜는 성인 가운데 조화로운 분이고, 공자는 성인 가운데 시중(時中)을 한 분이다.[伯夷聖之淸者也, 伊尹聖之任者也, 柳下惠聖之和者也, 孔子聖之時者也.]"라고 하였다.

375 왕세정(王世貞)은……하였다 : 《엄주산인사부고(弇州山人四部稿)》 권139 〈차기내편 136조[箚記內篇一百三十六條]〉에 "유하혜는 남긴 말과 지극한 행실은 민멸되었지만 요컨대 공손교(公孫僑)와 거원(蘧瑗) 같은 부류일 것이니, 성인(聖人)이라는 것은 실정보다 지나치지 않겠는가. 나는 그래서 '백이는 맑음이 성인의 경지에 이른 분[淸之聖者]이고 유하혜는 조화로움이 성인의 경지에 이른 분[和之聖者]이다.'라고 말한다.[柳下惠遺言至行泯矣, 要之, 僑瑗之流也, 聖不幾於過情乎? 吾爲之曰: "伯夷淸之聖者也, 柳下惠和之聖者也."]"라고 하였다.

376 맹자는……받았다 : 《맹자》 〈공손추 하(公孫丑下)〉에 맹자의 제자 진진(陳臻)이 맹자에게 제(齊)나라 왕이 100금을 주었을 때에는 받지 않고 송(宋)나라 왕이 70일(鎰), 설(薛)나라 왕이 50일을 주었을 때에는 받은 이유를 묻자, 맹자가 제나라 왕은 돈으로 자기를 매수하려고 한 것이고 송나라와 설나라의 왕은 노자로 쓰고 호위를 마련하라고 준 것이므로 마땅히 받아야 되는 상황이었다며 받기도 하고 안 받기도 한 것이 모두 도리에 알맞은 처신이었다고 대답한 것이 보인다.

377 주석에……하였으니 : 이 칙(則)은 이수광(李睟光)의 《지봉유설(芝峯類說)》 권3 〈경서부(經書部) 맹자(孟子)〉의 내용을 전사(傳寫)해온 것으로 보이는데, 이 부분의 원문은 '註古者以一鎰爲一斤金二十斤云'이나 의미가 통하지 않아 《지봉유설》에 의거하

냥(兩)으로 계산하면 1만 6,000냥인 것이다. 소국(小國)인 설나라에서 어찌 황금 1,000근을 얻을 수 있겠는가.《사기》의 주석[378]에 "20냥이 1일이다."[379]라고 하였으니, 이 해설이 사실에 가깝다.

주자(朱子)의 〈오역찬(五易贊)〉에 "오제(五帝)를 지나 삼왕(三王)에 이르고 하(夏)나라에 전하여 상(商)나라를 지나오기까지 점(占)만 있고 글이 없어 백성들이 밝히지 못하였다."[380]라고 하여, 두《역(易)》[381]에 점사(占辭)가 없다고 하였다. 혹자는 "《춘추좌씨전》에 실린 점사로서《주역》과 다른 것은 하나라와 상나라의《역》이고, 세속에 전해지는

여 '一斤金'을 '一金'으로 수정하여 번역하였다. 주석에서 말하였다고 한 것은《맹자》관련 주석서가 아닌《고금사문유취(古今事文類聚)》속집(續集) 권25 〈진보부(珍寶部) 금(金) 궤겸금(餽兼金)〉에 "주석에 '겸금(兼金)은 좋은 금으로 그 가치가 보통 금의 갑절이다.' 하였다. 옛날에는 1일이 1금이었으니, 20근이다.〔注兼金好金也, 其價兼倍於常者. 古者以一鎰爲一金, 二十斤.〕"라고 하였는데, 이수광이 이 구절의 1일이 1금이며 20근에 해당하는 내용까지 주석의 내용으로 오해하고《지봉유설》에 답습하였고, 이를 읽은 이계도 이 오류를 그대로 답습한 것으로 보인다.

378 주석 : 원문은 '駐'로 되어 있으나 의미가 통하지 않아《이계전서(耳溪全書)》에 의거하여 수정하여 번역하였다.

379 20냥이 1일이다 :《사기》권30 〈평준서(平準書)〉에 "진나라에 들어서 온 나라의 화폐가 두 등급이 되었는데, '일(鎰)'이라는 명칭의 황금이 상등의 화폐이고 그 무게와 똑같이 '반량(半兩)'이라고 적힌 동전이 하등의 화폐였다.〔及至秦, 中一國之幣爲二等, 黃金以鎰名爲上幣, 銅錢識曰半兩, 重如其文爲下幣.〕"라고 하였는데, 맹강(孟康)의 주석에 "20냥이 1일이다.〔二十兩爲鎰〕"라고 하였다.《史記集解 卷30 平準書》

380 오제(五帝)를……못하였다 :《회암집(晦庵集)》권58 〈오역찬(五易贊) 원상(原象)〉에 보인다.

381 두 역(易) : 주(周)나라의 역서(易書)인《주역》이 나오기 전까지 점을 치는 데 사용되던 하(夏)나라의《연산역(連山易)》과 상(商)나라의《귀장역(歸藏易)》을 가리킨다.

《귀장역(歸藏易)》은 위서(僞書)이다."[382]라고 하니, 오징(吳澄)의 《주역찬언(周易纂言)》에 보인다. 살펴건대 《주역》이 나오기 전에는 하나라와 상나라의 《역》을 사용했을 것이고, 그 뒤로는 세 《역》을 병용하다가 《주역》이 행해지자 두 《역》이 버려졌을 것이다.

《주역》에는 7·8·9·6의 네 가지 효(爻)가 있는데도 9와 6만을 효사에 단 것은 한 구석을 들어 전체를 알게 하려는 뜻이다.[383] 그래서 건괘(乾卦)와 곤괘(坤卦)에 대해서는 그 범례를 밝혀 "9를 쓴다.", "6을 쓴다."라고 하였으니, 이는 그 변하는 것을 쓴 것이다.[384] 변하지 않는 것을 쓰는 경우도 있으니, 《춘추》에서 목강(穆姜)이 간지팔(艮之八)이라는 점괘를 얻은 것[385]이 이것이다. 지금 간괘(艮卦)를 가지고 말하

382 춘추좌씨전에……위서(僞書)이다 : 오징(吳澄)의 《역찬언(易纂言)》 권수(卷首) 〈귀장(歸藏)〉에 보인다.

383 주역에는……뜻이다 : 《주역》의 사상(四象)은 생긴 지 얼마 되지 않아서 음(陰)으로 변하지 않는 양(陽)인 소양(少陽), 생긴 지 얼마 되지 않아서 양으로 변하지 않는 음인 소음(少陰), 생긴 지 오래되어 음으로 변하는 양인 노양(老陽), 생긴 지 오래되어 양으로 변하는 음인 노음(老陰)인데, 이들을 상징하는 수가 각각 7, 8, 9, 6이다. 《주역》에 따라 점을 칠 때 이 네 숫자 중 하나를 얻어 하나의 효를 얻게 되는데, 《주역》의 효사(爻辭)에서는 효(爻)의 노소(老少)에 상관없이 양효(陽爻)는 9, 음효(陰爻)는 6이라고 지칭하고 있다.

384 건괘(乾卦)와……것이다 : 《주역》의 64괘 중 순양(純陽)인 건괘와 순음(純陰)인 곤괘의 효사에만 각각 〈용구(用九)〉, 〈용륙(用六)〉이라는 항목이 있는데, 이는 여섯 효 모두 노양, 여섯 효 모두 노음이 나왔을 때 적용해야 하는 효사이다.

385 춘추에서……것 : 목강(穆姜)은 노 성공(魯成公)의 모친으로 숙손교여(叔孫僑如)와 사통하여 성공을 몰아내려고 하다가 실패하여 동궁(東宮)으로 피신한 뒤 점을 쳐서 간지팔(艮之八)이라는 점괘를 얻었다. 사관(史官)이 이는 간괘(艮卦 ䷳)가 수괘(隨卦 ䷐)로 옮겨가는 점으로 수괘는 밖으로 나가 달아난다는 뜻이라며 도망칠 것을

면, 이효(二爻)만 변하면 6이라 이름하고 나머지가 다 변하고 이효만 변하지 않으면 8이라고 이름한다. 《국어》의 "진(晉)나라 공자(公子)가 정괘(貞卦 내괘(內卦))가 둔괘(屯卦 ䷂)이고 회괘(悔卦 외괘(外卦))가 예괘(豫卦 ䷏)이면서 모두 8인 점괘를 얻었다."의 주석에 "진(震 ☳)이 아래에 오고 감(坎 ☵)이 위에 온 것이 둔괘이며, 곤(坤 ☷)이 아래에 오고 진(震)이 위에 온 것이 예괘이다. 이 두 괘의 진은 둔괘에 있어서는 정괘가 되고 예괘에 있어서는 회괘가 된다. 8은 진의 두 음효가 정괘에 있을 때나 회괘에 있을 때나 모두 움직이지 않기 때문에 8이라고 한 것이다."[386]라고 하였다.

권하자, 목강은 《주역》에 '수괘는 원형이정(元亨利貞) 하니 허물이 없을 것이다.'라고 하였는데 자신은 이 네 가지 덕이 없으므로 달아나도 화(禍)를 면할 수 없을 것이라 하였다. 《春秋左氏傳 襄公9年》 간지팔이란 《주역》으로 점을 쳐 간괘를 얻을 때 이효(二爻)만 양(陽)으로 변하지 않는 소음(少陰)이 나오고 나머지 효(爻)가 모두 음양이 변하는 노음(老陰)과 노양(老陽)이 나온 경우로, 유일하게 음양이 바뀌지 않는 소음인 이효를 대표로 삼아 그 수인 8을 점괘의 이름으로 명시한 것이다. 이 경우 괘의 음양이 바뀌고 나면 수괘가 되기 때문에 '간괘가 수괘로 변하는 것〔艮之隨〕'이 된다.

386 진(晉)나라……것이다 : 진 문공(晉文公)이 공자의 신분으로 망명하던 시절 자신이 진나라를 얻을 수 있을지를 점을 쳐서 '둔괘(屯卦)의 정괘(貞卦)와 예괘(豫卦)의 회괘(悔卦)이면서 모두 8인 점괘〔貞屯悔豫皆八〕'를 얻었는데, 사공(司空)인 계자(季子)가 이는 나라를 얻을 점괘라며 축하하였다. 위소(韋昭)는 이 점괘에 대한 주석에서 "내괘(內卦)를 정괘(貞卦)라 하고 외괘(外卦)를 회괘(悔卦)라고 한다. 진(震 ☳)이 아래에 오고 감(坎 ☵)이 위에 온 것이 둔괘이고, 곤(坤 ☷)이 아래에 오고 진이 위에 온 것이 예괘이니, 이 두 괘의 진은 둔괘에 있어서는 정괘가 되고 예괘에 있어서는 회괘가 된다. 8은 진의 두 음효가 정괘로 있을 때나 회괘로 있을 때나 모두 움직이지 않음을 뜻한다. 그래서 모두 8이라고 말한 것이니, 효가 작용함이 없음을 뜻한다.〔內曰貞, 外曰悔. 震下坎上屯, 坤下震上豫, 得此兩卦震, 在屯爲貞, 在豫爲悔. 八謂震兩陰爻, 在貞在悔, 皆不動. 故曰皆八, 謂爻無爲也.〕"라고 하였다. 《國語 晉語四》

《구가역(九家易)》의 구가(九家)는 경방(京房)·마융(馬融)·정현(鄭玄)·송충(宋衷)·우번(虞翻)·육속(陸續)·요신(姚信)·적자현(翟子玄)·순상(荀爽)이다. 혹자는 회남왕(淮南王 유안(劉安))이 《주역》에 밝은 아홉 사람을 초빙하여 《도훈(道訓)》 20편을 편찬하고 《구사역(九師易)》이라고 부르던 것을 순상이 모으고 해설하였다고 하는데,[387] 책이 이미 망실되어 주자가 《경전석문(經典釋文)》에 인용된 말 몇 마디를 의거했을 뿐이다.[388]

《천지팔양도(天地八陽圖)》는 일본의 이서(異書)이다.

《서경》에 "약우기장 왕성괄우도즉석(若虞機張 往省括于度則釋)"이라고 하였는데,[389] 기(機)란 쇠뇌의 기아(機牙 쇠뇌의 발사 장치)이니, 방아쇠(牙)가 시위를 물고 있는 것이다. 괄(括 오늬)이란 화살의 꼬리로, 끝이 두 갈래로 되어 있어 시위에 걸 수 있다. 도(度)란 눈금을 만들어

---

387 혹자는……하는데 : 진진손(陳振孫)의 《직재서록해제(直齋書錄解題)》 권1 〈역류(易類) 주역집해 10권(周易集解十卷)〉에 처음 보이는 내용인데, 마단림(馬端臨)의 《문헌통고(文獻通考)》, 모기령(毛奇齡)의 《중씨역(仲氏易)》 등에도 인용되었다.

388 주자가……뿐이다 : 《경전석문(經典釋文)》은 당(唐)나라의 육덕명(陸德明)이 경서(經書)와 제자서(諸子書)에 대한 주석을 모아서 편찬한 책인데, 간혹 이미 망실된 구가(九家)가 집해한 판본의 《주역》 내용이 채록되어 있다. 주희(朱熹)는 《주역》 〈설괘전(說卦傳)〉의 주석 작업을 할 때 이를 참고하여 당대에 행해지던 판본의 《주역》 내용을 비교한 바 있다. 《經典釋文 卷2 周易音義 周易說卦》 《周易本義 卷4 說卦傳》

389 서경에……하였는데 : 《서경》 〈상서(商書) 태갑 상(太甲上)〉에 "마치 우인(虞人)이 쇠뇌의 틀(機)을 당겼거든 가서 오늬(括)가 법도(度)에 맞게 놓였는지 살펴보고 쏘는 것과 같이 할 것이니, 그 그침을 공경하여 당신의 선조가 행하신 바를 따르시면 저도 기쁠 것이며 만세에 칭찬이 있을 것입니다.(若虞機張, 往省括于度則釋, 欽厥止, 率乃祖攸行, 惟朕以懌, 萬世有辭.)"라고 하였다.

세워서 기준 삼아 바라봄으로써 정곡(正鵠)이 있는 곳을 겨냥할 수 있도록 하는 것이다. 그러므로 반드시 척촌(尺寸)을 실제로 따져 조준한 다음에 힘을 주어 비로소 발사할 수 있다. 우(虞)는 헤아림이다. 왕(往)은 화살이 아직 시위에 있어서 활대를 떠나지 않고 있을 때 시선은 기(機)에 가 있게 되니, 그것이 바로 왕(往)이 된다. 그 그칠 바를 공경한다는 것은 기아를 헤아리고 있을 때 화살이 맞을 곳이 이미 정해지는 것이다. 석(釋 쏨)은 기아를 격발하는 때이다. 눈은 여기에 두고 있으면서 헤아림은 저기에 미치니, 이것이 왕성(往省 가서 살핌)이 된다. 그러므로 화살 끝을 괄(括)이라고 하고, 오늬의 옆을 의(疑)라고 하는 것이다.[390]

《시경》의 '아름답고 온순한 꾀꼬리여〔睍睆黃鳥〕'에 대해, 양용수(楊用修 양신(楊愼))가 "고주(古註)에 '이는 빛깔을 말한 것이지 소리를 말한 것이 아니다.' 하였다."라고 하였다.[391] 아랫구에 '그 소리가 아름답도다.'라고 하였으니, 이것이 소리를 말한 것이다. 혹자는 "'현환(睍睆)'

---

390 기(機)란……것이다 : 이상은 당순지(唐順之)의 《무편(武編)》 전집(前集) 권5 〈노(弩)〉에 보이는 내용을 축약한 것이다. 본문의 '물고 있는'의 원문은 '過'인데, 의미가 통하지 않아 원출전인 《무편》에 의거하여 '遏'로 수정하여 번역하였다.

391 시경의……하였다 : 《시경》〈패풍(邶風) 개선(凱旋)〉에 "아름답고 온순한 꾀꼬리여, 그 소리가 아름답도다. 허나 우리 일곱의 못난 자식들, 어머님 마음을 위로하지 못하네.〔睍睆黃鳥, 載好其音. 有子七人, 莫慰母心.〕"라고 하였는데, 양신(楊愼)은 이 구절을 두고 "'현환황조(睍睆黃鳥)'를 왕설산(王雪山 왕질(王質))은 '현환(睍睆)은 황조의 빛깔이다. 두 글자에 목(目)자가 들어가니, 눈으로 본다면 그것이 빛깔임을 알 수 있다.' 하였다. 금주(今註)에서는 모두 새의 소리라고 하니, 고주(古註)가 타당함만 못할 듯하다.〔睍睆黃鳥, 王雪山云 : "睍睆, 黃鳥之色, 二字從目, 目視之, 知其爲色也." 今注皆以鳥聲, 似不及古注之爲得〕"라고 하였다. 《升菴集 卷63 縣蠻睍睆》

두 글자에 모두 '목(目)'자가 들어가니 눈을 굴림을 말한다."라고 하였다. 살피건대 〈곡례(曲禮)〉에 "아름답고도 곱구나, 대부의 돗자리여! 〔華而睆 大夫之席〕"라고 하였는데[392] 곱다는 것〔睆〕은 자리의 아름다움을 말한 것이니, 양용수의 해설이 옳다.

"삼수(三壽)로 벗을 삼는다."는 집주(集註)에 "미상이다."라고 하였다.[393] 살피건대 《문선(文選)》 〈동경부(東京賦)〉의 "삼수를 보내고 맞이함에 절을 한다."의 주석에 "삼수는 세 노인이다."라고 하고, 채옹(蔡邕)의 《독단(獨斷)》에 "천자가 세 노인을 송영(送迎)하고 집에 이르러 홀로 절하였다."라고 한 것을 인용하며, 또 《모시(毛詩)》의 "삼수로 벗을 삼는다."로 증명하였다.[394]

---

392 곡례(曲禮)에……하였는데 : 실제로는 《예기(禮記)》 〈단궁 상(檀弓上)〉에 보인다. 증자(曾子)가 병석에 누웠을 때 동자가 "아름답고도 곱구나, 대부의 자리여!〔華而睆, 大夫之簀與.〕"라고 하여 증자가 누운 자리가 신분에 맞지 않음을 말하자 증자가 아들의 만류에도 불구하고 자리를 자신의 신분에 맞는 것으로 바꾸게 하였는데, 사람들의 부축을 받아 자리를 바꾸자마자 사망하였다.

393 삼수(三壽)로……하였다 : 《시경》 〈노송(魯頌) 비궁(閟宮)〉에 "이지러지지 않고 무너지지 않으며 흔들리지 않고 놀라지 않아, 삼수로 벗을 삼아 산처럼 구릉처럼 장수하소서.〔不虧不崩, 不震不騰, 三壽作朋, 如岡如陵.〕"라고 하였는데, 주희(朱熹)는 '삼수'에 대해 "삼수는 미상이다. 경씨(卿氏)는 '삼경(三卿)이다.' 하였고, 어떤 이는 '공이 장수하여 산과 구릉과 똑같이 되어 셋이 되기를 원한 것이다.' 하였다.〔三壽, 未詳. 卿氏曰: "三卿也." 或曰: "願公壽與岡陵等而爲三也."〕"라고 하였다.

394 문선(文選)……증명하였다 : 장형(張衡)은 〈동경부(東京賦)〉에서 황제가 노인들에게 술과 고기를 보내 초청하는 것을 두고 "지존의 신분을 낮추고서 공경의 도를 따르시어, 삼수를 보내고 맞이함에 절을 하시네.〔降至尊以訓恭, 送迎拜乎三壽.〕"라고 하였는데, 그 주석에 "강(降)은 낮춤이고 지존은 천자이며, 삼수는 세 노인이다. 천자가 존귀한데도 이 세 노인을 봉양하는 것은, 이로써 온 천하가 행해야 할 공경을 가르치려

《춘추》의 '성운여우(星隕如雨)'를 《춘추좌씨전》에서는 별이 비와 함께 내렸다고 하였고 《춘추곡량전(春秋穀梁傳)》에서는 별이 지고 난 뒤에 또 비가 내렸다고 하였으니,[395] 모두 틀렸다. 《춘추공양전(春秋公羊傳)》에 "비가 아니니, 노나라 역사에 '유성우(流星雨)가 땅에 닿기 한 자 전에 하늘로 돌아갔다.'[396]라고 한 것을 공자가 《춘추》를 편수하며 '비처럼〔如雨〕'이라고 한 것이다."라고 하였으니, 대체로 별이 위에

하므로 오거든 절하여 맞이하고 가거든 절하여 전송함을 말한 것이다.……채옹(蔡邕)의 《독단(獨斷)》에 '천자가 이 세 노인을 섬김에, 심부름하는 이가 바퀴를 부들로 싼 안거(安車)로 맞이하고 전송하되 집에 이르러 천자가 홀로 절한다.'라고 하였고, 《모시(毛詩)》에 '삼수로 벗을 삼는다.' 하였다.〔降下也, 至尊天子也, 言天子尊而養此三老者, 以敎天下之敬, 故來拜迎, 去拜送焉.……蔡邕獨斷曰: "天子事三老, 使者安車頓輪送迎而至家天子獨拜." 毛詩曰: "三壽作朋也."〕라고 하였다.

395 춘추의……하였으니 : 《춘추》 장공(莊公) 7년에 "여름 4월 신묘일(辛卯日) 밤에 항성이 보이지 않았고 밤중에 별이 비처럼 떨어졌다.〔夏四月辛卯夜, 恒星不見, 夜中星隕如雨.〕"라고 하였는데, 《춘추좌씨전(春秋左氏傳)》에서는 별이 비처럼 떨어졌다는 것에 대해 "별이 비와 같이 떨어졌다는 것은 비가 함께 내렸다는 것이다.〔星隕如雨, 與雨偕也.〕"라고 해설하였고 《춘추곡량전(春秋穀梁傳)》에서는 '여(如)'자를 '이(而)'의 뜻으로 보아 "별이 지고 나서 다시 비가 내렸다.〔星旣隕而復雨〕"라고 풀이하였다.

396 비가……돌아갔다 : 이 구절을 《춘추공양전(春秋公羊傳)》에서는 "'비처럼'이란 것은 무엇인가? 비와 같다는 것은 비가 아니라는 말인데, 비가 아니면 어째서 비와 같다고 하였는가? 불수춘추(不修春秋)에 '유성우가 땅에 닿기 한 자 전에 하늘로 돌아갔다.'라고 하였는데, 이를 군자가 《춘추》를 편수하며 '별이 비처럼 내렸다.'라고 한 것이다.〔如雨者何? 如雨者, 非雨也, 非雨則曷爲謂之如雨? 不修春秋曰: "雨星不及地尺而復." 君子脩之曰: "星實如雨."〕라고 해설하였다. '불수춘추'란 공자가 《춘추》를 저술하기 이전에 존재하던 노(魯)나라의 역사기록을 말한다. 《이계집》 본문에서 노나라 역사 운운한 부분은 《춘추공양전》과 달리 '雨不及地天而復雨'로 되어 있는데, 의미가 통하지 않아 《춘추공양전》에 의거하여 수정하여 번역하였다.

서 아래로 떨어지는 것이 비와 같음을 말한 것이다.

정본(程本)이 "신우(神宇)가 안정되고 정기가 동요하지 않아, 격물(格物)이 밝아지고 처사(處事)가 굳세진다."[397]라고 하였으니, '격물'이란 두 글자는 제자서(諸子書)에서 처음 보이는 것이다. 주자(朱子)가 《대학》을 풀이한 것은 여기에 근원한 것이니, 제유(諸儒)의 논쟁을 깨뜨릴 만하다.

《사기(史記)》에 "1년을 살거든 곡식〔穀〕을 심고, 10년을 살거든 나무를 심으라."[398]라고 하였는데, 혹자는 풀이하기를 "운서(韻書)에 곡(穀)은 닥나무〔楮〕라고 하였으니, 《시경》에 '그 아래에 닥나무가 있다.'라고 한 것과 은(殷)나라 때 요망한 상곡(桑穀 뽕나무와 닥나무)이 조정에 함께 자라난 것이 이것으로, 화곡(禾穀)의 '곡'과 같지 않다."[399]라고 한다. 대체로 1년 동안 얻을 수 있는 이익은 농사만한 것이 없으니, 지금 닥나무라고 풀이하는 것은 아마도 그렇지 않을 것이다.

이백(李白)[400]의 〈촉도난(蜀道難)〉을 《당시해(唐詩解)》에서 "현종

---

397 신우(神宇)가……굳세진다 : 《자화자(子華子)》 권하 〈안자문당(晏子問黨)〉에 보인다.

398 1년을……심으라 : 《사기》 권129 〈화식열전(貨殖列傳)〉에 "1년을 살거든 곡식을 심고, 10년을 살거든 나무를 심으며, 100년을 살거든 덕으로 사람들을 오게 하라.〔居之一歲, 種之以穀. 十歲, 樹之以木. 百歲, 來之以德.〕"라고 하였다.

399 운서(韻書)에……않다 : 《지봉유설(芝峯類說)》 권7 〈문자부(文字部) 자의(字義)〉에 보인다. 사례로 든 《시경》의 내용은 〈소아(小雅) 학명(鶴鳴)〉에 "즐거운 저 동산에 박달나무를 심었는데, 그 아래에 닥나무가 있도다.〔樂彼之園, 爰有樹檀, 其下維穀.〕"라고 한 것을 가리키고, 은나라 때의 일은 《사기》 권3 〈은본기(殷本紀)〉에 "박읍(亳邑)에서 요망한 뽕나무와 닥나무가 조정에 함께 났는데, 하룻저녁에 한 아름이나 되도록 자랐다.〔亳有祥桑穀, 共生於朝, 一暮大拱.〕"라고 한 것을 가리킨다.

(玄宗)이 촉(蜀) 지방에 거둥하자 태백(太白 이백)이 이 시를 지어 처음에는 험난한 촉도(蜀道)는 천자가 거둥해야 할 곳이 아님을 말하였고 마지막에는 험악(險惡)한 촉중(蜀中)은 왕자(王者)가 머물러야 할 곳이 아님을 말하였으니, 이는 수레를 타고 빨리 돌아오기를 바란 것이다."[401]라고 하였다. 무릇 현종이 촉 지방에 거둥한 것은 부득이해서인데, 어찌 굳이 험하고 평탄함을 말할 것이 있겠는가. 본주(本註)[402]의 타당함만 못하다.

무원형(武元衡)의 시에 "유곤(劉琨)이 가만히 앉아 웃으니 바람이 동산에 일어나고, 사조(謝朓)가 시를 지으니 달빛이 누각에 가득 차네.〔劉琨坐笑風生苑 謝朓裁詩月滿樓〕"[403]라고 하였다. 평하는 이가 "'소(笑)'자는 '소(嘯)'자가 되어야 하니, 이는 대체로 유곤이 한바탕 휘파

---

400 이백(李白) : 원문에는 '李日'로 되어 있는데, 뜻이 통하지 않아 《이계전서》에 의거하여 수정하여 번역하였다.

401 현종(玄宗)이……것이다 : 《당시해》 권12 〈촉도난〉의 주석에서는 이 작품을 이백이 천보(天寶) 15년에 동관(潼關)이 안녹산(安祿山)에게 함락되자 현종(玄宗)이 양국충(楊國忠)의 의견에 따라 촉 지방으로 파천한 것을 근심하여 지은 것이라 하였고, 세부적으로는 "처음에는 험난한 촉도는 천자가 거둥해야 할 곳이 아님을 말하고, 다음으로는 험한 중도(中途)가 자신이 매우 걱정하는 바임을 말하였으며, 마지막으로는 험악한 촉중은 왕자(王者)가 머물러야 할 곳이 아님을 말하였으니, 이는 수레를 타고 빨리 돌아오기를 바란 것이다.〔首稱蜀道之難, 非天子所宜幸, 次述途中之險, 爲己所深憂, 末言蜀中險惡, 非王者所宜居, 蓋欲乘興速返耳.〕"라고 분석하였다.

402 본주(本註) : 《이태백집주(李太白集注)》 권3 〈촉도난〉의 주석에 "이백이 〈촉도난〉을 지은 것은 바로 방관(房琯)과 두보(杜甫)를 위태롭게 여겨서이다.〔李白作蜀道難者, 乃爲房與杜危之也.〕"라고 한 것을 가리킨다.

403 유곤(劉琨)이……차네 : 무원형(武元衡)의 시 〈엄 사공이 형남에서 보내준 것에 수답하다〔酬嚴司空荊南見寄〕〉에 보인다.

람을 불어 오랑캐 기병을 물리친 일[404]을 인용한 것이다. '원(苑)'자는 어떤 곳에는 '석(席)'자로 되어 있다. 양신(楊愼)이 「바람이 동산에 일어나네.〔風生苑〕는 「바람이 변새를 씻어내네.〔風淸塞〕」로 쓰는 것이 옳다.'라고 하였다."[405]라고 하였는데, '바람이 동산에 일어나네.'에 크게 미치지 못하니, 시평(詩評)의 어려움이 이와 같다.

왕반산(王半山 왕안석(王安石))이 그림에 적은 시에 "방저(方諸)에 물을 받아 환약(幻藥)을 조제하여, 생초(生綃)에 흩뿌리니 한서(寒暑)가 변하네.〔方諸承水調幻藥 灑落生綃變寒暑〕"[406]라고 하였다. 이지봉(李芝峯 이수광(李睟光))은 "방저는 거울이니, 《주례(周禮)》에 사훤씨(司烜氏)가 거울을 가지고 달에서 명수(明水)를 취한다고 하였고, 《능엄경(楞嚴經)》에는 '여러 대환사(大幻師)가 태음(太陰)의 정기를 구하여 환약에 섞는다.'라고 하였다. 환사(幻師)란 대체로 화사(畵師)를 말하고 환약이란 대체로 채색(采色)을 말하며, 태음의 정기란 대체로 물을 말한다."[407]라고 하였다. 무릇 환사란 한자(韓子 한유)가 이른바 스님들

---

404 유곤이……일 : 유곤이 진양(晉陽)에 있을 때 오랑캐 기병들이 늘 성을 포위하곤 하였는데, 한번은 오랑캐들을 쫓아낼 방법이 없어 궁여지책으로 달밤에 누각에 올라 한바탕 휘파람을 불었더니 오랑캐들이 두려워하며 포위를 풀고 달아났다고 한다. 《晉書 卷63 劉琨傳》

405 양신(楊愼)이……하였다 : 《승암집(升菴集)》권60 〈서귀구본(書貴舊本)〉에 "무원형의 시 '유곤이 가만히 앉아 휘파람을 부니 바람이 변새를 씻어내네.'를 '동산에 일어나네.'로 잘못 쓰는데, 유곤은 변방의 성에 있었으니 '변새를 씻어내네.'라고 글자를 쓰는 것이 옳다. 어떻게 동산이 있겠는가?〔武元衡詩劉琨坐嘯風淸塞, 訛作生苑, 琨在邊城, 則淸塞字爲是, 焉得有苑乎?〕"라고 하였다.

406 방저(方諸)에……변하네 : 《임천문집(臨川文集)》권1 〈순보가 혜숭 스님의 그림을 꺼내며 내게 시를 짓기를 요구하다〔純甫出釋惠崇畵 要予作詩〕〉에 보인다.

은 환술(幻術)을 잘하고 기예가 많다고 한 것[408]을 이름이고, 태음의 정기란 곧 방저의 물이다. 만약 화공(畫工)이 채색을 섞음을 이른다면 어느 물이든 안 되겠는가.

소설(小說)에 "한(漢)나라의 조과(趙過)가 처음으로 우경(牛耕)을 하였다. 이전 시대에는 모두 사람이 밭을 갈았다."라고 하였다. 살펴건대 《산해경(山海經)》에 "후직(后稷)의 손자 숙균(叔均)이 우경을 시작하였다."[409]라고 하였다.

송나라 소설에 "연북(燕北)의 풍속에 사(士)와 서인(庶人)의 구분 없이 모두 자신을 소인(小人)이라고 칭하였다."[410]라고 하였으니, 지금 우리나라 사람들이 높은 사람에 대해 스스로를 소인이라고 칭하는 것은 대체로 여기에서 유래하였다. 혹자는 "한(漢)나라의 임상(任尙)이 반초(班超)의 후임자가 되자 반초에게 '소인이 외람되이 그대의 뒤를

---

407 방저는……말한다 : 《지봉유설》 권12 〈문장부(文章部) 송시(宋詩)〉에 보인다. 이수광의 말 중 《주례》 운운한 것은 《주례》 〈추관 상(秋官上)〉에 "사훤씨는 부수(夫遂)를 가지고 해에서 명화(明火)를 취하고, 거울을 가지고 달에서 명수(明水)를 취하여 제사에 쓰이는 명자(明粢)와 명촉(明燭)을 공급하고 명수를 공급하는 것을 관장한다.〔司烜氏掌, 以夫遂取明火於日, 以鑑取明水於月, 以共祭祀之明粢明燭, 共明水.〕"라고 한 것을 가리킨다.

408 한자(韓子)가……것 : 한유의 〈고한 상인을 전송하는 서문〔送高閑上人序〕〉에 "내가 듣건대, 불자는 환술을 잘하고 기예도 많다 하는데, 한 상인이 그 술법을 통달했는지는 알지 못하겠다.〔吾聞浮屠人善幻多技能, 閑如通其術則吾不能知矣.〕"라고 하였다.

409 후직(后稷)의……시작하였다 : 《산해경(山海經)》 권18 〈해내경(海內經)〉에 "후직은 백곡(百穀)을 파종하였고, 후직의 손자 숙균은 우경을 시작하였다.〔后稷是播百穀, 稷之孫曰叔均, 是始作牛耕.〕라고 하였다.

410 연북(燕北)의……칭하였다 : 송나라 전세소(錢世昭)의 《전씨사지(錢氏私志)》에 보인다.

잇게 되었습니다.'라고 하였으니, 소인이라는 호칭은 한나라 때부터 시작된 것이다."⁴¹¹라고 한다. 《맹자》에 "유공지사(庾公之斯)가 '소인 은 활쏘기를 윤공지타(尹公之他)에게 배웠습니다.'라고 하였다."⁴¹² 하 였으니, 한나라 때 시작되었을 뿐이 아니다.

《동사회강(東史會綱)》에 "백이와 숙제가 이미 중국을 떠났으므로 만약 향국(鄕國)으로 돌아온다면 또 혐의가 있었을 듯하다. 그래서 고국에서 동쪽으로 나가 기자(箕子)와 노닐다 우리나라의 수양산(首陽 山)에서 생을 마쳤다."라고 하였다.⁴¹³ 지금 해주(海州)의 수양산에 고사 리가 많이 나니, 아마도 묵태(墨胎 백이와 숙제의 성(姓))가 캐던 것이리라.

《동사회강》에 또 "공자가 '소련(小連)과 대련(大連)은 동이(東夷)의 아들이다.'라고 하였다. 대체로 은(殷)·주(周)나라 때에 동이의 사람 으로서 중국 땅에 들어간 자가 많았으니, 일컬을 만한 선행을 하였다면 성인이 반드시 버리지 않았을 것이다. 일찍이 청(淸)나라 사람 연국주 (連國柱)가 저술한 것을 보니, 요서(遼西) 광녕(廣寧) 사람이자 이련

---

411 한(漢)나라의……것이다 : 《지봉유설》권16 〈어언부(語言部) 속언(俗諺)〉에 보 이는 내용이다. 임상이 반초에게 한 말은 《후한서(後漢書)》권77 〈반초열전(班超列 傳)〉에 보인다. 임상이 서역 도호부(西域都護府)에서 31년 동안 재직한 반초의 후임자 가 되었을 때 "군후께서는 외국에 30여 년 동안 계셨는데, 소인이 외람되게 군후의 뒤를 잇게 되어 임무는 무겁고 사려는 얕으니, 가르침을 주십시오.〔君侯在外國三十餘 年, 而小人猥承君後, 任重慮淺, 宜有以誨之.〕"라고 묻자 반초는 간이하고 너그러운 정 사를 펼칠 것을 당부하였으나 임상은 이를 무시하고 엄혹한 정사를 펼치다가 죄를 얻어 소환되었다.

412 유공지사(庾公之斯)가……하였다 : 330쪽 주238 참조.

413 동사회강(東史會綱)에……하였다 : 《동사회강》이 아닌 《동사강목(東史綱目)》 부록(附錄) 상권 하 〈잡설(雜說) 백이숙제여기자상종(伯夷叔弟與箕子相從)〉에 보인다.

(二連 소련과 대련)의 후손으로 삼한(三韓)이라 자호(自號)하였으니, 그 뜻이 우리나라에서 취한 것이다. 광녕은 기자의 봉역(封域)이니 이련 도 기씨(箕氏 기자)의 유민(遺民)일 것이다."[414]라고 하였다. 대체로 해주에도 이련의 유지(遺址)가 있고 비석을 세워 표시하기까지 하였으니,[415] 동이의 아들이란 말과 딱 맞고 연국주가 삼한이라고 자호한 것도 거짓되지 않다.

《동사강목》의 〈태백산고(太白山考)〉에 "《동국여지승람(東國輿地勝覽)》에 의하면 강동현(江東縣)에 대박산(大朴山)이 있고 아래에 큰 무덤이 있는데 세상에 단군묘(檀君墓)라고 전해진다고 한다. 지금 그 지방 사람들이 '대박(大朴)'을 '태백(太白)'이라고 한다."[416]라고 하였

---

414 공자가······것이다 : 《동사회강》이 아닌 《동사강목》 부록 상권 하 〈잡설 백이숙제여기자상종〉에 보인다. 공자가 한 말은 《예기》 〈잡기 하(雜記下)〉에 공자가 소련·대련 형제를 두고 "소련과 대련은 상(喪)을 잘 치러서, 3일 동안 태만하지 않고 3개월 동안 게으르지 않았으며 기년(期年)을 슬퍼하고 3년을 근심하였으니, 동이(東夷)의 자식이다.〔少連大連善居喪, 三日不怠, 三月不解, 期悲哀, 三年憂, 東夷之子也.〕"라고 한 것을 가리킨다.

415 해주에도······하였으니 : 이인행(李仁行, 1758~1833)의 〈서천록(西遷錄)〉에 의하면, 해주에 있는 백이와 숙제의 사당인 청성묘(淸聖廟)로부터 남쪽으로 수백 보 떨어진 들판에 이련비(二連碑)가 있는데 비석 동쪽 면에는 '효자대련유지(孝子大連遺址)', 서쪽 면에는 '효자소련유지(孝子小連遺址)'라고 새겨져 있다고 한다. 《新野集 卷13 西遷錄》

416 동국여지승람(東國輿地勝覽)에······한다 : 《동사강목》 부록 하권 〈태백산고(太白山考)〉에 보인다. 《신증동국여지승람(新增東國輿地勝覽)》 〈평안도(平安道) 강동현(江東縣)〉에 "대박산이 고을 북쪽 4리 거리에 있으니 진산이다.〔大朴山在縣北四里, 鎭山.〕"라고 하였고, 또 "큰 무덤이 하나는 고을 서쪽 3리 되는 곳에 있는데 둘레가 410자로 민간에 단군묘라 전해지고, 하나는 고을 북쪽 30리 되는 곳에 있는 도마산에 있는데 민간에 옛 황제의 무덤이라 전해진다.〔大塚, 一在縣西三里, 周四百十尺, 諺傳檀

다. 내가 일찍이 강동현을 다스릴 때 단군묘가 고을에서 5리 정도 떨어
진 곳에 있었는데, 일반 백성의 무덤처럼 작아 왕자(王者)의 장례 제도
가 아님이 분명하고, 주산(主山)은 대박산인데 하나의 작은 산일 뿐이
어서 태백산이 아님이 분명하였다. 그러니 어쩌면 후대에 단군의 뒤를
이은 임금을 여기에 장사 지내고 단군의 무덤이라고 통칭(通稱)한 것
인가? 더욱이 태백산은 단군이 태어난 산이니 어찌 꼭 여기에서 죽어
서 장사를 지내겠는가.

　우리나라의 시학(詩學)은 본래부터 노망(鹵莽)하였다. 근세에도 시
로 이름을 날리는 자가 많지만 송시(宋詩) 아니면 명시(明詩)라서 조
격(調格)이 매우 낮다. 간혹 당시(唐詩)의 조격이라 자랑하는 이들이
있으나 대부분 조롱박을 본뜨니,[417] 이는 곧 사법(死法)이다.

　옛날에는 글을 공교하게 쓰는 이가 많았다. 장경(長卿 사마상여(司馬相
如))은 병통이 더디게 글을 짓는 데 있는 사람이었으므로 붓을 먹물에
담그고 나면 붓이 썩을 지경이었고 매숙(枚叔 매승(枚乘))은 신속하게
글을 짓는 사람이었으므로 순조롭게 한 편을 완성하였으며, 평자(平子
장형(張衡))는 〈이경부(二京賦)〉를 10년 다듬었고 태충(太沖 좌사(左
思))은 〈삼도부(三都賦)〉를 12년 동안 기록하였으며, 자건(子建 조식
(曹植))은 일곱 걸음 만에 문장을 이루었고 자안(子安 왕발(王勃))은 일
필휘지로 만 글자를 썼다. 글을 짓는 속도로 말하자면 빠르고 느린

君墓, 一在縣北三十里刀亇山, 諺傳古皇帝墓.〕라고 하였다.
417 조롱박을 본뜨니 : 자신이 창안(創案)하는 것 없이 남의 작품을 모방하는 것을
이른다. 송 태조(宋太祖)가 학사 도곡(陶穀)이 남의 작품을 도습하여 글을 지은 것을
조롱하며 "모양을 본떠 조롱박을 그린다.〔依樣畫葫蘆〕"라고 한 고사에서 유래하였다.
《東軒筆錄 卷1》

차이가 있기는 하지만 모두 공교한 데로 귀결되었다. 다듬고 윤색하여 금석(金石)에 새기고 악기로 연주되게 하여 만세토록 전하여 후손들로 하여금 외우고 사모하게 하며 불후의 공업(功業)이라 말하게 하는 데에 있어서는 느리고 더디게 글을 짓더라도 문제가 없을 것이나, 전쟁터에 임하여 격문(檄文)을 돌리는 일이나 군국(軍國)과 관련된 조서(詔書)의 초안을 짓는 일, 대거(對擧)와 응제(應製) 등에 있어서는 글을 빨리 짓고 붓을 빨리 놀릴 수 있는 사람이 아니면 어떻게 이를 해내겠는가. 내 생각은 이렇다. 빠르고 공교하다면 참으로 느리고 공교한 것보다 낫고, 느리고 공교할 바에는 차라리 빠르고 졸렬한 것이 낫다. 그러나 학문은 그렇지 않다. 인순(因循)하거나 엽등(躐等)하는 일 없이 순서에 따라 축적하고 함양하여야 터득할 수 있다. 빨리 배우고자 하여 함부로 나아가더라도 중간에 그만두는 데에 이른다면 이루는 것이 작을 것이니, 빠르고 졸렬한 데 가깝지 않겠는가. 그러니 도리어 느리고 공교함만 못하다. 글을 짓는 것과 학문하는 것이 이처럼 다르다.

과문(科文)은 따로 조격이 없고 미려함과 풍부함을 위주로 한다. 내가 젊었을 때 팔도부(八都賦)[418]를 읽고서 모두 외웠다. 그 뒤로 과거 시험장에 들어가서는 시제(試題)의 난이도에 상관없이 일필휘지로 한 편이 이루어지고 구절이 나는 듯이 지어져 마치 신의 도움이 있는 듯하였다. 그 밖의 행문(行文)과 사부(詞賦)에 있어서도 모두 어렵고 껄끄러운 느낌이 없었다.

---

418 팔도부(八都賦) : 반고(班固)의 〈서도부(西都賦)〉·〈동도부(東都賦)〉, 장형의 〈남도부(南都賦)〉·〈서경부(西京賦)〉·〈동경부(東京賦)〉, 좌사의 〈촉도부(蜀都賦)〉· 〈오도부(吳都賦)〉·〈위도부(魏都賦)〉이다.

지은이 홍양호(洪良浩)

1724(경종4) ~1802(순조2). 본관은 풍산(豐山), 초명은 양한(良漢), 자는 한사(漢師), 호는 이계(耳溪), 시호는 문헌(文獻)이다. 홍진보(洪鎭輔)의 장남으로 태어났다. 외숙인 저촌(樗村) 심육(沈錥)에게 수학(受學)하였다. 24세(1747, 영조23)에 생원시에 합격하고 29세(1752, 영조28)에 문과 정시(文科庭試)에 급제하였다. 내외의 관직을 두루 거쳐 70세(1793, 정조17)에 대제학에 올랐으며 이후 여러 차례 대제학을 맡아 문형(文衡)을 주관하였다. 59세(1782, 정조6)에 동지겸사은부사(冬至兼謝恩副使), 71세에 동지정사(冬至正使)로 중국에 다녀왔다.

소론(少論) 가문의 후예로 조실부모하고 준소(峻少)의 수장 격이었던 외가마저 몰락하였으며 18세기 노론이 정국을 주도하는 정치 상황 속에서도 일시적 풍파는 겪었으나 당색에 구애받지 않고 원만한 관계를 유지하며 비교적 순탄한 환로(宦路)를 걸었다. 영조와 정조로부터 '박학(博學)'의 역량을 인정받으면서《여지도서(輿地圖書)》·《동문휘고(同文彙考)》등 국가 편찬 사업에 주도적으로 참여하였고, 평소 지니고 있던 이용후생(利用厚生)과 제해흥리(除害興利)의 신념을 자신의 관력(官歷) 속에서 충실히 구현하여 국계(國計)와 민생(民生)을 위한다는 평을 받았다.

문장은 육경(六經)에 근본하고 제자(諸子)를 참작하여 순정하고 웅혼하며 법도가 구비되어 있다는 평을 얻었는데 이는 시속(時俗)에 구애받거나 수식을 일삼는 것 없이 자연스러운 인심의 발현을 주장한 천기론(天機論)으로 발현된다. 또한 청(淸)나라 기윤(紀昀)으로부터 화평하고 온유하여 기교와 수식이 없고 국계와 민생을 항상 잊지 않아 음풍농월(吟風弄月) 하는 기습이 없다는 평을 받기도 하였는데, 이는 국토와 백성의 현실을 진솔하게 드러내고 민요나 설화 등 민족 문학의 성취를 수용한 성과에서 확인할 수 있다. 영·정조 중흥기에 실용적이고 현실주의적 입장을 견지하며 정치와 문학 양방면에서 주목할 만한 성과를 이뤄낸 관인이자 학자이자 문인이라 할 수 있다.

옮긴이 이승현(李承炫)

1979년 경북 포항에서 태어났다. 성균관대학교 대학원에서 박사과정을 수료하였으며, 한국고전번역원 고전번역교육원 연수과정을 졸업하였다. 한국고전번역원 연구원으로 재직하며 번역 및 편찬에 참여하였고, 현재 성균관대학교 대동문화연구원에서 권역별 거점번역연구소협동번역사업에 참여하고 있다. 번역서로《창계집》,《명고전집》,《승정원일기》,《동천유고》,《고산유고》,《역주 당송팔대가문초 구양수》, 교점서로《교감표점 승정원일기 인조 41》,《교감표점 창계집 1》, 편찬서로《한국문집총간편람》,《한국문집총간해제 8 · 9》, 논문으로 〈초의 의순의 시문학 연구〉, 〈기리총화 연구〉, 〈김시습의 장량찬의 이면〉, 〈서형수의 명고전집 시고를 통해 본 원텍스트 훼손〉 등이 있다.

옮긴이 **임영걸(林永杰)**
1983년 서울에서 태어났다. 성균관대학교 한문교육과를 졸업하고 한문학과 박사를 수료하였으며, 한국고전번역원 전문과정을 졸업하고 번역위원을 역임하였다. 논문으로 〈연세대학교 소장 만오만필의 작자에 대한 고찰〉, 〈지봉 이수광의 산문 비평에 대한 일고-당송고문의 우열비평을 중심으로〉 등이 있고, 공역서로 《만오만필(晩悟漫筆)-야담문학의 새로운 풍경》, 《완역 정본 택리지(擇里志)》, 《일성록(日省錄) 정조174 · 180, 순조3 · 6 · 13 · 20》 등이 있다.

권역별거점연구소협동번역사업 연구진

연구책임자	이영호(성균관대학교 HK 교수)
공동연구원	안대회(성균관대학교 한문학과 교수)
책임연구원	이상아
	이성민
	이승현
	서한석
	김내일
	임영걸
번역	이승현(외집 제5~7권)
	임영걸(외집 제8권)
윤문	성창훈(성균관대 한문학과 박사과정 수료)

이계집 13

홍양호 지음 | 이승현·임영걸 옮김

2022년 12월 31일 초판 1쇄 발행

편집·발행 성균관대학교 출판부 | 등록 1975. 5. 21. 제1975-9호

주소 (03063) 서울시 종로구 성균관로 25-2

전화 760-1253~4 | 팩스 762-7452 | 홈페이지 press.skku.edu

조판 고연 | 인쇄 및 제본 영신사

ⓒ한국고전번역원·성균관대학교 대동문화연구원, 2022

Institute for the Translation of Korean Classics·Daedong Institute for Korean Studies

값 25,000원

ISBN 979-11-5550-566-3 94810

　　　979-11-5550-451-2 (세트)